Über die Autorin

Mara Blum, Jahrgang 1962, wurde in der Nähe von Trier geboren und hatte schon als Jugendliche einen Hang zum Schreiben. Nach dem Studium der Psychologie arbeitete sie einige Jahre als Therapeutin, bis sie in die Beratung von Unternehmen und Institutionen überwechselte. Heute arbeitet sie freiberuflich als Trainerin, Coach und Consultant.
Kinderjäger ist ihr Debütroman.

MARA BLUM

K·I·N·D·E·R·J·Ä·G·E·R

KRIMINALROMAN

Der Inhalt dieses Buches ist reine Fiktion.
Organisationen, Namen und Charaktere sind entweder frei erfunden oder wurden auf fiktionale Weise verändert.
Jede Ähnlichkeit mit lebenden oder toten Personen oder Ereignissen ist nicht beabsichtigt und wäre zufällig.

1. Auflage
Taschenbuch Erstausgabe 06/2008 Addita Verlag
Copyright © by Addita Verlag
Umschlaggestaltung: studio schriftlich, Tawern
Titelgrafik/Foto: Johannes Kolz
Lektorat: Peter Zender
Satz: Addita Verlag
Druck: Hubert & Co., Göttingen

ISBN: 978-3-939481-08-9

www.addita.de

Für
meinen Mann Jonas
und meine Tochter Verena,
die immer an
das Buch geglaubt
haben

Prolog

Die Kinder rannten jauchzend voraus. Bob, der braun-weiße Mischlingshund, den sie erst kürzlich aus dem Tierheim geholt hatten, umkreiste sie laut bellend vor Freude. Seine Ohren flogen im Wind.

Lächelnd schlenderte Marion Peters der Rasselbande hinterher. Auch sie genoss die warme Märzsonne, den ersten schönen Tag nach einem besonders harten Winter. Die Strahlen malten goldene Muster auf den nahen Fluss und ließen alles in einem klaren Licht leuchten. Wie frisch gewaschen, dachte sie.

Jetzt hatten die Kinder einen Stock gefunden und rauften sich spielerisch darum. Tobi, ihr Ältester, behielt wie immer die Oberhand. »Erst ich, dann darfst du auch«, hörte Marion ihn dem jüngeren Florian versichern. Dann warf Tobi den Stock schwungvoll ans Moselufer, wo er irgendwo in einem Gebüsch verschwand. Bob jagte folgsam hinterher.

Als Marion die Kinder erreicht hatte, war der Hund noch nicht wieder mit dem Stock zurück. Stattdessen schien er mitten in dem Gebüsch herum zu wuseln. Dann bellte er plötzlich laut.

Bevor sie noch reagieren konnte, rannte Florian auch schon die Böschung hinunter auf das Gebüsch zu. »Bob, bring das Stöckchen, Bobbie.« Dann war auch er zwischen dem Geäst verschwunden. Marion sah seinen roten Parka zwischen den kahlen Zweigen leuchten. »Mama, Mama, komm schnell her«, schrie er plötzlich. Panik schwang in seiner Stimme mit.

Alarmiert rannte Marion mit Tobias die Böschung hinab, halb in der Erwartung, Bob oder Florian seien ins Wasser gefallen. Erleichtert registrierte sie, dass Florian wohlbehalten dicht am Ufer stand, das direkt hinter dem kleinen Gebüsch ins seichte Wasser führte. Zu seinen Füßen lag einer dieser blauen Müllsäcke, den wahrscheinlich irgend so ein Umweltsünder in den Fluss geworfen hatte. Der Hund zerrte wie wild daran herum.

Mit einer Mischung aus Ärger und Belustigung verlangsamte Marion ihr Tempo und ging den beiden entgegen. Zweifelsohne musste der Hund noch tüchtig erzogen werden, bis er gehorchen gelernt hatte. Tobi lief ihr voraus und blieb plötzlich wie angewurzelt stehen. Sofort wieder beunruhigt, legte sie die restlichen Meter im Laufschritt zurück.

Und dann sah sie, was ihre beiden Söhne so erschreckt hatte. Der Hund hatte den Sack aufgerissen und zog knurrend an dem Plastik, in dem bereits ein großes Loch klaffte.

Sie sahen dem kleinen Jungen direkt ins Gesicht. Die blicklosen Augen starrten in den blauen Frühlingshimmel. Über dem Mund klebte ein schwarzes Stück Isolierband.

1. Teil

Kapitel 1

Draußen war es grau. Genauso grau wie in ihr selbst.

Missmutig zog Teresa die Vorhänge beiseite und ließ das trübe Märzlicht ins Schlafzimmer. Sie sah sich im Zimmer um. Noch immer standen einige Umzugskartons mit ihren Fotos und einem Teil ihrer Bücher unausgepackt an den Wänden. Auch Fotos von ihr und Marcel waren darin. Viele Fotos. Es würde wehtun, die Alben auszupacken. Aber sie hatte es auch nicht fertig gebracht, sie einfach wegzuwerfen. Acht Jahre waren einfach eine zu lange Zeit.

Acht Jahre Wechselbad der Gefühle. Liebe und Hass, Hoffen und Angst, Sehnen und Enttäuschung. Aber jetzt war es vorbei. Endgültig, dachte sie und warf ihr langes braunes Haar in den Nacken. Es fiel dicht und schwer wie eine Decke. Nie konnte sie es sich aufstecken, es war einfach nicht in eine Spange oder einen Gummi zu fassen. Und wenn sie es doch versuchte, zahlte sie spätestens nach einer Viertelstunde mit höllischen Kopfschmerzen dafür.

Ihr Blick fiel auf den Wecker. Sie hatte noch genügend Zeit. Wenn sie kein Seminar hatte, bestimmte sie meistens selbst, wann sie aufstand. Trotzdem erwachte sie werktags noch immer Punkt halb sieben. Acht Jahre Training eben.

Sie schlurfte in die Küche und füllte Kaffee in die Maschine. Auch hier waren noch Spuren des kürzlichen Umzugs zu entdecken. Die Hälfte der Anrichte stand voll mit ihren Küchengeräten, die noch keinen Platz gefunden hatten. Sie kochte und backte leidenschaftlich gerne und in der vorigen Wohnung, einer geräumigen alten Villa am Rheinufer von Geisenheim, war ihre umfangreiche Sammlung von Küchengeräten aller Art nie ein Problem gewesen. Sie hatte das Haus geliebt. Allein die Küche war halb so groß gewesen wie ihre jetzige Wohnung.

Entschlossen warf sie erneut den Kopf in den Nacken. Es brachte nichts, immer und immer wieder darüber zu grübeln. Wenn Marcel und sie zueinander gepasst hätten, wären acht Jahre wohl lange genug gewesen, das auch zu beweisen. Aber es war eben nicht so, basta. Und sie war jetzt 39, und mit allem wieder ganz am Anfang. Es gab wahrlich keine Zeit mehr zu verschenken.

Wütend knallte sie den Deckel auf die Kaffeekanne und wischte sich die unwillkommenen Tränen mit dem Handrücken ab. Es muss doch irgendwann einmal vorbei sein, schluchzte sie innerlich, mein Gott, es muss doch endlich weitergehen.

Sie riss sich gewaltsam zusammen. Heute war ein wichtiger Tag. Heute würde es endlich einen Schritt nach vorne gehen.

Sie war immer noch erstaunt darüber, wie leicht es gewesen war, einen Termin zu bekommen. Mitten in der Wirtschaftskrise. Aber die männliche Stimme am Telefon hatte freundlich geklungen, fast schon ein wenig begeistert.

»Aber gerne, Frau Freudenberger, ich würde mich freuen, Sie kennen zu lernen«, hatte er gesagt. »Und wenn Eva Schneider Sie empfohlen hat, bin ich sicher, dass wir zusammen passen werden.«

Eva Schneider war die neue und bisher einzige Mitarbeiterin, die Teresa vor knapp drei Monaten eingestellt hatte. Auch aus Protest gegenüber Marcel, wie sie sich insgeheim eingestand. Er war so überzeugt davon gewesen, dass sie es alleine nie schaffen würde mit ihrer Firma, dass sie es einfach tun musste.

Ihre Firma, *Freudenberger Consulting,* hatte Teresa vor 5 Jahren gegründet, zu der Zeit, als sie sich das erste Mal von Marcel getrennt hatte. Sie war eine der unzähligen Unternehmensberatungen im Lande, wie die Branche sich hochtrabend nannte. Genauer gesagt, eine der Firmen, die Seminare für Manager und Mitarbeiter größerer und kleinerer Wirtschaftsunternehmen anbot.

Dass sich Teresa dennoch von der Masse abhob, wie ihr treue Kunden immer wieder bestätigt hatten, lag nicht nur an ihrer Intelligenz und ihrem Geschick im Umgang mit Menschen, sondern gleichermaßen an ihrem Fleiß und ihrem Durchhaltevermögen. Sie hatte sich immer durchgebissen, von ihrer ersten Stelle als Mitarbeiterin des Psychologischen Institutes der Universität Trier bis zu ihrer heutigen Selbstständigkeit. Widrige Umstände war sie dabei gewohnt.

Während ihrer ganzen Berufstätigkeit war sie ihrer Leidenschaft, der Psychologie, treu geblieben. Ihre Fähigkeit, den Alltag ihrer Teilnehmer in ihren Seminaren, Trainings und Schulungen zu erspüren und so realistisch nachzustellen, dass sie auch in kurzer Zeit praktische Lösungen für komplexe Probleme erarbeiten konnte, hatten ihr schnell eine gute Reputation und neue Anfragen eingetragen. Trotzdem war ihr Unternehmen bis vor kurzem ein Einfrau-Betrieb gewesen. Bis auf eine Honorarkraft für die Layouts ihrer Unterlagen und Präsentationen hatte niemand sonst dazu gehört.

Es war auch nicht nötig gewesen. Als sie sich wieder mit Marcel versöhnt hatte, hatte sie sogar Angebote abgelehnt oder an befreundete Kollegen weitergegeben. Marcel war Personalleiter einer großen Bank und ging völlig in seinem Job auf. Wenn sie sich überhaupt sehen wollten, hatte Teresa dafür zu sorgen, dass ihr Terminplan zu seiner wenigen Freizeit passte.

Teresa füllte Kaffee in eine große Henkeltasse und schlüpfte noch einmal zurück ins Bett. Erst sieben Uhr, sie würde frühestens in 2 Stunden losfahren müssen.

Sie hatte Marcel kennen gelernt, als sie sich für die Leitung der Personalentwicklung bei eben jener Bank beworben hatte, in der Marcel bis heute arbeitete. Marcel hatte sie eingestellt und war seither felsenfest davon überzeugt gewesen, dass sie ihm dauerhaft für diese Chance dankbar zu sein hatte. Schließlich, wer war sie gewesen damals. Gerade mal dreißig Jahre alt und ohne Erfahrung in diesem Berufszweig. Dass sie in den folgenden Jahren sehr gute Arbeit geleistet hatte, war als selbstverständlich hingenommen worden.

Teresa rückte ihr Kissen höher in den Nacken. Damals vor 5 Jahren nach ihrer ersten Trennung und anschließenden Versöhnung hatte sie geglaubt, die Schwierigkeiten wären hauptsächlich dadurch entstanden, dass sie zu viel miteinander zu tun gehabt hatten. Marcel war drei Jahre ihr Chef gewesen, und die private Beziehung, die sich schnell und mit der Macht eines Feuersturms entwickelt hatte, hatte auch seiner Karriere nicht gut getan (behauptete er wenigstens). Man sah das nicht gern in der Bank, die Verquickung von Privatem und Beruf.

So hatte sie nie bereut, sich selbstständig gemacht zu haben. Und hatte auch gleich genug für sich zu tun gehabt. Ihre Kontakte hatten ausgereicht, ihr Aufträge einzubringen, die ihr ein unabhängiges Einkommen gesichert hatten (das war Marcel immer wichtig gewesen). Und ihr kleines Büro zu unterhalten, welches sie in zwei Zimmern in einem kleinen Mietshaus in Eltville eingerichtet hatte. Sein Angebot, dafür die Räume der Villa zu nutzen, die sie nicht selbst zum Wohnen brauchten, hatte sie abgelehnt. Zum Glück.

Die Villa, direkt am Rheinufer, mit großem Garten und alten Bäumen. Bald würde der rosa Fliederbusch wieder blühen und alles mit seinem betäubenden Duft einhüllen. Der Fliederbusch, unter dem sie sich geliebt hatten, damals, als Marcel ihr zum ersten Mal das Haus gezeigt hatte. Das er heimlich gemietet hatte, nach ihrer Versöhnung und zum Zeichen, dass er es ernst meinte, dass er jetzt wirklich mit ihr leben wollte. Natürlich war sie eingezogen, wer hätte da widerstehen können. Und natürlich war es ein Fehler gewesen.

Zum Glück hatte sie die zwei Zimmer für ihr Büro behalten. Wo sie sich in den ersten Tagen verkriechen konnte mit nichts als einem hastig gepackten Koffer und einem Schlafsack. Wo die alte Frau Faber aus dem 1. Stock ihr Tee gebracht hatte und selbstgebackene Plätzchen und Trost angeboten hatte in ihrer Untröstlichkeit (wie hätte die alte Frau das alles auch verstehen sollen). Trost, der trotzdem der Strohhalm gewesen war, an dem sie sich festhielt, in diesen ersten furchtbaren Tagen.

Aber nun würde es endlich nach vorne gehen. Trotzig wischte sich Teresa über die nassen Wangen. Marcel war ein Charakterschwein, basta. Und sie würde heute einen wichtigen Kunden gewinnen.

Die Morgenzeitungen schrieen die Schlagzeile förmlich heraus. »Wer tut das?«, fragte die Bildzeitung in Riesenlettern. Das Foto zeigte eine Reihe uniformierter und weiß vermummter Gestalten um einen undeutlich erkennbaren blauen Gegenstand.

Die schockierte Öffentlichkeit erfuhr, dass der Hund einer Familie, die am Moselufer bei Konz spazieren gegangen war, am gestrigen frühen Nachmittag eine Kinderleiche in einem blauen Plastiksack gefunden hatte. Die Leiche sei die eines ungefähr achtjährigen Jungen. Näheres wolle man aus ermittlungstaktischen Gründen von polizeilicher Seite aus vorläufig nicht mitteilen.

Gerüchte aus ungenannten Quellen besagten, dass das Kind vor seinem Tod grausame Verletzungen erlitten habe und vermutlich daran gestorben sei.

Kapitel 2

Zwei Stunden später saß Teresa im Auto und fuhr Richtung Trier. Eva hatte leider nicht mitkommen können, was Teresa sehr bedauert hatte, schließlich hatte sie ja einige Zeit als Sekretärin in der Firma gearbeitet und den Kontakt hergestellt. Aber schon bei ihrer Einstellung hatte Eva die Bedingung gestellt, im März nach Südamerika reisen zu dürfen. Sie hatte eine Reise durch Peru und Bolivien geplant, lange bevor sie sich bei Teresa beworben hatte.

Teresa musste lächeln, als sie an die Abschiedsszene am Flughafen dachte. Sie hatte Eva vor zehn Tagen nach Frankfurt gebracht und bis an die Sicherheitsschleuse begleitet. Eva hatte sich noch einmal umgedreht. Ihre grauen Augen blitzten, die schulterlangen blonden Zöpfe flogen ihr um die Wangen, als sie übermütig zwei Daumen hob und in die Luft hüpfte. »Viel Glück, du schaffst es«, hatte sie gerufen, bevor sie mit dem für sie so typischen Sauseschritt verschwunden war.

Eva Schneider, 46 Jahre alt, klein, attraktiv trotz ihrer Molligkeit, immer lustig und dabei tief im Innern so traurig. Nie hatte sie Teresa bisher hinter ihre Fassade aus gewollter Fröhlichkeit blicken lassen. »Ich brauche einfach mal einen Tapetenwechsel«, hatte sie in ihrem Bewerbungsgespräch ihren Wunsch nach einem neuen Job begründet. »In Trier wird es einem nach fünf Jahren einfach zu eng.«

Teresa hatte das verstehen können, auch sie hatte ja etliche Jahre in dieser Stadt verbracht. Sie hatte dort studiert und auch ihre erste Anstellung gefunden. Trier lag zwar inmitten einer idyllischen Landschaft, aber irgendwie einfach abseits. Quasi im toten Winkel, trotz der Nähe zu Frankreich und Luxemburg. In Deutschland lagen mehr als 100 Kilometer raue Landschaft zwischen Trier und der nächsten größeren Stadt.

Daher war Teresa ehrlich überrascht gewesen, als sie Eva das erste Mal weinen gesehen hatte. Das war an dem Tag gewesen, als sie überraschend ins Büro zurückgekommen war, weil sie ihren Seminarkoffer vergessen hatte. Sie war zuerst in den kleinen Keller gegangen, der mit den Büroräumen vermietet worden war und in dem sie ihre Trainerausrüstung aufbewahrte. Eva hatte sie nicht gehört, bevor sie in den Raum gekommen war, um noch mal kurz hallo zu sagen, sie war zu versunken gewesen in ihre Trauer.

Etwas, das aussah wie ein Foto, hatte auf dem Tisch gelegen, aber genau wusste Teresa das nicht, denn Eva hatte schnell die Unterschriftsmappe darüber geschoben. Und dann so getan, als sei gar nichts. Sie stritt auch ab, geweint zu haben, als Teresa besorgt nachfragte. Merkwürdig war das schon gewesen.

Aber Teresa hatte es respektiert. Schließlich wusste sie selbst, wie schwer es war, sich jemandem anzuvertrauen, wenn man verzweifelt war. Auch sie hatte bisher kaum jemandem über Marcel erzählt und bevorzugte gespielte Gleichgültigkeit, wenn man sie auf die gescheiterte Beziehung ansprach. Ihre Sympathie für Eva hatte der Vorfall daher nur vertieft. Wahrscheinlich war auch sie auf der Flucht vor Erinnerungen an eine zerbrochene Beziehung.

Noch zweimal danach hatte sie mitbekommen, dass Eva geweint hatte. Aber diesmal taktvoll geschwiegen und so getan, als hätte sie es nicht bemerkt. Schließlich, wenn sich die Zusammenarbeit so gut entwickelte, wie sie angelaufen war, würde es sich eines Tages ganz von selbst ergeben, dass man sich gegenseitig vertraute und anvertraute.

Dünner Nieselregen schlug gegen die Scheibe, als Teresa von der Autobahn auf die Landstraße abbog. Das graue Licht war womöglich noch spärlicher geworden, obwohl es erst kurz nach neun Uhr war. Unruhig rutschte Teresa auf ihrem Sitz hin und her und zerrte am Rock ihres grünen Kostüms. In der letzten Zeit war sie nahezu unfähig gewesen, auf ihre Figur zu achten. Im vergeblichen Versuch, sich zu trösten, hatte sie sich allzu oft etwas besonders Gutes gegönnt oder sich mit Kochen abzulenken versucht, wenn die Depressionen überhand zu nehmen drohten. Und dann natürlich auch gegessen, was sie zubereitet hatte. Nun, auch das würde sich jetzt ändern.

Auf der Fahrt über die eintönige Landstraße versuchte sie die Informationen zu rekapitulieren, die Eva ihr gegeben hatte. Ein Speditionsunternehmen mit mehreren Lagern in großen deutschen Städten und dem benachbarten Ausland. Über 400 Mitarbeiter, davon allein fast 200 Fahrer. Kunden in ganz Europa. Das Unternehmen fungierte als Subunternehmer für eine Reihe von Firmen aus dem Großhandels- und Versandhausbereich. Alle Mitarbeiter mit Kontakt zum belieferten Endkunden sollten geschult werden, hinsichtlich Auftreten, Service und Umgang mit Reklamationen. Dazu alle Führungskräfte und Vertriebsleute. Ein stattlicher Auftrag, es würde der größte sein, den Teresa bisher übernommen hatte. Und ihr vielleicht die Möglichkeit bieten, einen freien Mitarbeiter anzuwerben als Unterstützung bei der Durchführung der Trainings.

Nervös zog sie an der Spange, die ihre Haare an einer Seite zurückhielt. Heute Morgen hatte es gut ausgesehen, aber jetzt schien die Spange zu rutschen und die Frisur sich aufzulösen. Kurzerhand zog Teresa die Spange aus dem Haar, als sie über den Verteilerkreis endlich in die Stadt einfuhr und die Straße am Moselufer in Richtung des Stadtteiles Euren nahm. Die Firma lag im dortigen Gewerbegebiet.

Die Verkehrsführung hatte sich in den letzten fünfzehn Jahren nicht verändert. Teresa überquerte die Moselbrücke auf das andere Ufer und warf an der Ampel, an der sie warten musste, einen Blick auf den Schneidershof, den damaligen Sitz der Universität, an dem sie ihre ganze Studienzeit verbracht hatte. Die Gebäude lagen nicht weit entfernt von der Stadt und thronten auf den bizarren roten Sandsteinfelsen oberhalb der Mosel. Oft hatte sie dort auf einer Bank mit ihren Büchern gesessen und den wunderbaren Blick über die Stadt und den Fluss genossen.

Eine schöne Zeit war das gewesen. Und nun war sie zurückgekehrt in diese Stadt. Vielleicht ein gutes Omen, dachte sie, als sie plötzlich merkte, dass sie sich aus alter Gewohnheit in die falsche Spur eingeordnet hatte.

Fluchend sah sie sich um, als ihre Ampel auf Grün sprang. Aber da die Fahrzeuge, die nach links abbiegen wollten, noch in der Rotphase waren, blieb ihr nichts übrig, als loszufahren und selbst nach rechts abzubiegen, wollte sie nicht den ganzen Verkehr in der Spur hinter sich zum Erliegen bringen. Nachdem sie den Berg bis zur Abzweigung Schneidershof hinaufgefahren war, bog sie in den erstbesten Parkplatz ab, um zu wenden.

Hier hatte sich allerdings einiges verändert. Trotz der frühen Stunde standen einige leicht bekleidete Frauen und Mädchen stampfend und zitternd in der Märzkühle. Unwillkürlich verlangsamte Teresa das Tempo und starrte durch die Windschutzscheibe auf die Frauen. Eine große Prostituierte mit grellroten Haaren, die ihr lang über die Schultern wallten, und einem grotesk geschminkten Gesicht schrie irgendetwas und hob den Mittelfinger gegen Teresa.

Beschämt wandte sie den Blick ab, legte den Rückwärtsgang ein und wendete den Wagen, so schnell sie konnte.

Auf dem Weg ins Gewerbegebiet ließ sie das Erlebnis zunächst nicht los. Dieser Straßenstrich war zu Teresas Studienzeiten dort oben noch nicht gewesen, da war sie sicher. Erleichtert fand Teresa endlich die gesuchte Abzweigung und fuhr kurz darauf mit Schwung auf den Parkplatz vor der Speditionsfirma.

Es war ein großer Parkplatz, den sich anscheinend alle Firmen, die rings um ihn angesiedelt waren, teilten. Teresa registrierte flüchtig ein Küchenstudio, einen Autohändler und eine Großbäckerei. Schilder kennzeichneten, welche Parkplätze zu welchem Unternehmen gehörten. Irgendwo weit hinten war eine Art Wachhäuschen, ein Uniformierter stand gerade davor.

Teresa parkte ihren grünen BMW auf einem zur Speditionsfirma gehörigen Platz mit der Aufschrift »Besucher«. Vielleicht würden sich hier ja noch mehr Kunden finden lassen, wenn sie ihre Sache bei der Firma Meyers gut machte.

Beim Aussteigen schlüpfte sie einen Moment lang aus ihren engen Pumps und bewegte die Zehen. Eine Laufmasche schob sich träge von ihrem linken großen Zeh Richtung Fußrücken. Erschrocken steckte Teresa den Fuß zurück in den Schuh. So ein Mist, und Ersatzstrümpfe hatte sie keine dabei. Zum Glück war noch nichts zu sehen, bei dem schwarzen Strumpf würde es sofort auffallen. Nun es half nichts, jetzt war keine Zeit mehr, einen Strumpf zu besorgen. Entschlossen nahm sie ihren Aktenkoffer vom Rücksitz, straffte den Rücken und schritt auf den Eingang zu.

Die Spedition befand sich in einem jener gesichtslosen rechteckigen Gebäude mit flachem Dach, wie sie in jedem Gewerbegebiet zu finden sind. Passend zum Wetter war es grau gestrichen. Der einzige Farbfleck stammte von einer Leuchtschrift über dem Eingang. *Meyers Logistik* stand dort, mit großen Lettern in einem geschmacklosen Türkis. Trotz des Tageslichts brannten die Buchstaben. Teresa öffnete die Eingangstür.

Eine ältere Frau in einem verblichenen blauen Kostüm saß am Empfang in einem Glaskasten. Sie musterte Teresa misstrauisch und öffnete die Klappe erst, als Teresa vor ihr stehen blieb.

»Guten Tag«, sagte Teresa freundlich und versuchte ein strahlendes Lächeln. »Mein Name ist Freudenberger. Ich habe um elf Uhr einen Termin mit Herrn Meyers.«

Die Frau lächelte nicht zurück. »Einen Moment bitte«, murmelte sie und suchte in einer Ablage auf ihrem Schreibtisch. »Ich habe hier keine Meldung«, sagte sie mit der Färbung des schweren Dialekts dieser Gegend. »Herr Meyers ist außerdem, glaube ich, gar nicht im Hause.« Sie sprach jedes »ch« wie ein »sch« aus. Ihr Blick wanderte weiterhin kritisch über Teresas Erscheinung.

»Oh«, sagte Teresa schwach. Sie spürte, wie ihr einen Moment lang schwindlig wurde. Unwillkürlich griff sie an die Ablage vor dem Glaskasten. Sie hatte so viel von diesem Termin abhängig gemacht. Das konnte doch jetzt kein Missverständnis sein. *Du und Firma? Das schaffst Du alleine doch nie!* Sie hörte innerlich Marcels gehässige Stimme. Und Eva war weg, irgendwo in den Anden.

»Könnten Sie nicht bitte nachfragen, ich bin sicher, dass wir heute den Termin ausgemacht hatten.« Teresas Stimme klang tonlos. Wortlos wählte die Frau eine Nummer und sprach kurz in den Apparat. Dann winkte sie Teresa durchzugehen. »Gehen Sie mal kurz hoch zu Frau Bauer«, sagte sie. »Das ist die Sekretärin, die weiß vielleicht Bescheid.«

Die Stimme blieb kalt und distanziert.

Unwillkürlich warf Teresa einen Blick auf ihre Füße, als sie die Treppe emporstieg. Zum Glück war die Laufmasche noch nicht zu sehen. Am Ende eines düsteren Ganges mit Türen ohne Namensschilder befand sich eine Milchglastür mit der Aufschrift *Sekretariat*. Teresa klopfte und trat ein.

Im Raum war es verqualmt und stickig. Eine ca. 50jährige Frau mit fuchsrot gefärbtem Haar und verhärmten Zügen saß an einem mächtigen Schreibtisch. Sie stand nicht auf, als Teresa näher kam. »Sind Sie Frau Freudenberger?«, fragte sie barsch. Teresa nickte und wollte zu einer weiteren Erklärung ansetzen. Eine ungeduldige Bewegung schnitt ihr das Wort ab. »Ich glaube, dass Herr Meyers Sie heute erwartet, er hat so was erwähnt. Aber nicht am Morgen. Am Morgen macht er solche Termine nie. Wahrscheinlich rechnet er heute Abend mit Ihnen, vielleicht so gegen 20 Uhr. Auf keinen Fall früher.« Die Stimme klang feindselig. »Viel früher wird er wohl auch kaum zurück sein, er ist heute Morgen nach Luxemburg gefahren.«

Teresa spürte, wie ihr die Knie in einer Mischung aus Erleichterung und Ärger zitterten. »Es tut mir sehr Leid.« Ihre Stimme klang ihr fremd in den Ohren. »Meine Sekretärin hat den Termin vereinbart, aber sie hat im Augenblick Urlaub. Ich muss da dann etwas missverstanden haben.«

Die Blicke der Frau glitten prüfend über Teresas grünes Kostüm mit der zartgelben Bluse. In einem ungewöhnlichen Anfall von Großzügigkeit hatte Marcel es ihr in New York gekauft, bei jener Reise, mit der sie ihre Versöhnung nach der ersten Trennung gefeiert hatten. Es war ein teures Designerstück. Nach der endgültigen Trennung hatte sie es anfangs weggeben wollen, aber sie musste mit ihren Mitteln haushalten. Ein neues Kostüm von vergleichbarer Qualität konnte sie sich im Moment gar nicht leisten. Jetzt war sie froh, es heute anzuhaben. Anscheinend war man hier nicht sehr freundlich zu Fremden. Verstohlen sah sie erneut auf die immer noch verborgene Laufmasche.

»Vielleicht könnten Sie ja heute Abend wiederkommen?« fragte die Füchsin, ohne näher auf Teresa einzugehen. Ihre Stimme klang jetzt ungeduldig.

»Ja, natürlich, wenn Sie meinen, dass Herr Meyers mich dann erwartet«, sagte Teresa schnell. Was blieb ihr auch übrig? »Wie komme ich denn herein? Ist denn heute Abend noch jemand da?«

Zu ihrer Überraschung lächelte die Frau jetzt. Eigentlich war es eher ein Grinsen. »Oh nein«, sagte sie. »Keine Sorge. Herr Meyers kommt hervorragend allein mit solchen Situationen zurecht. In der Regel lässt er die Eingangstür auf. Sie kommen dann hierher und gehen einfach durch. Dort«, sie zeigte über ihre Schulter auf eine mahagonifarbene Tür, »ist sein Büro.«

Dann widmete sie sich demonstrativ wieder ihrem PC. Teresa war entlassen.

Immer noch verblüfft ging sie die Treppe wieder hinunter und versuchte, das Beste aus dieser Situation zu machen. Zum Glück hatte sie heute keine anderen Termine mehr. Und außerdem jetzt die Gelegenheit, die kaputte Strumpfhose zu ersetzen. Und sich nach langer Zeit wieder einmal Trier anzusehen, vielleicht den neu gestalteten Viehmarkt, den sie noch nicht kannte. »Das Glas ist halb voll«, murmelte sie ironisch, als sie die Autotür aufschloss. Mit Eva würde sie reden müssen nach deren Rückkehr. Bisher hatte es niemals Pannen gegeben, wenn sie Termine für Teresa vereinbart hatte. Dass das ausgerechnet bei diesem Kunden passieren musste, ärgerte sie sehr.

Seufzend schloss Teresa die Autotür wieder auf. Beim Einsteigen glitt ihr Blick noch einmal über die Fassade des flachen

Gebäudes. Die Füchsin stand am Fenster, nur halb verborgen hinter einer Gardine, und starrte auf sie hinunter.

Die Lagebesprechung fand um 15 Uhr im Polizeipräsidium in der Südallee statt. Der leitende Hauptkommissar Kröger ließ seinen Blick langsam über die versammelten Beamten schweifen. Es waren siebzehn. Die Stadt und der ganze Landkreis hatten alles an Personal aufgeboten, was verfügbar war, und noch Hilfe aus anderen Dienststellen angefordert. Insgesamt bestand die Mordkommission aus über 80 Beamten.

Hauptkommissar Patrick Wiegandt vom Landeskriminalamt saß am anderen Kopfende des Konferenztisches. Er sah müde aus. Er war schon heute Nacht aus Mainz gekommen und konnte davor kaum drei Stunden geschlafen haben.

»Also«, Kröger räusperte sich, »es besteht kein Zweifel, dass wir es mit derselben Tätergruppe zu tun haben. Dieselben Verletzungen wie auf den anderen Snuff-Videos, die wir gefunden haben. Das Kind ist identifiziert. Es heißt David Gorges und wird seit zwei Jahren vermisst. Stammt aus einem Dorf in der Gegend von Kiel. Kam vom Spielen einfach nicht nach Hause. Die Untersuchungen deuten auf exzessiven sexuellen Missbrauch hin, wahrscheinlich seit dem Tag der Entführung.« Er stockte. Das Schweigen lastete wie eine stickige Decke im Raum. Nur das Summen des Deckenventilators war zu hören.

»Seit wann ist er tot?« Die Stimme des jungen Kriminalkommissars Berger klang schwach, sein Gesicht war grünlich. Berger hatte selbst zwei Kinder, entzückende Mädchen im Alter von vier und sechs Jahren.

»Seit vier bis fünf Tagen. Die Todesursache ist Blutverlust. Finger und Zehen wurden abgeschnitten, mit einem scharfen Gegenstand, wahrscheinlich einem Fleischermesser. Zuvor wurde das Kind vergewaltigt, augenscheinlich war es dabei auch gefesselt. Penis und Hoden wurden abgebissen.«

Berger würgte. Undeutlich hörte er noch das Fluchen seiner Kollegen, als er stolpernd den Raum verließ, um sich im nächsten Klo zu erbrechen.

Kapitel 3

Fast neun Stunden später bog Teresa erneut auf den Parkplatz vor dem Gebäude der Speditionsfirma ein. Die Uhr im Auto zeigte zehn Minuten vor acht.

Anfangs war es ihr schwer gefallen, die ihr so unvermutet zugefallene Freizeit zu genießen. Sie war ziellos durch Triers Fußgängerzone geschlendert und hatte kaum einen Blick für die Geschäfte und den seit ihrem letzten Aufenthalt ebenfalls neu gestalteten Domfreihof gehabt. Wieder einmal spürte sie zu deutlich, wie dicht Erfolg und Misserfolg in dem Metier, in dem sie tätig war, beieinander lagen. Bekam sie den Auftrag, war vorläufig alles gut. Bekam sie ihn nicht, würde es ernstliche Probleme geben in den nächsten Monaten.

Solange sie die Firma auf kleiner Flamme betrieben hatte, war es ihr meistens relativ leicht gefallen, ihre Unkosten von ihren Einnahmen zu bestreiten. Marcel hatte die Miete für die Villa bezahlt, sie hatte im Gegenzug das Haushaltsgeld beigesteuert, ein Betrag, der weitaus geringer war. Weitere Ausgaben, z.B. für Haushaltshilfe und Gärtner, hatten sie sich geteilt.

Nach der Trennung hatte Teresa nicht nur die Kosten für ihre neue Wohnung aufzubringen, sie hatte auch Möbel und diverse andere Einrichtungsgegenstände erwerben müssen. Im Büro hatte sie in ein neues Netzwerk investiert und darüber hinaus moderne Technologie, z.B. einen Beamer nebst neuem Laptop angeschafft. Und schließlich Eva eingestellt.

Eva hatte eines Tages einfach bei ihr angerufen. Sich kurz vorgestellt und angefragt, ob es eine freie Stelle als Bürokraft gäbe. Als Teresa sie später gefragt hatte, warum sie sich ausgerechnet bei ihr gemeldet hatte, hatte Eva ihr erklärt, dass dies reiner Zufall gewesen sei. Sie habe bei ihren Versuchen, einen Job zu finden, auch alle Firmen angerufen, die im Branchenverzeichnis des Großraums Mainz-Wiesbaden unter Unternehmensberatung aufgeführt gewesen seien. Diese Branche hätte sie schon immer interessiert.

Teresa hatte nur kurz gezögert, als sie Eva kennen gelernt hatte. Sie machte einen tüchtigen und zuverlässigen Eindruck und verfügte über ausgezeichnete EDV-Kenntnisse. Den Ausschlag hatte dann eine Unterlage gegeben, die Teresas damalige Honorarkraft erstellt hatte und die so schlecht layoutet gewesen war, dass Teresa sie kaum verwenden konnte.

Lisa, ihre Honorarkraft, war schon seit längerer Zeit immer nachlässiger und unzuverlässiger geworden. Vielleicht hing dies mit ihren Prüfungen zusammen. Lisa studierte Psychologie in Mainz und war mitten in den Vorbereitungen für ihre Abschlussprüfung.

Es war auch von daher mehr als überfällig gewesen, ihre Firma auf professionellere Füße zu stellen. Spontan hatte Teresa Eva eingestellt, auf der Basis des Nettogehaltes, das Eva hatte haben wollen. Es schien nicht so viel zu sein.

Erst mit der ersten Lohnabrechnung, die von Teresas Steuerbüro kam, hatte sie realisiert, wie viel Evas Ganztagsstelle mit allen Nebenkosten wirklich ausmachte und dass sie sich eigentlich finanziell damit übernommen hatte. Aber da war es bereits zu spät gewesen. Eva war schon von Trier an den Rhein gezogen und außerdem mochten sich die beiden Frauen sehr.

Teresas finanzielle Sorgen waren Eva natürlich nicht verborgen geblieben. Durch die momentane Wirtschaftskrise fielen etliche Aufträge kurzfristig aus und Teresas Rücklagen schmolzen dahin. Daher hatte sich Teresa sehr gefreut, als Eva eines Tages gefragt hatte, ob sie einen Kontakt zu ihrem ehemaligen Arbeitgeber in Trier herstellen solle. Zufällig hatte sie mitbekommen, dass es kurz vor ihrem Ausscheiden einen ziemlichen Skandal um einen verärgerten Kunden gegeben hatte, der sich über den schlechten Service der Spedition beschwert hatte. Sie wusste daher, dass es Bedarf für Qualifizierungsmaßnahmen des Personals gab.

Während Teresa auf einem Seminar war, hatte Eva die ersten Verhandlungen geführt und den Umfang möglicher Aufträge ausgelotet. Nach ihrer Rückkehr hatte sie Teresa mit dem Ergebnis überrascht. Sie selbst hatte Meyers nur noch ein Angebot zuschicken und den bereits mit Eva ausgemachten Termin bestätigen müssen. Beim Schlendern über den Hauptmarkt überlegte Teresa, ob bei dem kurzen Telefonat auch die Uhrzeit erwähnt worden war. Aber sie konnte sich nicht erinnern. Eva hatte »elf Uhr« gesagt und Teresa war sich nicht sicher, ob sie mit Meyers noch einmal darüber gesprochen hatte.

Aber egal. Teresa wusste, dass kleinere Firmen ohne Erfahrung im Trainingsbereich oft recht merkwürdige Vorstellungen von ihrem Angebot und ihrer Arbeitsweise hatten. Der Chef dieser Speditionsfirma schien Gesprächstermine über dieses Thema für Zeitverschwendung während der üblichen Bürostunden zu halten. Auch gut. Gerade kam die Sonne hervor und Teresa beschloss, für sich aus dem Tag das Beste zu machen.

Jetzt am Abend stellte sie fest, dass ihr der Tag zuletzt sogar richtig Spaß gemacht hatte. Sie war auf die Porta Nigra gestiegen und hatte sich die römischen Ausgrabungen am Viehmarkt angesehen. Zur Feier des Tages hatte sie ihre schadhafte Strumpfhose durch eine seidig glänzende Luxusversion von Wolford ersetzt und im Anschluss gleich auch noch ein Paar neue Schuhe erstanden. Schließlich hatte sie eine gemütliche Kaffee- und Lesepause im Cafe der Steipe, des alten historischen Rathauses von Trier mitten am Hauptmarkt, gemacht.

Das Speditionsgebäude war jetzt dunkel bis auf die türkis erleuchteten Lettern über dem Eingang. Nur im ersten Stock hinter dem Fenster, an dem am Morgen die Füchsin gestanden hatte, brannte noch Licht. Erleichtert steuerte Teresa auf die Eingangstür zu. Wie ihr am Morgen angedeutet worden war, war sie offen.

Im Treppenhaus war es düster, nur die Leuchtbuchstaben über dem Eingang spendeten ein wenig Licht. Teresa drückte einen Lichtschalter nahe der Eingangstür, aber es geschah nichts. Aus irgendeinem Grund blieb es dunkel.

Vorsichtig tastete sie sich die Treppe hinauf. Oben blieb sie stehen. Zu ihrer Überraschung war jetzt auch die Glastür zum Sekretariat dunkel. Allerdings hörte sie undeutliche Geräusche, Stimmen und unterdrückte Laute, wie Gelächter, und ja, ein anderes Geräusch, das sie auf Anhieb nicht einordnen konnte. Der Flur wurde schwach beleuchtet durch einige Notausgangsschilder, es war gerade hell genug, um die Konturen der Türen und einiger Möbelstücke erkennen zu können.

Teresa spürte, wie das beklommene Gefühl vom Vormittag erneut Besitz von ihr ergriff. Irgendetwas war hier merkwürdig. Zaghaft drückte sie die Klinke der Glastür zum Sekretariat und spürte aufatmend, dass auch diese Tür unverschlossen war. Ihre Hand war feucht, reflexartig wischte sie damit über Bluse und Rock. Unter der Tür zur Linken fiel ein dünner Lichtstreifen hindurch. Allerdings war es jetzt still.

Teresa klopfte an die Tür. Es blieb still. Sie klopfte noch einmal, diesmal lauter. Keine Reaktion. Vielleicht ist er gerade zur Toilette gegangen, dachte sie. Sie blickte aus der Glastür hinaus in den Flur, konnte aber niemanden entdecken.

Sie legte das Ohr an die Tür. Es war nichts zu hören außer einem leichten Rauschen. Das beklommene Gefühl wurde stärker. Mein Gott, nun stell dich nicht so an, rief sie sich selbst zur Ordnung.

»Hallo, Herr Meyers«, rief sie, erst leise, dann energisch und lauter. Ihre Stimme hallte und klang ihr fremd in den Ohren.

Für einen Augenblick überlegte Teresa, ob sie einfach umkehren und zurück nach Hause fahren sollte. Aber es hing zu viel ab von diesem Geschäft. Und sie hatte doch jetzt nicht den ganzen Tag umsonst gewartet.

Zögernd drückte sie die Klinke der Tür zum Chefzimmer hinunter. Sie fühlte sich klebrig an. Erneut wischte sie ihre Hand am Rock ab.

Plötzlich spürte Teresa mit absoluter Sicherheit, dass hier etwas nicht stimmte. Ganz und gar nicht stimmte. Panik presste ihr die Brust zusammen, ihr Herz klopfte bis zum Hals. Die Zeit stand still, verlangsamte sich ins Unendliche. Losgelöst vom Rest ihres Körpers öffnete ihre Hand die Tür.

Wie in Zeitlupe erfasste sie die Szene. Der Raum war quadratisch und ca. 30 m² groß. Mehrere Hängeleuchten tauchten ihn in ein strahlendes, nach der Dunkelheit geradezu grell anmutendes Licht. Die Fenster waren mit dunklen Vorhängen aus einem schweren Stoff zugezogen.

Ein riesiger Schreibtisch stand vor der Wand gegenüber der Tür. Er war makellos aufgeräumt, die silberne Schreibtischgarnitur funkelte. Zur Linken stand eine mit schwarzem Leder bezogene Couch. Sie war zur Liege ausgezogen, gelbe Laken und Kissen lagen darauf.

Ein leises Rauschen kam von einem riesigen Flachbildschirm an der Wand gegenüber der Couch und rechts von der Tür. Der Bildschirm lief, schwarze Streifen flimmerten darüber und verursachten das Geräusch.

Auf dem grauen Teppichboden vor dem Schreibtisch lag ein massiger Mann auf dem Rücken. Seine Arme waren zu beiden Seiten weit ausgebreitet, die Füße ordentlich zusammengelegt.

Er wirkte wie am Boden gekreuzigt. Seine Kleidung war blutgetränkt, ebenso wie der Fußboden rings um ihn herum. Mit der kuriosen Detailorientierung des Schocks bemerkte Teresa, dass selbst die Krawatte ordentlich zurechtgezupft worden war. Sie war ehemals von einem ähnlichen Grün gewesen wie ihr Kostüm.

Das Gesicht des Mannes war nicht mehr zu erkennen. Anstelle des Mundes klaffte dort ein blutiges Loch. Die Augen waren zur Decke gerichtet, die Augenhöhlen gefüllt mit Blut.

Wie unter Zwang trat Teresa näher und beugte sich über den Mann. Sie legte ihm die Hand auf die blutgetränkte Brust, um zu fühlen, ob er noch atmete. Der Körper war noch warm, aber der Mann war zweifellos tot. Teresa zog ihre blutige Hand zurück. Etwas Weißes klebte daran.

Es war ein Zahn.

Teresa schrie.

Kapitel 4

Zitternd griff Teresa nach dem Becher mit dampfendem Kaffee, den ihr die Polizistin auf den Tisch gestellt hatte. Vier Stunden waren vergangen, seit sie den Toten entdeckt hatte. Teresa saß in einem sterilen Vernehmungszimmer ohne Fenster im Polizeipräsidium.

Zuvor war sie im Krankenhaus ambulant versorgt worden. Auf ihrer wilden Flucht aus dem Mordzimmer hatte sie ihr Knie mit voller Wucht gegen die Türkante gerammt. Es tat noch immer höllisch weh, wenn sie es bewegte, trotz der Spritze, die ein überarbeiteter Bereitschaftsarzt ihr verpasst hatte.

Nach der Entdeckung des Toten war sie in regelrechte Panik geraten. Zunächst hatte sie versucht, ihr Handy aus der Handtasche zu kramen, es aber in der Hektik nicht gleich gefunden und den ganzen Inhalt ihrer Tasche auf den Boden gekippt. Als sie es endlich hatte, hatte sie sich dreimal beim Eintippen des Pincodes vertan, so dass es schließlich gesperrt war. Frustriert hatte sie es gegen die Wand geworfen.

Dann war sie über den Toten hinweg gestiegen, um an das Telefon auf dem Schreibtisch zu kommen, nur um zu entdecken, dass die Leitung tot und durchgeschnitten an der Seite herunterbaumelte. Die blutgefüllten Augen des Mannes schienen dabei jede ihrer Bewegungen zu verfolgen.

Hysterisch und panisch war sie schließlich aus dem Raum gestürzt, hatte dabei einen ihrer Pumps verloren und sich das Knie gerammt. Wie sie die Treppe hinunter gekommen war, wusste sie nicht mehr genau. Auf dem Parkplatz wäre sie fast von einem Auto überfahren worden, dem sie mit winkenden Armen entgegengelaufen war. Der Fahrer hatte zur Warnung die Scheinwerfer aufgeblendet, anstatt anzuhalten, und war einfach in einem Bogen um sie herum gefahren.

Laut um Hilfe schreiend war sie schließlich zu dem Wachhäuschen gestürzt, das am anderen Ende des Parkplatzes lag und hatte die beiden Wachmänner aufgeschreckt, die gerade eine gemütliche Pause vor dem Fernseher einlegen wollten. Sie hatte sich kaum verständlich machen können und die Männer zu Tode erschreckt. Beide waren ihr schließlich bis an die Eingangstür des Speditionsgebäudes gefolgt. Der ältere, ein Mann von ca. 50 Jahren mit einer Halbglatze, die von spärlichem braunem Haar kaum verdeckt wurde, war mit gezogener Waffe hinaufgelaufen, während der jüngere bei Teresa blieb und mit seinem Funkgerät die Polizei alarmierte. Die war mit Blaulicht und heulenden Sirenen ca. zehn Minuten später eingetroffen. Da war auch der ältere Wachmann bereits wieder heruntergekommen, mit grünem Gesicht und deutlich kleinlauter als am Anfang.

Während der Tatort abgesperrt wurde und die Spurensicherung sowie weitere Polizeiwagen eintrafen, hatte Teresa untätig im Wachhäuschen gesessen. Ihr Aktenkoffer und ihre Handtasche nebst Inhalt waren am Tatort verstreut und würden erst einmal beschlagnahmt werden, wie man ihr bereits mitgeteilt hatte. Sie würde heute Nacht nicht einmal nach Hause fahren können. Auto- und Wohnungsschlüssel waren in der Handtasche gewesen.

Und nun saß sie bereits eine halbe Stunde in diesem Vernehmungszimmer und wartete auf ihre Befragung.

Patrick Wiegandt stand hinter der verborgenen Einwegscheibe des Vernehmungszimmers und versuchte sich ein Bild von der jungen Frau zu machen, die da zusammengesunken am Tisch saß.

Er schätzte ihr Alter auf ca. 30 bis 35 Jahre. Ihr kastanienbraunes Haar war glatt und schwer und nun ziemlich zerzaust. Das dunkelgrüne Kostüm war ehemals teuer gewesen, das sah man noch an der Jacke. Der Rock und die gelbe Seidenbluse waren in einem desolaten Zustand, voller nun rostbraun gewordener Blutflecke. Der Rock war darüber hinaus am Seitenschlitz aufgeplatzt und ermöglichte den ungehinderten Blick auf das schlanke Bein. Es steckte in einer ebenfalls stark lädierten schwarzglänzenden Strumpfhose, die am Knie ein faustgroßes Loch hatte, durch das ein weißer Verband schimmerte.

»Teuer und exklusiv«, dachte Wiegandt. »Was die Nacht wohl gekostet hätte?«

»Toller Anblick«, sagte Roland von hinten und spähte an Wiegandt vorbei durch die Scheibe. »Hat ein nettes Schlachtfeld auf dem Schlachtfeld angerichtet. Die Spurensicherung hat nur noch geflucht.«

»Bringen wir es hinter uns. Die Nacht ist nur noch kurz.« Wiegandt betrat das Vernehmungszimmer und trat auf Teresa zu.

Sie hob den Kopf. Unwillkürlich zuckte Wiegandt zurück.

Intelligente Augen von einem intensiven Grün, wie er es noch nie gesehen hatte, musterten ihn unter leicht verquollenen Lidern. In intaktem Zustand musste ihr das Kostüm phantastisch gestanden haben. Das Gesicht hatte ebenmäßige Züge, die Nase war klein, die Lippen sinnlich und voll. Sie benutzte anscheinend außer einem nun verblassten Lippenstift kein Makeup.

»Patrick Wiegandt. Hauptkommissar am Landeskriminalamt in Mainz. Ich unterstütze Hauptkommissar Roland von der Polizeidirektion Trier bei Ihrer Vernehmung.«

»Teresa Freudenberger.« Ihre Hand war feucht.

Hauptkommissar Dieter Roland von der Trierer Kripo, wie er sich kurz vorgestellt hatte, schüttelte Teresa ebenfalls die Hand und nahm dann gegenüber am Tisch Platz. Er schaltete einen Kassettenrekorder an und sprach Datum, Uhrzeit und die Namen der Anwesenden auf. »Einwände?«, fragte er. Teresa schüttelte den Kopf.

»Also beginnen wir.« Roland warf einen kurzen Blick auf seine Notizen. »Nennen Sie bitte Ihren vollen Namen, Ihr Geburtsdatum und Ihren Wohnort!«

Wiegandt horchte auf. Sie sah deutlich jünger aus als 39.

»Vielen Dank. Wieso kamen Sie heute Abend eigentlich in die Speditionsfirma?«

»Ich hatte um acht Uhr einen Termin mit Herrn Meyers.«

Roland schnaubte. »Wer hat den Termin vereinbart?« Der Tonfall verriet eine Spur Verachtung.

Teresa blickte auf. »Meine Sekretärin Eva Schneider«, erklärte sie. »Eigentlich sollte der Termin um elf Uhr morgens sein. Aber Herr Meyers muss da wohl irgendetwas verwechselt haben. Ich glaube nicht, dass sich Eva vertan hat. Aber ich kann sie nicht fragen, sie ist im Moment in Bolivien.«

Wiegandt und Roland warfen sich einen kurzen Blick zu. »In welcher Angelegenheit wurde der Termin vereinbart?« Wiegandt bemühte sich um einen beflissenen Ton.

»Es sollte um Schulungsmaßnahmen für Mitarbeiter des Unternehmens gehen. Kundenorientierung und Führung. Ich bin Trainerin, Psychologin und selbstständige Unternehmensberaterin.« Teresas Erklärung klang zu ihrem eigenen Ärger wirr. »Warten Sie, ich gebe Ihnen meine Visitenkarte. Ach nein, das geht ja nicht, die Sachen sind ja alle noch dort.«

»Unternehmensberaterin«, fragte Roland ungläubig. »Ist die Spurensicherung schon da?«

Wiegandt verstand. »Ich schaue einmal nach.«

Zehn Minuten ungemütlichen Schweigens vergingen. Roland rauchte eine Zigarette. Er bot auch Teresa eine an, doch sie lehnte ab. Heute Abend würde ein Rückfall in die Nikotinsucht nach sieben Jahren Abstinenz den Tag vollends zur Katastrophe machen.

Endlich kam Wiegandt zurück. In der Hand trug er eine von Teresas Visitenkarten. Sie war in Folie eingeschweißt.

»Die Spurensicherer wollen sie zurück. In der Tat waren auch Visitenkarten überall im Zimmer verstreut. Sie müssen aus der Handtasche gefallen sein.«

Roland nahm die Karte an sich. »Dr. Teresa Freudenberger. Freudenberger Consulting,« las er laut. »Ist das Ihre Firma?«, fügte er überflüssigerweise hinzu.

»Ja«, antwortete Teresa nachdrücklich. Plötzlich fiel ihr etwas ein. Sie wurde blutrot im Gesicht. Die ausgezogene Couch mit den Laken. »Denken Sie etwa, ...« ihre Stimme brach ab.

Roland sah verlegen aus. »Ja, wir gingen davon aus.«

Teresa hörte nicht mehr, was er sonst noch sagte.

Den ganzen Abend hatte sie sich bemüht, tapfer zu bleiben und die Contenance zu bewahren. Nun holte sie ihr ganzes Elend schlagartig ein.

Meyers hatte gar nicht mit ihrem Besuch gerechnet, sondern anscheinend ein Callgirl erwartet. Den Termin mit ihr hatte er vollkommen vergessen. Ihr schönes Projekt, auf das sie so viele Hoffnungen gesetzt hatte, Schall und Rauch. Und diese Polizisten da hielten sie jetzt für eine Art Edelnutte.

Sie begann hemmungslos zu schluchzen.

Fünf Minuten später war sie wohlversorgt mit Papiertaschentüchern, einem großen Glas Wasser und frischem Kaffee. Ihr Weinkrampf hatte hektische Betriebsamkeit bei den beiden

Beamten ausgelöst und auch die nette Polizistin, die ihr den ersten Kaffee gebracht hatte, erneut auf den Plan gerufen.

Teresa begann sich zu beruhigen.

»Geht es wieder?«, Wiegandt klang besorgt.

Teresa nickte.

»Nun, dann erzählen Sie doch einfach mal der Reihe nach, wie es denn jetzt genau war.«

Teresa begann mit der Einstellung von Eva Schneider und dem Termin mit dem Inhaber der Speditionsfirma. Dann schilderte sie ihren ersten Besuch am Vormittag. Kein Wunder, dass die Frauen sie so argwöhnisch angestarrt hatten.

Die Polizisten hörten schweigend zu. Nur gelegentlich stellte einer der beiden eine Rückfrage.

»Kommt es denn häufiger vor, dass Ihre Kunden einen Termin vergessen?«

Teresa spürte erneut den Kloß im Hals. Sie nickte. »Leider kann das passieren.« Sie dachte an den Tag, als sie den ganzen langen Weg nach Hamburg umsonst zurückgelegt hatte. Ihr Gesprächspartner hatte an diesem Tag Urlaub genommen. Er hatte völlig vergessen, sie zu benachrichtigen. »Unsere Branche ist leider nicht sehr angesehen. Der Markt wimmelt von unqualifizierten Beratern, die nach Aufträgen jagen. Da nehmen die Kunden einen manchmal nicht sehr ernst.«

Wiegandt hörte aufmerksam zu. Roland räusperte sich ungeduldig.

»Wie war es denn nun genau, als Sie heute Abend zurückkamen?«

Teresa schilderte ihre Ankunft und den Weg bis hinauf zum Flur.

»Moment«, unterbrach sie Wiegandt, »sind Sie sicher, dass Sie auf dem Parkplatz Licht im Fenster des Sekretariats gesehen haben?« Teresa nickte.

»Und als Sie den Flur betraten, war das Licht aus?«
»Ja.«
»Sind Sie sicher, dass Sie das richtige Fenster gesehen haben?«
»Ja, ganz sicher, es ist ja das letzte Fenster in der Reihe. Ich erinnere mich genau, dass die Füchsin ... ich meine die Sekretärin am Morgen dahinter stand, als ich wegging.«
»Und es kann nicht das Licht aus dem Flur gewesen sein?«
»Nein, im Zimmer brannte deutlich eine Lampe.«
»Das Mordzimmer kann es nicht gewesen sein, das Fenster liegt zur Rückseite hin«, erklärte Wiegandt. »Außerdem waren ja die Vorhänge zugezogen.«
»Schildern Sie bitte genau, was Sie nach dem Eintritt ins Sekretariat getan haben.«
Teresa berichtete von den klebrigen Türklinken, die sie im Dunkeln nicht als blutig wahrgenommen hatte und dem mechanischen Abwischen der Hand an Rock und Bluse. Beide Kleidungsstücke waren wohl für alle Zeiten ruiniert.
Dann beschrieb sie die Lage der Leiche und mit deutlicher Beschämung ihre panischen Versuche, Hilfe herbei zu telefonieren, bei der sie auch die durchschnittene Telefonschnur entdeckt hatte.
»Müssen meine ganzen Sachen denn wirklich erst mal hier bleiben?«, fragte sie schließlich hoffnungsvoll. »Die Spurensicherung weiß doch, dass sie von mir stammen.«
»Das wird leider nötig sein«, antwortete Wiegandt.
»Selbst mein Schuh?« Teresa sah unglücklich auf die hellblaue Badelatsche, die ihr einer der Wachmänner als Ersatz für den verlorenen Pump geliehen hatte und die ihr zudem noch drei Nummern zu groß war.
»Ich fürchte ja. Haben Sie Freunde oder Verwandte in Trier?« Flüchtig dachte Teresa an die alte Tante in Pfalzel, verwarf

den Gedanken aber gleich wieder. Es war ja weit nach Mitternacht, die Tante würde sich zu Tode erschrecken.

»Nein«, antwortete sie schwach. Auch ihr Terminkalender war noch im Mordzimmer, mit allen Terminen der nächsten Wochen. Zum Glück war morgen Samstag.

»Dann fahre ich Sie ins Dorinthotel. Wenn Sie möchten, fahre ich Sie morgen auch nach Hause. Ich muss ohnehin zurück nach Mainz.«

Teresa lächelte dankbar, zum ersten Mal an diesem Abend. Wiegandt war fasziniert. Das Lächeln veränderte ihr ganzes Gesicht, es verlieh ihr etwas Strahlendes.

Roland räusperte sich erneut. »Frau Dr. Freudenberger, sind Sie sicher, dass Ihnen nicht noch etwas aufgefallen ist, was erwähnenswert ist.«

Teresa dachte angestrengt nach. Etwas war seltsam gewesen, aber es wollte ihr nicht einfallen. Sie spulte die ganze Szene vor ihrem inneren Auge nochmals ab, die Klinke, die Leiche, das Flimmern... »Doch«, antwortete sie hastig. »Im Fernseher lief ein Video. Am Ende der Kassette, ohne Bilder und Ton.«

»Wie bitte?« Rolands Stimme klang aufgeregt. »Sind Sie sicher?«

Teresa nickte.

Roland überprüfte seine Notizen. Er sah Wiegandt an.

»Im Protokoll steht, dass der Fernseher ausgeschaltet war.«

»Woher wissen Sie denn, dass eine Videokassette lief?«, fragte Wiegandt.

Teresa lächelte. »Berufserfahrung«, sagte sie. »Ich arbeite in fast jedem meiner Trainings mit der Videokamera. Ich weiß genau, wie der Bildschirm aussieht, wenn die Kassette an einer unbespielten Stelle abgespult wird.«

Kapitel 5

Der Wecker schrillte, kaum dass er eingeschlafen war. Zumindest kam es ihm so vor.

Fluchend drehte sich Wiegandt in seinem engen Hotelbett auf die Seite und schlug fest auf das lästige Ding. Dennoch zeigte die Uhr erbarmungslos auf 6.30 Uhr. Die kurze Nacht war vorbei, nach kaum vier Stunden Schlaf. Um acht Uhr war er wieder mit Roland im Präsidium verabredet.

Noch in der Nacht hatte die Ehefrau des Toten, Lena Meyers, die Leiche identifiziert. Sie war eine verhuschte Frau, die zehn Jahre älter wirkte als vierzig, und deutlich schockiert war über den Zustand des Leichnams. Sie hatte kaum Angaben über den gestrigen Tagesablauf ihres Mannes machen können. Nein, sie hatte ihn nicht zum Abendessen erwartet, er sei oft bis spät nachts unterwegs gewesen. Gestern Abend habe er einen wichtigen Geschäftstermin gehabt, mehr wisse sie nicht.

Roland und Wiegandt waren zu müde gewesen, um die Vernehmung intensiv fortzusetzen, sie hatten Lena Meyers kurzerhand für heute Morgen erneut ins Präsidium bestellt. Auch Katharina Bauer, die Sekretärin, sowie Georg Wolf, der stellvertretende Geschäftsführer und Mitgesellschafter der Spedition, wurden im Laufe des Vormittags im Präsidium erwartet.

Es würde also ein voller Tag werden, bis Wiegandt am Nachmittag hoffentlich endlich nach Hause fahren könnte.

Müde schwang er sich aus dem Bett und schlurfte ins Bad. Im Spiegel starrte ihn sein übernächtigtes Gesicht mit dunklen Ringen unter den Augen an. Deutliche Furchen verliefen von seinem Nasenrücken zu beiden Mundwinkeln. Die dunklen Bartstoppeln im Kontrast zu den leuchtend blauen Augen hätten ihm etwas Verwegenes verliehen, wenn er nicht so erschöpft gewesen wäre. Heute Morgen fühlte er sich deutlich älter als die 43 Jahre, die er auf dem Buckel hatte.

Der zweite Mord in zwei Tagen. In einem Provinznest wie Trier. Zufall oder gab es wirklich eine Verbindung?

Natürlich hatte er Tanja versprochen, am Freitagabend nach Hause zu kommen. Seine Ehe stand schon lange Zeit auf der Kippe und Patrick Wiegandts unregelmäßige und unberechenbare Dienstzeiten hatten daran keinen geringen Anteil. Und natürlich war sie wie immer stinksauer gewesen, als er sie kurz nach der Entdeckung des Mordes darüber informiert hatte, dass er mindestens noch bis Samstag in Trier bleiben müsse. Hoffentlich schaffte er es wenigstens heute rechtzeitig. In Mainz gab eine bekannte irische Tanzgruppe eine Aufführung und Tanja hatte für sie beide Karten besorgt. Die Vorstellung begann um 20 Uhr. Die Szene mochte er sich lieber nicht ausmalen, wenn er es wieder nicht schaffen würde.

Patrick Wiegandt war mit Leib und Seele Polizist. Kriminalpolizist, genauer gesagt. Nach seinem abgebrochenen Jurastudium hatte er die Fachhochschule der Polizei besucht und war in dieser Laufbahn hängen geblieben. Er hatte es an sich bis heute nicht bereut. Sich allerdings auch nicht vorstellen können, wie schwierig es werden würde, Beruf und Privatleben miteinander zu vereinbaren.

Schon seit einiger Zeit wollte Tanja unbedingt ein Kind. Was an sich auch verständlich war. Wiegandt hatte die reizende junge Studentin der Germanistik und Anglistik vor acht Jahren kennen gelernt und sich Hals über Kopf in die zehn Jahre jüngere Frau verliebt. Vor vier Jahren hatten sie geheiratet und seither wartete Tanja darauf, ihren ungeliebten Job als Aushilfslehrerin gegen die Mutterrolle eintauschen zu können.

Wiegandt war skeptisch, ob ein Kind wirklich Entspannung in ihre Ehe bringen würde. Aber er hatte schon lange aufgehört, sich zu widersetzen. Dennoch war bisher nichts passiert, wofür Tanja in ihrer zunehmenden Frustration auch Patricks häufige Abwesenheit von zu Hause verantwortlich machte. Nun führte sie bereits seit einem Jahr einen Kalender, um mittels ihrer Körpertemperatur ihre fruchtbaren Tage zu bestimmen, und Sex war in ihrer Ehe mehr und mehr zu hektischen Zeugungsversuchen verkommen. Wiegandt war sich nicht sicher, ob Tanjas Drängen auf pünktliche Heimkehr heute Abend nicht auch wieder mit ihrer Fruchtbarkeitskurve zu tun hatte.

Seufzend stieg er in die Dusche und stellte den Hebel auf eiskalt. Das frische Wasser weckte seine Lebensgeister ein wenig. Vielleicht würde es ja gar nicht so schlimm werden heute Abend. Wer weiß, vielleicht würde es sogar ganz nett.

Für einen flüchtigen Moment tauchte Teresas Bild vor seinem inneren Auge auf.

Energisch schüttelte er es weg.

Knapp 90 Minuten später bog Wiegandt mit seinem dunkelgrauen Volvo, einem auf unauffällig getrimmten Dienstwagen, auf den Parkplatz des Polizeipräsidiums ein. Die kalte Dusche und ein nahrhaftes Frühstück hatten seine Laune tatsächlich ein wenig gebessert.

Der Parkplatz wimmelte bereits von den Fahrzeugen der Fernseh-, Rundfunk- und Zeitungsreporter, die Näheres zu den beiden Mordfällen der letzten Tage in Erfahrung bringen wollten. Wiegandt drängte sich unwirsch durch die Menge der ihm entgegen gereckten Mikrofone. Sicherlich würde es noch im Laufe des Vormittags eine Pressekonferenz geben.

Roland stand am Kaffeeautomat und wartete auf den Capuccino, wie die Hersteller der Maschine das miese Gebräu, welches sich nach Betätigung der entsprechenden Taste in einen Plastikbecher ergoss, hochtrabend nannten. »Willst Du auch einen?« fragte er statt einer Begrüßung.

Wiegandt winkte ab. »Was gibt's Neues?«, fragte er auf dem Weg in Rolands Büro.

»Die Spurensicherung hat ihren ersten Bericht vorgelegt. Es sieht so aus, als ob der Mörder erst kurz vor Frau Freudenberger ins Gebäude gekommen ist. Sich sogar vielleicht noch dort aufgehalten hat, als sie schon drin war. Anscheinend war zu dieser Zeit sonst keiner mehr da, aber Näheres erfahren wir ja heute Morgen bei den Vernehmungen von Katharina Bauer und dem anderen Geschäftsführer.«

»Wo könnte der Mörder sich versteckt haben?«

»Er hat sich auf jeden Fall kurz in der Herrentoilette aufgehalten, die auf dem Gang liegt. Dort fand man Blutspuren auf dem Boden. Beide Türklinken zum Chefzimmer und zum Sekretariat waren ebenfalls voller Blut. Als hätte er sie eingeschmiert, bevor er ging. Wahrscheinlich Meyers Blut, aber das Labor hat noch nicht zurückgerufen.«

»Wo ist er raus gegangen?« Wiegandt beugte sich vor.

Roland zuckte die Achseln. »Tja, die Spuren hören nach der Herrentoilette auf. Er könnte sich dort umgezogen haben. Es wurde aber keine blutige Kleidung gefunden.«

»Fingerabdrücke?«

»Jede Menge im Chefzimmer und auf der Toilette, aber wahrscheinlich keine vom Mörder. Der trug wohl Handschuhe, denn auf den Klinken gab es keine Abdrücke.«

»Was sagt der Doc?«

»Hält sich wie immer bedeckt. Der Tod ist zwischen 19.15 und 19.45 Uhr eingetreten, und zwar als Folge eines gezielten Schusses ins Herz aus nächster Nähe. Wahrscheinlich mit Schalldämpfer. Die Waffe ist kleines Kaliber, eine Berenger 65 oder so was Ähnliches.«

Roland machte eine Pause. Wiegandt wartete wortlos.

»Der Mörder hat ihn ziemlich zugerichtet. Schüsse in beide Knie, er hätte nie wieder richtig laufen können. Beide Augen ausgestochen, die Zähne wurden mit einem schweren Gegenstand eingeschlagen, wahrscheinlich mit einer kleinen römischen Statuette, die blutverschmiert neben der Leiche lag.«

»Wann wurden diese Verletzungen zugefügt, vor oder nach dem Tod?«

Roland seufzte. »Hier tut der Doc noch geheimnisvoll. Wollte sich erst nach der Obduktion äußern. Er erwartet uns um zwölf Uhr im Leichenschauhaus.«

Wiegandt griff nach einer Wasserflasche, die auf Rolands Schreibtisch stand und schenkte sich etwas in einen Plastikbecher.

»Was ist mit dem Video?« - »Ich habe die Beamten, die zuerst am Tatort waren, und die Jungs von der Spurensicherung noch mal genau gefragt. Der Fernseher war aus. Es war zwar tatsächlich eine Videokamera am Bildschirm angeschlossen, aber da war keine Kassette drin. Auch die Kamera war ausgeschaltet.«

»Was sagt der Wachmann?«

»Der kann sich an gar nichts erinnern. Aber wir werden ihn uns heute noch mal vornehmen.«

»Sonst noch was gefunden?« Wiegandts Stimme klang jetzt gespannt.

»Wir haben jede Menge V8-Videokassetten in einem Schrankfach entdeckt und erst mal sichergestellt. Ungefähr 80 Stück. Wird eine Weile dauern, die alle anzusehen. Aber der Mord steht jetzt erst mal im Vordergrund.«

Wiegandt zuckte die Achseln. »Unwahrscheinlich, dass er im Falle des Falles das Zeug in seinem Büro versteckt hätte. Gibt's was Neues von dem Jungen?«

Roland hustete. »Verdammt, dauernd schlaflose Nächte, ich hab' schon wieder eine Erkältung im Anzug. Nicht dass ich wüsste. Kröger rotiert, er wollte an sich alle verfügbaren Leute auf den Fall abstellen. Jetzt muss er welche für Meyers rausrücken. Enders wird die Leitung der Ermittlungen über den Tod des Jungen übernehmen, assistiert von dem jungen Berger. Ich werde mich um das hier kümmern«, er machte eine ausholende Bewegung.

»Wie geht es jetzt weiter?« Wiegandt trank von dem Wasser und verzog das Gesicht. »Noch aus römischen Quellen?« fragte er angeekelt.

Roland zuckte die Achseln.

»Wir müssen erst mal jede Menge Leute befragen und vor allem ihre Fingerabdrücke nehmen. Wie gesagt, das Mordzimmer wimmelt von Abdrücken, die die Spurensucher noch nicht zuordnen können. Auch unsere Psychologin hat mächtig am Chaos mitgewirkt, wir brauchen unbedingt ihre Abdrücke, bevor sie heute nach Mainz abdüst. Am besten rufst du im Hotel an und bestellst sie per Taxi noch mal hierher.«

»Das kann doch Ilka machen«, wehrte Wiegandt ab.

»Auch gut«, sagte Roland.

Pünktlich um neun Uhr erschien Lena Meyers. Wiegandt musterte sie neugierig.

Wie schon in der Nacht machte sie einen unsicheren und schüchternen Eindruck. Ihr Blick aus den blaugrauen Augen hastete unstet umher, ihr Gesicht war eingefallen und wirkte farblos trotz der Solariumsbräune. Wiegandt fiel auf, dass ihre Fingernägel bis aufs blutige Fleisch abgebissen waren. Nervös strich sie sich immer wieder durch die modern geschnittenen, rotbraun getönten Haare.

Sie war sorgfältig, aber völlig unpassend gekleidet. Der cyclamfarbene Hosenanzug hatte sicherlich Patricks halbes Monatsgehalt gekostet, wirkte aber von der Farbe und Aufmachung her völlig fehl am Platze. Der tiefe Ausschnitt des Blazers gab den Blick frei auf einen vorzeitig faltig gewordenen Hals, ein schwarzes Spitzenhemdchen blitzte keck hervor.

Offensichtlich hatte sie nicht geweint.

Nach der Wiederholung der Beileidsformeln und den üblichen Fragen zur Person begann Roland die eigentliche Vernehmung.

»Frau Meyers, Sie sagten uns schon in der Nacht, Sie hätten Ihren Mann nicht zum Abendessen erwartet? Bitte schildern Sie uns doch den gestrigen Tagesablauf.«

»Mein Mann ist wie immer um 6 Uhr aufgestanden, er hat eine halbe Stunde im Fitnessraum verbracht, sich danach geduscht und gefrühstückt.« Sie antwortete mit leiser Stimme.

»Haben Sie ihm dabei Gesellschaft geleistet?«

Ihr Blick brach ab. »Nein, mein Mann frühstückte gerne allein. Ich habe währenddessen den Kindern das Pausenbrot gemacht. Die Haushaltshilfe kommt erst um acht. Da sind die Kinder schon in der Schule.«

»Hat Ihr Mann an diesem Morgen mit Ihnen über seine Pläne für den Tag gesprochen?«

»Er sprach mit mir in den letzten Jahren kaum mehr über Geschäftliches. Wir gingen unsere eigenen Wege, wenn Sie verstehen.«

Wiegandt schaltete sich ein. »Das klingt, als hätten Sie Probleme in Ihrer Ehe gehabt.«

Lena Meyers wandte sich ihm zu. »Ich habe Werner unmittelbar nach meinem Studium geheiratet. Ich war da schon im vierten Monat schwanger mit Alicia, unserer ältesten Tochter. Sie ist jetzt vierzehn. Das Geschäft war da gerade im Aufbau.

Werner hatte viel zu tun, ich hatte mich um die Kinder zu kümmern. Dominik ist nur 14 Monate jünger als Alicia. Wir hatten nie viel Zeit für uns und da lebt man sich eben auseinander mit den Jahren.«

»Aber Sie wussten, dass er einen wichtigen Termin für den Abend vereinbart hatte?«

Über Lena Meyers Gesicht huschte ein undefinierbarer Ausdruck. »Ja, er erwähnte, dass er wegen einer geschäftlichen Angelegenheit erst spät nach Hause kommen würde. Ich solle nicht auf ihn warten. Was er genau vorhatte, hat er nicht gesagt.«

»War das ein ungewöhnliches Vorkommnis?«

Lena Meyers lächelte spöttisch. »Nein, es war eher die Regel als die Ausnahme.«

»Wussten Sie, ob Ihr Mann in der Firma verabredet war?«

»Nein, da müssten Sie Frau Bauer fragen. Sie macht alle seine geschäftlichen Termine.« Unwillkürlich fiel sie zurück in die Gegenwartsform.

»Kennen Sie eine Dr. Teresa Freudenberger?«, fragte Roland. »Sie ist Unternehmensberaterin.«

Meyers runzelte die Stirn. »Der Name kommt mir irgendwie bekannt vor, aber ich kann mich nicht erinnern. Mein Mann hat sie mir gegenüber nie erwähnt. Aber wie gesagt, das muss nichts heißen.«

»Plante Ihr Mann umfangreichere Qualifizierungsmaßnahmen für sein Personal?«

Lena Meyers sah ihn ratlos an. »Das weiß ich nicht, vielleicht kann Ihnen das Herr Wolf beantworten. Er ist Mitgesellschafter und stellvertretender Geschäftsführer.«

Roland machte eine ungeduldige Handbewegung.

»Wann verließ Ihr Mann gestern das Haus?«

»Gegen 8.15 Uhr.«

»Und dann hatten Sie keinen Kontakt mehr zu ihm für den restlichen Tag?«

»Nein.« Auch jetzt blieben Lena Meyers Augen trocken. Sie wirkte ängstlich und irgendwie vorsichtig, aber weder traurig noch erschüttert.

Wiegandt zuckte resigniert die Achseln.

»Hatte Ihr Mann Feinde?«, fragte er. Lena Meyers wirkte verwirrt. »Das weiß ich nicht, es wäre möglich, aber er hat nie darüber gesprochen.«

»Ist Ihnen irgendetwas Ungewöhnliches aufgefallen in den letzten Tagen, Wochen oder Monaten?«

Meyers schien nachzudenken. »Ich kann mich an nichts erinnern. Aber wie gesagt, wir führten jeder unser eigenes Leben.«

Roland stand auf. Er fischte eine Visitenkarte aus einer Schreibtischschublade. »Frau Meyers, vielen Dank, dass Sie gekommen sind. Falls Ihnen noch irgendetwas einfallen sollte, bitte benachrichtigen Sie uns umgehend. Auch wenn es vielleicht mit der Sache auf den ersten Blick nichts zu tun hat.«

Meyers nahm die Karte. »Ist gut«, sagte sie kurz. Sie griff nach ihrer teuren Handtasche und stand auf. »Wann kann die Beerdigung stattfinden?«, fragte sie. »Mein Mann hat Verwandtschaft in Südfrankreich. Ich muss rechtzeitig Hotelzimmer reservieren.«

Roland und Wiegandt warfen sich einen kurzen Blick zu. »Wir können es Ihnen noch nicht sagen, die Leiche ist noch in der Gerichtsmedizin«, sagte Roland brutal. Meyers zuckte zusammen.

Dann schien sie einen Entschluss zu fassen. Sie straffte die Schultern, atmete hörbar ein und richtete zum ersten Mal in diesem Gespräch den Blick fest auf die beiden Beamten. »Mir tut es leid, dass er ermordet wurde«, sagte sie und versuchte, ihrer Stimme so etwas wie Festigkeit zu verleihen. »Aber ich bin nicht wirklich traurig, dass er tot ist. Wir hatten keine gute Beziehung und waren nur noch wegen der Kinder zusammen.«

Sie wandte sich zum Gehen. Plötzlich hielt sie inne und drehte sich noch einmal um. »Ach, jetzt fällt es mir ein. Ich hatte eine Kommilitonin an der Uni, die hieß Teresa Freudenberger. Ich kannte sie aber nur flüchtig.«

»Was haben Sie studiert?«, Wiegandt war neugierig.

»Psychologie«, antwortete Lena Meyers. »Ich hab' aber nie in meinem Beruf gearbeitet.«

Kapitel 6

»Was hältst du von ihr?«, Roland zerpflückte nachdenklich ein Papiertaschentuch in kleine Fetzen. Ilka Werner hatte Frau Meyers gerade hinausbegleitet.

»Sie verbirgt etwas«, sagte Wiegandt. »Sie mochte ihren Mann nicht und kennt Freudenberger. Aber irgendwie glaube ich nicht, dass das mit ihrem Versteckspiel zu tun hat.«

Dieter Roland seufzte. Mechanisch strich er sich durch sein schütteres braunes Haar. Er war mit seinen 37 Jahren deutlich jünger als Wiegandt, aber die Natur hatte es mit ihm nicht so gut gemeint. Roland war klein und untersetzt und mittlerweile deutlich übergewichtig. Sein Hemd spannte sich über dem Bauch, die Knöpfe drohten jederzeit abzuspringen.

Auch Wiegandt seufzte. Seit der Scheidung ging es mit Rolands Äußerem ständig bergab. Würde es ihm selbst mal genauso ergehen?

Energisch schob er den Gedanken beiseite. »Wer kommt jetzt?« fragte er.

»Frau Bauer wartet schon draußen«, antwortete Roland.

»Was wissen wir über sie?«.

Roland konsultierte seine Notizen. »52 Jahre alt, ledig, seit 14 Jahren in der Firma beschäftigt. Augenblicklich Meyers Chefsekretärin. Verließ die Firma gestern Nachmittag um 17 Uhr. Lass' uns doch alles Weitere selbst fragen.«

Wiegandt nickte und machte Ilka Werner durch die Einwegscheibe ein Zeichen. Wenig später führte die Beamtin Katharina Bauer in das Vernehmungszimmer.

»Sie sind die persönliche Sekretärin von Werner Meyers?«

Nach der Routineabfrage der Personalien übernahm diesmal Wiegandt die Leitung der Vernehmung.

Katharina Bauer nickte. Sie war eine hagere Frau mit nikotingelb gefärbten Fingerspitzen und Zähnen. Ihr dunkelbraunes Kostüm war schon längst aus der Mode gekommen. Das fuchsrot gefärbte kurze Haar stand in krassem Kontrast zur bleichen Haut ihres Gesichts.

»Seit elf Monaten. Vorher war ich in der Tourenplanung beschäftigt.«

»Warum haben Sie die Stelle übernommen?«

Bauer verzog den Mund. »Sie wurde vakant«, sagte sie mit einem verächtlich klingenden Unterton. »Genauer gesagt, ich habe getauscht.«

»Mit wem getauscht?« Wiegandt wusste selbst nicht, warum er die Frage stellte. Er folgte einfach seinem Gefühl.

»Mit Eva Schneider«, sagte Bauer. »Sie übernahm meinen Posten in der Logistik.«

»Was war der Grund?« Bei der Erwähnung des Namens Eva Schneider war auch Roland aufmerksam geworden.

»Frau Meyers wollte das so.« Eine kurze Pause. »Sie war wahrscheinlich eifersüchtig.«

»Eifersüchtig auf Eva Schneider? Warum?«

Bauer blickte verlegen in eine Ecke des Raumes. »Ich klatsche nicht gerne«, sagte sie steif.

»Frau Bauer«, Wiegandts Stimme wurde energisch. »Ein brutaler Mord wurde gestern Abend verübt. Da ist kein Raum für Zimperlichkeiten. Bitte beantworten Sie die Frage!«

Bauer holte Luft. »Sie hätten sie doch selbst fragen können. Sie war doch da«, protestierte sie. Roland und Wiegandt schwiegen.

»Also gut. Es gab Gerüchte, dass Werner Meyers und Eva Schneider ein Verhältnis gehabt haben. Aber ich weiß nichts Genaues darüber. Meyers war so ein Mann, der nichts anbrennen lässt, wenn Sie verstehen.«

Wiegandt warf Roland einen Blick zu.

Der zuckte die Achseln.

»Frau Meyers hat uns erzählt, dass sie sich mit ihrem Mann schon lange auseinander gelebt hätte. Es klang nicht so, als ob das ein Geheimnis geblieben sei.« Wiegandt machte eine vielsagende Pause.

Katharina Bauer griff in ihre abgewetzte Handtasche und fischte nach einem Päckchen *Players*. »Darf ich hier rauchen?« fragte sie. Statt einer Antwort schob ihr Roland einen Aschenbecher aus Aluminium hin.

»Danke«. Sie zündete sich eine der filterlosen Zigaretten an und inhalierte tief.

»Frau Meyers waren die Frauengeschichten, glaube ich, normalerweise wirklich egal. Aber diesmal kam sie wohl eines Tages zufällig selbst dazu und erwischte ihren Mann in flagranti. Ihre Tochter war auch dabei. Daher bestand sie auf Evas Entlassung. Wohl um ihr Gesicht zu wahren.«

»Aber Eva Schneider wurde doch nicht entlassen?«

»Nein. Es gab ein paar schreckliche Szenen zwischen ihr und Meyers, heißt es. Sie wollte unbedingt ihren Posten behalten. Er wollte sie zwar nicht entlassen, wollte aber auch seine Frau nicht weiter verärgern. Schließlich fand man den Kompromiss. Sie wurde in die Tourenplanung versetzt bei gleichem Gehalt. Ich bekam den Posten im Vorzimmer. Allerdings mit Gehaltserhöhung«, fügte sie mit einem Unterton von Stolz hinzu.

»Kannten Sie Teresa Freudenberger?« fragte Wiegandt.

»Die Nutte, die gestern am Vormittag da war?« Bauers Stimme klang aggressiv. »Nein, die habe ich nie vorher gesehen. Die hatte sich wohl deutlich in der Tageszeit geirrt. Solche Sachen machte Meyers alleine aus, da hatte ich Gott sei Dank nie mit zu tun.«

»Dr. Teresa Freudenberger ist kein Callgirl, sondern eine Unternehmensberaterin, die mit Meyers über Schulungsmaßnahmen für sein Personal sprechen wollte«, Wiegandt wunderte sich selbst über den empörten Unterton seiner Stimme. Roland sah ihn überrascht an.

»Eva Schneider ist jetzt ihre Sekretärin. Sie hat den Termin vereinbart, sagt Frau Freudenberger. Was wissen Sie darüber?«

Bauer wirkte ehrlich überrascht. »Oh«, sagte sie. Nach kurzer Pause fuhr sie fort. »Das tut mir Leid, davon wusste ich gar nichts. Da muss ich mich wohl für meine Annahme entschuldigen.«

Wiegandt winkte ungeduldig ab. »Hat Eva Schneider den Termin mit Ihnen vereinbart?«

»Nein«, sagte Bauer. »Meines Wissens hat sie vor sechs Monaten gekündigt und die Firma verlassen. Gerüchteweise sagte man, das Verhältnis zu Meyers sei endgültig zu Ende gewesen. Er habe sie gebeten zu gehen. Gegen eine saftige Abfindung, heißt es.«

»Wie lange war sie bei Meyers beschäftigt?«

»Ca. vier bis fünf Jahre. Ganz genau weiß ich das nicht. Sie hat nicht im Chefsekretariat angefangen, sondern war zuerst irgendwo in der Verwaltung. In der Lohnbuchhaltung, glaube ich. Dann hat sie sich an Meyers herangemacht und den Posten im Vorzimmer bekommen.«

»Wie lange war sie dort?«

»Ungefähr drei Jahre. Höchstens, eher weniger. Aber das müsste sich ja aus den Personalunterlagen rekonstruieren lassen.«

Roland machte sich eine Notiz.

»Also zurück zum gestrigen Tag«, sagte er. »Habe ich das richtig verstanden, dass Sie selbst den Termin mit Eva Schneider nicht vereinbart haben?«

»Nein«, sagte Bauer. »Ich wusste davon gar nichts. Eva hätte sich sicherlich auch nie an mich gewandt, wenn sie einen Termin mit Meyers vereinbaren wollte. Sie hatte ja noch seine Handynummer.«

»Sie wussten also auch nichts von Teresa Freudenberger?« wiederholte Wiegandt. Bauer schüttelte den Kopf.

»Warum hielten Sie sie für ein Callgirl?«

Auf Katharina Bauers Wangen erschienen zwei hässliche rote Flecken. Sie zündete sich eine neue Zigarette an.

»Meyers machte das manchmal«, sagte sie mit Blick auf die verschrammte Tischplatte. »Er hatte ja sogar Bettzeug in seinem Zimmer. Da in dem Abstellraum. Und die Couch konnte man ausziehen.«

Wiegandt nickte. »Und weiter?«, fragte er.

Bauer holte hörbar Luft. »Also«, sagte sie. »Ich war keine zwei Tage da, da bestellte mich Herr Meyers in sein Büro. Er sagte mir, dass seine Ehe nur noch auf dem Papier bestünde und dass er daher gelegentlich abends Damenbesuch empfangen würde. Dass er dabei auf meine Diskretion rechnen würde. Und dass er erwarten würde, dass ich dafür sorgen würde, dass keine Störungen zu befürchten seien, wenn er mir mitteilen würde, dass er abends einen Termin hätte. Also an diesem Tag keine späten Berufstermine, keine Überstunden und so.«

»Neben seinem Verhältnis zu Eva Schneider?«

Katharina Bauer zuckte die Achseln.

»Und wie spielte sich das dann tatsächlich ab?«, fragte Roland.

»Herr Meyers gab mir sonst ein paar Tage vorher Bescheid, wenn er Besuch erwartete. Meistens kam der sowieso freitags, wenn alle Mitarbeiter spätestens um fünf Uhr ins Wochenende gehen. Die Eingangstür blieb dann offen. Ich sagte das der Dame am Empfang, die sonst dafür zu sorgen hatte, dass die Tür abgeschlossen wurde, wenn sie nach Hause ging.«

»Hatten denn die anderen Mitarbeiter keinen Schlüssel?« fragte Wiegandt ungläubig.

»Meines Wissens hatte nur noch Herr Wolf einen Schlüssel. Herr Meyers wollte nicht, dass seine Mitarbeiter sich jederzeit in der Firma aufhielten. Das heißt, im Verwaltungsgebäude wollte er das nicht. Der Wagenpark und die Lager waren natürlich davon nicht betroffen. Dort sind auch die Büros der Logistik, also die Tourenplanung und so. Deshalb brauchte man außerhalb der üblichen Zeiten in der Regel nicht in die Verwaltung.«

Roland und Wiegandt sahen sich an.

»Gab es denn nie Notfälle, wo man außerhalb der Arbeitszeiten ins Verwaltungsgebäude musste?«

»Zur Not hatte der Wachdienst noch einen Schlüssel«, erklärte Bauer. »Aber wenn jemand außerhalb der normalen Arbeitszeiten im Gebäude war, machte Herr Meyers jedes Mal einen Riesenaufstand. Einmal hatte ein Angestellter seinen Hausschlüssel liegenlassen und bat den Wachdienst, ihm die Eingangstür zu öffnen. Ich war nebenan, als Meyers den Mann am nächsten Tag buchstäblich zur Schnecke machte. Es kam daher so gut wie nie vor, dass jemand nach Feierabend noch in die Verwaltung kam.«

»Blieb die Tür denn auch offen, wenn Meyers gar nicht da war?«

»Das kam selten vor. Aber dann wurde die Tür natürlich abgeschlossen. Meyers ließ sie dann auf, wenn er kam.«

»Wann hat Meyers Ihnen von seinem gestrigen Abendtermin erzählt?«

»Am Mittwochmorgen sagte er mir, dass er am Freitagabend Besuch erwarten würde. Ich habe dann Molly vom Empfang Bescheid gesagt.«

»Und von einem Termin am Vormittag wussten Sie nichts?«

Bauer runzelte die Stirn. »Nein, gar nichts. Ich kann mir auch nicht vorstellen, dass Meyers einen Termin am Vormittag ausgemacht hätte. Er hatte schon vor vier Wochen an diesem Tag ein wichtiges Treffen mit einem Kunden in Luxemburg vereinbart. Auch Herr Wolf war dort dabei. Wahrscheinlich hat sich Eva Schneider im Datum geirrt. Vielleicht fragen Sie sie einfach danach.«

»Oder Teresa Freudenberger hat sich das Datum falsch aufgeschrieben«, murmelte Wiegandt. »Na egal. Wir werden Frau Schneider erst nach ihrer Rückkehr aus Südamerika befragen können«, antwortete er Katharina Bauer in normaler Lautstärke. »Wann hat Meyers gestern Morgen die Spedition verlassen?«

»Er fuhr gegen neun Uhr ab. Vorher hat er nur noch ein paar Papiere zusammengestellt und mich gebeten, den Beamer zu testen.«

»Hatten Sie noch einmal Kontakt zu ihm an diesem Tag?«

»Nein. Ich habe ihm gegen 16 Uhr einen kurzen Bericht über die Tagesereignisse auf die Mailbox gesprochen, das wollte er so, wenn er außer Haus war. Aber er hat bis 17 Uhr nicht mehr zurückgerufen. Es gab ja auch nichts Besonderes.«

»Also gingen Sie gestern, bevor Meyers zurück war?«, fragte Roland.

»Ja, Molly hat dann mit mir das Haus verlassen und abgeschlossen. Es war niemand mehr da.«

»Woher wissen Sie das so genau?«

»Alle Mitarbeiter stechen die Uhrzeit, wenn sie gehen und geben die Karte bei Molly ab, die sie persönlich abzeichnet. Gestern war niemand mehr da, wir waren die letzten, die das Gebäude verließen.«

Nachdenklich blickten Roland und Wiegandt Frau Bauer nach, die von Ilka Werner zur Abnahme ihrer Fingerabdrücke in einen Laborraum geführt wurde. Zum Erstaunen der beiden Beamten hatte sie sich nur widerwillig bereit erklärt, sich dieser Prozedur zu unterziehen und anfangs heftig dagegen protestiert.

»Ein merkwürdiger Laden«, Wiegandt trat ans Fenster und blickte auf den Parkplatz hinunter, wo sich immer noch die Reporterfahrzeuge drängten. Mittlerweile war es 10.30 Uhr geworden. »Bin gespannt, was Wolf zu allem sagt. Schaffen wir das noch vor dem Doc?«

Roland blickte auf seine Uhr. »Klar doch«, meinte er zuversichtlich. Er blickte durch die Tür und winkte Ilka, die gerade zurückkam. »Ist Georg Wolf schon da?«, fragte er.

»Er wartet bereits eine halbe Stunde und ist ziemlich sauer«, antwortete die Beamtin.

»Schon was Neues aus dem Labor?«

»Ja. Das Blut an den Türen ist tatsächlich von Meyers. Scheint Herzblut aus der Brustwunde zu sein. Keine Beimengungen. Wahrscheinlich hat der Mörder Gummihandschuhe getragen.«

»Verrückt«, sagte Wiegandt. »Warum beschmiert der Mörder die Türklinken mit dem Blut des Opfers?«

Roland zuckte die Achseln. »Irgendwas steckt dahinter. Was, ist mir auch noch nicht klar. Aber jetzt hören wir erstmal den Wolf. Oder besser noch, vorher den Wachmann. Wolf ist ja sowieso schon sauer. Da macht etwas mehr Warten auch keinen Unterschied.«

Die Anzeige auf dem Display war eindeutig. Hektisch drückte er den Abnahmeknopf.

»Sind Sie wahnsinnig?«, zischte er in den Hörer. »Sie dürfen mich nie anrufen, wenn ich im Dienst bin!«

»Pass auf«, die Stimme am anderen Ende der Leitung nahm keine Notiz von seinem Protest. »Habt ihr Videos mitgenommen?«

»Natürlich, es lagen ja genug in diesem Schrank herum.«

»Wo sind die jetzt?«

»In der Asservatenkammer. An diesem Wochenende passiert da wahrscheinlich erst mal gar nichts mit. Jetzt dreht sich alles um den Mord.«

»Gut. Das gibt dir Zeit, die Videos durchzusehen.«

»Was?« – »Halt die Klappe. Wenn wir auffliegen, erwischt es dich als einen der ersten, das weißt du doch.«

»Ihr Schweine. Für so was hätte ich mich nie hergegeben, wenn ich das geahnt hätte.« Die Stimme zitterte vor Abscheu und Wut.

Der Anrufer blieb ungerührt. »Mitgegangen, mitgehangen. Sieh nach, ob es Kassetten gibt, die auf »Nicht überspielen« gestellt sind. Du weißt schon, wo der kleine rote Hebel verschoben ist. Nimm die weg, sonst wird es ungemütlich.«

»Wie soll ich das denn machen, das ist Unterschlagung von Beweismaterial.«

»Deine Sache. Es wird dir schon was einfallen. Übergabe auf dem üblichen Weg. Es gibt zehntausend extra.«

Der Anrufer legte auf.

Kapitel 7

Teresa erwachte vom Klingeln des Telefons. Sie hatte grässliche Kopfschmerzen.

Stöhnend griff sie nach dem Hörer. Es war die Rezeption: »Ein Anruf für Sie aus dem Polizeipräsidium.«

»Frau Dr. Freudenberger!« Die Stimme am anderen Ende war sachlich, wenn auch nicht unfreundlich. »Hier ist Ilka Werner. Sie kennen mich von gestern Nacht. Hauptkommissar Wiegandt lässt Sie bitten, gegen 13 Uhr noch einmal ins Präsidium zu kommen, wir brauchen noch Ihre Fingerabdrücke zum Vergleich mit den Abdrücken im Mordzimmer.«

Einen Moment lang war Teresa schockiert, dann zuckte sie resigniert die Achseln. Natürlich, sie hatte ja alles Mögliche dort angefasst, das Telefon, den Türrahmen, den Schreibtisch. Was war sie doch dumm gewesen in ihrer Panik.

Auf der vergeblichen Suche nach ihrem Aspirin, welches sie immer in einem Seitenfach ihrer Handtasche dabeihatte, übermannte sie erneut das nackte Elend. Noch immer schmerzte ihr Knie, ihre Kleidung war verdreckt und verschwitzt, die teure Strumpfhose zerrissen, der Rock fast bis zur Hüfte aufgeplatzt. Wie sollte sie denn da vor die Tür gehen. In einer blauen Badelatsche statt ihrem zweiten Pump.

Und überhaupt, ihr schöner Kundenkontakt - futsch - und Marcel.... Weinend warf sich Teresa aufs Bett und schluchzte eine Weile ins Kissen. Erneut klingelte das Telefon.

Diesmal war es die Hausdame. »Frau Freudenberger, Herr Wiegandt hat mich gebeten, mich ein wenig um Sie zu kümmern. Darf ich kurz heraufkommen?«

Wenig später saß Teresa einer resoluten grauhaarigen Dame gegenüber, die für alles eine Lösung wusste. Aspirin kam zusammen mit einem herzhaften Frühstück vom Zimmerservice, die hoteleigene Boutique schickte eine Auswahl von Kleidungsstücken und Schuhen zur Anprobe. Sogar ein Nageletui fand sich, mit dessen Hilfe Teresa ihre abgebrochenen Fingernägel in Ordnung bringen konnte.

Nach einem ausgiebigen Bad fühlte Teresa sich schon deutlich besser. Sie trug jetzt eine schlichte graue Jeans und einen dunkelblauen Baumwollpullover, der ihre Augen vorteilhaft zur Geltung brachte. Dazu hatte sie ein paar einfache schwarze Slipper gewählt.

Das Hotel würde ihr an ihre Geschäftsadresse eine Rechnung schicken, wenigstens dieser Teil der Angelegenheit war unproblematisch. Wie sie mit den Spätfolgen der Mordentdeckung auf Dauer umgehen würde, stand allerdings noch in den Sternen. Teresa wusste genug von Traumapsychologie, um zu wissen, dass sie im Moment noch unter Schock stand. Und dass dieser Schockzustand ihr half, die Erinnerung an die blutigen Augenhöhlen vorläufig noch weg zu schieben, wenn sie sich ihr aufdrängte.

Immerhin, dieser Wiegandt war ein netter Kerl.

Im Polizeipräsidium gingen die Gespräche unterdessen weiter.

Die Vernehmung des Wachmanns hatte keine neuen Erkenntnisse gegenüber dem Vorabend erbracht. Er hatte erneut Teresas Auftritt im Wachhäuschen beschrieben, seinen Fund der Leiche und das Warten auf den ersten Einsatzwagen.

Nein, der Fernseher sei seiner Ansicht nach ausgeschaltet gewesen. Beschwören wolle er es nicht, aber er glaube es. Ob eine Kassette in der Kamera gewesen sei, könne er nicht sagen, er habe die Kamera in seinem Schreck ja nicht einmal bemerkt. Er arbeite schon seit 15 Jahren als Wachmann, aber so etwas

Schlimmes sei ihm noch nie passiert. Und würde ihm auch hoffentlich nicht mehr passieren, wie er hinzufügte.

Georg Wolf, der stellvertretende Geschäftsführer und Mitgesellschafter von Meyers Logistik, war ein schmächtiger Mittvierziger. Sein Gesichtsausdruck hatte etwas Verschlagenes. Er war Wiegandt auf Anhieb unsympathisch.
Roland übernahm jetzt wieder die Federführung der Befragung.
Meyers Logistik war vor 17 Jahren von Werner Meyers, Georg Wolf und einem inzwischen verstorbenen dritten Gesellschafter namens Richard Eberhard gegründet worden. Meyers hatte den Löwenanteil des Kapitals eingebracht und war auch ansonsten der Macher gewesen.
Angefangen hatte man mit zwei LKWs, die hauptsächlich Möbeltransporte bei Fernumzügen übernommen hatten. Wolf und Eberhard hatten zu Beginn noch selbst am Steuer gesessen. Über seine Kontakte war Meyers dann an die ersten Aufträge von Großhändlern gekommen. Man lieferte Ware über Nacht vom nächst gelegenen Lager aus, damit die Kunden ihre Bestellungen schon am nächsten Tag zur Verfügung hatten.
Über Empfehlungen war das Geschäft ständig gewachsen, schließlich war mit dem Einstieg in die Versandhausauslieferung der Durchbruch gekommen. Heute gab es Lager und Fuhrparks an sechs Standorten (u.a. auch in Luxemburg), Touren liefen teilweise europaweit, das Unternehmen beschäftige über 400 Mitarbeiter.
Die letzten Jahre waren allerdings wirtschaftlich schwieriger geworden, die Preise seien verfallen und die Konkurrenz beständig gewachsen. Dennoch sei die Firma im Kern gesund.
Nachdenklich musterte Wiegandt Georg Wolf, der diese Informationen nahezu ungefragt mit dünner näselnder Stim-

me gab. Er trug einen hellgrauen teuren Anzug mit blauem Hemd und grauer Krawatte. An seiner rechten Hand prangte ein pompöser Siegelring mit seinen Initialen. Wolf wich Wiegandts Blick konsequent aus, die blassblauen Augen huschten unstet durch den Raum und fanden nirgends einen Halt. Er wirkte angespannt und war eindeutig auf der Hut.

»Wer könnte für einen solch scheußlichen Mord verantwortlich sein?« fragte Roland. Wolf zuckte ratlos die Achseln.

»Ich weiß es nicht. Meyers war bei seinen Mitarbeitern recht beliebt. Er war streng, aber gerecht, so der Typ des Patriarchen, wenn Sie verstehen, was ich meine.«

»Was wissen Sie über sein Privatleben?«

Jetzt sah Wolf verlegen aus. »Nun, jeder von uns hat doch seine kleinen Schwächen«, äußerte er mit einem Grinsen, was wohl jovial wirken sollte, aber nur peinlich war. »Ab und zu empfing Meyers Damenbesuch in seinem Büro. Nur hochbezahlte Ware, versteht sich.« Er lächelte schmierig und zwinkerte Wiegandt plump vertraulich zu.

Unangenehm berührt blickte der zur Seite. Wolf hatte zweifelsohne etwas Vulgäres an sich, trotz dem teuren Anzug und der Designerkrawatte.

»Wie reagierte seine Frau darauf?« Roland blieb augenscheinlich ungerührt.

»Ich glaube, Lena war es Recht so. Sie machte sich nicht mehr viel aus ehelichen Pflichten.«

»Woher wissen Sie das so genau?«

»Intuition. Ach Quatsch«, Wolf reagierte augenblicklich auf Wiegandts verblüfften Gesichtsausdruck. »Meyers hat es mir erzählt. Mensch, wir waren seit Jahren Freunde und Partner.«

»Wie reagierten denn die Mitarbeiter auf die Liaisons im Chefzimmer?«

»Diskret, versteht sich. Meyers bildete sich immer ein, es

wüsste außer mir und seiner Sekretärin niemand, aber das ist natürlich Quatsch. Die ganze Firma wusste Bescheid. Aber man sprach nicht offen darüber. Meyers war eine Respektsperson.«

»Warum durften die Mitarbeiter keinen Schlüssel zum Verwaltungsgebäude haben?«

»Auch das war so eine Marotte von Meyers. Er fürchtete sich in den letzten Jahren vor Unternehmensspionage, dass man seine Kundendaten stehlen könnte und so. Vielleicht auch, dass er noch einmal in flagranti erwischt werden könnte. Ich weiß es nicht.«

Seine Kundendaten? überlegte Wiegandt.

»Haben Sie einen Schlüssel?«, fragte er.

»Selbstverständlich. Ich bin stellvertretender Geschäftsführer. Aber ich habe ihn kaum benutzt. Meine Arbeit endet in der Regel mit der normalen Geschäftszeit.«

Beneidenswert, dachte Wiegandt. Und absolut ungewöhnlich in einer Zeit, wo schon der normale Angestellte kaum unter einer 60-Stunden-Woche nach Hause geht.

»Kennen Sie eine Dr. Teresa Freudenberger?«

Wolf dachte nach. Dann schüttelte er den Kopf. »Nein, nie gehört.«

»Sie ist Unternehmensberaterin. Sie hatte gestern Abend einen Termin mit Meyers und fand die Leiche.«

»Eine Unternehmensberaterin?« Wolf blickte ungläubig drein. »Wir hatten so jemanden noch nie im Haus.«

»Eva Schneider hat den Termin vermittelt«.

Erneut erschien das schmierige Grinsen auf Wolfs Gesicht. »Ach, Eva«, sagte er mit lang gedehnten Silben.

»Kennen Sie sie?«

»Wer kennt Eva denn nicht«, sagte Wolf anzüglich.

»Sie war bei Ihnen beschäftigt?«

»So kann man es auch nennen«, meinte Wolf. Auf die fragenden Blicke der Beamten fuhr er fort.

»Sie hat vor einigen Jahren bei uns angefangen. Genau weiß ich das gar nicht, ich habe sie damals nicht eingestellt. Hat es dann gezielt darauf angelegt, den Chef zu ködern. Hat schließlich auch geklappt, sie stieg bis ins Vorzimmer auf.« Wolf kicherte.

Wiegandt fand den Mann langsam unerträglich.

»Tja, dann hat ausgerechnet Lena die beiden erwischt. Mitten im Schäferstündchen. Mit ihrer Tochter Alicia dabei. Das war peinlich. Lena hat wahrscheinlich deshalb darauf bestanden, dass Eva sofort entlassen wird.«

»Und wurde sie entlassen?« Roland zündete sich eine seiner seltenen Zigaretten an. Das tat er nur, wenn er sehr müde oder sehr gereizt war. Jetzt war er augenscheinlich gereizt.

»Nein. Sie wehrte sich ja schon mit Händen und Füßen gegen ihre Versetzung. Drohte mit dem Betriebsrat und was weiß ich noch. Es hat Meyers eine schöne Stange Geld gekostet, sie zur Vernunft zu bringen. Sie tauschte schließlich mit Katharina Bauer aus der Tourenplanung. Das Verhältnis lief noch eine Weile weiter, aber der Kick war wohl raus. Eva kündigte schließlich und ging vor ein paar Monaten, dürfte ein halbes Jahr her sein. Meiner persönlichen Ansicht nach hat Meyers ihr den Abschied noch einmal versilbert.«

Roland blies Wolf den Rauch seiner Zigarette ins Gesicht. Der hustete und wedelte heftig mit den Händen.

»Bitte, ich reagiere schnell allergisch.«

»Tschuldigung«, murmelte Roland, rauchte aber unbeeindruckt weiter.

»Und nun ist Eva unter die Unternehmensberater gegangen, und dazu mit weiblichem Kompagnon?« Wolfs Stimme klang wieder anzüglich.

Zum zweiten Mal an diesem Vormittag merkte Wiegandt, dass er wütend wurde. »Es handelt sich zweifellos um ein seriöses Unternehmen«, sagte er gestelzt.

Diesmal warf ihm Roland einen eindeutig amüsierten Blick zu. Da hatte es wohl gefunkt.

Wiegandt ärgerte sich noch mehr. »Zweifelsohne, zweifelsohne«, beeilte sich Wolf zu sagen.

»Also wussten Sie nichts von der Sache. Es sollte um Qualifizierungsmaßnahmen für Ihr Servicepersonal gehen. Wie hieß das Thema noch mal, Kundenbindung?« Roland sah Wiegandt fragend an.

»Kundenorientierung, glaube ich. Es soll in jüngster Zeit da einige Kundenbeschwerden über Ihre Mitarbeiter gegeben haben. Deshalb seien Schulungen in Erwägung gezogen worden.«

»Ja, das kann schon sein«, meinte Wolf. Er wirkte trotz der Unverfänglichkeit des Themas wieder eindeutig auf der Hut. »Ich glaube, jetzt kann ich mich erinnern, Meyers hat so was sogar mal erwähnt.«

»War es ungewöhnlich, solch einen Termin am Abend auszumachen?«

»Nein, das kam schon mal vor.«

Wiegandt hatte deutlich den Eindruck, dass Wolf jetzt log.

»Wir könnten das wirklich auch gut gebrauchen. Die Konkurrenz wird immer härter. Wie war noch mal der Name der Firma?«

»*Freudenberger Consulting*, in Eltville bei Wiesbaden, glaube ich.« Roland hatte die Worte schon ausgesprochen, bevor Wiegandt ihm ein Zeichen geben konnte.

Wolf notierte sich die Angaben in ein kleines Notizbuch, welches er aus der Jacketttasche gezogen hatte. »Vielleicht, wenn sich die Wogen geglättet haben.«

Wiegandt kochte innerlich. »Wo waren Sie gestern Abend zwischen 19 und 20 Uhr?«, fragte er unvermittelt und brutal. Roland sah ihn überrascht an.

Auch Wolf war überrascht – überrascht und amüsiert. Amüsiert? Ja, eindeutig amüsiert, dachte Wiegandt.

»Halten Sie mich für den Mörder? Ich hasse Blut«, sagte Wolf. Wiegandt fiel auf, dass auch er keine Spur von Trauer zeigte. Niemandem schien Meyers wirklich zu fehlen.

»Ich war im Ehranger Hof und habe mit 14 Personen zu Abend gegessen«, fuhr Wolf fort. »Meine Frau feierte gestern ihren 45. Geburtstag.«

»Wie konntest du ihm Freudenbergers Firma nennen!«

Wiegandt war noch immer empört, als Wolf von Ilka Werner zur Fingerabdruckabnahme begleitet wurde. Auch er hatte sich naturgemäß öfters in Meyers Büro aufgehalten.

Roland verteidigte sich. »Ich weiß gar nicht, was du hast. Sie hat so sehr mit dem Auftrag gerechnet. Vielleicht habe ich ihr sogar einen Gefallen getan und sie kann das Geschäft oder zumindest einen Teil davon noch retten. Du weißt doch, wie sie gestern hier gesessen und geheult hat.«

Wiegandt atmete tief durch. Leider hatte Roland sogar Recht.

»Ein schmieriger Widerling, findest du nicht auch?« Roland nickte. »Und Meyers scheint ihm ebenso wenig zu fehlen wie seiner Ehefrau.« Es war also auch ihm aufgefallen. »Wir behalten ihn im Auge. Trotz seiner 14 Alibi-Zeugen.«

Er warf einen Blick auf die Uhr. »Komm, wir müssen uns beeilen. Der Doc erwartet uns um zwölf Uhr im Leichenschauhaus. Und du weißt, dass er gnadenlos geht, zumal wenn wir nicht pünktlich sind. Und wer weiß, ob wir ihn dann bis Montag noch mal auftreiben.«

Dr. Markus Lutz, von allen nur Doc genannt, empfing sie in seinem wie immer peinlich aufgeräumten Büro. Er hielt nichts von Interviews am offenen Leichnam.

»Also«, er rückte an seiner Nickelbrille und sah auf seine Notizen. »Als ich die Leiche fand, war sie noch warm. Der Tod ist während der letzten Stunde eingetreten. Glaubt man der Frau, dass sie ihn gegen 19.50 Uhr gefunden hat, muss der Tod zwischen 19.15 Uhr und 19.45 Uhr eingetreten sein. Ich war um 20.15 am Tatort.«

Roland und Wiegandt scharrten ungeduldig mit den Füßen. Diese Informationen hatten sie schon. Aber Lutz ließ sich nicht aus der Ruhe bringen.

»Die Todesursache ist ein Schuss mitten ins Herz. Aufgesetzte Waffe, kleines Kaliber, mit Schalldämpfer. Deutliche Schmauchspuren am Hemd. Die Schüsse in die Knie wurden ihm vor seinem Tod beigebracht.«

»Vor dem Tod? Sicher?«

Doc blickte ungnädig hoch. »Ich habe Knochensplitter an seinen Händen gefunden. So als hätte er sich die Knie festgehalten, nachdem die Wunden zugefügt wurden. Außerdem weist die Art der Blutungen darauf hin.«

»Was ist mit den Verletzungen im Gesicht?«

Doc räusperte sich.

»Die Wunden im Mundbereich sind ihm nach dem Tod zugefügt worden. Hätte er noch gelebt, hätte er sich gewehrt, zumindest den Kopf wegzudrehen versucht. Aber es gibt keine Brüche der Wangenknochen oder Verwundungen im Kopfbereich. Es sieht so aus, als hätte der Mörder ihm bewusst die Zähne ausschlagen wollen. Alle Schneidezähne oben und unten sind abgebrochen. Der Mörder hat ihm wahrscheinlich die Lippen weggezogen, sonst wären die Verletzungen an diesen Stellen noch stärker. Tatwaffe war die kleine römische Minervastatuette, die neben der Leiche lag. Am Körper der Figur kleben Fleischfetzen und Zahnsplitter.«

»Was ist mit den Augen?«

Doc räusperte sich erneut.

»Das linke Auge wurde nach dem Tod ausgestochen. Mit der Lanze der Statuette.« Er machte eine Pause.

Roland beugte sich gespannt nach vorne. »Was ist mit dem anderen Auge?«

»Das andere Auge scheint bereits vor dem Herzschuss verletzt worden zu sein. Der erste Stich ging am Augapfel vorbei und verletzte den Nasenrücken. Erst der zweite Stich scheint den Augapfel getroffen zu haben.«

»Wieso in Gottes Namen hat der Mörder daneben gestochen? Hat sich Meyers gewehrt?«

»Das ist kaum anzunehmen.« Docs Stimme klang irgendwie merkwürdig. »Ich habe Augapfelgewebe an Meyers rechter Hand gefunden. Es sieht so aus, als hätte er sich das rechte Auge selbst ausgestochen.«

Nachdenklich fuhren sie ins Präsidium zurück. »Blut an den Türklinken, die merkwürdige Pose, in die der Mörder die Leiche arrangiert hat, das sieht wie irgendein Mordritual aus«, sagte Wiegandt. »Aber keins, von dem ich schon mal was gehört hätte.«

Roland wirkte angespannt. »Die Sache mit den Türklinken erinnert mich an irgendwas«, sagte er. Er dachte eine Weile angestrengt nach. »Ja, jetzt weiß ich es. Mein Sohn hat vor kurzem einen Religionstest geschrieben, altes Testament. Über die zehn Plagen in Ägypten. Da war irgendwas mit Blut an den Türen und Tod von Erstgeborenen. Gott ließ die Erstgeborenen sterben in den Häusern, deren Türen mit Blut beschmiert waren. Oder war es umgekehrt? Egal, diese Plage hatte jedenfalls mit Blut an Türen zu tun.«

»Warum mussten die Erstgeborenen sterben?«, Patricks Bibelunterricht lag Jahrzehnte zurück. An Tests in diesem Fach konnte er sich ebenfalls nicht erinnern.

»Um die Ägypter zu bestrafen, für die Gefangenschaft der Juden.«

Abrupt trat Roland auf die Bremse. Der Wagen kam quietschend zum Stehen. Wiegandt wurde in seinem Sitz nach vorne geschleudert. Zum Glück war niemand hinter ihnen.

»Bist du verrückt geworden?«, blaffte er. Roland steuerte den Wagen an den Seitenrand.

»Na klar«, sagte er. »Dies ist ein Rachemord. Und der Mörder will, dass wir das wissen.«

Wiegandt begriff. »Auge um Auge«, sagte er leise.

»Zahn um Zahn«, ergänzte Roland.

Kapitel 8

Teresa schwieg. Leise dudelte eine englische Schlagermelodie aus dem Radio. Das monotone Geräusch der Scheibenwischer, die sich vergeblich bemühten, die Sicht vom strömenden Regen freizuhalten, wirkte einschläfernd.

Sie befand sich in Patrick Wiegandts Wagen auf der Heimfahrt. Wieder einmal wunderte sie sich darüber, wie schnell sich die wildschöne Hunsrücklandschaft in eine trübe Nebelwüste verwandeln konnte, wenn es regnete. Sie passierten ein graues Dorf, welches nur durch einige Büschel früher Osterglocken ein paar Farbtupfer aufwies.

Wiegandt fuhr konzentriert und blickte angestrengt durch die Scheibe. Seit dem letzten heftigen Wortwechsel mied er den Blickkontakt mit Teresa.

Teresa schloss die Augen und ließ die letzte Vernehmung im Präsidium noch einmal Revue passieren. Nach der Abnahme der Fingerabdrücke hatten Roland und Wiegandt sie noch einmal zu einem kurzen Gespräch gebeten.

Es war hauptsächlich um die Videokassette gegangen, die deutlich sichtbar auf dem Monitor lief. Teresa konnte sich sogar an das AV-Zeichen erinnern, welches in der linken oberen Ecke eingeblendet gewesen war. Sie war sich sicher, dass eine Kassette abgespielt worden war. Außerdem hatte sie sich dumpf an die Geräusche erinnert, die sie noch kurz vor der Tür zum Sekretariat gehört hatte. Sie hatten ja wie Stimmen geklungen und ihre Zuversicht verstärkt, dass Meyers wirklich um diese Zeit den Termin mit Eva vereinbart hatte und in seinem Büro auf sie wartete.

Weder Roland noch Wiegandt schienen ihr jedoch zu glauben. Angeblich hatte schon der Wachmann den Fernseher ausgeschaltet vorgefunden, auf jeden Fall war es so bei der eintreffenden Streife. Vielleicht hatte sich ja sogar der Mörder noch mit ihr im Gebäude aufgehalten, in einem Versteck gewartet, bis sie in Panik hinausgestürzt war, und die Kassette dann an sich genommen. Teresa schauderte.

Eine große Überraschung war für sie gewesen, dass sie in Lena Meyers, geb. Hahnen, eine alte Kommilitonin wieder erkannt hatte. Von selbst war sie nicht darauf gekommen, auch nicht, als man ihr Lenas Mädchennamen genannt hatte, aber als die Beamten sie mit der Behauptung von Lena konfrontiert hatten, Teresa aus Studienzeiten zu kennen, war es ihr wieder eingefallen. Dunkel erinnerte sie sich an eine kleine, recht hübsche lebhafte Person, die vor allem mit dem Fach Statistik ihre liebe Mühe gehabt hatte und auch die 3. Prüfung beinahe nicht bestanden hätte. Der Kontakt war aber nur oberflächlich gewesen und nach dem Studium vollends abgebrochen.

Der einzige, allerdings recht zweifelhafte Lichtblick im Gespräch hatte in der Mitteilung von Roland bestanden, dass er Georg Wolf, dem stellvertretenden Geschäftsführer von Meyers Logistik, ihre Büroadresse genannt hatte, da dieser Interesse an einem Kontakt mit ihr geäußert hätte. Teresa war klar, dass sie sich ohne Anstoß nie wieder gemeldet hätte, aber wenn Wolf wirklich Interesse daran haben sollte, die Idee seines verstorbenen Kompagnons aufzugreifen, würde man weitersehen.

Wiegandt fuhr gut und gleichmäßig. Nach all den Aufregungen merkte Teresa, wie sie schläfrig wurde. Sie nickte ein.

Patrick Wiegandt warf der Frau auf dem Beifahrersitz einen kurzen Blick zu. Sie schien zu schlafen. Ihr dunkelbraunes Haar fiel sanft über eine Seite ihres Gesichts. Sie sah zerbrechlich und sehr verletzlich aus.

Merkwürdig, dieser Kontrast zu der selbstbewussten Unternehmensberaterin, die sich im heutigen Verhör nichts hatte bieten lassen und ihn vor wenigen Minuten noch aus zornig funkelnden Augen angestarrt hatte. Wiegandt, vertraut mit der Opferpsychologie seit vielen Jahren, wusste, dass Menschen, die Zeuge eines traumatischen Ereignisses geworden waren, zumindest in den ersten Tagen nach dem Erlebnis möglichst nicht allein gelassen werden sollten. Auf sein Drängen hin hatte sich Roland daher den Inhalt von Teresas Handtasche aus dem Labor besorgt, wo er noch immer auf Spuren untersucht wurde. Man hatte in einer Seitentasche der Handtasche ein Photo von Teresa und einem gut aussehenden, großen dunkelblonden Mann gefunden. »In Liebe, Marcel« hatte auf der Rückseite gestanden. Die dazugehörige Adresse, *Dr. Marcel Wirtz*, in Geisenheim am Rhein war nebst Telefonnummer schnell in Teresas Adressbuch entdeckt worden.

Wiegandt hatte schon früh am Morgen dort angerufen, zur gleichen Zeit, als er auch die Hausdame im Dorinthotel kontaktierte, und den Mann am anderen Ende der Leitung sehr hilfsbereit gefunden. Selbstverständlich werde er Teresa am Abend Gesellschaft leisten, spätestens um 18 Uhr werde er zu Teresas Wohnung kommen.

Zu seiner Überraschung war Teresa nahezu fuchsteufelswild geworden, als er ihr vor einigen Minuten erzählt hatte, dass er ihren Freund benachrichtigt hätte. Sicherlich war es streng genommen nicht seine Aufgabe gewesen, aber er hatte es nur gut gemeint, zumal sie gestern Nacht verständlicherweise völlig aufgelöst gewesen war. Seufzend stellte er wieder einmal fest, wie schwierig der Umgang mit Frauen sein konnte. Ließ man sie in Ruhe und kümmerte sich um nichts, galt man als Macho. Aber tat man etwas, war es ihnen oft auch nicht Recht.

Roland jedenfalls hatte sich heute mächtig über Teresa geärgert. Er nahm ihr die Sache mit dem Video nicht ab und berief sich dabei auf das Chaos, das sie am Tatort angerichtet hatte. Niemand als der Mörder selbst hätte das Video entfernen können, nachdem Teresa hinausgestürzt war, und das würde heißen, dass sich dieser noch zurzeit von Teresas wilder Flucht in unmittelbarer Nähe des Mordzimmers aufgehalten haben müsste. Roland hielt dies für unwahrscheinlich. Seiner Ansicht nach hätte sich der Mörder kaum mehr unbemerkt aus dem Gebäude stehlen können, nachdem Teresas laute Hilferufe die Wachmänner aufgeschreckt hatten. Für viel wahrscheinlicher hielt er, dass sich Teresa einfach irrte.

Diese hatte jedoch selbstbewusst auf ihrer Behauptung bestanden. Immerhin war es merkwürdig, dass zwar überall im Mordzimmer Fingerabdrücke gefunden worden waren, aber keine auf Fernseher und Videokamera nachweisbar waren.

Dafür hatte die Spurensuche bei einer weiteren Tatortinspektion am heutigen Samstag eine interessante Entdeckung gemacht. In einer Art begehbarem Wandschrank (in dem man allerdings keine Spuren des Mörders gefunden hatte, wie Roland gegenüber Wiegandt betont hatte) war ein Geheimfach voller Sadomaso-Spielzeug gefunden worden. Lederkleidung inklusive verschiedener Masken und diverse Folterwerkzeuge von der Peitsche bis zu Brustwarzenklemmen waren entdeckt worden. Meyers Geschmack war also eindeutig etwas bizarr gewesen, zumal es keine entsprechenden Folterinstrumente für Männer gab. Dies wies darauf hin, dass Meyers in bisexuellen Beziehungen die Sadorolle eingenommen hatte. Was wiederum weder für Wiegandt noch für Roland eine wirkliche Überraschung war.

Roland hatte wegen der nun endlich anberaumten Pressekonferenz, bei der seine Anwesenheit erforderlich war, darauf verzichtet, erneut die Ehefrau des Opfers zu diesem Fund zu befragen und dies auf den nächsten Montag verschoben. Wiegandt hatte der Fund stark an die Analyse des Profilers erinnert, der die beschlagnahmten Snuff-Videos mit den Kindern untersucht hatte. Zumindest den beteiligten Erwachsenen hatte er eine psychopathische Persönlichkeit mit ausgeprägt sadistischen Zügen bescheinigt. Im Alltag würden diese Personen allerdings mit an Sicherheit grenzender Wahrscheinlichkeit als ehrbare Bürger auftreten.

Wiegandt war daher besonders gespannt auf die Sichtung der Homevideosammlung, die man in Meyers Büro gefunden hatte und die auf seinen besonderen Wunsch hin (er wollte Tanjas wegen nun unbedingt nach Hause) ebenfalls auf den kommenden Montag verschoben worden war.

Teresa begann neben ihm zu wimmern. Augenscheinlich schlief sie fest, das Erlebnis von gestern Nacht schien sie jetzt jedoch im Schlaf einzuholen. Behutsam lenkte Wiegandt den Wagen auf den zum Glück an dieser Stelle breiten Seitenstreifen und stellte das Warnblinklicht an. Dann griff er an Teresas Schulter und rüttelte sie sanft. Mit einem letzten Stöhnen öffnete sie die Augen. Wiegandt sah, dass sie voller Tränen waren. »Ist ja gut«, tröstete er sie und streichelte über ihren Arm. »Es ist vorbei. Sie haben geträumt.«

Schluchzend schlang ihm Teresa die Arme um den Hals und verbarg den Kopf an seiner Brust. Eine Weile hielt er sie fest und wiegte sie sanft wie ein Kind hin und her. Allmählich ließ das Weinen nach, und schließlich richtete Teresa sich auf. Mit der ihm bereits vertrauten resoluten Bewegung warf sie den Kopf nach hinten und suchte in der Tasche ihrer neuen Jeans nach einem Taschentuch. »Danke, es geht schon wieder.«

»Ist es nicht doch besser, dass ich Ihren Freund benachrichtigt habe?«, Wiegandt versuchte es noch einmal. Die Abfuhr von vorhin nagte an ihm.

Zu seinem Entsetzen begann Teresa erneut zu schluchzen. Warum hatte sie auch Marcels Foto immer noch mit sich herumschleppen müssen.

»Wir sind getrennt«, presste sie schließlich zwischen zusammengebissenen Zähnen hervor. »Oh«, Wiegandt war verlegen. Was war er doch für ein Idiot.. »Das tut mir Leid. Dann hätte ich natürlich nicht ausgerechnet ihn benachrichtigen sollen. Aber er schien sehr hilfsbereit zu sein und wollte unbedingt kommen.« Die Worte klangen hohl in seinen Ohren.

»Egal, ich werde ihn auch wieder los.« Teresas Stimme klang bereits wieder eine Spur energischer. »Das ist mir schon mehr als einmal gelungen«. Wiegandt schwieg. Was hätte er auch sagen sollen.

»Sind Sie verheiratet?«, die Frage kam unvermittelt. Wiegandt nickte nur. Warum fragte sie das?, überlegte er.

»Ist Ihre Ehe glücklich?« Das ging ihm nun doch zu weit. »Ja, sehr«, antwortete er abweisend.

»Schön für Sie«, Teresa zuckte die Achseln und wandte sich ab. Zu seinem Erstaunen ärgerte er sich etwas über ihre offensichtlich gleichgültige Reaktion auf seine Antwort.

»Warum waren Sie eigentlich in Trier, wenn Sie doch vom LKA in Mainz sind?« Teresa wechselte das Thema.

»Haben Sie von dem Mordfall an dem Kind gehört?«

Teresa nickte: »Ja, ich erinnere mich an die Schlagzeilen. Schreckliche Sache. Aber es stand nicht viel Konkretes in den Zeitungen. Anscheinend wurde das Kind schon seit Jahren vermisst. Was ist denn genau geschehen?«

Wiegandt überlegte eine kleine Weile. Dann entschloss er sich, Teresa zu antworten. »Was ich Ihnen jetzt sage, ist noch vertraulich und wird erst in einigen Tagen in der Presse erscheinen. Das Kind wurde Opfer eines Sexualmords. Vielleicht im

Zusammenhang mit einem Kinderpornografie-Ring, dem wir seit Monaten auf der Spur sind. Immer mehr Hinweise deuten auf Trier als Umschlagplatz für solche Snuff-Videos hin, von denen wir einige inzwischen sicherstellen konnten.«

»Ein Kindermord auf Video?« Teresas Stimme klang ungläubig und entsetzt zugleich.

Wiegandt hob resigniert die Schultern. »Damit lässt sich in einschlägigen Kreisen viel Geld verdienen. Es gibt auch Banden, die zwei Fliegen mit einer Klappe schlagen. Sie erlauben einem Freier, für immense Summen ein Kind zu quälen, vielleicht sogar zu töten, nehmen das Ganze als Erinnerung für den Täter auf Video auf und stellen Kopien ins Internet oder verkaufen sie an weitere Interessenten.«

»Furchtbar. Was sind das für Menschen?«

Einen Moment war Wiegandt trotz der schrecklichen Thematik amüsiert. »Sie als Psychologin müssten das doch besser wissen als ich«, sagte er. »Scheinbar Menschen wie Sie und ich«, antwortete er dann wieder ernst. »Biedermänner, die ein bürgerliches Leben führen. Manchmal auch Biederfrauen.«

»Was hat der Mord an dem Kind mit dem Mord an Meyers zu tun?«

»Nichts«, log Wiegandt. Das Pflaster wurde ihm jetzt doch zu heiß. Er ließ den Wagen wieder an und lenkte ihn nach einem kurzen Blick in den Rückspiegel vorsichtig zurück auf die Straße. »Ich kenne Roland nun schon seit Jahren und habe ausgeholfen. Schließlich ist die ganze Mordkommission schon mit der Aufklärung des Kindermordes beschäftigt.«

»Warum helfen Sie denn nicht dabei aus?« Teresa dachte logisch. »Tue ich ja weiterhin«, wich Wiegandt aus. »Aber nicht als direkter Ermittler. Das ist Sache des Morddezernats in Trier.«

Zu seiner Erleichterung gab sich Teresa mit dieser Antwort

zufrieden. Wiegandt stellte das Radio lauter. Die Unterhaltung brach ab. Den Rest des Weges schwiegen beide und hingen ihren eigenen trüben Gedanken nach.

»Wohin soll ich Sie bringen?« Eine knappe Stunde später bog Wiegandt von der Autobahn ab und fuhr auf die Rheinuferstraße. »Zuerst nach Eltville ins Büro«, antwortete Teresa. »Dort habe ich einen Ersatzwohnungsschlüssel deponiert. Frau Faber, meine Nachbarin, hat einen Büroschlüssel. Sie versorgt die Pflanzen und meine Bürokatze, wenn ich nicht da bin.«

»Was ist eine Bürokatze?«

»Marcel und ich, Marcel ist mein Ex«, fügte sie überflüssigerweise hinzu, »hatten eine Katze. Bennie, ein großer grauer Kater. Marcel wollte ihn nicht behalten, als ich ausgezogen bin, weil er so oft nicht daheim ist. In meine Wohnung kann ich Bennie nicht mitnehmen, weil er gewohnt ist, draußen zu sein. Also habe ich ihn im Büro einquartiert. Das liegt in einem Haus mit Gartengrundstück, und Frau Faber, meine Nachbarin aus dem ersten Stock, hat sich bereit erklärt, Bennie zu versorgen, wenn ich unterwegs bin. Außerdem kümmert sich Eva um ihn, wenn sie da ist.«

»Aha«, Wiegandt fühlte sich ins Bild gesetzt. »Eva ist Eva Schneider, nicht wahr? Wann erwarten Sie sie eigentlich zurück? Die Polizei in Trier wird sicherlich auch noch einmal mit ihr sprechen müssen.« »Erst im Mai«, sagte Teresa. »Eva hat die Reise seit Monaten geplant. Sie sagte, es lohne sich nicht, eine Andenwanderung zu machen, wenn man nicht ungefähr zwei Monate im Land bleiben kann. Schon allein wegen der Akklimatisierung nicht.«

»Eigentlich müssten wir dringend mit ihr sprechen,« sagte Wiegandt. »Wird sie sich von ihrer Reise aus einmal bei Ihnen melden?«

Teresa zuckte die Achseln. »Das ist eher unwahrscheinlich«, sagte sie. »Eva hat nicht mal ihr Handy mitgenommen. Sie liebt es, einfach mal alle Bindungen der modernen Zivilisation hinter sich zu lassen.«

»Sollte sie sich trotzdem melden, geben Sie ihr bitte weiter, dass wir dringend mit ihr sprechen müssen.«

Im Geiste machte sich Wiegandt eine Notiz. Gleich am Montag wollte er Evas Daten über das Einwohnermeldeamt in Erfahrung bringen und zumindest an die deutschen Botschaften und Polizeibehörden in Peru und Bolivien weitergeben, dass sie sich dringend mit der Polizei in Deutschland in Verbindung setzen solle. Große Erfolgsaussichten gab es zwar nicht, aber wer weiß, vielleicht kam ja der Zufall zu Hilfe.

»Natürlich,.. und »Jetzt rechts bitte«, unterbrach Teresa seine Überlegungen. Sie hatten gerade die Ortseinfahrt von Eltville passiert und bogen nun in das Viertel ein, in dem ihr Büro lag.

Kapitel 9

Schon von weitem sahen sie das schwarze Porsche-Cabrio am Weg stehen. »Wieso wartet er denn hier?« Teresa funkelte Wiegandt erneut an.

»Das weiß ich nicht«, verteidigte der sich. »Vielleicht dachte er sich, dass Sie erst Ihren Hausschlüssel holen müssen. Er weiß ja, dass Sie nicht über Ihre Handtasche verfügen.«

In diesem Moment öffnete sich die Wagentür. Marcel Wirtz stieg aus. Wiegandt sah einen ca. 40jährigen blonden Mann in einem schicken Freizeitsakko und Designerjeans. Die randlose Brille verlieh ihm ein intellektuelles Flair.

Allerdings verrieten seine Bewegungen Unsicherheit, als er sich dem haltenden Wagen näherte. Als er herangekommen war, öffnete Wirtz die Beifahrertür. Wiegandt fiel auf, dass er Teresa mit einem prüfenden Blick musterte, bevor sich sein voller Mund zu einem gezwungen wirkenden Lächeln verzog.

»Mein Gott, Liebes«, sagte er. »In welch eine furchtbare Sache bist du da hineingeraten.« Die Stimme klang angenehm und hatte einen leichten Unterton von Zärtlichkeit. Dennoch bemerkte Wiegandt, dass Teresa zusammenzuckte. »Danke, es geht mir schon wieder ganz gut«, sagte sie kühl und stieg aus. Auch Wiegandt war ausgestiegen. Die Männer schüttelten sich die Hand.

»Wäre an sich ein schönes Paar«, dachte Wiegandt. Als hätte sie seine Gedanken gelesen, warf ihm Teresa einen vorwurfsvollen Seitenblick zu.

Die Situation hatte eindeutig etwas Peinliches. Wiegandt ergriff daher schnell die Initiative und verabschiedete sich von Teresa. »Sobald Ihre Sachen freigegeben sind, werden wir uns mit Ihnen in Verbindung setzen«, versprach er.

Teresa nickte. »Vielen Dank fürs Bringen und ein schönes

Wochenende.« Ihre Stimme zitterte bereits wieder. Schnell stieg Wiegandt in seinen Wagen und fuhr davon.

»Danke, dass du gekommen bist, Marcel«, sagte Teresa förmlich, »es wäre aber nicht nötig gewesen. Ich komme gut alleine zurecht. Wiegandt hat dich ohne mein Wissen angerufen.«

Marcel sah sie an. »Ich habe mir Sorgen gemacht. Daher bin ich gerne gekommen. Schließlich bedeutest du mir immer noch sehr viel.«

Teresa schwieg. »Ich habe den Schlüssel von Frau Faber schon besorgt. Sie ist außerdem nicht mehr da, weil sie für heute Abend Theaterkarten hatte«, erklärte Marcel und übergab ihr ein graues Mäppchen mit den Ersatzschlüsseln. »Sie hätte die Vorstellung zwar auch ausfallen lassen, um dir den Schlüssel geben zu können, aber ich glaube, so war es ihr doch letztlich lieber.«

»Vielen Dank«, Teresa blieb kurz angebunden. »Würdest du mich dann jetzt bitte nach Hause fahren? Ich bin todmüde und sehne mich nur noch nach einem Bad und meinem Bett.«

»Gerne.« Marcel blieb liebevoll besorgt. »Ich hoffe, du erholst dich am Wochenende ein bisschen.« Er öffnete ihr die Autotür.

Teresa nickte. Er sollte bloß nicht denken, dass sie ihn brauchen würde. Schweigend fuhren sie den restlichen Weg bis zu ihrer Haustür.

Marcel fuhr auf ihren Parkplatz und stieg mit ihr aus dem Auto. Vor der Haustür drehte Teresa sich um. »Marcel, ich danke dir, dass du gekommen bist, aber ich möchte jetzt nicht, dass du mit nach oben kommst. Ich möchte heute Abend allein sein.«

»Oh«, Teresa genoss die Enttäuschung, die sich auf Marcels Zügen malte. »Warum bist du nur so unversöhnlich?« Seine Stimme hatte etwas Flehendes. »Du weißt, warum. Gute Nacht«, Teresa drehte sich um, schloss die Haustür auf und ließ Marcel davor stehen.

Natürlich war es nicht so gewesen. Teresa lag schluchzend auf ihrem Bett. Sie war allein.

»Hallo«, Marcels Lächeln war unsicher gewesen. »Wie geht es dir denn?«

»Danke gut«, hatte sie frostig zurückgegeben. Innerlich war sie zittrig gewesen wie ein überspannter Bogen, aber nach außen bemüht, das nicht zu zeigen. Sie versteifte sich in Marcels angedeuteter Umarmung. »Warum hast du schon hier gewartet?« Ein deutlicher Vorwurf.

Der Anflug des Lächelns verschwand sofort von Marcels Gesicht. Auch seine Stimme klang jetzt frostig. »Weil ich mir Sorgen um dich gemacht habe. Ich habe dir ja gesagt, dass du schnell in Schwierigkeiten kommen würdest«, fuhr er fort. »Es ist beileibe nicht alles Gold, was glänzt.« Nun klang er gehässig ... und noch irgendwie anders. Teresa drehte das Kissen um und überlegte einen Moment. Wie noch? Irgendwie verletzt, konstatierte sie jetzt im Nachhinein.

Nun ja, Wiegandts Rücklichter waren jedenfalls noch nicht um die Straßenecke verschwunden gewesen, da hatten sie bereits gestritten.

»Du hättest gar nicht zu kommen brauchen«, Teresas Stimme nahm jetzt den ihr so vertrauten giftigen Unterton an. »Ich komme sehr gut ohne dich klar.«

»Mäuschen«, seine Stimme klang jetzt bemüht geduldig und hatte einen geringschätzigen Beigeschmack. »So viel ich weiß, hast du im Moment nicht mal das Geld, dir ein Taxi zu besorgen. Frau Faber ist übrigens weg«, er schwenkte das graue Mäppchen mit den Ersatzschlüsseln ihrer Wohnung vor ihrer Nase. »Sie wollte heute Abend ins Theater und war heilfroh, dass sie nicht auf dich warten musste. Also könntest du mir wenigstens danke sagen, dass ich jetzt hier bin. Andere Leute machen sich nicht diese Mühe mit dir.«

»Danke«, Teresa würgte das Wort hervor. Marcel hatte im Moment leider Recht. Sie fühlte sich abhängig und gedemütigt.

Mit zusammengebissenen Zähnen öffnete sie die Beifahrertür des Porsches und stieg ein.

»Wie konntest du auch nur auf diese Sache hereinfallen?« Marcel schlug knallend seine Tür zu. »Ich habe ja gleich gewusst, dass diese Eva nichts taugt.«

»Lass Eva aus dem Spiel«, fauchte Teresa. »Woher weißt du das eigentlich alles?« Sobald ihr die Frage entschlüpft war, hasste sie sich dafür.

»Na hör mal«, jetzt klang Marcels Stimme empört. »Da ruft mich am Samstagmorgen um neun Uhr *(das Ausrufezeichen war deutlich hörbar)* irgend so ein Fuzzi von der Polizei an und schwafelt mich zu, du wärst bei einem vermeintlichen Kundenbesuch *(wieder ein Ausrufezeichen)* in einen Mord hineingestolpert, hättest den Inhalt deiner Handtasche am Tatort verstreut und wärst jetzt völlig überfordert und hilflos, zumal ohne Geld und Hausschlüssel. Und würdest mich jetzt um Hilfe bitten.«

»Ich wusste nicht, dass Wiegandt dich angerufen hat. Er hatte deine Nummer aus meinem Adressbuch.«

»Ach so, das wird ja immer noch schöner. Jetzt ist es also ein dummer Zufall, dass ich hier sitze und dich nach Hause kutschieren darf.« Marcel trat heftig aufs Gaspedal. Mit einem Satz stob der Porsche davon.

»Lass das, du weißt, dass ich das nicht leiden kann«, Teresa klang hysterisch. Marcel reagierte nicht. Mit kreischenden Reifen bog der Porsche um die Straßenecke.

»Du bist so undankbar.« Marcel stierte durch die Scheibe. »Nichts, was man für dich tut, kannst du würdigen. Das sagen auch andere Leute.«

»Wer sagt das?« Teresa wusste, dass diese Frage nichts besser machen würde. Aber sie konnte sie wie immer nicht verhindern.

»Das weißt du sehr gut. Und wenn nicht, dann frag doch

mal deine Frau Faber, wie es der mit dir geht. Kater füttern, Büro versorgen, auf dich warten, wenn sie ins Theater will. Wieso glaubst du eigentlich, die Leute würde alles immer nur gerne und bereitwillig für dich tun? Auch mir warst du ja nie dankbar.«

»Ich hätte auch nicht gewusst, wofür. Dass du den Macker markiert hast, all deine Versprechen gebrochen und dich auf miese Weise aus der Affäre gezogen hast, soll ich dir dafür dankbar sein?« Teresas Stimme überschlug sich.

Mit kreischenden Bremsen kam der Wagen zum Stehen. Sie waren vor Teresas Haustür. »Was du entschieden hast zu tun, war allein deine Sache«, sagte Marcel, nun bedrohlich leise. »Schieb mir nicht die Schuld dafür in die Schuhe. Das hast du ganz allein zu verantworten. Ich hätte dich auf Händen getragen, wenn du mir ein bisschen Zeit zum Überlegen gegeben hättest.«

»Ha«, sie lachte. »Du hattest doch nur deine Karriere im Kopf. Und wenn ich die sechs Wochen gewartet hätte und du wärst doch nach China gegangen? Glaubst Du, dann hätte ich das noch tun können?« Sie zeigte auf ihn. »Nein, mein Lieber, du hast versagt. Und jetzt ist dein Ego verletzt, weil ich dich verlassen habe und nicht mehr dein Vorzeigepüppchen spiele. Weil ich allein zurechtkomme.«

»Was du ja gerade deutlich unter Beweis gestellt hast«, erwiderte Marcel schlagfertig.

Teresa sah rot. »Leck mich am Arsch«, schrie sie und sprang aus dem Auto. »Aber gerne, mein Schatz. Bisher dachte ich allerdings, du magst das nicht.« Die höhnische Stimme verfolgte sie noch, als sie schon längst in ihrer Wohnung war.

Aus dem Fenster sah sie Marcel mit quietschenden Reifen davonbrausen. Unmittelbar wich ihre Wut der Verzweiflung.

Wieder hatte sie es nicht geschafft, Marcel gegenüber die Contenance zu bewahren. Dabei war er ja wirklich gekommen, um ihr zu helfen. Der nagende Zweifel überkam sie erneut mit Macht. War sie zu vorschnell gewesen in ihrer Existenzangst, die sie seit ihrer Kindheit verfolgte? Wäre am Ende doch alles gut ausgegangen? Schluchzend warf sie sich auf ihr Bett.

2. Teil

Kapitel 10

Am Montagmorgen um 8 Uhr war Patrick Wiegandt bereits wieder auf dem Weg nach Trier. Er hatte mit Roland vereinbart, dass sie alle bis dato bekannten Details des Kindermords noch einmal durchgehen würden und dann beginnen wollten, sich die in Meyers Büro konfiszierten Videos anzuschauen.

Vergeblich versuchte sich Wiegandt auf die vor ihm liegenden Aufgaben zu konzentrieren. Das Wochenende mit Tanja war eine einzige Katastrophe gewesen.

Dabei hatte es recht nett begonnen. Tanja hatte ihn am Samstagabend in einem neuen blauen Kleid begrüßt, welches ihre schlanke Taille betonte und besonders gut zu ihren langen blonden Haaren passte. Entgegen seiner ersten Befürchtungen war diese Aufmachung allerdings nicht der Auftakt zu einer jener Verführungsszenen gewesen, die dem einzigen Zweck der Befruchtung dienten. Im Gegenteil, Tanja war zunächst wirklich um sein Wohl besorgt gewesen. Patrick lachte leise auf, als er daran dachte.

Sie hatte ihm ein Bad eingelassen, frische Kleidung herausgelegt und kein Wort mehr über den vertändelten Samstag verloren. Fröhlich und scherzend hatten sie sich die wirklich gute Tanzshow angesehen und waren danach noch durch die Mainzer Altstadt gebummelt.

Im sanften Licht der Kneipe, in der sie noch einen Cocktail getrunken hatten, hatte Tanja schließlich weich und sehr verführerisch ausgesehen. Er hatte sich schon einen Narren gescholten, dass er mittlerweile manchmal Angst davor hatte, mit ihr zu schlafen. Mit der Zärtlichkeit und den lieben Worten zwischen ihnen war dann auch schnell das alte Begehren wieder erwacht...und hatte zu Hause, als er Tanja liebevoll in die Arme nahm, einen grausamen Dämpfer erlitten. »Nicht heute«, hatte sie ihm ins Ohr geflüstert, als er den Reißverschluss ihres Kleides aufziehen wollte, »es ist noch nicht so weit. Vielleicht morgen.«

Eine eiskalte Dusche hätte nicht wirksamer sein können. Im Nu war Patricks Lust dem altbekannten Gefühl von Überdruss und Angst vor dem Versagen gewichen. Und tatsächlich. Nachdem Tanja am Sonntagmorgen ihre Temperatur gemessen hatte (er hatte so getan, als schliefe er noch), war sie danach mit einem strahlenden Lächeln aus dem Badezimmer gekommen. Patrick hatte gefühlt, wie sich alles in ihm verkrampft hatte.

Krampf war es dann schließlich auch geworden. Zuerst war gar nichts gegangen und Tanja hatte ihm erneut eine jener schrecklichen Szenen gemacht, vor denen er sich mittlerweile so fürchtete. Sie hatte geweint und geschrieen und ihn am Ende wie üblich beschuldigt, ihr das Lebensglück vorzuenthalten.

Schweren Herzens hatte Wiegandt dann zum ersten Mal von dem Mittel Gebrauch gemacht, das er sich mittlerweile besorgt hatte. Ein befreundeter Arzt, dem Patrick sich in seiner Not anvertraut hatte, hatte ihm vor einigen Monaten ein Rezept für Viagra ausgestellt. Bisher hatte Wiegandt die Pillen nicht angerührt, aber die Aussicht auf eine depressive Tanja am einzigen Tag der Woche, an dem er hoffte, zumindest ein wenig ausspannen zu können, hatte seinen Widerstand dieses Mal überwunden.

Heimlich hatte er eine ganze Pille genommen und sich dann die Tanja vorgestellt, die er einmal geliebt hatte und von der am gestrigen Abend vorübergehend noch einmal ein Stückchen da gewesen war.

Es hatte funktioniert, mehr schlecht als recht, aber Tanja war zufrieden gewesen. Eine volle Stunde hatte sie noch mit hochgelegten Beinen im Bett verbracht (damit die Spermien leichter ihren Weg zum befruchtungsfähigen Ei fänden), dann war sie aufgestanden. Der Tag war aber nicht mehr zu retten gewesen. Wiegandt hatte sich mittlerweile hinter seinem Schreibtisch vergraben und war alle Informationen durchgegangen, die das Dezernat unter seiner Leitung zu dem Kinderpornographiering gesammelt hatte, deren Urheber sie noch immer suchten.

Tanja hatte ihn nach einigen vergeblichen Versuchen, ihn zu einer gemeinsamen Aktivität mit ihr zu überreden, schließlich in Ruhe gelassen und war am Nachmittag alleine ins Kino gegangen. Im Gegenzug hatte Wiegandt dann den Abend in einer Sportsbar verbracht und sich mit den aktuellen Fußballspielen berieseln lassen. Zu Hause war er dann unbehelligt ins Bett gefallen.

Tanja hatte ihn bereits vor einigen Monaten darüber aufgeklärt, dass es nichts nutzte, mehrmals in kurzem Abstand miteinander zu schlafen, da die meisten befruchtungsfähigen Spermien bereits beim ersten Mal »verschleudert« wurden. Je öfter hintereinander man es versuchte, desto länger brauchte der männliche Organismus sogar, um wieder eine aussichtsreiche Ladung Spermien zu produzieren. Wiegandt hatte also gewusst, dass Tanja ihn wahrscheinlich in Ruhe lassen würde, und so war es dann schließlich auch gewesen.

Seufzend bog Wiegandt auf die Hunsrückhöhenstraße ein und versuchte erneut, die Gedanken ans Wochenende beiseite zu schieben. Diesmal gelang es ihm, indem er sich halblaut alle Fakten vor Augen hielt, die er gestern noch einmal rekapituliert hatte.

Die erste Spur zu dem Kinderschänderring war schon vor Jahren im Zusammenhang mit den Ermittlungen im Fall

Dutroux in Belgien aufgetaucht. Auch dort waren Kinder verschwunden und über Monate zu kinderpornographischen Handlungen missbraucht worden, die auf Video aufgezeichnet und über das Internet an einschlägige Konsumenten verteilt worden waren.

Bei mehreren der Konsumenten von Dutroux's *Produkten* waren auch CDs und Dateien jüngeren Datums gefunden worden, die nicht aus diesem Kinderschänderring stammen konnten. Die Spuren hatten nach Deutschland gewiesen. Zwei dort als vermisst gemeldete Kinder, darunter auch der jetzt ermordete David Gorges, waren neben unbekannten Kindern auf den Videos zu sehen. Sie waren schockierend.

Eindeutig war hier ein Sadoring am Werk. Neben allen Arten von sexuellen Misshandlungen war es bereits auf den zuerst aufgefundenen Filmdokumenten zu Folterhandlungen an den Kindern gekommen. Komplizierte Fesselungen und Schläge hatten dabei im Mittelpunkt gestanden. Schockierender war es allerdings gewesen, dass nicht nur Profis die Täter zu sein schienen. Bei einem Konsumenten war ein Angebot gefunden worden, sich in Persona an den Misshandlungen der Kinder zu beteiligen. Es hatte eine regelrechte Preisliste gegeben, die sich nach den beabsichtigten Taten der Freier richtete und für Summen zwischen tausend und fünfzigtausend Euro alle nur erdenklichen Scheußlichkeiten offerierte. Mit einem oder mehreren Kindern. Mit *Erinnerungsvideo* und Rabatten, falls die Videos Usern übers Internet zur Verfügung gestellt werden durften.

Und mit dem furchtbaren Angebot, auch ein Snuff-Video drehen zu dürfen. Ein Video also, in dem ein Mensch - in dem Fall ein Kind - schließlich getötet wurde. *Live und in Farbe! Preise auf Anfrage*, dieser an Zynismus nicht zu überbietende, lapidare Satz hatte selbst einem hartgesottenen Polizisten wie Wiegandt eiskalte Schauer über den Rücken laufen lassen.

Hartnäckige Recherchen hatten schließlich das grausige Ergebnis erbracht, dass es solche Snuff-Videos wirklich gab. Dass sie ins Netz gestellt und Usern mit Hilfe komplizierter Schlüssel zur Verfügung gestellt wurden. Einige User-Ringe hatte man mittlerweile zerschlagen, über Hausdurchsuchungen diverses Datenmaterial sichergestellt. Aber die Quelle, die eigentlichen Täter, hatten bisher nicht identifiziert werden können.

Über einen verdeckten Ermittler, der in der einschlägigen Szene tätig war, hatte es schließlich Hinweise darauf gegeben, dass ausgerechnet die verschlafene Bischofsstadt Trier ein Umschlagplatz für die Pornos sein könnte. Dass zumindest Videokassetten und CDs von dort aus verteilt worden sein könnten, eventuell auch die Filme ins Netz gestellt wurden.

Auf den zweiten Blick war das auch gar nicht so unlogisch. Trier lag in der Nähe gleich dreier weiterer Länder: Luxemburg, Frankreich und Belgien. Alle Grenzen waren von dort aus in weniger als einer Stunde erreichbar. Das war zusätzlich nützlich, um das schmutzige Geld zu waschen, das mit diesen Produkten ja gleich scheffelweise zu verdienen war.

Die Ermittlungen waren in der Rotlichtszene zwar unauffällig, aber in vollem Gange gewesen. Hinweise hatte es dabei unter anderem auch zu der Firma Meyers Logistik gegeben. Meyers selbst war im Milieu bekannt, auch und besonders wegen seiner bizarren sadistischen Neigungen. Ihm wurde nachgesagt, auch an Kindern Interesse zu haben. Echte Beweise hatte es aber bislang nicht gegen ihn oder die Spedition gegeben, obwohl gemunkelt wurde, dass Meyers Ladungen nicht nur aus Waren von Versandhäusern bestehen würden. Meyers Logistik lieferte außerdem auch viel ins benachbarte Ausland.

Wie zwei Paukenschläge hatten daher die beiden Morde

innerhalb weniger Tage gewirkt. David Gorges war allerdings schon einige Tage tot gewesen, als man die Leiche gefunden hatte. Sie hatte zudem im Wasser gelegen und war bei Konz, also vor Trier, aufgefunden worden. Die mikrobiologischen Untersuchungen der Leiche und insbesondere des Plastiksacks, in den sie eingehüllt gewesen war, waren anders als die forensischen Untersuchungen noch nicht abgeschlossen worden. Vielleicht fand man ja Hinweise darauf, wo die Leiche ins Wasser geworfen worden war.

Dass Meyers der Täter war, hielt Wiegandt allerdings für eher unwahrscheinlich. So weit man es wusste, stand Meyers auf weibliche Sexualpartner, allerdings jeden Alters, wenn man den Hinweisen glauben konnte. Vielleicht existierte auch gar kein echter Zusammenhang zwischen den Morden, Rache konnte jemand ja aus verschiedensten Motiven heraus geübt haben.

Sogar diese verhuscht wirkende Ehefrau käme als Täterin in Frage, überlegte Wiegandt. Die hatte sicherlich kein leichtes Leben mit so einem Ehemann gehabt, es war daher kein Wunder, dass sie keine Spur von Trauer über seinen Tod gezeigt hatte.

Patrick beschloss, Roland unbedingt darauf hinzuweisen, Lena Meyers nach ihrem Alibi zu fragen, wenn er sie heute erneut zu den Sado-Spielzeugfunden befragen wollte. Er selbst wusste noch nicht, ob er würde mitgehen können.

Schließlich waren 80 Videokassetten anzusehen, das würde mehr als den normalen Arbeitstag in Anspruch nehmen, selbst wenn er beim Screening, dem oberflächlichen Durchsuchen der Kassetten nach Straftatbeständen, sicherlich Hilfe haben würde.

Seufzend bog Wiegandt auf den nun wieder leereren Parkplatz des Polizeipräsidiums ein.

Es würde erneut eine harte Woche werden. Aber besser als bei Tanja zu Hause zu sein, wurde ihm plötzlich klar.

Er verdrängte den Gedanken sofort.

Kapitel 11

Roland fand er wie üblich vor dem Kaffeeautomaten. Er zapfte sich erneut einen jener scheußlichen Capuccinos. Auch heute trug er ein Hemd, welches bereits an den Manschetten ausgefranst war und einen deutlichen Schmutzrand am Kragen aufwies. Wiegandts Stimmung hob sich nicht, wenn er an Rolands gescheiterte Ehe mit den unseligen Folgen für dessen äußere Erscheinung dachte.

Roland begrüßte ihn mit einem breiten Lächeln und bot ihm eine Tasse Instant-Hühnerbrühe an, die neueste Perversität des Automaten. Patrick lehnte dankend ab.

»Gibt es was Neues?«, fragte er hoffnungsvoll. Roland hatte nie umsonst gute Laune. Roland nickte.

»Ja, wir hatten unwahrscheinliches Glück mit den mikrobiologischen Untersuchungen im Fall Gorges. Es wurden Froscheier am Plastiksack gefunden, die von einer Art stammen, die hierzulande nur noch ganz selten vorkommt. In unserer Gegend gibt es sie überhaupt nur noch in einem Naturschutzgebiet an der Mosel im Konzer Tälchen. Wir können daher davon ausgehen, dass die Leiche dort ins Wasser geworfen worden ist.« Roland grinste.

Es muss also noch eine gute Nachricht geben, dachte Wiegandt. »Und sonst?« Er tat Roland den Gefallen, dies wie beiläufig klingen zu lassen.

»Und wir haben eine DNA-Spur an der Leiche gefunden, was sagst Du jetzt?«

»Was? Wie kann das sein bei einer Leiche, die so lange im Wasser gelegen hat?« Patrick war ehrlich überrascht.

Rolands Miene verdüsterte sich. »Das Schwein hat dem Kind in den Mund gewichst«, sagte er schließlich brutal. »Wahrscheinlich hat die Tüte auf dem Mund geklebt, so konnten Spermareste sichergestellt werden.«

»Gut«, Patrick nickte grimmig. Mit der modernen DNA-Technik konnten Mörder heutzutage selbst nach Jahrzehnten noch überführt werden.

»Sobald der Code geknackt ist, können wir ihn zumindest mit den einschlägigen Karteien vergleichen«, sagte Roland. »Die Wahrscheinlichkeit ist ja nicht ganz gering, dass der Täter bereits straffällig geworden ist.«

Patrick nickte. Die DNA-Technik war zwar noch relativ neu, aber auch alte Spuren konnten mit ihr untersucht werden. Vielleicht gab es ja einen anderen Mord mit gleicher Spur oder sogar (allerdings war das unwahrscheinlich) schon das DNA-Profil des Täters in der Kartei. Auf jeden Fall erhöhte der Fund die Wahrscheinlichkeit, dass David Gorges Tod eines Tages gerächt werden würde.

An der nachfolgenden Konferenz zum Sachstand im Fall Gorges nahmen erneut auch einige der Polizeibeamten teil, die bereits am Freitagnachmittag dabei gewesen waren. Die Gruppe war jetzt allerdings kleiner. Wie Roland ja bereits gesagt hatte, hatte der erste Hauptkommissar Kröger etliche Beamte für die Untersuchung des Mordes an Meyers abstellen müssen. Die bildeten jetzt eine eigene Untersuchungsgruppe und wurden nur von Roland in den Sitzungen zum Fall Gorges vertreten.

Hauptkommissar Enders leitete die Sitzung. Im Wesentlichen wurden die Ergebnisse besprochen, die Roland Wiegandt bereits mitgeteilt hatte. Fünf Beamte stellte Roland im Anschluss daran Wiegandt zur Verfügung, um die Videos von Meyers anzusehen. Die übrigen Beamten befassten sich weiterhin mit den zahlreichen, aber bisher ergebnislos gebliebenen Hinweisen aus der Bevölkerung.

Roland begleitete Wiegandt in den Vorführraum, der ihm zur Verfügung gestellt worden war. Es war eine fensterlose Zelle, ausgestattet mit einer Videokamera und einem altersschwachen Monitor. Die Beamtin, die die Asservatenkammer verwaltete, wartete bereits und übergab Wiegandt zwölf Kassetten. Mehr würde er vor der Mittagspause ohnehin nicht schaffen, das Screening könnte frühestens gegen 14 Uhr abgeschlossen sein.

»Wann willst Du zu der Meyers«, fragte Wiegandt. Roland zuckte die Achseln. »Heute Nachmittag irgendwann«, sagte er. »Willst Du mitkommen?«

»Wenn sich das einrichten lässt, gerne.«

»Gut, dann komm mit. Früher schaffe ich es ohnehin nicht. Der Alte will einen detaillierten Bericht der bisherigen Untersuchungsergebnisse, den muss ich vorher noch fertig stellen. Viel Spaß bei den Filmen.« Roland war bereits aus der Tür, bevor Wiegandt ihm eine ärgerliche Antwort geben konnte.

Mehr als drei Stunden später war er es einfach satt. Angewidert drückte er auf die Stopptaste der Fernbedienung und nahm einen Schluck von seinem mittlerweile abgestandenen Wasser. An diesen Teil seiner Arbeit würde er sich nie gewöhnen können.

Bis auf sein ausgeprägtes Ekelgefühl hatte die Suche bisher rein gar nichts erbracht. Bei den von ihm untersuchten Kassetten handelte es sich augenscheinlich ausschließlich um selbst gedrehte Homevideos. Wenn auch um solche der besonderen Art.

Meyers spielte auf jeder Kassette die Hauptrolle. In verschiedenen Verkleidungen, mal als Henker, mal als Dracula, mal als Hexenmeister, aber immer mit schwarzer Lederkluft, die die Genitalien freiließ, vergnügte er sich mit seinen diversen Partnerinnen, von denen Wiegandt nicht immer sicher war, mit welcher Begeisterung sie bei der Sache waren. Teilweise schien es sich um bezahlte Prostituierte zu handeln, die Meyers Handlungen mit routinierter Teilnahmslosigkeit über sich ergehen ließen.

Lena Meyers war auf keiner Kassette zu finden, was Wiegandt aber nicht weiter überraschte. Meyers hätte solche Kassetten kaum in seinem Büro aufbewahrt.

Auf fünf der zwölf Kassetten tauchte jedoch eine mollige Frau auf, die augenscheinlich anders als die übrigen Damen mit Lust bei der Sache zu sein schien. Gesicht und Haarfarbe waren wegen einer schwarzen Haube, die sie tragen musste, nicht zu erkennen. Hier hatte Meyers anscheinend eine masochistisch veranlagte Partnerin gefunden, die Spaß an den ihr zugefügten Quälereien hatte. Patrick überlegte flüchtig, ob das wohl Eva Schneider sein könnte, deren Verhältnis zu Meyers ja sogar von der Ehefrau bestätigt worden war. Aber dann verwarf er diesen Gedanken wieder als reine Spekulation. Immerhin fiel ihm ein, dass er Evas Daten noch nicht an die südamerikanischen Behörden weitergegeben hatte und nahm sich erneut vor, das schnellstmöglich nachzuholen.

Patrick schüttelte sich. Wie konnte ein Mensch nur so werden

Nach einem trockenen Sandwich, welches er in der Kantine in zehn Minuten hastig heruntergewürgt hatte, traf sich Wiegandt mit den Beamten, die die anderen Kassetten durchgesehen hatten. »Nun?« Er ließ den Blick über die Runde schweifen. Sie feixten vor Verlegenheit, als sie berichteten.

Es war überall das gleiche Bild. Meyers führte seine Sadospielchen ausschließlich mit erwachsenen Frauen durch, die augenscheinlich freiwillig mitmachten. Die gezeigten Handlungen waren abstoßend, erfüllten aber keinerlei erkennbaren

Straftatbestand. Da war nichts zu machen.

Auch bei den Kollegen hatte es auffällig viele Kassetten mit der molligen Frau gegeben, insgesamt existierten mehr als 30 Videos von ihr. Lena Meyers war offensichtlich auch auf den anderen Kassetten nicht als Protagonistin aufgetaucht. Insofern nicht Neues.

Wiegandt war froh, dass die mühsame Arbeit, die Videos Minute für Minute ansehen zu müssen, einigen einfachen Polizeibeamten übertragen werden würde. Mit an Sicherheit grenzender Wahrscheinlichkeit würde dabei nichts mehr gefunden werden, was verwertbare Hinweise erbringen würde. Aber die Arbeit musste nun einmal gemacht werden, selbst die kleinste Spur musste man akribisch verfolgen.

Stirnrunzelnd sah Wiegandt auf die Liste, die vor ihm lag. Drei der Beamten hatten wie er zwölf Kassetten erhalten, die übrigen beiden jeweils dreizehn. Zwecks gerechter Aufteilung der Kassetten auf die beiden Beamten, die die Gesamtdurchsicht in Angriff nehmen sollten, (eine Arbeit, die sie tagelang beschäftigen würde, schließlich waren es fast ausschließlich C90-Kassetten, nicht wenige davon voll bespielt), rechnete er die Kassettenanzahl zusammen. Irgendwie kam er aber nicht auf 80 Stück. Und 80 Kassetten waren es doch gewesen, oder hatte Roland diesen Wert nur geschätzt?

Er wusste es nicht mehr. Kopfschüttelnd rief er die Beamtin an, die die Asservatenkammer verwaltete. Auch sie wusste die genaue Anzahl der Kassetten nicht auswendig, wollte aber nachsehen. Die Kassetten hatte sie am Morgen einfach gleichmäßig auf die sechs Stapel verteilt, ohne sie zu zählen. Sie versprach, umgehend zurückzurufen.

Das Telefon klingelte schon drei Minuten später. Am Apparat war die Beamtin: »Laut Einlieferungsschein wurden genau 81 Kassetten beschlagnahmt«, teilte sie Wiegandt mit.

Wiegandt bedankte sich kurz und rechnete dann nach. Erst 74 Kassetten waren angesehen worden. Er schnaubte. Sicherlich hatte die blöde Kuh einige Kassetten übersehen.

»Seid ihr sicher, dass ihr alle Kassetten mitgebracht habt?« fragte er jedoch zuerst die langsam ungeduldig werdenden Kollegen. Die wollten endlich aus diesem stickigen Raum heraus. Einige hatten auch schon Feierabend. Sie hatten alle Sonderschichten am Wochenende geschoben und wollten einmal früher nach Hause kommen.

Einer nach dem anderen kamen die Beamten aus den ihnen zugewiesenen Dunkelzellen zurück. Keine einzige Kassette war dort vergessen worden. Wiegandt übergab den Kassettenstapel komplett den beiden mit der Detail-Durchsicht beauftragten Beamten und entließ die anderen. Dann ging er schnurstracks zur Asservatenkammer. Der dortigen Dame würde er etwas Dampf machen, auch wenn er von einer anderen Dienststelle kam. Wenn wirklich noch sieben Kassetten irgendwo liegen geblieben waren, würde er sich jetzt weitere Stunden damit beschäftigen dürfen. Roland würde dann endgültig ohne ihn zu Lena Meyers fahren müssen. Bloß weil diese Person nicht aufpassen konnte. Ärgerlich stieß er die Tür auf. Die Beamtin, eine dickliche Frau mittleren Alters mit schlecht sitzender Uniform, saß hinter ihrem Schreibtisch. Vor ihr lag eine Liste. »Ich verstehe das auch nicht, Herr Wiegandt«, sagte sie aufgeregt, noch bevor er den Mund aufmachen konnte. »Es sind keine Kassetten mehr auf dem Regal. Ich habe alles abgesucht.«

»Wer hat den Einlieferungsschein abgezeichnet?« fragte er alarmiert.

»Roland persönlich, der Ermittlungsleiter im Fall Meyers«, sagte die Beamtin. »Einen Irrtum halte ich da für ausgeschlossen. Jemand muss die fehlenden sieben Kassetten entwendet haben.«

Kapitel 12

Nachdenklich starrte Roland vor sich hin. Wiegandt, der diesmal fuhr, beobachtete ihn aus den Augenwinkeln. »Was denkst du?«, fragte er.

»Mir geht das einfach nicht aus dem Kopf. Es muss jemand von uns sein, der die Kassetten genommen hat. Anders ist es überhaupt nicht zu erklären.«

Wiegandt nickte bedrückt. Zu dritt hatten sie am Nachmittag jeden Winkel der Asservatenkammer durchsucht, ehe sie dem ersten Hauptkommissar Kröger schließlich Bericht erstattet hatten. Der hatte mit einem Tobsuchtsanfall reagiert, was sehr ungewöhnlich für ihn war. Genauer gesagt, überhaupt noch nie vorgekommen war, seit Roland und Wiegandt ihn kannten.

»Der Dieb muss an den Schlüssel rangekommen sein. Anders ist nicht zu erklären, warum es keine Spuren eines gewaltsamen Eindringens gibt. Und der Schlüssel hing im Kasten. Nur vier Personen haben Zugang zu ihm.«

»Wer?«

»Ich zum Beispiel«, sagte Roland. »Außerdem Enders und Kröger natürlich als erster Hauptkommissar. Nur die Ermittlungsleiter und unser aller Chef.«

»Das sind drei«.

»Und Petra Seegers, die diensthabende Beamtin natürlich.«

»Meinst du, jemand könnte sie bestochen haben?« Sie waren auf dem Weg zu Lena Meyers und fuhren gerade einen schmalen Weg zum Markusberg hinauf. Meyers Villa lag hoch über Trier, in einem der schönsten Wohngebiete, die die Stadt zu bieten hatte.

Roland zuckte die Achseln. »Schwer vorstellbar, sie hat ihren Dienst seit 14 Jahren ohne den geringsten Tadel verrichtet.

Und sie müsste verdammt gut schauspielern können«, fügte er nach einer kurzen Pause hinzu. Wiegandt nickte. In der Tat war die Seegers völlig aufgelöst gewesen.

»Wenn wir wüssten, was auf den Kassetten drauf war. Es kann genauso gut sein, dass jemand nicht will, dass wir ihn wieder erkennen, wie es sein kann, dass da die Beweise gewesen wären über die Verwicklung von Meyers in die Kinderpornoszene.«

»Na, egal jetzt. Wir scheinen da zu sein.«

Roland schaute nach vorne auf ein großes schmiedeeisernes Tor, das am Ende einer Sackgasse lag. Sie fuhren darauf zu und betätigten einen Summer am Eingang. Ohne Rückfrage wurde ihnen geöffnet. Beim Hochschauen bemerkte Wiegandt eine kleine Kamera, die an einem Mast befestigt war. Offensichtlich wurden sie erwartet.

Wiegand steuerte den Volvo vorsichtig durch das nach innen aufschwenkende Tor und bog nach links in eine steile Auffahrt ein. Sie fuhren ein Stück den Berg hinauf, durch eine parkähnliche Landschaft. Meyers Logistik musste sich rechnen, das Anwesen war sicherlich millionenschwer.

Vor dem Eingang zur Villa gab es einige Stellplätze, auf denen Wiegandt den Wagen parkte. Lena Meyers erwartete sie bereits am Ende der Freitreppe, die zum zweiflügeligen Eingangstor führte. Sie sah müde und kraftlos aus. Und - Wiegandt betrachtete sie aufmerksam, als er die Treppe emporstieg - irgendwie auf der Hut. Wie vorgestern im Präsidium. Auch Wolf hatte beim Verhör übervorsichtig und angespannt gewirkt. *Wovor hatten die beiden Angst?*

»Guten Tag, Frau Meyers«, begrüßte sie Roland. »Die Ermittlungen haben noch einige neue Erkenntnisse erbracht, die wir gerne mit Ihnen besprechen möchten.«

»Ja, das erwähnten Sie schon am Telefon. Kommen Sie doch

bitte herein. Möchten Sie einen Kaffee?«

Beide nahmen dankend an. Es war bereits nach 18 Uhr abends und sie waren nach einem langen Arbeitstag ohne nennenswerte Pausen erschöpft.

Wiegandt beobachtete Meyers, die mit Tassen und Untertassen auf einem silbernen Tablett hantierte. Ihre Bewegungen wirkten fahrig. Auch heute war sie nicht in Trauer, sondern trug ein rotes Kostüm mit hohem Beinausschnitt. Dazu rote Schuhe mit Pfennigabsätzen. Bei einer jüngeren fröhlicheren Frau hätte diese Aufmachung sehr sexy gewirkt, bei Lena Meyers betonte sie erneut nur auf unvorteilhafte Weise ihr Alter. Sie wirkte bleich in dem schreienden Rot. Ihr Mund, der mit dem passenden Lippenstift geschminkt war, erinnerte an eine Wunde.

Die Tassen klapperten, als Lena Meyers schließlich den Kaffee vor die Beamten hinstellte, die in teuren Ledersesseln an einem niedrigen Glastisch Platz genommen hatten. Sie befanden sich im Salon des Hauses. Eine ganze Wand wurde durch eine einzige Glasfront eingenommen und ermöglichte einen ungehinderten Blick über das gesamte Moseltal.

»Frau Meyers«, Roland räusperte sich. »Ich fürchte, wir müssen Ihnen jetzt einige recht unangenehme Fragen stellen.«

Lena Meyers sah ihn aufmerksam an. Sie saß so dicht an der Kante ihres Sessels, dass Wiegandt fürchtete, sie würde jeden Augenblick hinunterrutschen und auf dem kostbaren Perserteppich landen, der den halben Raum bedeckte.

»Wir haben im Besitz Ihres Mannes mehrere Videokassetten gefunden mit pornografischen Darstellungen.« Roland stockte, aber Meyers half ihm nicht. Sie sah ihn weiterhin unverwandt an.

Roland gab sich einen sichtbaren Ruck »Wussten Sie, dass Ihr Mann einige bizarre sexuelle Neigungen hatte?«

Zum Erstaunen der Beamten verzog sich Lena Meyers Gesicht zu einem Lächeln. Oder besser gesagt, einer Grimasse.

»Natürlich«, sagte sie einfach. Ihre Stimme klang tonlos. »Ich habe das doch jahrelang mitmachen müssen.«

»Das heißt, Ihre sexuelle Beziehung hatte einen sadomasochistischen Charakter?«

»Wenn Sie es so nennen wollen, bitte schön.« Meyers zuckte die Achseln. »Mein Mann war pervers. Er war es von Anfang an und wurde mit den Jahren immer schlimmer. Am Anfang ging es noch um harmlose Dinge, mal ans Bett fesseln, mal ein paar Klapse auf den Po. Aber nach unserer Heirat, vor allem nach der Geburt von Alicia, wurde es immer schlimmer.«

Sie machte eine Pause. Auch die Beamten schwiegen.

»Ich bin überhaupt nicht so veranlagt«, sagte Meyers. »Ich bin ein zärtlicher Mensch und empfange gerne Zärtlichkeit. Aber Werner war ein Ungeheuer.« Zur Überraschung der Beamten öffnete Meyers plötzlich ihre Kostümjacke. Darunter trug sie ein cremefarbenes seidenes Unterhemd. Mit einem Ruck entblößte sie eine Brust. »Sehen Sie«, sagte sie nur.

Fassungslos starrten die Beamten auf den Oberkörper der Frau. Die Brust war übersät mit Narben, zweifellos von brennenden Zigaretten. Die Brustwarze und der Warzenhof waren zerklüftet. »Haben Sie schon einmal etwas von Brustwarzenklemmen gehört? Es gibt sie in jedem Sexladen. Ohne Waffenschein natürlich. Jeder kann so was straflos erwerben.« Jetzt zitterte ihre Stimme.

Einen Moment herrschte Schweigen. Lena Meyers zog sich das Unterhemd wieder über die Brust und knöpfte die Kostümjacke zu.

»Wie lange ging das so?« Wiegandts Zunge fühlte sich belegt an. Rasch trank er einen Schluck Kaffee.

»Sechs, vielleicht sieben Jahre, mindestens«, sagte Meyers

ungerührt. »So lange, bis ich ihn erwischt habe. Als er sich an Alicia vergriff.«

»Ihrer Tochter?« fragte Roland ungläubig.

»Meiner Tochter«, sagte Meyers. »Sie war damals sieben Jahre alt. Ihr Vater hatte sie ans Bett gefesselt, nackt, mit auseinander gespreizten Beinen. Ich kam dazu, zufällig. Ich hatte eigentlich ins Sonnenstudio gehen wollen. Unglücklicherweise war ich nicht allein. Meine Mutter war dabei. So ertappten wir ihn zu zweit in flagranti.«

Irgendwie kam Wiegandt das Ganze nicht zufällig vor. Diese Entdeckung wirkte inszeniert. Aber er fragte nicht danach. »Wie ging es weiter?«, sagte er stattdessen.

»Wir drohten ihm damit, ihn anzuzeigen. Zu zweit konnte er nichts gegen uns ausrichten. Außerdem wusste ich, dass es im Zweifelsfall Glaubwürdigkeitsgutachten geben würde. Die Aussagen meiner Tochter und meiner Mutter und meine Narben, das hätte gereicht.«

»Warum ließen Sie sich nicht scheiden?«

»Werner hatte vorgesorgt. Wir hatten einen Ehevertrag. Er hätte mich mit nichts in der Hand einfach aus dem Haus geworfen. Ich hatte unterschrieben, wenn ich die Scheidung einreichen würde, bekäme ich keinen Pfennig. Nur wenn er sich scheiden lassen wollte, wäre ich versorgt gewesen. Aber das wollte er leider nicht.«

»Warum haben Sie nicht gearbeitet? Sie hatten doch einen Beruf.«

Lena Meyers lachte kurz auf. »Was wissen Sie denn schon. Ich habe doch unmittelbar nach dem Diplom geheiratet. Nach einem nicht mal guten Diplom. Wer hätte mir denn nach sieben Jahren eine Stelle als Psychologin gegeben. Nein, wir haben das anders gemacht. Werner hat ein Papier unterschrieben, das meine Mutter in Verwahrung nahm. Sie hat es bei einem

Notar hinterlegt. Werner verpflichtete sich, mich und Alicia in Ruhe zu lassen. Dafür ließen wir ihn in Ruhe. Er hat sich daran gehalten.«

»Ein Papier?«

»Ein Schuldeingeständnis. Fortan bediente er sich mit Nutten bei seinen Spielchen. Uns ging er fortan aus dem Weg.«

»Aber eines verstehe ich dann nicht«, sagte Wiegandt. »Warum waren Sie so ärgerlich über sein Verhältnis mit Eva Schneider, dass Sie sogar ihre Kündigung verlangten?«

»Wer hat Ihnen denn das erzählt?« Meyers wirkte amüsiert. »Frau Bauer? Die weiß doch gar nichts. Wenn sie Spaß an dieser Art Sex mit Werner hatte, soll es mir Recht sein. Natürlich haben wir sie einmal auf frischer Tat ertappt, und ich war sauer auf Werner, weil ich Alicia dabei hatte. Nicht aus einem anderen Grund. Ich habe ihn lediglich gebeten, sich in Zukunft besser vorzusehen, wenn er am helllichten Tag im Büro vögeln will. Damit ich nicht zufällig noch einmal hereinplatze.«

»Warum wurde Eva denn dann versetzt?«

»Das weiß ich auch nicht«, sagte Lena Meyers. »Werner wollte das so. Über die Gründe müssen Sie sie selbst fragen.« Sie blickte auf. In ihren Blick trat ein deutliches Flackern. »Wer war auf den Kassetten dabei?«, fragte sie.

»Augenscheinlich hauptsächlich Prostituierte.«

»Keine Kinder?«

»Nein«, Wiegandt war alarmiert. »Was wissen Sie über weitere sexuelle Beziehungen Ihres Mannes zu Kindern?«

»Gar nichts«, Meyers wirkte erleichtert. »Ich hatte nur Angst, dass er die Finger doch nicht von Alicia gelassen hat. Das ist alles. Sie wissen doch, wie Täter ihre Opfer einschüchtern. Ich habe Alicia immer wieder gefragt, aber ich war mir nie sicher, ob es wirklich stimmte, wenn sie sagte, er habe sie in Ruhe gelassen.«

Die Begründung klang plausibel. Wiegandt hatte trotzdem den Eindruck, dass sie log.

»Könnten weitere Kassetten hier im Haus sein?« fragte er.

»Ich glaube nicht«, sagte Meyers. »Aber Sie können sich gerne umsehen.« Sie stand auf. »Ich führe Sie in seine Zimmer.«

Roland und Wiegandt folgten ihr. Werner Meyers hatte einen eigenen Trakt im Haus bewohnt, bestehend aus Wohnzimmer, Schlafzimmer, Arbeitszimmer und Bad. Die Beamten durchsuchten oberflächlich Schränke und Schubladen. Es waren keinerlei belastende Materialien zu finden, weder Kassetten noch Sadospielzeug noch auch nur eine Pornozeitschrift. Anscheinend hatte Meyers den Ort seiner Aktivitäten vollständig in sein Büro verlagert.

Nach einer halben Stunde gaben sie auf. Eine gründlichere Untersuchung der Räume wäre nur mit größerer Unordnung, gegebenenfalls sogar Schäden durch aufgestemmte Parkettböden oder Ähnliches durchführbar gewesen. Dafür hatten sie weder die Legitimation durch Lena Meyers noch durch den Stand der Ermittlungen. Meyers mochte zu Lebzeiten ein Schwein gewesen sein, jetzt war er selbst Opfer eines Mordes. Man würde im Zweifelsfall auf eine gründlichere Durchsuchung zurückkommen, wenn sich Verdachtsmomente gegen Meyers erhärtet hätten.

Lena Meyers, die die beiden während der Durchsuchung nicht aus den Augen gelassen hatte, begleitete sie zurück in den verglasten Salon. Roland schüttelte den Kopf, als sie ihn erneut mit einer Handbewegung zum Sitzen aufforderte. »Wie sind Sie jetzt nach seinem Tod finanziell abgesichert?«, fragte er.

»Oh, nicht schlecht«, antwortete Lena Meyers ungerührt. »Der Ehevertrag enthielt keine Erbklausel. Damit dürfte ich die Haupterbin sein, die Kinder erben die andere Hälfte.«

»Auf wie viel beläuft sich das Vermögen?«

»Das weiß ich nicht genau. Georg, das heißt Herr Wolf, meint, es dürfte eine zweistellige Millionensumme sein. Ich hatte noch keine Zeit, mich darum zu kümmern. Es gibt auch kein Testament, so viel ich weiß. Zumindest hat unser Anwalt keins.«

»Frau Meyers«, Roland holte noch einmal Luft. »Wo waren Sie selbst am Freitagabend um acht Uhr?«

Lena Meyers lachte. Es klang unangenehm.

»Ich hätte ihn gerne umgebracht, wenn ich nur den Mumm dazu gehabt hätte,« sagte sie dann. »Aber ich kann leider nicht damit dienen. Am Freitagabend war ich auf der Geburtstagsfeier von Georgs Frau. Sie feierte im Ehranger Hof.. Mehr als zehn Gäste können das bestätigen.«

Roland nickte. Er hatte bereits Wolfs Alibi überprüfen lassen. Anscheinend hatte er auf der Zeugenliste übersehen, dass auch Lena Meyers unter den Gästen gewesen war. Aber das ließ sich so leicht nachprüfen, dass er ihr glaubte.

»Wer hat Ihren Mann ermordet?« Wiegandts Frage kam unvermittelt und sollte sie überraschen. Aber sie ließ sich nicht beeindrucken. Die Unsicherheit war jetzt ganz von ihr gewichen und hatte, wie Wiegandt dachte, fast einem Gefühl des Triumphes Platz gemacht.

»Ich dachte, das sei Ihr Job, es herauszufinden. Ich jedenfalls möchte mich gerne bei seinem Mörder bedanken. Benachrichtigen Sie mich, sobald Sie ihn haben.«

Der graue Volvo fuhr die Einfahrt hinunter. Lena Meyers sah ihm aufmerksam nach. Als ein Blick auf den Monitor ihr zeigte, dass der Wagen das Tor passiert hatte, zog sie ein Handy aus ihrer Handtasche. Niemand außerhalb des Zirkels wusste von dessen Existenz. Es war wie alle anderen Handys des Verbundes unter falschem Namen auf eine Briefkastenfirma in

Luxemburg angemeldet.

Sie tippte eine Kurzwahl ein.

»Ja?«

Die Stimme am anderen Ende war kurz angebunden.

»Sie haben anscheinend nichts gefunden«, sagte sie in den Hörer. Unwillkürlich senkte sie die Stimme, obwohl niemand in Hörweite war. Die Kinder waren noch im Kino. Sie hatte dafür gesorgt, dass sie aus dem Haus waren, bevor die Polizei aufkreuzte. »Von der Sache mit Alicia waren sie total überrascht.«

»Gut«, sagte die Stimme am anderen Ende. »Das ist ein Anfang. Also wurde die Kassette zumindest nicht übersehen. Aber sie war nicht dabei. Irgendwo muss sie sein. Vielleicht hat sie das Mädchen, das ihn fand.«

»Teresa Freudenberger?« fragte sie überrascht. »Das glaube ich kaum, das ist eine alte Kommilitonin von mir. Die hatte mit so was sicherlich nie was im Sinn.«

»Egal«, sagte die Stimme. »Du weißt, was für uns alle auf dem Spiel steht. Wir wollen uns doch durch Werners Perversitäten nicht in die Suppe spucken lassen. Wenn du sie von früher kennst, umso besser. Lade sie ein und kriege heraus, was sie weiß.«

»Hör zu, ich habe sie jahrelang nicht gesehen und konnte sie außerdem noch nie leiden. Muss das wirklich sein?«

»Ja«. Es klickte. Sie horchte noch eine Weile in die Leitung, aber diese blieb tot. Am anderen Ende war einfach aufgelegt worden.

Kapitel 13

Müde sicherte Teresa die Datei, fuhr den Computer herunter und schaltete die Anlage schließlich ab. Es war Donnerstagnachmittag. Wie schon die ganzen letzten Tage hindurch hatte sie entsetzliche Kopfschmerzen.

Obwohl sie schon früh am Morgen aufgestanden war, um an dem Konzept für ihren nächsten Auftrag zu arbeiten, war es ihr wieder nicht recht gelungen. Immer noch schoben sich die grässlichen Bilder der aufgefundenen Leiche alle paar Minuten vor die Buchstaben auf dem Bildschirm.

Bereits am Wochenende hatte sie damit begonnen, das »posttraumatische Belastungssyndrom«, wie sie es in ihrem Fachchinesisch nannte, in den Griff zu bekommen. Sie hatte es abwechselnd mit heißen Schaumbädern, Autogenem Training und Baldriantabletten versucht, ohne jedoch mehr als zwei Stunden am Stück schlafen zu können, auch dabei verfolgt von wirren Träumen und nicht selten der Erinnerung an den Tatort.

Eine fast 90minütige Jogging-Einheit hatte am Sonntagnachmittag etwas Entspannung gebracht, die dann allerdings jäh durch das Klingeln des Telefons unterbrochen worden war. Gegen ihr Gefühl war Teresa an den Apparat gegangen, getrieben von der unsinnigen Hoffnung auf positive Nachrichten und Ablenkung.

Stattdessen war ausgerechnet ihre Mutter am anderen Ende der Leitung gewesen.

»Wie geht es dir denn«, fragte sie, um dann übergangslos und vor allem unabhängig von Teresas Antwort unmittelbar fortzufahren. »Ich habe mich heute Nachmittag furchtbar über die Heinzens geärgert. Stell' dir vor, die wollen mir verbieten, mein Auto auf den öffentlichen Parkplatz vor ihrem Haus zu stellen. Neidisch sind die, denen guckt der Neid aus den Augen.«

»Warum sollen die denn neidisch sein?« Teresa bereute die Frage bereits, sobald sie ihr entschlüpft war.

»Ha«, die Stimme ihrer Mutter wurde schrill, »die sind neidisch, weil ich es noch im Alter zu etwas gebracht habe. Das können die mir nicht gönnen.«

Für niemanden sonst außer Teresas Mutter war erkennbar, warum gut situierte Nachbarn sie darum beneiden sollten, sechs Tage in der Woche durch Kellnern und andere Aushilfstätigkeiten Geld zu verdienen. Auf das sie dringend angewiesen war, wie sie behauptete.

Keineswegs für ihren Lebensunterhalt natürlich, wie Teresa wusste. Ihre Mutter war krankhaft kaufsüchtig. Sie investierte den Großteil ihres Verdienstes in Kleider, Pelze, Schuhe und Schmuck. Ständig war sie in Bedrängnis, ihre zahlreichen Ratenzahlungen und Kleinkredite bei den Händlern der Kleinstadt in der Eifel, in der sie lebte, abzustottern.

Obwohl sie wusste, dass es wahrscheinlich sinnlos sein würde, versuchte Teresa es doch. »Mama«, sagte sie mitten in den Redestrom hinein, »ich bin am Freitag Zeuge eines Mordes geworden.«

»Was«, einen Moment herrschte schockiertes Schweigen. »Wo denn, ich habe ja gar nichts in der Zeitung gelesen.«

»Der Mord in Trier. Der an dem Mann, nicht der an dem Jungen.«

»Aber da stand doch gar nichts von dir«, insistierte die Mutter.

Bereits jetzt verlor Teresa die Geduld. Das war bedenklich schnell, es waren kaum drei Minuten Gesprächszeit vergangen. Normalerweise dauerte es zwischen zehn und fünfzehn Minuten, bis Teresa sich entweder in die altvertraute Wut hineingesteigert hatte oder in Tränen aufgelöst war, was seltener vorkam. Heute roch es allerdings deutlich nach der Tränenversion.

»Mama, bitte. Die Polizei wollte mich doch nicht öffentlich bekannt machen. Willst du denn gar nicht wissen, wie es war?«

»Doch, doch natürlich. Ich erinnere mich daran, dass einmal der Sohn des Zahnarztes Werners, du weißt doch, der mit deiner Cousine Carolin auf derselben Schule gewesen war, Zeuge eines schweren Unfalls wurde. Es war natürlich kein Mord, aber auch schlimm. Vor seinen Augen fiel ein Dachziegel einer Frau auf den Kopf, aus großer Höhe, sie war sofort tot.«

»Ich habe die Leiche gefunden«, sagte Teresa mit erstickter Stimme, »sie hatte ausgestochene Augen.«

»Wie furchtbar, wer macht denn so was. Weiß die Polizei schon, wer es war? Oft ist es ja ein Täter aus dem engsten Familienkreis, ich erinnere mich noch gut, dass ich häufig dachte, dein Vater bringt mich um, du weißt schon, wenn er so jähzornig war...«

Den Jähzorn hatte Teresa von ihrem Vater geerbt. In einer Wallung roter Wut knallte sie den Hörer auf. Um den minutenlangen Klingeltönen zu entgehen (sie wollte den Anrufbeantworter nicht einschalten, um sich die unvermeidlichen Vorwürfe zu ersparen), zog sie sich im Schlafzimmer ein Kissen über den Kopf. Sie fühlte sich unsagbar elend.

Schon vor Jahrzehnten war ihrer Mutter als Folge eines langwierigen Ehe- und Familienkrieges jedes Gespür dafür abhanden gekommen, was ihre Kinder fühlten, dachten und brauchten. Dies galt auch und insbesondere für Krisen, in die ihre Kinder gerieten.

Jonas, Teresas Bruder, hatte schon seit langer Zeit jeden Kontakt zu den Eltern abgebrochen. Teresa vermied ihn oft monatelang, aber sie war die ältere. Deshalb fühlte sie sich trotz allem irgendwie verantwortlich.

Den Rest des Wochenendes hatte Teresa stumpfsinnig vor dem Fernseher verbracht. Die Thriller hatte sie abgeschaltet und sich zwei langweilige und überdrehte Komödien angesehen. Sie fühlte sich erschöpft, ohne müde zu sein, als sie schließlich ins Bett ging. Natürlich konnte sie nicht einschlafen.

Bei einem erneuten Versuch, über Autogenes Training zur Ruhe zu kommen, erschien vor ihren Augen zu ihrer Überraschung zum ersten Mal das Gesicht von Patrick Wiegandt. Es war ein markantes Gesicht, mit dem interessanten Kontrast der blauen Augen und dunklen Haare. Und ein unglückliches, wie ihr jetzt auffiel. Wiegandt hatte schwere Ringe unter den Augen gehabt und feine Fältchen um Mund und Nase. Er hatte sicherlich Sorgen, wie Teresa jetzt erkannte. Sie hätte ihn nicht so scharf kritisieren sollen, weil er Marcel benachrichtigt hatte. Schließlich hatte er ja Recht behalten, es waren bislang scheußliche Stunden und Tage gewesen, in denen sie mühsam Abstand von dem schrecklichen Geschehen zu gewinnen versucht hatte.

Erstaunt hatte Teresa bemerkt, dass sie sich auch erotisch von Wiegandt angezogen fühlte. Dass sie es genossen hatte, in den Armen gehalten und getröstet zu werden, als sie aus ihrem ersten Albtraum in seinem Auto erwacht war. Es hatte sich stark und gut angefühlt. Leider war er verheiratet. Nicht glücklich allerdings, sie fühlte das, ohne es sich erklären zu können. Mit gleicher Sicherheit fühlte sie, dass auch Wiegandt sie anziehend fand.

Über diesen Gedanken fand sie schließlich erstmals Entspannung und schließlich etwas Schlaf. Den der nächste Albtraum dann jedoch unterbrochen hatte. Wie gerädert war sie schließlich am Montagmorgen aufgestanden, hatte sich Kaffee gemacht und war ins Büro gefahren. Dort hatte sie zwei Stunden vergeblich zu arbeiten versucht, hatte dann aufgegeben und ihren Hausarzt konsultiert, der ihr etwas Valium verschrieben hatte. Damit hatte sie es dann geschafft, wenigstens einige Stunden am Stück zu schlafen.

So hatten sich die Tage dahin geschleppt, jetzt war es Donnerstag, ohne dass es Teresa gelungen war, mit ihrem Konzept für ihr nächstes Seminar wesentlich weiter zu kommen.

Zum Glück hatte sie in dieser Woche keinen Auftrag. Erst am nächsten Montag würde sie wieder ein Training abhalten müssen. Bis dahin hoffte sie allerdings, ihr Auto abholen zu können und ihre Sachen zurück zu bekommen. Ohne ihren Wagen würde sie sich sonst einen Leihwagen mieten müssen, weil ihr Gepäck zu umfangreich war, um es mit dem Zug zu transportieren. Die Kosten für einen Leihwagen wurden jedoch von keinem Kunden übernommen, sie würden ihren Verdienst für diesen Auftrag also schmälern. Und das wollte und konnte sie sich im Moment nicht leisten.

Den heutigen Bürotag hatte sie daher als erstes mit einem Kassensturz begonnen. In der letzten Woche hatten gleich zwei Kunden Aufträge storniert, die innerhalb der nächsten sechs Wochen gelegen hätten. Teresa wusste, dass es zwecklos war, ihre Ansprechpartner dafür zu belangen oder sogar ein Ausfallhonorar zu verlangen, obwohl es ihr vertragliches Recht war. Aber so etwas nahmen Kunden gerade in schwierigen wirtschaftlichen Zeiten sehr übel. Es könnte zu weiteren Stornierungen führen.

Mehrere Male hatte sie daher in den letzten Tagen mit Patrick Wiegandt und Dieter Roland telefoniert, allerdings nur die lapidare Auskunft erhalten, dass die Spurensicherung mit ihren Sachen noch nicht fertig sei. Patrick Wiegandt hatte sich allerdings jedes Mal recht intensiv erkundigt, wie es ihr ginge. Nach diesen Telefonaten fühlte sich Teresa etwas besser, war aber zu ihrem Ärger und ihrer Überraschung danach erneut von erotischen Phantasien heimgesucht worden, die ihr die Konzentration auf ihre Arbeit noch unmöglicher machten.

Eine Karte von Eva, die sie heute im Briefkasten gefunden hatte, hatte ihre Laune nur kurzfristig gebessert. Eva schrieb, sie sei gut in Lima angekommen und bereits auf dem Weg in die Anden. Dort sei sie circa drei Wochen unterwegs und rechne nicht damit, in dieser Zeit allzu oft in die Nähe von Telefonen oder Postkästen zu kommen. »Aber ich freue mich gerade auf diesen Teil der Reise besonders«, schrieb sie. »Es tut gut, einmal fast auf sich allein gestellt zu sein mit viel Abstand zu den kleinlichen Kümmernissen Europas.«

In Teresas Lächeln mischte sich Bitterkeit, als sie die Karte las. Eva musste sie unmittelbar nach ihrer Ankunft abgeschickt haben. Teresa drehte die Karte um und betrachtete das Foto auf der Vorderseite. Es zeigte eine Indiofrau in der typischen Landestracht. Sie trug ein Baby auf dem Rücken. Wahrscheinlich war die Frau erst in den Zwanzigern. Sie wirkte aber wie weit in den Vierzigern.

Vielleicht sollte sie es machen wie Eva, überlegte sie. Einfach allem entfliehen, eine Weile zumindest, anstatt hier zu sitzen und sich ausgerechnet darüber den Kopf zu zerbrechen, wie sie Evas Gehalt und ihre laufenden Unkosten gleichzeitig bezahlen sollte.

Seufzend hatte sie sich schließlich erneut an das Konzept gemacht, was sie für den kommenden Montag brauchte. Aber jetzt um 16 Uhr hatte sie einfach keine Kraft mehr. Sie beschloss, nach Hause zu fahren und sich etwas hinzulegen.

Sie war schon aus der Bürotür, als das Telefon klingelte.

Unschlüssig schaute Teresa auf das Display. Die Nummer war eine Handynummer, es konnte also nicht ihre Mutter sein. Die hatte kein Handy. Die Nummer war ihr außerdem gänzlich unbekannt. Vielleicht ein neuer Kunde, dachte sie plötzlich. Immer noch bekam sie die meisten Aufträge über Empfehlungen.

»Freudenberger Consulting, guten Tag«, meldete sie sich.

»Wer ist am Apparat?« Sie erkannte Wiegandts Stimme sofort und reagierte unmittelbar mit Herzklopfen. »Teresa Freudenberger selbst«, antwortete sie. Weil sie ihren Nachnamen auch zu ihrem Firmennamen gemacht hatte, wusste sie nie so recht, wie sie sich melden sollte, wenn sie allein im Büro war. Auch dass war ein Grund für Evas Einstellung gewesen.

»Patrick Wiegandt hier«, antwortete er. Überflüssigerweise fügte er hinzu: »Vom Landeskriminalamt in Mainz.«

»Guten Tag.« Teresa wartete.

»Ihre Sachen sind heute freigegeben worden. Man hat keine relevanten Spuren darauf gefunden, ich kann Ihnen die Sachen morgen Abend vorbeibringen, wenn Sie wollen. Dann ersparen Sie sich den Weg nach Mainz ins Amt.«

»Das ist lieb von Ihnen. Ich nehme es gerne an. Ist auch mein Auto fertig?« Man hatte ihr mitgeteilt, dass die Spurensuche sich auch damit noch befassen wolle. Nur pro forma, wie man betont hatte.

»Das Auto können Sie am Wochenende abholen. Es steht noch auf dem Parkplatz in Euren.« Teresa war erleichtert, sie würde den Wagen am Sonntagabend also zur Verfügung haben, wenn sie zu ihrem Training aufbrechen müsste.

»Vielen Dank«, sagte sie. »Wann können Sie denn hier sein?«

»Ich weiß es nicht genau, vielleicht komme ich vor sechs Uhr nicht weg. Am Besten rufe ich Sie vorher an. Oder ist

Ihnen acht Uhr eventuell zu spät?«

»Nein«, antwortete Teresa. Wenn Sie am Samstag erneut nach Trier fuhr und jetzt schon nach Hause ging, würde sie morgen ohnehin bis abends arbeiten müssen. Sie hatte ein Telefontraining speziell für einen Kunden entworfen und musste noch etliche Fallstudien schreiben und die Materialien kopieren. Eva war ja nicht da.

»Gut. Dann rechnen Sie spätestens gegen acht Uhr mit mir.« Ein kurzes Zögern. »Wie geht es Ihnen denn heute?«

»Es ist immer noch schlimm«, gab Teresa zu. »Aber es wird langsam ein bisschen besser.«

»Das ist gut zu hören«, sagte Wiegandt. »Also dann bis morgen Abend.«

Kapitel 14

Pünktlich um acht Uhr klingelte es an Teresas Bürotür. Durch die Gegensprechanlage meldete sich Patrick Wiegandt.

Überrascht bemerkte Teresa, dass ihr Herz erneut heftig klopfte. Ein rascher Blick in den kleinen Spiegel im Badezimmer zeigte ihr die altbekannten roten Flecken auf den Wangen. Sie erschienen immer, wenn Teresa aufgeregt war.

Sie betätigte den Türsummer und erwartete Wiegandt in der offenen Bürotür. Seit sie am gestrigen Nachmittag erfahren hatte, dass er vorbeikommen würde, hatte sie sich in einem Zustand zwischen freudiger Erwartung und Nervosität befunden. Völlig irrational, dachte sie. Ich kenne ihn doch kaum. Außerdem, rief sie sich zur Ordnung, ist er doch verheiratet.

In der Nacht hatte sie erstmals wieder leidlich gut geschlafen. Auch die Arbeit im Büro war ihr heute leichter von der Hand gegangen. Sie war sogar früher fertig gewesen, als sie erwartet hatte. Beim Bäcker um die Ecke hatte sie etwas Käsegebäck besorgt und Kaffee gekocht. Vorsichtshalber hatte sie auch schon einmal eine Flasche Wein in den kleinen Kühlschrank gestellt.

Und nun stand sie am Kopf der kurzen Treppe und beobachtete, wie er gerade um die Ecke bog.

Sie da stehen zu sehen, war wie ein Schock. Bis jetzt hatte sich Wiegandt krampfhaft einzureden versucht, er sei nur aus Mitgefühl mit Teresa Freudenbergers angeschlagenem Zustand vorbeigekommen, um ihr die Sachen persönlich zu bringen. Aber im Grunde genommen hatte er gewusst, dass das Unsinn war.

Anfangs hatte er sich nur über Roland geärgert, als dieser ihn auf die Sache ansprach.

»Ach übrigens, die Freudenberger kann am Samstag ihr Auto abholen«, hatte er ihm mit süffisantem Lächeln mitgeteilt, als er den jüngsten Bericht der Spurensicherung erhalten hatte. »Auch ihre Sachen sind freigegeben.«

»Warum sagst Du mir das?« Wiegandt reagierte gereizt.

Die ganzen letzten Tage hatten die Ermittlungen keinen Schritt weiter gebracht. Weder waren verwertbare Spuren am Tatort Meyers gefunden worden noch hatten die Hinweise aus der Bevölkerung in den beiden Mordfällen weitergeführt. David Gorges Eltern waren nach Trier gekommen, um die Leiche abzuholen. Nie würde Wiegandt den Blick der Mutter des Kindes vergessen.

Und auch die aus der Asservatenkammer verschwundenen Videos waren nicht wieder aufgetaucht. Es war alles zum Verzweifeln, da hatte er keinen Sinn für Rolands Frotzeleien.

Aber der ließ sich nicht aus der Ruhe bringen. »Du hast sie ja schon nach Hause gefahren«, fuhr er vielsagend fort.

»Na und?« Wiegandt wurde jetzt zunehmend aggressiv.

»Ich meine ja nur«, sagte Roland begütigend. »Ich dachte, du würdest ihr die Sachen vielleicht bringen wollen. Schließlich fährst du doch morgen nach Mainz zurück und sie hat ja weder Auto noch Kreditkarten. Das war sicher sowieso nicht ganz leicht für sie diese Woche.«

Wiegandt zeigte keine Reaktion.

»Du kannst sie ja nach Mainz aufs Amt bestellen, wenn du nicht bei ihr vorbei fahren willst«, ergänzte Roland. »Dann hat sie es wenigstens nicht so weit.«

»Mal sehen«, hatte Wiegandt zunächst noch mürrisch geantwortet. Aber die Idee war geboren und hatte ihn nicht wieder losgelassen.

Noch nie hatte er einem Zeugen den Weg aufs Amt erspart, um dort Formalitäten zu erledigen. Selbst Roland, der doch den Vorschlag gemacht hatte, war letztlich überrascht gewesen, als Wiegandt Teresas Utensilien tatsächlich aus der Asservatenkammer abholte und aus der Inventarliste austrug. Die Formalitäten hatten eine ganze Weile in Anspruch genommen, denn jeder einzelne Artikel musste ja sorgfältig registriert werden. Und Teresas Handtasche war recht gut gefüllt gewesen.

Bewusst hatte Wiegandt Rolands Grinsen ignoriert und stattdessen demonstrativ vom vergangenen Wochenende mit Tanja erzählt. Er wollte auf keinen Fall den Eindruck erwecken, mehr als ein professionelles Interesse an Teresa zu haben.

Aber als er sie jetzt dort oben am Treppenabsatz stehen sah, konnte er sich nicht länger etwas vormachen. Nicht nur berufliches Interesse hatte ihn heute hierher geführt. Ob er es nun wahrhaben wollte oder nicht, es sah so aus, als habe er sich wie ein Teenager verknallt.

Teresa trug ein weich fallendes eierschalfarbenes Kleid aus feiner Wolle mit einem gerafften Kragen. Ein dunkelgrünes Tuch betonte die intensive Farbe ihrer Augen. Ihre schweren braunen Haare trug sie wie am Mordtag offen. Sie sah blass und zerbrechlich aus, auf ihren Wangen brannten rote Flecken. Sie verliehen ihr etwas Fieberhaftes.

Sie erwiderte Patricks Händedruck mit einem zaghaften Lächeln. »Vielen Dank, dass Sie gekommen sind«, sagte sie förmlich. Ihre Stimme zitterte ein wenig.

Ärgerlich auf sich selbst ging Teresa Wiegandt voran in ihr Büro. Vor fremden Gruppen machte es ihr nicht das Geringste aus, selbstbewusst aufzutreten. Warum war sie denn jetzt so nervös?

Auf dem kleinen Besprechungstisch hatte sie das Gebäck arrangiert und Tassen und Gläser bereitgestellt. »Möchten Sie einen Kaffee oder ein Glas Wein?«

»Danke, nur ein Mineralwasser, wenn Sie es haben.«

»Gerne«. Teresa verschwand in der kleinen Stehküche und klapperte mit Geschirr.

Wiegandt nutzte die Pause, um sich in Teresas Büro umzusehen. Sehr geschmackvoll, stellte er fest.

Teresa Freudenberger hatte helles Holz für ihre Büroeinrichtung gewählt. Lampen, Teppiche und Accessoires stammten unverkennbar aus gehobenen Designermöbelfirmen und waren farblich aufeinander abgestimmt. Es dominierten verschiedene Blautöne, Schwarz und Silber. Die Räume wirkten hell und freundlich und aufgrund der hohen Altbaudecken größer, als sie tatsächlich waren.

Teresa kehrte mit dem Wasser zurück. Sie schenkte ihm ein Glas ein und verschüttete dabei etwas auf den Tisch.

»Entschuldigung«, murmelte sie. »Ich bin immer noch so nervös.«

Wiegandt spürte, dass das kleine Missgeschick keineswegs mit dem Mord am Freitag zu tun hatte. Aber er ging auf den Ton ein.

»Wie ist es Ihnen denn seit Samstag ergangen?« fragte er.

»Oh, recht scheußlich. Ich habe mich erst mit Marcel, dann mit meiner Mutter gestritten, kaum geschlafen und wenn, hatte ich dauernd Albträume. Sie haben also Recht behalten, ich bin wohl etwas aus dem Gleichgewicht.« Teresa antwortete mit einer Offenheit, die Wiegandt überraschte.

»Das tut mir Leid.« Er empfand die Antwort als lahm und fügte schnell hinzu: »Selbst gestandene Polizisten gewöhnen sich nicht an den Anblick von Mordopfern. Nie. Vor allem bei Kindern nicht.« Unwillkürlich musste er an David Gorges verstümmelten und gequälten kleinen Körper denken.

Teresa spürte, was in ihm vorging. »Das muss schwer für Sie sein«, sagte sie leise. »Sich ein ganzes Berufsleben lang mit den Scheußlichkeiten zu beschäftigen, die Menschen anderen Menschen antun.«

Wiegandt zuckte die Achseln. »Sie haben doch auch einen Beruf gewählt, der sich mit den Abgründen der Seele beschäftigt.«

»Ja«, Teresa lächelte und wieder sprang ein Funke in ihre Augen und brachte ihr ganzes Gesicht zum Strahlen. Wiegandt war wie hypnotisiert. »Aber als mir klar wurde, auf was ich mich da einlassen würde, habe ich der Psychotherapie und Psychopathologie schnell den Rücken gekehrt. Ich habe nie in den Bereichen meines Fachs gearbeitet, die sich mit den menschlichen Untiefen beschäftigen. Ich bin lieber in die Wirtschaft gegangen. Da geht es seichter zu.«

Abrupt wurde sie wieder ernst. »Gibt es schon etwas Neues in dem Mordfall an dem Kind?«

»Leider nichts Konkretes. Wir haben Anhaltspunkte für den Ort, an dem die Leiche ins Wasser geworfen wurde, aber noch keine Spur von den Mördern.«

»Und im Mordfall Meyers?«

»Auch nichts. Was mich aber nicht so sehr berührt«, Wiegandt glaubte selbst nicht, dass er das wirklich sagte. »Meyers war ein Schwein, ein perverser Sadist, der seine Frau und sogar seine Tochter jahrelang missbraucht hat.«

»Oh Gott. Woher wissen Sie das?«

»Wir haben Videos in seinem Büro gefunden. Und außerdem hat es auch Lena Meyers ausgesagt, « antwortete er.

»Sie hat mich heute Morgen angerufen«, sagte Teresa betroffen. »Und mich um ein Treffen gebeten, wenn ich morgen mein Auto holen komme. Wir sind zum Mittagessen in der Steipe verabredet.«

Wiegandt erinnerte sich flüchtig an Triers historisches Rathaus am Hauptmarkt.

Heute beherbergte es ein stilvolles Cafe.

»Soll ich sie darauf ansprechen?«

»Bitte tun Sie dies nicht«, sagte Wiegandt rasch. »Ich hätte Ihnen gar nichts davon erzählen dürfen. Warten Sie einfach ab, ob Sie Ihnen von sich aus etwas erzählt.«

»Ja«, sagte Teresa nachdenklich. »Das wird wohl das Beste sein. Im Studium haben wir uns eigentlich gar nicht nahe gestanden. Genauer gesagt, konnte ich sie nicht besonders gut leiden. Sie benahm sich immer wie ein hysterisches Huhn und war dauernd unglücklich verliebt. Ich weiß gar nicht, wie sie ihr Diplom überhaupt geschafft hat. Hat sie Meyers schon während des Studiums kennen gelernt?«

»Bitte, ich darf Ihnen keine weiteren Informationen geben. Unsere Gespräche mit Zeugen sind an sich vertraulich. Fragen Sie sie doch morgen selbst, sie hat doch offensichtlich das Bedürfnis, mit Ihnen zu reden.«

Schnell wechselte er das Thema. »Haben Sie schon etwas von Eva Schneider gehört?«

»Sie hat eine Karte aus Lima geschickt. Von unterwegs auf dem Weg in die Anden. Drei Wochen Wanderung mit Rucksack, ganz alleine. Für mich wäre das nichts«, Teresa schüttelte sich in gespieltem Schaudern.

»Wann wird sie zurück sein?«

»Erst in ungefähr einem Monat. Sie ist jetzt etwas mehr als zwei Wochen unterwegs.«

»Wir müssen sie wirklich sehr dringend sprechen, wenn sie wieder da ist«, sagte Patrick unvorsichtigerweise.

»Wieso denn?« fragte Teresa alarmiert. »Wegen meines Termins bei Meyers Logistik? Glauben Sie, dass das etwas mit dem Mord zu tun hat?«

»Natürlich nicht«, Wiegandt ärgerte sich über seine Voreiligkeit. »Aber wir müssen jeder Spur nachgehen«, beendete er den Satz förmlich.

»Ich werde Sie benachrichtigen, sobald sie wieder da ist«, versprach Teresa ebenso förmlich. »Und Eva bitten, Sie sofort anzurufen.«

»Das wäre gut«, Wiegandt ersparte Teresa den Hinweis, dass Eva Schneider ohnehin eine förmliche Vorladung bei ihrer Rückkehr vorfinden würde.

Er sah auf seine Uhr. Schon fast halb neun. Nervös nestelte er an der großen Aktentasche, die er mitgebracht hatte. »Jetzt wird es wohl Zeit, dass ich Ihnen Ihre Sachen zurückgebe.«

«In der Tat«, Teresa lachte. »Wissen Sie eigentlich, wie abhängig der moderne Mensch von Handy und Kreditkarte ist? Auf der Bank wollte man mir zuerst kein Geld auszahlen, weil ich keinen Personalausweis vorlegen konnte. Der war ja auch in der Tasche. Persönlich kennt man mich ja kaum, da ich alle meine Geschäfte normalerweise online abwickle. Gott sei Dank hatte die Angestellte Dienst, bei der ich mein Konto eröffnet und den Kredit für die Büroeinrichtung aufgenommen habe. Sonst hätte ich bei meinen Nachbarn um Essen betteln müssen.«

Wiegandt lächelte jetzt auch. Ihre Fröhlichkeit wirkte ansteckend.

Fasziniert beobachtete Teresa, wie sich die strengen Falten um Mund und Nase glätteten. Sein Gesicht bekam etwas Lausbubenhaftes.

»Wie sind Sie denn ohne Ihr Auto zurechtgekommen?« fragte er.

»Auch so ein Kapitel. Ich habe zum ersten Mal seit zehn Jahren wieder Busfahrpläne studieren müssen. Ich konnte ja nicht einmal das Fahrrad nehmen. Das steht im fest verschlossenen Keller meiner Wohnung. Den Ersatzschlüssel habe ich direkt nach meinem Einzug verloren und der einzige übrig gebliebene Kellerschlüssel befindet sich am Schlüsselbund in meiner Handtasche. Und den Vermieter zu fragen, ob er den Keller aufmacht, habe ich mich nicht getraut. Der hätte extra aus Mainz kommen müssen und hätte sicherlich keinen guten Eindruck von mir bekommen.« Sie strahlte ihn an.

»Na, dann wollen wir diesem Notstand jetzt ein Ende bereiten«, Wiegandt öffnete die große Aktentasche und zog als erstes Teresas Handtasche heraus. Sie war noch mit einem mehlartigen weißen Puder bestäubt. »Fingerabdruckpulver«, sagte er entschuldigend.

»Macht nichts, Hauptsache, ich habe sie wieder. Vor allem samt Inhalt, meine ich.«

Teresa streckte die Hand aus, um die Tasche an sich zu nehmen. An die folgenden Momente erinnerte sie sich später immer wieder, wie in Zeitlupe liefen die Bilder vor ihr ab.

Einen winzigen Moment zu früh ließ Wiegandt die Tasche los. Sie landete mit einem dumpfen Laut auf dem Teppich. Fast zur gleichen Zeit bückten sich beide, um sie aufzuheben. Dabei berührten sich ihre Hände, die die Tasche ergreifen wollten. Ihre Gesichter kamen sich gefährlich nahe.

Die Berührung empfand Teresa wie einen Stromstoß. Wie gelähmt hielt sie inne und blickte auf. Ihr Blick traf direkt auf Patrick Wiegandts dunkelblaue Augen. Das nackte Begehren war darin zu lesen. Teresa gab einen erstickten Laut von sich. Sie fühlte sich schwindlig.

Wie von einem Magneten angezogen, beugte sie sich Wiegandt zu. Sanft nahm er sie in die Arme und küsste sie wortlos, anfangs zart, dann immer fordernder und leidenschaftlicher.

Um den Tisch herum sanken sie auf den Teppich. Wie in einem zweitklassigen Film, dachte Teresa noch, als Patrick sie heftig umarmte. An ihrem Bein fühlte sie seine Erektion. Dann versank alles in einem Wirbel aus Gefühlen.

Schwer atmend lösten sie sich schließlich voneinander. Teresa hatte jedes Zeitgefühl verloren. Erstaunt bemerkte sie, dass ihre dreieckige Bürouhr nur um 20 Minuten weiter gerückt war. Eine Ewigkeit schien zwischen Patricks Ankunft und diesem Moment zu liegen.

Patrick rollte sich von Teresas Körper herunter auf den Teppich und küsste sie zart auf den Mund. »Es war wunderschön«, sagte er. Prüfend sah er in Teresas Augen. »Ich hoffe, du bereust es nicht.«

»Nein«, sagte sie nur.

Kapitel 15

Eine weitere Ewigkeit später lagen sie eng zusammengekuschelt in Teresas Bett. Nachdem sie sich ein weiteres Mal auf dem Teppich geliebt hatten, hatten sie beschlossen, in ihre Wohnung zu fahren. Wiegandt hatte Tanja nicht gesagt, dass er am Abend nach Hause kommen würde. Er hatte nicht darüber nachgedacht, bevor er zu Teresa gefahren war. Jetzt wusste er, warum er sich zu Hause nicht angekündigt hatte.

Sanft strichen seine Hände über Teresas Rücken. Noch hatte er ihren Körper bei weitem nicht erforscht, obwohl sie sich wieder und wieder geliebt hatten. Es war wie ein Rausch für Patrick gewesen, nach all den deprimierenden Nächten mit Tanja. Seit einigen Minuten beschäftigte ihn ein Gedanke, dem er endlich Raum gab.

»Was war mit Marcel?«, fragte er. Sofort spürte er, wie sich Teresa versteifte.

»Warum fragst du?«

»Du warst so wütend, dass ich ihm Bescheid gesagt hatte. Und du hattest noch ein Bild von ihm in der Handtasche.«

Er bekämpfte einen Anflug von Eifersucht.

Teresa drehte sich um und blickte Patrick forschend an. »Es ist aus«, sagte sie leise und küsste ihn zart auf die Nase.

»Warum?« Patrick blieb hartnäckig.

Teresa seufzte. »Das ist eine lange Geschichte. Viel zu lange für die restliche Nacht, die uns bleibt.« Patrick sah auf die Uhr auf dem Nachttisch. Sie zeigte Viertel nach drei. »Ich bin noch nicht müde«, sagte er.

»Nun gut.« Teresa gab nach. »Marcel war meine erste wirklich große Liebe«. Patrick verspürte einen scharfen Stich. Ihre Stimme war anders geworden, resigniert und weich zugleich.

»Ich lernte ihn kennen, als ich meine erste Stelle außerhalb der Uni suchte. Ich hatte mich in Trier mit meinem Doktorvater überworfen und wollte weg. Über einen Kollegen erfuhr ich, dass die Bank in Wiesbaden, in der Marcel damals der regionale Personalleiter war, eine Personalentwicklerin suchte. Ich bewarb mich also dort.«

Sie machte eine Pause. Patrick wartete.

»Es hat schon beim ersten Kennenlernen gefunkt«, fuhr Teresa fort. Patrick verspürte den Stich erneut. Also war er nicht der einzige, in den Teresa sich so schnell verliebt hatte.

»Wir haben es gerade noch geschafft, die Contenance zu wahren, bis ich die Stelle offiziell angetreten hatte. Schon am ersten Arbeitstag hat er mich zum Abendessen eingeladen, um meinen Einstand zu feiern, wie er sagte. Wir beide wussten, worauf es hinauslaufen würde. Und so kam es dann auch.«

Im Spiegel sah er, dass ihr Blick weit in die Ferne gerichtet war. Er hatte einen erstaunten Ausdruck.

»Ich verstehe heute nicht mehr, was mich an Marcel so sehr angezogen hat. Vielleicht war es eine Verkettung von Umständen. Ich hatte immer an der Uni bleiben wollen, aber mein Doktorvater herrschte in seiner Abteilung als absoluter Autokrat. Nie ließ er eine Meinung neben der seinen gelten. Ich war wissenschaftlich nicht auf seiner Linie und wagte es, dies in meiner Doktorarbeit zum Ausdruck zu bringen. Dies ließ er mich büßen. Er betrog mich um eine ganze Note und er hatte so viel Einfluss, dass er auch den Zweitkorrektor überredete, sich seinem Urteil anzuschließen. Meine Arbeit war gut, manche, denen ich sie später zu lesen gab, sagten sogar, sie sei brillant.«

Teresa räusperte sich.

»Aber mit der Note, die er mir gab, wusste ich, dass ich keine Karrierechance mehr an der Uni haben würde. Deshalb bewarb ich mich weg.«

»Hattest du in Trier keine Beziehung?«

»Flüchtige Angelegenheiten. Ich lebte hauptsächlich für meine Arbeit.«

»Worüber hast du geforscht?«

Teresa lachte. »Eifersucht«, sagte sie. »Ist das nicht grotesk?«

Auch Patrick lachte. »Wie macht man das?«

»Ach, das führt jetzt wirklich zu weit. Das erkläre ich dir ein andermal.« Teresa drehte sich wieder zu Patrick um und biss ihn schelmisch in die Oberlippe. Trotz seiner zunehmenden Müdigkeit bemerkte er, wie erneut Erregung in ihm aufstieg. Aber er ignorierte das Gefühl.

»Weiter«, sagte er stattdessen nur.

Teresa drehte ihm wieder den Rücken zu und kuschelte sich an seinen Schoß. »Du bist sicher, dass ich reden soll?« fragte sie zweideutig.

»Ja.« Er musste einfach mehr wissen, es war wie ein Zwang.

»Also jedenfalls war ich in einer Lebenssackgasse, als ich Marcel traf. Keine Beziehung, die Karriere gerade geplatzt, eine neue Stadt, eine neue Wohnung. Und da kam Marcel. Er war zu dieser Zeit ebenfalls solo. Seine Frau hatte sich gerade von ihm getrennt. Er ließ nie ein gutes Haar an ihr. Heute frage ich mich, warum mich das nie misstrauisch gemacht hat.«

»Ich denke, das ist ganz normal. Niemand interessiert sich dafür, ob der andere vielleicht doch nicht der ideale Partner ist, wenn er frisch verliebt ist.« Unwillkürlich dachte Patrick an Tanja. Auch sie hatte sich mit ähnlichen Worten über ihren damaligen Verflossenen geäußert, wie sie sie jetzt ihm selbst gegenüber verwendete. Tanjas Männer schienen sie immer um ihr Lebensglück zu betrügen. Damals war es ihre berufliche Perspektive gewesen, heute war es das Kind. Schnell schob Patrick den Gedanken weg. Morgen würde er über Tanja nachdenken und wie es weitergehen würde. Heute musste er wissen, woran er mit Teresa war.

»Marcel war ein guter Liebhaber«. Der dritte Stich, diesmal heftiger. Seine Erektion zog sich sofort zurück. Teresa schien es nicht zu bemerken. »Er nahm mich sozusagen im Sturm. Ich hatte noch nicht viele Erfahrungen mit Sex gesammelt, obwohl ich schon über 30 war. Wie man mit einem Mann umgeht, habe ich überwiegend mit ihm gelernt.«

Sie lächelte Patrick im Spiegel schelmisch zu. Er fand das nicht lustig und reagierte nicht.

»Am Anfang machte er mir weis, ich sei seine große Liebe. Die, auf die er immer gewartet hatte. Aber schon bald merkte ich, dass er ein furchtbarer Macho war. Ein Narzisst, wie er im Lehrbuch steht. Im Job, er war ja mein Chef, musste alles immer so gehen, wie er es wollte. Ich hatte eine Menge eigener Ideen, die er meistens verwarf. Wir stritten darüber nahezu von Anfang an. Zunächst versöhnten wir uns dann immer wieder mit leidenschaftlichem Sex, aber mit der Zeit wurde es sehr ermüdend.«

»Warum bist du nicht wieder gegangen?«

Teresa seufzte erneut. »Das habe ich mich auch all die Monate seit der Trennung gefragt. Ich weiß es nicht. Ich hatte mich sehr schnell an ihn gebunden, ich wollte nicht wieder auf einer neuen Stelle von vorne anfangen, ich hatte Torschlusspanik, weil ich noch nie eine wirklich feste Bindung gehabt hatte und irgendwie hat er mich ja auch geliebt. Eigentlich habe ich das immer nur im Bett gespürt, da war er so anders als im normalen Alltag, liebevoll, sensibel, zärtlich und vor allem sehr verletzlich. Ich glaube, Frauen sind anfällig für das Rettersyndrom.«

»Was ist das?«

»Wolfgang Niedecken von BAP hat es vor Jahren schon in

einem Lied besungen. *Du kannst zaubern*, heißt es, und handelt von einer Frau, die ihn errettet hat aus Suff und Perspektivlosigkeit. *Jede andre hätt' gesagt, es ist zu spät, der Typ ist fertig, nee, den Typ, den kriegst du wirklich nicht mehr hin.* Diese Zeile hat mich immer schon angesprochen. Und darauf bin ich eben hereingefallen. Wahrscheinlich ist Marcel schon früh sehr verletzt worden. Er hat mir einmal erzählt, seine Mutter habe ihn schon als Kleinkind zu wildfremden Leuten in Pflege gegeben, um in Urlaub zu fahren. Außerdem war er ein sehr schlechter Schüler.«

»Ich denke, er hat so schnell Karriere gemacht?«

»Ja und nein«, sagte Teresa nachdenklich. »Einen Teil hat sich Marcel ehrlich erarbeitet, das ist wahr. Aber es war sehr mühsam für ihn. Zu mühsam, um es auf Dauer durchzuhalten. Sobald er seine erste Machtposition erarbeitet hatte, begann er, Menschen, die abhängig von ihm waren, auszunutzen. Auf subtile Art, hintenherum, so dass man es ihm schlecht beweisen konnte.«

»Auch dich?«

»Mich mehr als alle anderen. Ich habe die Personalentwicklung in dieser Bank fast ohne seine Hilfe aufgebaut. Mehr gegen ihn als mit ihm. Aber meine Erfolge steckte er sich in der Regel an den Hut. Das war auch mein erster Trennungsgrund von ihm.«

»Ihr wart schon einmal getrennt?« Jetzt war Patrick wirklich alarmiert. Diesmal spürte Teresa es und drehte sich um. Forschend sah sie ihn an. »Es ist vorbei, Patrick«, sagte sie. »Und mit uns fängt es doch gerade erst an. Und du bist doch der Verheiratete von uns beiden.«

Schuldbewusst blickte Patrick weg. »Es tut mir Leid«, murmelte er. »Willst Du trotzdem weiter erzählen?«

»Er hatte ein Konzept von mir verrissen. Es ging um eine

neue Seminarreihe für das Obere Management. Hinter meinem Rücken hat er dann meine Arbeit umgeschrieben und die Sache mit minimalen Änderungen selbst vor dem Personalvorstand präsentiert. Ich habe davon erst erfahren, als die Broschüre erschien, in der unsere Maßnahmen ausgeschrieben wurden. Ich hatte mich schon gewundert, warum er sie noch einmal haben wollte, bevor ich sie in Druck geben wollte und warum er sie dann selbst in Druck gab. Heute weiß ich, dass er heimlich das Konzept einfügen ließ.«

»Wie hast du reagiert?«

»Ich bin in sein Büro gestürmt und habe ihn geohrfeigt. Vor den Augen seiner Sekretärin. Dabei ist ihm sogar ein Trommelfell geplatzt. Das konnte natürlich nicht so stehen bleiben. Er hätte mir fristlos kündigen können. Stattdessen reichte ich am selben Tag die Kündigung ein. Er bewilligte sie mit sofortiger Wirkung.«

»Und dann bist du ausgezogen?«

Teresa lachte wieder. Es klang bitter. »Wir hatten bis dahin nie zusammen gewohnt. In den ersten drei Jahren unserer Beziehung hatte sich Marcel standhaft geweigert. Es würde nicht gut aussehen, wenn er mit einer Angestellten zusammen leben würde, hat er argumentiert. Das würde seiner Karriere schaden. In der Tat waren sie recht konservativ in der Bank.«

»Warum habt ihr nicht geheiratet?«

»Das kam für Marcel nie in Frage, auch später nicht. So eng wollte er sich nicht wieder binden. Nach der Trennung machte ich mich dann selbstständig als Unternehmensberaterin. Ich wohnte in meinen jetzigen Büroräumen. Ich hatte viele Kontakte zu anderen Firmen durch meine vorige Arbeit und war recht angesehen. So hatte ich nur wenig Probleme, Aufträge zu finden, von denen ich leben konnte.«

»Warum bist du zurückgekehrt?«

Teresa zuckte die Achseln. »Die Ohrfeigen mit all ihren Folgen waren ja eine reine Affekthandlung gewesen. Ich liebte Marcel ja immer noch. Und dann mietete er diese Villa am Rhein. In Geisenheim, alte Bäume, Fliederbüsche, es war wie ein Märchen. Und lud mich ein, dort mit ihm zu leben, es war wie im Traum.«

»Warum tat er das?«

»Hoffentlich weil er mich damals auch noch geliebt hat. Und weil ich nicht mehr in der Bank arbeitete natürlich«, fuhr sie sarkastisch fort. »Jetzt war unsere Beziehung ja unsere Privatsache, da konnte sie seiner Karriere nicht mehr schaden. Er stieg tatsächlich auch weiter auf und wurde Gesamtpersonalleiter in Frankfurt.«

»Und du bliebst bei deiner Unternehmensberatung?«

»Ja. Auch ich wollte mich nie wieder beruflich abhängig von Marcel machen. Deshalb behielt ich meine ehemalige Wohnung auch als Büro. Dort wohnte ich dann tatsächlich auch ein paar Wochen nach der zweiten Trennung.«

»Wann war das denn alles?«

»Die erste Trennung war drei Jahre, nachdem wir uns kennen gelernt hatten. Die zweite Trennung war jetzt im Dezember, kurz vor Weihnachten, nach acht Jahren.«

»Und wie waren die letzten fünf Jahre?«

»Ungefähr ein Jahr lang ging alles gut. Marcel nahm sich mehr Zeit für die Beziehung und war aufmerksam und freundlich. Aber ganz langsam schlichen sich wieder die alten Mechanismen ein. Heute weiß ich, dass ich auch in dem Jahr, in dem es mir mit Marcel gut ging, immer wieder Zugeständnisse an die Beziehung gemacht habe. So habe ich zum Beispiel einmal auf einen Auftrag bei einem Neukunden verzichtet, weil er zur Konkurrenz von Marcels Bank gehörte. Marcel hatte Angst, es könne herauskommen, dass ich als seine Lebensgefährtin für diese Bank tätig wäre und ihm berufliche Nachteile bringen. Auch sonst habe ich Aufträge abgelehnt oder an befreundete Kollegen weitergegeben, wenn er z.B. mit mir in dieser Zeit in Urlaub fahren wollte oder das Haus renovieren oder was weiß ich.«

»Und warum kam es dann zur zweiten Trennung?«

Teresa versteifte sich erneut. Sie blickte demonstrativ auf die Uhr. Es war jetzt ein Viertel vor vier. »Schluss für heute«, sagte sie resolut. »Ich muss morgen früh aufstehen oder heute, besser gesagt. Ich muss mein Auto aus Trier holen und bin um halb zwei mit Lena Meyers verabredet. Bitte, den Rest erzähle ich dir ein anderes Mal.«

Patrick Wiegandt spürte deutlich, dass sie ihm etwas Entscheidendes verschwieg. Er spürte aber auch, dass sie heute nicht mehr davon reden würde. Und das war an sich ja auch zu akzeptieren, schließlich hatte ihre eigene Beziehung ja wirklich noch keine echte Perspektive.

Irgendwann würde er sie wieder danach fragen, beschloss er. Aber nicht heute Nacht.

Plötzlich spürte er auch selbst, wie müde er war. Als er sich über Teresa beugte, um an den Lichtschalter der Nachttischlampe zu kommen, sah er, dass sie bereits fest eingeschlafen war.

Kapitel 16

Als er aufwachte, war er einen Moment lang orientierungslos. Dann erkannte er, wo er war. Er lag in Teresas Bett. Der Platz neben ihm war leer.

Ein Blick auf den Wecker neben dem Bett zeigte ihm die Uhrzeit. Es war kurz nach halb acht. Trotz der wenigen Stunden Schlaf fühlte Patrick sich erfrischt.

Er stand auf und streckte sich. Draußen dämmerte ein schöner Frühlingsmorgen.

Er fand Teresa in der Küche. Sie stand mit ihrer Kaffeetasse am Fenster und schaute hinaus. Schnell trat er auf sie zu und küsste sie auf den Nacken.

Sie ließ es geschehen, drehte sich aber nicht um. »Hallo«, sagte sie. Ihre Stimme klang etwas rau. »Hast du gut geschlafen?«

»Sehr gut. Süß siehst du aus. Das steht dir gut.«

Teresa hatte über einen fliederfarbenen Pyjama ein zartlila Negligé übergeworfen, welches einen schönen Kontrast zu ihrem Haar bildete. Ihre Augen funkelten grün wie Smaragde, als sie sich ihm zuwandte. Aber sie blickten traurig.

Sofort zog er sich in sein Schneckenhaus zurück. »Und wie hast du geschlafen?« fragte er förmlich.

»Ein paar Stunden tief und fest«, sie antwortete ehrlich. »Aber seit kurz vor sieben bin ich wach.« Sie machte eine kleine Pause, dann gab sie sich einen Ruck. Er ahnte, was jetzt kommen würde.

»Patrick«, sagte sie. Ihre Stimme klang bittend. »Patrick, es war wunderschön heute Nacht. Und ich würde mir sehr wünschen, dass es einfach so weitergehen könnte.«

Sie machte eine Pause. Er half ihr nicht. Stumm sah er ihr in die Augen.

Seufzend fuhr sie fort: »Versteh' mich jetzt bitte nicht falsch, aber ich glaube, es ist noch zu früh für mich, jetzt schon eine neue Beziehung einzugehen. Ich bin einfach noch zu verletzt und verstört von dem, was ja erst vor wenigen Monaten geschehen ist. Ich kann einfach nicht unterscheiden, was ich wirklich für dich empfinde und was einfach der Wunsch ist, über den Schmerz mit Marcel hinwegzukommen.«

Obwohl er sie verstand, tat es sehr weh, was sie sagte. Trotz all ihrer Mühe, es sensibel und behutsam zu formulieren.

Sie trat näher zu ihm und legte ihm die Hand auf den Arm. Er widerstand dem Impuls, den Arm zurückzuziehen. Die grünen Augen fesselten seinen Blick.

»Patrick, bitte, ich möchte dir nicht wehtun.«

Unwillig schüttelte er den Kopf. War es so deutlich zu sehen, wie es ihm ging?

»Aber die Beziehung zu dir ist ja auch schon von Anfang an so kompliziert. Du bist noch verheiratet und anscheinend weiß ja deine Frau auch noch nicht, wie du wirklich zu ihr stehst.«

Er registrierte, dass sie wie selbstverständlich davon ausging, dass seine Ehe nur noch auf dem Papier bestand. Aber offenbar spielte das für sie trotzdem keine Rolle.

»Und wie soll es jetzt weitergehen?« fragte er hilflos.

»Ich weiß es nicht«, sie sah wieder aus dem Fenster. »Vielleicht brauche ich einfach Zeit. Ich muss über all das (sie machte eine unbestimmte Handbewegung) einfach ein paar Mal schlafen und darüber nachdenken. Es war wirklich nicht leicht in den letzten Monaten, Wochen und Tagen. Und es wäre dir und deiner Frau gegenüber einfach nicht fair, wenn ich jetzt eine falsche Entscheidung treffe, die ich dann in ein paar Wochen doch wieder bereue. Verstehst du das?«

Ihre Stimme hatte etwas Flehendes. Aber er wandte sich ab. Er wollte nicht verstehen.

»Ist gut«, sagte er kurz. Und dann mit einem gezwungenen Lächeln: »Darf ich noch um einen Kaffee bitten, bevor ich gehe? Ich fahre nämlich gleich ins Amt, ich muss heute den ganzen Tag arbeiten.«

»Natürlich«, sie ging nicht auf seinen Ton ein. »Ich verspreche dir, dass ich mich sofort melde, wenn ich weiß, wie es weitergehen kann.«

Dieser Satz klang ihm immer noch in den Ohren, als er von der Autobahn abbog und in Mainz zum Landeskriminalamt fuhr. Sie hatten überwiegend schweigend am Frühstückstisch gesessen, und Patrick war, so schnell es ging, aufgebrochen. Er fühlte sich jetzt innerlich wie zerschlagen, nichts war mehr übrig geblieben von der Energie nach dem Aufwachen. Fast hätte er sogar vergessen, Teresa die Empfangsbestätigung für ihre Sachen unterschreiben zu lassen, die er am Vorabend achtlos auf ihren Wohnzimmertisch gelegt hatte.

Trotz seiner Depression schwang aber auch ein wenig Erleichterung mit, wie er sich ehrlich eingestand. Wenigstens musste er jetzt Tanja noch nichts sagen und konnte sich in Ruhe überlegen, wie er seine Ehe beenden könnte. Dass er sie beenden würde, war ihm zum ersten Mal richtig klar geworden. Mit oder ohne die neue Beziehung zu Teresa.

Viele Stunden später streckte er sich in seinem Schreibtischstuhl und massierte sich seinen verspannten Nacken. Stundenlang hatte er sich Disketten, CD-ROMs und DVDs mit pornographischen Aufnahmen angesehen.

Das Material stammte aus einer Hausdurchsuchung, die die Staatsanwaltschaft in Koblenz im Rahmen einer Ermittlung wegen Kindesmissbrauchs angeordnet hatte. Ein Stiefvater hatte über ein Jahrzehnt hinweg seine beiden anfänglich minderjährigen Töchter auf das Übelste missbraucht. Erst als die älteste Tochter ausgezogen war, mittlerweile bereits zwei Jahre volljährig, hatte sie die Taten des Mannes zur Anzeige gebracht, hauptsächlich, um ihre noch daheim lebende jüngere Schwester zu schützen.

Beide Opfer hatten vor Gericht aussagen müssen, da der Täter hartnäckig alle Vorwürfe abstritt. Zu den vielen Anklagepunkten hatte auch gehört, dass der Stiefvater immer wieder pornografische Videoaufnahmen der Töchter gemacht und diese angeblich mit den Mitgliedern eines geheimen Sexclubs gegen deren Aufnahmen getauscht hatte. Im Zuge der Ermittlungen war die Polizei dann auf das umfangreiche Belastungsmaterial gestoßen, das im Moment im LKA gesichtet wurde und auf die Aktivitäten eines ganzen Internet-Rings hinwies, der kinderpornografische Aufnahmen und Videoclips tauschte und vertrieb.

Wiegandts Mitarbeiterin Gabriele Wagner arbeitete bereits seit Tagen an der Durchsicht des Materials und er hatte sie gebeten, auch heute am Samstag weiterzumachen. Natürlich fühlte er sich verpflichtet, ihr dabei zu helfen.

Wiegandt hatte halb gehofft, halb gefürchtet, dass sie auch Beweise finden würden, die zu dem Ring führen könnten, der mit den perversen Kindervideos handelte. Bisher waren sie jedoch nicht fündig geworden. Er selbst hatte sich heute erneut jede Menge Perversitäten angesehen, aber die Protagonisten waren alle deutlich über 18 Jahre alt gewesen und die Handlungen hatten sich im Rahmen der üblichen Praktiken bewegt, wenn diese auch widerlich genug waren.

Plötzlich winkte ihm Gabriele Wagner aufgeregt zu. Sie saß am Nachbarschreibtisch und war ebenfalls mit einem Teil des beschlagnahmten Materials beschäftigt. Ihre heutige Aufgabe hatte darin bestanden, die Festplatten der drei Laptops und

PCs zu durchsuchen, die mit den Datenträgern beschlagnahmt worden waren.

»Patrick, komm' schnell und sieh' dir das an!«

Gabriele war ein eher stiller Typ Frau. Wenn sie so aufgeregt war, musste sie etwas Wichtiges entdeckt haben.

Gespannt und zunehmend fassungslos schaute er ihr wenige Sekunden später über die Schulter. Was er sah, waren pornografische Aufnahmen der schlimmsten Sorte. Kinder und Jugendliche beiderlei Geschlechts, im Alter von ca. drei bis etwa 14 Jahren, waren dort abgebildet, in allen erdenklichen, sadistisch geprägten Posen.

Aufnahmen mit Hunden, Ratten und sogar einer Schlange. Fesselungen in allen Stellungen, Penetrationen mit verschiedenen Gerätschaften und schließlich Vergewaltigungen aller Art.

»Wo hast du das gefunden?« seine Stimme klang heiser.

»Ich habe das Passwort einer Directory mit dem unverfänglichen Namen »Steuer« geknackt. Da fanden sich diese Dateien. Wenn das Download-Datum stimmt, sind die ältesten schon mindestens sieben Jahre alt.«

Es waren ausschließlich Fotografien, deutlich von Amateuren aufgenommen und wahrscheinlich eingescannt. Die Belichtung war oft falsch gewählt, die Konturen manchmal unscharf, viele Bilder waren grobkörnig. Auf vielen Fotos war ein mit einer Henkersmütze maskierter massiger Mann zu sehen, häufig bekleidet mit einer Art lederner Hose, die die Genitalien freiließ. Er hatte ein auffälliges herzförmiges Muttermal am rechten Unterschenkel.

»Da«, Gabriele hatte das Muttermal auch entdeckt. »Das könnte hilfreich sein. Vielleicht haben wir ja bereits Daten über den Kerl gespeichert. Allerdings scheinen es recht alte Aufnahmen zu sein.« Mit einem Spezialprogramm vergrößerte sie einen Fotoausschnitt, der eine Zeitschrift zeigte, die auf dem Nachttisch neben einem Bett lag. Deutlich konnten sie die Jahreszahl 1995 darauf erkennen.

Jenseits seiner Abscheu spürte Patrick ein eigentümliches Gefühl. Da war etwas auf den Fotos, was ihn an irgendetwas erinnerte. Ohne dass er so genau wusste, was das war. Aber das Gefühl war deutlich und trog ihn seiner bisherigen Erfahrung nach fast nie. Er nannte das seinen polizeilichen Instinkt. Das Gefühl hatte mit dem Muttermal zu tun. Hatte er es vielleicht schon einmal woanders gesehen, in einer Täterdatei vielleicht?

Weitere zwei Stunden später hatten sie alles verfügbare Datenmaterial durchforstet, leider vergeblich. Mittlerweile war es bereits nach sechs Uhr abends. Patrick, vorübergehend abgelenkt von seiner Enttäuschung mit Teresa, die ihn nun erneut mit Macht überfiel, fühlte sich leer und ausgebrannt. Mechanisch griff er nach dem schmutzigen Plastikbecher, der auf seinem Schreibtisch stand und einen Rest erkalteten Kaffee enthielt. Er schmeckte widerlich und Patrick spuckte ihn zurück in den Becher.

Gabriele kam auf ihn zu, schon in Jacke und Schal. Trotz der Frühlingssonne war es abends draußen noch immer empfindlich kalt.

»Du, ich gehe jetzt«, sagte sie zu ihm. »Ich muss noch meine Mutter besuchen. Sie liegt in den Unikliniken, sie ist gerade an einem Leistenbruch operiert worden.«

»Ja, einen schönen Abend noch«, antwortete Patrick mechanisch. Dann stockte er plötzlich. Ja, natürlich, eine Operation. Hatte da nicht etwas in dem Bericht gestanden, den Lutz, der Gerichtsmediziner, neulich übers Meyers gemacht hatte? Auch die Henkersmaske könnte stimmen, eine solche trug Meyers ja auch öfters auf seinen Homevideos.

Aufgeregt wählte er Rolands Nummer. Hoffentlich war er

noch im Amt. Erst nach mehrmaligem Läuten nahm jemand ab. »Ja?« Die Stimme war kurz angebunden, aber eindeutig die seines Trierer Kollegen.

»Hallo, hier ist Patrick. Hast du gerade den Bericht von Markus Lutz da über die Obduktion von Werner Meyers? Bitte sieh' dir doch mal an, ob du da irgendetwas über eine Operationsnarbe findest.«

Roland hörte aufmerksam zu, als Wiegandt den Zusammenhang erklärte. Er versprach in wenigen Minuten zurückzurufen.

Patrick wartete aufgeregt neben dem Telefon. Die kurze Zeit, die Roland in Trier brauchte, nahm die Dimension einer Ewigkeit an. Endlich schrillte das Telefon.

»Du hattest Recht, Patrick«, Rolands Stimme klang mühsam beherrscht. »Da ist eine Narbe am rechten Unterschenkel. Ungefähr drei Zentimeter im Durchmesser. Ich habe auch schon Lena Meyers angerufen und sofort erreicht. Sie sagte mir, die Narbe stamme von einer Art Schönheitsoperation. Vor ca. sieben Jahren hätte sich ihr Mann dort ein Muttermal wegoperieren lassen. Es war herzförmig. Das ist die erste verwendbare Spur.«

Kapitel 17

Mit gemischten Gefühlen sah Teresa Patrick nach, als er die Treppe hinunterging. In ihre erste Erleichterung darüber, dass er ihr keine Szene gemacht hatte, mischte sich auch schon Traurigkeit. Es hätte schön werden können mit Patrick, wenn, ja, wenn sie sich unter anderen Umständen begegnet wären. Aber da waren Tanja und Marcel. Sie konnte sich nicht schon wieder binden, dazu an eine Beziehung mit zweifelhafter Perspektive.

Plötzlich klingelte es an der Haustür. Wahrscheinlich hat er etwas vergessen, dachte Teresa. Patrick war gerade einmal fünf Minuten weg.

Aber es war Marcel, der zu ihrem Erstaunen die Treppe heraufkam. Teresa verfluchte ihre Nachlässigkeit, zu selten die Gegensprechanlage zu benutzen, bevor sie den Türöffner betätigte. Marcel hatte ihr jetzt gerade noch gefehlt.

Er musterte sie von Kopf bis Fuß mit einem eigentümlichen Blick. »Hallo, Teresa«, sagte er. »Das kenne ich ja noch gar nicht. Steht Dir gut.«

Er meinte natürlich das zartlila Neglige. Teresa hatte nach der Trennung alle Dessous, die sie beim Sex mit Marcel getragen hatte, in einen Container der Caritas geworfen. Damit hatte sie gleich zwei Instanzen eins ausgewischt, dem Machismo von Marcel und der Bigotterie der Katholischen Kirche, mit der sie seit jeher auf Kriegsfuß stand. Trotz ihrer Depression hatte Teresa noch tagelang später lachen müssen, wenn sie sich die Gesichter der zweifellos frommen Helfer vorstellte, die diese Tüte ausgepackt hatten.

Aber jetzt war ihr nicht zum Lachen zumute. »Was willst du?«, fragte sie kurz angebunden anstatt eines Grußes. Marcel machte eine spöttische Verbeugung. Er hat abgebaut, dachte

Teresa schadenfroh. Sein braunes Sakko, welches ihm beim Kauf perfekt gesessen hatte, spannte nun über dem Bauch. Die blonden Haare hatte er sich in einem karottengelben Ton gefärbt, um das beginnende Grau zu überdecken. Es sah unnatürlich und irgendwie grotesk aus.

Aber vorläufig gab er sich Mühe. »Guten Morgen«, antwortete er. »Ich war gerade zufällig in der Gegend, da wollte ich einmal hören, wie es dir jetzt geht.«

Zufällig – an einem Samstagmorgen um halb neun. »Hast Du Urlaub?« fragte Teresa spöttisch in Anspielung auf die vielen Wochenenden, die Marcel seiner Karriere gewidmet hatte.

»Ja, ein paar Tage.« Er merkte die Spitze entweder nicht oder ignorierte sie absichtlich.

Teresa wurde deutlicher: »Da hast du mehr Glück als ich, ich bin leider auch am Samstag sehr beschäftigt. Also danke für deinen Besuch, aber ich habe heute keine Zeit«, antwortete sie kurz angebunden und machte Anstalten, die Haustür zu schließen. Marcel stellte den Fuß dazwischen.

»Komm lass' mich rein, ich komme in Frieden.« Sein Ton klang tatsächlich etwas bittend.

Teresa spürte, wie sie wider Willen weicher wurde. Sie ließ die Tür los und Marcel kam sofort in die Diele. »Hm, riecht es hier nach Kaffee?«

»Marcel«, Teresa holte tief Luft. «Bitte, ich möchte jetzt nicht mit dir reden. Jetzt nicht und auch noch eine lange Zeit nicht. Vielleicht später einmal, wenn das alles etwas verheilt ist. Versteh' das bitte und geh' jetzt. Ich muss einfach von allem Abstand nehmen.«

»Am letzten Samstag klang das aber noch anders.« Jetzt schlich sich der altvertraute vorwurfsvolle Ton in seine Stimme.

»Ich hätte dich nicht von mir aus angerufen, das war der

Polizist, der mich heimgefahren hat. Er dachte, wir wären noch zusammen.«

»So, so«, Marcel lachte laut auf. Es klang wütend. »Und heute weiß er es besser. Das war doch der Kerl, der morgens um halb neun aus Deiner Wohnung kommt, oder nicht? Hat er dich gut durchgebumst?«

Teresa spürte, wie die alte Wut mit Macht in ihr aufstieg. »Danke der Nachfrage, ich war zufrieden«, sagte sie gefährlich leise. Mit Genugtuung bemerkte sie, dass Marcel rot anlief.

Aber noch beherrschte er sich. »Das hätte ich ja nun nicht gedacht, dass du dich so schnell woanders trösten lässt. Wo ich doch angeblich deine große Liebe war.«

Teresa fixierte ihn. »Die Betonung liegt auf war«, sagte sie. »Das hier führt nur wieder zu Streit«, ergänzte sie dann. »Also geh' jetzt bitte!«

Marcel verfärbte sich nun dunkelrot. »Sitz' nicht so auf dem hohen Ross«, zischte er. »Außer mir hat es doch noch keiner acht Jahre lang mit dir ausgehalten.«

Teresas Wut wurde immer stärker. Diese Masche kannte sie. Aber sie hatte mittlerweile besser gelernt, damit umzugehen.

»Marcel«, sagte sie. Ihre Stimme blieb gefährlich ruhig. »Ich brauche dich so nötig wie ein Loch im Zahn. Es tut weh und wird immer schlimmer, wenn man es nicht behandelt. Immer mehr Substanz geht verloren, bis der Zahn eitert und fault. Deshalb ist es besser, man bohrt ihn aus. Das tut einmal sehr weh und es geht auch Substanz verloren, aber danach hat man seine Ruhe. Deshalb geh' jetzt endlich!«

Er stand immer noch vor der offenen Tür. Jetzt verlor er die Beherrschung. »Hast du es dir so gründlich besorgen lassen, dass du jetzt die Hochmütige mimst«, brüllte er.

Unwillkürlich spähte Teresa über seine Schulter hinweg ins Treppenhaus. Zum Glück war keine Menschenseele zu sehen.

Marcel brüllte weiter: »Vor ein paar Monaten sah es noch anders aus. Da konntest du gar nicht schnell genug die Beine breit machen, wenn...«

Jetzt reichte es.

»Hau ab«, schrie Teresa. Sollten die Nachbarn es doch ruhig hören. »Hau ab, sonst zerschlage ich dir auch noch das andere Trommelfell. Du jämmerlicher selbstmitleidiger Waschlappen. Du kriegst doch gar keinen mehr hoch...«

In der Tat war Marcel in der letzten spannungsgeladenen Zeit ihrer Beziehung öfters impotent gewesen. Einmal hatte sie ihm Viagra empfohlen, eigentlich hatte sie es sogar gut gemeint. Sie wollte ihm helfen, mit dem zunehmenden Druck fertig zu werden. Aber für ihn war es eine »sexuelle Demütigung« gewesen, die schlimmste seines Lebens, wie er behauptete.

Jetzt ging im Erdgeschoss eine Tür. Sofort senkte Teresa die Stimme. Aber ihre Wut ließ sich nicht mehr stoppen. Sie stieß ihn mit beiden Händen in den Hausflur.

»Verschwinde, du Arschloch«, zischte sie. »Verschwinde und lass' dich nie wieder blicken. Ich brauche weder dich noch deinen stinkenden Schwanz.«

Damit knallte sie ihm die Tür vor der Nase zu. Sie hörte, wie er noch zweimal mit Macht dagegen trat, dann polterte er die Treppe hinunter.

Schwer atmend sank Teresa hinter der Tür zu Boden. Das dünne Neglige wickelte sich um ihre Beine und verhedderte sich. Wie immer, wenn sie mit Marcel gestritten hatte, fühlte sie sich danach leer und ausgepumpt. Warum ließ er sie nicht einfach in Ruhe?

Aber sie wusste die Antwort doch. Marcel ließ sich nicht verlassen, den Zeitpunkt dazu wollte er selbst bestimmen. Der Gedanke, keine Macht mehr über sie zu haben, machte ihn rasend. Er liebte sie nicht mehr, da war sie sicher, er wollte sie nur noch einmal in die Knie zwingen. Es war ihm zu oft gelungen in der Vergangenheit. Teresa konnte als Psychologin sogar den Mechanismus benennen, nach dem dieses System funktionierte. Er nannte sich »intermittierende Verstärkung«. Je länger es gebraucht hatte, bis sie nachgegeben hatte, desto hartnäckiger hatte er es das nächste Mal versucht.

Seine immerwährenden Attacken versetzten sie wieder und wieder in Wut. Sie konnte sich noch so oft vornehmen, die Ruhe zu bewahren, sobald er sie mit diesem selbstgerechten Tonfall ansprach, war es mit ihrer Selbstbeherrschung dahin. Obwohl sie sich seit der Trennung Rat und Unterstützung in einer Psychotherapie gesucht hatte, halfen die dort erarbeiteten Mechanismen bis jetzt ebenfalls immer nur kurzfristig.

Ihre oft ohnmächtige Wut hatte sie im Lauf der Zeit immer wieder an seinen wenigen Geschenken ausgelassen, die sie aus den acht Jahren überhaupt besaß. Das wertvollste war ein kleiner Ring gewesen, den er ihr am ersten Geburtstag nach der Versöhnung geschenkt hatte. Er war für Marcels Gehalt und selbst für ihre Verhältnisse nicht sehr teuer gewesen, aber Marcel war geizig und so hatte sie den Ring lange in Ehren gehalten, wohl wissend, dass es Marcel genug Überwindung gekostet hatte, ihn zu erstehen. Unmittelbar nach der endgültigen Trennung hatte sie ihn mit einem Hammer platt geschlagen. Die traurigen Überreste hatte sie ihm erst per Post schicken wollen, sie dann aber doch in die hinterste Ecke ihrer großen Kommodenschublade gesteckt. Ganz tief in ihr verbarg sich immer noch der Wunsch, wenigstens etwas Schönes und Wertvolles aus diesen acht Jahren zu behalten und seien es auch nur einige schöne Erinnerungen. Aber mit jedem Streit wuchs die Bitterkeit und die schönen Momente verblassten mehr und mehr. Jetzt hatten sie höchstens noch die Qualität eines Films, der auf einer weit entfernten Leinwand ihres Lebens ablief und sie emotional immer weniger berührte.

Marcel, ihre große Liebe, acht ihrer besten Jahre, jetzt nicht mehr als eine grau gefärbte Episode ihres Lebens?

Teresa spürte, wie ihr wieder die Tränen in die Augen stiegen. Schon längst hatte sie sich gefragt, worüber sie eigentlich so traurig war. Mit Hilfe von Marta, ihrer Therapeutin, war sie zu der Erkenntnis gelangt, dass es eher die enttäuschten Hoffnungen waren, das jahrelange vergebliche Warten auf Gefühle der Geborgenheit und Sicherheit als der Verlust von Marcel an sich.

Ihre Beziehung zu Marcel glich dem Syndrom eines Spielsüchtigen. Sie hatte immer wieder aufs Neue investiert in der Hoffnung, endlich diese so heiß ersehnten Gefühle zu erfahren. Und dabei in Wirklichkeit immer mehr und mehr verloren.

Seufzend stand sie auf und blickte auf die Uhr. Es war schon fast neun. Jetzt musste sie sich aber beeilen. Ihr Zug nach Trier fuhr um halb elf ab und sie hatte mit dem Bus zum Bahnhof fahren wollen, um nicht zweimal Geld für ein teures Taxi ausgeben zu müssen. Schließlich würde sie sich schon in Trier eines nehmen müssen, um zu ihrem Auto zu kommen.

Sie beeilte sich im Bad und wählte als Garderobe ein grünschwarzes Wollensemble, welches zu ihren neueren Einkäufen gehörte. Schließlich wusste sie, dass Lena Meyers zumindest finanziell ja die Treppe hinaufgefallen war, wie ihre Mutter es ausgedrückt hätte. Da wollte sie zumindest in der Kleidung nicht nachstehen.

Schließlich ordnete sie die Dinge, die Patrick ihr gestern gebracht hatte und die sich alle noch in einzelnen Tütchen befanden, in ihre Handtasche. Auf dem Handy waren mittlerweile sieben Anrufe aufgelaufen, die sie im Zug abhören und am Montag beantworten musste.

Bei der Durchsicht ihrer Kreditkarten fiel ihr die Kleiderrechnung aus dem Hotel ein. Die musste sie auch noch begleichen. Sie machte sich eine kurze Notiz und hängte sie an den Kühlschrank.

Puderdose, Schlüsselbund, Dokumententasche, alles wanderte nach und nach zurück an seinen Platz. Schließlich war nur noch ein Tütchen übrig. Da Teresa bis auf ihren ruinierten Pump, der als einziges in Trier geblieben war, um mögliche Fußspuren damit abgleichen zu können, nichts mehr vermisste, öffnete sie es neugierig. Ein kleiner Gegenstand fiel ihr in die Hand. Ratlos sah Teresa ihn sich an.

Es schien sich um den Teil eines Schmuckstücks zu handeln, vielleicht um das Glied eines Armbands oder einer Halskette. Der Gegenstand war aus Gold, wahrscheinlich echt, obwohl kein Stempel zu sehen war. Es war eine Art stilisierte Blüte, mit einem kleinen roten Stein in der Mitte.

Wahrscheinlich hat ihn eine Sekretärin in Meyers Büro verloren und er ist versehentlich meinen Sachen zugeordnet worden, dachte sie. Schuldbewusst erinnerte sie sich daran, dass sie aufgrund der heftigen Entwicklung der Ereignisse am gestrigen Abend die mitgebrachten Dinge natürlich nicht Stück für Stück mit Patrick durchgegangen war. Auch die Empfangsbestätigung hatte sie am Morgen achtlos unterschrieben, ohne sich die Liste der aufgeführten Gegenstände auch nur durchzulesen.

Mit einer merkwürdigen Mischung aus Vorfreude und Widerwillen machte sie sich klar, dass sie Patrick schnellstmöglich anrufen musste, um ihn auf diesen Irrtum hinzuweisen. Schließlich handelte es sich ja um einen Gegenstand von einem Mordtatort.

Aber heute nicht, beschloss sie sogleich. Erstens war sie wirklich schon spät dran, zweitens kannte sie Patricks Durchwahl in Mainz nicht und wollte es nicht am Samstag über die Zentrale versuchen. Gleich Anfang der nächsten Woche, beschloss sie, wollte sie ihn kontaktieren. Aber dann nur kurz und rein beruflich. Sie wollte nicht wie bei Marcel auch bei Patrick gleich den Eindruck erwecken, dass nicht besonders ernst zu nehmen sei, was sie sagte.

Schließlich konnte der Gegenstand so wichtig auch nicht sein, sonst hätten sie ihn ja nicht ihren Sachen zugerechnet. Und der Mörder hatte wohl kaum Frauenschmuck getragen.

Seufzend schloss Teresa die Haustür ab und machte sich auf den Weg zur Bushaltestelle. Jetzt musste sie sich wirklich beeilen, wenn sie noch den Zug erwischen wollte, der sie so pünktlich nach Trier bringen sollte, dass sie ihre Verabredung mit Lena Meyers um halb zwei Uhr noch schaffte.

Das Handy klingelte. Auf dem Display sah sie das vertraute Kürzel. Schnell ging sie ins Nebenzimmer. Alicia war heute ungewöhnlich früh für einen Samstag aufgestanden und saß schon in der Küche beim Frühstück.

»Ja?« sagte sie in den Hörer.

»Die Kassette ist wieder aufgetaucht«, sagte unter Verzicht auf jede Grußformel die wohlvertraute Stimme. Unter der oberflächlichen Gelassenheit spürte Lena Meyers die Wut des Mannes am anderen Ende der Leitung.

»Aber leider nur als Kopie oder Teilkopie, besser gesagt. Es war ein netter Brief dabei mit einer Forderung von 1 Million Euro, sonst ginge das Original an die Trierer Polizei. Es ist allerhand darauf zu erkennen. Wenn das die Polizei in die Finger kriegt, sind wir alle dran.«

Lena schwieg bestürzt. »Was können wir denn tun?« fragte sie schließlich.

»Krieg' heute Mittag heraus, ob dieses Miststück dahinter

stecken könnte. Schließlich war sie die erste am Tatort. Werner, dieser Sauhund, konnte es nie lassen, die Dinger in seinem Büro aufzubewahren, obwohl ich ihn zigmal gewarnt habe.«

»Wie soll ich das denn machen? Ich kann sie doch schlecht direkt danach fragen.«

»Lass' dir was einfallen und wenn du nichts rauskriegst, dann arrangiere ein Treffen mit mir. Schließlich wollte sie ja hier irgendwelche Schulungen verkaufen. Vielleicht ist sie immer noch damit zu ködern.«

»Ist gut, Georg«, seufzte Lena. Die Stimme am anderen Ende explodierte.

»Und nenn' gefälligst keine Namen am Telefon, du dumme Kuh. Wie oft muss ich dir das noch sagen. Wer weiß denn, wer da alles irgendwann einmal mithört.«

Die Leitung knackte, dann war sie tot. Einen Moment spürte Lena Meyers, wie ihr die Tränen in die Augen stiegen. Aber dann zuckte sie resigniert die Achseln. Es schien ihre Bestimmung zu sein, nur an Männer zu geraten, die sie herumkommandierten und beschimpften. Georg Wolf war darin auch nicht besser als Werner.

Aber wenigstens quälte er sie nicht. Sie nicht und vor allem auch nicht die Kinder. Ihm ging es bei dieser Sache ausschließlich um das Geld, was damit zu verdienen war. Und mit dem er mit ihr nach Paraguay gehen würde, sobald er genug zusammen hätte. Auch die Kinder würden mitkommen.

Vorsichtig ging Lena zurück in die Küche. Alicia war in die Morgenzeitung vertieft und schien nichts mitbekommen zu haben. »Was war denn, Mam?« fragte sie gleichgültig. »Nichts Wichtiges, nur der Friseur, der mir einen neuen Termin anbieten wollte. Heute Mittag ist ihm was dazwischen gekommen«, antwortete Lena.

Dann widmete sie sich wieder ihrem eigenen Frühstück.

Kapitel 18

Teresa erkannte Lena Meyers sofort, obwohl sie deutlich älter geworden war.

Sie saß in einer Fensternische an einem kleinen Seitentisch und rauchte eine Zigarette. Für die Jahreszeit war sie schon recht frühlingshaft gekleidet. Lena Meyers trug ein sonnengelbes kniekurzes Seidenkostüm mit einer royalblauen Bluse. Das Ensemble war sehr chic, hätte aber eher zu einem Juliabend an der Promenade von Cannes gepasst als zu einem Mittagessen Anfang April in einem Trierer Cafe.

Teresa registrierte außerdem sofort, dass diese Aufmachung in heftigem Kontrast zu der Tatsache stand, dass Lena erst vor einer Woche zur Witwe geworden war. Anscheinend war sie wirklich nicht besonders traurig über den plötzlichen Tod ihres Gatten.

Teresa trat an den Tisch und reichte Lena zur Begrüßung die Hand. Sofort fielen ihr die bis aufs Blut abgebissenen Fingernägel auf, die so gar nicht zu Lenas sonstiger makelloser Aufmachung passten.

»Wie geht es dir?« Teresas Ton klang ein wenig zu gewollt herzlich. An sich fragte sie sich gerade, was sie eigentlich hier zu suchen hatte.

»Danke, den Umständen entsprechend.« Lena Meyers richtete ihre blaugrauen Augen prüfend auf Teresa. »Du hast dich kaum verändert in den letzten zehn Jahren.« Klang da ein Anflug von Neid mit?

»Du bist auch noch ganz die Alte«, gab Teresa zurück und leistete insgeheim Abbitte für diese faustdicke Lüge. Lena sah aus wie mindestens Ende vierzig. Sie hatte dicke Tränensäcke unter den Augen, Falten um Mund und Nase und eine durch die Solariumsbräune gegerbte lederartige Haut.

»Hat das mit deinem Auto geklappt?«

»Danke, das war gar kein Problem.« Teresa war sehr froh gewesen, ihren guten alten BMW unbeschadet auf dem Parkplatz wieder gefunden zu haben. Im Augenblick stand er in einem Parkhaus in der Nähe der Porta Nigra.

»Wie bist du denn heute nach Trier gekommen?«

»Mit dem Zug und dann vom Bahnhof aus mit dem Taxi. Es gab eine gute Verbindung. Hast du schon etwas zu essen bestellt?«

Lena reichte Teresa die Speisekarte. »Danke, ich habe gar keinen Hunger. Ich habe spät gefrühstückt. Mir reicht mein Capuccino.« Vor ihr stand eine halbleere Tasse.

Teresa konzentrierte sich auf die Karte und entschied sich für eine Hühnersuppe mit Reis, ein Mineralwasser und ebenfalls einen Capuccino. Es wurde Zeit, wieder an die Figur zu denken. Trotz ihrer Falten trug Lena offensichtlich immer noch Kleidergröße 38.

Bis zur Aufnahme der Bestellung durch die Kellnerin schwiegen beide. Verlegenheit lag in der Luft. Was sagte man einer alten Kommilitonin, deren Mann man bestialisch zugerichtet als Mordopfer gefunden hatte, die man aber schon zu Studienzeiten kaum gekannt hatte und schon gar nicht leiden konnte? Und die augenscheinlich nicht einmal traurig über den jüngsten Gang der Ereignisse war?

Wie immer, wenn Teresa nicht weiter wusste, entschied sie sich für die Wahrheit.

»Lena, warum wolltest du mich sehen?« fragte sie. Dabei blickte sie ihr direkt in die Augen. Zu ihrem Erstaunen huschte einen Moment lang ein sonderbarer Ausdruck über Lenas Gesicht. Teresa konnte ihn nicht gleich einordnen. Als sie später auf der Rückfahrt darüber nachdachte, schien es ihr am ehesten Widerwille zu sein, vielleicht sogar ein Anflug von Hass.

Aber in der Situation verdrängte sogleich ein schüchternes Lächeln diesen Eindruck.

»Ach, Teresa, es war einfach eine spontane Eingebung. Ich weiß ja, dass wir im Studium nie viel miteinander zu tun hatten, aber als ich dich jetzt bei solch einer schrecklichen Gelegenheit wieder traf, erschien es mir unhöflich, dich nicht zumindest zu fragen, ob man sich einmal treffen und aussprechen kann.«

Schuldbewusst senkte Teresa den Blick. An sich hätte sie darauf auch von selbst kommen sollen. Sympathie hin oder her, schließlich war Lena etwas Furchtbares zugestoßen.

Sie griff den Faden auf. »Wie geht es dir denn heute, so wenige Tage danach?«

»Ach, bis jetzt bin ich noch gar nicht richtig zum Nachdenken gekommen. Das Leben muss ja weitergehen, die Kinder sind verstört und brauchen zumindest ihre gewohnte Ordnung.«

»Wie haben sie denn reagiert?«

»Ich habe die Wahrheit, so gut es ging, vor ihnen verborgen. Da in den Zeitungen nur sehr wenig Konkretes zu dem Mord stand, glauben sie, ihr Vater sei einem Einbrecher zum Opfer gefallen. Aber Werner hat sich ja kaum um die Kinder gekümmert. Das ist vielleicht heute ein Glück, denn so hat keins der Kinder eine tiefere Bindung zu ihm gehabt.«

»Wann ist die Beerdigung?«

»Wahrscheinlich wird die Leiche am Montag frei gegeben. Dann wird die Beerdigung am Mittwoch stattfinden. Aber in aller Stille. Es wird nur einen Trauergottesdienst in der Matthiasbasilika geben, dann wird die Leiche eingeäschert und die Asche in alle Winde verstreut. So wollte Werner es selbst.«

»Gibt es dann gar kein Grab?«

»Nein.« Lenas Ton war entschieden. »Und ich wollte auch gar keins.« Sie machte eine kurze Pause. »Gott, Teresa, ich will dir doch nichts vormachen. Meine Ehe mit Werner war doch schon seit Jahren am Ende.« Sie holte hörbar Luft. »Und ich glaube auch, dass du das weißt. Schließlich musst du doch mitbekommen haben, dass Werners Sekretärin dich für eine Art Callgirl hielt.«

Einen Moment lang verschlug es Teresa die Sprache. Dann entschied sie sich erneut für die Wahrheit. Sie nickte.

»Und was weißt du noch alles?« fragte Lena. Ihre Frage hatte etwas Inquisitorisches.

»Nicht viel. Nur dass du nicht glücklich mit ihm warst.«

»Und kennst du auch den Grund?«

Teresa zögerte. Brachte sie Patrick in Schwierigkeiten, wenn sie jetzt offen war?

Lena deutete ihr Schweigen richtig. »Weißt du, dass er sexuell sadistisch veranlagt war und mich jahrelang gequält hat?«

Teresa nickte verlegen. Zum Glück kam gerade die Suppe, auf die sie allerdings keinerlei Appetit mehr verspürte. Trotzdem rührte sie intensiv mit dem Löffel darin herum.

»Ist dir das peinlich, wenn ich so offen bin?«

»Ehrlich gesagt, ja, Lena. Wir hatten ja nie so eng miteinander zu tun. Warum erzählst du mir das?«

»Weil ich gelernt habe, offen darüber zu sprechen. Sexueller Missbrauch aller Art wächst und gedeiht vor allem im Verborgenen. Und nährt sich davon, dass die Opfer aus Scham schweigen. Daran musst du dich doch auch noch aus dem Studium erinnern. Du warst doch mit mir in der Veranstaltung zur Forensischen Psychologie.«

Teresa fühlte sich beschämt. Und außerdem weiterhin verlegen. Sie nickte, würgte an einem Löffel Suppe und schwieg.

»Jetzt fragst du dich sicherlich, warum ich ihn nie verlassen habe. Ich will es dir sagen, wie ich es auch schon der Polizei gesagt habe. Ich habe Werner den größten Teil meines Lebens gewidmet. Ich habe zwei Kinder von ihm bekommen. Und ich habe nie in unserem Beruf gearbeitet, habe mein Diplom im zweiten Anlauf gerade so mit Mühe und Not geschafft. Und so grausam unsere Ehe auch war, wenigstens eines hatte ich immer im Überfluss, Geld und Luxus.« Sie deutete auf ihr Kostüm und eine Halskette mit einem erbsengroßen Stein, die Teresa für Modeschmuck gehalten hatte.

»Das ist kein Zirkon, das ist ein echter Diamant«, beantwortete sie Teresas unausgesprochene Frage.

»Warum verteidigst du dich, Lena. Ich mache dir doch keinen Vorwurf.« Flüchtig dachte Teresa an die morgendliche Szene mit Marcel. Schließlich, wer war sie denn, dass sie Lena einen Vorwurf hätte machen können, sich nicht rechtzeitig aus einer schlechten Beziehung gelöst zu haben.

Lena Meyers Ton wurde weicher. »Entschuldige bitte, ich reagiere über. Die Anspannung ist eben doch größer, als ich mir eingestehen mag. Hast du Kinder?«

Hastig schüttelte Teresa den Kopf. »Nein«, antwortete sie knapp, »ich bin nicht verheiratet.«

Sie war sicher, dass Lena bemerkte, dass sie hier einen wunden Punkt erwischt hatte. Angestrengt löffelte sie ihre Suppe.

Aber zu ihrer Erleichterung wechselte Lena sofort das Thema. »Das wundert mich auch nicht bei dir. Du warst ja schon immer so erfolgreich, dass du auch ohne Mann deinen Weg gegangen bist. Im Studium habe ich dich manchmal glühend darum beneidet.«

Lenas Offenheit beschämte Teresa erneut. So entschloss sie sich wieder zu einer ehrlichen Antwort.

»Manchmal habe ich mir schon sehr Kinder und eine richtige Familie gewünscht«, gestand sie. »Aber bisher hatte ich kein Glück.«

»Was machst du denn heute eigentlich genau? Ich weiß, dass

du einen Geschäftstermin mit Werner hattest, aber nicht, worum es dabei gegangen ist.«

Erleichtert stieg Teresa auf das Thema ein. Sie beschrieb Lena ihren Werdegang seit dem Verlassen der Universität in Trier und den augenblicklichen Status von Freudenberger Consulting.

Lena hörte aufmerksam zu und stellte ab und zu eine Frage.

»Und Eva Schneider hatte die Idee, dass du bei Werner Schulungen anbieten solltest?«

»Ja, so war das. Kennst du Eva?«

»Flüchtig. Sie war ein paar Jahre lang Werners Sekretärin. Und jetzt ist sie bei dir?«

Teresa erzählte von ihrer Begegnung mit Eva und deren Reise nach Südamerika. Auch von der Wirtschaftskrise und deren augenblicklichen Folgen für ihr Geschäft.

Sie wusste nicht, dass sie Lena damit das erste Stichwort gab. »Warum denkst du denn, dass die Option mit den Schulungen jetzt zunichte ist?« fragte sie.

Teresa war verblüfft. »Na, ich kann mir denken, dass ihr im Moment andere Sorgen habt als die Schulung der Servicequalität eurer Auslieferer.«

»Das ist für den Moment sicherlich richtig. Aber sobald Werner beerdigt ist, muss das Geschäft doch weitergehen. Genauer gesagt, geht es doch auch schon im Augenblick weiter. Georg Wolf, Werners Stellvertreter, ist Mitgesellschafter der GmbH und führt die Geschäfte ganz normal fort. Vielleicht hat er ja auch Interesse an Werners Idee. Soll ich ihn einmal darauf ansprechen?«

Teresa war gerührt. »Wenn du das für richtig hältst und machen willst, habe ich natürlich nichts dagegen. Aber selbst werde ich mich nicht melden, das käme mir taktlos vor.«

»Ich spreche ihn darauf an und rufe dich dann an«, schlug Lena vor. »Jetzt entschuldige mich bitte einen Moment, ich muss zur Toilette.«

Kapitel 19

Kritisch musterte Lena Meyers ihr Gesicht im Spiegel der Damentoilette. Dann zog sie mit einer entschlossenen Bewegung die Konturen ihrer Lippen mit einem Stift nach.

Eine Hürde war genommen, der Kontakt zu Georg Wolf war gebahnt. Wenn das Ganze Eva Schneiders Idee gewesen war, könnte es natürlich durchaus sein, dass Teresa die Kassette entwendet hatte. Sollte sich Georg also mit darum kümmern. Ob der das mit Eva schon wusste? Wenn, dann hatte er es ihr gegenüber jedenfalls nicht erwähnt, da war sie sich sicher.

Wie sollte sie das Thema »Video« nur unauffällig anschneiden? Mechanisch strich sie sich über ihre Bluse. Der oberste Knopf sprang auf und gab den Blick frei auf eine vernarbte Zigarettenwunde. Das war es, so konnte sie es versuchen, entschied sich Lena.

Sie nahm wieder an dem Nischentisch Platz. Beide bestellten einen frischen Capuccino. Die halbleere Suppentasse war inzwischen abgeräumt worden.

Lena holte tief Luft. Es war wirklich so, dass sie das Anschneiden des Themas Überwindung kostete. Auch wenn Teresa, diese dumme Pute, natürlich nicht wissen konnte, was genau ihr die Röte ins Gesicht trieb.

»Teresa, darf ich dich ganz offen etwas fragen?«

Teresa nickte.

»Hast du dich jemals mit dem Thema Sadomasochismus befasst? Zum Beispiel während des Studiums oder danach?«

Teresa schüttelte den Kopf. »Nein, Lena, tut mir Leid. Ich weiß auch nicht mehr darüber als der Durchschnittsbürger.«

»Dir selbst ist das auch noch nie begegnet?«

Flüchtig schoss Teresa eine Szene mit Marcel durch den Kopf. Auf dem Höhepunkt ihrer sexuellen Leidenschaft hatten sie sich gegenseitig einige Male mit Seidentüchern ans Bett gebunden. Sich sozusagen dem anderen ausgeliefert. Auch die Augen waren verbunden gewesen. Aber das Ganze hatte nur dazu gedient, überraschende und neuartige Zärtlichkeiten zu empfangen und zu geben. Gewalt war dabei nie im Spiel gewesen.

»Nein«, sagte sie einfach. Und nach einer Pause: »Womit kann ich dir helfen?«

Lena senkte den Kopf. »Ich möchte es verstehen, Teresa. Was mich dazu gebracht hat, mich so lange quälen zu lassen. Weil ich es gar nicht schön fand, weißt du. Mich hat es von Anfang an angeekelt.«

»Was hat er denn von dir verlangt?«

»Oh, alles Mögliche. Als ich ihn im Studium kennen lernte, auf einem großen Karnevalsball in der Europahalle, wirkte er ganz normal auf mich. Und als ich das erste Mal mit ihm schlief, war er zärtlich und behutsam. Es fiel mir nur auf, dass er von Anfang an verlangte, dass ich Dinge so machen sollte, wie er es mir sagte, also ihn auf eine ganz bestimmte Weise anfassen und so. Aber ich dachte mir nicht viel dabei. Ich glaubte, er wollte einfach sichergehen, dass ich es so machte, dass er es schön fand.

Aber es änderte sich schon mit dem Tag, als er erfuhr, dass ich ein Kind bekomme. Es war ein dummer Zufall, ich hatte einmal die Pille vergessen. Ich hätte mir nie träumen lassen, dass so was ausreicht, um wirklich schwanger zu werden.«

»Wie hat Werner denn damals reagiert?«

»Oh, er hat sich gefreut. Er habe immer Kinder gewollt, hat er gesagt. Und die Spedition hatte er da ja schon. Also war für ihn sofort klar, dass wir heiraten würden.«

Teresa verschluckte eine plötzliche Welle von Bitterkeit. Das Leben ist nicht fair, schoss ihr eine Liedzeile von Herbert Grönemeyer durch den Kopf. Aber sie bemühte sich, sich wieder auf Lena zu konzentrieren.

»Aber mit dem Moment, wo ich abhängig von ihm war, begann es. Zuerst hat er mich gefesselt, mit Stricken, an Händen und Füßen. Von Mal zu Mal fester. Dann begann er mich zu schlagen. Zuerst waren es dämliche Kinderspielchen, ich musste so tun, als hätte ich meine Hausaufgaben nicht gemacht und bekäme jetzt dafür Klapse auf den Po. Anfangs tat es nicht sehr weh, aber mit der Zeit schlug er immer heftiger zu. Am Ende benutzte er Lederriemen und feine Gerten. Und damit schlug er dann überall hin.«

Teresa spürte Übelkeit und Mitleid gleichermaßen in sich aufsteigen. »Habt ihr denn nie darüber gesprochen, ich meine, wenn es dann vorbei war, am nächsten Morgen am Frühstückstisch oder so? Damit er wusste, dass dir das gar nicht gefiel?«

Lena lachte auf. Es klang trocken und bitter. »Wenn es dem Opfer nicht gefällt, stachelt das den Sadisten doch erst an. Das habe ich schnell gemerkt, dass Reden oder sogar Bitteln und Betteln alles beim nächsten Mal nur noch schlimmer machte. Damit begann dann die nächste Szene, quasi mit der Strafe für meine Beschwerde.«

»Konntest du dich denn gar nicht wehren?«

»Ich habe es versucht. Aber Werner war mir körperlich ja weit überlegen. Und dann begann er zu drohen, den Kindern weh zu tun, wenn ich nicht mitmachen würde.«

Teresas Übelkeit verstärkte sich zum Brechreiz. Sie schluckte einen sauren Schwall Speichel hinunter und griff hastig zu ihrem Wasser. Lena beobachtete sie scharf.

»Das ekelt dich an, nicht wahr? Aber was hätte ich tun sollen. Ich war finanziell völlig abhängig von Werner, ich hätte nicht gewusst, wie ich mich und die Kinder durchbringen soll. Und ich komme aus kleinen Verhältnissen. Meine Eltern hätten mich gar nicht unterstützen können, selbst, wenn sie es gewollt hätten.«

Teresa dachte, dass sie lieber Toiletten geputzt und im Obdachlosenheim gewohnt hätte, als sich tagaus tagein auf diese Weise behandeln zu lassen. Aber sie behielt diese Gedanken für sich.

Scheinbar ungerührt fuhr Lena fort:

»Schließlich begann er mir weiszumachen, dass es eine riesige Gemeinde solcher Sadomaso-Pärchen gäbe. Er zeigte mir Zeitschriften und Videos. Eine Weile gehörten wir sogar einem geheimen Club an. Da trafen sich sechs Paare und besorgten es sich gegenseitig. Männer und Frauen in unterschiedlichen Rollen. Werner war sehr begehrt in diesem Kreis, denn außer ihm gab es nur noch einen Mann in der Sado-Rolle. Die anderen Paare waren umgekehrt gepolt.«

»Dominas?«

»Klar, und zum Teil schlimmer, als Werner es war. Weißt du, dass es in jedem normalen Sexladen ein ganzes Arsenal von Folterwerkzeugen für diese Spielchen gibt? Brustwarzenklemmen, Hodenklammern, Stachelhalsbänder, Peitschen, sogar Seilwinden zum Hochziehen?«

Teresa wusste es nicht. Sie war in ihrem ganzen Leben noch nie in einem Sexladen gewesen. Aber sie spürte eine Mischung aus Empörung und einem Anflug perverser Neugier.

»Am schlimmsten waren die Videos«, fuhr Lena jetzt fort. Sie ließ Teresa nicht aus den Augen. »In dem Club wurde alles aufgenommen, zum Teil sogar ins Internet gestellt und ausgetauscht. Später hat Werner dann auch private Videos gemacht. Er hat die Szene eingestellt und mit der Fernbedienung aufgenommen. Manchmal hat er auch den anderen Typen aus dem Club eingeladen, der hat dann abwechselnd mitgemacht und gedreht. Die Männer trugen Masken, aber ich war immer zu erkennen. Ich hatte zu all dem Schmerz eine Heidenangst, dass irgendjemand mich eines Tages erkennt.«

Undeutlich spürte Teresa, dass dieser Jemand in einem solchen Fall wohl kaum mit seinen Kenntnissen hätte hausieren gehen können. Aber sie gestand Lena zu, dass sie die Irrationalität ihrer Befürchtungen in dieser traumatischen Situation nicht hatte erkennen können.

»Hast du nicht sogar auch ein Video gesehen, das lief, als du Werner gefunden hast?«

»Ja, da war ein Video an, das habe ich gesehen. Aber die Kassette war zu Ende, zumindest der bespielte Teil. Es war nur noch Schnee auf dem Monitor zu erkennen. Es kann aber sein, dass das Video noch lief, als ich schon vor der Tür zum Sekretariat stand. Da glaubte ich nämlich, Stimmen zu hören und Lachen.«

»Hast du die Kassette herausgenommen?« Lena starrte Teresa jetzt an.

»Wie kommst du denn darauf, Lena? Ich war viel zu entsetzt und zu panisch, um auch nur an so was zu denken. Ich habe nur noch geschrieen.«

Teresa hielt inne. »Glaubst du, dass es ein Video war, wo du drauf bist?« fragte sie dann.

»Ich weiß es nicht.« Lena senkte den Kopf. Spontan kam es Teresa so vor, als ob dies eher aus Ärger als aus Scham geschah. Aber das musste ein Irrtum sein. Schließlich war Lena ein Trauma-Opfer, wer konnte da schon Reaktionen auf Anhieb richtig einschätzen.

»Die Polizei hat Videos mitgenommen. Ich weiß nicht, ob welche dabei sind, wo ich auch drauf bin. Schließlich und endlich hatte Werner ja eines Tages die Nase von mir voll und orientierte sich anders. Sozusagen hatte ich die letzten sieben Jahre also meine Ruhe.«

Lena warf einen hastigen Blick auf die Uhr. »Oh Gott, es ist ja schon nach drei. Ich habe Alicia versprochen, sie heute Nachmittag zum Reiten zu fahren. Es beginnt um vier. Ich muss sofort los.«

Sie winkte der Kellnerin und bezahlte auch Teresas Rechnung, ungeachtet deren schwachen Protestes. »Das ist das Wenigste, was ich tun kann, nachdem du mir zugehört hast«, sagte sie, als sie Teresa die Hand zum Abschied drückte. »Und sobald ich mit Georg Wolf gesprochen habe, melde ich mich. Ich habe ja deine Nummer.«

Teresa blieb noch eine Weile am Tisch sitzen und stocherte in den Schaumresten ihres Capuccinos. Irgendetwas kam ihr unecht und unwirklich an der soeben erlebten Situation vor, aber sie konnte nicht recht einordnen, was. War es nicht schließlich normal, dass alles unwirklich erscheinen musste, wenn man ungewollt einen derart tiefen Einblick in die menschlichen Abgründe tat?

Und noch ein Gedanke drängte sich ihr auf. Vielleicht sollte sie aufhören, sich so um den Ausgang ihrer Beziehung zu Marcel zu grämen. Bei allem, was sie selbst durchgemacht hatte und noch durchmachte, mit Lena Meyers hätte sie um keinen Preis der Welt tauschen mögen.

Patrick Wiegandt steckte den Schlüssel in die Wohnungstür und stieß sie auf. Tanja war anscheinend daheim, denn überall brannte Licht. Dabei hatte er ihr nicht Bescheid gegeben, wann er nach Hause kommen würde. Er wappnete sich innerlich gegen die unvermeidlichen Vorwürfe.

Aber es kam anders. »Patrick, bist du das?« Tanja rief ihn aus dem Wohnzimmer.

»Ja, erwartest du jemand anderes?« Kaum waren die Worte heraus, ärgerte er sich über sich selbst. Er hatte es nötig, Tanja einen Liebhaber zu unterstellen.

»Nein, Liebling, aber ich wusste ja gar nicht, wann du kommen würdest.« Wie üblich war Tanja immun gegen Ironie. Ihre Stimme klang herzlich. »Warum hast du nicht angerufen? Ich hätte etwas Nettes gekocht.« Sie verlor kein Wort über den verlorenen Samstag.

»Ich habe nicht genau gewusst, ob ich überhaupt kommen kann«, log er, nicht zum ersten Mal. »Wir haben heute einen entscheidenden Durchbruch in dem Kinder-Sado-Ring-Fall erzielt. Es gibt erste Indizien, dass Werner Meyers, das Mordopfer in Trier, tatsächlich dazu gehört haben könnte. Und ich bin für Montag früh um acht Uhr schon wieder in Trier verabredet.«

Diesmal wollten sie eine reguläre Durchsuchung vornehmen, sowohl in Meyers Privatvilla als auch in seinen Geschäftsräumen. Roland hatte versprochen, sich die Genehmigung dafür noch am Wochenende zu besorgen.

»Oh, wie schade. Ich hätte dich so gerne hier.« Tanja strahlte ihn geheimnisvoll an. »Diesmal hat es geklappt, das spüre ich genau.« Patrick drückte ihr einen flüchtigen Kuss auf die Stirn. »Das würde mich freuen«, sagte er mechanisch. Daher wehte also der Wind. Immer, wenn es Tanja gelungen war, an ihren fruchtbaren Tagen mit ihm zu schlafen, überkam sie in den darauf folgenden 14 Tagen das Gefühl, schwanger geworden zu sein. Und immer hatte sie dieses Gefühl bisher getrogen.

Das würde auch diesmal nicht anders sein. Der Absturz mit den damit verbundenen Vorwürfen war schon vorprogrammiert.

»Komm', ich brate dir schnell ein Schnitzel. So lange kannst du ein schönes Bad nehmen. Wenn du schon nur so kurz bleiben kannst, möchte ich dich wenigstens ein bisschen verwöhnen.«

Patrick spürte, dass er ihr an dieser Stelle Einhalt gebieten sollte. Dass er ihr erklären sollte, dass sie schon lange keine normale Ehe mehr führen würden, dass er immer lieber nicht nach Hause käme und dass er am allerletzten in dieser Situation auch noch ein Kind mit ihr haben wollte. Aber er fühlte sich noch immer völlig ausgebrannt von Teresas Abschiedsworten. Wozu jetzt auch noch Streit und Krise mit Tanja herauf beschwören, nur um dann ganz allein zu sein? Und vor sich hin zu vegetieren wie Roland?

Er hasste sich selbst für diese Schwäche, aber er konnte im Moment nichts dagegen tun. Vielleicht, wenn dieser Fall gelöst wäre, wenn sie die Schweine erwischt hätten, die Kinder entführten, um sie vor laufender Kamera auf bestialische Weise umzubringen. Vielleicht hätte er dann den Mut und die Power, auch mit anderen Missständen, denen in seinem Privatleben, aufzuräumen.

Aber nicht heute. Heute war er einfach zu müde.

Das Telefon klingelte. Das vereinbarte Kürzel erschien auf dem Display.

»Ich bin es«, sagte die Stimme, als abgenommen wurde. »Ich habe eine wichtige Info. Bei einer Hausdurchsuchung in Koblenz sind belastende Fotografien von Meyers aufgetaucht. Die Trierer Polizei hat sich einen Durchsuchungsbefehl für alle Privat- und Geschäftsräume von ihm besorgt.«

»Danke.« Die Stimme am anderen Ende der Leitung blieb ruhig.

»Wie viel?«

»Dafür gibt es gar nichts extra. Wir rechnen schon die ganze Zeit damit, daher werden sie nichts finden. Du weißt, dass eine Kassette fehlt.«

»Die war nicht dabei, das wüsste ich sicher. Die ist nicht der

Grund für die Durchsuchung.«

»Das wissen wir auch schon. Trotzdem danke für die Info. Besser eine zuviel als eine zu wenig.«

Die Leitung klickte, dann war sie tot.

Der Mann am anderen Ende der Leitung atmete tief durch. Seine Lage war verzweifelt. Die zehntausend Euro, die er für die Übergabe der sieben entwendeten Videokassetten erhalten hatte, waren schon wieder verspielt.

Im vergeblichen Bemühen, endlich ans große Geld zu kommen, um seine Schulden loswerden und den widerwärtigen Spitzeldienst aufgeben zu können, hatte er erneut alles verloren. Diesmal war er bis nach Bad Homburg gefahren, näher bei Trier wagte er mittlerweile schon nicht mehr zu spielen, aus Angst aufzufallen. Und Katrin, seine Frau, war noch immer ahnungslos. Wie lange konnte er die Bank wohl noch hinhalten, ohne dass sie etwas erfuhr?

In seiner Not hatte er es sogar ein zweites Mal gewagt, Enders den Tresorschlüssel aus dem Jackett zu nehmen, das dieser immer achtlos irgendwo herumhängen ließ. Nachts hatte er sich ins Präsidium geschlichen und die Asservatenkammer noch einmal nach der ominösen Kassette durchsucht. Es schauderte ihn, wenn er sich vorstellte, was dort wohl aufgezeichnet war. Aber hatte er eine Wahl?

Natürlich hatte er nichts gefunden. Und wäre am nächsten Morgen beinahe erwischt worden, als er den Schlüssel an Enders Bund zurückfummelte. Petra Seegers, diese Kuh, die die Asservatenkammer verwaltete, war in den Raum gekommen und hatte ihn so merkwürdig angesehen.

Wenn er doch bloß wüsste, wie er sich aus dieser Klemme befreien könnte ...

3. Teil

Kapitel 20

Der Mittwoch der darauf folgenden Woche überraschte Teresa und andere sonnenentwöhnte Menschen mit einem strahlend blauen Frühlingshimmel. Nach dem regnerischen und windigen Wetter der letzten Tage war dieser Umschwung eine reine Erholung.

Teresa hatte das schlechte Wetter allerdings wenig ausgemacht. Sie hatte das restliche Wochenende vor allem genutzt, um abzuschalten und auszuruhen. Um sich von allen Gedanken an Patrick, Marcel und den Mord abzulenken, hatte sie am Sonntag endlich ihre restlichen Umzugskartons ausgepackt und alle ihre Bücher nach Sachgebieten und Autoren sortiert. Die Alben mit den Fotos von Marcel hatte sie, ohne sie noch einmal anzusehen, in einen Karton gepackt und diesen fest verklebt in dem Keller abgestellt, der zu ihrer Wohnung gehörte.

Das Seminar am Montag war angesichts der Anspannung, unter der Teresa noch immer stand, sehr gut verlaufen. Auf diese Arbeit konnte sie sich immer voll konzentrieren, manchmal dachte sie sogar, dass sie umso besser wurde, je schlechter sie sich privat fühlte.

Es war auf jeden Fall ein Pilotseminar mit einer neuen Methode gewesen, was auf Anhieb so gute Kritiken erhalten hatte, dass sofort drei Folgeseminare gebucht worden waren. Dies befreite Teresa von den dringendsten Sorgen, die sie sich gerade um die nächsten beiden Monate gemacht hatte, wo ihr wegen der Wirtschaftskrise schon so viele Maßnahmen heraus gefallen oder verschoben worden waren.

Kaum war sie am Dienstag früh in ihrem Büro angekommen, wartete auch schon die nächste gute Nachricht auf sie. Lena Meyers hatte sich am Montag gemeldet und auf dem Anrufbeantworter die Nachricht hinterlassen, Meyers Logistik sei nach wie vor interessiert an Schulungsmaßnahmen für das Auslieferungspersonal, wenn auch erst ab dem Herbst des Jahres. Georg Wolf erwarte zwecks Terminvereinbarung ihren Rückruf.

Diesmal hatte die sauertöpfische Sekretärin Bauer Bescheid gewusst, als Teresa anrief. Zu ihrer Überraschung wurde der Termin sogar recht dringlich gemacht. Frau Bauer drängte Teresa zu einem Treffen mit Georg Wolf noch in derselben Woche. Da Teresa am Donnerstag erneut ein Seminar hatte, das sie noch vorbereiten musste, blieb von der Woche nur noch der Freitag für einen erneuten Termin in Trier übrig.

An sich war ihr dieser Tag nicht recht, da sie erst am Abend davor spät aus Bamberg kommen würde, wo das Seminar stattfinden sollte. Deshalb hatte sie gefragt, ob nicht auch ein späterer Termin möglich wäre. Aber sie war abschlägig beschieden worden. Georg Wolf, so wurde ihr kurz und bündig mitgeteilt, habe wichtige andere Termine in den nächsten Wochen. Sollte die Vorbesprechung über die geplanten Schulungsmaßnahmen nicht mehr in dieser Woche möglich sein, müsste der Termin erst einmal auf unbestimmte Zeit verschoben werden.

Natürlich hatte sie dem Datum dann zugestimmt, obwohl sie das Telefonat mit sehr gemischten Gefühlen beendete. Fast wünschte sie sich, es sich leisten zu können, auf dieses Geschäft ganz zu verzichten.

Im Moment jedenfalls konnte sie sich kaum vorstellen, unbefangen in denselben Räumen, in denen sie vor wenigen Tagen die Leiche von Meyers gefunden hatte, Konzepte zu erläutern und in einigen Monaten mit Meyers Mitarbeitern ein kundenorientiertes Auftreten zu trainieren. Aber, sie seufzte so laut auf, dass Bennie, ihr Bürokater, sie erstaunt aus seinem Schlafkorb heraus musterte, sie hatte sich zu viel von diesem Geschäft versprochen und war im Augenblick auch noch zu sehr auf den zu erwartenden Umsatz angewiesen, um jetzt nonchalant zu verzichten. Außerdem war sie es auch Eva schuldig, die sich solche Mühe mit der Herstellung des Kontakts gegeben hatte.

Den restlichen Dienstag hatte Teresa erfolgreich genutzt, um ihr nächstes Seminar vorzubereiten. Heute, am Mittwoch, war alles aber wie verhext: Wichtige Anrufe konnte sie nicht erledigen, da keiner ihrer Ansprechpartner, denen sie noch einen Anruf aus der vergangenen Woche schuldig war, erreichbar war. So konnte sie nur per Email mitteilen, dass ihr Handy für einige Tage gestört gewesen war.

Ihr eigenes Telefon blieb tot, es kamen auch keine Mails. Ihre Seminarvorbereitung war abgeschlossen, damit lagen keine dringlichen Arbeiten mehr an.

Teresa trat ungeduldig von einem Fuß auf den anderen, während sie sich einen Kaffee aufbrühte. An Tagen wie heute, an denen ihr im Büro die Decke auf den Kopf fiel, fehlte ihr Eva mit ihrer lustigen und lebendigen Art besonders. An sich hätte Teresa heute vorarbeiten müssen: Materialien und Unterlagen waren für die Zeiten zu sichten, in denen das Geschäft wieder anziehen würde. Aber die Energie dazu konnte sie im Moment einfach nicht aufbringen.

Gegen ein Uhr mittags gab sie schließlich auf und überlegte, was sie mit dem angefangenen Tag noch am sinnvollsten anfangen könnte. Da sie wegen des Schmuckstücks noch immer nichts unternommen hatte, grübelte sie kurz darüber nach, ob sie Patrick anrufen sollte, um anlässlich der Rückgabe ein Treffen zu vereinbaren, verwarf diesen Gedanken dann aber wieder. Ihr war nur allzu bewusst, dass sie im Begriff war, aus Langeweile und Überdruss so zu handeln, ohne dass sie mit ihrer Entscheidung bisher weitergekommen war.

Stattdessen steckte sie das Tütchen mit dem Kettenglied in einen wattierten Umschlag und verbrachte noch einige Zeit damit, einen förmlichen, aber dennoch herzlichen Begleitbrief zu formulieren. Sie würde sich melden, sobald sie klar sehe, versicherte sie Patrick erneut, aber es sei noch nicht so weit.

Spontan beschloss sie im Anschluss, den Gang zum Postkasten gleich zum offiziellen Ende des heutigen Arbeitstages zu machen. Die Frühlingssonne lachte, die Auftragslage war wieder etwas besser. Außerdem war ihr gutes grünes Kostüm ruiniert und sie brauchte dringend ein neues, möglichst schon für den Termin am Freitag.

Teresa entschied sich schließlich für einen Stadtbummel in Wiesbaden. Das war schon lange nicht mehr vorgekommen. Unmittelbar nach der Entscheidung fühlte sie sich um so vieles besser, dass sie sich fast darüber ärgerte, nicht schon früher am Tag darauf gekommen zu sein.

Im Auto legte sie sich ihre aktuelle Lieblings-CD von Shaniah Twain ein und sang während der gesamten Fahrt am Rhein entlang die Lieder mit, die sie besonders mochte. Vor allem *That don't impress me much* hatte es ihr seit der Trennung von Marcel angetan.

In Wiesbaden fand sie sofort einen Parkplatz an ihrer bevorzugten Stelle vor dem Landesmuseum und machte sich fröhlich auf den Weg in die Innenstadt. Wie immer wählte sie den Weg über den zentralen Bushalteplatz, um in die Fußgängerzone zu kommen.

Eher zufällig fiel ihr Blick beim Gehen auf das aufdringliche Werbeschild eines Sex-Shops. Sicherlich war Teresa diesen Weg schon Dutzende Male gegangen, ohne diesen Laden jemals bewusst wahrgenommen zu haben. Jetzt blieb sie neugierig vor dem Schaufenster stehen.

Vor einem mit einer Art Alufolie silbern gestalteten Hintergrund waren diverse Poster zu sehen, auf denen mehr oder weniger attraktive, aber ausschließlich junge Frauen in obszönen Posen für die Produkte einschlägiger Hersteller warben. Herzförmige Aufkleber verdeckten lediglich den Blick auf die Genitalien, die ohne diesen Schutz dem Betrachter schamlos dargeboten worden wären. Kopflose Schaufensterpuppen mit billig aussehender Reizwäsche und diverse Exponate in grellbunten Verpackungen vervollständigten das Ensemble. Teresa erkannte Kondome, Dildos in verschiedenen Größen und Farben sowie Pornovideos und –zeitschriften. Ein ebenfalls herzförmiges grellrotes Schild versprach eine große Auswahl von Sex-Spielzeug im Inneren des Ladens.

Unmutig bemerkte Teresa, wie ihre gute Laune sich verflüchtigte. Unwillkürlich kamen ihr die Bemerkungen von Lena Meyers in den Sinn, die ja behauptet hatte, dass solche Läden auch regelrechte Folterwerkzeuge für Sado-Maso-Spiele anbieten würden. Allerdings war im Schaufenster von solchen Dingen nichts zu sehen.

Einen Augenblick lang spielte Teresa mit dem Gedanken, den Laden zu betreten, um sich auch im Inneren einmal umzusehen. Aber eine starke Scheu hielt sie davon ab. Im Vordergrund stand dabei idiotischerweise die Angst, beim Betreten oder Verlassen des Shops einem Bekannten zu begegnen, was an sich an einem Mittwochnachmittag um halb drei sehr unwahrscheinlich war. Dennoch ging Teresa schließlich weiter.

Aber die Stimmung war ihr verdorben. Lustlos schlenderte sie durch diverse Boutiquen und Kaufhäuser, ohne auch nur im Entferntesten ein Kostüm zu finden, welches ihren Vorstellungen entsprochen hätte. Ihre Laune hob sich auch nicht dadurch, dass sie feststellen musste, dass sie im Augenblick in ihrer gewohnten Kleidergröße wohl nur mit Mühe etwas

Neues finden würde. Die wenigen Verkäuferinnen, die bis zu einer Beratung zu ihr vordrangen, empfahlen ihr spontan (und wie abgesprochen) eine Größe, die Teresa bisher für sich vollständig ausgeschlossen hatte. Eher wollte sie sechs Wochen hungern.

Das einzige Ensemble, was sie schließlich anprobierte, gegen den Rat der Verkäuferin in ihrer gewohnten Größe, war ein petrolblauer und schlicht, aber teuer wirkender Zweiteiler mit einem schmalen Rock in italienischer Länge und einem modisch überlangen Jackett. Das Jackett saß tatsächlich tadellos und vermittelte ihr einen Eindruck davon, wie gut ihr die Farbe gestanden hätte. Der Rock dazu erwies sich jedoch als so eng, dass sich Teresa darin nicht nur fühlte wie eine Knackwurst, sondern buchstäblich auch so aussah: Der Stoff spannte sich wie eine zweite Haut über Hüften und Schenkel und betonte auf unvorteilhafte Weise ihren Bauch.

Wütend bemühte sich Teresa, das lästige Kleidungsstück wieder loszuwerden, ohne den Reißverschluss zu sprengen, und akzeptierte zähneknirschend den Rat der Verkäuferin, es doch eine Nummer größer zu versuchen. Es sei ein französisches Modell, wurde sie psychologisch geschickt belehrt, welches besonders klein ausfalle.

Dies erwies sich im zweiten Anlauf zwar als richtig für den Rock, der jetzt in Ordnung war, leider jedoch nicht für das Jackett: Das hing jetzt an ihr herunter wie ein Sack. Den Vorschlag der Verkäuferin, das Jackett in der boutiqueeigenen Schneiderei umändern zu lassen, lehnte Teresa ab: Dafür war ihr das Kostüm mit mehr als 400 Euro Kaufpreis zu teuer. Wenn sie schon bereit war, soviel Geld auszugeben, erwartete sie auch einen tadellosen Sitz ohne weiteren Aufwand.

Natürlich war ihr jetzt auch der ursprünglich geplante Besuch in ihrem Lieblingscafe verleidet. Das Stück Schwarzwälder Kirschtorte, was sich Teresa eigentlich anstatt des ausgefallenen Mittagessens hatte gönnen wollen, fiel angesichts des Anprobedesasters ihrem Entschluss, jetzt endlich etwas abzuspecken, zum Opfer. Der Capuccino mit Süßstoff, den sie sich erlaubte, war ausgerechnet heute kaum mit dem sonst hier so üppigen Milchschaum bedeckt und schmeckte bitter. Zudem war es trotz der Frühlingssonne noch zu kalt, um draußen zu sitzen, und kaum hatte sich Teresa in die neuesten Klatschspalten der einschlägigen Zeitschriften vertieft, nahm am Nebentisch ein älterer Mann Platz, der wenig später hingebungsvoll und vollkommen gefühl- und rücksichtslos an einer dicken Zigarre paffte.

So war sie rundherum frustriert, als sie sich gegen 17 Uhr auf den Weg zurück zu ihrem Auto machte. Selbst die Sonne war jetzt wieder hinter grauen Wolken verschwunden und es wehte ein empfindlich kalter Wind.

Wenn sich Teresa in den nächsten Tagen und Wochen fragte, warum sie sich beim zweiten Anlauf doch entschlossen hatte, den Sexshop zu betreten und damit ungewollt die folgende Lawine ins Rollen zu bringen, machte sie vor allen Dingen diese Frustration dafür verantwortlich: Ihr Besuch in Wiesbaden war bis dahin ohne jedes greifbare Ergebnis geblieben, ein halber Arbeitstag war vergeudet und der Wunsch, wenigstens irgendetwas aus dieser Fahrt zu machen, ließ sie auf dem Rückweg ihre Scheu überwinden, die schwere Tür zu öffnen und ins stickige Dämmerlicht des Ladens zu treten. Wenn sie denn schon bisher so naiv gewesen war, nichts von all diesen Perversitäten wirklich zur Kenntnis zu nehmen, die da zugänglich für Jedermann über 18 angeboten wurden, so wollte sie sich jetzt einfach selbst davon überzeugen, welche Waren dort für eine sie gleichzeitig abstoßende und faszinierende Subkultur unter dem bürgerlichen Deckmantel feilgeboten wurden.

Im Innern des Ladens herrschte ein gedämpftes Licht, welches von verschiedenfarbigen Lampen herrührte, die mit Stoffen verkleidet an der Decke und in den Ecken des Raumes befestigt waren. Kleine grelle Spots waren auf die einzelnen Regale gerichtet, um die darin befindlichen Waren erkennen zu können.

Augenscheinlich war das Sortiment wie in jedem anderen Laden auch nach Warengruppen geordnet. Teresa erkannte Abteilungen für Reizwäsche, Kondome und Zeitschriften. Der Laden war klein, als Personal konnte Teresa nur eine dicke, grell geschminkte und gelangweilt aussehende Verkäuferin entdecken, die hinter der Kassentheke lehnte und Teresa verstohlen musterte. Da sie sie vollständig in Ruhe ließ, vermutete Teresa, dass sie gleich als das taxiert worden war, was sie ja auch darstellte: Eine befangene Erstbesucherin, die eher unanständige Neugier in den Laden geführt hatte als echtes Kaufinteresse.

Teresa spürte, dass sie rot wurde, und war froh darüber, im Dämmerlicht nicht allzu deutlich wahrgenommen zu werden. Unschlüssig und verlegen schlenderte sie an den einzelnen Regalen entlang. Schließlich fand sie, was sie gesucht hatte. Mit einer Mischung von Faszination und Ekel starrte sie auf verschiedene Modelle von Peitschen, die zwischen Hand- und Fußschellen drapiert worden waren. Besonders fiel ihr ein Keuschheitsgürtel ins Auge. Er war wie die aus historischen Ausstellungen zur Kultur des Mittelalters bekannten Exponate aus Metall angefertigt und diesen Modellen täuschend ähnlich. Der Preis war astronomisch, davon hätte Teresa leicht ihr neues Kostüm bezahlen können nebst einer Designerbluse und passenden Schuhen.

»Darf ich Ihnen etwas zeigen?«

Zu Tode erschrocken drehte sich Teresa um und starrte in die maskaraumrandeten Augen der dicken Verkäuferin, die sich lautlos von hinten genähert hatte. Sie trug ein schwarzes grotesk aussehendes Ensemble aus Leggings und einer weit darüber fallenden Tunika. Erst aus der Nähe bemerkte Teresa, dass das Modell mit kleinen Figuren bedruckt war, die wie die Penisse mit Lachgesichtern aussahen, mit denen Werbung für Kondome gemacht wurde.

»Nein, danke. Ich habe mich noch nicht entschieden«, stammelte Teresa und flüchtete kopflos an einen Wühltisch mit anscheinend ausgemusterten Videokassetten. Wahllos nahm sie einige davon in die Hand. Aus den Augenwinkeln bemerkte sie zu ihrer Erleichterung, dass sich die dicke Verkäuferin wieder hinter die Kassentheke zurückgezogen hatte.

Ein Schild über dem Wühltisch belehrte Teresa, dass der Laden alte Videokassetten in Zahlung nahm, wenn neue Porno-Videos erstanden würden. Pro Kassette würde ein Preis von drei Euro angerechnet. Anscheinend wurden an diesem Wühltisch dann die alten Kassetten verscherbelt.

Die spärliche Bekleidung der Protagonisten, viel mehr aber noch ihre Frisuren, zeigte Teresa, dass es sich bei einigen Videos wohl um bereits altehrwürdige Stücke aus den Achtziger Jahren zu handeln schien. Angewidert betrachtete sie die pseudoverzückten Gesichter der Darsteller. Plötzlich stutzte sie. Sie nahm die Kassette wieder auf, die sie gerade zurückgelegt hatte.

Teenage Dreams hieß sie und zeigte auf der Vorderseite zwei junge Frauen, die mit geflochtenen Zöpfchen und braven Faltenröckchen, unter denen sie natürlich bis auf einen Strapsgürtel nackt waren, auf naiv getrimmt worden waren. Beide bestaunten und betasteten den überdimensionalen Penis eines männlichen Darstellers, der groteskerweise am Oberkörper mit weißem Hemd, Krawatte und Jackett bekleidet war. Der Modestil wies deutlich darauf hin, dass die Aufnahme mindestens 15 Jahre alt sein musste, vielleicht auch noch älter.

Unerklärlicherweise kamen Teresa die Gesichter der beiden Darstellerinnen sofort bekannt vor. Beide trugen offensichtlich Perücken, die eine blond, die andere schwarzhaarig. Beide waren außerdem aus dem Teenageralter bereits einige Jahre heraus. Daher dauerte es noch einige Sekunden, bis sich Teresa vollkommen sicher war.

Die blonde Frau hatte sie schon einmal gesehen, wusste aber nicht wo und wann. Die schwarzhaarige Person auf dem Videocover, jene, die verzückt ihre Zunge sehen ließ, als sie den Penis umklammerte, die konnte sie eindeutig erkennen. Jünger zwar, stark geschminkt und die an sich blonden Haare durch die Perücke verdeckt, waren ihr die Gesichtszüge doch vertraut. Wie es auch immer zu diesen Aufnahmen gekommen sein mochte, die Person auf dem Cover war eindeutig Eva Schneider, ihre erst kürzlich eingestellte Sekretärin.

Kapitel 21

Zur gleichen Zeit, zu der Teresa ihre schockierende Entdeckung in Wiesbaden machte, saßen sich Patrick Wiegandt und Dieter Roland in dessen Büro im Polizeipräsidium in Trier gegenüber. Draußen stand eine rosafarbene Frühlingssonne über den Kaiserthermen und tauchte den Raum in ein weiches Abendlicht.

Aber die Männer hatten keine Augen für die Schönheiten des Frühlingsabends. Sie zogen eine ernüchternde Bilanz der Nachforschungen der letzten Tage zu den beiden Mordfällen in Trier.

Die erneute, diesmal amtlich angeordnete Durchsuchung der Privat- und Geschäftsräume von Werner Meyers hatte keinerlei neue Erkenntnisse erbracht. Die Leiche von Meyers war am Montag zur Bestattung freigegeben worden und am heutigen Mittwoch beerdigt worden. Beziehungsweise verbrannt, wie er es angeblich selbst gewollt hatte. Roland hatte am kurzen Gedenkgottesdienst in der Matthiasbasilika teilgenommen.

Er berichtete Wiegandt gerade von seinen Beobachtungen.

»Es waren hauptsächlich Mitarbeiter der Firma da. Georg Wolf mit Gattin, die Bauer aus dem Büro, mehrere Leitende Angestellte. Lena Meyers hat es selbst bei der Beerdigung geschafft, unpassend auszusehen. Sie trug zwar schwarz, aber einen übergroßen schwarzen Strohhut, der eher an einen Badestrand gepasst hätte als in einen Gottesdienst.«

»Wie haben sich die Kinder verhalten?«

»Unauffällig. Das Mädchen schien meistens an was anderes zu denken, mehrmals hat sie sogar gelächelt. Den Jungen scheint es härter getroffen zu haben, der hatte zumindest einmal auch Tränen in den Augen. An der Stelle auf jeden Fall, wo in der Predigt vom Vater die Rede war, von seiner Rolle in der Familie.«

Wiegandt schnaubte. »Wahrscheinlich war er eher traurig darüber, was er alles nicht gehabt hat, als über das Gegenteil.«

Roland zuckte die Schultern und griff erneut nach der Zigarettenschachtel. Sie war bereits wieder halbleer, auch ein Zeichen dafür, dass die Ermittlungen im Großen und Ganzen auf der Stelle traten und die Nerven zunehmend blank lagen. Früher hatte Roland höchstens drei Zigaretten pro Tag geraucht, augenblicklich kam er leicht auf das Dreifache.

Wiegandt seufzte und öffnete das Fenster. Sofort drang der Lärm des Feierabendverkehrs von der Südallee herein. Roland bot ihm die Schachtel an.

»Du weißt doch, dass ich nicht mehr rauche. Sag' mir lieber, ob es Fortschritte in den Untersuchungen gibt, wer in die Asservatenkammer eingedrungen ist.«

Roland sah ihn finster an. »Die Erkenntnisse verdichten sich, dass es jemand von uns sein muss«, sagte er. »Allerdings kann es praktisch jeder gewesen sein. Enders und Kröger haben eingeräumt, dass sie den Schlüssel zur Tresortür öfters unbewacht in Jacketts gelassen haben, die sie über Stuhllehnen und an Garderobenständer gehängt haben. Die Seegers behauptet darüber hinaus, dass es noch einen zweiten Einbruch gegeben haben soll. Angeblich ist diesmal nichts weggekommen, aber sie sagt, dass Dinge auf den Regalen verschoben worden seien.«

»Wann soll das denn gewesen sein?«

Roland zuckte die Achseln. »Angeblich ungefähr zwei bis drei Tage nach dem Diebstahl der Kassetten.«

»Habt ihr jemand Bestimmtes in Verdacht?«

»Noch nicht. Aber die Sicherheitsvorkehrungen sind jetzt natürlich verschärft worden. Alle Schlösser wurden ausgewechselt, die Schlüssel zur Asservatenkammer sind jetzt in einem ganz neuen Safe, der erst am Freitag geliefert wurde. Die Stimmung ist natürlich am Boden, jeder misstraut jedem. Das versaut zu dem ganzen Frust jetzt auch noch das Klima.«

»Wie weit seid ihr mit der Überprüfung der Konten und Telefone?«

»Noch eher am Anfang. Wir können ja froh sein, dass der Richter die Erlaubnis zum Abhören der Telefone nicht widerrufen hat, nachdem nichts bei den Durchsuchungen gefunden wurde.«

»Welche Telefone werden überwacht?«

»Quasi alle von Meyers Logistik und alle Privatnummern von Lena Meyers.«

»Und bisher gab es keine Hinweise?«

Roland zuckte die Achseln. »Es ist noch zu früh.« Er machte eine Pause. »Aber es scheint so, als ob Feldmann an einer Sache dran wäre.«

Wiegandt horchte auf. Feldmann war ihr Verbindungsmann zur Trierer Rotlichtszene.

»Er hat sich mit der Prostituierten befasst, die am häufigsten auf den Homevideos zu sehen war. Sie scheint noch in der Szene aktiv zu sein. Sie hat durchblicken lassen, dass Meyers auch auf Kinder stand. Aber sie ist noch nicht bereit, auszusagen oder konkrete Hinweise auf verwertbare Spuren zu geben.«

Plötzlich überkam Wiegandt fast übermächtig die Lust nach einer Zigarette. Wurde man diese lästige Sucht denn nie los? Um sich abzulenken, stand er auf und ging zum Fenster.

»Don't push the river.« Wie immer, wenn ihn seine Ungeduld bei einer langwierigen Ermittlung übermannte, suchte er Zuflucht bei diesem Leitspruch. »Also müssen wir weiter abwarten und hoffen.«

Er öffnete die Haustür und merkte sofort, dass etwas im

Busch war. Katrin, seine Frau, kam ihm nicht wie sonst aus der Küche entgegen. Die Kinder tobten in der letzten Abendsonne im Garten.

Mit einem aufgesetzt fröhlichen »Hallo, mein Schatz« betrat er die Küche. Trotz seines Unbehagens erfreute er sich erneut an dem teuren vanillegelben Mobiliar, für das sie sich beim Neubau des Hauses entschieden hatten. Es sollte schon eine Küche für die Ewigkeit sein, kein Kompromiss, den sie nach zehn Jahren ersetzen müssten, hatten sie damals beschlossen. Entsprechend kostspielig war die Anschaffung gewesen und hatte den ungeheuren Schuldenberg, den sie schon angehäuft hatten, noch erheblich vergrößert.

Katrin sah von der Arbeitsplatte aus grauem Granitstein auf, wo sie gerade Gemüse fürs Abendessen klein schnitt. Ihre Augen waren gerötet. Sie hatte offensichtlich geweint.

»Was ist los«, fragte er alarmiert. Obwohl er es eigentlich schon wusste.

Sie blickte ihn mit der Mischung aus Panik und Vorwurf an, die ihm nur allzu vertraut war. »Herr Schulte von der Bank hat angerufen«, sagte sie. »Sie sind nicht bereit, noch einmal auf die Ratenzahlung zu verzichten«. Ihr Ton war eine einzige Anklage.

Er schwieg. »Um Himmels Willen, Muffel.« Trotz der angespannten Situation verwendete sie ihr altes Kosewort. »Was ist denn los? Die Bank sagt, du hättest seit sechs Monaten die Hypothekenzinsen nicht mehr bezahlt. Anfangs dachte ich, das sei ein Irrtum. Aber Schneider hat mir den letzten Kontoauszug gefaxt. Es sind allein 1.500 Euro zusätzliche Verzugszinsen aufgelaufen.«

»Ich habe einige vorübergehende Turbulenzen aufgefangen.« Verzweifelt suchte er nach schnellen Ausflüchten.

»Was denn für Turbulenzen?«

Er ergriff die Flucht nach vorne. »Diese Küche hier zum Beispiel, die du dir so sehr gewünscht hast. Die hat die Bank nicht mehr finanzieren wollen. Sie hat immerhin 40.000 Euro verschlungen. Da habe ich das Geld halt woanders besorgt. Und muss es halt auch zu anderen Bedingungen zurückzahlen als bei der Bank.«

»Warum hast du das denn gemacht? Und mir nie was davon gesagt?«

»Ich wollte dir die Freude nicht verderben. Und dir deinen gewohnten Lebensstandard bieten.«

Das stimmte tatsächlich. Katrin war seine Traumfrau gewesen, Tochter eines reichen Trierer Fabrikanten. Ihre Familie war absolut gegen die Hochzeit von Katrin mit einem einfachen Polizeibeamten gewesen. Aus Protest waren beide Eltern der Hochzeit fern geblieben und hatten als Geschenk lediglich ein Teeservice geschickt. Ein sehr teures Teeservice natürlich, dachte er verbittert. Aber damit konnte man eben keine Hypotheken für ein Traumhaus bezahlen.

»Ich habe schon mit Vater gesprochen.« Jetzt wirkte Katrin trotzig und ängstlich zugleich. »Er würde uns helfen, aber wir müssten unsere gesamten Vermögensverhältnisse offen legen.«

Er war im höchsten Maße alarmiert. Katrins Vater würde mit Leichtigkeit sein Doppelleben entdecken, davon war er überzeugt. »Das kommt gar nicht in Frage«, brüllte er. »Es handelt sich nur um einen vorübergehenden Engpass, in zwei Wochen ist alles vorüber.«

Während ihn Katrin noch fragte, was in zwei Wochen anders wäre als heute, verließ er bereits das Haus. Laut ließ er die Tür hinter sich ins Schloss fallen.

Draußen wurde es dunkel. Der nahe Wald lockte zu einem einsamen Spaziergang. Er machte sich auf den Weg.

Zwei Stunden später näherte er sich wieder seinem Haus. Sein Plan war fertig. Es war ein gefährlicher Plan, aber er konnte klappen. Er war jetzt schon so weit gegangen, da machte es auch keinen Unterschied mehr. 100 Meter vor der Haustür schaltete er sein Handy an. Kein Mensch war in der Nähe, es war dunkel und empfindlich kalt. Er wählte die Kurzwahl.

Nach dreimaligem Läuten hob Wolf ab. »Ja?« Wie üblich war er kurz angebunden.

Er wusste, dass alle Telefone mittlerweile abgehört wurden, aber dieses Handy von Wolf war der Polizei nicht bekannt. Es war auf einen falschen Namen und eine Briefkastenadresse angemeldet.

»Ich bin es.« Er holte tief Luft.

»Das weiß ich«. Wie immer blieb Wolf ungerührt. »Was gibt's?«

»Feldmann stöbert im Milieu. Wahrscheinlich sucht er Kontakte zu euren Pferdchen«.

Im letzten Moment verließ ihn doch erst einmal der Mut.

»Das wissen wir schon. Wir behalten ihn im Auge.«

Natürlich wussten sie es. Schließlich hatte er ihnen Feldmanns Identität schon seit Monaten entlarvt. 10.000 Euro hatte er auch damals dafür kassiert, dass er den Mann, der sich im Milieu scheinbar als Türsteher eines Edelpuffs sein Geld verdiente, enttarnt hatte. Seither wurde er natürlich beobachtet. Mit diesen Informationen war kein weiteres Schmiergeld zu verdienen. Schmiergeld, das er dringend brauchte.

Wolf schwieg eine Weile. Dann schnaubte er: »War das alles?«

»Nein«, er sprang in den Abgrund. »Ich weiß, wer das Video hat.«

Wolf sog hörbar die Luft ein. *Getroffen, diesmal zeigt auch dieser Eisblock eine Regung.*

»Wer?«

»Es kostet 100.000 Euro, zahlbar auf das bekannte Konto.«

»Du bist verrückt«. Trotz der Abwehr klang Wolf nervös. Er setzte alles auf eine Karte.

»Sie wissen, dass es Sie sonst viel teurer kommt.«

»Ich brauche zwei Wochen, um so viel Geld zu beschaffen.«

Touché!

»Gut«, sagte er. »Ich kann warten. Hoffentlich wartet der Dieb auch.«

Wolf verstand dies als Drohung, obwohl es gar nicht so gemeint gewesen war.

»Vielleicht klappt es auch in einer Woche«.

»Das wäre gut.« Im Kopf überschlug er bereits, wohin er mit einer solchen Summe fahren müsste. Das konnte nur im Ausland gut gehen, vielleicht in Südfrankreich. Luxemburg war zu nahe. Mit diesem Geld würde er die Summe gewinnen, die er schuldete. Und überdies ein hübsches Sümmchen übrig behalten.

Die Zuversicht machte ihn kühn. »Also dann bis bald«, sagte er und legte auf. Diesmal hatte er das letzte Wort.

Nur einen Moment lang dachte er daran, dass er ja gar nicht wusste, wer das Video hatte. Aber das war egal. Er würde irgendjemanden aus dem Milieu benennen und behaupten, die Ermittlungen hätten auf diese Person hingewiesen. Wenn die das Video dann doch nicht hatte, war das dann nicht mehr sein Problem.

Zurückgeben würde er das Geld nicht, soviel war klar. Und sie würden nicht wagen, ihn auffliegen zu lassen.

Zufrieden schloss er die Haustür auf. Katrin saß im Wohnzimmer vor dem teuren Flachbildschirmfernseher. Sie blickte auf, als er eintrat.

»Es wird alles gut«, sagte er. »Ich habe gerade einen Überbrückungskredit für die Hypothek vereinbart. Damit zahle ich die überfälligen Raten und Schulte wird Ruhe geben, das wirst du sehen.«

Er lächelte Katrin an. Sie lächelte zurück. Er sah immer noch so unverschämt gut aus mit seiner sportlichen Figur und den welligen Haaren. Nein, sie konnte sich nicht geirrt haben, als sie ihn geheiratet hatte. Es würde alles gut werden. Das spürte sie deutlich, als er sie zärtlich in die Arme nahm.

Angeekelt streckte Teresa den völlig verspannten Rücken, ging zum Videorekorder und schaltete ihn ab.

Dreimal hatte sie sich jetzt den widerlichen Film angesehen und Eva dabei von Seiten gesehen, die sie nie zu sehen gewünscht hatte.

Sie steckte die Kassette in die Schachtel und warf die Kondome, die sie mit der Videokassette im Laden erstanden hatte, um der offensichtlichen Neugier der Verkäuferin einen Dämpfer zu versetzen, in den Mülleimer.

Wieder stieg ihr die Röte heiß in die Wangen, als sie an den peinlichen Kauf dachte. Sie hatte so tun wollen, als ob sie den Film zur Auflockerung eines amourösen Abenteuers benutzen wollte. Trotz der Kondome mit Erdbeer- und Schokoladegeschmack war sie sich sicher gewesen, dass die Verkäuferin sie zumindest dahingehend durchschaut hatte, dass sie spürte, dass sie sich den Film am Abend alleine ansehen würde. Nur das Motiv hatte sie natürlich nicht erraten.

Na ja, sei's drum, beruhigte sie sich. Um diesen Laden würde sie in Zukunft sowieso einen großen Bogen machen.

Aber sie war verwirrt und durcheinander. Was für ein Leben hatte Eva früher geführt? Wie war sie dazu gekommen, sich als Pornodarstellerin herzugeben?

Auch der Teresa vorgelegte Lebenslauf war also teilweise gefälscht. Leider gab es im Film keinerlei Hinweis darauf, wie Eva damals geheißen hatte. Hatte sie das Ganze als Hobby betrieben und war im Hauptberuf immer die brave Bürokraft gewesen, als die sie sich ausgegeben hatte? Musste man so was überhaupt in einen Lebenslauf schreiben? Unwillkürlich musste Teresa jetzt grinsen. Die Situation hatte wirklich etwas Groteskes.

Aber gleich darauf wurde sie wieder ernst. Wie ein Stein lag ihr die Frage im Magen, ob es da irgendeinen Zusammenhang gab zwischen Eva und dem Mord, der ja wohl auch Bezug zum einschlägigen Milieu hatte, wenn sie Patrick richtig verstanden hatte.

Zufall oder kein Zufall? Und sollte sie Patrick einweihen? Und damit Eva, die sich vielleicht mit viel Mühe ein neues Leben aufgebaut hatte, so kompromittieren?

Sie ging in die Küche und schaute auf den Kalender. In knapp drei Wochen würde Eva aus Südamerika zurückkommen. Sie beschloss, bis dahin zu warten und Eva erst einmal selbst auf die Sache anzusprechen. Patrick konnte sie später immer noch informieren.

Auch die Frage, die sie am meisten beunruhigte, konnte Eva ihr vielleicht beantworten. Wieso kannte sie nicht nur Eva, sondern auch die andere Frau auf dem Video?

Teresa spürte deutlich, dass sie noch nie mit dieser Frau gesprochen hatte. Aber sie hatte sie gesehen. Da war sich Teresa sicher. Wenn sie auch nicht die geringste Ahnung hatte, wann und wo.

Kapitel 22

Am Freitagmorgen saß Teresa schon um acht Uhr in ihrem Büro und startete ihren PC. Da sie den gestrigen Tag auf einem sehr anstrengenden Seminar in Bamberg verbracht hatte, musste sie erst die mittlerweile aufgelaufenen Anrufe und Mails bearbeiten, bevor sie sich zu ihrem Termin bei ihrer Therapeutin Marta und später zu dem vereinbarten Treffen nach Trier aufmachen konnte.

Stirnrunzelnd saß sie vor zwei Nachrichten, die denselben Kunden betrafen. Die erste davon war von Marcel. Noch in den letzten Wochen ihrer Beziehung hatte er ihr einen Kontakt zu einem Personalentwickler einer großen Versicherung vermittelt, den er auf einem Kongress kennen gelernt hatte. Wie dies in der Branche üblich war, hatte Teresa telefonisch Kontakt zu dem Mann aufgenommen und nach einem netten, aber zunächst unverbindlich bleibenden Gespräch einige Unterlagen über ihr Unternehmen übersandt. In einem weiteren Telefonat war ihr bedeutet worden, man hätte einen guten Eindruck von ihr gewonnen, hätte aber aktuell keinen Bedarf für eine Zusammenarbeit. Teresa war es noch gelungen, ein weiteres Telefonat für den Herbst des Jahres zu vereinbaren, dann war der Kontakt zunächst unterbrochen gewesen.

Jetzt las sie zum zweiten Mal die Mail von Marcel. Er hatte sie ihr anscheinend am Mittwochnachmittag geschickt, kurz bevor Teresa nach Wiesbaden aufgebrochen war. Jedenfalls war sie noch nicht auf ihrem Server gewesen, als sie das Büro verlassen hatte. »Muss dich dringend in der Angelegenheit Comet International sprechen. Es gibt wichtige Neuigkeiten von Herrn Körner. Bitte rufe mich umgehend an«, hieß der dürre Text, der natürlich mit keiner Silbe auf die kürzliche unerfreuliche Szene im Treppenhaus Bezug nahm. Wie es zu Marcel passte. Er glaubte anscheinend immer noch, die Vergangenheit ließe sich eliminieren, wenn man nur nicht mehr darüber spräche. Wie die drei Affen, dachte Teresa. Nichts sehen, nichts hören, nichts reden.

Die zweite, wesentlich konkretere und damit auch erfreulichere Nachricht stammte von Herrn Körner selbst. Er teilte ihr mit, dass überraschend eine Trainerin in einem großen Ausbildungsprojekt für zukünftige Versicherungsberater schwer erkrankt sei und man kurzfristig einen Ersatz benötigen würde. Ob sie bereit und zeitlich in der Lage sei, den Baustein *Moderationstechniken für Kundenmeetings* zu übernehmen.

Teresa schlug das Herz höher. Mit diesem Projekt, dessen Umfang ihr grob bekannt war, wäre das Jahr zumindest in seinen Grundlagen wirtschaftlich gesichert. Der Wermutstropfen bei der ganzen Sache war allerdings, dass Körner die Mail bereits am späten Mittwochabend versandt hatte, als Teresa schon auf dem Weg nach Bamberg gewesen war. Er hatte bis einschließlich Donnerstagabend um einen Rückruf gebeten, da er ab Freitag für zehn Tage im Urlaub sei.

Teresa fluchte leise vor sich hin. Wäre am Mittwoch nicht zunächst so wenig los gewesen, hätte sie sicherlich am Abend von ihrem Laptop aus noch einmal ihre Emails gecheckt. So war dies untergegangen, während sie zunächst das Pornovideo von Eva angesehen hatte und dann hastig zu der langen Autofahrt nach Bamberg aufgebrochen war.

Viel später als geplant war sie dort angekommen und gleich in ihr Hotelbett gefallen. Zumal die Maßnahme am nächsten Morgen bereits um acht Uhr begonnen hatte und sie zuvor noch den Raum herrichten musste. Das Training, eine Maßnahme für Werkstattführungskräfte, war dann total anstrengend gewesen. Den gesamten Vormittag musste sie sich darum bemühen, zu der von ihrem Auftraggeber vollkommen unzureichend gebrieften Gruppe erst einmal einen Kontakt aufzubauen, um deren Misstrauen über die Seminarziele zu zerstreuen.

Als ihr dies dann schließlich gelungen war, war die Zeit dermaßen knapp geworden, dass sie die Mittagspause drastisch verkürzen musste, um überhaupt noch einige der geplanten Inhalte vermitteln zu können. Nur kurz hatte sie die Mailbox ihres Handys abgehört, auf der zum Glück keine Nachrichten gewesen waren. Denn da ihr Büro ja nicht durch Eva besetzt war, hatte diese ihr auch nicht, wie sonst üblich, die Informationen über eingehende Anrufe, Emails und Faxe weitergeleitet.

Nun, da war jetzt nichts mehr zu machen. Sie schrieb eine freundlich interessierte Rückmail an Herrn Körner für den Fall, dass sie ihn an seinem ersten Arbeitstag nicht gleich erreichen konnte, und eine wesentlich frostiger klingende Mail an Marcel. Darin bedankte sie sich zwar für seine Information, teilte ihm aber zugleich mit, dass sie schon selbst von ihrem Kunden benachrichtigt worden sei und seine weitere Hilfe nicht benötigen würde.

Müßig grübelte Teresa noch einige Minuten darüber nach, ob sie den Termin in Trier abgesagt hätte, wenn sie hier und heute von Körner schon die Zusage für die Seminare erhalten hätte. Aber da sie in dieser Angelegenheit jetzt sowieso keine Entscheidung treffen konnte, wandte sie sich schließlich seufzend wieder ihren weiteren Arbeiten zu.

Eine Stunde später saß Teresa im ganz in zarten Gelb- und Grüntönen gehaltenen Sprechzimmer von Marta, ihrer Therapeutin.

Marta sah für ihre 52 Jahre wie immer unverschämt jung und überaus chic aus, obwohl sie bei Licht besehen nur einen grünen Kaftan über einer braunen Hose trug. Aber ein geschmackvoller Gürtel und ein elegant geschlungenes buntes Seidentuch gaben dem ganzen Outfit den Pfiff, um den Teresa Marta immer wieder beneidete, obwohl auch Teresa sich einbildete, einen guten Geschmack in Punkto Mode zu haben.

Teresa und Marta kannten sich aus Trierer Zeiten und hatten beide an der Universität gearbeitet. Als sich Teresa unmittelbar nach der Trennung von Marcel und der damit einhergehenden Krise um eine Therapeutin bemüht hatte, war ihr Marta empfohlen worden, die zu ihrem Erstaunen ebenso wie sie selbst in den Großraum Rhein-Main gezogen war. Sie unterhielt eine geschmackvoll eingerichtete Praxis in der Innenstadt von Ingelheim und hatte Teresa sofort einen Termin eingeräumt, obwohl die Wartezeit auf einen Therapieplatz an sich über sechs Monate betrug.

Trotz der recht kühlen Absage, die Teresa an Marcel geschickt hatte, kochte die Episode noch immer in ihr und kam natürlich schnell zur Sprache.

»Warum glaubt er immer noch, er müsse sich in meine Angelegenheiten mischen und ich käme ohne ihn nicht zurecht?« beklagte sich Teresa mit bitterer Stimme.

Marta zuckte die Achseln und schwieg einen Moment. Dann sagte sie mit nachsichtiger Stimme: »Teresa, wir können dieses Thema gerne noch einmal behandeln, wenn du es willst. Aber du bist dir darüber im Klaren, dass du keine anderen Antworten finden wirst als die, die wir schon gefunden haben. Wichtiger fände ich die Beschäftigung mit der Frage, warum du dich durch dieses Verhalten immer noch so treffen lässt.«

Teresa spürte den altbekannten Kloß in der Kehle. »Ich kann es allein«, sagte sie mit erstickter Stimme. »Ich habe es immer allein gekonnt und ich habe ihn nie dafür gebraucht. Warum hat er das bis heute nicht begriffen?«

Marta sah Teresa an. «Auch darüber haben wir doch schon so oft gesprochen«, sagte sie mit einem leichten Anflug von Ungeduld.

»Es hat alles mit Macht und Kontrolle zu tun«, fuhr sie schließlich fort, als Teresa beharrlich schwieg. »Wenn er das Gefühl hat, dass er die Kontrolle verliert, versucht er sie sich mit allen Mitteln zurückzuholen. Und er hat nie ernsthaft damit gerechnet, dass du deine Drohung wahr machen und ihn schließlich wirklich verlassen könntest. Du hast mir doch selbst erzählt, dass du immer wieder nachgegeben hast, auch in Situationen, in denen er eindeutig im Unrecht war.«

»Ja, das stimmt. Und wir konnten auch nie wirklich darüber reden. Natürlich habe ich mich oft beklagt, weil ich sein Verhalten nicht in Ordnung fand. Aber er hat nie eingelenkt und sich auch so gut wie nie entschuldigt.«

»Das ist typisch für Narzissten. Sie halten das Eingeständnis von Fehlern für eine riesige Schwäche. Da sie selbst sich Fehler nie zugestehen würden, sind sie zutiefst davon überzeugt, erst gar keine zu machen oder diese zumindest sorgfältig verbergen zu müssen. Gesteht ein anderer Fehler ein und entschuldigt sich, reagieren sie nicht wie normale Menschen und verzeihen ihm. Stattdessen erheben sie sich weit über ihn und halten ihn für schwächer denn je.«

»Und was nutzt mir das jetzt?« Teresa wurde aggressiv. Marta lächelte. Auch das kannte sie schon.

»Teresa«, sagte sie eindringlich. »Du musst lernen, dir zu verzeihen. Niemand kann einen Menschen mit einer narzisstischen Störung verstehen und richtig zu nehmen wissen, der in ihn verliebt ist. Für Narzissten ist die Welt oft nur schwarz oder weiß. Es gibt nicht die vielen Zwischentöne wie bei anderen Menschen. Heute bist du die schönste und tollste Frau der Welt, die Number One im Bett und das Kostbarste, was ihm je begegnet ist. Und er glaubt das auch selbst, wenn er das sagt. Darum glauben es die Frauen, denen es gesagt wird, ja auch. Das erhöht den Narzissten wie die Person, die in ihn verliebt ist, gleichermaßen.

Aber das Ganze geht eben auch umgekehrt so. Für einen Narzissten ist es das Schlimmste, was passieren kann, wenn er verlassen wird, die Kontrolle verliert, sowohl über den Partner als auch über die Situation. Dann muss er alles besudeln und zerstören, was geschehen ist, und je mehr der andere normale Partner davon abgestoßen ist und das auch zeigt, desto heftiger reagiert auch der Narzisst. Es ist wie ein Teufelskreis. Je mehr und je heftiger du Marcel ablehnst und ihn zurückstößt, umso heftiger wird er auch dich ablehnen und zurückstoßen.«

Erschöpft lehnte sich Teresa im Sessel zurück und schloss die Augen. »Ich weiß, dass du Recht hast«, murmelte sie fast unhörbar.

»Siehst du«, antwortete Marta. »Teresa, du musst loslassen. Nicht Marcel loslassen, das ist nicht das Problem. Du musst dir verzeihen, dass du ihm seine Gefühle als bare Münze abgenommen und dich dann darin verstrickt hast. Narzissten können sich nicht in die Gefühle anderer Menschen hinein versetzen. Sie lieben in letzter Instanz nur sich selbst. Oder besser gesagt, sie verachten sich selbst unbewusst so stark, dass sie verrückt werden würden, wenn sie sich das eingestünden.

»Aber es waren acht Jahre«, sagte Teresa hilflos. »Da muss es doch irgendetwas geben, was davon übrig bleibt. Es kann doch nicht so enden.«

»Ach Liebes«, sagte Marta mit einem mitfühlenden Lächeln. »Ich behandele gerade eine Frau, die das über 25 Jahre lang mitgemacht hat.«

Teresa schauderte unwillkürlich. »Aber warum habe ich das denn so lange ertragen? Ich habe es doch gemerkt. Egal, worum es sich drehte, er hatte letzten Endes immer Recht und ich war Schuld.«

Marta schwieg erneut.

»Ja, es ist wahr«, griff Teresa den unausgesprochenen Faden auf. »Ich drehe mich im Kreis.«

»Es nutzt dir nichts, dir die Gegenwart durch die Bitterkeit der Vergangenheit zu vermiesen.«

»Aber ich bin jetzt 39. Das waren meine besten Jahre.« Teresa merkte selbst, wie hohl dieses Argument klang.

Marta lachte hell auf. »Liebes Mädchen«, sagte sie vergnügt. »Ich bin jetzt 52 Jahre alt und glaub' mir, ich genieße mein Leben jeden Tag. Und was machst du besser, wenn du dir vorhältst, wie viel Zeit du schon verloren hast. Das Einzige, was geschieht, ist, dass du auch in der Gegenwart immer weiter Zeit verlierst.«

»Und wozu sollte ich diese Zeit sonst brauchen?«

Teresa hielt inne, als sie merkte, wie vorwurfsvoll sie klang. Aber Marta nickte mitfühlend. Sie wusste, was Teresa eigentlich sagen wollte.

»Kommt Zeit, kommt Rat«, antwortete sie schließlich. »Und«, sie machte eine kleine Kunstpause, »war da nicht sogar neulich dieser attraktive Polizist?«

Teresa wurde rot. »Ja, aber der ist verheiratet«, wehrte sie ab. »Und außerdem wird das viel zu kompliziert.« Kurz erzählte sie Marta von ihrer Entdeckung von Evas Vergangenheit in dem Sexshop. Und im Anschluss daran von ihrer Begegnung mit Lena Meyers.

Marta hörte aufmerksam zu. Wie Teresa war auch sie der Ansicht, dass diese zuerst mit Eva sprechen sollte, bevor die Polizei eingeweiht wurde.

»Hat Sadomasochismus auch mit Narzissmus zu tun?« fragte Teresa zum Abschluss der Sitzung.

Marta nickte. »Natürlich nur auf der Sadistenseite. Hier findest du die Unfähigkeit, sich in die Gefühlswelt eines anderen Menschen einzudenken, in ihrer reinsten Form. Und auch das mangelnde Unrechtsbewusstsein und die Unempfindlichkeit gegenüber den Schmerzen anderer. Der Narzisst fügt seelische Schmerzen zu und bleibt unempfindlich für die Gefühle, die er dadurch auslöst. Der Sadist fügt Schmerzen auch körperlich zu. Mit genau so wenig Unrechtsbewusstsein wie der Narzisst. Und dadurch schafft er manchmal sogar dieselben Abhängigkeiten. Wenn Schmerz zufügen so normal zu sein scheint, ist dann das Opfer vielleicht unnormal, weil es sich so viel daraus macht? Oder den Schmerz sogar heraufbeschwört? Außerdem beginnen viele Beziehungen von Sadisten ähnlich wie die von Narzissten, mit einer Vergötterung des späteren Opfers am Anfang der Beziehung.«

Marta stand auf. Die Sitzung war bereits um mehr als zehn Minuten überzogen. Teresa verstand den Wink und verabschiedete sich rasch.

Aber auf dem ganzen Weg nach Trier ließ sie ein Gedanke nicht los.

War der einzige Unterschied zwischen ihr und Lena Meyers also nur, dass Werner Meyers mit Peitschen und Zigarettenstummeln gequält hatte, während Marcel das mit Worten und der Missachtung ihrer Gefühle getan hatte? Trug ihre Seele dieselben Brandwunden wie die Brüste von Lena Meyers? War sie also in letzter Instanz keinen Deut besser als Lena, über deren Schwäche sie sich vor einigen Tagen noch so erhaben gefühlt hatte?

Kapitel 23

Als Teresa schließlich erneut in Trier einfuhr und sich in die Spur einfädelte, die sie bis zur Römerbrücke bringen sollte, wo sie die Mosel Richtung Euren überqueren wollte, fühlte sie sich müde, mutlos und zerschlagen. So unendlich lang schien der Weg zurück zu sich selbst zu sein, zu ihren eigenen Wünschen, die sie jahrelang hintan gestellt hatte, aber auch zu ihrer finanziellen Absicherung, den sie seit der Trennung von Marcel noch vor sich hatte.

Am liebsten wäre sie kurz vor ihrem Ziel wieder umgekehrt. Sie verspürte nicht die geringste Lust dazu, sich erneut in jenes Gebäude zu begeben, wo sie vor genau zwei Wochen so erwartungsvoll angekommen und dann statt des erhofften Auftrags brutal mit dem furchtbaren Mord konfrontiert worden war.

Erleichtert bemerkte sie, dass auf der Luxemburger Straße, einem Zentrum des Trierer Rotlichtviertels, im Augenblick kaum Betrieb war. Auf dem Rückweg würde sie diese Strecke vermeiden, beschloss sie bei sich.

Seufzend bog sie schließlich auf den Parkplatz vor Meyers Logistik ein und winkte dem Wachmann in seinem Häuschen zu, der sie offensichtlich ebenfalls wieder erkannte. An der Anmeldung ließ man sie diesmal sofort durch, als sie ihren Namen nannte. Die Frau in dem Glaskasten hatte Teresa allerdings noch nie gesehen.

Sie stieg erneut die Stufen zum ersten Stock empor und klopfte mit einem Schaudern an die Glastür des Sekretariats. Ein sofortiges »Herein« antwortete ihr.

Der Raum war erneut völlig verqualmt. Hinter ihrem Schreibtisch saß die rothaarige Sekretärin, die sie damals so unfreundlich abgefertigt hatte. Jetzt stand sie sofort mit einem Begrüßungslächeln, welches eine Reihe nikotingelb verfärbter

Jacketkronen sehen ließ, auf und ging um den Schreibtisch herum auf sie zu.

»Schön, Sie wieder zu sehen, Frau Dr. Freudenberger«, säuselte sie. »Herr Wolf und Frau Meyers erwarten Sie schon. Wenn Sie mir bitte folgen wollen.«

Eine Schrecksekunde lang glaubte Teresa, man wolle sie in das Mordzimmer führen, aber Frau Bauer, so hieß die Rothaarige ja wohl, schien ihre Gedanken zu erraten. »Nein, nicht dort hinein«, sagte sie mit einer Kopfbewegung zu der verschlossenen Tür an der linken Seite.

»Die Polizei hat den Raum erst vor ein paar Tagen frei gegeben. Wir wissen noch nicht, ob wir ihn jemals wieder benutzen werden.«

Sie verließ das Sekretariat und ging vor Teresa den düsteren Gang hinunter. Schließlich öffnete sie die Tür zu einer Art Besprechungszimmer. Ein ovaler Konferenztisch füllte fast den gesamten Raum aus, ein Beamer, der auf einem in der Zimmerecke angebrachten Brett stand, war auf eine weiße Projektionsfläche gerichtet. Hier hätte wohl auch das erste Treffen mit Herrn Meyers stattgefunden, wenn Teresa nicht für ein Luxuscallgirl gehalten worden wäre.

Flüchtig dachte Teresa an die Erklärung, die Eva ihr hoffentlich nach ihrer Rückkehr für diese merkwürdige Verwechslung würde geben können. Plötzlich kam ihr ein entsetzlicher Gedanke, der ihr das Blut zu Kopfe steigen ließ. Hatte Meyers etwa von Evas Vergangenheit als Pornodarstellerin gewusst? Hatte er deshalb den Termin mit Teresa missverstanden, weil Eva immer noch Kontakte zu diesem zweifelhaften Milieu unterhielt?

Jetzt war allerdings keine Zeit dazu, diesen Gedanken weiter zu spinnen. Frau Bauer schaute Teresa erwartungsvoll an. Offensichtlich hatte sie sie etwas gefragt. »Entschuldigen Sie bitte«, murmelte Teresa verlegen. »ich war einen Moment lang abgelenkt.«

Mitfühlend schaute Frau Bauer sie an. »Ich kann mir vorstellen, dass es für Sie nicht leicht ist, schon so schnell an diesen Ort zurück zu kommen«, sagte sie überraschend verständnisvoll. »Allerdings«, sie zuckte die Achseln, »das Leben muss weitergehen. Ich hatte Sie nur gefragt, ob ich Ihnen etwas zu trinken anbieten darf.«

»Ja, bitte«, antwortete Teresa mechanisch. »Wenn ich einen Kaffee haben dürfte. Und vielleicht dazu noch ein Glas Mineralwasser.«

»Gerne«, Frau Bauer war schon halb aus der Tür. »Ich mache Ihnen einen frisch gebrühten Kaffee aus unserer Maschine. Ein ausgezeichneter Apparat. Wie in der Gastronomie. Frau Meyers und Herr Wolf werden auch in wenigen Minuten da sein.«

Trübsinnig starrte Teresa aus dem Fenster auf den grauen Apriltag. Das Wetter war nahezu gleich scheußlich wie an dem Tag vor zwei Wochen, als sie zum ersten Mal da gewesen war. Missmutig fiel ihr außerdem ein, dass sie mangels einer Alternative (der Kostümkauf in Wiesbaden hatte ja nicht geklappt), dasselbe grünschwarze Wollensemble trug, welches sie auch schon bei ihrem ersten Treffen mit Lena Meyers angehabt hatte. Sie hatte an sich ihr elfenbeinfarbenes Kaschmirkleid tragen wollen, dieses hatte aber einen Rotweinfleck an exponierter Stelle, wie sie erst heute Morgen festgestellt hatte, der wohl noch aus der Liebesnacht mit Patrick stammte.

Natürlich hatte sie überhaupt nicht damit gerechnet, dass auch Lena bei diesem Termin dabei sein würde. Andererseits, sie hatte den Kontakt jetzt vermittelt, und Wolf, der ehemalige stellvertretende Geschäftsführer von Meyers Logistik, kannte sie ja gar nicht. Nun, es war andererseits egal. Was spielte es für eine Rolle, ob Lena Meyers dachte, dass sie den Auftrag nötig hätte, weil sie sich nicht einmal genug Businesskleidung leisten konnte. Es war ja leider nichts als die Wahrheit.

Ihre Befürchtungen zerstreuten sich allerdings rasch, als sich die Tür öffnete und Lena mit einem aufgesetzt herzlichen Lächeln auf sie zukam, Wolf im Schlepptau. Schon neulich hatte Lenas Garderobe, wiewohl sehr teuer, überhaupt nicht zum Wetter oder zum Anlass der Begegnung gepasst. Heute aber sah sie nahezu grotesk aus.

Über einem schwarzen Lederminirock trug sie ein durchsichtiges Blüschen, unter welchem sich ein ebenfalls schwarzes Bustier abzeichnete. Eine ähnliche Garderobe hatte Teresa bei ihrem kürzlichen Schaufensterbummel in Wiesbaden in den Auslagen von Boutiquen für Teenager gesehen und sich gefragt, wer wohl für diese zweifelhaften Fummel die Unsummen ausgeben würde, die diese Teile kosteten. Jetzt wusste sie es.

Ihr Outfit hatte Lena heute außerdem mit geschmacklosem, wenn auch zweifelsohne ebenfalls teurem Goldschmuck unterstrichen. Riesige Kreolen baumelten von ihren Ohren, und um ihren Hals wand sich eine zweifach geschlungene Kette, die mehr an ein Hundehalsband erinnerte als an ein Schmuckstück. Zudem war sie grell geschminkt.

Ihr Aufzug war ihrem Begleiter, der einen gut geschnittenen, teuren anthrazitfarbenen Anzug mit Weste trug, offensichtlich peinlich. Er sah Lena Meyers kaum an, als sie Teresa vorstellte.

»Hier, lieber Georg, ist sie nun, meine alte Studienfreundin Teresa. Ich bin gespannt, was sie uns vorstellen wird, denn ich hätte nie gedacht, was man mit unserer Psychologie so alles anfangen kann.«

Trotz Lenas unmöglichem Aufzug und der Peinlichkeit der

Betonung einer nie da gewesenen Nähe in ihrer Beziehung war Teresa froh, dass sie bei diesem Treffen dabei war. Nie zuvor war ihr ein bis dato unbekannter Mensch auf Anhieb so unsympathisch gewesen wie Georg Wolf, der jetzige Chef von Meyers Logistik.

Er reichte Teresa eine feuchte Hand und bedachte sie dabei mit einem stechenden Blick aus seinen kleinen blassblauen Augen, die Teresa irgendwie an Schweinsäuglein erinnerten. Sein dünnes mausbraunes Haar war über den Ohren zu lang, der Mund zu einem schiefen Lächeln verzogen. An der rechten Hand trug er einen geschmacklosen Siegelring aus blauem Lapislazuli mit seinen Initialen. Er war eindeutig nicht erfreut über diesen Termin, das spürte Teresa sofort.

Sie zwang sich zu einem Lächeln und wischte sich die Hand unauffällig unter dem Tisch an ihrem Rock ab, als schließlich alle Platz genommen hatten. Bis zum Eintreffen von Frau Bauer, die ein riesiges Tablett mit Kaffeegeschirr und Kaltgetränken vor sich her balancierte, drehte sich das Gespräch um Belanglosigkeiten wie das Wetter und Teresas Anfahrt nach Trier und wurde hauptsächlich von Lena Meyers bestritten.

Dann ergriff Wolf das Wort: »Und Sie unterhielten also schon geschäftliche Beziehungen zu meinem geschätzten – ähm - Vorgänger?« Seine Stimme klang ölig.

Teresa schluckte. »Geschäftsbeziehungen kann man es noch nicht nennen. Ihre ehemalige Mitarbeiterin Eva Schneider hatte den Kontakt hergestellt. Sie ist jetzt meine Sekretärin.«

»Ah ja, ah ja. Eine hochgeschätzte Kraft. Wir waren untröstlich, als sie uns verlassen hat.« Irrte sich Teresa oder klang seine Stimme eine Spur sarkastisch.

»Und womit beschäftigen Sie sich denn nun genau?«

Teresa war von dieser Frage überrascht. »Haben Sie denn meine Unterlagen nicht gesehen, die ich Herrn Meyers zugeschickt habe?«, fragte sie spontan. Sofort bereute sie ihre Voreiligkeit. Sie klang ein wenig nach Tadel, und Kunden tadelte man nicht.

Lena Meyers griff ein. »Frau Dr. Freudenberger hat eine Unternehmensberatungsfirma«, erklärte sie. »Sie schult Personal in Firmen, zum Beispiel zum Thema Mitarbeiterführung.«

»Ah ja«, Wolf wirkte, als hätte er noch niemals in Betracht gezogen, dass man für eine so unerhebliche Tätigkeit wie Mitarbeiterführung seine Zeit mit Schulungen verschwenden sollte. »Und das wollte Herr Meyers hier bei uns durchführen?«

»Nein«, Teresa riss sich gewaltsam zusammen. »Hier ging es um das Thema »Kundenorientierung«. Frau Schneider hatte in ihrer Dienstzeit hier bemerkt, dass es oft, - öfters«, verbesserte sie sich, »zu Reklamationen und Beschwerden von einigen Ihrer Kunden gekommen ist. Insbesondere die Ausfahrer waren betroffen. Aber auch das Lager. Lieferungen waren zum Beispiel nicht komplett oder kamen zu spät, die Ausfahrer wurden als unfreundlich erlebt. Häufig geschehen diese Dinge nicht aus Absicht, sondern Mitarbeitern ist einfach nicht klar, dass sie mit ihrem Verhalten einen schlechten Eindruck bei Kunden machen könnten.«

»Und da sollen Schulungen helfen? Wie soll das vonstatten gehen?«

»Nun, ich simuliere Situationen, die auch in der Realität passieren können. Ich spiele dabei typische Szenen nach und achte zuerst darauf, wie zum Beispiel auf einen unfreundlichen Kunden, der sich beschwert, im Augenblick von den Mitarbeitern reagiert wird. Dann analysieren wir in der Schulung diese Reaktionen darauf, ob sie den Kunden eher beschwichtigen oder noch mehr verärgern, so dass er vielleicht sogar an einen Wechsel der Firma denkt. Dann üben wir alternatives Verhalten ein, mit dem man den Kunden zufrieden stellen kann.«

»Dabei benutzt Teresa manchmal auch eine Videokamera«, warf Lena Meyers ein.

Die Wandlung, die mit Wolf vor sich ging, verblüffte Teresa. Hatte er bisher eher lässig uninteressiert in seinem Stuhl gelehnt, beugte er sich nun offensichtlich gespannt nach vorne.

»Haben Sie selbst eine Kamera?«, fragte er. Sein Tonfall war irgendwie drängend.

Teresa missverstand ihn. »Ja, natürlich. Das gehört zu meiner Ausstattung. Die Kamera bringe ich mit. Sie kostet nichts extra, sondern ist bereits im Preis inbegriffen.«

»Ah ja, gut gut.« Wolf lehnte sich wieder zurück und versuchte erneut, lässig zu wirken.

»Sie kennen sich also mit Videotechnik aus?«

»Bestens«, versicherte ihm Teresa, die immer verwirrter wurde.

»Was machen Sie denn hinterher mit den Aufnahmen?«

»Die werden überspielt. Ich verwende sie niemals für ein anderes Seminar als das, in dem sie entstanden sind.«

»Ah ja, das ist gut zu wissen. Sehr gut.« Abrupt wechselte Wolf das Thema.

»Und da waren Sie natürlich sehr enttäuscht, als Ihre Pläne sich dann nicht realisieren ließen aufgrund des – ähm - tragischen Vorfalls.«

»Ja schon. Eva Schneider hatte in Aussicht gestellt, dass eventuell alle 200 Ausfahrer geschult werden sollten, das ganze Lagerpersonal und sogar alle Mitarbeiter mit Kundenkontakt am Telefon. Es klang nach einem sehr großen Auftrag.«

»Und als Sie Meyers fanden, da lief doch auch ein Video, stimmt das?« Wolf wechselte erneut völlig unvermittelt das Thema. Teresa bemerkte, wie ihr die Röte ins Gesicht stieg. Irgendetwas stimmte hier nicht, das spürte sie. Stimmte ganz und gar nicht.

»Ja, ich glaube schon«, sagte sie zögernd. »Aber es war nur noch Schnee auf dem Monitor zu sehen, als ob die Kassette in dem Teil lief, in dem sie nicht bespielt worden war.«

»Aber sie lief noch?«

»Ja, ich glaube schon.«

»Was haben Sie damit gemacht?«

»Ich habe gar nichts gemacht. Ich war so entsetzt, dass ich völlig in Panik geriet.« Unwillkürlich klang Teresas Stimme schrill.

Lena Meyers griff ein.

»Georg«, sagte sie begütigend. »Ich weiß, wie sehr du immer noch unter den Ereignissen leidest. Aber dafür ist Teresa doch nicht hergekommen.«

»Gut, gut. Du bist die Expertin für ihr Angebot.« Unvermittelt stand Wolf auf und reichte Teresa erneut seine feuchte Hand.

»Es hat mich sehr gefreut, Sie kennen zu lernen«, sagte er in einem Tonfall, der eher das Gegenteil suggerierte. »Lena wird entscheiden, was wir für Schulungen mit Ihnen machen. Ich wollte mir nur einen Eindruck machen, schließlich«, er machte eine winzige Pause, »waren Sie ja schon mitten in den Verhandlungen darüber.« Wieder eine Pause. »Sicherlich ist die Wirtschaftslage doch auch bei Ihnen nicht ganz so gut in diesem Jahr, oder?«

Teresa wurde erneut rot. »Das stimmt«, entschloss sie sich erneut zur Flucht nach vorne, wie in allen Situationen, die ihr aus der Hand glitten, und wählte das Mittel entwaffnender Offenheit. »Der Auftrag hätte mir recht viel bedeutet.«

»Gut, gut, Sie werden schon auf Ihre Kosten kommen.« Wolf wandte sich zum Gehen. Bereits halb aus der Tür fuhr er fort: »Lena wird alles mit Ihnen besprechen. Auf Wiedersehen und auf gute Zusammenarbeit.«

Teresa sah ratlos zu Lena, die Wolf mit einem unergründlichen Gesichtsausdruck nachblickte.

»Du darfst ihm sein Verhalten nicht übel nehmen«, wandte sie sich mit einem herzlichen Lächeln an Teresa, das ihr jedoch falsch und deplaziert vorkam. »Er ist noch völlig durcheinander durch Werners Tod. Auf einmal muss er sich um Dinge kümmern, in die er vorher nie einen Einblick hatte, weil sie Werners Bereich waren.«

»Werner war dabei sehr eigen«, fuhr sie schnell fort, als sie Teresas zweifelnden Blick sah. »Er war nicht bereit, jedem so einfach Informationen über seine Geschäftsführung zu geben.« Sie wechselte das Thema, als Teresas Zweifel sich augenscheinlich verstärkten, und zuckte die Achseln.

»Teresa, du weißt ja, wie Werner und ich miteinander standen, also muss ich dir ja nichts vormachen. Georg hat mir angeboten, einige Aufgaben in der Firma zu übernehmen, dazu gehört vor allem, dass ich mich um die Personalangelegenheiten kümmern soll. Also auch um Schulungen. Er wollte dich einfach nur kennen lernen. Den Rest kannst du wirklich mit mir besprechen. Wann kannst du denn mit den Seminaren beginnen?«

Kapitel 24

Eine knappe Stunde später verließ Teresa die Firma in einem merkwürdigen Gefühlschaos, das sie sich zunächst nicht erklären konnte.

Tatsächlich hatte sie mit Lena den gesamten Umfang an Schulungsmaßnahmen vereinbart, den sie Werner Meyers in ihrem Angebot auf Evas Rat hin vorgeschlagen hatte. Die Schulungen sollten im September beginnen und sich über ein gesamtes Jahr hinziehen. Sie würden einen Umsatz von fast 50.000 Euro einbringen, da auch Teresas Honorarforderungen widerspruchslos akzeptiert worden waren.

In einem ihr selbst nicht erklärbaren Anfall von Trotz hatte Teresa 200 Euro pro Trainingstag mehr verlangt als in ihrem Angebot an Meyers. Soviel Geld bekam sie bislang nur bei einem sehr großen Unternehmen, mit dem sie allerdings bis jetzt nur wenige Maßnahmen durchgeführt hatte, die alle zudem maßgeschneidert waren. Vielleicht hatte sie gehofft, sich mit dem Preis bei einem mittelständischen Unternehmen wie Meyers Logistik, welches weniger als ein Prozent der Mitarbeiter dieses anderen Kunden beschäftigte, in Ehren herauskicken zu können, aber Lena Meyers hatte ihre Forderung, ohne mit der Wimper zu zucken, akzeptiert.

Draußen war es etwas aufgeklart und Teresa verspürte wenig Lust dazu, nach Hause in ihre leere Wohnung zu kommen. Spontan beschloss sie, noch etwas weiter die Mosel herauf zu fahren und irgendwo noch ein Stück zu laufen. Im Moselörtchen Igel hielt sie an und betrachtete sich nach langer Zeit wieder einmal die gute Kopie der römischen Säule, deren Original im Hof des Trierer Landesmuseums steht. Dann schwenkte sie auf den Uferweg ein, der dicht an der Mosel entlang führt.

Eigentlich hätte sie sich über diesen Auftrag freuen müssen, hätte erleichtert und glücklich sein sollen. Aber das Gegenteil war der Fall. Das Gespräch mit Wolf und später auch mit Lena hatte sie zunehmend angeekelt. Irgendetwas war nicht echt dabei gewesen.

Teresa glaubte, dass weder Wolf noch Lena ein echtes Interesse an der Verbesserung der Kundenorientierung ihrer Mitarbeiter hatten. Aber warum um Himmels Willen wollten sie dann eine solche Riesensumme dafür ausgeben? Teresa wurde nicht schlau daraus.

Am ehesten war es vielleicht, um Lena, die vorher in der Firma anscheinend keine Rolle gespielt hatte, einen Platz zu geben. Lena, die ja noch nie als Psychologin gearbeitet hatte, gefiel sich vielleicht in der Rolle der Personalentwicklerin. Und außerdem schien in ihrem Leben ja so viel Geld vorhanden zu sein, dass für sie eine solche Summe nicht die gleiche Bedeutung hatte wie für andere Menschen.

Weiter kam Teresa nicht in ihren Überlegungen, während sie am Ufer entlang schlenderte und den Schwänen zusah, die sich majestätisch das Gefieder putzten. Sie hatten Teresa schnell links liegen gelassen, als sie merkten, dass hier kein Extrafutter zu holen war. Einfach nicht mehr beachtet.

Vielleicht ist es das, dachte Teresa plötzlich. Vielleicht sollte ich endlich mit den ewigen Kompromissen aufhören. Eigentlich will ich diesen Auftrag doch gar nicht haben. Warum habe ich mich darum bemüht? Die ganze Sache war doch von Anfang an verfahren.

Sie fasste einen Entschluss. Mit diesem Extraauftrag von der Versicherung, den Körner ihr angeboten hatte, käme sie auf jeden Fall dieses Jahr einigermaßen über die Runden. Und das Jahr war außerdem noch recht jung. Es war erst April. Erfahrungsgemäß vergaben viele Kunden auch kurzfristig Aufträge, die Teresa in früheren Jahren oft gar nicht hatte bedienen können, weil sie schon ausgebucht gewesen war. Also, sobald sie die feste Zusage von Körner in der Tasche hätte, würde sie Lena Meyers anrufen, versicherte sie sich selbst. Irgendein Vorwand würde ihr dann schon einfallen, warum sie den Auftrag zurückgeben müsste. Und dann die ganze Angelegenheit ein für alle Male los wäre.

Wie von einer Zentnerlast befreit, stieg Teresa schließlich kurz vor sechs wieder in ihren Wagen. Nun freute sie sich wieder auf ihr neues Zuhause und beschloss, dort erst einmal ein langes Bad zu nehmen. Das hatte sie sich verdient.

Noch ganz in Gedanken, was sie sich außerdem Gutes tun könnte, verpasste sie die Abfahrt zur Konrad-Adenauer-Brücke, die sie eigentlich hatte nehmen wollen, um der Fahrt durch das Rotlichtviertel zu entgehen. Leider blieb ihr nun nichts anderes übrig als der Weg durch die Luxemburger Straße. Sehr unangenehm hatte sie vor allem die Begegnung mit jener rothaarigen Prostituierten in Erinnerung, die sie bei ihrem ersten Besuch in Trier auf dem Parkplatz am Schneidershof beschimpft und ihr den Mittelfinger gezeigt hatte.

Dumpf regte sich etwas in ihrem Bewusstsein, ohne dass sie es fassen konnte. Es war eine merkwürdige Unruhe, die nicht allein darauf zurück zu führen sein konnte, dass sie jetzt durch diese Straße fuhr. Verkrampft saß Teresa hinter dem Steuer und bemühte sich, nicht nach rechts und links zu schauen, als sie einige Prostituierte am Straßenrand vor den einschlägigen Etablissements stehen und rauchen sah. Und tatsächlich, Teresa stockte der Atem, da war auch jene Rothaarige wieder, an ihrem flammenden Haar konnte Teresa sie schon von ferne erkennen.

Starr blickte sie geradeaus. Aber als sich ihr Wagen der Gruppe näherte, betrat diese auf einmal unvermittelt die Straße. Teresa bremste scharf ab, und einen Moment lang trafen sich ihre Blicke erneut mit jenen der Frau.

Wie betäubt fuhr Teresa weiter, während die Frau ungerührt die Straße überquerte und in ein kleines dunkles Auto stieg, wie Teresa im Rückspiegel erkennen konnte. Augenscheinlich hatte sie Teresa nicht erkannt als diejenige Person, von der sie sich vor zwei Wochen belästigt gefühlt hatte.

Aber Teresa hatte sie erkannt. Es war, das wusste sie mit absoluter Sicherheit, die gealterte Version jener zweiten Frau auf dem Pornovideo, das sie kürzlich in Wiesbaden erstanden hatte. Evas Gefährtin in dem unappetitlichen Film. Wie Eva hatte sie also in Trier gelebt. Hatten die beiden die ganze Zeit den Kontakt zueinander gehalten?

Oder war das alles nur ein Zufall mehr und hatte gar keine Bedeutung? Fast konnte Teresa daran nicht mehr glauben. Aber was für ein System steckte dahinter? Ein Muster war beim besten Willen nicht zu erkennen. Sollte sie jetzt doch den Kontakt zu Patrick suchen und ihm alles erzählen? Oder würde er sie nur auslachen?

Verwirrter und ratloser denn je fuhr Teresa durch den düsteren Hunsrück. Wenn doch Eva endlich zurück wäre und sie für das alles eine Erklärung bekäme. Aber darauf würde sie leider noch wochenlang warten müssen.

Lena Meyers stand am Fenster und sah Teresa nach, die gerade den Parkplatz verließ. Hätte Teresa noch einen Blick nach oben geworfen, hätte sie gesehen, dass Lena an genau derselben Stelle stand, an der auch die »Füchsin« Teresa bei ihrem ersten Besuch nachgesehen hatte.

Schließlich wandte Lena sich ab und ging über den Gang ins Büro von Georg Wolf. Als sie sein Gesicht sah, wusste sie sofort Bescheid.

»Sie hat sie«, knurrte er zwischen zusammengebissenen

Zähnen hervor. »So sicher wie das Amen in der Kirche, hat sie die Kassette. Hast du gesehen, wie rot sie wurde, als ich sie darauf angesprochen habe?«

»Na, ich weiß nicht«, sagte Lena zweifelnd. »Ich halte sie eigentlich nicht für so abgebrüht, wieder hierher zu kommen, wenn sie die Kassette wirklich hat und uns jetzt damit erpresst.«

»Papperlapapp«, warf Wolf ein. »Was glaubst du, wie abgebrüht jemand sein muss, der angesichts eines solchen Mordes noch herumschnüffelt? Ich wette, sie hat die letzten Szenen des Videos gesehen und sich die Gelegenheit nicht entgehen lassen, die Kassette mitzunehmen. Und sie braucht nötig Geld, das hat sie ja selbst zugegeben.«

Lena zuckte die Achseln. Aber Wolf war nicht zu bremsen. »Kein Wunder, wenn man bedenkt, mit welchem Quatsch sie Geld verdienen will. Schulungen… Da lachen ja die Hühner.«

Lena Meyers wusste es besser, aber sie wusste auch, dass es in solchen Momenten keinen Sinn hatte, Wolf zu widersprechen. Es würde ihn nur noch wütender machen.

»Was willst du tun?« fragte sie stattdessen.

»Ich habe Carlos angerufen. Er wird das Nötige unternehmen. Wenn sie die Kassette in ihrer Wohnung versteckt hat, wird er sie finden, darauf kannst du Gift nehmen.«

Kapitel 25

Nur langsam gewöhnten sich Wiegandts Augen an das trübe Licht in der Kaschemme. Dick wie Nebel hing Zigarettenrauch in der Luft und verwischte die Konturen von Mensch und Mobiliar. Ein idealer Ort für ein Treffen. Hier konnte man kaum die Hand vor den Augen erkennen, geschweige denn die Gesichtszüge eines Fremden.

Feldmann hatte diesen Ort vorgeschlagen, zehn Kilometer hinter der Grenze nach Luxemburg in einem Kaff, von dem Wiegandt vorher noch nie etwas gehört hatte. Er war in einem unauffälligen grauen Golf mit Wittlicher Kennzeichen gekommen, an den sich ebenfalls später kaum jemand erinnern würde. Ebenso nichts sagend war die Kleidung, die er trug, eine einfache Jeans und ein formloser schwarzer Pullover ohne irgendeinen Aufdruck.

Da Wiegandt aufgrund seiner Zugehörigkeit zum LKA in Mainz in dieser Region ohnehin nicht so bekannt war, hatten sie diese Tarnung für ausreichend gehalten, als Feldmann überraschend signalisiert hatte, dass Irina Kara, wie sich die Prostituierte, die auf zahllosen der sichergestellten Homevideos zu sehen war, mit ihrem »Künstlernamen« nannte, nun zu einer ersten Begegnung bereit sei.

Wiegandt nahm an einem kleinen Tisch Platz und bestellte sich ein Bier vom Fass. Es schmeckte süßlich fad und war zu warm. Zum Glück gab es ein zerfleddertes Exemplar der deutschen Bildzeitung vom Vortag. Damit vertrieb er sich die Zeit, die er warten musste, bis Irina, die längst da war und ihn von ferne taxierte, das Zeichen zum Kontakt geben würde.

Eine halbe Ewigkeit später kam sie endlich auf dem Weg zur Toilette an ihm vorbei. Er blickte kurz hoch. Sie hatte ihr rotes Haar fast komplett unter einem grauen Tuch verborgen, welches sie wie einen Turban um ihren Kopf geschlungen hatte. Ohne die grelle Schminke sah sie selbst in diesem trüben Licht zehn Jahre älter aus als auf der Straße. Sie musste in Wirklichkeit schon gegen Ende Vierzig sein, schätzte er. *Wohl kurz vor dem Karriereende.* Das erklärte, warum sie sich gut mit der Polizei stellen wollte. Vielleicht hoffte sie auf eine Starthilfe, wenn ihre Zeit als Nutte endgültig vorbei war.

Um diese Zeit, es war gegen 20 Uhr am Freitagabend, war die Kaschemme nur mittelmäßig besucht. Die ersten Wochenendsäufer waren aber bereits da, so dass die Kneipe nicht ganz leer war. Genug Personen, dass eine einzelne nicht auffiel, nicht so viele, dass man nicht mehr sicher sein konnte, dass kein Nebenmann mithörte, was gesprochen wurde.

Die Toilettentür ging auf. Vereinbarungsgemäß blieb Irina an seinem Tisch stehen. Mit einer Handbewegung lud er sie zum Sitzen ein und bestellte auch für sie ein Glas von dem widerlich süßen Bier.

Erst als die Bedienung das Getränk gebracht hatte, sah sie zum ersten Mal hoch. Er sah Angst in ihren Augen, aber auch Entschlossenheit. Die Vereinbarung hatte gelautet, dass er zunächst keine Fragen stellen sollte, sie würde selbst entscheiden, was sie erzählen wollte.

Er wartete. Schließlich begann sie zu sprechen. Ihre Stimme war tief und rauchig, wie die von Marlene Dietrich in ihren alten Filmen. »Stört es Sie?« Sie zeigte auf eine Schachtel filterloser Gauloises. Er zuckte lächelnd die Schultern und wies mit der Hand leicht in die Runde.

»Nein«, antwortete er. »Schlimmer kann die Luft ohnehin nicht mehr werden.« Er griff nach ihrem Feuerzeug, welches sie aus ihrer schwarzen Tasche gezogen hatte und gab ihr Feuer. Sie inhalierte tief und gierig.

»Ich habe die Informationen, die Sie brauchen«, sagte sie

schließlich. Wiegandt neigte nur zustimmend den Kopf. Er wartete.

»Sie vertreiben diese Filme mit den Kindern«, fuhr sie schließlich nach einer Ewigkeit fort. »Sie nehmen sie teilweise auch selber auf. Irgendwo hier im Grenzgebiet, den genauen Ort weiß ich nicht. Andere kriegen sie von ihrem Ring.«

»Was für ein Ring?« Wiegandt wagte die erste Frage.

»Sie sind gut organisiert, international. Vor allem hier im Beneluxraum und in Frankreich. Da haben sie überall Kunden. Sie benutzen das Internet, aber auch die Spedition. Sie schmuggeln das Material mit den anderen Lieferungen.«

»Wann und wie?« Wiegandt beugte sich spontan nach vorne. Sofort wich sie zurück und machte eine abwehrende Handbewegung.

»Nicht immer, nur manchmal. Getarnt in denselben Kartons wie die übrige Ware. Manchmal erfahre ich davon, manchmal nicht.«

Wiegandt schwieg. Er war jetzt vorsichtiger.

»Was springt für mich dabei heraus?« fragte sie schließlich. »Ich riskiere alles, meinen Job auf jeden Fall, aber wahrscheinlich mein Leben.«

Wiegandt nickte. Darüber machte er sich keine Illusionen.

»Wenn Sie uns als Kronzeugin helfen, den Ring auffliegen zu lassen, kommen Sie im Anschluss in ein Zeugenschutzprogramm. Sie können irgendwo ganz von vorne anfangen. Mit einem neuen Namen und einer neuen Identität.«

»Wovon lebe ich?« fragte sie. Mit einer rührenden Handbewegung fügte sie hinzu: »Ich habe nichts gelernt, wissen Sie«.

»Wir können Ihnen eine Ausbildung verschaffen, zum Beispiel als Computerfachfrau. Und auch einen Job, wenn Sie das wollen.«

Sie zuckte die Achseln. »Wer will mich denn jetzt noch, ich

bin doch viel zu alt. Ja, wenn ich den Absprung vor zehn Jahren geschafft hätte...« Einen Moment lang wich ihr Blick in unbekannte Ferne. Sie sah sehr traurig aus, wie jemand, der eine verpasste Chance bereut.

Wiegandt sah sie an. »Wir helfen Ihnen, wenn Sie uns helfen«, sagte er einfach. »Wollen Sie es versuchen?«

Sie sah ihn an, lange und mit einem sehr zweifelnden Blick. »Ich habe da auch manchmal mitgemacht«, sagte sie dann leise.

Wiegandt verstand. Unwillkürlich zuckte er zurück, ein Schauer lief über seinen Rücken. Er nahm sich zusammen, denn sie hatte seine Reaktion natürlich bemerkt.

»Sie gehen straffrei aus, es sei denn, Sie haben sich an den Morden beteiligt. Dann kann ich für nichts garantieren.«

»Habe ich nicht.« Ungewollt beantwortete sie damit eine seiner dringendsten Fragen. Es gab also Snuffs. Sie bemerkte es sofort und schlug sich auf den Mund. Wieder schwieg sie lange.

»Ich brauche noch Bedenkzeit«, sagte sie schließlich. »Ich habe keine Alternative, nächstes Jahr schmeißen sie mich raus aus dem Puff, das haben sie schon angekündigt. Aber ich brauche trotzdem noch Zeit. Ich muss sicher sein, dass Sie mich nicht reinlegen.«

Wiegandts Magen zog sich vor Frustration zusammen. Er zwang sich zur Ruhe und Geduld. »Gut«, sagte er schließlich mühsam. Es klang gepresst.

Sein Ton ließ sie aufblicken. Aufmerksam sah sie ihn an.

»Sie machen das nicht nur als Job«, sagte sie schließlich. »Sie hängen da wirklich Gefühle rein.«

Sichtlich gab sie sich einen Ruck. »Gut. Sie dürfen mir drei Fragen stellen, sozusagen als Probe. Ob ich sie beantworte, weiß ich aber noch nicht.«

Wiegandt holte tief Luft.

»Werden Snuffvideos mit Kindern gedreht?« Er bemühte sich, seine Stimme ruhig zu halten. Sie hatte die Frage schon indirekt beantwortet, aber er wollte sicher gehen.

»Mit Kindern und mit Erwachsenen.« Ihre Stimme klang blechern. Sie sah starr auf den Tisch.

»Wurde David Gorges bei so einem Snuffvideo getötet?«

»Ja.«

»Wer hat es gedreht?« Sie zuckte die Achseln. Diese Frage würde sie nicht beantworten. Zumindest noch nicht.

Wiegandt versuchte es anders. »Wer hat Werner Meyers getötet und warum?«

Stirnrunzelnd sah sie auf. »Das waren jetzt vier Fragen. Aber die letzte werde ich noch mal beantworten. Ich weiß nicht, wer es war, aber es ist mir völlig egal, warum. Das Schwein hatte nichts anderes verdient.«

Der leidenschaftliche Hass in ihrer Stimme überraschte ihn. Aber sofort legte sich die Maske von Gleichgültigkeit wieder über ihr Gesicht.

Wiegandt gab auf. Für heute würde er nichts mehr von ihr erfahren.

»Wie verbleiben wir jetzt?« fragte er sie.

»Ich werde Sie über Feldmann wissen lassen, ob ich mitmache. Ich brauche einfach noch Bedenkzeit.«

Sie stand auf. »Bleiben Sie noch mindestens eine Stunde hier sitzen«, sagte sie. »Es darf uns niemand miteinander in Verbindung bringen.«

Wiegandt nickte. So war es vereinbart gewesen. Mit einer Mischung aus Frustration und Jagdfieber sah er ihr nach, wie sie durch die Tür ging. Sie hatte den Schlüssel in Händen, aber er wusste nicht, ob sie ihn zur Verfügung stellen würde.

Immerhin, sie waren auf der richtigen Spur.

Kapitel 26

Ungefähr 24 Stunden später steckte Patrick Wiegandt den Schlüssel ins Schloss seiner Wohnungstür. Diesmal war Tanja nicht zu Hause, wie sie es angekündigt hatte. Die Wohnung war dunkel und leer.

Resigniert erinnerte sich Wiegandt an Tanjas gestrigen Wutausbruch am Telefon. Ganz anders als vor einer Woche war sie regelrecht explodiert, als er ihr mitgeteilt hatte, dass er erneut wieder erst am Samstagabend nach Hause kommen würde. Mit schlechtem Gewissen gestand Patrick sich ein, dass es dazu gar keinen echten Grund gegeben hatte, denn Wiegandt hatte Roland noch am späten Freitagabend von seinem Gespräch mit Irina Kara berichtet und hätte dann ohne weiteres nach Mainz zurückfahren können. Aber er hatte dazu nicht die geringste Lust verspürt und war unter dem Vorwand, noch einmal die Akten zu den Mordfällen durchgehen zu müssen, in Trier geblieben.

Damit hatte er sich dann auch bis zum frühen Nachmittag beschäftigt, ohne irgendeinen neuen Hinweis entdecken zu können. Da er wusste, dass Tanja ihre Drohung, über das Wochenende zu ihrer Schwester nach Gießen zu fahren, höchstwahrscheinlich wahr machen würde, hatte ihn auch dann noch nichts nach Mainz gezogen. So hatte er den unerwartet milden Frühlingstag benutzt, um im Hunsrück noch einen langen Spaziergang zu machen.

Auf dem Turm der Grimburg bei Kell hatte er dann mit Blick auf das weite Land ringsum einen Entschluss gefasst. Wahrscheinlich hatte Tanja entdeckt, dass sie erneut nicht schwanger geworden war, wie Patrick es auch nicht anders erwartet hatte. An diesen Tagen war sie ganz besonders anspruchsvoll und unerträglich und Wiegandt schauderte vor dem Gedanken an die Wiederholung der verhassten Befruchtungsprozedur, zu der ihr Sexualleben mittlerweile verkommen war.

Schonungslos hatte er sich klar gemacht, dass seine Gefühle für Tanja völlig erloschen waren und dass es unverantwortlich wäre, in dieser Situation auch noch ein Kind zu zeugen. Stattdessen würde er schon am Montag nach Tanjas Rückkehr offen mit ihr sprechen und die Trennung verlangen. Er würde seine Sachen schon gepackt haben und versuchen, vorübergehend im Polizeiwohnheim unterzukommen, bis er Zeit gefunden hätte, sich um eine kleine Wohnung zu kümmern.

Obwohl er sich vor der unvermeidlichen Szene fürchtete, die Tanja ihm liefern würde, fühlte er sich unendlich erleichtert, als er sich schließlich auf die Weiterfahrt nach Mainz machte. Dort war er dann noch im Büro vorbeigefahren und hatte unter der eingegangenen Post Teresas Brief mit dem seltsamen Teil eines Schmuckstücks entdeckt, das versehentlich unter die ihr zurückgegebenen Sachen geraten war.

Mit einer Mischung aus Ärger und Vorfreude auf ein Wiedersehen hatte sich Wiegandt klar gemacht, dass er Teresa unbedingt noch einmal zu diesem Vorfall befragen müsste und daher also ein Treffen mit ihr unvermeidlich sein würde. Insbesondere musste er klären, ob sie das Schmuckstück am Tatort bemerkt hatte. Aus der Karte, die die Spurensicherung von den im Mordzimmer verstreuten Gegenständen angelegt hatte, war leicht zu ersehen, wo das Schmuckstück gefunden worden war. Wahrscheinlich hatte Teresa Recht, die in ihrem Begleitbrief geschrieben hatte, dass das Schmuckstück wohl einer Sekretärin gehörte und schon einige Zeit im Zimmer gelegen hatte.

Halb verdrängte Wiegandt allerdings den Gedanken, dass es unverzeihlich gewesen war, mit Teresa nicht persönlich durchgegangen zu sein, welche Gegenstände sie tatsächlich am

Tatort verloren hatte. In der Tatnacht war sie zu durcheinander gewesen, um mehr als eine grobe Übersicht über den verschütteten Inhalt ihrer Handtasche abgeben zu können. Später hatte ihm Seegers, die Beamtin aus der Asservatenkammer, dann anscheinend alle Dinge mitgegeben, die am Boden gelegen hatten und nicht wie die kleine blutverschmierte Statuette eindeutig mit dem Mord zu tun hatten. Da es nie eine von Teresa bestätigte Inventarliste gegeben hatte, grenzte es an grobe Pflichtverletzung, dass Wiegandt ihr die Sachen ohne genaue Kontrolle übergeben hatte. Das würde auch Roland so sehen, den er natürlich über den Fund informieren musste.

Daher ärgerte er sich mächtig darüber, dass sie ihm nicht gleich per Telefon Bescheid über den ihr nicht gehörenden Gegenstand gegeben hatte. Schließlich hatte sie ja sogar seine Mobilfunknummer.

Außerdem war es ihm sehr unangenehm, dass Teresa in ihrem Brief auch die privaten Aspekte ihrer Beziehung erwähnt hatte. So würde er das Schreiben nicht zu den Akten nehmen können.

Obwohl er dies nicht so recht vor sich zugeben wollte, freute sich Wiegandt andererseits sehr auf das Wiedersehen mit Teresa. Umso mehr, als dass er sich völlig unabhängig von dieser jüngsten Entwicklung noch rechtzeitig über die Perspektive seiner Ehe mit Tanja klar geworden war.

Nach nur kurzem Zögern entschloss er sich daher, noch vom Büro aus Teresa anzurufen, um den Termin wegen des Schmuckstücks mit ihr zu vereinbaren. Während das Telefon endlos durchklingelte, betrachtete er das ungewöhnliche Schmuckstück nachdenklich durch die Hülle der Plastiktüte. Zweifellos stellte es eine Art stilisierte Blüte dar und erinnerte ihn an etwas, was er einmal im Mannheimer Reiss Museum gesehen hatte, wo er ab und zu mit Tanja die phantastischen

Exponate aus fremden und längst untergegangenen Kulturen betrachtet hatte, für deren Zusammenstellung in Form von Sonderausstellungen das Museum überregional bekannt war.

Leider fiel ihm nicht ein, um welche Ausstellung es sich gehandelt haben könnte. Es musste auch schon eine ganze Weile her sein, denn die Zeiten, wo er gemeinsam mit Tanja solche Aktivitäten unternommen hatte, waren längst Geschichte. Außerdem war er jetzt abgelenkt durch die Ansage von Teresas privatem Anrufbeantworter, der sich nach ca. fünfzehnmaligem Klingeln endlich eingeschaltet hatte.

Wiegandt sah auf seine Armbanduhr. Knapp 21 Uhr. Natürlich hatte er gewusst, dass Teresa um diese Zeit wahrscheinlich nicht im Büro sein würde, deshalb hatte er unter dem Vorwand der Dringlichkeit des Kontaktes als erstes ihre Privatnummer gewählt.

Mühsam unterdrückte er die heftige Enttäuschung, die seine Kehle zuschnürte. Hatte er sie wirklich so vermisst? Spontan legte er den Hörer auf, ohne eine Nachricht zu hinterlassen, probierte dann aber nach kurzem Zögern doch noch Teresas Büronummer und dann sogar noch ihre Handynummer, ohne jedoch mehr als ihre Stimme auf dem Anrufbeantworter zu erreichen.

Da er wusste, dass Teresa ihr Handy fast ausschließlich zu beruflichen Zwecken benutzte und daher am Wochenende wohl nicht abhören würde, wählte er schließlich zum zweiten Mal ihre Privatnummer. Zu seinem Erstaunen schaltete sich der Anrufbeantworter jetzt schon nach dem dritten Klingelton ein. War Teresa doch zu Hause, wollte aber nicht mehr ans Telefon gehen? In der Hoffnung, dass sie ihn wenigstens hören konnte, hinterließ er die kurze Nachricht, dass sich Teresa so schnell wie möglich mit ihm in Verbindung setzen solle. Zur Sicherheit gab er auch seine Handynummer an.

Schließlich hinterließ er Roland in Trier noch eine Nachricht auf dessen Mobilbox über das gefundene Schmuckstück vom Tatort in Euren.

Dann gab es für ihn keinen weiteren Vorwand mehr, seine Wohnung zu vermeiden, zumal er noch seine wichtigsten Sachen zusammenpacken wollte. Angesichts der überwältigenden Präsenz von Tanja, die diese Wohnung ja seit einiger Zeit quasi allein bewohnte und daher überall ihre Sachen verstreut hatte, überfiel ihn Mutlosigkeit, wenn er an die bevorstehende Auseinandersetzung dachte. Sein schlechtes Gewissen packte ihn mit Macht. Schließlich hatte er Tanja im letzten Jahr wirklich vernachlässigt und sich vor der zunehmenden Leere, die er in seiner Ehe verspürt hatte, immer mehr in seine Arbeit geflüchtet.

Seufzend ging er ins Badezimmer und packte einige Toilettenartikel in einen großen Kulturbeutel, den er aus dem verspiegelten Schrank nahm.

Dabei stachen ihm Tanjas Schwangerschaftstests, die sie immer in diesem Schrank verwahrte, ins Auge. Prüfend sah er sie an, konnte aber nicht erkennen, ob einer fehlte, da Tanja sich immer einen ganzen Vorrat davon auf Lager hielt.

Wie unter einem inneren Zwang heraus trat er mit dem Fuß auf den Hebel des kleinen Mülleimers, der unter dem Waschbecken stand und für Hygieneabfälle benutzt wurde. Gebrauchte Taschentücher und Kosmetikpads lagen oben auf. Mit dem Stiel der Massagebürste, die auf der Badewanne lag, stocherte Patrick in dem Eimer herum. Tatsächlich fand er eine blutige Slipeinlage, die Tanja nur unzureichend in ein Stück Toilettenpapier eingewickelt hatte.

Er hatte also Recht gehabt. Tanja hatte erneut ihre Tage bekommen und würde weiterhin von ihm erwarten, seinen Zeugungspflichten gerecht zu werden. Und ihn vorher mit ihrer unerträglichen Laune tyrannisieren.

Schaudernd schloss Wiegandt den Eimer und spürte einmal mehr, wie unmöglich eine Fortsetzung ihres Zusammenlebens für ihn sein würde. Es war ein für alle Male zu Ende. Plötzlich merkte er aber auch, wie müde er nach all den Strapazen der letzten Wochen war.

Ein heißes Bad und danach einmal ungestört ausschlafen, das war es, was er jetzt brauchte. Schließlich konnte er auch noch morgen am Sonntag packen, denn Tanja würde nicht vor Montagmittag zurückkommen.

Schon etwas schläfrig, aber zufrieden, parkte Teresa ihren BMW auf dem für sie reservierten Parkplatz des Mietshauses in Kiedrich, in das sie nach ihrer Trennung von Marcel eingezogen war. Obwohl sie fast jede Wohnung akzeptiert hätte, nachdem sie so überstürzt aus der Villa am Rhein ausgezogen war, war ein Pluspunkt dieser Wohnung der breite und gut befahrbare Parkplatz gewesen, der zum Haus gehörte.

Teresa liebte ihren BMW, aber sie konnte ihn leider nicht gut einparken. Dies hatte zu den wenigen Dingen gehört, in denen sie Marcels Überlegenheit widerstandslos akzeptiert hatte. Trotz seines Spottes hatte sie auch nie den Ehrgeiz entwickelt, das Rückwärtseinparken selbst so gut zu erlernen, dass sie auf seine Hilfe nicht länger angewiesen sein würde.

Hinter ihr lag ein sehr angenehmer Kinoabend. Sie hatte sich zum zweiten Mal den mittleren Teil der Filmtrilogie »Herr der Ringe« angesehen und dabei genossen, ganz allein zu sein und die Szenen ungefiltert auf sich wirken lassen zu können.

Das erste Mal war sie vor einigen Monaten mit Marcel in dem Film gewesen, als er gerade neu in die Kinos gekommen war. Es war nur wenige Tage vor ihrer Trennung gewesen. Marcel hatte kein gutes Haar an dem Film gelassen, da er überhaupt nicht auf Fantasy stand, und ihr damit den ganzen Abend verdorben.

Erst jetzt hatte sie bemerkt, dass ihr viele Szenen damals schlichtweg entgangen waren, deren Bedeutung sie erst heute Abend verstanden hatte. So hatte sie die drei Stunden besonders genossen, zumal der Film mit der Ausnahme der Botschaft, dass man auch ein schweres Schicksal annehmen müsse, nun wirklich keinerlei Bezug zu ihrer augenblicklichen Lebenssituation aufwies.

Nach dem Film hatte sie im Kinobistro trotz der fortgeschrittenen Stunde noch einen Thunfischsalat gegessen und dazu einen Sektcocktail getrunken. Auch das wäre mit Marcel nie entspannt möglich gewesen, denn er hasste es, wenn die Getränke nicht perfekt auf das Essen abgestimmt waren.

Noch im Auto suchte Teresa nach ihrem Wohnungsschlüssel. Es war schon kurz nach ein Uhr morgens und sie wollte vermeiden, in Kälte und Dunkelheit vor der Haustür in ihrer großen Handtasche zu wühlen, in der sie es immer wieder versäumte, den Schlüssel in das kleine Seitentäschchen zu legen, wo sie ihn auf Anhieb finden konnte.

Schließlich hatte sie den Schlüssel erwischt. Sie wollte ihn gerade ins Schloss der Haustür stecken, als ihr auffiel, dass diese offen war. Erstaunt drückte sie die Tür nach innen. Das war noch nie vorgekommen in diesem Haus, wo die Mieter im Winter aus Angst vor unerwünschten Eindringlingen manchmal schon um 18 Uhr die Haustür abschlossen.

Als Teresa das Treppenlicht anknipsen wollte, stellte sie fest, dass es nicht funktionierte. Auch das war noch nie vorgekommen, seit sie hier wohnte.

Mit einem sehr ungewohnten Gefühl stieg sie im blassen Mondlicht, welches durch die kleinen Fenster hereinfiel, die Treppen zu ihrer Wohnung empor. Fassungslos bemerkte sie, dass auch ihre Wohnungstür einen kleinen Spalt offen stand. Wie in Trance drückte sie leicht dagegen, die Tür schwang lautlos auf.

Kalte Panik ergriff sie. Sie drückte auf den Lichtschalter des kleinen Flurs, der in ihre Wohnung hineinführte und bemerkte sofort, dass das Türschloss ausgehebelt worden war und lose herunterhing.

Im Innern der Wohnung sah es furchtbar aus. In jedem Raum waren alle Schränke aufgerissen, der Inhalt von Schubladen und Fächern war wahllos auf dem Boden verstreut. In der Küche stand ihr Geschirr auf dem Boden, der Inhalt des Mülleimers war darüber gekippt worden, allerdings schien nur ein einzelnes Glas zerbrochen zu sein. Der Anrufbeantworter blinkte wie wild.

Schluchzend drückte Teresa mechanisch auf den Abspielknopf und hörte die Stimme von Patrick Wiegandt, der um ein baldiges Treffen bat. Mit fliegenden Fingern notierte sich Teresa die angegebene Nummer und drückte zitternd die Tasten.

Die schrille Melodie seines Handys, die Wiegandt gewählt hatte, um sein Mobiltelefon auch dann nicht zu überhören, wenn es sich in den Tiefen seiner Jackentaschen befand, weckte ihn aus dem ersten schweren Schlaf, in den er nach seinem heißen Bad erschöpft gefallen war. Er schaute auf die Uhr. Kurz vor halb zwei Uhr nachts. Was konnte passiert sein?

Sein erster Gedanke war, dass Tanja einen Unfall gehabt haben müsse. Oh nein, nicht jetzt, dachte er mit Entsetzen vor seinen eigenen grausamen Gedanken, sie dann nicht mehr so ohne weiteres verlassen zu können. Aber zu seiner Überraschung war am anderen Ende der Leitung Teresa, mit vor Panik und Hysterie zwar völlig verzerrter Stimme, aber dennoch eindeutig Teresa. Undeutlich vernahm er etwas von Einbruch in ihrer Wohnung.

»Hast du den Notruf schon angerufen«, fragte er, während er schon aus dem Bett sprang und mit der freien Hand nach seiner Hose griff. Einen Moment lauschte er ins Telefon.

»Gut, dann mache ich das«, sagte er schließlich in den Hörer. »Rühr nichts an in der Wohnung, und versuche, einen Nachbarn zu wecken, bei dem du dich aufhalten kannst, bis wir kommen.«

»Hab' keine Sorge, die Leute zu stören, wir müssen sowieso jeden im Haus wecken, um die Ermittlungen führen zu können«, beantwortete er ihren schwachen Protest. Mit der anderen Hand drückte er bereits die Nummer der Mainzer Einsatzzentrale in seinen Pieper.

Kapitel 27

Knapp 20 Minuten später kam Wiegandt vor Teresas Wohnung an. Er hatte das Blaulicht aufs Wagendach gesetzt und war in Rekordzeit über die Schiersteiner Brücke und die Rheinuferstraße nach Kiedrich gerast. Als er in Teresas Straße einbog, sah er, dass bereits ein Streifenwagen vor dem Haus stand. Also hatten die Mainzer Kollegen keine Zeit versäumt, die örtliche Polizeidienststelle zu alarmieren und zu bitten, eine Streife zu Teresas Wohnung zu schicken.

Sofort kam ihm Teresa, die augenscheinlich die Straße vor dem Haus beobachtet hatte, die Treppe herunter entgegen. Sie zitterte am ganzen Leib und konnte vor Erregung kaum sprechen.

Spontan nahm er sie in die Arme und versuchte sie wie ein kleines Kind zu beruhigen. Dennoch konnte er nicht verhindern, dass ihn ein winziger Blitz der Erregung durchfuhr, als er ihren Körper wieder so dicht an dem seinen spürte. Auch sie schien es sofort zu bemerken und löste sich etwas aus seiner Umarmung. Arm in Arm stiegen sie gemeinsam die Stufen zu Teresas Wohnung empor.

Verschreckte Nachbarn standen in Morgenmänteln in ihren offenen Wohnungstüren. Teresa hatte sich entschlossen, bereits selbst an allen Türen zu klingeln, um die Nachbarn zu informieren. Außerdem hätten ja auch noch andere Wohnungen betroffen sein können.

Aber es schien sich um eine gezielte Attacke auf Teresas Wohnung zu handeln. Kopfschüttelnd stand Wiegandt im Eingang und besah sich das Chaos, welches durch die geöffneten Türen zu erkennen war. Trotz des Tohuwabohus, in dem sich Teresas Sachen befanden, vermutete er sogleich, dass hier Profis am Werk gewesen waren.

Diesen Eindruck gewann auch der Leiter der örtlichen Spurensicherung, der wenige Minuten später mit seinem Team am Tatort eintraf. Nachdem Wiegandt sich kurz vorgestellt und seine Anwesenheit erklärt hatte, nahmen die Männer vorsichtig ihre Arbeit auf. Wiegandt, der an sich im benachbarten Bundesland Hessen nicht zuständig für Ermittlungen war, nahm mit Zustimmung des Einsatzleiters im Beisein von Teresa an der Befragung der erregten Nachbarn teil.

Die Interviews blieben jedoch zunächst ohne greifbares Ergebnis. Niemandem war etwas Ungewöhnliches aufgefallen. Im Gegenteil, versicherten mehrere Nachbarn glaubhaft, die Haustür sei wie immer vor Einbruch der Dunkelheit abgeschlossen worden. »Ich habe das selbst gemacht, den Schlüssel zweimal umgedreht«, beteuerte Herr Giesner, ein älterer Herr aus dem zweiten Stock, der schon seit Jahrzehnten in diesem Haus lebte. »Es war erst 19 Uhr, ich habe mir nämlich danach die Nachrichten angesehen. Und die Haustür war selbstverständlich zu, als ich nach Hause kam. Auch das Licht im Flur hat tadellos funktioniert.«

Den einzigen brauchbaren Hinweis lieferte Frau Zinger, die Nachbarin, die die Wohnung unmittelbar unter der von Teresa bewohnte. Zwischen 21 und 22 Uhr hatte sie Schritte in Teresas Wohnung gehört. Es waren allerdings keine ungewöhnlichen Geräusche gewesen, so dass sie sich nichts dabei gedacht hatte. Niemand im Haus wusste außerdem, dass Teresa an diesem Abend im Kino gewesen war. Auch ihr fehlender Wagen war nicht aufgefallen.

Sofort fiel Patrick sein erster Anrufversuch bei Teresa ein, bei dem das Telefon endlos durchgeklingelt hatte, bis sich der Anrufbeantworter eingeschaltet hatte. Auf sein Nachfragen bestätigte ihm Teresa, dass sich ihr Anrufbeantworter in der Regel nach dem dritten Läuten einschalten würde. Ja, er ließe sich auch noch einschalten, wenn das Telefon schon klingelte und sie nicht an den Apparat gehen wollte. Und sie war auch sicher, ihn bei ihrem Weggang eingeschaltet zu haben.

Hatten also der oder die Einbrecher den Anrufbeantworter erst ab- und dann wieder eingeschaltet, als sie befürchteten, dass das fortgesetzte Klingeln des Telefons in dem hellhörigen Haus jemandem auffallen könnte? Aber warum hatten sie sich überhaupt an dem Gerät zu schaffen gemacht? Es war ein billiges Teil aus einem Supermarkt, und sie hatten es auch nicht mitgenommen.

»Was für Nachrichten hattest du denn auf dem Gerät gespeichert?« fragte Patrick, dem eine plötzliche Idee kam. Hatten die Täter das Gerät etwa abgehört?

Teresa zuckte mit den Schultern. »Nur belangloses Zeug«, antwortete sie.

»Wann hast du deine Nachrichten zum letzten Mal gelöscht?«

Teresa wusste es nicht mehr. Aber Wiegandts Verdacht bestätigte sich sogleich, als Teresa die Kassette zurückspulte und sie das Band gemeinsam kontrollierten. Die Nachricht, die er ihr vor kurzem selbst hinterlassen hatte, befand sich mitten in einer längeren Telefonnachricht von Teresas Mutter, die diese ihr vor mindestens einer Woche hinterlassen hatte. Dahinter gab es nur noch weitere belanglose Informationen.

Anscheinend hatten die Täter das Band also abgehört und dann wahllos ein Stück zurückgespult, bevor sie das Gerät wieder eingeschaltet hatten. Hatte Wiegandts Anruf sie bei dieser Tätigkeit unterbrochen? Und warum hatten die Einbrecher überhaupt ihren Anrufbeantworter abgehört?

Als Teresa nach der ersten Sicherung von Spuren ihre Sachen durchsah, vergrößerte sich ihre Ratlosigkeit. Nach was hatten die Einbrecher gesucht? Zwar hatten sie methodisch alle Sachen Teresas durchwühlt, auch einige Kleidungs- und Möbelstücke aufgeschnitten und den Teppichboden an verschiedenen Stellen beschädigt, aber es war außer dem Glas in der Küche kein Geschirr zerschlagen worden. Vandalismus war also nicht mit dem Einbruch einhergegangen, stattdessen schien es so, als hätten sich die Einbrecher bemüht, so wenig Lärm wie möglich zu machen.

»Was fehlt Ihnen?«, fragte der Einsatzleiter, als Teresa ihre erste Inspektion abgeschlossen hatte.

»Wie es scheint, meine gesamte CD- und Musikkassettensammlung. Der Schrank ist leer. Auch alle meine Videos sind weg.«

»War da etwas Wertvolles dabei?« fragte Patrick. Einen Moment errötete Teresa, als sie an das Porno mit Eva und der rothaarigen Nutte aus Trier dachte, das ebenfalls verschwunden war. Aber sie schüttelte den Kopf.

Wertvolles schienen die Eindringlinge wirklich nicht gesucht zu haben. Es fehlte kein Stück von Teresas Schmuck, wie sie schließlich feststellen konnte. Der Inhalt der Schmuckkassette war lediglich über ihr Bett verstreut worden, aber nicht einmal die wertvolle Diamantuhr, ein Familienerbstück, das Teresa von ihrer Mutter anlässlich ihres Diploms erhalten hatte, war weg.

Die Einbrecher hatten sich auch sorgfältig bemüht, keine Spuren zu hinterlassen, wie der Leiter der Spurensicherung Teresa und Wiegandt mitteilte. Die meisten auf den herumgeworfenen Gegenständen befindlichen Fingerabdrücke stammten wahrscheinlich von Teresa selbst, offensichtlich hatten die Täter Handschuhe getragen.

Das Licht im Treppenaufgang war aufgrund einer herausgesprungenen Sicherung ausgefallen, wie ein Beamter berichtete. Das ließ sich natürlich leicht bewerkstelligen, man musste nur an einer Steckdose manipulieren. Wahrscheinlich wollten die Täter damit sicherstellen, bei ihrem Rückzug von niemandem gesehen zu werden.

Aber es grenzte den Tatzeitpunkt weiter ein. Da kein Hausbewohner nach 21 Uhr seine Wohnung verlassen hatte, musste der Einbruch irgendwann zwischen 21 und 24 Uhr stattgefunden haben.

Gegen fünf Uhr früh saß eine völlig erschöpfte Teresa mit Wiegandt und dem Einsatzleiter am mittlerweile wieder aufgeräumten Küchentisch bei einer starken Tasse Kaffee. Plötzlich klingelte das Telefon. Aufgeschreckt drückte Teresa auf den Knopf des Handgerätes, das neben ihr auf dem Küchentisch lag. Am anderen Ende der Leitung war völlig aufgelöst Frau Faber, die Nachbarin, die Teresas Büro in Eltville und die dort hausende Katze in ihrer Abwesenheit und an den Wochenenden betreute.

Wortlos reichte Teresa den Hörer an Wiegandt weiter, der sich kurz vorstellte und Frau Faber bat zu wiederholen, was sie Teresa bereits unzusammenhängend erzählt hatte. Durch geduldiges Nachfragen stellte sich schließlich Folgendes heraus:

Frau Faber hatte bei einem frühmorgendlichen Gang zur Toilette die Geräusche eines Katzenkampfes gehört und neugierig aus dem Fenster gesehen. Dabei hatte sie erkannt, dass Bennie, Teresas Bürokater, den sie am Abend höchstpersönlich gefüttert und dann in seinem Schlafplatz im Büro eingeschlossen hatte, sich ein Gefecht mit zwei anderen Katzen aus der Nachbarschaft lieferte.

Alarmiert war sie im Morgenmantel die Treppe zu Teresas Büroräumen herunter gelaufen, da sie befürchtete, ein Fenster offen gelassen zu haben. Die Tür zum Büro war ordnungsgemäß verschlossen gewesen, aber im Inneren herrschte unbeschreibliches Chaos, und ein Fenster zum Garten hatte offen gestanden. Anscheinend war dort eingebrochen worden.

Kreidebleich, aber äußerlich ruhig saß Teresa neben Patrick Wiegandt in seinem Wagen. Hinter ihnen folgten zwei Streifenwagen mit der örtlichen Einsatzleitung und Spurensicherung sowie einigen hastig wieder zurückgerufenen Polizisten, die schon auf der Heimfahrt gewesen waren. Da man davon ausgehen musste, dass der Einbruch in Teresas Büroräume schon einige Stunden zurücklag, hatte man auf den Einsatz von Blaulicht diesmal verzichtet.

Sowohl Patrick als auch Teresa war klar, dass es sich bei diesen beiden Einbrüchen nicht um Zufälle handelte. Jemand hatte es gezielt auf Teresa abgesehen. Aber warum? Hinter ihrer äußerlichen Ruhe rasten Teresa die Gedanken durch den Kopf. Aber noch konnte sie keine Zusammenhänge herstellen.

Mühsam beherrscht schritt sie wenige Minuten später mit Patrick durch ihre ebenfalls durchwühlten Büroräume. Wie Frau Faber bereits berichtet hatte, waren die Einbrecher durch ein Fenster eingedrungen, welches zum Hintergarten zeigte und zu Teresas Büro gehörte. Sie hatten einfach den Fenstergriff ausgehebelt.

Teresa verfluchte sich innerlich für ihre Unvorsichtigkeit. Schon mehrmals hatte sie erwogen, sich zumindest Sicherheitsklinken an ihre ebenerdig gelegenen Fenster anzubringen oder auf eigene Kosten einen Bewegungsmelder im Garten zu installieren. Schließlich wies ein Schild an der Straße sehr deutlich auf ihr Büro hin.

Aber in den vielen Jahren, die Teresa diese Räume jetzt schon gemietet hatte, war in der stillen Wohnstraße nie etwas passiert. Und ihr Geldmangel hatte sie letztlich immer wieder ihre Pläne für eine Investition in die Sicherheit ihrer Büroräume zurückstellen lassen.

Jetzt stand sie mit Tränen in den Augen vor den Trümmern ihrer jahrelangen Arbeit. Kunden- und Konzeptordner waren wahllos auseinander gerissen worden, keine Akte in ihrem Regal war noch intakt. Es würde sie Tage kosten, wieder Ordnung in dieses Chaos zu bringen, ein schwacher Trost war lediglich, dass sie in den nächsten beiden Wochen, die rund um Ostern lagen, keine Seminare durchführen musste.

Sobald die Spurensicherung die Geräte untersucht hatte, prüfte Teresa mit zitternden Fingern ihre Daten auf dem Server ihres Netzwerks. Dabei stellte sie fest, dass sich die Diebe auch daran zu schaffen gemacht hatten. Ihr Passwort war geknackt worden und eine handelsübliche Packung, in der sich leere CD-ROMs befunden hatten, die Teresa aber nicht selbst gekauft hatte, wies darauf hin, dass auch Daten kopiert worden waren.

Zum Glück schienen die Einbrecher aber nichts gelöscht zu haben, stellte sie mit unendlicher Erleichterung fest. Zumindest ihre Dateien mit den kompliziert layouteten Seminarunterlagen waren noch alle intakt.

Allerdings waren all ihre Dateien nach dem Bearbeitungsdatum sortiert worden, so als ob die Einbrecher ihre jüngsten Eingaben hätten kontrollieren wollen.

Wie in ihrer Wohnung hatten die Einbrecher auch in ihrem Büro alle Nachrichten auf dem Anrufbeantworter abgehört. Diesmal hatten sie sich auch nicht die Mühe gemacht, das Gerät wieder einzuschalten.

Außerdem waren auch in ihren Büroräumen alle Datenträger gestohlen worden. Dazu gehörte ihre umfangreiche Disketten-, CD- und DVD-Sammlung mit Unterlagen, die sie zum Teil nirgendwo sonst gespeichert oder ausgedruckt hatte (es handelte sich vor allem um mühsam recherchierte Hintergrundliteratur sowie natürlich Sicherheitskopien ihrer Seminarunterlagen). Auch ihre Videokassetten, die sich in einer Schublade ihres Sideboards befunden hatten, waren verschwunden.

Teresa arbeitete in ihren Trainings gerne mit kleinen Ausschnitten aus Filmen, die sie in mühevoller Arbeit zusammen geschnitten hatte. Außerdem hatte sie eine V8-Kassetten-Sammlung mit besonders gelungenen Rollenspielen über die Jahre hinweg zusammengetragen, die sie als Demonstrationsbeispiele benutzte.

Kurz überkam sie ein Schwächeanfall, als sie daran dachte, wie mühsam die Wiederherstellung dieser Materialien sein würde, die sie an sich schon in ihren nächsten Trainings nach Ostern hatte wieder einsetzen wollen. Aber vielleicht musste sie dankbar sein, dass nicht auch noch ihre Festplatte mit sämtlichen Daten gestohlen worden war.

Auch der materielle Schaden durch Diebstahl war in ihrem Büro viel größer als in ihrer Wohnung. Allerdings waren die Diebe erneut nach einem nicht nachvollziehbaren Muster vorgegangen.

Ihr Laptop, welchen sie in einem Büroschrank verwahrt hatte, war verschwunden, der nagelneue Beamer aber, der gleich daneben stand, war unberührt geblieben. Ihre alte Videokamera, die Teresa nach ihrem letzten Seminar im Büro gelassen hatte, war weg, dagegen war der teure Farblaserdrucker, den sie erst ein paar Wochen besaß, an seinem Platz.

Zum Glück hatten die Einbrecher nicht gewusst, dass der kleine Verschlag im Keller ebenfalls zu Teresas Büroräumen gehörte. Dort fand sie zu ihrer unendlichen Erleichterung ihre neue digitale Videokamera unversehrt nebst allen Zubehörteilen. So musste sie sich zumindest nicht auch noch in den nächsten beiden Wochen eine neue Ausrüstung besorgen.

»Ich verstehe es einfach nicht«, sagte sie erschöpft zu Patrick, der erneut ohne greifbares Ergebnis die Hausbewohner vernommen hatte. »Was will jemand mit meinen Datenträgern anfangen?«

Einen kurzen Moment lang dachte sie an einen absurden Racheversuch von Marcel, verwarf diesen Gedanken aber sofort wieder. Marcel war sicherlich ein Schuft, aber auch ein Feigling. Eine strafbare Handlung, die seine berufliche Zukunft ruinieren könnte, würde er sicherlich nicht riskieren, nur um Teresa eins auszuwischen.

Plötzlich merkte sie, wie unendlich erschöpft sie war. Mittlerweile war es halb acht am Sonntagmorgen und weder sie noch Patrick hatten in dieser Nacht ein Auge zugetan. Aber wo sollte sie jetzt hingehen, um ein wenig zu schlafen? In allen Räumen, in denen sie hätte Zuflucht suchen können, herrschte Chaos. Erneut stiegen Teresa die Tränen in die Augen.

Als hätte Patrick ihre Gedanken erraten, nahm er sie erneut vorsichtig in die Arme. Die letzten Beamten hatten nach einer notdürftigen Sicherung des beschädigten Fensters die Büroräume gerade verlassen. Auch hier waren keine verwertbaren Spuren gefunden worden.

»Warum kommst du nicht einfach mit zu mir und schläfst dich aus?« fragte er leise.

Alarmiert sah Teresa auf. »Und deine Frau?«

»Sie kommt erst morgen Mittag nach Hause.« – »Und keine Sorge«, fuhr Patrick fort, nachdem er ihren zweifelnden Blick gesehen hatte, »es wird nichts geschehen, was du nicht willst.«

Teresa war zu müde und erschöpft, um weiteren Einspruch zu erheben. So nickte sie dankbar und ließ sich von Patrick bereitwillig zu seinem Auto führen.

Kapitel 28

Es war gegen 8.15 Uhr, als Teresa Patrick in seine Wohnung im Mainzer Stadtteil Gonsenheim folgte. Es war eine gemütliche Penthousewohnung, wie sie sofort feststellte, die unverkennbar die Spuren von Patricks Frau aufwies. Verlegen räumte er einige wahllos auf die lederne Wohnzimmercouch geworfene Kleidungsstücke beiseite, bevor er Teresa bat, Platz zu nehmen.

Trotz ihrer Erschöpfung sah sich Teresa noch außerstande, sich hinzulegen. Zu viele Gedanken rasten durch ihren Kopf. So nahm sie gerne Patricks Angebot an, einen Kaffee zu kochen.

Wenig später saßen sich beide mit den dampfenden Tassen in den Händen gegenüber.

»Was könnte dahinter stecken?« fragte Patrick. »Hast du irgendeine Idee?«

Teresa kämpfte mit sich, was Wiegandt als geübter Polizist unschwer an ihrem Gesicht erkennen konnte. Behutsam ergänzte er: »Du musst mir nichts erzählen, was du nicht willst. Aber alles, was du weißt, könnte nützlich sein bei der Aufklärung dieser Einbrüche.«

»Es klingt völlig absurd«, begann Teresa schließlich zögernd. »Aber seit mir Eva diesen verfluchten Kontakt nach Trier verschafft hat, geht irgendwie alles schief. Erst der Mord, und jetzt«, sie machte eine ausholende Geste, »jetzt das«.

»Wieso glaubst du, dass es da Zusammenhänge geben könnte?«

»Ich weiß es nicht, vielleicht hat es irgendetwas mit dieser Videokassette zu tun, die lief, als ich Meyers entdeckt habe.« Bei der Erinnerung zuckte Teresa unwillkürlich zusammen.

Patrick erwiderte nichts und schaute sie nur aufmerksam an.

Ausführlich erzählte Teresa von ihrem Vorstellungsgespräch bei Wolf und dessen merkwürdigen Fragen nach der Videokassette, die im Mordzimmer gelaufen war. Vor allem von der für sie überraschenden Frage, ob sie die Kassette herausgenommen hätte.

»Wie kommt er nur darauf?« Verständnislos sah sie Patrick an. Plötzlich fiel ihr etwas ein. »Und wenn ich mich recht entsinne, hat mich auch schon Lena Meyers nach der Kassette gefragt, als ich sie in Trier das erste Mal getroffen habe.«

Unschlüssig sah Patrick Wiegandt Teresa an. Er erinnerte sich an Teresas Aussage, eine unbespielte Videokassette wäre im Mordzimmer gelaufen und auch daran, dass Roland dies für einen Irrtum gehalten hatte. Aber vielleicht war ja doch etwas dran an dieser Sache. Er beschloss, Teresas Aussage ernst zu nehmen.

»Vielleicht war etwas Besonderes auf dieser Kassette. Etwas, das nicht jeder sehen sollte«, begann er vorsichtig.

»Was soll denn das gewesen sein?« Ihr kam ein furchtbarer Verdacht. »Pornos?«, wagte sie den Schuss ins Blaue.

Wiegandt zuckte die Achseln. »Vielleicht«, antwortete er ausweichend. »Bitte erinnere dich noch einmal, was du vor der Tür gehört hast.«

Teresas Müdigkeit war wie weggeblasen. Sie schloss die Augen und versuchte sich die Szene mit allen Einzelheiten noch einmal in ihr Gedächtnis zu rufen. »Es waren Stimmen«, sagte sie schließlich.

»Was für Stimmen?«

»Männerstimmen, verschiedene. Sie schienen etwas zu rufen, so als ob«, Teresa suchte nach dem richtigen Wort, »sie irgendetwas feiern oder jemandem Beifall klatschen wollten.« Sie dachte nach. »Stimmen und Gelächter«, fügte sie schließlich hinzu.

»Auch Stimmen von Kindern?«

Teresa schüttelte den Kopf und wurde blass. Sofort erinnerte sie sich an die Unterhaltung, die sie mit Patrick nach der Mordnacht auf dem Rückweg nach Mainz geführt hatte. »Was geht hier vor?« fragte sie schrill. »Ich sage kein Wort mehr, bevor ich nicht weiß, was hier vorgeht. In was bin ich da hinein geraten, bitte sag' es mir«, fügte sie fast flehentlich hinzu.

Patrick schwieg noch einige Sekunden. Wie viel sollte er ihr verraten? Und konnte er ihr vertrauen? »Gut, ich will dir einige Informationen geben«, gab er schließlich nach. »Aber ich riskiere meine Karriere, wenn du davon etwas weitergibst.«

Er machte eine Pause und holte tief Luft. Teresa schüttelte zum Zeichen ihrer Verschwiegenheit heftig den Kopf.

»Du weißt ja schon, dass das Kind, das in der Nähe von Trier gefunden wurde, Opfer eines Sexualverbrechens geworden ist.«

Starr vor Erstaunen und Entsetzen hörte Teresa ihm zu. Wiegandt holte weit aus, um ihr die Zusammenhänge begreiflich zu machen.

Missbrauch von Kindern, auch durchaus auf bestialische Weise, hatte es immer schon gegeben. Aber mit der Verbreitung des Internets hatte Kinderpornografie ganz neue Dimensionen angenommen. Zwar wurden die meisten Missbrauchstaten von Menschen aus dem persönlichen Umfeld der Kinder begangen, wie Teresa bereits seit ihrem Studium wusste, aber seit dem Auffliegen des Kinderschänderrings um den Belgier Marc Dutroux gab es auch hier eine neue Dimension. Kinder wurden entführt und festgehalten, um für zahlreiche pornografische Handlungen missbraucht zu werden, die auf Video aufgenommen und über diverse Medien, hauptsächlich das Internet, vermarktet wurden.

Manchmal starben die Kinder dabei aufgrund der Misshandlungen und der Folgen der Vernachlässigung in ihrer Gefangenschaft.

Erst vor einigen Monaten waren internationale Fahnder von Europol aber noch auf ganz andere Scheußlichkeiten gestoßen. Eine spezielle Variante sexueller Perversionen waren sadomasochistische Verhältnisse, die der Öffentlichkeit überwiegend aus sexuellen Beziehungen zwischen Erwachsenen bekannt waren.

Aber natürlich gab es auch Sadisten, die eine Vorliebe für kindliche Opfer hatten. Sie bildeten zwar zahlenmäßig nur einen kleinen Teil der Konsumenten von Kinderpornografie, waren aber bereit, viel Geld für ihre Neigungen auszugeben. Sowohl für den passiven Videokonsum als auch für das aktive Ausleben ihrer Phantasien.

Teresa erinnerte sich an dieser Stelle mit Schaudern an den astronomisch teuren Keuschheitsgürtel, den sie in dem Wiesbadener Sexshop gesehen hatte.

Jetzt war man auf einen international tätigen Ring gestoßen, der sich anscheinend auf die Herstellung und Verbreitung von sadistischen Videos mit kindlichen Opfern spezialisiert hatte. Als erste Spuren auch nach Rheinland-Pfalz geführt hatten, hatte man das LKA in Mainz in die Ermittlungen eingeschaltet.

Im Rahmen von Hausdurchsuchungen bei Konsumenten, die in anderen Zusammenhängen aufgeflogen waren, hatte man die ersten dieser Videos schon vor einigen Monaten entdeckt. Dabei hatte man festgestellt, dass auch Snuff-Videos mit kindlichen Opfern dabei waren. Videos, in deren Verlauf die Kinder oft auf bestialische Weise gefoltert und schließlich ermordet wurden.

Und schlimmer noch, es waren eindeutige Hinweise aufgetaucht, dass sadistische Freier diese Morde quasi »kaufen«

konnten. Wenn sie nur genügend dafür zahlten, konnten sie sozusagen auf Bestellung selbst ihre scheußlichsten Phantasien in die Tat umsetzen. Oder eben umsetzen lassen.

Teresa erinnerte sich, dass Wiegandt so etwas schon bei jener Rückfahrt durch den Hunsrück erwähnt hatte. Aber noch sah sie die Zusammenhänge nicht.

Natürlich, fuhr Wiegandt fort, fand man die Täter für diese Dimension von Misshandlungen in der Regel nicht mehr im häuslichen Umfeld der Opfer, obwohl es auch da Ausnahmen aus Kreisen gab, die zu den sogenannten Satanisten gehörten. Aber die meisten Opfer von Snuff-Videos wurden entführt, manchmal regelrecht nach den Bestellungen der Täter, was Alter, Geschlecht und Aussehen anging. Entführt, um dann an unbekannten Orten, meist vor laufender Videokamera, gequält und ermordet zu werden.

Teresa fühlte Brechreiz in sich aufsteigen.

Schon länger hatte es Hinweise darauf gegeben, dass einige dieser Drehorte im Dreiländereck Deutschland-Luxemburg-Frankreich lagen. Der ermordete David jedenfalls war wohl nicht zufällig dort gefunden worden.

David war allerdings nicht auf Bestellung entführt worden. Er war bereits vor zwei Jahren verschwunden und vor seiner Ermordung wahrscheinlich für zahlreiche andere pornografische Aufnahmen missbraucht worden, von denen einige im Zuge der Nachforschungen bereits aufgetaucht waren. Entweder hatte er jetzt dem Opferprofil seines Mörders entsprochen oder er war krank oder sonst wie unbrauchbar geworden und daher für ein wahrscheinlich letztes Video ermordet worden. Teresa erstarrte bei dem von Wiegandt gewählten Ausdruck. *Sonst wie. Wie ein unbrauchbares Möbelstück.* Man hatte das Video auf alle Fälle noch nicht gefunden und daher keinen klaren Beweis, fuhr Wiegandt in seiner Erzählung fort.

Werner Meyers wiederum war ein in der Szene bekannter Sadist, wie Teresa ja zwischenzeitlich von Lena Meyers persönlich wusste, den man bislang allerdings noch nicht mit Misshandlungen an Kindern in Verbindung bringen konnte. Aber die Indizien häuften sich, dass er auch damit zu tun gehabt haben könnte.

Es gab mittlerweile mehrere Hinweise von Informanten aus dem Milieu, dass seine Firma aktiv an der Herstellung und Verbreitung von Kinderpornografie beteiligt war und dazu die Spedition als Deckfirma benutzte. Wie weit Meyers Logistik genau in die dunklen Machenschaften der einschlägigen Szene verwickelt war, wusste man allerdings noch nicht, auch nicht, ob die Firma mit dem Snuff-Video-Ring kooperierte oder sogar einen Teil davon bildete.

Als man die Leiche von David Gorges gefunden hatte, hatten sich die Ermittlungen natürlich wegen der räumlichen Nähe zum Fundort verstärkt auf Meyers Logistik konzentriert, da man wusste, dass die Firma auch Verbindungen nach Luxemburg und Frankreich unterhielt.

Ob es einen Zusammenhang zwischen den Morden an David Gorges und Werner Meyers gab, konnte man zum jetzigen Zeitpunkt noch nicht einschätzen. Aber man hatte zahlreiche pornografische Videos in Werner Meyers Büro gefunden, allerdings keine mit Kindern. Sehr wohl aber solche mit sadomasochistischen Szenen. Man habe die mitspielenden Protagonistinnen noch nicht identifizieren können, aber …hier stockte Patrick Wiegandt … man wisse mittlerweile, dass Eva Schneider ein Verhältnis mit Werner Meyers gehabt habe.

Fassungslos starrte Teresa Patrick an.

»Was weißt du über Eva Schneider?« fragte Wiegandt sie behutsam.

Teresa rang mit sich selbst. »Eigentlich nicht viel«, gestand sie schließlich zögernd. Sie erzählte Patrick, dass sich Eva vor einigen Monaten selbst bei ihr gemeldet hätte.

Eva habe eine Stelle als Bürokraft im Rhein-Main-Gebiet gesucht und bei verschiedenen Firmen in diesem Zusammenhang angerufen.

Zu diesem Zeitpunkt hatte sich Teresa schon seit einiger Zeit mit dem Gedanken getragen, eine reguläre Bürokraft für Freudenberger Consulting einzustellen, war aber vor der erwarteten Flut von Bewerbungen als Folge einer Annonce in einer großen Tageszeitung zurückgeschreckt.

Eva hatte ihre Bewerbungsunterlagen zugeschickt, aus denen hervorging, dass sie zuvor schon auf einigen Stellen als Bürokraft gearbeitet hatte. Teresa, die Evas Unterlagen nach dem Auffinden des Porno-Videos noch einmal sorgfältig studiert hatte, erinnerte sich, dass Evas erste Stelle im französischen Straßburg gewesen war. Dort hatte sie mehrere Jahre gearbeitet und war dann bis zu ihrer Tätigkeit bei Meyers Logistik in einer Zeitarbeitsfirma mit wechselnden Einsatzorten beschäftigt gewesen.

In Straßburg hatte Eva zuvor eine Ausbildung an einer Handelsschule auf dem zweiten Bildungsweg absolviert. Das hatte Teresa besonders beeindruckt, die selbst zwar sehr gut Englisch, aber kaum Französisch sprach.

In der Zeit vor dieser Ausbildung hatte Eva angegeben, diverse Jobs im Gaststättengewerbe innegehabt zu haben, für die sie keine Zeugnisse vorlegte. Mehrere Jahre hatte Eva auch, nach ihrem Lebenslauf zu schließen, überhaupt nicht gearbeitet.

Teresa hatte nach diesen Stationen von Evas Lebensweg beim Bewerbungsgespräch nicht allzu genau gefragt, da sie damals instinktiv davon ausgegangen war, dass Eva in diesen Jahren nicht sehr viel Berufserfahrung erworben hatte und ihr eine intensive Befragung peinlich gewesen wäre. Es war Teresa damals auch egal gewesen. Rechnete man die Ausbildung an der Handelsschule mit, die Eva mit sehr gutem Erfolg abgeschlossen hatte, waren ungefähr die letzten 15 Lebensjahre von Eva vor ihrer Einstellung bei Freudenberger Consulting gut dokumentiert.

Teresa hatte also geglaubt, dass Eva sich ab diesem Zeitpunkt beruflich am Riemen gerissen und etwas aus ihrem Leben gemacht hatte. Die Zeit davor kümmerte sie nicht, zumal sie Eva ja sowieso noch die gesamte Probezeit von sechs Monaten testen konnte. Selbst danach wäre eine Kündigung von Eva jederzeit möglich, da Eva ja Teresas einzige Angestellte war und der übliche Kündigungsschutz erst für Betriebe mit mehr als fünf Mitarbeitern galt, erklärte sie Patrick.

Hier stockte Teresa in ihrem Redefluss. Natürlich erschienen ihr die nicht in Evas Lebenslauf dokumentierten Jahre jetzt in einem anderen Licht. Aber sie hatte geglaubt, nicht den Stab über Eva brechen zu dürfen, zumal wenn diese sich vor vielen Jahren aus dem Rotlicht-Milieu gelöst hatte, um aus eigener Kraft eine normale bürgerliche Existenz zu begründen. So hatte Teresa sich die Fakten jedenfalls seit dem Auffinden des Pornovideos bis zu diesem Moment zurechtgelegt. Jetzt zweifelte sie.

Wiegandt sah sie aufmerksam an. »Du verschweigst mir etwas«, stellte er schließlich lakonisch fest.

Teresa fasste einen Entschluss. Stockend berichtete sie Patrick von ihrem Fund in dem Sexshop. Wiegandt war sofort alarmiert.

»Wo ist das Video jetzt?« fragte er.

»Es ist mit den anderen Videos aus meiner Wohnung geklaut worden.«

»Gab es irgendwelche verwertbaren Angaben auf dem Kassettendeckel oder im Film?«

Teresa überlegte. Evas echter Name war weder auf der Hülle des Videos noch im Abspann des Films aufgetaucht. Aber etwas anderes fiel ihr spontan ein.

»Die Firma, die das Video gedreht hat, hieß *Erotic Tales* oder so ähnlich. Als Sitz oder Drehort war München angegeben.«

Patrick zückte einen Kugelschreiber und ein ledergebundenes Büchlein aus seiner Jackentasche und machte sich eine Notiz.

»Und wie alt war der Film?«

Teresa zuckte die Achseln. »Den Klamotten nach zu schließen, ungefähr 20 Jahre alt. Mitte der Achtziger, schätze ich.«

»Und es waren keine Gewaltszenen dabei?«

»Nein, es war eine dieser unerträglichen Pseudo-Teenage-Machwerke. Zwei Girls, die die Liebe entdecken, so ein Quatsch eben.«

»Zwei Girls?«

»Ja, und du wirst es kaum glauben. Ich denke, ich habe auch die andere Frau schon einmal gesehen. Sie gleicht zumindest einer rothaarigen Prostituierten, die ich in Trier sowohl auf dem Straßenstrich beim Schneidershof als auch in der Luxemburger Straße gesehen habe. Vielleicht hatte Eva ja mit dieser Frau immer noch Kontakt.«

Patrick ließ sich die rothaarige Frau genauer beschreiben und machte sich weitere Notizen. Kein Zweifel, wenn Teresa Recht hatte, musste es sich um Irina handeln. Dann kannten sich Eva und Irina Kara also zumindest von früher her. Ein unglaublicher Zufall oder steckte mehr dahinter? In der Tat wurde Eva Schneiders Rolle in dem gesamten Drama immer dubioser.

Diese Überlegungen behielt Wiegandt allerdings für sich. Nicht einmal Teresa gegenüber wollte er Irinas Identität als heimliche Informantin der Polizei preisgeben.

Vorläufig tat er so, als würde er Irina nicht kennen. Es würde sich sicherlich bald eine Gelegenheit ergeben, Irina danach zu fragen, ob sie Eva wirklich kannte und diesen Film mit ihr gedreht hatte.

Vorsichtshalber verschwieg er Teresa auch den Diebstahl der beschlagnahmten Video-Kassetten aus der Asservatenkammer. Das waren Polizeiinterna, die Teresa nicht wissen musste. Es hätte sie ohnehin nur unnötig beunruhigt.

Beide schwiegen eine Zeitlang und hingen ihren eigenen Gedanken nach.

»Was genau haben Meyers und Eva denn auf dem Video gemacht?« rang sich Teresa schließlich zu der Frage durch, die sie bereits seit einigen Minuten beschäftigte.

Patrick sah sie an. »Das übliche, was man bei Sadomaso-Spielchen erwartet«, antwortete er dann. »Eva hatte den Maso-Part. Es war relativ unappetitlich. Wie genau willst du es denn wissen?«

»Gab es auch Verletzungen?«

»Nein, so weit ging es nicht, zumindest keine ernsthaften Verletzungen. Natürlich Quälereien auf dem üblichen Niveau. Schläge mit einer Reitgerte, Brustwarzenklemmen...«

Spontan legte Teresa Patrick die Hand auf den Mund. »So genau will ich das doch nicht wissen«, sagte sie schließlich mit leiser Stimme. »Machte es ihr Spaß?«

»Ihrem Verhalten nach zu schließen, ja«.

»Vielleicht muss man es einfach akzeptieren«, sagte Teresa nach einer langen Pause. »Es ist halt ihre Art, Lust zu empfinden. Und so lange sie niemandem etwas tut, der das nicht will«, fuhr sie fort, »gibt es uns nicht das Recht, darüber den Stab zu brechen.«

Auf einmal fühlte sie sich wieder unendlich müde. Es war

mittlerweile nach neun Uhr am Sonntagmorgen und sie hatte die ganze Nacht nicht geschlafen. Sie gähnte und konnte die Augen kaum mehr offen halten.

»Komm, ich zeige dir, wo du dich ausruhen kannst«, Patrick fasste sie sanft um die Schultern und zog sie vom Tisch hoch. Behutsam führte er sie ins Schlafzimmer. »Soll ich dir das Bett noch frisch beziehen?«

Teresa schüttelte den Kopf. Sie war zu müde. »Wo ist deine Seite?«, fragte sie nur noch. Patrick zeigte auf die linke Seite des großen französischen Bettes, dessen Kissen noch von seinem kurzen Schlafversuch in der vorigen Nacht zerwühlt waren.

Teresa schlug die Decke zurück und legte sich, so wie sie war, hinein. Kaum streifte sie noch ihre Schuhe ab, dann war sie auch schon eingeschlafen.

Zärtlich sah Patrick Wiegandt Teresa an. Dann holte er eine weitere Decke aus dem Schrank und breitete sie über sie. Schließlich legte er sich behutsam auf Tanjas Seite des Bettes und war ebenfalls sofort eingeschlafen, als sein Kopf das Kissen berührt hatte.

Eine Ewigkeit später schlug Teresa die Augen auf. Draußen dämmerte es bereits, es musste früher Abend sein. Sie hatte wie ein Stein geschlafen.

Neben ihr lag Patrick auf einen Ellenbogen gestützt und sah sie an. Sein Blick war weich und begehrend zugleich. Teresa durchfuhr eine kleine Flamme. Wie lange war es her, dass ein Mann sie so angesehen hatte. Marcel…. vor mindestens drei Jahren.

Traurigkeit drohte ihr die Kehle zuzuschnüren, auch als ihr das ganze Elend der vergangenen Nacht wieder einfiel. Spontan streckte sie Patrick die Arme entgegen.

Jetzt einfach nur festgehalten werden … und gewiegt werden

... wie ein Kind ... und zugleich doch wie eine Frau.

Eine Liedzeile fuhr ihr durch den Kopf. Joan Baez tiefe klangvolle Stimme: *May the devil take tomorrow, now tonight I need a friend* ... Weshalb eigentlich nicht?

Undeutlich hörte sie Patricks Stimme an ihrem Ohr. »Ich werde Tanja verlassen.« Er war heiser vor Leidenschaft.

Stumm legte Teresa ihm einen Finger auf die Lippen. Es war ihr ganz gleich, er musste ihr nichts versprechen. Er war da und es war gut so. Aufseufzend legte sie ihm die Arme um den Hals und zog ihn zu sich hinunter.

4. Teil

Kapitel 29

Das Handy klingelte. Lena Meyers zog es schnell aus der Tasche und ging in ihr Schlafzimmer, als sie das Kürzel erkannte.

»Nun?« fragte sie neugierig, als sie den Knopf gedrückt hatte.

»Diese Schlampe, diese unerträgliche Nutte.« Georg Wolf am anderen Ende der Leitung schäumte vor Wut. »Wir haben uns mindestens 100 dieser dämlichen Rollenspiel-Kassetten aus ihren so genannten Schulungen angesehen, ihren gesamten Computer gefilzt, aber es war nichts dabei.«

»Vielleicht hat sie die Kassette nie gehabt«, versuchte es Lena vorsichtig.

»Natürlich hat sie sie, wer soll sie denn sonst haben! Sie war nicht bei den beschlagnahmten Videos dabei und sonst war doch niemand vor Ort. Und die Polizei hat am Tatort alles links gemacht, die hätte sie gefunden, wenn sie irgendwo dort gewesen wäre. Nein, sie muss sie mitgenommen haben.«

»Vielleicht hatte sie Werner ja woanders deponiert«, versuchte es Lena noch einmal.

»Ach, du weißt doch gar nichts«, schnitt Wolf ihr brutal das Wort ab. »Die steckt mit der Schneider, dieser Hure, unter einer Decke. Wir haben sogar eins von Evas alten Pornos unter ihrem Kram gefunden. Kannst du dir das vorstellen? Wahrscheinlich hatten beide schon vor, Werner zu erpressen.«

Lena schwieg schockiert.

»Und das Aas versucht es schon wieder aufs Neue, nur einen Tag nach dem Einbruch, kannst du dir das vorstellen? Heute kam der nächste Brief, mit einem Ultimatum.«

»Was stand denn drin?« fragte Lena beunruhigt.

»Warte, ich lese es dir wörtlich vor.« Am anderen Ende der Leitung war ein Rascheln zu hören.

»Hör zu, da heißt es: Wenn Sie das Geld nicht bis zum 30. dieses Monats bereitstellen, geht das Video an die Polizei. Dasselbe Konto ist angegeben, in der Schweiz. Aber es kommt noch schlimmer. Es ist wieder ein Ausschnitt des Films dabei. Diesmal ist es die Szene, wo Werner den Jungen gerade so richtig ran nimmt.«

»Und die Schlampe kennt sich ja bestens aus mit diesem ganzen Videotechnikkram«, fuhr er etwas unzusammenhängend fort. »Ich könnte Werner ermorden, wenn es ihn nicht schon erwischt hätte.«

»Meinst du, deine Quelle bei der Polizei weiß auch, dass Teresa die Kassette hat?«

Wolf schnaubte. »Wahrscheinlich schon. Er würde sonst nie wagen, so viel Geld von mir zu fordern. Dazu hat er zu wenig Mumm in den Knochen. Aber er glaubt, er verriete uns was Neues, wenn er die Schlampe outet. Selbst das spricht dafür, dass die Nutte die Kassette hat. Wahrscheinlich hat sie sich im Verhör verraten, was sonst keiner gemerkt hat. Aber der Kerl wird zu frech. Ich habe schon mit Carlos gesprochen. Wenn es so weitergeht, müssen wir uns was einfallen lassen. Vorläufig brauchen wir ihn noch. Ich muss wissen, ob es wirklich eine undichte Stelle bei uns gibt.«

»Habt ihr schon einen Verdacht?«

»Vage, vage, mein Mädchen. Aber es gibt Dinge, die willst du nicht wirklich wissen. Tschüss, und zieh' heute Abend schon mal was Heißes drunter.«

Die Leitung war tot.

Seufzend ging Lena zurück in die Küche und begann mit den Vorbereitungen für das Mittagessen. Eigentlich hatte Georg ja Recht, dachte sie, oft war es ihr wirklich lieber, wenn sie vieles nicht wusste.

Teresa richtete sich aus der gebückten Haltung auf, in der sie die ganze Zeit verharrt hatte, und streckte den Rücken. Sie sah sich im Zimmer um. Zufrieden stellte sie fest, dass es ihr schon nahezu gelungen war, die alte Ordnung in ihren Unterlagen wieder herzustellen.

Es war drei Tage nach den Einbrüchen. Nach einer wunderschönen Liebesnacht mit Patrick war Teresa am Montagmorgen etwas getröstet in ihre Wohnung zurückgekehrt und hatte sich gleich an die Aufräumarbeiten gemacht.

Als das schlimmste Chaos beseitigt war, hatte Teresa festgestellt, dass der Schaden doch nicht ganz so schlimm war, wie es zunächst ausgesehen hatte. Sowohl die Schäden in ihrer Wohnung als auch die in ihrem Büro waren durch Versicherungen abgedeckt, die auch für den geklauten Laptop aufkamen. Ihre Papiere waren zwar teilweise zerrissen und unbrauchbar geworden, aber da ihre Daten unbeschädigt waren, konnte sie alles wieder ausdrucken. Auch die erneute Sicherung ihrer Daten auf CD-ROMs war schon abgeschlossen.

Mehr denn je hatte sich Teresa in den letzten Tagen Eva herbeigewünscht, die sie bei den Aufräumarbeiten hätte unterstützen können. Aber sie würde erst in drei Wochen eintreffen, damit hatte sich letztlich auch Patrick abfinden müssen, der sich bei der Fluggesellschaft, bei der Eva ihre Tickets gebucht hatte, zur Sicherheit nochmals nach ihrem genauen Rückflugdatum erkundigt hatte, obwohl Teresa ihm diese Information schon gegeben hatte.

Sie vorher in den unzugänglichen Landesteilen von Peru oder Bolivien zu suchen, hätte der berühmten Suche nach der Stecknadel im Heuhaufen geglichen. Das hatte Patrick nach einigen Diskussionen mit Mitarbeitern der diplomatischen Vertretungen dieser Länder schließlich einsehen müssen, wie er Teresa am Telefon eingestanden hatte. Zumal ja nichts Konkretes gegen Eva vorlag, was eine Suche vor Ort überhaupt gerechtfertigt hätte.

Seit ihrer erneuten Liebesnacht hielten Teresa und Patrick täglich Kontakt zueinander. Am Montagmorgen hatte Patrick Teresa beim Frühstück auch noch einmal in ruhigerem Zustand als am Abend zuvor erklärt, dass sein Entschluss feststünde, Tanja zu verlassen. Er hatte Teresa offen über die Entwicklung seiner Ehe berichtet und war auf ihr Verständnis gestoßen.

Lieber wäre es ihr natürlich gewesen, Patrick hätte vor dem erneuten Aufflammen ihrer Beziehung reinen Tisch mit Tanja gemacht, aber sie hatte auch akzeptiert, dass sie sich den Zeitpunkt für ihre erneute Begegnung ja nicht absichtlich so ausgesucht hatten.

An sich hatte Patrick noch am Montag mit Tanja sprechen wollen, aber sie war nicht aus Gießen zurückgekommen, sondern hatte ihn per Nachricht auf seiner Mobilbox wissen lassen, dass sie noch einige Tage bei ihrer Schwester verbringen würde und bis auf Weiteres nichts von ihm hören wollte. Da ja Osterferien waren und ihr Job als Aushilfslehrerin ohnehin nur einen unregelmäßigen Einsatz von Tanja erforderte, konnte sie über ihre Zeit frei verfügen.

Patrick war innerlich zwischen Ärger und Belustigung hin und her gerissen. Natürlich wollte Tanja ihn mit dieser Aktion bestrafen, indem sie jetzt den Spieß einfach umdrehe und sich rar machte. Wie alle egozentrischen Menschen wäre sie nie auf die Idee gekommen, dass es Patrick sogar Recht sein könnte, wenn er sie nicht sähe.

Dass eine Aussprache über ihre Ehe am Telefon nicht möglich war, verstand sich von selbst. Aber was war denn eigentlich verloren, wenn er Tanja die Sache erst in ein paar Tagen erläutern würde, hatte er der anfangs skeptischen Teresa am Telefon zu erklären versucht. Sein Entschluss stand fest und spätestens, wenn sich ihre fruchtbaren Tage näherten, würde Tanja sich von selbst wieder nach Mainz begeben, um sich besamen zu lassen. Teresa hatte an dieser Stelle des Gespräches unwillkürlich lachen müssen.

Danach hatte sie sich zum ersten Mal erlaubt, glücklich über diese neue Verbindung zu sein. Patrick war ein aufregender attraktiver Mann und sie konnte sich glücklich schätzen, so schnell nach ihrer gescheiterten Beziehung mit Marcel eine neue Partnerschaft gefunden zu haben. Zumal ja auch ihre biologische Uhr tickte.

Allerdings war ihre Beziehung zu Patrick für solche Themen noch zu frisch. Teresa hatte daher in ihren beiden Liebesnächten mit Kondomen verhütet. Seit der Trennung von Marcel trug sie sie wieder in einem Seitenfach ihrer Handtasche bei sich, um für alle überraschenden Entwicklungen gewappnet zu sein. Auch wenn dies für sie eher ein Zeichen der Emanzipation in den Zeiten des Safer Sex war, als dass sie wirklich damit gerechnet hätte, dass die Kondome bald zum Einsatz gelangen würden.

In jedem Fall konnte das Kinderthema erst erörtert werden, wenn sie und Patrick wirklich sicher waren, dass sie zusammen passten.

Im Hochgefühl ihrer neuen Beziehung hatte Teresa eine weitere Mail von Marcel eher belustigt als geärgert. Ohne auf ihre vorige Mail auch nur einzugehen, hatte er angefragt, ob sie Interesse an dem Comet-Auftrag hätte, den er ihr vermitteln könnte, oder ob er ihn absagen sollte. Kurz und knapp hatte Teresa zurück gemailt, sie hätte bereits selbst Kontakt mit dem Kunden aufgenommen und würde sich eine weitere Einmischung in ihre Angelegenheiten ein für alle Male verbitten.

Das Telefon klingelte. Am Display konnte sie erkennen, dass es eine Nummer aus Trier war. Freudig hob sie den Hörer ab und erwartete schon Patricks Stimme zu hören, der sich seit Dienstag wieder dort aufhielt. Aber zu ihrer Überraschung war Lena Meyers am anderen Ende der Leitung.

»Hallo Teresa, wie geht es dir?« fragte sie fröhlich.

Einen Moment lang überlegte Teresa, ob sie Lena die Einbrüche verschweigen sollte, entschloss sich dann aber dazu, ihr die Wahrheit zu sagen und die Entwicklung kurz zu skizzieren. Mit Patrick hatte sie vereinbart, dass sie den Kontakt zu Meyers Logistik zumindest solange aufrechterhalten sollte, bis Eva aus Südamerika zurück wäre.

Gab es keinen Zusammenhang zwischen Meyers Ermordung und den Einbrüchen, wovon Teresa mit einigen Tagen Abstand zu den Geschehnissen an sich wieder ausging, wäre es sowieso überflüssig, sie zu verschweigen. Sie hatte auch anderen Kunden davon erzählt. Schließlich war nicht auszuschließen, dass Kunden Unbequemlichkeiten in Kauf nehmen mussten, falls doch noch Daten oder Papiere unwiederbringlich verloren sein sollten, die Teresa in den nächsten Wochen gebraucht hätte. So ganz hatte sie den Überblick ja noch nicht.

Hatte Meyers Logistik aber mit den Einbrüchen zu tun, würde sie sich durch Verschweigen derselben erst recht verdächtig machen.

Lena hörte ihr schweigend zu und gab nur ab und zu einige tröstende Laute von sich. Ihr Mitgefühl schien Teresa echt zu sein. Danach fragte sie an, ob Teresa bereit wäre, in den Wochen um Ostern noch einmal nach Trier zu kommen. Einige weitere organisatorische Fragen seien zu klären, außerdem wolle sie Lena mit einigen Führungskräften bekannt machen, deren Mitarbeiter an den Schulungen teilnehmen sollten. Ja, der Termin wäre egal. Jeder Tag sei ihr Recht.

Teresa überlegte. Heute war der Mittwoch vor Ostern, in dieser Woche könnte sie also nur noch am morgigen Donnerstag kommen. Andererseits, wenn sie schon heute Abend führe, könnte sie vielleicht noch Zeit mit Patrick verbringen. Diese Aussicht war verlockend. Spontan sagte Teresa zu, am nächsten Morgen um zehn Uhr in Euren zu sein.

Patrick nahm schon nach dem zweiten Klingeln ab. Er erkannte ihre Nummer mittlerweile sofort auf dem Display. Teresa schilderte ihm kurz die Situation.

»Das ist ja toll«, sagte er spontan. »Wir sollten uns aber nicht in Trier treffen, sondern in Schweich. Dort kenne ich ein wunderschönes Hotel.« Er beschrieb Teresa kurz den Weg in den Vorort Triers. »Also, dann bis heute Abend um sieben«, sagte er noch. Dann legte er auf.

Etwas verlegen steckte Wiegandt sein Handy in die Jackentasche und wich Rolands süffisantem Lächeln mit seinem Blick aus. »Das klang aber nicht nach einem Treffen mit Tanja«, sagte er offen.

Innerlich verfluchte Wiegandt Rolands Hang zur Taktlosigkeit. Andererseits würde es bald sowieso die ganze Mannschaft wissen, dass er Tanja verlassen hätte.

Er holte tief Luft. »Nein«, sagte er und sah Roland fest in die Augen. »Das war Teresa.«

»Das verhinderte Callgirl?« entfuhr es Roland überrascht. Dann schlug er sich mit der Hand auf den Mund. »Entschuldige bitte, aber ich bin total platt. Das ist eine Zeugin in einem Mordfall.«

»Ich weiß«, Patrick hielt seinem Blick stand. »Aber es ist keine leichte Affäre. Es ist mir und ihr ernst.«

»Und Tanja, wie reagiert sie darauf?«

»Sie weiß es noch nicht. Aber sie wird es erfahren, es ist überfällig.« Kurz skizzierte Wiegandt seinem Freund die jüngste Entwicklung seiner Ehe.

Roland hörte aufmerksam zu. »Ich verstehe dich schon«, sagte er dann, »aber du wirst Teresa doch keine internen Informationen geben?«

»Natürlich nichts Wichtiges. Aber es lässt sich nicht immer ganz vermeiden, denn sie ist in mehrerer Hinsicht wichtig für die Ermittlungen.« Ausführlich berichtete Wiegandt von dem mittlerweile gestohlenen Pornovideo mit Eva und Irina Kara als Darstellerinnen. Aufgrund einer Dienstreise von Roland hatte er bislang noch keine Gelegenheit gehabt, ausführlicher mit seinem Kollegen über die neueste Entwicklung zu sprechen.

»Gibt es diese Filmfirma noch?«

»Leider nicht. Nach unseren bisherigen Recherchen hat sie von 1981 bis 1989 in München existiert und ist dann aufgelöst worden. Der damalige Geschäftsführer ist verstorben, so dass wir noch niemanden gefunden haben, der uns nähere Auskunft geben könnte.«

Roland stand auf.

»Wo willst du hin?«

»Pinkeln. Kannst ja mitkommen und weiter erzählen.«

Einträchtig standen sie nebeneinander vor der Urinalrinne und betrachteten ihr Konterfei in einem darüber angebrachten Spiegel. Im hinteren Teil, in dem sich die Kabinen befanden, war es dunkel. Sie waren allein in dem großen, streng riechenden Raum.

»Habt ihr irgendwelche weiteren Filme gefunden?«

»Ich habe Gaby Wagner in Mainz darauf angesetzt, bisher aber ohne Ergebnis. Es sind zwar weitere Filme von *Erotic Tales* aufgetaucht, aber keiner mit Eva Schneider oder Irina

Kara. Aber wir setzen im Moment auch nicht allzu viel Energie hinein. Schließlich ist es eine Nebenspur, und wir können ja jederzeit mit Eva Schneider oder Irina darüber reden.«

»Ist denn der nächste Kontakt mit Irina schon geplant?« Unwillkürlich senkte Roland die Stimme und sah sich über die Schulter um. Aber der Raum war leer.

»Nein. Sie besteht darauf, sich selbst wieder zu melden. Es hat keinen Sinn, sie zu bedrängen, wir müssen warten, bis sie sich selbst entschlossen hat, ob sie mit uns zusammen arbeiten will. Schließlich ist es ja nicht ungefährlich für sie.« Auch er senkte unwillkürlich die Stimme.

Die Männer wuschen sich die Hände und verließen den Raum. Hinter sich löschten sie auch das vordere Licht.

Er wartete noch fünf Minuten in seiner Kabine, bis er sich entschloss, die Tür zu öffnen und herauszukommen. Das hintere Licht war kaputt, daher hatte in der Dämmerung niemand bemerkt, dass eine Kabine besetzt war.

Er musste sich beherrschen, um nicht laut zu jubeln. Zu präsent war ihm noch das ekelhafte Gespräch mit Wolf am heutigen Morgen. Da er einige Tage nichts mehr von ihm gehört hatte, hatte er sich selbst wieder gemeldet, um zu fragen, wann er mit der neuen Zahlung rechnen könnte.

»Wir sind nicht mehr interessiert daran, wer das Video hat. Wir wissen es selbst«, hatte Wolf mit seiner schnarrenden Stimme barsch gesagt. »Dafür kriegst du keinen Cent.« Dann hatte er aufgelegt.

In den ersten Minuten hatte er den Eindruck gehabt, der Boden unter den Füßen würde ihm weggezogen. Erst zwei Stunden vorher hatte er wieder ein sehr peinliches Gespräch mit seiner Bank gehabt. Auch sein Schwiegervater hatte durch seine guten Insiderkontakte zur Bankenszene mittlerweile

Wind von seinen Liquiditätsschwierigkeiten bekommen und begann, unangenehme Fragen zu stellen.

Die Luft wurde also immer dünner, und jetzt war auch sein kühner Bluff gescheitert, mit dem er all seine Probleme auf einen Schlag hatte beseitigen wollen. Er war wie gelähmt gewesen.

Kraftlos hatte er sich durch den Tag geschleppt, bis er jetzt an diese überraschende Information gekommen war. Bisher hatte er partout nicht herausbekommen können, ob Feldmann mit seinen Bemühungen, einen Informanten zu gewinnen, schon Erfolg gehabt hatte. Die wenigen eingeweihten Beamten hatten keinen Ton verlauten lassen. Und seit dem Diebstahl der Videos aus der Asservatenkammer hielten alle mehr denn je dicht.

Er konnte kaum erwarten, bis er nach Dienstschluss endlich in seinem Wagen saß und Wolfs Geheimnummer wählte.

»Was willst du schon wieder?« Grußlos und barsch wie eh und je.

»Erst einmal, dass Sie die primitivsten Höflichkeitsregeln einhalten und mich endlich siezen.« Das neue Wissen machte ihn gefährlich kühn.

Wolf schwieg verdutzt. Er nutzte die Pause und fuhr fort.

»Es gibt eine undichte Stelle. Das erste Gespräch hat bereits stattgefunden. Weitere sind in der Planung. Wenn Sie Interesse an dieser Information haben, wissen Sie, wie Sie mich erreichen können.«

Diesmal legte er auf.

Sein Hochgefühl war noch nicht der Angst vor der eigenen Courage gewichen, als Wolf tatsächlich zurückrief.

»Wer ist es?« fiel er mit der Tür ins Haus.

»Wie viel?« Diesen Stil beherrschte er auch.

»Die üblichen 10.000 Piepen«, antwortete Wolf verblüfft.

Blitzschnell hatte er gekontert. »Für 10.000 Piepen mache ich das nicht. Das ist die Preisgabe einer informellen Quelle, die ihr wahrscheinlich danach um die Ecke bringt.«

Wolf schwieg. »Wie viel wollen Sie?« fragte er schließlich.

Er triumphierte innerlich. Das war also die Sprache, die sie verstanden.

»Diese Info muss mindestens 100.000 wert sein. Ich riskiere nicht nur meinen Job, sondern auch noch Knast, wenn ich auffliege.«

Diesmal währte das Schweigen am anderen Ende eine lange Zeit. »50.000«, knurrte Wolf schließlich. »Und ich brauche etwas Zeit, um das Geld zu beschaffen.«

Er überlegte kurz.

»Einverstanden. Aber ich brauche sofort eine Anzahlung von 10.000«, insistierte er.

»Gut, so viel kann ich dir morgen überweisen.« Diesmal klang der Tonfall endgültig.

Er gab sich zufrieden und verzichtete darauf, Wolf wegen des erneuten Duzens zu tadeln. Mit 10.000 Euro könnte er die nächsten Tage leicht überbrücken. Schon morgen Abend würde er nach Straßburg fahren, das war weit genug weg. Wenn es ihm auch nur gelänge, den Gewinn zu verdoppeln, wäre das Gröbste erst einmal vom Tisch.

Und dann würde man weiter sehen. Mit dem restlichen Geld und etwas Glück würde es ihm sicher gelingen, der Schuldenfalle ein für alle Male zu entfliehen.

Wolf gab eine weitere Kurzwahl ein. »Carlos, hör zu«, sagte er knapp, als am anderen Ende der Leitung abgenommen wurde. »Jetzt ist es amtlich, eins unserer Pferdchen scheint zu singen.«

Kurz informierte er den anderen über das soeben beendete

Telefonat und seinen Verdacht. »Ich halte den Schwätzer erst noch mal hin, weil ich denke, wir kriegen das auch selbst raus. Also, behalte sie im Auge. Ich erwarte Ergebnisse.«

Kapitel 30

Beklommen fuhr Teresa am nächsten Morgen auf einen Parkplatz in der Höhe des Eingangs von Meyers Logistik. Selbst die Erinnerung an die schönen Stunden, die sie gerade mit Patrick verbracht hatte, konnte ihre Laune nicht aufbessern.

Patrick hatte nicht übertrieben mit dem verwunschenen Hotel in Schweich. Sie hatten sich dort am frühen Abend getroffen und waren zuerst am Moselufer spazieren gegangen. Im Anschluss daran hatten sie in einem urigen Kellerlokal, das sich auf Kartoffelgerichte spezialisiert hatte, zu Abend gegessen. Und dann.... Teresa lächelte unwillkürlich, als sie an die Nacht mit Patrick dachte. Die langen Jahre mit Marcel hatten sie entwöhnt davon, dass es auch andere gute Liebhaber gab... oder sogar bessere, wie sie jetzt spontan entschied.

Die Wirklichkeit holte sie wieder ein, als sie aus ihrem Auto stieg. Einen Moment lang kontrollierte sie den Sitz ihres elfenbeinfarbenen Kaschmirkleides mit dem komplizierten Schalkragen. Es war ein teures Designermodell, das Lena Meyers noch nicht kannte. Sie wollte es entsprechend zur Geltung bringen.

Die Luft roch nach Frühling, ein leichter Wind wehte über einen sanften blauen Himmel und selbst das triste Betongebäude sah mit den bunten Primeln, die in den Rabatten neben dem Eingang blühten, freundlicher aus. Vielleicht war das ein gutes Zeichen, und es würde nicht so schlimm werden.

Im Glaskasten saß diesmal die Teresa bereits von ihrem ersten Besuch bekannte Empfangsdame, die sie gleich durchwinkte, als sie ihren Namen nannte. Lena Meyers hatte ihren Besuch angemeldet. Flüchtig sah Teresa noch, wie die Glaskastendame nach dem Telefonhörer griff, als sie die Treppe zum ersten Stock emporstieg. Und tatsächlich kam Lena ihr bereits nach wenigen Schritten entgegen und führte sie erneut in den Konferenzraum, in dem schon ihre letzte Begegnung stattgefunden hatte.

Von Georg Wolf gab es diesmal keine Spur, wie Teresa nicht ohne Erleichterung feststellte. Stattdessen saßen einige bullig aussehende Männer um den Tisch, die sich in ihren zu engen Sakkos und den schlecht gebundenen Krawatten sichtlich unwohl fühlten. Es waren Lagerleiter und Vorgesetzte der Ausfahrer, wie Lena Teresa erläuterte, als sie sie vorstellte.

Offensichtlich hatten sich diese guten Männer noch nie um ihre Mitarbeiter oder Kunden größere Gedanken gemacht, wie Teresa schnell feststellte. So war sie froh, einige Unterlagen über ihre Schulungen eingepackt zu haben, anhand derer sie die Ziele und Methoden ihrer Arbeit zumindest in groben Zügen erläutern konnte.

Bis auf die schreiend orange Farbe war Lena Meyers zum ersten Mal sogar annähernd passend gekleidet in ihrem knielangen engen Rock mit dazu passender Jacke in gewollter Überlänge. Zu kurze Röcke oder durchsichtige Blusen hätten ihr Ansehen als neue Chefin der Personalabteilung bei diesen handfesten Männern wohl kaum gesteigert.

Trotz oder vielleicht auch gerade wegen der Begriffsstutzigkeit ihrer Zuhörer verlief dieser Teil des Termins im Großen und Ganzen angenehm. Die Zuhörer waren freundlich bemüht zu verstehen, worum es gehen sollte, und sagten Teresa jegliche Unterstützung bei den Maßnahmen zu.

Auch ihr selbst gegenüber waren sie nach kurzer Zeit von jener respektvollen Freundlichkeit, die einfache Männer erfolgreich berufstätigen Frauen so häufig entgegenbrachten, wenn man sie nicht von oben herab behandelte. Voller Hochachtung vor dem, was eine Frau erreichen konnte und gleichzeitig froh, dass es nicht die eigene war, wie eine frühere Kollegin von Teresa dieses Verhalten einmal treffend charakterisiert hatte.

Als sich die Männer nach ca. einer Stunde verabschiedeten, um an ihre Arbeit zurückzukehren, hatte sich Teresas Beklommenheit vorübergehend verflüchtigt und war fast schon einem Gefühl der Normalität gewichen. Vielleicht irrte sich Patrick ja doch und Meyers Logistik hatte gar nichts mit den schrecklichen Ereignissen zu tun, von denen er berichtet hatte.

Auch die ausführliche Besprechung organisatorischer Fragen zwischen Teresa und Lena Meyers erweckte bei ihr den Eindruck, dass Lena es ernst mit den Schulungen meinte. Würde man diesen ganzen Aufwand wirklich betreiben, nur um Kontakt mit ihr zu halten? Und wozu?

Leider verflüchtigte sich ihr Optimismus sofort, als Lena schließlich auf die Einbrüche in ihre Wohn- und Büroräume zu sprechen kam.

»Was können denn die Einbrecher gesucht haben?« fragte sie mit aufgesetztem Mitgefühl, wie die dafür im Moment hypersensible Teresa sofort registrierte.

Lena gab sich auch keineswegs mit Teresas globalen und ausweichenden Antworten zufrieden, sondern bohrte intensiv nach. Insbesondere wollte sie sehr genau wissen, was denn die Einbrecher so alles mitgenommen hätten.

Teresa antwortete betont nüchtern und vermied vor allem jede Bezugnahme auf die gestohlenen Videokassetten.

»Auch die Polizei wird nicht so recht schlau daraus«, schloss sie schließlich achselzuckend und sah danach demonstrativ auf die Uhr.

»Es tut mir leid, Lena, dass ich heute so wenig Zeit habe, aber ich muss vor Ostern noch eine Menge erledigen.«. Sie stand auf, weil Lena von sich aus immer noch keine Anstalten machte, das Gespräch zu beenden. »Ich habe den Termin ja kurzfristig eingeschoben«, fügte sie noch entschuldigend hinzu, als sich Lenas Miene einen kurzen Moment lang verfinsterte.

Diese riss sich sichtlich zusammen und stand ebenfalls auf. »Natürlich«, sagte sie in leichtem Ton. »Entschuldige bitte, aber ich finde es einfach zu schön, nach so langer Zeit wieder einmal mit dir plaudern zu können. Und noch dazu auf gleicher Augenhöhe, endlich auch mit einer beruflichen Stellung«, ergänzte sie stolz.

In diesem Moment fand Teresa Lena regelrecht widerwärtig. Trotz allem, was sie zweifellos durchgemacht hatte, war ihr Mann erst vor wenigen Wochen einem bestialischen Verbrechen zum Opfer gefallen, was bisher noch nicht annähernd aufgeklärt war. Lena schien diesen Mord jetzt vor allem als Chance für ihre berufliche Emanzipation zu sehen, machte sich Teresa klar, als sie auf dem Parkplatz endlich wieder in ihren grünen BMW stieg.

Beim Hinausfahren winkte sie erneut dem Wachmann zu, der ihr am Mordtag zu Hilfe gekommen war. Er tippte sich freundlich an seine Mütze, als sie an dem Wachhäuschen vorbeifuhr.

Es war mittlerweile Mittagszeit geworden und Teresa verspürte Hunger. Sie beschloss spontan, sich von ihren düsteren Gedanken abzulenken und noch einmal zu einem Bummel in die Trierer Innenstadt zu fahren, bevor sie sich am frühen Abend erneut mit Patrick treffen wollte, diesmal in ihrer Wohnung in Kiedrich. So nahm sie nicht den Weg über die Ufer-Schnellstraße, sondern bog erneut in die Luxemburger Straße ein, wo sie schon von weitem sah, dass einige Prostituierte trotz der frühen Stunde vor ihren Etablissements herumstanden.

Unwillkürlich hielt Teresa nach der rothaarigen Frau Ausschau, die mit Eva zusammen das Video gedreht hatte. Und tatsächlich, halb versteckt hinter einem Lieferwagen, lehnte sie dort an einem Hauseingang, der dem schlüpfrigen Schild nach zu schließen eindeutig in ein Stundenhotel führte.

Spontan trat Teresa auf die Bremse und lenkte ihren Wagen in einen freien Parkplatz am Straßenrand. Dort verharrte sie einen Moment unschlüssig und stieg dann kurz entschlossen aus. Ohne an mögliche Konsequenzen zu denken, steuerte sie direkt auf die rothaarige Prostituierte zu.

»Entschuldigen Sie bitte«, sprach sie die Frau an. »Ich bin eine Freundin von Eva Schneider. Kennen Sie sie noch?«

Einen Moment lang wich die gelangweilte Miene, mit der die Rothaarige Teresas Näherkommen beobachtet hatte, einem Ausdruck von Bestürzung oder sogar Panik, wie sich Teresa später immer sicherer wurde. Dann legte sich sofort eine Maske spöttischer Gleichgültigkeit über ihr stark geschminktes Gesicht.

»Was willst du?« fragte sie grob mit dem rauen Dialekt der Einheimischen. »Ich kenne keine Eva Schneider.«

Teresa war sich sicher, dass die Frau log. Genau so sicher, wie sie sie jetzt zweifelsfrei wieder erkannte. Das war Evas Partnerin in dem Pornofilm.

»Es ist schon einige Jahre her«, versuchte sie es ungeschickt noch einmal. »Eva Schneider ist jetzt meine Sekretärin. Ich bin sicher, dass Sie einmal mit ihr zusammengearbeitet haben.«

»Tatsächlich? Hast du 'n Puff?« gab die Prostituierte grob zurück. »Das ist nämlich der einzige Ort, wo ich je gearbeitet hab' und woher ich deine Eva, oder wie die Schlampe heißen soll, kennen könnte.«

Angesichts dieser Unfreundlichkeit wich Teresa unwillkürlich ein Stück zurück. »Dann entschuldigen Sie bitte die Störung. Ich wünsche Ihnen einen erfolgreichen Tag«, gab sie im vergeblichen Bemühen zurück, ebenfalls bissig zu wirken.

Aber die Frau hörte ihr gar nicht mehr zu. Sie sah an ihr vorbei auf eine Stelle hinter Teresas Schulter. Erneut erschien der Anflug von Panik auf ihrem Gesicht.

»Verpiss dich«, sagte sie dann abrupt zu der immer noch unschlüssig herum stehenden Teresa und drehte ihr den Rücken zu. Zwei Nutten in Hörweite kicherten vernehmlich.

Gedemütigt wandte sich Teresa um und ging zurück zu ihrem Auto.

Wieder auf der Straße schalt sie sich eine Närrin. »Wer sich in Gefahr begibt, kommt darin um«, sagte sie leise, als sie in Richtung Autobahn steuerte. Die Lust auf den Stadtbummel war ihr ebenso vergangen wie der Appetit.

Auf dem Heimweg wurde ihr außerdem klar, dass sie das Schulungsprojekt auf keinen Fall durchführen würde. Sie wollte weder mit Meyers Logistik noch mit Lena Meyers weiter zu tun haben.

Diesmal war es Lena, die nicht abwarten konnte, bis sie sich am Abend ohnehin treffen würden, und die Kurzwahl in ihr geheimes Handy eintippte. Schon beim zweiten Klingelton hob Wolf ab.

»Was willst du?« fragte er grob.

»Nun hab' dich nicht gleich so.« Ihre neue Stellung machte Lena selbstbewusster. Sie musste sich auch von Georg Wolf nicht mehr alles gefallen lassen.

»Erstens wollte ich dir berichten, wie mein Gespräch mit Teresa verlaufen ist. Ich dachte, du wolltest die Information sofort haben. Zweitens wollte ich wissen, was es Neues über den Maulwurf gibt. Schließlich«, sie holte tief Luft und wunderte sich über ihre eigene Courage, »schließlich sind jetzt auch meine Geschäfte davon betroffen.«

Einen Moment lang herrschte am anderen Ende der Leitung

verblüfftes Schweigen. Lena machte sich schon auf einen Wutausbruch gefasst, als Wolf zu ihrer Überraschung einlenkte: »Schon gut, schon gut, ich bin sehr beschäftigt und nervös. Also, was hast du herausgefunden?«

Vor Erstaunen fehlten Lena anfangs die Worte. Sollte doch etwas an der alten psychologischen Binsenweisheit dran sein, dass selbstbewusstes Auftreten zu Respekt führt und unterwürfiges Verhalten zu noch mehr Demütigung? Sie beschloss, später eingehend über diesen Punkt nachzudenken.

Vorläufig konzentrierte sie sich auf das Gespräch. »Ich glaube, du hast Recht«, erklärte sie Wolf. »Da ist wirklich was faul an der Geschichte. Ich habe Teresa ausführlich über die Einbrüche gefragt, aber sie ist mir dauernd ausgewichen und kaum darauf eingegangen. Und hat die Videos überhaupt nicht erwähnt. Die Sache ist erst ein paar Tage her, normalerweise hätte ich erwartet, dass sie nur so sprudelt vor Einzelheiten. Aber nichts davon. Außerdem konnte sie nicht schnell genug wegkommen.«

Wolf grunzte zufrieden.

»Schade, dass es jetzt nicht zu den Schulungen kommen wird«, fügte Lena noch voller Bedauern hinzu. »Sie macht ihre Sache an sich recht gut und hat unsere harten Meister regelrecht beeindruckt.«

»Aber sei's drum«, fuhr sie nach einer kleinen Pause fort, in der Wolf nichts gesagt, sich aber demonstrativ eine Zigarette angezündet hatte, »wenn wir im Herbst noch im Lande sind, suche ich mir eben eine andere Firma, mit der ich so was mal mache.«

Wolf stöhnte vernehmlich.

»Personalentwicklung machen heutzutage alle großen Firmen«, fügte Lena noch schnell hinzu, bevor sie klugerweise das Thema wechselte. Schließlich, was verstand Georg auch schon davon.

»Also, was gibt es Neues vom Maulwurf?«

»Wir haben ihn oder besser sie wahrscheinlich gefunden«, erklärte Wolf mit deutlichem Stolz. »Auch ohne die Hilfe dieses Schwätzers. Mein Instinkt, Mädchen, mein Instinkt. 10.000 Piepen hat mich das umsonst gekostet«, fügte er dann grimmig hinzu. »Aber dieser Kerl sieht keinen müden Cent mehr von mir, darauf kannst du dich verlassen.«

»Und wer ist es?« fragte Lena neugierig.

»Du wirst es nicht glauben. Werners alte Freundin Irina. An sich hätte ich da auch schon vorher drauf kommen können.«

Lena erinnerte sich. Die rothaarige Nutte hatte Eva Schneiders Part bei Werners Sado-Spielchen eingenommen, als diese sich vor einigen Monaten aus Trier abgesetzt hatte.

»Und wie bist du auf Irina gekommen?«

»Ich hatte gleich den Verdacht, als wir den alten Porno da gefunden haben. Die steckte doch schon immer mit der Eva zusammen. Aber«, er fuhr triumphierend fort, »das Beste kommt noch! Wir haben schon den eindeutigen Beweis!«

Wolf machte eine kunstvolle Pause. Lena spielte mit und drängte: »Nun spann' mich nicht so auf die Folter.«

»Kaum ist diese Beraterschlampe bei dir zur Tür raus, sieht Carlos die beiden auch schon miteinander quatschen. Mitten auf der Luxemburger Straße, am zweiten Tag, wo ich ihn auf die Nutte angesetzt habe. Was sagst du jetzt?«

Lena war ehrlich erstaunt. »Das hätte ich Teresa wirklich nicht zugetraut. Aber was kann sie denn von Irina wollen? Sie kann doch unmöglich wissen, dass Irina für die Bullen spioniert. Und wenn, macht das auch keinen Sinn«, fuhr sie nachdenklich fort. »Denn Teresa erpresst dich doch nicht mit Wissen der Bullen. Oder doch?«

»Quatsch«, antwortete Wolf mechanisch. Er war abgelenkt.

Soeben war ihm die zündende Idee gekommen, wie er dieser ganzen Sache ein für alle Male ein Ende machen könnte.

»Quatsch«, wiederholte er dann noch einmal mit Nachdruck.

Er hasste es, wenn sich Lena in diese Männersachen einmischte. Sie wurde zu frech. Werner hätte dem längst einen Riegel vorgeschoben.

»Was weiß ich, was die voneinander wollen. Aber allein, dass sie Kontakt miteinander haben, spricht doch schon Bände, oder?«

»Na, ich weiß nicht«, sagte Lena achselzuckend. Aber es war ihr an sich auch egal. Sollte sich Wolf weiter um die schmutzigen Seiten des Geschäfts kümmern. Es war ihr ganz recht, wenn sie gar nichts davon wusste.

»Also dann bis heute Abend«, sagte sie und drückte auf den Knopf, ohne seine Antwort abzuwarten.

»Aber das ist wirklich eine Zumutung.« Teresa sah Patrick über den Küchentisch ihrer Wohnung hinweg vorwurfsvoll an. »Wie lange soll das denn noch gehen?«

Gerade hatte sie ihm von ihren Plänen berichtet, Lena Meyers das Projekt nach Ostern wieder aufzukündigen, und war zu ihrer Überraschung auf seinen Widerstand gestoßen.

»Notfalls, bis du die Schulungen sogar machst«, antwortete Patrick ihr mit bestimmtem Unterton. »Wenn ich dich recht verstanden habe, ist überall in eurer Branche Auftragsflaute aufgrund der Wirtschaftskrise. Wie willst du Lena Meyers denn begründen, dass du ihren Auftrag nicht mehr durchführen willst?«

»Ich kann sagen, dass mir ein anderes großes Projekt dazwischen kam. Wo mehr Zukunft für mich drin steckt.« Teresa merkte selbst, dass sie keineswegs überzeugend klang.

»Und sie mit ihren ganzen Vorbereitungen lächerlich machen? Sie hat doch sogar schon ihre Mitarbeiter zu Vorgesprächen eingeladen«, wandte Patrick ein. »Sie kann dich vielleicht sogar regresspflichtig machen.«

Das wohl gerade nicht, dachte Teresa bei sich. Dazu bot die Branche zu wenig Sicherheiten auf beiden Seiten. Aber Patrick hatte trotzdem Recht. Den Auftrag jetzt zurück zu geben, würde im höchsten Maße ungewöhnlich wirken. Vor dem Hintergrund der Ereignisse vielleicht sogar verdächtig.

Sie seufzte vernehmlich. »Es ist auch wirtschaftlich für mich blöde«, brachte sie einen letzten Einwand. »Ich muss die Termine im Herbst freihalten, ohne zu wissen, ob ich sie durchführen kann. Und wenn du Recht hast und ihr die Bande vorher auffliegen lasst, dann steh' ich vielleicht im Regen da.«

»Wie ist das sonst, wenn dir ein Auftrag kurzfristig ausfällt?«

»Bis acht Wochen vorher bekomme ich nichts, dann ein anteiliges Ausfallhonorar. Zwischen 30 und 100 Prozent, je nachdem, wie knapp vorher abgesagt wird.«

»Gut«, sagte Patrick entschlossen. »Ich spreche mit Roland und auch mit meinem Chef in Mainz darüber. Wenn du uns auf diese Weise weiterhin Informationen über die Firma lieferst und letztlich sogar als Zeugin in einem Prozess aussagst, werde ich mich erkundigen, ob man dir im Falle des Falles nicht so eine Art Ausfallhonorar bezahlen kann. Aber ich denke, wir werden entweder in den nächsten Wochen fündig oder es wird gar nichts.«

»Und bis wann, denkst du, weißt du Bescheid?« fragte Teresa. Entmutigt dachte sie daran, dass die Frist, in der zumindest anteilig eine Stornogebühr erhoben werden konnte, wenn ein Auftrag abgesagt wurde, häufig nur symbolischen Wert hatte. Nur selten buchten Kunden Aufträge mit so wenig Vorlauf, dass man kurzfristig frei gewordene Termine anderweitig verkaufen konnte.

Patrick überlegte einen Moment, ob er eine Andeutung darüber machen sollte, dass sie mit Irina eine wirklich reelle Chance hatten, die Bande binnen kurzem dingfest zu machen. Aber es war zu gefährlich und Irina gegenüber verantwortungslos.

Auch wenn er Teresa mittlerweile natürlich vertraute, konnte er es nicht riskieren, Irinas Identität als heimliche Informantin preiszugeben. Zumal Roland ihm noch vor wenigen Stunden erzählt hatte, Irina hätte Feldmann angerufen, um die ganze Sache abzublasen. Sie hatte behauptet, beobachtet zu werden, weil jemand nicht dicht gehalten hätte.

Feldmann hatte seine ganze Überredungskunst aufwenden müssen, um Irina davon zu überzeugen, dass nichts nach außen gedrungen sein konnte, da außer ihm selbst nur Roland und Wiegandt eingeweiht seien.

Aber er hatte die Gelegenheit genutzt, um Irina eindringlich darauf hinzuweisen, dass ihr Kontakt, obwohl er bisher noch keine konkreten Informationen für die Polizei erbracht hatte, mit jedem Tag der Ermittlungen gefährlicher wurde. Diese wurden ja von einer ganzen Truppe von Polizeibeamten durchgeführt, was wahrscheinlich im Laufe der Zeit zu erhöhter Wachsamkeit der Verdächtigen führen würde.

Irina hatte das schließlich eingesehen und eine weitere Kontaktaufnahme nach Ostern versprochen. Bis dahin wollte sie sogar versuchen, in Erfahrung zu bringen, ob es geheime Telefonverbindungen im Netzwerk gab. Die Überwachung der bekannten Leitungen hatte bisher nämlich zu keinerlei greifbaren Ergebnissen geführt.

Auch Teresa hatte in der kurzen Schweigepause nachgedacht und beschlossen, eng um die bereits jetzt vereinbarten Herbst-Termine in Trier herum zu planen. So eng, dass sie normalerweise völlig überfordert mit der Durchführung so vieler Maßnahmen sein würde. Dabei kam ihr entgegen, dass die einzelnen Schulungen alle nur maximal zwei Tage dauern sollten und zum Teil am Samstag stattfanden.

»Na gut«, seufzte sie schließlich ergeben. »Dann lassen wir alles erst mal so, wie es ist.«

Patrick strahlte sie an und kam um den Tisch herum auf sie zu. Zärtlich nahm er sie in den Arm.

»Danke dir, Liebes«, sagte er. »Dafür habe ich auch eine wunderschöne Überraschung für dich. Was hast du für die Feiertage vor?«

Verblüfft sah Teresa ihn an. Sie hatte gar nichts vor und sich schon während der Rückfahrt nach Hause den Kopf darüber zerbrochen, wie sie die Zeit an den vier Tagen bestmöglich totschlagen sollte. Dass Patrick an Ostern Zeit für sie haben könnte, war ihr nicht einmal in den Sinn gekommen.

Jäh zuckte Hoffnung in ihr empor. »Was hast du denn vor?« fragte sie in neckischem Ton und kitzelte ihn spielerisch mit der Zungenspitze an der Nase.

»Ich weiß es noch nicht. Ich habe erst heute mit Tanja gesprochen, diesmal persönlich. Ihre Schwester hat sie eingeladen, mit in den Skiurlaub zu kommen, den sie mit ihrer Familie über Ostern machen will. Sie wollte gern mitfahren, und ich habe natürlich nicht nein gesagt. Sie ist frühestens am nächsten Freitag zurück. Also, wenn du auch noch nichts Festes vorhast, könnten wir uns ja zusammentun, was meinst du?«

Es war fast zu schön, um wahr zu sein, trotz der Tatsache, dass sich die Klärung von Patricks Beziehung dadurch ein weiteres Mal verzögerte. Aber Teresa schob diesen Gedanken beiseite. »Und deine Arbeit?«, fragte sie stattdessen.

»Auch dafür ist gesorgt. Jeder in Trier weiß, wie sauer Tanja ist, wenn ich an Feiertagen nicht frei habe. Daher habe ich das mit den Kollegen schon vor Wochen geklärt. Einmal am Tag höre ich mein Handy ab und stehe nur im absoluten Notfall zur Verfügung. Das wissen alle und sind darauf eingestellt.«

»Und dieser Notfall«, fuhr er fort und legte Teresa einen Finger auf den Mund, um sie am weiteren Sprechen zu hindern, »ist ja im Augenblick unwahrscheinlich, wenn wir die Lage alle richtig einschätzen. Also wünschen wir allen Beteiligten ein schönes Osterfest.«

Kapitel 31

Fröhlich und energiegeladen betrat Teresa am Morgen des Osterdienstag ihr Büro in Eltville und schaltete ihren PC ein. Hinter ihr lagen vier herrliche Tage mit Patrick.

Am Karfreitagmorgen hatten sie sich spontan entschlossen, einen Kurztrip nach Frankreich zu machen. Sie waren ins Elsass gefahren und hatten jeden Tag in einem anderen verwunschenen Ort Station gemacht. Tagsüber waren sie gewandert, teils bei herrlichem Frühlingswetter, oder hatten sich die Städtchen angeschaut und ihren Cafe Creme im Freien genossen. Sie hatten viele gemeinsame Interessen entdeckt.

Wie Teresa interessierte sich Patrick für die Historie des eigenen, aber auch fremder Völker und war ein begeisterter Besucher von Baudenkmälern, Museen und Ausstellungen. Allein dieses Thema war nahezu unerschöpflich gewesen und gab Teresa das Gefühl, nach einer langen Zeit der Entbehrungen diesbezüglich endlich wieder einmal aus sich herausgehen zu können.

Marcel war auf ihren gemeinsamen Reisen immer ein Kulturmuffel gewesen und hatte Teresa selbst an berühmten Orten häufig aufgefordert, allein auf Besichtigungstour zu gehen. Nie würde sie vergessen, dass er auf einer Reise nach London lieber ein Fußballspiel im Hotelfernsehen angeschaut hatte, als sie in den Tower zu begleiten. Seine Kenntnisse über Geschichtliches waren ohnehin relativ beschränkt und so hatte er oft das Thema gewechselt, wenn Teresa ihm berichten wollte, was sie gesehen hatte. So wie er an allem schnell das Interesse verlor, bei dem Teresa ihm voraus war.

Jetzt genoss sie es, mit Patrick das Straßburger Münster zu erkunden, Kapelle um Kapelle, und obwohl Teresa schon zweimal vorher dort gewesen war, entdeckte sie viel Neues.

Ebenso schön fanden beide, dass sie eine starke Liebe zur Natur miteinander teilten. Wie für Teresa war auch für Patrick insbesondere der Wald eine Quelle von Lebensfreude und Energie, wo sie selbst in schlimmen Zeiten Trost fanden. Am Anfang war Teresa auch häufig mit Marcel gewandert, aber im Laufe der Jahre hatte er immer mehr Wochenenden lieber seiner Karriere geopfert und über Präsentationen und Exposees gebrütet.

Um ihrer frischen Liebe willen hatte Patrick sein Versprechen wahr gemacht und sich für die Feiertage vollständig aus der Polizeiarbeit ausgeklinkt. Lediglich sein Handy hatte er pflichtgetreu einmal pro Tag abgehört, aber in Trier und Mainz war alles ruhig geblieben. So waren die Tage wie im Fluge vergangen und schnell den Nächten gewichen, die ihren ganz eigenen Zauber entfaltet hatten.

Patrick war ein sanfter rücksichtsvoller Liebhaber, auch darin ganz anders als Marcel, der Teresa mit seiner ungestümen Leidenschaft oft hingerissen, aber viele Male auch überrollt hatte. So schön die Nächte mit Marcel auch gewesen waren, so hatten sie doch einen Charakter gehabt, den Teresa im Nachhinein mit einem Zitat aus einem ihrer Lieblingsbücher beschrieb: »Hitze ohne Wärme.«

Mit Patrick war es Wärme, die sich zur Hitze steigern, aber auch sanft wieder zur Wärme absinken konnte, ohne an Intensität zu verlieren. Mit viel Geduld erforschte er ihren Körper und verlangte von Teresa nie etwas, bevor sie dazu bereit war.

Und ganz anders als Marcel konnte Patrick geben, ohne gleich etwas zurück haben zu wollen. So hatte er sie am Ostermontag lange und selbstvergessen massiert und gestreichelt und schließlich übergangslos ebenso zärtlich geliebt. Schließlich war die Zeit abgelaufen, in der sie das Zimmer benutzen konnten, und er selbst war noch nicht recht auf seine Kosten gekommen. Aber es schien ihm nicht das Geringste auszumachen und er hatte regelrecht verblüfft ausgesehen, als Teresa ihn zerknirscht gefragt hatte, ob er jetzt enttäuscht sei.

»Nein, mein Schatz.« Seine belustigte Stimme klang noch in ihren Ohren. »Wir haben doch noch so viel Zeit vor uns, da kannst du dich noch viele Male revanchieren.«

Teresa summte vor sich hin, als sie die Tasten betätigte, um ihre Emails aufzurufen. Draußen war das sonnige Frühlingswetter wieder stürmischem Aprilwetter gewichen, der Regen peitschte gegen die Scheiben und trieb Graupelflocken mit sich.

Freudig registrierte Teresa, dass schon eine Antwort auf ihre Mail an Körner eingetroffen war, in der sie ihm mitgeteilt hatte, dass sie gerne bereit sei, den freigewordenen Referentenposten zu übernehmen. Sie bewegte die Maus auf »Lesen« und konnte kaum abwarten, dass die Mail sich öffnete.

Wie vom Donner gerührt starrte sie Sekunden später auf die Worte.

»Liebe Frau Dr. Freudenberger«, stand es dort schwarz auf weiß. »Ich bedauere sehr, dass ich Ihre Mail, in der Sie mir Ihr Interesse an einer Mitarbeit bei der Qualifizierung unserer Versicherungsberater signalisiert haben, erst heute Morgen erhalten habe. Herr Dr. Wirtz, den ich vor Ostern auf einem Kongress traf, teilte mir mit, dass Sie bereits ausgebucht seien. So habe ich die Chance genutzt, eine andere Kollegin zu verpflichten, die ich zufällig ebenfalls dort getroffen habe, und fühle mich jetzt an mein Wort gebunden.

Ich hoffe auf Ihr Verständnis und verbleibe mit freundlichen Grüßen

Ihr

Wolfgang Körner«.

Vor Teresas Augen drehte sich alles und sie hatte erneut das Gefühl, dass der Boden unter ihren Füßen wankte. Gerade hatte sie sich von dem Schock des Einbruchs erholt und mühsam akzeptiert, dass sie den verhassten Kontakt zu Meyers Logistik noch eine Weile zum Schein aufrecht erhalten musste, um Patrick zu unterstützen.

Jetzt sah es wieder so aus, als ob sie ohne die verhassten Trierer Aufträge gar nicht über die Runden kommen würde, wenn sich nicht schnell etwas Neues auftat. Vielleicht würde sie sogar Eva entlassen müssen, wenn sie diese Aufträge nicht durch andere ersetzen konnte. Oder, sie schauderte, endlose Tage in Trier verbringen müssen, ohne zu wissen, ob sie Auftragnehmer bei einem Kinderschänderverein übelster Sorte war.

Spontan riss sie ihr Adressbuch aus der Tasche und wählte Körners Nummer. Es meldete sich nur der Anrufbeantworter und entmutigt legte sie auf, ohne eine Nachricht zu hinterlassen. Was hätte sie auch sagen sollen, es war ohnehin zu spät.

Voller Wut wählte sie danach Marcels Büronummer. Dort nahm seine Sekretärin den Hörer ab und teilte ihr auch gleich mit, dass Marcel zu sprechen sei. Sandra Gering, Marcels Teamassistentin, wie sich die alte Berufsbezeichnung »Sekretärin« mittlerweile nannte, hatte Teresa immer gemocht und war natürlich nur oberflächlich in die dramatische Entwicklung ihrer Beziehung eingeweiht.

»Hallo Teresa«, meldete sich wenig später Marcel mit der Stimmlage, die ihr immer noch einen winzigen Stich versetzte. Sie hatte etwas Besitzergreifendes und strahlte ein Stück dieser unerklärlichen Anziehung aus, die Marcel auf Teresa ausgeübt hatte. Etwas von dieser Distanzlosigkeit, die ihre Beziehung von Anfang an bestimmt hatte und die Teresa so lange fasziniert hatte, wie sie sie für ein Zeichen von Liebe gehalten hatte anstatt der in Wahrheit dahinter stehenden Bemächtigung ihrer Person.

Obwohl sie aus Erfahrung wusste, dass sie nichts damit erreichen würde, gingen Teresa sofort die Pferde durch. »Was soll das?« fragte sie grußlos mit schneidender Stimme.

»Guten Morgen, Teresa«, antwortete Marcel demonstrativ. »Was soll was?«

»Diese Absage von Körner auf deine Initiative hin.«

»Teresa«, jetzt wählte er den ihr so verhassten pseudosachlichen Tonfall, mit dem er vor allem reagierte, wenn er im Unrecht war. »Du hast es nicht einmal für nötig erachtet, dich bei mir für diese Chance zu bedanken, die ich dir aufgetan habe, und mir mitgeteilt, dass du daran kein Interesse hättest. Das habe ich Körner so weitergegeben, schließlich stand ich ihm gegenüber im Wort, weil ich dich ja empfohlen hatte.«

»Du Schwein!« Wieder einmal entgleiste ihr der Ton und sie hasste sich dafür, ohne es stoppen zu können. »Du weißt ganz genau, dass ich interessiert war. Ich habe dich nur gebeten, dich da herauszuhalten, weil Körner mir das Angebot selbst gemacht hat. Es ging dich also gar nichts an.«

»Wenn das so ist«, Marcel blieb kühl, »dann hast du ja nichts verloren. Melde dich einfach und bekunde dein Interesse, er ist ja heute wieder im Büro.«

»Du weißt ganz genau, dass er schon jemand anderes verpflichtet hat«, schrie Teresa.

»Nein, das wusste ich nicht. Aber ich bin erstaunt zu hören, dass dir dieser Auftrag so viel bedeutet hätte. Ich dachte, du kämst sehr gut zurecht. Wenn es also ein Missverständnis zwischen uns gab, bitte ich um Entschuldigung. Ich wollte dir nicht die Existenz ruinieren.«

Teresa befiel diese innere Lähmung, die sie schon so gut kannte. Auch wenn Marcel eindeutig im Unrecht war, kam sie einfach nicht an gegen diese Dreistigkeit, mit der er die Fakten und ihr die Worte im Mund herumdrehte.

»Halte dich raus aus meinen Geschäften«, schrie sie ein weiteres Mal in der demütigenden Gewissheit, auch in diesem Gespräch wieder den Kürzeren gezogen zu haben.

»Sehr gerne, und jetzt entschuldige mich bitte, ich habe in wenigen Minuten ein wichtiges Meeting.« Die Leitung war tot.

Mühsam rang Teresa um einen Rest ihrer Fassung. Das konnte doch nicht wahr sein! Warum hatte sie nur soviel Pech!

Nicht einmal die Beziehung zu Patrick war ihr im Augenblick ein Trost. Von ihm konnte sie keine finanzielle Unterstützung erwarten, geschweige denn annehmen, wenn sie nicht alleine zurechtkam. Er hatte eine kostspielige Scheidung vor sich und verdiente als Beamter wahrscheinlich ohnehin nicht das meiste.

An die Arbeit, die Teresa sich vorgenommen hatte, war aktuell nicht mehr zu denken. Stattdessen machte sie einen erneuten Kassensturz und überschlug die zu erwartenden Einnahmen aus den Aufträgen, die ihr einigermaßen gesichert erschienen. Mutlos legte sie den Taschenrechner schließlich zur Seite. Es würde ohne die Trierer Maßnahmen nicht reichen, wenn sie nicht zusätzliche Aufträge akquirierte.

Mit Schrecken dachte sie außerdem an die horrenden Hotelrechnungen, die an ihrem Wochenende mit Patrick angefallen waren und die sie vorerst mit ihrer Kreditkarte bezahlt hatte. Patrick und sie hatten sich die Übernachtungen zwar geteilt, aber waren wegen der Osterfeiertage nur in sehr teuren Hotels untergekommen, da preiswertere Quartiere ausgebucht gewesen waren. Solche Eskapaden würde sie sich in den nächsten Monaten nicht mehr leisten können und hätte wahrscheinlich auch auf die teure Reise ganz verzichtet, wenn sie nicht so sicher gewesen wäre, diese Aufträge von Körner zu erhalten.

Erschöpft starrte sie hinaus in den trüben Tag. Schon seit ihrer Kindheit hasste Teresa Übergangszustände, die Zeiten, in denen das Alte abgeschlossen, aber das Neue noch nicht gefestigt war. Im Jahreskreislauf symbolisierten die Monate März und April für sie diese Übergangsphase, nicht mehr richtig Winter, aber noch nicht richtig Frühling. Schnee auf Osterglocken, Frühlingsstürme statt Frühlingsdüfte.

Einige wenige Auftragsoptionen, die mit ohnehin geringer Erfolgswahrscheinlichkeit, waren noch offen. Obwohl ihr Gefühl ihr sagte, dass sie nicht noch mehr Enttäuschungen würde gebrauchen können, wählte sie eine Nummer nach der anderen. Es war überall dasselbe. Da wo sie ihre Ansprechpartner überhaupt erreichte, war kein aktueller Auftrag in Sicht. Es wurde gespart, umstrukturiert und so weiter, wie es eben in Zeiten der Wirtschaftskrise so üblich war.

Gegen vier Uhr am Nachmittag war ihre Stimmung auf dem Tiefpunkt angelangt. Arbeiten würde sie heute nicht mehr können, sie entschloss sich daher, nach Hause zu fahren. Patrick würde am Abend noch einmal hereinschauen, das war ihr einziger Trost. Ab morgen würde er dann wieder in Trier sein, selbst diese Stütze wäre ihr dann vorläufig entzogen. Das Leben war nicht fair.

Kapitel 32

Mit rotgeränderten Augen stand Teresa an ihrem Küchenherd und rührte in der Steinpilzsoße, als Patrick gegen 19 Uhr die Haustür öffnete. Seit Kurzem besaß er einen Schlüssel. Eigentlich hatte Teresa *Saltimbocca alla Romana* machen wollen, war dann aber unter dem Eindruck ihres aktuellen Finanzdesasters im Metzgerladen wieder auf dem Absatz umgekehrt, als sie die Preise für Kalbsschnitzel hörte. Aus ihrem letzten Italienurlaub hatte sie noch eine halbe Tüte getrocknete Steinpilze zu Hause und daher beschlossen, *Farfalle con Funghi di Porci* zuzubereiten. Sie hatte sich so darauf gefreut, Patrick an ihrem vorerst letzten Abend mit einem Festmahl zu verwöhnen. Jetzt war ihr auch das nicht vergönnt.

Patrick sah ihr sofort an, dass etwas passiert war. Ohne Worte nahm er sie erst einmal tröstend in die Arme und wiegte sie eine Weile hin und her. Erneut brach Teresa, die bereits den ganzen Tag immer wieder geweint hatte, in Tränen aus. Hilflos schluchzte sie an Patricks Schulter und hatte seinen Ärmel bereits ganz durchnässt, als er ihr sanft die Finger unters Kinn legte und ihren Kopf hob. »Was ist denn los?« fragte er behutsam.

»Marcel, das Schwein«, Patrick verstand die genuschelten Worte nur undeutlich. Teresa weinte hysterisch, bis sie schließlich vor Schluchzen kaum noch atmen konnte. Patrick klopfte ihr besorgt den Rücken.

So hatte er sie noch nie weinen sehen, weder nach dem Mord, den sie vor einigen Wochen entdeckt hatte, noch nach den Einbrüchen in ihre Wohnung und ihr Büro. Er wartete noch einige Sekunden, dann packte er Teresa energisch an den Schultern.

»Ist ja gut, jetzt«, sagte er in bestimmtem Tonfall. »Beruhige dich ein wenig und erzähl mir, was passiert ist.«

Kopfschüttelnd hörte er sich Teresas unzusammenhängenden Bericht an. Er wurde nicht schlau daraus. »Warum empfiehlt er dich zuerst, wenn er es später wieder rückgängig macht?«

Teresa holte tief Luft und schluchzte dabei ein letztes Mal. »Es ist das alte Spiel zwischen uns«, sagte sie schließlich. »Er genießt es, Macht über mich zu haben. Und wenn er sie dann hat, lässt er mich im Stich.«

»Das verstehe ich nicht. Ich denke, er hat Körner abgesagt, weil er keine Macht über dich hatte?«

»Ja, in diesem Fall habe ich mich gewehrt. Aber es ist trotzdem das alte Spiel. Er will Einfluss auf mich nehmen und mich kontrollieren. Aber wenn ich mich dann auf ihn einlasse und ihm vertraue, übernimmt er keine Verantwortung. So war es immer und auch zuletzt. Ich hätte es wissen müssen.« Jetzt weinte sie wieder.

Patrick fasste sie erneut an den Schultern und zwang sie, ihm in die Augen zu sehen. »Teresa«, sagte er ruhig. »Willst du mir nicht endlich sagen, was er dir wirklich getan hat?«

In Teresa tobte ein innerer Kampf. Die Erinnerung war noch zu frisch, um mit jemand anderem als Marta darüber zu reden, und ... würde Patrick das überhaupt verstehen? Oder würde er sie verurteilen? Aber, hatte er andererseits jetzt nicht das Recht, die Wahrheit zu erfahren? Schließlich wollte er sich wegen ihr doch sogar von Tanja trennen.

Patrick bemerkte Teresas widerstreitende Gefühle. »Was auch immer es ist, was du mir sagen willst, es ist für mich Vergangenheit. Ich werde dich nicht nach dieser Vergangenheit beurteilen, sondern nach dem, was ich in der Gegenwart mit dir erfahre und erlebe.«

Teresa gab sich einen Ruck. »Ich war schwanger von Marcel«, sagte sie schließlich mit leiser Stimme.

»Wann?«

»Im Herbst.«

Patrick ließ dies schweigend auf sich wirken. Jetzt war es April und sie war offensichtlich nicht mehr schwanger. »Hast du das Kind verloren?« fragte er behutsam.

»Nein«, Teresas Stimme klang seltsam metallisch. »Ich habe es nicht verloren. Ich habe es abgetrieben.«

Einen Augenblick lang war Patrick schockiert. Sie hatten über die Osterfeiertage zwar nicht von gemeinsamen Kindern gesprochen, dafür war es noch viel zu früh. Aber Teresa hatte ihm wiederholt erzählt, dass sie Kinder mochte und sich trotz ihrer Berufstätigkeit ein Leben ohne ein Kind nicht vorstellen könnte.

»Erzähl mir, was geschehen ist«, bat er sie schließlich.

Teresa begann mit stockender Stimme, wurde aber im Laufe ihrer Erzählung immer flüssiger. Mehrmals musste sie erneut die Tränen zurückhalten und schilderte die Ereignisse anfangs nur verworren. Aber schließlich gab ihr Bericht für Patrick ein schlüssiges Bild.

Teresa war schon Anfang der Dreißig gewesen, als sie Marcel kennen lernte, und nicht zuletzt wegen ihres Alters auf der Suche nach einer ständigen Bindung, die ihr die Sicherheit bieten würde, eine Familie zu gründen.

Von Kindheit an war ihr Verhältnis zu eigenen Kindern gespalten gewesen. Wenn auch aus unterschiedlichen Motiven, war ihr von Vater und Mutter gleichermaßen eingebläut worden, dass eine Schwangerschaft außerhalb der Ehe oder zumindest einer festen Bindung nicht nur eine persönliche Schande sei, sondern dass sie in einem solchen Fall nicht auf Unterstützung aus ihrem Elternhaus rechnen dürfe.

Bei ihrem streng katholischen Vater waren bigotte Moralvorstellungen die Grundlage für diese Aussagen. Bei Teresas Mutter war es dagegen ganz anders gewesen. Diese hatte sich selbst nie verziehen, blutjung und ohne Ausbildung in die unglückliche Ehe mit Teresas Vater gestolpert zu sein. Durch die beiden rasch aufeinander folgenden Geburten der Kinder hatte sie jahrzehntelang in völliger Abhängigkeit von ihm gelebt. Ihr Credo war es daher immer gewesen, dass ihre einzige Tochter diesen Fehler auf keinen Fall wiederholen dürfe.

Trotz allem, was ihr Teresa in anderer Hinsicht vorzuwerfen hatte, hatte ihre Mutter sie immer energisch darin unterstützt, eine gute Ausbildung zu machen. Sie hatte ihr während ihres Studiums Geld zugesteckt und es bis heute nicht verwunden, dass Teresa nach ihrer Promotion die Universität verlassen hatte.

Schon als Teenager hatte Teresa das Gespenst einer ungewollten Schwangerschaft durch all ihre Liebesbeziehungen begleitet. Sie hatte zwei Jahre vor ihrem ersten Geschlechtsverkehr begonnen, die Pille zu nehmen. Trotzdem hatte sie sich die ersten Monate in schlaflosen Nächten vor Angst verzehrt, wenn sich ihre Periode einmal um wenige Tage verzögert hatte.

Ein Kind zu bekommen ohne gesichertes eigenes Einkommen und ohne Mann, der sie unterstützte, war für Teresa immer undenkbar geblieben. Trotz ihres immer stärker werdenden Kinderwunsches hatte sich daran auch nichts geändert, als sie Marcel kennen lernte. Die ersten drei stürmischen Jahre ihrer Beziehung waren Kinder daher kein Thema gewesen. Teresa wollte sich erst ein sicheres Standbein als Personalentwicklerin aufbauen, bevor sie eine Schwangerschaft überhaupt in Betracht zog. Und dann ganz bürgerlich heiraten und zwar einen Partner, der bereit war, mit ihr gemeinsam das Kind aufzuziehen, so dass sie zumindest teilzeitig in ihrem Beruf tätig bleiben konnte.

»Aber Marcel war doch nie solch ein Typ?« fragte Patrick erstaunt. »Warum bist du dann bei ihm geblieben?«

Teresa schüttelte heftig den Kopf. So einfach war das nicht gewesen. Marcel hatte ihr fast von Anfang an gesagt, dass er einmal eine richtige Familie haben und sich auch an der Erziehung der Kinder aktiv beteiligen wolle. Das Versprechen, Kinder mit ihr zu haben, war seinerzeit sogar ausschlaggebend für Teresa gewesen, nach der ersten Trennung zu Marcel zurück zu kehren.

Schließlich schien es ihm wirklich ernst damit zu sein. Er hatte, hier brach Teresa erneut in Schluchzen aus, ja sogar diese große Villa am Rhein gemietet, um genügend Platz für eine spätere Familie zu haben. Oft waren sie am Wochenende bei Einkaufsbummeln durch Kinderabteilungen gewandert und hatten sich Strampelanzüge und Wiegen angesehen. Oder stundenlang über Vornamen debattiert, ohne sich je auf einen einigen zu können.

In seltsamem Widerspruch dazu hatte immer die Tatsache gestanden, dass Marcel sie nie hatte heiraten wollen. Mehrmals hatte Teresa darauf gedrängt, aber Marcel hatte sie unter Vorwänden immer wieder vertröstet.

Dass er weiterhin darauf bestanden hatte, dass Teresa ihr eigenes Geld verdiente, war ihr dagegen nie merkwürdig vorgekommen. Schließlich wollte sie ja auch selbst ihre finanzielle Unabhängigkeit bewahren und rechnete im Falle einer Geburt damit, sich die Kinderpflege und damit auch die Berufstätigkeit mit Marcel teilen zu können.

Vor drei Jahren, als Teresa 36 war, wollte sie dann nicht mehr länger warten. Marcel war einverstanden damit gewesen, dass sie die Pille absetzte und freute sich angeblich auf eine Vaterschaft. Er hatte Teresa von einem Kongress in den USA sogar einen Brief geschrieben, in dem er in allen Einzelheiten ausmalte, wie er sich Teresas Töchterchen vorstellen würde, eine Miniaturausgabe von ihr selbst mit grünen Augen und entzückendem Trotz.

Aber dann war erst einmal nichts passiert. Obwohl ihr Sexualleben alles andere als passiv war, wurde Teresa einfach nicht schwanger. Ihre Frauenärztin hatte sie schließlich darüber aufgeklärt, dass Teresas Organismus durch die ununterbrochene Einnahme der Pille seit ihrem 16. Lebensjahr nie wirklich Zeit gehabt hatte, einen normalen Zyklus mit dem dazugehörigen Eisprung zu entwickeln und sich erst ganz langsam regenerierte.

Hinzu kam, dass sie durch ihre und Marcels viele Reisen oft gar nicht zusammen waren, wenn Teresa ihre fruchtbaren Tage hatte. So war Monat um Monat ins Land gegangen, ohne dass sich etwas getan hatte.

Anders als Patrick war Marcel nie bereit gewesen, medizinischen Rat in Anspruch zu nehmen. Erst recht lehnte er eine künstliche Befruchtung oder sogar eine Adoption ab.

Mit der Zeit hatte sich daher ein für Teresa unerträglicher Schwebezustand entwickelt. Einerseits fühlte sie sich in der Beziehung zu Marcel immer unglücklicher, andererseits wagte sie auch nicht, ihn zu verlassen. Nach jedem Geschlechtsverkehr fürchtete und hoffte sie zugleich, schwanger zu sein, und hatte die sicherlich mehr als berechtigte Angst, dass Marcel im Falle einer Trennung nicht bereit sein würde, das Kind mit zu versorgen.

Auf der anderen Seite wurde sie immer älter und sah daher immer weniger Chancen, eine neue dauerhafte Beziehung einzugehen (vielleicht sogar mit demselben deprimierenden Verlauf), bevor ihre biologische Uhr endgültig ablief.

Im Oktober des vergangenen Jahres war es dann zu einer

unerwarteten Wende gekommen. Nach einem Kurzurlaub am herbstlichen Gardasee, den sie mit Marcel genossen hatte und der auch ihrem seit einiger Zeit in Routine erstarrten Liebesleben neue Impulse gegeben hatte, war Marcel eines Abends aus der Bank gekommen und hatte ihr mit strahlenden Augen von jener »wahnsinnig interessanten Chance« erzählt, die ihm sein Bereichsleiter am selben Tag in Aussicht gestellt hatte: Den Aufbau einer Tochterbank in Shanghai als dortiger Geschäftsführer, ausgestattet mit mehr Befugnissen, als er in Deutschland in den nächsten Jahren je erhalten könnte, und mit der glänzenden Perspektive, nach drei Jahren auch in eine Geschäftsleiterfunktion nach Deutschland zurückkehren zu können.

Noch am selben Abend hatte er von Teresa verlangt, erneut die Pille zu nehmen und als diese das entrüstet abgelehnt hatte, angekündigt, dann selbst mit Kondomen vorsorgen zu wollen.

Dies war dann allerdings in zweierlei Hinsicht gar nicht mehr nötig gewesen. Teresa hatte sich ab diesem Zeitpunkt geweigert, mit Marcel zu schlafen. Als ihre Periode dann im November ausblieb, war sie lange Zeit zwischen Hoffen und Bangen hin und her gerissen gewesen. Einerseits hatte ihr ihr unregelmäßiger Zyklus bereits in der Vergangenheit so manchen Streich gespielt, andererseits fürchtete sie sich auch vor Marcels Reaktion und wollte instinktiv sichergehen, dass eine Schwangerschaft schon weit fortgeschritten war, bevor sie ihn einweihte.

Nie würde sie den Abend vergessen, an dem es dann so weit war. Es war genau vier Wochen nach Ausbleiben ihrer Periode und Teresa hatte bereits die ersten körperlichen Anzeichen einer Schwangerschaft zu entdecken geglaubt. Ihre

Brüste spannten und schienen etwas größer geworden zu sein und öfters verspürte sie jenes Ziehen im Unterleib, welches sie anfangs immer wieder für das Anzeichen der verspäteten Periode gehalten hatte, die sich dann aber nie eingestellt hatte.

Marcel kam spät von der Arbeit und bemerkte den festlichen Tisch zunächst gar nicht, den sie zur Feier des Tages gedeckt hatte. Der Schwangerschaftstest lag gebrauchsbereit im Badezimmer, aber Teresa war es wichtig gewesen, Marcel einzuweihen, bevor sie endgültige Sicherheit hatte. Sie wollte seine spontane Reaktion sehen.

An dieser Stelle stockte Teresas Redefluss erneut. »Selbst Werner Meyers hat sich gefreut, als seine Frau ihm sagte, dass sie schwanger sei«, brach es aus ihr hervor.

Sie weinte erneut. Patrick wartete schweigend und streichelte ihr die zuckenden Schultern. Schließlich fuhr sie fort.

Marcel hatte zunächst gar nichts gesagt, als sie ihm die Nachricht mitgeteilt hatte. »Wir bekommen vielleicht ein Kind« waren ihre Worte gewesen, als er vor dem Glas Sekt saß, das sie ihm eingeschenkt hatte.

Schweigend und scheinbar wie gelähmt hatte er das Glas gehalten und schließlich einen Schluck daraus genommen.

»Was heißt vielleicht?« hatte er dann gefragt.

Entmutigt hatte Teresa ihm von ihrem Verdacht und den Symptomen der Schwangerschaft erzählt, die sie wahrzunehmen glaubte. »Also ist es noch gar nicht sicher?« war seine erste Reaktion gewesen. Teresa hatte den Kopf geschüttelt.

»Dann warten wir doch einfach noch etwas ab«, hatte er gesagt und sich vor ein Fußballspiel gesetzt, ohne ihr festliches Abendessen auch nur anzurühren.

Teresa hatte nicht gewagt, den Test zu machen und war verzweifelt ins Bett gegangen. Die halbe Nacht hatte sie wachgelegen und gegrübelt, was nur werden sollte, wenn sie jetzt wirklich schwanger war. Marcel war in dieser Nacht nicht zu ihr ins Bett gekommen, sondern hatte im Wohnzimmer auf der Couch geschlafen.

Am nächsten Morgen saßen sie sich verkatert und schweigend beim Frühstück gegenüber. Teresa köpfte gerade ein Ei, als Marcel übergangslos sagte: »Ich gehe trotzdem nach China, so eine Chance bekomme ich nie wieder.«

Teresas Apathie war heller Wut gewichen. »Und was soll aus mir werden?« hatte sie geschrieen. »Willst du dich jetzt ganz aus deiner Verantwortung stehlen? Ich kriege doch in China keinen Job und verliere hier alles, wenn ich mit dir gehen muss.«

Marcel hatte sie nur eiskalt angesehen. »Du hast Recht«, hatte er gesagt. »Ich möchte dich deshalb gar nicht mitnehmen.«

Teresa hatte es die Sprache verschlagen. In kopfloser Panik war sie ins Badezimmer gestürmt und hatte mit zitternden Fingern die Hülle des Schwangerschaftstests aufgerissen.

Wie oft hatte sie schon vergeblich auf die rosafarbene Färbung gehofft, wenn ihre Tage sich in früheren Monaten wieder einmal verzögert hatten. Jetzt wünschte sie sich mit jeder Faser ihres Seins, dass es nicht geschehen sein möge.

Aber es war zu spät gewesen. Schon nach wenigen Sekunden hatte sich diesmal die so lang ersehnte Färbung gezeigt, als könnte es gar nicht schnell genug gehen.

»Denn ich war ja schon in der sechsten Woche, das Kind hatte schon ein kleines Herz und Ansätze von Gliedmaßen.« Ihr Schluchzen benahm ihr erneut den Atem.

Hilflos hielt Patrick Teresa in den Armen. Unwillkürlich stiegen ihm Tränen in die Augen. *Männer sind Schweine*, dröhnte es wie bei einer gesprungenen Schallplatte ständig in seinem Kopf.

Endlich beruhigte Teresa sich erneut.

»Der Rest ist schnell erzählt«, sagte sie mit jener leblosen

Stimme, mit der sie schon die Worte »ich war schwanger« gesagt hatte.

»Marcel nahm es zur Kenntnis und verließ schweigend die Wohnung. Tagsüber ließ er sich zweimal am Telefon verleugnen. Danach habe ich es nicht mehr versucht. Abends kam er dann nicht nach Hause, sondern schlief in einem Hotel. Er rief nicht einmal an.«

Sie machte eine Pause.

»In jener Nacht fasste ich den Entschluss, ihn zu verlassen. Ich packte ein paar Sachen und zog in mein Büro. Am Morgen meldete ich mich bei Pro Familia in Wiesbaden. Ich ließ mir den Beratungsschein geben und machte den Termin zur Abtreibung aus.«

Erneute Pause.

»Marcel rief in dieser ganzen Woche nicht an. Ich wartete bis zum Schluss darauf, dass er sich melden würde. Erst als ich den OP-Kittel anhatte, schaltete ich mein Handy aus.«

»Später sagte er dann, es sei alles meine Schuld gewesen. Er hätte schon für mich und das Kind gesorgt in Deutschland, er hätte mich nicht im Stich gelassen. Aber ich hätte ihm nicht einmal die Chance gelassen zu reagieren. Und er hätte nicht einfach zu seinem Chef gehen und ihm sagen können, dass er die Position jetzt doch nicht annehmen könne. Schließlich hätte sein Chef sich dafür aus dem Fenster gehängt und für ihn eingesetzt. Aber es sei auch vereinbart gewesen, dass er ohne Familienanhang gehen sollte, deshalb sei er ja ausgewählt worden, weil er ledig sei. Einen jungen Familienvater hätte man in diesem schwierigen Umfeld nicht gebrauchen können. Dafür sei die Infrastruktur dort noch zu schlecht.«

»Hatte er denn doch mit seinem Chef darüber gesprochen?«

»Aber ich hätte nicht mehr auf ihn zugehen können nach

dieser Woche, in der er mich allein gelassen hatte. Das wusste ich. Und ich wollte mich nicht darauf verlassen, dass er mich finanziell unterstützt. Marcel war mit wenigen Ausnahmen immer geizig gewesen und ich hätte ja auch gar nicht gewusst, wie ich über die Runden kommen sollte, wenn er wirklich nicht mehr als die Alimente gezahlt hätte. Ein paar hundert Euro im Monat, davon hätte ich nicht mal die Miete bezahlen können. Und wenn ich selbst Geld verdiene, muss ich ja dauernd unterwegs sein. Das Kind wäre bei fremden Leuten aufgewachsen.«

Selbst jetzt zog sie nicht einmal in Betracht, dass es andere Auswege hätte geben können, registrierte Patrick erschüttert. Dass ihr jemand geholfen hätte zum Beispiel. Zu mächtig waren die Botschaften, die ihre Eltern ihr mit auf den Lebensweg gegeben hatten. Sie trotzten selbst ihrem zweifellos fundierten psychologischen Wissen über diese Art Psychodynamik.

Wenn nicht du, wer hätte es dann überhaupt schaffen können?, lag ihm schon auf der Zunge, als sie ihr tränennasses Gesicht zu ihm aufhob.

»Verachtest du mich jetzt?«

Heftig schüttelte er den Kopf und biss sich auf die Lippen. Sanft streichelte er den immer noch zuckenden Rücken und war froh, dass er die Worte nicht ausgesprochen hatte.

Sie hätten nichts besser gemacht. Teresa wusste nicht, wie stark sie wirklich war. Es ihr ausgerechnet in diesem Moment zu sagen, wäre das Dümmste und Taktloseste gewesen, was er hätte tun können.

Kapitel 33

Diesmal sah Lena Meyers den Brief selbst. Er war mit großen Lettern verfasst, die anscheinend aus der Bildzeitung ausgeschnitten waren. Der Inhalt ließ keinen Zweifel daran, dass der Absender die Kassette wirklich hatte. Erneut verlangte er das Geld. Eine Million Euro, überwiesen auf ein Schweizer Nummernkonto. Das sah nach jemandem aus, der sich im Bankgeschäft auskannte.

Der Brief enthielt ein letztes Ultimatum. Die Kassette ginge an die Polizei, wenn das Geld nicht binnen Wochenfrist eingetroffen sei.

»Ich glaube wirklich, du hast Recht«, sagte Lena Meyers nachdenklich, als sie den Brief zum dritten Mal durchlas. »Teresas Ex ist ein hohes Tier in einer Frankfurter Bank. Es spricht wirklich alles dafür, dass sie die Kassette hat.«

»O.k.«, Wolf gab sich einen Ruck. »Es geht so nicht mehr weiter. Die Bullen schnüffeln überall rum und ihr verdeckter Spitzel wird auch immer lästiger.« Er wählte die Nummer an seinem Handy.

»Carlos?« fragte er kurz in den Hörer, als sich jemand am anderen Ende der Leitung meldete. »Plan B wird sofort aktiviert.«

Er lauschte schweigend. »Wann?« fragte er dann knapp. Lena konnte die Antwort nicht verstehen. Wolf drückte auf den Aus-Knopf.

»Und wenn sie es doch nicht ist?« fragte sie zögernd in einem Anflug von Mitleid.

Wolf zuckte die Achseln. »Dann hat sie Pech gehabt«, entgegnete er lapidar. »Wir werden es ja sehr schnell merken.«

»Und was ist mit Irina?«

»Um die kümmern wir uns später. Alles zu seiner Zeit!«

Diesmal dauerte es Tage, bis sich Teresa etwas erholte. Es war, als ob durch die verpassten Aufträge ein Damm in ihr gebrochen sei. Die hervorbrechende Tränenflut hatte nach all den Belastungen der vergangenen Wochen und Monate ihre Selbstbeherrschung erst einmal gnadenlos hinweg gefegt.

Bis zum darauf folgenden Samstag verbrachte Teresa die Zeit überwiegend im Bett. Selbst eine Sonderstunde bei Marta brachte ihr keinen wirklichen Trost. Immerhin hatte Marta eine Erklärung für ihr Verhalten. »Es wird Zeit, dass du anfängst zu trauern, Teresa«, hatte sie leise und liebevoll gesagt. »Nur wenn du den Schmerz endlich zulässt, kannst du wieder davon genesen.«

Eine Weile spielte Teresa mit dem Gedanken, in Deutschland alles stehen und liegen zu lassen und einige Wochen an den Gardasee zu fahren. Dort war sie immer glücklich gewesen, selbst zuletzt die wenigen Tage mit Marcel. Dort war sie auch schwanger geworden. Es schien der beste Ort zu sein, um von dem Kind Abschied zu nehmen, welches sie nie anders als vor ihrem inneren Auge sehen würde.

Letztlich hatte ihre Geldnot sie aber davon abgehalten. Im Augenblick konnte sie sich wirklich nicht erlauben, die wenigen Aufträge ausfallen zu lassen, die sie noch hatte.

So war sie plangemäß am Sonntagabend mit dem Zug nach Hamburg aufgebrochen, um dort einen zweitägigen Teamentwicklungsworkshop zu leiten. Ihr Auto hatte sie wie immer im Mainzer Bahnhofsparkhaus stehen lassen.

Von Patrick hatte sie die ganze Zeit nur telefonisch gehört, da er wieder bis zu den Ohren in der Arbeit in Trier steckte. Anscheinend war es gelungen, bisher unbekannte Telefonverbindungen ausfindig zu machen, über die sich Wolf u.a. mit Lena Meyers verständigte, und man war in Trier Tag und Nacht mit der Überwachung und Auswertung der diversen Telefonate beschäftigt. Wolf war offensichtlich in Geschäfte im Trierer Rotlichtmilieu verwickelt und unterhielt Kontakte zu einer Zuhälterbande, die von einem einschlägig vorbestraften Typ namens Carlos geleitet wurde. Das Netz zog sich zu, hatte Patrick zuversichtlich erklärt.

Müde steckte Teresa den Autoschlüssel ins Schloss ihrer Fahrertür. Der Workshop war anstrengend gewesen, auch wenn sie tagsüber dadurch an ihre eigene Misere kaum gedacht hatte. Wieder hatte sich die alte Weisheit bewahrheitet, dass nichts besser von den eigenen Problemen ablenkt als die Probleme anderer Leute. Und die waren diesmal wirklich heftig gewesen. Teresa konnte sich nicht erinnern, jemals eine solch zerstrittene Truppe in einem ihrer Seminare gehabt zu haben.

Es hatte sie all ihr Können gekostet, zumindest Teillösungen für die Konflikte und Sachprobleme der Gruppe zu finden. Als Belohnung hatte es ihr wenigstens eine durchgeschlafene Nacht eingebracht, nachdem sie am Abend des ersten Workshoptages wie ein Stein in ihr Bett gefallen war.

Auch jetzt fühlte sie sich nach der anstrengenden Bahnfahrt mit Verspätung ihres Anschlusszuges in Hannover wie zerschlagen. Mühsam wuchtete sie ihren Koffer und die schwere Aktentasche auf den Rücksitz ihres Autos.

Das Zeichen, welches nach dem Starten des Motors am Armaturenbrett aufleuchtete, hatte Teresa noch nie gesehen. Sie war es gewohnt, dass der allgegenwärtige Bordcomputer ihr selbst jede ausgefallene Glühbirne anzeigte, daher nahm sie das Signal nicht besonders ernst. Zu Hause würde sie in der Betriebsanleitung nachsehen, was es mit diesem Zeichen auf sich hatte. Jetzt war sie dazu einfach zu müde.

Auf der abschüssigen kurzen Strecke zwischen Parkhaus und erster Ampel musste sie kräftig auf die Bremse treten, um ihren Wagen zum Stillstand zu bringen. Es kam ihr zwar merkwürdig vor, aber sie hielt es für eine Folge des zweitägigen Stehens im Parkhaus, wie sie dem ungläubig wütenden und erschrockenen Patrick später erzählte. Auch bei späteren Bremsmanövern fand das Pedal wenig Widerstand, aber da der Wagen jeweils anhielt, hatte sie sich nichts weiter dabei gedacht und war schließlich auf die Autobahn abgebogen.

Teresa hatte es eilig nach Hause zu kommen. Bereits am nächsten Morgen hatte sie einen zeitigen Telefontermin mit ihrem Hamburger Auftraggeber vereinbart, der noch einmal eine kurze Nachlese der Maßnahme mit ihr vornehmen wollte. So überholte sie auf der Rheinautobahn ungeduldig den langsam dahin schleichenden Kleinwagen, an dessen Steuer augenscheinlich ein halb blinder scheintoter Rentner saß (so oder drastischer hätte Marcel sich ausgedrückt).

Zu spät bemerkte sie, dass vor ihr auch ein anderer Wagen nach links ausgeschert war, um einen Kleintransporter zu überholen. Abrupt trat Teresa auf die Bremse und spürte zu ihrem Entsetzen diesmal keinen Widerstand mehr. Mit 150 Stundenkilometern raste sie auf das Heck des vor ihr fahrenden Wagens zu.

Geistesgegenwärtig und panisch zugleich drückte sie auf die Hupe und gab gleichzeitig Lichtsignale. In letzter Sekunde scherte der Wagen vor ihr wieder auf die rechte Spur.

Später konnte Teresa sich nur noch bruchstückhaft daran erinnern, wie es ihr schließlich gelungen war, ihren Wagen zum Stillstand zu bringen. Zunächst hatte eine leichte Steigung die Geschwindigkeit von sich aus gedrosselt und es war ihr gelungen, erst auf die rechte Fahrspur und später auf die Standspur auszuweichen. Zum Glück hatte sie dort freie Fahrt gehabt.

Trotzdem schien es eine Ewigkeit zu dauern, bis sich der Wagen bis auf etwa 50 Stundenkilometer verlangsamt hatte. Erst dann wagte es Teresa, leicht die Leitplanke zu touchieren. Es knirschte und krachte beträchtlich, Funken spritzten vom Lack ihres teuren Wagens auf und fast wäre sie auf die Fahrbahn geschleudert. Aber die Geschwindigkeit drosselte sich weiter und schließlich nutzte sie eine Lücke in der Leitplanke, um den Wagen aufs freie Feld zu lenken, wo er mit ohrenbetäubendem Krachen über Ackerfurchen holperte und im Schlamm vor einem dichten Brombeergebüsch schließlich gänzlich zum Halten kam.

Mit zitternden Knien stieg Teresa aus dem völlig zerschrammten Fahrzeug. Wahrscheinlich war bei der wilden Fahrt über das Stoppelfeld auch die Achse beschädigt worden. Aber anders als bei all den Schicksalsschlägen, die sie in den letzten Monaten getroffen hatten, blieb sie diesmal innerlich völlig ruhig.

Dies war keine Autopanne, die zu einem Unfall geführt hatte. Mit tödlicher Sicherheit wusste Teresa, dass ihr Wagen in ihrer Abwesenheit im Parkhaus manipuliert worden war. Hier hatte sie jemand umbringen oder zumindest schwer verletzen wollen, um... ja um Himmels Willen warum?

Aus dem Gedächtnis wählte Teresa Patricks Handynummer. Trotz der späten Stunde meldete er sich sofort. Er war noch mit Roland im Trierer Präsidium.

Mit knappen Worten schilderte Teresa den Unfall und ihren Verdacht, dass an ihren Bremsen manipuliert worden war. Dann nahm sie schweigend Patricks Instruktionen entgegen.

Sie selbst sollte sich über die Notrufnummer die nächste Polizeistreife und einen Abschleppdienst anfordern. Patrick würde derweil die zuständige Kripo benachrichtigen, die Teresa am Unfallort abholen, erste Ermittlungen anstellen und sie schließlich nach Hause fahren sollten. Er selbst würde sofort von Trier aufbrechen und sie in ca. zwei Stunden in ihrer Wohnung treffen.

Aufseufzend stieg Teresa in ihr zerschrammtes Fahrzeug und ließ sich auf den Fahrersitz sinken. Als sie die Notrufnummer anwählte, erfuhr sie, dass bereits ein Streifenwagen auf dem Weg zu ihr sei. Vorbeifahrende Autofahrer hatten den Unfall bemerkt und sofort gemeldet. Erst jetzt sah Teresa, dass zwei PKW mit leuchtenden Warnblinkern auf dem Standstreifen standen und zwei Männer in Leuchtjacken und mit Verbandskästen in den Händen auf sie zu rannten.

»Alles in Ordnung?« fragte der erste sie atemlos durch das offene Fenster. Wunderbarerweise funktionierten die elektrischen Fensterheber noch. Es war ein bärtiger Mittvierziger, der stark nach Möbelpolitur roch und einen blauen Overall trug. Wahrscheinlich ein Handwerker, vielleicht ein Schreiner.

»Ja, danke«, sagte Teresa müde. »Ich glaube, mir ist nichts passiert.«

Mittlerweile war auch der zweite Mann herangekommen, augenscheinlich ein junger Geschäftsmann, dessen teurer Businessanzug jetzt vom Schlamm des Ackers bespritzt war. Er trug eine Decke unter dem Arm.

Unwillkürlich kamen Teresa jetzt doch die Tränen. Sie war es einfach nicht gewohnt, dass man sich um sie sorgte. Widerstandslos ließ sie sich von den Männern in die Decke packen und vorsichtig auf den Rücksitz des Wagens legen. Sie spürte einen dumpfen Schmerz im Nacken. Wahrscheinlich ein leichtes Schleudertrauma.

Sie schloss die Augen. Die Männer blieben bei ihr, bis wenig später der Streifenwagen eintraf. Wahrscheinlich war sie unwillkürlich eine winzige Weile weggedämmert. Als sie die Augen wieder öffnete, sah sie in das besorgte Gesicht einer jungen Polizistin. Unter ihrer Schirmmütze hatten sich einige Strähnen ihres streng nach hinten geflochtenen Zopfes gelöst und fielen ihr über die Ohren.

»Wie fühlen Sie sich?« fragte sie mit leicht pfälzischem Akzent.

»Nicht besonders«, antwortete Teresa. »Aber ich glaube, ich bin nicht schlimm verletzt. Zumindest spüre ich nichts.«

Kurz nach der Polizistin kam ein Notarzt, der Teresa noch am Unfallort untersuchte, zum Glück aber keine gravierenden Verletzungen feststellen konnte. Sie würde also zu Hause sein können, wenn Patrick ankam.

Erst als sie sich bei ihren Helfern bedanken wollte, bemerkte Teresa, dass die beiden Männer schon längst weitergefahren waren.

Erschüttert drückte Wiegandt auf den Knopf seines Handys. Roland sah ihn besorgt an.

»Was ist geschehen?«, fragte er knapp.

»Teresa ist mit dem Auto verunglückt. Wahrscheinlich hat jemand ihren Wagen manipuliert. Jedenfalls haben die Bremsen versagt und vorher fiel ihr irgendein Warnlicht auf, das sie noch nie gesehen hatte. Leider hat sie nicht gleich nachgeguckt, was es sein könnte.«

»Was für ein Warnlicht?« fragte Roland verständnislos.

Wiegandt riss sich zusammen. Er merkte selbst, wie wirr er geklungen hatte.

»Teresas Wagen hat einen Bordcomputer, der ihr Defekte am Fahrzeug oder notwendige Inspektionen automatisch anzeigt.«

»Ach so. Und nur wegen dem Warnlicht glaubt sie, jemand habe an ihrem Wagen manipuliert?«

»Der Wagen stand zwei Tage in einem Parkhaus, als sie unterwegs nach Hamburg war. Auf der Hinfahrt war noch alles in Ordnung.«

»Ist sie verletzt?«

»Zum Glück nicht. Aber der Wagen ist natürlich hin.« Kurz schilderte Wiegandt den Hergang des Unfalls. »Sie hat mehr Glück als Verstand gehabt. Aber die Sache hier beginnt zu eskalieren.«

»Du glaubst, dass dies ein Mordanschlag auf Teresa war, der im Zusammenhang mit Meyers Tod und dem Kinderpornoring steht? Das erscheint mir doch sehr weit hergeholt.«

»Mir mittlerweile nicht mehr, wenn man alle Puzzleteile zusammensetzt. Teresa hat Eva Schneider als Sekretärin beschäftigt. Die ist eine alte Mitarbeiterin von Meyers Logistik und war außerdem seine Geliebte und Partnerin bei seinen Sadospielchen. Eva Schneider hat den Kontakt vermittelt, der letztlich dazu führte, dass Teresa den Mord an Meyers entdeckte. Wir konnten Schneider bislang nicht befragen, weil sie eine Woche vor dem Mord nach Südamerika reiste und erst in zehn Tagen zurückkommt.

Aus ungeklärten Gründen ging Meyers Sekretärin davon aus, dass Teresa ein neues Callgirl war, das sich Meyers für seine Sexspielchen bestellt hatte, die er ja nach Feierabend in seinem Büro zu veranstalten pflegte. Als Teresa den Mord entdeckte, war in der Tat alles wie bei einem Schäferstündchen vorbereitet. Die Couch war zum Bett hergerichtet und die Videoanlage war an. Teresa behauptet, dass eine Kassette eingelegt war, die aber im unbespielten Teil lief, als sie den Raum betrat.

Diese Kassette wurde am Tatort aber nicht gefunden, als die Polizei eintraf. Der Camcorder war ausgeschaltet und leer. Die beschlagnahmten Kassetten enthielten Pornospielchen aller Art, aber nur mit erwachsenen Personen. Sieben Kassetten wurden allerdings vor der Prüfung aus unserer Asservatenkammer gestohlen. Niemand weiß bis heute von wem, obwohl es nur ein Insider gewesen sein kann. Ein Maulwurf, den wir hier unter unserer Polizeitruppe haben.«

»Das ist bisher nur ein Verdacht«, warf Roland wenig überzeugend ein.

»Ach Quatsch, Dieter. Sieh' den Tatsachen doch endlich ins Auge,« widersprach Wiegandt ungeduldig. »Es muss einer von unseren eigenen Leuten gewesen sein. Das Schloss war nicht beschädigt, der Täter muss einen Schlüssel gehabt haben.«

»Gut«, Roland zuckte die Achseln. »Mach' weiter!«

»Also. Einen Tag vor dem Mord an Meyers wird die Leiche von David Gorges gefunden. Er wurde vor zwei Jahren nach Dutroux-Methode entführt und nachweislich seither sexuell missbraucht und für Pornoaufnahmen benutzt. Die Verletzungen deuten darauf hin, dass er zuletzt Opfer in einem Kinder-Snuff war.«

»Was hat das mit dem Mord an Meyers zu tun?«, fragte Roland. »Der stand doch nur auf Mädchen und Frauen.«

»Wenn ich das sicher wüsste, wären wir schon weiter« entgegnete Wiegandt gereizt. »Unterbrich mich doch nicht immer. Also«, er holte tief Luft und begann noch einmal. »Wir verdächtigen Meyers Logistik schon seit langem, Tarnfirma für einen florierenden Handel mit Kinderpornos zu sein, wobei nicht ausgeschlossen ist, dass sie die auch selbst herstellen. Auf jeden Fall zieht sich das Thema »Videokassette« wie ein roter Faden durch den ganzen Fall.

Am Tatort läuft ein Camcorder«, wiederholte er sich. »In Meyers Liebes-Separee im Büro werden unzählige Videos mit abartigen Pornos gefunden. Aus unserer Asservatenkammer verschwinden sieben Kassetten, bevor wir sie sichten können. Im Internet gibt es Fotos, auf denen Meyers selbst als Darsteller zu erkennen ist, auch wenn die schon einige Jahre alt sind.

Per Zufall findet Teresa in einem Sexshop ein kommerzielles Video, auf dem Eva Schneider als Sexdarstellerin zu sehen ist, gemeinsam mit Irina Kara, die jetzt hier als Prostituierte in Trier arbeitet und nachweislich ebenfalls zu Meyers Sado-Gespielinnen gehörte.

Wenig später wird sowohl in Teresas Büro als auch in ihre Wohnung eingebrochen. Die Täter lassen Wertgegenstände wie Schmuck unbeachtet, nehmen aber alles an Datenträgern mit, was sie finden können, CDROMs, Videorekorder- und natürlich auch Camcorder-Kassetten. Sie klauen außerdem Teresas Laptop und durchsuchen die Festplatten ihres Netzwerks im Büro. Fazit?«

Wiegandt sah Roland erwartungsvoll an.

Der zuckte verständnislos mit den Achseln. »Worauf willst du hinaus?«

»Hier geht es um etwas, das auf einer V8-Kassette aufgezeichnet ist. Irgendetwas, was jemand mit allen Mitteln in seinen Besitz bringen will, wobei er vor nichts zurückschreckt. Irgendwas zudem, von dem er glaubt, dass Meyers es hatte.«

»Das scheint mir jetzt doch sehr konstruiert zu sein«, sagte Roland. »Alle Begleitumstände beim Mord an Meyers deuten darauf hin, dass Rache ein wesentliches Motiv war. Denk doch nur an die beschmierten Bürotüren.«

»Das kann auch ein simples Ablenkungsmanöver gewesen sein«, widersprach Wiegandt. »Allein deshalb, weil es so plakativ ist. Wie in einem kitschigen drittklassigen Thriller. Vielleicht haben der oder die Täter genau dieses Video gesucht und Meyers erst gefoltert und dann ermordet.«

»Und es dann in dem Camcorder stecken gelassen?«

»Vielleicht wurden sie durch Teresa gestört und konnten es erst rausnehmen, als sie fort rannte, um Hilfe zu holen.«

»Und warum sollten die Täter jetzt Teresa ermorden wollen?«

»Vielleicht hat sie am Tatort etwas gesehen, was die Täter identifizieren könnte, und was bisher weder sie noch wir als wichtig ansehen.«

»Das würde aber nicht erklären, warum ihre Wohnung durchsucht worden ist«, warf Roland ein.

»Stimmt«, räumte Wiegandt frustriert ein. »Das deutet eher darauf hin, dass die Täter glaubten, sie hätte etwas, was sie brauchen.«

»Und«, Roland sah Wiegandt gerade in die Augen. »Könnte das nicht sein? Wie sicher bist du denn selbst, dass Teresa gar nichts mit der ganzen Sache zu tun hat? Schließlich hat sie Eva Schneider bei sich beschäftigt.«

»Du Arsch«, entfuhr es Wiegandt spontan.

Roland ließ sich nicht beirren.

»Patrick, du hast dich in sie verliebt, aber du kennst sie noch kaum. Ich bin objektiv und ziehe alle Möglichkeiten in Betracht, du nicht mehr.«

Wiegandt riss sich zusammen.

»Entschuldige das Schimpfwort«, sagte er dann mit mühsam beherrschter Stimme. »Ich hätte das nicht sagen dürfen.«

»Schon gut«, Roland zuckte gutmütig die Achseln. »Das wird unsere alte Freundschaft nicht gleich sprengen. Sag' mir lieber, was du jetzt tun willst. Natürlich musst du dem Unfall nachgehen und Teresa schützen. Das wollte ich nie in Frage stellen.«

»Danke.« Eine Welle von Wärme durchflutete Wiegandt, als er seinen Freund ansah. Roland mochte ein lausiger Ehemann gewesen sein, aber er war ein guter Polizist und ein noch besserer Freund.

»Ich werde natürlich eine Untersuchung von Teresas Wagen veranlassen und, falls sich der Verdacht bestätigen sollte, dass da was manipuliert worden ist, werde ich im Parkhaus Ermittlungen aufnehmen. Die haben da ja oft Überwachungskameras, vielleicht kann man etwas darauf erkennen. Und dann werde ich noch mal die Vernehmungsprotokolle von der Mordnacht mit Teresa durchgehen und Stück für Stück rekonstruieren, ob da wirklich alles drinsteht. Oder ob es noch irgendwas gibt, was wir übersehen haben. Und du tu mir auch noch einen Gefallen. Bitte geh' noch mal alle Telefonmitschnitte von Wolf und Konsorten in der letzten Woche durch. Vielleicht findet sich ja auch da was, das darauf hinweist, dass die ihre Hand bei dem Unfall im Spiel hatten.«

Roland stöhnte vernehmlich.

»Du kannst das ja jemand anders machen lassen. Ilka Werner vielleicht«, schlug Wiegandt vor.

»Nein, Patrick. Das muss ich schon selbst machen, wenn ich nicht die ganze Geschichte vor den anderen ausbreiten soll. Und ich glaube kaum, dass es in deinem Interesse ist, wenn sie von deiner Beziehung zu Teresa jetzt schon erfahren.«

Eine leichte Röte stieg Wiegandt ins Gesicht. »Danke«, sagte er noch mal leise. »Du bist ein wahrer Freund. Ich schulde dir etwas.«

»Sehr richtig«, sagte Roland. Der Tonfall ließ Wiegandt aufhorchen. »Ich habe nämlich eine klare Bedingung an dich. Du gibst Teresa keine Informationen mehr über den Stand der Ermittlungen, und vor allem«, er machte eine Pause und sah Wiegandt erneut direkt in die Augen, »keinen Pieps von unserem Draht zu Irina. Sobald sich eine Gelegenheit ergibt und sie mehr Vertrauen zu uns fasst, werden wir sie fragen, ob Teresa und Eva Schneider irgendwie in diese Morde verwickelt sein könnten. Und natürlich auch Eva Schneider befragen, wenn sie aus Peru oder wo sie sich sonst herumtreibt zurückkommt. Aber kein Wort über Irina zu Teresa! Hast du mich verstanden?«

Wiegandt nickte schuldbewusst, als er daran dachte, dass er schon einmal dicht davor gewesen war, Teresa in die Spitzeltätigkeit von Irina Kara einzuweihen.

»Versprochen«, sagte er dann bestimmt. »Heiliges Ehrenwort.«

Kapitel 34

Drei Tage später saß Patrick in Teresas Essecke und wischte sich genüsslich die Lippen. Sie hatte heute wieder für ihn gekocht, und der Altdeutsche Sauerbraten, den sie zubereitet hatte, war einfach köstlich gewesen.

Stillschweigend waren sie darin übereingekommen, erst nach dem Essen über das Ergebnis der Ermittlungen bezüglich Teresas Wagen zu sprechen. Patrick war dies sehr Recht gewesen, denn er hatte befürchtet, dass es Teresa den Appetit verschlagen hätte, wenn er ihr das Ergebnis schon vor dem Essen mitgeteilt hätte.

Sie wusste noch nicht, dass ihr Verdacht sich bestätigt hatte, was die Manipulation ihrer Bremsen anging. Beide Bremsleitungen waren angeschnitten worden, wodurch die Bremsflüssigkeit schon im Parkhaus zum Teil ausgelaufen war. Der dunkle Fleck am Standort von Teresas Wagen im Mainzer Bahnhofsparkhaus stammte eindeutig von ihrem Auto.

Der größere Teil der Bremsflüssigkeit war dann allerdings nach dem Starten des Wagens bei jedem Bremsmanöver durch die kaputten Leitungen hinausgedrückt worden. Schließlich war nichts mehr übrig geblieben und die Bremsen hatten versagt, hatte ein Kriminaltechniker Patrick erklärt.

Die stundenlange Sichtung der Parkhaus-Videoaufnahmen hatte schließlich ebenfalls einen Erfolg gezeigt. Es war wohl gegen drei Uhr in der zweiten Nacht geschehen, in der Teresas Auto im Parkhaus gestanden hatte. Der Student, der an der Parkhauspforte in dieser Nacht Dienst geschoben hatte, erinnerte sich an einen Mann, der ihn gebeten hatte, in der Herrentoilette nach dem Rechten zu sehen. Dort liefe ein Wasserhahn mit vollem Schwall. Der handwerklich begabte und vom eintönigen Nachtdienst gelangweilte Student hatte sich darauf hin eine halbe Stunde als Klempner versucht und in dieser Zeit die Liveaufnahmen auf den Überwachungsmonitoren nicht verfolgt.

Wahrscheinlich genau zu dieser Zeit (der Student hatte zu seinen Reparaturanstrengungen nur ungenaue Zeitangaben machen können) hatten zwei mit dunklen Brillen und hochgeklappten Kragen relativ unkenntliche Männer die Parkhausetage betreten und sich hinter Teresas Auto begeben. Ob und was sie dort genau gemacht hatten, war durch die Kameraeinstellung nicht zu erkennen gewesen. Dies wies allerdings auf ausgekochte Profis hin, die sich zuvor ein genaues Bild vom Aufnahmewinkel der Überwachungskamera gemacht haben mussten. Nach zehn Minuten waren beide wieder aufgetaucht und hatten das Parkhaus ganz normal durch den Haupteingang verlassen.

Es war eine kalte Spätwinternacht gewesen mit Temperaturen um den Gefrierpunkt. Insofern war die Vermummung der beiden Männer niemandem als ungewöhnlich aufgefallen. Es erübrigte sich, dass an Teresas Wagen natürlich keine verdächtigen Fingerabdrücke gefunden worden waren.

Erst vor drei Stunden war Roland dann auch in Trier fündig geworden. Tatsächlich gab es eine kurze Telefonsequenz vom Mittwoch der vergangenen Woche, die auf ein Vorhaben hinweisen könnte, wie es der Mordversuch an Teresa gewesen war.

»Plan B solle in Kraft treten, hat Wolf zu seinem Oberschläger, diesem Carlos gesagt«, hatte Roland Patrick am Telefon mitgeteilt. »Als Zeitpunkt wurde nur ‚möglichst rasch' genannt.«

Es war nur ein vager Hinweis, aber er passte ins Gesamtbild.

Seither war Patrick in großer Sorge um Teresa, hatte aber

beschlossen, sie nicht unnötig in Angst zu versetzen. Sie hatte im Moment schon genug auszuhalten.

Auch mit Tanja war er nämlich noch keinen Schritt weiter gekommen. Ihre Schwester hatte sich im Urlaub bei einem Skiunfall das rechte Schien- und Wadenbein gebrochen und lag jetzt in einem Streckverband in einem Gießener Krankenhaus. Tanja hatte sich natürlich spontan bereit erklärt, ihre beiden kleinen Nichten zu versorgen, zumal sie gerade keinen neuen Aushilfsjob als Lehrerin in Aussicht hatte.

Sie war am letzten Samstag in seiner Abwesenheit nur kurz nach Mainz gekommen, um sich einige Kleider zu holen. Bis zu drei Wochen könne sie noch weg sein, hatte sie ihm am Telefon gesagt und spitz hinzugefügt, dass er sie anscheinend ohnehin nicht allzu stark vermissen würde. Es war ihre Reaktion darauf gewesen, dass Patrick sich mit einer Mischung aus Erleichterung über das erneut aufgeschobene Geständnis und schlechtem Gewissen gegenüber Teresa und Tanja sofort damit einverstanden erklärt hatte.

»Außerdem«, hatte Tanja zum Schluss gesagt, »hab' ich dann für später das Gleiche gut bei meiner Schwester.«

Patrick hatte total auf dem Schlauch gestanden: »Was meinst du?«

»Ja, dann hilft sie mir bestimmt auch, wenn ich es mal brauche«, hatte Tanja geantwortet.

Resigniert hatte Patrick festgestellt, dass ihm bezüglich Tanjas rasendem Kinderwunsch durch den Unfall der Schwester wohl nur eine kurze Pause vergönnt gewesen wäre, wenn die Ehe fortbestanden hätte. Zum Glück war das jetzt ein für alle Male vorbei.

Teresa war natürlich nicht begeistert über den erneuten Aufschub der Klärung gewesen. Sie bevorzuge klare Verhältnisse, hatte sie Patrick unmissverständlich erklärt, hatte aber letztlich akzeptiert, dass er Tanja ihre Ehe weder am Telefon noch in Anwesenheit von Schwager und Nichten aufkündigen wollte. Trotzdem hatte er gemerkt, dass es ihr schwer fiel, noch länger zu warten.

Heute schon wieder mit einer schlechten Nachricht zu Teresa zu kommen, hatte Patrick kaum übers Herz gebracht, zumal er morgen früh schon wieder zurück nach Trier musste. Spontan hatte er ihr daher bei Christ einen kleinen Brillianten gekauft. Es war ein schlicht gefasster Stein in Form eines runden Anhängers, der an einer dünnen Goldkette hing. Er hatte natürlich kein Vermögen dafür ausgeben können und sich für diese zeitlose Form des Schmuckstücks entschieden, weil er Teresas Geschmack noch nicht wirklich kannte. Trotzdem hoffte er sehr, sie damit aufmuntern zu können.

Jetzt zog er das Kästchen mit vielsagendem Blick aus seiner Jackentasche.

»Bevor ich zum Ernst des Lebens komme, habe ich hier noch eine Kleinigkeit für dich«, sagte er zärtlich. »Sozusagen anstatt der Begleichung der Restaurantrechnung.«

Gerührt registrierte er, dass Teresa spontan die Tränen kamen, als sie das kleine Kästchen öffnete. »Patrick, wie schön«, stotterte sie immer wieder und wusste sich vor Freude kaum zu fassen. Es war nur ganz natürlich, dass sie der liebevolle Dankeskuss geradewegs ins Schlafzimmer und in eine der leidenschaftlichsten Umarmungen führte, die er bisher mit ihr erlebt hatte.

Jetzt lagen sie entspannt aneinander gekuschelt und betrachteten ihr Konterfei in dem großen, messingumrahmten Spiegel, den Teresa genau vor ihrem Bett aufgehängt hatte.

»Ein schönes Paar sind wir«, sagte sie träumerisch und fuhr Patrick liebevoll durch die dunklen Haare. »Aber«, sie setzte sich plötzlich auf, »so schön es gerade ist, du wolltest mir ja noch sagen, was die Ermittlungen ergeben haben.«

Mit plötzlich versteinerter Miene lauschte sie zunächst wortlos Patricks Bericht. Dann stand sie auf und zog sich einen gelben Bademantel über. Jede erotische Schwingung zwischen ihnen war erloschen.

»Patrick«, sagte sie schließlich mit einer Stimme, der man den Schock deutlich anhörte, »heißt das wirklich, ihr habt die Beweise, dass mich jemand absichtlich töten wollte?«

»Ja«, antwortete er offen. Er war nicht überrascht darüber, dass die Tatsachen Teresa jetzt doch umwarfen. Es war einfach immer etwas anderes, nur das Gefühl zu haben, jemand wolle einem Böses tun oder es auf einmal sicher zu wissen. Patrick hatte dies bei Opfern, die von Gewalt bedroht waren, schon oft erlebt. »Aber wir werden dich schützen.«

»Wie denn«, jetzt klang Teresas Stimme ungewohnt heftig. »Wie wollt ihr mich denn schützen? Sie haben schon meine Wohnung und mein Büro durchsucht, jetzt haben sie mein Auto manipuliert. Alles sozusagen vor den Augen und Ohren der Öffentlichkeit, vor meinen Nachbarn, den Parkhausbesuchern und und und. Was willst du denn tun, wenn sie es wieder versuchen?«

»Ich kann dir anbieten, dass du verstärkt unter Personenschutz gestellt wirst«, bot Patrick an.

»Wie genau?«

»Na ja, ein Streifenwagen könnte hier bei dir zum Beispiel regelmäßig vorbeischauen.«

»Aha, na klasse«, jetzt klang ihre Stimme sarkastisch. »Ich bin aber gar nicht die ganze Zeit hier, ich arbeite an allen Orten in dieser Republik, um mir meinen Lebensunterhalt zu verdienen, falls du das vergessen hast. Und wer schützt denn mein Auto vor der nächsten Manipulation? Ich habe doch hier nicht mal eine Garage.«

»Teresa, versuchte er sie zu beruhigen. »Jetzt mache es nicht schlimmer, als es schon ist.«

»Nicht schlimmer?« schrie sie. »Was kann denn noch schlimmer werden, als es schon ist? Meine Wohnung, mein Büro, mein Auto, mein Leben sind betroffen. Was fehlt denn jetzt noch?«

Von dieser Seite kannte Patrick Teresa noch nicht. Dass ihr lebhaftes Temperament, das sie ihm bisher so attraktiv erscheinen ließ, auch die Kehrseite des Jähzorns hatte, war ihm vorher nicht bewusst gewesen. Undeutlich begann er zu ahnen, dass man es nicht immer leicht mit ihr hatte, trotz ihrer großartigen Seiten.

»Die Ermittlungen gehen auf Hochtouren weiter«, versuchte er sie zu beruhigen. »Wir überwachen jetzt auch Wolfs geheime Telefonate und werden ab jetzt natürlich verstärkt auf alles achten, was nur irgendwie verdächtig ist. Du musst nur dafür sorgen, dass du jederzeit erreichbar bist, damit wir dich notfalls warnen können.«

Teresa durchmaß einige Male mit langen Schritten das Schlafzimmer. Dann atmete sie tief durch und blieb vor dem Bett stehen, auf dem Patrick noch immer völlig unbekleidet lag.

»Hör zu«, sagte sie mit veränderter Stimme. Sie klang jetzt energisch und entschlossen. »Ihr müsst diese rothaarige Prostituierte vernehmen, diese Bekannte von Eva, mit der sie dieses Pornoding gedreht hat. Vielleicht weiß sie etwas, was uns weiterhelfen kann.«

Hätte er Roland nicht dieses Versprechen gegeben, hätte er jetzt wahrscheinlich ganz normal reagiert. Er hätte Teresa für die gute Idee gelobt und versprochen, sie über potenzielle Ermittlungsergebnisse auf dem Laufenden zu halten. So aber versuchte er, von diesem Thema abzulenken.

»Ich weiß nicht so recht«, sagte er gespielt zögernd. »Was soll denn diese Frau über die ganze Sache wissen?«

»Das könnt ihr erst herausfinden, wenn ihr sie befragt«, antwortete Teresa herausfordernd.

»Liebes«, jetzt machte er den entscheidenden Fehler. »Ich verstehe ja, dass du wütend und verunsichert bist, aber glaub' mir, wir machen unsere Arbeit so gut, wie wir können. Bitte bleib du bei deinen Leisten, der Psychologie, und lass' mich gute Polizeiarbeit machen, auf meine Art, so wie ich es für richtig halte.«

Sprach- und fassungslos starrte sie ihn an. »Ist das alles, was du mir dazu sagen willst«, begann sie dann mit gefährlich leiser Stimme. »Dass ich es dir in Trier überlassen soll, wie du deine Arbeit machst, während mein ganzes Leben hier in Trümmer fällt, wegen irgendeiner Scheiße, in die ich da zufällig reingeraten bin und wo ich nicht mal weiß, was man eigentlich von mir will. Nur weil ihr seit Jahren unfähig seid, Kinderschänder und Kindermörder übelster Art dingfest zu machen.« Ihre Stimme überschlug sich jetzt und steigerte sich zu schriller Wut.

»Teresa«, er fasste sie am Arm. Abrupt riss sie sich los. »Teresa, ich weiß, wie dir zumute ist. Glaub' mir, ich tue alles, was in meiner Macht steht, um dich zu schützen«.

Die Eindringlichkeit in seiner Stimme ließ sie aufsehen.

Dadurch ermutigt fuhr er fort: »Glaubst du, ich will dich schon wieder verlieren, wo ich dich gerade erst gefunden habe? Ich liebe dich, du bedeutest mir alles.«

Prüfend sah sie ihn an. In ihrer Miene kämpften Zweifel und Rührung miteinander. »Dann versprich mir, dass du mit dieser Frau redest. Möglichst schon morgen.«

»Gut«, gab er jetzt nach.

»Und dass du mir sofort sagst, ob und was dabei herausgekommen ist.«

Später fragte sich Patrick oft, was in diesem Moment in ihn gefahren war. War es seine Kränkung darüber, dass sie ihm so wenig vertraute oder das Versprechen, dass er Roland gegeben hatte, um Irina Kara zu schützen. Er wusste es nicht.

Viele Male stellte er sich vor, er hätte ihr einfach versprochen, sie zu informieren und es dabei bewenden lassen. Was er ihr dann wirklich erzählt hätte, hätte er ja immer noch entscheiden können. Vielleicht hätte es den Gang der Geschehnisse aufhalten können.

Aber tatsächlich sagte er: »Nein Teresa, ich kann dir nichts darüber sagen. Das sind interne Informationen und ich gebe keine Ermittlungsergebnisse an dich weiter.«

»Auch in diesem Fall nicht?«

»Auch in diesem Fall nicht.« Seine Stimme klang fest.

Auch ihre Stimme klang jetzt fest: »Dann möchte ich, dass du jetzt gehst«, sagte sie.

Bis er die Wohnung verließ, kam sie nicht mehr aus dem Badezimmer, in das sie sich nach diesen Worten geflüchtet hatte.

Immer noch fassungslos über Patricks Reaktion lauschte Teresa schweigend der Haustür, die ins Schloss fiel. Sie hatte die Badezimmertür abgeschlossen und auf alle Versuche von Patrick, erneut mit ihr zu reden oder sich wenigstens von ihr zu verabschieden, mit eisigem Schweigen reagiert.

Es war doch nicht zu fassen. Ihr Leben war bedroht worden und er weigerte sich, eine wichtige Zeugin zu befragen, die vielleicht etwas wusste, oder ihr zu sagen, was bei diesen Ermittlungen herausgekommen war. Und wenige Minuten vorher hatte er noch behauptet, sie zu lieben und hatte zärtlich mit ihr geschlafen.

Sie fror in ihrem dünnen Kimono auf dem harten Klodeckel, auf dem sie verkrampft hockte. Natürlich, sie war schon wieder an so einen Scheißkerl geraten, der zuerst das Blaue vom Himmel herunter versprach und sich dann als Windei und Hallodri erwies. Der nur mit ihr ins Bett wollte, aber keine Verantwortung übernahm.

Wütend riss sie sich das dünne Kettchen mit Patricks Anhänger vom Hals und warf es gegen den Spiegel. Klirrend fiel das Schmuckstück ins Waschbecken, wo Teresa es achtlos liegen ließ. Sollte es doch im Abfluss verschwinden, was kümmerte sie das.

Wie zerschlagen schlich sie sich schließlich in ihr Bett. In den Kissen hing noch der Duft von Patricks Rasierwasser. Aber sie war zu müde, das Bett frisch zu beziehen und drehte die Kissen nur um.

Aber sie fand keinen Schlaf. Mit weit offenen Augen starrte sie im Dunkeln an die Decke und hörte am Ticken des Weckers und dem Läuten einer weit entfernten Kirchturmuhr, wie die Nacht verging.

Als sie am nächsten Morgen wie gerädert aufstand, hatte sie ihren Entschluss gefasst. Wenn die Polizei sie nicht schützen wollte, nicht einmal Patrick, musste sie die Sache eben selbst in die Hand nehmen.

Ihr Plan war gewagt, aber er könnte klappen. Heute war Samstag, da hatte sie keine Termine und die rothaarige Nutte würde bestimmt im Dienst sein.

Sie würde also nach Trier fahren. Und es diesmal schlauer anstellen, beschloss sie. Und nicht aufgeben, bis die Frau bereit war, mit ihr zu reden.

5. Teil

Kapitel 35

Körperlich vollkommen erschöpft, aber innerlich immer noch kaltblütig entschlossen, verließ Teresa gegen acht Uhr ihre Wohnung, nicht ohne sorgfältig zweimal abzuschließen. Schon vor einigen Tagen waren die neuen Sicherheitsschlösser für Wohnung und Büro eingetroffen. Sie hatten Teresa zum Glück keinen Cent gekostet.

Noch aus der Zeit mit Marcel war Teresa außergewöhnlich gut gegen Unbilden aller Art versichert und jetzt sehr froh darüber, dass die langen Kündigungsfristen der einzelnen Policen dazu geführt hatten, dass sie nicht schon längst aus ihrem Geldmangel heraus billigere und natürlich auch weniger großzügige Alternativen gesucht hatte.

Das galt auch für ihre komfortable Vollkaskoversicherung, mit der sie ihren erst drei Jahre alten grünen BMW versichert hatte. Diese schloss die sofortige Bereitstellung eines kleinen Leihwagens ein, wenn das Auto beschädigt wurde und repariert werden musste. Für insgesamt 14 Tage würde ihr der kleine Fiat, der jetzt auf ihrem Parkplatz hinter dem Haus stand, kostenlos zur Verfügung stehen.

Gerade dieser Aspekt war ihr beim Abschluss der Versicherung besonders wichtig gewesen. Schließlich führte sie ihr Job oft in abgelegene Gegenden, die nur mit dem Auto einigermaßen bequem erreichbar waren. Und manchmal lagen auch zwei Aufträge an entfernten Orten terminlich unmittelbar hintereinander. Um keine Einnahmeausfälle zu riskieren, hatte Teresa es damals unerlässlich gefunden, durchgehend über ein Auto verfügen zu können. Dass sie es jetzt brauchen würde, um mit einer Nutte in Trier darüber zu reden, dass ihr Leben bedroht worden war, hätte sie sich allerdings nicht träumen lassen.

Aber bevor sie nach Trier aufbrach, musste sie noch einige Sachen besorgen. Das wollte sie erneut in Wiesbaden tun, denn dort war die Wahrscheinlichkeit gering, auf Bekannte zu stoßen, die ihre Einkäufe sicherlich mit einigem Erstaunen zur Kenntnis genommen hätten.

Teresa parkte wieder vor dem Landesmuseum und nahm den vertrauten Weg in die Innenstadt über den Marktplatz an der Nikolai-Kirche. Lange Schlangen vor den Obst- und Gemüseständen zeigten, dass das Wochenendgeschäft bereits in vollem Gange war. Die altvertraute Bitterkeit stieg wie Galle in Teresas Kehle auf. Warum konnte sie kein normales Leben führen wie diese Menschen hier und am Samstagmorgen für die Familie Gemüse für das Sonntagsessen einkaufen? Warum stolperte sie von einer Lebenskatastrophe in die nächste?

Nur kurz verharrte sie vor dem Sexladen, in dem sie das verräterische Pornovideo gefunden hatte, das sie heute nach Trier führen würde. Dann ging sie entschlossen weiter. Es würde nicht erforderlich sein, so zu übertreiben.

Tatsächlich fand sie die benötigten Dinge mühelos in einigen der In-Boutiquen für Teens und Twens. Mit grimmiger Befriedigung registrierte Teresa, dass die Anspannung der letzten Wochen zumindest dazu geführt hatte, dass sie deutlich an Gewicht verloren hatte. Die missbilligenden bis spöttischen Blicke der Verkäuferinnen, die mindestens zehn Jahre jünger waren als sie selbst, übersah sie geflissentlich.

Gegen halb zwölf befand sie sich bereits auf der Hunsrückhöhenstraße auf dem Weg nach Trier. Auf einem etwas abseits von der Straße gelegenen Waldparkplatz hielt sie an und zog sich die Sachen an, die sie in Wiesbaden erstanden hatte. Es war ein heller Frühlingstag, Sonne und Wolken wechselten sich ab, es duftete im Wald nach frischen Pflanzen und frischer Erde, und die Vögel in den Bäumen zwitscherten, was das Zeug hielt. Was für ein schöner Tag, um in der Natur die Seele baumeln zu lassen und den Abschied von den grauen Wintertagen zu feiern.

Stattdessen zwängte sie sich in die hochhackigen Stiefel aus Kunstleder. Bestimmt würden ihre Füße darin nach kurzer Zeit riechen. Flüchtig beschäftigte sich Teresa mit dem nutzlosen Gedanken, ob Prostituierte diese Stiefel wohl auszogen, wenn sie die Freier befriedigten, und damit riskierten, dass der Geruch von Fußschweiß den Akt beeinträchtigte. Denn sicherlich schreckten auch sie wie Teresa davor zurück, die Exemplare in Echtleder zu erwerben. Sie kosteten ein Vermögen.

Unwillig schüttelte Teresa ihre Haare zurück, um die aufdringlichen Gedanken zu vertreiben. Natürlich, die Nutten konnten die Stiefel anlassen, denn sie trugen wahrscheinlich halterlose Strümpfe unter ihren Minis. Wenigstens das hatte sich Teresa erspart. Sie hatte ein Paar Netzstrumpfhosen erworben, deren harte Maschen jetzt unangenehm in ihre Oberschenkel bissen, als sie sich zurück ins Auto setzte. Sie seufzte. Vielleicht hätte sie doch nicht das billigste Modell kaufen sollen.

Ihre eigene Kleidung, ein einfaches Sweatshirt und eine alte Cordjeans, hatte sie zuvor achtlos in die Tüten gestopft, die ihre Einkäufe vom Morgen enthalten hatten. Die Tüten warf sie jetzt auf den Rücksitz.

Am liebsten wäre sie jetzt gleich nach Trier durchgefahren. Aber Perücke und Make-up konnte sie nicht allein mit Hilfe des Rückspiegels handhaben. So blieb es ihr nicht erspart, in ihrem Aufzug unterwegs anzuhalten. Vorsichtshalber hatte sie ihren langen Wintermantel mitgenommen, obwohl dieser für den lieblichen Frühlingstag an sich viel zu warm war. Aber er würde wohl das Gröbste vor den Blicken Neugieriger verbergen.

An der Araltankstelle, die auf halbem Wege nach Trier lag, hielt Teresa an, tankte pro forma einige Liter Benzin in den Fiat und bat nach dem Bezahlen an der Kasse um den Toilettenschlüssel. Bereitwillig wurde er ihr ausgehändigt und öffnete die Tür zu einem schmuddeligen Kabinett, in dem es aufdringlich nach Urin und Abfluss roch. Es war bestimmt tagelang nicht gereinigt worden.

Zum Glück ließ sich mit dem Schlüssel die Außentür verriegeln, so dass Teresa nicht riskieren musste, gestört zu werden. Im trüben Licht der Funzel, die über dem fleckigen Spiegel des fensterlosen Kabuffs hing, nahm sie ihre Verwandlung vor. Sie sollte gleich zweierlei Zwecken dienen: Zum einen wollte sie diesmal im Milieu nicht auffallen, zum anderen sollte sie auch niemand erkennen und später als Teresa Freudenberger identifizieren können.

Die Prozedur nahm mehr als eine halbe Stunde in Anspruch. Teresa war im Alltag keine Freundin aufwändiger Schminke und benutzte an ihren Bürotagen gar keine und an ihren Seminartagen und Kundenterminen nur sehr sparsam die einschlägigen Produkte der Kosmetikindustrie. In der Regel ließ sie es bei einer getönten Tagescreme, etwas Puderrouge und einem zur Garderobe passenden Lippenstift bewenden.

Entsprechend nahm das Schminken der Augen, insbesondere das Auftragen von Maskara, das Teresa seit ihren ersten Versuchen als Teenager hasste und danach nie wieder verwendet hatte, die meiste Zeit in Anspruch. Immer wieder kleckerten schwarze Partikel über Wangen und Augenlider, so dass sie den grünen Creme-Lidschatten, den sie großzügig aufgetragen hatte, mehrfach erneuern musste.

Auch das Arrangement der Perücke erwies sich als überaus

kompliziert, da Teresas dichte braune Haare kaum Platz unter dem engen Toupet fanden.

Aber schließlich kam sie doch zum Ende und betrachtete prüfend ihr neues Konterfei. Aus dem trüben Spiegel starrte sie ein vollkommen fremdes Gesicht an. Durch Maskara und Lidschatten wirkten Teresas grüne Augen vergrößert und fast grell in der Farbe. In scharfem Farbkontrast dazu standen die dunkelrot geschminkten Wangen und der knallrot bemalte Mund. Teresa hatte seine natürlichen Konturen mit einem Stift verändert, so dass er wie ein breiter roter Strich in ihrem Gesicht stand.

In langen falschen Locken fielen ihr die Haare der blonden Perücke über die Schultern und verfingen sich immer wieder in den unechten Goldkreolen, die sich Teresa durch ihre Ohrlöcher gesteckt hatte.

In Anlehnung an Lena Meyers Aufzug vor einigen Wochen hatte sie sich in ein schwarzes Kunstlederkostüm gezwängt, dessen knapper Minirock kaum ihren Po bedeckte. Teresa hoffte, dass der brave weiße Baumwollslip, den sie unter der Netzstrumpfhose trug, nicht darunter hervor schaute und den Gesamteindruck verdarb. Sie hatte es nicht über sich gebracht, auch noch ihre gesamte Unterwäsche dem restlichen Outfit anzupassen.

Beim BH hatte sich diese Frage leider gar nicht erst gestellt. Die schwarze Kunstspitze, die ihre Brüste kaum verhüllte, zeichnete sich deutlich unter dem durchsichtigen schwarzen Top ab, das Teresa unter der kurzen Jacke trug. Trotz der milden Frühlingsluft fror sie schon jetzt erbärmlich und war froh, sich zum Schluss wieder in ihren langen Wintermantel hüllen zu können. Dann verließ sie entschlossen die stinkende Toilette.

Hätte sie selbst vorgehabt, ein Verbrechen zu begehen, hätte sie wohl kaum eine Chance gehabt, dass sich der Tankwart später nicht an sie erinnerte. Peinlich berührt übersah sie mühsam die entgeisterten Blicke des jungen Mannes, als sie den Schlüssel an die Kasse zurückbrachte, und war froh darüber, dass ihr Mantel sie zumindest jetzt noch vor einer Ansicht ihres Outfits darunter schützte.

Beim Fahren behindert durch die Pfennigabsätze der unbequemen Kunstlederstiefel legte sie die restliche Strecke nach Trier zurück und bog schließlich auf die Abzweigung Richtung Fachhochschule ein, in deren Nähe sich der Straßenstrich befand. Schon von weitem sah sie einige Frauen in aufreizender Kleidung auf dem Parkplatz stehen, die dem kleinen Fiat interessiert mit den Blicken folgten. Teresa fuhr zunächst vorbei und suchte sich einen Parkplatz in der offenen Parkgarage der Fachhochschule, in der sie als Studentin oft mit ihrem Auto gestanden hatte.

Jetzt, wo sich der kritische Moment näherte, verließ sie plötzlich der Mut. Was würde sein, wenn die Rothaarige gar nicht da wäre? Schließlich war es erst gegen zwei Uhr und dazu noch an einem Samstag. Waren auch um diese Zeit schon genügend Freier unterwegs? Und wie lange könnte sie riskieren, sich in dieser Aufmachung dazu zu stellen, um zu warten, ohne dass ein Freier sie ansprechen würde? Und wenn es geschah, wie sollte sie sich dann verhalten? Und was, wenn die Frau zwar da wäre, aber wieder nicht bereit sein würde, mit ihr zu reden?

Schweiß brach ihr aus allen Poren und juckte unangenehm unter der engen Perücke. Auf all diese Fragen hatte sie in der Nacht noch eine Antwort gehabt, aber jetzt war ihr Gehirn wie leer gefegt. Schließlich griff sie zu einer der ältesten Methoden der Selbstberuhigung, die sie instinktiv auch schon angewandt hatte, bevor sie durch ihr Psychologiestudium erfahren hatte, dass sie einen Namen hatte. »Selbstverbalisation« nannte sie sich und bedeutete nichts anderes, als sich selbst Mut zu machen, leise oder wie Teresa es jetzt tat, ganz laut und offen, so als ob sie zu ihrem eigenen verzagten Ich sprechen würde.

»Also Mädchen«, begann sie. »Das hast du alles gewusst und alles durchdacht, bevor du heute Morgen losgefahren bist. Die Polizei kann oder will dir nicht helfen, also musst du selbst etwas herausfinden, um es Patrick sagen zu können.«

Nicht eine Minute hatte Teresa vorgehabt, auch nach dem Kontakt zu dieser Rothaarigen auf eigene Faust weiter zu machen. Nein, sie wollte die Informationen, die sie zu erhalten hoffte, an Patrick weitergeben, um die Polizei auf diese Weise zu einer Reaktion zu zwingen. Falls sie jedoch nichts erfuhr, würde sie das Ganze niemals vor Patrick oder einem anderen Menschen erwähnen.

Sie holte tief Luft und fuhr mit ihrer Selbstermunterung fort.

»Wenn die Frau nicht da ist, wartest du maximal zwei Stunden, in jedem Fall gehst du, bevor es dunkel wird. Hält ein Freier an, verlangst du einfach einen Phantasiepreis und gehst noch höher mit deinen Forderungen, wenn er ihn wider Erwarten zahlen will. Oder behauptest, dein Zuhälter hätte schon etwas arrangiert und du würdest hier auf den bestellten Freier warten. Wie ein Taxi, was schon gebucht ist, wenn man es anhalten will. Es ist ganz einfach«, sprach sie sich selbst weiter Mut zu.

»Wenn die Frau da ist und nicht mit dir reden will, drohst du ihr, Rabatz zu machen und die Polizei einzuschalten. Wenn das nichts hilft, gibst du auf.«

Der Zeiger der billigen Armbanduhr, die sie ebenfalls für fünf Euro am Morgen erstanden hatte, rückte unerbittlich vor. Schon war es fünf vor halb drei. Ihre Hände waren feucht. Einen Moment lang war sie versucht, Patricks Handynummer zu wählen und ihm zu sagen, was sie gerade vorhatte. Sie wusste, dass er in Trier war. Vielleicht würde er ja doch selbst reagieren, wenn sie ihn jetzt anrufen würde. Aber was, wenn er es nicht täte? Und ihr vielleicht sogar Vorwürfe über ihre Eigenmächtigkeit machen würde? Dann wäre die Chance vertan.

Nein, es hatte keinen Zweck. Wenn sie sich helfen wollte, musste sie selbst aktiv werden. Einen Moment lang erinnerte sich Teresa bewusst an ihre Panik, als ihr Wagen auf dem Standstreifen dahingebraust war, ohne sich bremsen zu lassen.

Plötzlich schob sich, einem Flashback ähnlich, eine andere Erinnerung vor dieses Bild. Teresa sah wieder die Frauenärztin vor sich, die die Abtreibung vorgenommen hatte. Tief über Teresas geöffnete Schenkel gebeugt, hatte sie gesagt: »Es ist nur eine Gewebemasse, noch kein Kind. Wollen Sie es sehen?« Entsetzt hatte Teresa den Kopf geschüttelt, unfähig, ein Wort über die Lippen zu bringen und voller Angst, die Ärztin würde sie in ihrem halb narkotisierten Zustand vielleicht sogar zwingen, die Petrischale mit den Resten ihres Kindes zu sehen, das sie sich so lange gewünscht hatte.

Energisch schüttelte Teresa die aufsteigenden Tränen beiseite. Dabei verfing sich ihre Perücke erneut schmerzhaft in den Kreolen. Nein, sagte sie sich entschlossen, es reichte jetzt. Zu oft schon hatte sie sich zum Opfer der Verhältnisse machen lassen. Jetzt würde sie ihr Schicksal endlich selbst in die Hand nehmen.

Mit einem heftigen Ruck öffnete sie die Fahrertür, warf einen letzten prüfenden Blick in den Rückspiegel und stieg aus. Schaudernd im leichten Wind zog sie ihren Mantel aus und warf ihn auf den Rücksitz. Dann ging sie mit festen Schritten auf den Parkplatz mit den Nutten zu.

Sie sah die rothaarige Prostituierte sofort. Mit zwei anderen, offensichtlich jüngeren Nutten lehnte sie lässig an der Tür eines schäbigen Wohnmobils. Gerade als Teresa sich der Gruppe näherte, hielt ein schwarzes Mercedes-Coupe an. Durch die getönten Scheiben konnte man das Konterfei des Fahrers nicht erkennen.

Der Freier interessierte sich offensichtlich für eine der beiden jüngeren Begleiterinnen der Rothaarigen. Nach kurzem Feilschen an der offenen Wagentür schienen sie handelseinig geworden zu sein, denn das Mädchen, es mochte kaum älter als 20 Jahre sein, stieg zu dem Mann in den Wagen.

Verfolgt von den feindseligen Blicken einiger anderer Prostituierter, die allein oder zu zweit in den Parkbuchten standen, ging Teresa auf die rothaarige Frau zu. Auch sie trug hochhackige Stiefel unter einem kurzen schwarzen Stretchrock. Darüber hatte sie eine Jacke aus irgendeinem billigen Fell (Teresa vermutete, dass es Kaninchen war) geworfen. Sie stand vorne weit offen und ließ ein bauchfreies Top aus roten Pailletten sehen, das sich mit der Farbe ihres Haares biss.

Herausfordernd starrten ihr die beiden Frauen entgegen. Die jüngere spuckte demonstrativ einen Kaugummi knapp vor Teresas Füße, als sie herankam. »Hau ab, das ist mein Revier«, zischte die ältere ihr entgegen und – als Teresa noch näher kam- «ich polier dir die Fresse, dass du nicht mehr aus den Augen sehen kannst, wenn du nicht Leine ziehst.«

Teresa schoss unwillkürlich das Blut ins Gesicht. Mit einer solch feindseligen Reaktion hatte sie nicht gerechnet. Innerlich schalt sie sich selbst eine Idiotin. Sie hätte wissen müssen, dass ihr Erscheinen erst einmal als Konkurrenz aufgefasst werden würde. Schließlich gab es einschlägige Szenen genug in den Filmen über das Milieu.

Mit unbarmherziger Klarheit erkannte sie, dass sie sich gar nicht länger unbehelligt auf dem Parkplatz hätte aufhalten können, wenn die Frau nicht schon da gewesen wäre. Einen

Moment lang war sie versucht, umzukehren, sich in ihr Auto zu flüchten und tatsächlich schleunigst das Weite zu suchen. Gewaltsam mahnte sie sich zur Besonnenheit. Die Frau war jetzt da und es gab nichts zu verlieren. Nur noch zu gewinnen.

Wie immer, wenn sie in Bedrängnis geriet, trat sie die Flucht nach vorn an.

»Halt die Klappe«, hörte sie sich zu ihrem eigenen Erstaunen erwidern und – als sich die Rothaarige drohend näherte – »ich will nur mit dir reden, das ist alles.«

Verblüfft hielt die Nutte inne. »Was hast du mit mir zu bequatschen?«, erwiderte sie in dem breiten Dialekt, der deutlich verriet, dass sie trotz ihrer fremdländisch anmutenden Aufmachung aus der Gegend stammte, in der sie jetzt arbeitete. »Über Eva Schneider«, ergänzte Teresa, wild entschlossen, sich diesmal nicht wieder abwimmeln zu lassen. »Wenn du nicht mit mir redest, bleibe ich hier und versaue dir das Geschäft für den ganzen Tag.«

»Was will die, Irina?« fragte ihre Begleiterin mit polnischem Akzent. »Hau ihr in die Fresse, dann haut sie schon ab.«

»Versuch es, Irina«, Teresa nutzte sofort aus, dass sie nun den Namen der Rothaarigen kannte. »Hau mir in die Fresse und ich komme mit einem Streifenwagen zurück, das verspreche ich dir.«

Die junge Nutte kicherte. »Halt du die Schnauze«, wandte Irina ihre Wut plötzlich gegen das Mädchen. »Verpiss dich und lass' mich das hier allein klären.«

»Verpiss dich«, schrie sie noch einmal, als die Jüngere nicht gleich Anstalten machte zu gehen. »Stell dich dahinten an die Ecke, und zwar dalli!«

Sichtlich beleidigt machte sich das Mädchen davon. Auch sie konnte kaum 20 Jahre alt sein. Ihre rot lackierten Fingernägel waren zum Teil abgebrochen und trotz der dicken Schminkschicht sah man deutlich blühende gelbe Pickel um Nase und Mund. Zudem war sie spindeldürr. Sicherlich nahm sie Drogen, schoss es Teresa durch den Kopf.

Sie war selbst verblüfft über die Wirkung ihrer Worte. Nahm Irina ihre Drohung mit dem Streifenwagen ernst? Immerhin bemerkte Teresa, dass sich die rothaarige Frau verstohlen umsah, so als fürchtete sie, beim Gespräch mit Teresa beobachtet zu werden.

»Also, was willst du?« sprach sie Teresa schließlich an. Ihr Dialekt ließ jetzt, wo sie unbelauscht waren, deutlich nach. »Du warst doch schon neulich da, in dieser schnieken Karre und dem feinem Outfit. Warum siehst du heute aus wie 'ne billige Schlampe?«

Teresa fiel nichts anderes ein als die Wahrheit.

»Neulich wollten Sie nicht mit mir reden«, unwillkürlich verfiel sie jetzt wieder in die förmliche Anrede. »Da dachte ich mir, ich falle vielleicht nicht so sehr auf, wenn ich es heute so versuche.«

Irina lachte laut auf. Es klang wie ein Krächzen. Ihre Stimme war tief wie die eines Mannes.

»Mein Gott, Mädchen, du biss wirklich nicht von dieser Welt«, sagte sie dann. »Was glaubst du, was mehr auffallen kann als 'ne fremde Nutte, die neu ist im Revier.«

Von dieser Warte hatte es Teresa natürlich nicht betrachtet. Wieder spürte sie, dass sie rot wurde. Aber Irina fuhr schon fort:

»Also, was ist denn so wichtig, das so 'ne Feine, wie du eine bist, sich in solche Nuttenklamotten zwängt und hier reinschneit?«

»Vor vier Tagen hat man versucht, mich umzubringen«, Teresa entschloss sich zur Wahrheit. »Ich glaube, dass Eva damit zu tun haben könnte. Nicht als Täterin«, fuhr sie schnell fort, als sie Irinas verblüfften Blick sah. »Nein, ich glaube, es hat mit Meyers Logistik zu tun, der Speditionsfirma, für die Eva gearbeitet hat, bevor sie zu mir kam. Sie ist jetzt meine Sekretärin«, erklärte sie rasch.

»Und warum glaubst du, ich soll deine Eva kennen?«

»Ich weiß, dass Sie Eva kennen. Sie haben früher mit ihr zusammengearbeitet, ein Porno mit ihr gedreht oder sogar mehrere. Ich hatte das Video zu Hause, bevor es gestohlen wurde. Und Sie kennen Meyers. Sie waren ebenso wie Eva seine Geliebte, oder wie man das nennen soll, was Sie da gemacht haben.«

Starr vor Entsetzen starrte die rothaarige Frau Teresa an. Diese war selbst erstaunt über die Wirkung ihrer Worte.

»Schnauze«, war alles, was Irina schließlich herausbrachte. Teresa machte schon den Mund auf, um zu protestieren, als sie sah, dass Irina etwas über ihre Schulter hinweg fixierte. »Alles o.k., Schätzchen?«, fragte eine Stimme hinter ihrem Rücken. »Was will die Schlampe in deinem Revier?«

Teresa drehte sich um. Hinter ihr stand ein gedrungener Typ von höchstens 25 Jahren. Die fettigen Haare fielen ihm in langen Strähnen über die Schultern seiner abgewetzten Lederjacke. Um die geballte rechte Faust trug er einen Totschläger. Seine Pupillen waren winzig. Er sah gemein und gefährlich aus.

»Das is 'ne Neue von Erics Hasen«, erwiderte Irina schlagfertig. »Noch nicht lange dabei, das siehste ja an ihrem Aufzug. Er muss sie sich noch zurecht biegen.«

»Lass sie in Frieden, sie haut gleich ab«, sagte sie noch abwehrend, als sich der Mann drohend zu Teresa umwandte.

»Aber 'n bisschen plötzlich, sonst mach ich dir Beine.«

»Ich gehe gleich«, versuchte Teresa zu beschwichtigen.

Der Schweiß war ihr erneut aus allen Poren gebrochen.

»Ach nee 'ne Hochdeutsche. Das wird ja immer besser.«

»Geh, Klaus, ich regele das schon«, sagte Irina bittend.

Einen Moment zögerte der Mann noch. Dann drehte er sich um. »Aber mach' hin, sonst sag ich es Carlos«, raunte er noch im Weggehen über die Schulter.

»Danke«, sagte Teresa leise, als sich der Mann außer Hörweite entfernt hatte.

»Du blöde Kuh«, antwortete Irina brutal. »Siehst du nicht, was du hier angerichtet hast. Mach jetzt, dass du Land gewinnst, sonst kriegen wir hier alle mächtig Zoff.«

»Es tut mir Leid«, jetzt war Teresa wirklich den Tränen nahe. »Aber ich muss mit Ihnen reden. Bitte helfen Sie mir doch. Irgendetwas geht hier vor, und niemand sagt mir, was. Bitte!«

Ein merkwürdiger Ausdruck huschte über Irinas Gesicht. Später glaubte Teresa, dass es am ehesten Mitleid gewesen sein könnte, Mitleid, gepaart mit einer Spur Verachtung.

»Gut. So gegen neun. Oben an der Mariensäule.«

Teresa atmete auf.

»Danke, ich werde da sein«, antwortete sie noch. Aber Irina hatte ihr bereits den Rücken zugewandt und fixierte herausfordernd den Insassen eines Taxis, das gerade am Straßenrand gehalten hatte.

So schnell sie auf ihren Pfennigabsätzen konnte, stakte Teresa davon. Wie Nadelstiche spürte sie die Blicke der Nutten in ihrem Rücken.

Kapitel 36

Schon eine knappe Stunde vor der vereinbarten Zeit traf Teresa am Treffpunkt ein. Die Mariensäule war eine Statue der Gottesmutter, die auf einer Säule hoch über dem Moselufer thronte. Sie war eines der Wahrzeichen von Trier. Von dort hatte man einen phantastischen Blick über die alte Stadt mit ihren Denkmälern und das ganze malerische Flusstal. Schon zu Studienzeiten war dieser Ort einer von Teresas Lieblingsplätzen gewesen.

Jetzt schwitzte sie trotz der Abendkühle von dem steilen Aufstieg auf dem engen Pfad. Ihren Fiat hatte sie am Fuß der Uferfelsen auf einem Parkplatz zurückgelassen. Selbstverständlich trug sie auch wieder ihre alten Jeans und das ausgeleierte Sweatshirt unter ihrem offenen Wintermantel. Die am Morgen gekauften Klamotten hatte sie gleich an Ort und Stelle samt den Einkaufstüten in den nächsten Mülleimer geworfen, nachdem sie sich im Auto umgezogen hatte. Sie würde sie nie wieder brauchen, selbst wenn Irina nicht erscheinen sollte. Einen weiteren Besuch im Milieu in diesem Aufzug würde sie sich nicht noch einmal antun.

Leicht außer Atem setzte sie sich auf die Parkbank am Fuß der Säule und ließ ihren Blick über die Stadtkulisse schweifen. Zögernd flammten mehr und mehr Lichter auf, als die Abenddämmerung langsam heraufzog. Die Beleuchtung ließ Triers Denkmäler, Porta Nigra und Kaiserthermen, in einem warmen gelben Licht erstrahlen. Einen Moment lang verspürte Teresa große Sehnsucht nach Patrick, der sich wahrscheinlich gegenüber den Kaiserthermen im ebenfalls gut sichtbaren Polizeipräsidium aufhielt. Jedenfalls hatte er vorgehabt, dieses Wochenende durchzuarbeiten.

Unwillkürlich kam ihr auch Marcel wieder in den Sinn, mit

dem sie zuletzt vor einem Jahr in Trier gewesen war. Wie verschieden die beiden Männer doch waren. Marcel hätte niemals vor Teresas verschlossener Badezimmertür gewartet und um ein Zeichen von ihr gebeten, wie es Patrick gestern getan hatte. Mit schlechtem Gewissen dachte Teresa plötzlich an den Anhänger, der achtlos ins Waschbecken gefallen war. Sie hatte ihn nicht wieder herausgenommen. Hoffentlich hatte er sich wenigstens im Siphon verfangen, wenn sie ihn beim morgendlichen Zähneputzen hinuntergespült haben sollte. Teresa beschloss, sofort nach ihrer Rückkehr zu Hause danach zu suchen.

Und Patrick sofort anzurufen, wenn sie etwas Brauchbares von Irina erfahren sollte. Anzurufen und um Entschuldigung für ihr gestriges Verhalten zu bitten. Diesmal hatte sie sich wirklich gewaltig ins Unrecht gesetzt.

Oder doch nicht? War es ihr bereits zur zweiten Natur geworden, die Schuld für alle Streitigkeiten immer nur bei sich selbst zu suchen? Marta hatte sie in einem ihrer letzten Therapiegespräche mit diesem Gedanken konfrontiert.

Tatsächlich konnte sie an den Fingern einer Hand abzählen, wie oft sich Marcel in den acht Jahren ihrer Beziehung bei ihr entschuldigt hatte. Ob er ihr wichtige Dinge verschwiegen, sie subtil bei Kollegen und Kunden schlecht gemacht oder sogar versetzt hatte, immer hatte er den Grund dafür letztlich in ihrem Verhalten gesucht und gefunden.

Erst mit Martas Hilfe hatte Teresa erkannt, dass sie dieses Verhalten deshalb so lange toleriert hatte, weil sie Marcel nie nach seinem tatsächlichen Verhalten, sondern nur nach seinen Absichten beurteilt hatte. Und die waren tatsächlich oft keineswegs böse gewesen, wie Marta Teresa erklärt hatte. Marcel war einfach so ichbezogen, dass er das Verhalten eines jeden Menschen ausschließlich nach den unmittelbaren Gefühlen beurteilte, die es in ihm selbst auslöste.

Da sein übersteigertes Geltungsbedürfnis ihn grenzenlos verletzlich machte, löste Teresa im Laufe der Zeit immer häufiger Wut, Schmerz, Traurigkeit und andere negative Gefühle in ihm aus. Er spürte sie, es tat weh, also war Teresa, die ihm dies antat, schlecht. Ganz im Gegenteil zu Teresa ließ er ihre eigentlichen Absichten dabei völlig außer Acht. Jedes Verhalten, das ihn verletzte, und das konnten harmloseste Kleinigkeiten sein, machte Teresa zur Schuldigen.

Weit entfernt schlug eine Kirchturmuhr. Unwillkürlich zog Teresa ihren Wintermantel enger um die Schultern und warf einen Blick auf die Leuchtziffern ihrer Armbanduhr. Viertel nach acht, noch mindestens 45 Minuten zu warten. Sie ließ erneut ihre Gedanken schweifen.

Ein anderes Thema, das Teresa in den Sitzungen mit Marta immer wieder beschäftigt hatte, war die Frage gewesen, warum Marcel und sie denn zu Beginn ihrer Beziehung so perfekt zusammen zu passen schienen. Immer wieder quälte sie sich mit dem Gedanken, dass ausgerechnet ein solches Gefühlsmonster wie Marcel ihr Herz so im Sturm hatte erobern können.

An ihren ersten Streit konnte Teresa sich noch erinnern, als sei er gestern gewesen. Sie hatte wie selbstverständlich angenommen, Marcel würde sie mit auf einen Kongress nehmen und gemeinsam mit ihr einen Vortrag gestalten, an dessen Vorbereitung sie maßgeblich beteiligt gewesen war. Aber Marcel hatte gar nicht daran gedacht. Schon damals auf Karriere versessen, hatte er ihren Part stattdessen seinem Vorgesetzten angeboten, der nichts zur Arbeit beigetragen hatte, aber jetzt gemeinsam mit Marcel die Lorbeeren ernten sollte. Teresa hatte vor Wut geschäumt ob dieser Ungerechtigkeit.

Marcel dagegen hatte sie kühl in ihre Schranken verwiesen. Schließlich sei er ihr Chef, hatte er argumentiert. Sie hätte die

Vorbereitung des Vortrags also ohnehin machen müssen, wenn er dies angeordnet hätte. Dass Teresa mehrere Wochenenden hindurch an den Auswertungen gearbeitet hatte, auf denen der Vortrag beruhte, fiel dabei nicht ins Gewicht. So viel Zeit hätte sie ja nicht investieren müssen, hatte Marcel der Entsetzten erklärt. Er wäre auch so zurecht gekommen.

Teresa hatte geweint, getobt und Marcel in ihrer Hilflosigkeit schließlich heftig beschimpft. Spätestens von da an stand für ihn fest, dass nicht er, sondern sie im Unrecht war.

Vom Vortrag war fortan kaum mehr die Rede, aber noch Tage später beklagte er sich über die Schimpfworte, die sie ihm im Zorn an den Kopf geworfen hatte. Zur Strafe durfte Teresa jetzt nicht einmal als Zuhörerin mit zum Kongress.

Tief verletzt war sie zu Hause geblieben.

In den ersten Jahren ihrer Beziehung linderten sie die so geschlagenen Wunden mit stürmischem Sex. Aber nach immer kürzerer Zeit war alles wieder so schlecht wie zuvor.

Ein Knacken in ihrem Rücken ließ Teresa aufhorchen. Unruhig sah sie sich um, aber dann blieb es still und der Weg hinter der Parkbank war nach wie vor leer. Ein weiterer Blick auf die Uhr zeigte zehn vor neun. Was wäre, wenn Irina sie versetzte?

Mutlos starrte Teresa erneut auf das Gebäude des Polizeipräsidiums weit unter ihr auf der anderen Moselseite. Warum hatte sie Patrick die Sache nicht doch überlassen? Sondern stattdessen diesen Streit begonnen und ihn aus der Wohnung getrieben. Was würde ihr diese Nutte überhaupt erzählen können, was die Polizei nicht ohnehin herausgefunden hätte?

Und was sollte sie tun, durchfuhr es sie plötzlich eiskalt, wenn sie Patricks Geschenk nicht mehr aus dem Ausguss des Waschbeckens fischen konnte? Wie sollte sie ihm den Verlust des Schmuckstücks erklären?

Teresa überlegte, wie viel der Diamant wohl gekostet hatte, den Patrick ihr gestern Abend so liebevoll um den Hals gelegt hatte. Zweifellos war er teuer gewesen. Und sie hatte jetzt nicht einmal Geld, um sich heimlich einen Ersatz zu kaufen und den Verlust zu verbergen.

Unwillkürlich stiegen ihr Tränen in die Augen, als sie sich erneut ihren Gedanken überließ. Wann hatte Marcel ihr zuletzt etwas geschenkt? Interessanterweise war es an ihrem vorletzten Geburtstag gewesen. Da hatte er ihr ohne Karte oder Blumenstrauß einen symbolischen Gutschein überreicht, für ein gemeinsames Wochenende in einem Wellnesshotel.

Normalerweise hätte Teresa sich sehr darüber gefreut. Aber leider hatte er ihr dieses Geschenk bereits acht Monate zuvor zu Weihnachten schon einmal gemacht. Auch damals nur mündlich. Und das Wochenende niemals eingelöst und das Ganze dann schließlich vergessen. Natürlich hatte Marcel argumentiert, Teresa müsse sich irren. Er konnte ihr zwar nicht sagen, was er ihr denn vergangene Weihnachten stattdessen überreicht hätte. Aber er behauptete einfach, er hätte natürlich ein anderes Geschenk für sie gehabt. Sie, nicht er, hätte eben vergessen, was es gewesen sei.

Und nun hatte sie ein wirkliches Geschenk, eines zudem, das sie gar nicht verdient hatte, so verächtlich behandelt. Durch ihre aufsteigenden Tränen betrachtete Teresa weiter die jetzt verschwommenen Lichter, die mittlerweile über der ganzen Stadt aufgeleuchtet waren. Sie war so in ihre Gedanken versunken, dass sie Irina erst bemerkte, als sie neben ihr stand.

Kapitel 37

Fast hätte Teresa Irina gar nicht erkannt. Sie sah im Vergleich zum Nachmittag völlig verändert aus. Eine dunkle Brille verdeckte trotz der bereits hereingebrochenen Abenddämmerung fast die Hälfte ihres Gesichts. Ihre Haare hatte sie unter einem gemusterten Kopftuch verborgen. So weit Teresa überhaupt etwas von ihrem Gesicht erkennen konnte, wirkte es völlig ungeschminkt. Um die Mundwinkel zeichneten sich scharfe Furchen ab.

Ihr unförmiger Trenchcoat raschelte, als sie sich neben Teresa auf die Bank setzte. Eine unwillige Handbewegung brachte Teresa schnell zum Schweigen, als sie ihre Erleichterung über Irinas Erscheinen zum Ausdruck bringen wollte.

»Was wollen Sie von mir?«, fragte sie kurz angebunden. Zu Teresas Erstaunen sprach sie jetzt hochdeutsch.

Teresa holte tief Luft. »Ich möchte wissen, ob Sie Eva Schneider kennen bzw. ob Sie sich an Sie erinnern. Sie haben vor vielen Jahren mindestens einmal einen Pornofilm mit ihr gedreht, das weiß ich sicher.«

»Was geht Sie das an? Ist Ihnen das nicht Recht in Ihrer feinen Klitsche, dass da eine mitarbeitet, die früher für Geld die Beine breit gemacht hat?«

Teresa war geschockt von Irinas unverblümter Ausdrucksweise. »Darum geht es überhaupt nicht. Eva Schneider hat mir einen Kontakt zu Meyers Logistik vermittelt, den ich für einen beruflichen Vorstellungstermin hielt. Als ich morgens um elf Uhr hinkam, hielt man mich für ein Callgirl, das sich in der Uhrzeit vertan hat, wie ich später erfahren habe. Man ließ mich am Abend um acht Uhr wieder kommen. Als ich dann hinkam, fand ich Meyers ermordet vor, mit ausgestochenen Augen.« Sie schüttelte sich vor Ekel bei der erneuten Erinnerung an die schreckliche Szene.

Irina hörte ungerührt zu. Sie schwieg.

Teresa fuhr fort: »Seither werde ich verfolgt und bedroht. Vor zwei Wochen wurde in meine Wohnung und mein Büro eingebrochen. Die Diebe nahmen alles mit, was sie für Datenträger hielten, insbesondere Videokassetten und CD-ROMs. Auch das Video von Ihnen und Eva, das ich vorher zufällig in einem Sexladen entdeckt hatte. Und letzten Dienstag«, sie konnte das Schluchzen nicht unterdrücken, das ihr in die Kehle stieg, »wollte man mich umbringen. Sie haben die Bremsen von meinem Wagen manipuliert. Die Videoaufnahmen aus dem Parkhaus, in dem der Wagen zwei Tage stand, während ich auf Seminarreise war, zeigen eindeutig, dass zwei Männer sich daran zu schaffen gemacht haben. Ich konnte den Wagen auf der Autobahn gerade noch stoppen. Ich fuhr in ein Feld und das Auto ist jetzt natürlich auch kaputt.«

Rüde fiel Irina ihr ins Wort. »Und warum glauben Sie, dass Eva irgendetwas damit zu tun hat?«

»Sie hat viele Jahre für Meyers Logistik gearbeitet. Und war Meyers Geliebte. Sie trieben sadomasochistische Spielchen.«

»Woher wissen Sie das?«

Teresa ließ alle Zurückhaltung fahren. Irina stritt ja jetzt nicht mehr ab, Eva zu kennen. Sie musste ihr einfach helfen.

»Ich habe einen Freund bei der Polizei«, gestand sie ein.

»Aha, und warum hilft der Ihnen nicht?«

»Die Polizei muss sich an ihre Vorschriften halten. Patrick kümmert sich sehr um mich, aber er kann mich nicht rund um die Uhr schützen. Und niemand weiß, was die Täter überhaupt von mir wollen.«

Irina schwieg erneut eine Weile. »Haben Sie am Tatort vielleicht etwas gesehen, von dem die Mörder nicht wollen, dass Sie es weitersagen?«

»Ich weiß es nicht. Ich habe mir schon das Hirn darüber zermartert. Da lief irgendein Video, was dann angeblich später verschwunden ist, aber ich habe keine Ahnung, ob das was mit all dem zu tun hat.«

Teresa hielt inne. »Wieso sagen Sie »die Mörder«? Wissen Sie etwas darüber?«

Irina fixierte Teresa durch ihre dunkle Brille. Sie spürte den Blick mehr, als dass sie ihn sah. Die Dämmerung war mittlerweile zur Dunkelheit geworden.

»Meyers war ein Schwein«, sagte Irina schließlich. »Es gab mehr als einen, der Grund dazu hatte, ihn um die Ecke zu bringen. Niemandem tut es Leid für ihn.«

»Was wissen Sie über Meyers und diese Firma? Gibt es wirklich eine Verbindung zu diesem Kinderschänderring, der den kleinen Jungen ermordet hat, den man neulich hier gefunden hat?«

»Ich kenne Eva von früher«, Irina ging auf Teresas Frage nicht ein. »Wir gingen damals in München zusammen anschaffen. Dabei haben wir manchmal auch diese Filme gedreht. Es war besser bezahlt als auf der Straße. Weniger Fick für mehr Geld.«

Erneut war Teresa geschockt.

Sie wollte etwas erwidern, biss sich dann aber auf die Lippen und schwieg.

Nach einer endlosen Pause, die in Wahrheit wohl nur einige Sekunden gedauert hatte, fuhr Irina fort.

»Zehn Jahre lang waren wir die besten Freundinnen. Dann entschied Eva sich, auszusteigen. Sie belegte Kurse und so, suchte sich Jobs als Bedienung in Kneipen. Ich prophezeite ihr damals, dass sie es niemals schaffen würde. Zumal unser Lude sie nicht gehen lassen wollte. Zweimal wurde sie so zusammengeschlagen, dass sie ins Krankenhaus musste. Ihr Kiefer musste geschient werden. Danach verschwand sie aus München.«

»Und hat es tatsächlich geschafft?«

»Ja. Sie ging nach Straßburg. Wurde dort so eine Art Fremdsprachenkorrespondentin. Sie kam ja ehemals aus ganz gutem Hause. Lernte französisch auf dem Gymnasium und so. Sie hatte sogar Abitur.«

Teresa war überrascht. Ein Abiturzeugnis hatte Eva Schneider ihr nicht vorgelegt.

»Woher stammte Eva?« fragte sie.

»Aus einem Dorf in Bayern. Wurde zum ersten Mal schwanger mit achtzehn. Ihr Vater ließ sie noch das Abi machen, dann schmiss er sie raus. Waren zu gut katholisch in dem Kaff.«

»Und dann?«

»Eva versuchte in München zu studieren. Sprachen und so. Hatte aber kein Geld und keine Unterstützung von daheim. Daher schaffte sie nebenbei an. Anfangs nur so als Privatinitiative, aber nach zwei Jahren hatten die Zuhälter sie auf dem Kieker. Hatte total unterschätzt, wie gefährlich das ist, wenn man das allein macht.«

»Und das Kind?«

»Das hatte sie doch längst abgetrieben, das erste zumindest.«

»Und ihr Vater hat sie trotzdem rausgeschmissen?«

»Klar, erst recht. Abtreibung ist doch für die so eine Art Todsünde.«

»Wieso sagen Sie, das erste Kind?«

»Eva war wieder schwanger, als sie ausstieg. Das war ja ihr Motiv. Wollte nicht noch mal abtreiben. Wollte es diesmal schaffen.«

»Und was wurde aus dem zweiten Kind?«

»Das Kind starb« – Irina zögerte den Bruchteil einer Sekunde - »bei einem Verkehrsunfall, glaube ich. Mit sieben Jahren. Eva wollte sich umbringen, aber es klappte nicht. Sie wurde dem Tod von der Schippe gezerrt. Danach beschloss sie weiterzuleben. Aber sie ging weg aus Straßburg und kam hierher nach Trier. Da sind wir uns dann wieder begegnet.«

»Hatten Sie keinen Kontakt gehabt all die Jahre?«

»Nein, wie denn auch. Eva hinterließ keine Adresse, als sie aus München verschwand. Und dass ich wieder hier bin, konnte sie nicht wissen. Reiner Zufall.«

»Warum gingen Sie nach Trier?«

»Ich stamme von hier«, antwortete Irina lakonisch. »Mache auf russische Hure, komme aber aus Schweich. Winzerstochter, die auf Abwege geraten ist.«

»Haben Sie selbst nie versucht, aus dem Milieu rauszukommen?«

In der Dunkelheit sah Teresa schemenhaft, dass Irina auf ihren Arm deutete. »Klappte nicht«, sagte sie dann. »Hänge noch immer an der Nadel.«

»Wie sind Sie Eva in Trier begegnet? Sie war doch Sekretärin bei Meyers.«

Irina lachte. Es klang unendlich traurig. »Bei einem Sado-Trip zu dritt. Sie fiel fast vom Stuhl, als sie mich sah und erkannte. War aber schon dran gefesselt, deshalb blieb sie sitzen. Meyers liebte Spielchen auch mit mehr als einer.«

Teresa verschlug es erneut die Sprache. Galle stieg ihr die Kehle hoch und brannte säuerlich in ihrem Mund. Sie sagte nichts.

»Geschockt?« Irinas Ausdruck war nicht zu deuten. Spott schwang darin mit, aber auch unendliche Selbstverachtung und irgendetwas, das nicht zu greifen war.

Teresa fragte leise: »Warum hat Eva so etwas mitgemacht? War sie so veranlagt?«

Irina schwieg. Als sie schließlich antwortete, war eine neue Qualität in ihrer Stimme. Ihre Worte kamen deutlich und gewählt, so als sei sie auf der Hut.

»In München war sie es nicht. Aber vielleicht war ihr alles egal nach dem Tod von dem Kind.«

»Warum ging sie aus Trier weg?«

»Meyers Alte erwischte sie in flagranti. Stellte ihrem Gatten ein Ultimatum. Ende des Verhältnisses, Ende der Chefsekretärin. Eva wurde versetzt, musste in irgendeine andere Abteilung, Buchhaltung oder so was, wo es ihr nicht gefiel. Da beschloss sie, sich was Neues zu suchen.«

Teresa war verblüfft. Sie wusste von Lena Meyers selbst, dass es nicht so gewesen war. Warum hatte Eva Irina diese Version erzählt?

»Hielten Sie den Kontakt zu ihr?«

Wieder zögerte Irina, bevor sie antwortete. »Ich weiß, wo sie da oben bei Ihnen wohnt. Sie hat mir ihre Adresse gegeben. Aber ich habe sie seither nicht mehr gesehen. Nur ab und zu telefoniert.«

»Wann zuletzt?«

»Weiß ich nicht mehr, muss paar Wochen her sein.«

»Könnte sie etwas mit den Vorfällen rund um Meyers Tod zu tun haben?«

Irina schwieg. Teresa konnte im Dunkeln nicht sehen, ob sie nachdachte oder erneut zögerte. Als Irinas Antwort kam, wirkte ihre Stimme merkwürdig flach. »Glaube ich an sich nicht«, sagte sie. »Ich wüsste auch nicht, warum.«

Hinter ihrem Rücken knackte es vernehmlich. Irina fuhr spontan herum. Auch Teresa hatte sich erschrocken. Beide lauschten eine Weile, aber es blieb still.

»Ich muss jetzt gehen«, sagte Irina schließlich. »Um zehn muss ich wieder anschaffen, sonst merken die andern, dass ich weg war.«

Teresa fühlte sich völlig entmutigt. Sie hatte zwar einiges über Eva erfahren, aber nichts, was ihr wirklich weiterhalf. »Sie können mir also nichts sagen zu dem Mord an Meyers und den Vorfällen bei mir?« fragte sie flehentlich. »Warum sind Sie dann überhaupt gekommen?«

Irina schnaubte vernehmlich und stand abrupt auf. »Nach dem Zores, den Sie da heute veranstaltet haben, dachte ich, es sei klüger, wenn ich Sie zum Schweigen brächte. Sie bringen sich selbst in Gefahr, ist Ihnen das nicht klar, wenn Sie da so aufgetakelt auftauchen, dass jede beschränkte Nutte aus Polen sich fragt, was Sie damit wollen? Wenn Sie wirklich jemand umbringen will, tun Sie sich keinen Gefallen, Sie machen sich doch erst recht verdächtig. Bleiben Sie weg da und gehen Sie zur Polizei.«

»Und darum sind Sie gekommen, nur um mich zu warnen, auch wenn Sie gar nicht mehr über die Sache wissen?«, fragte Teresa ungläubig. »Das ist doch völlig unlogisch. Sie wissen etwas.« Sie fasste Irina am Ärmel ihres Trenchcoats. »Bitte, Sie müssen etwas wissen, sonst wären Sie doch nicht gekommen. Bitte sagen Sie es mir.«

Es knackte erneut. Irina machte Teresas Hand los. »Gehen Sie zur Polizei«, raunte sie. »Und sprechen Sie mich nie wieder an. Es ist gefährlich für alle.«

Damit drehte sie sich um und verschwand in der Dunkelheit. Teresa bemerkte, dass sie sich bemühte, so wenig Geräusche wie möglich zu machen.

Mittlerweile war es stockdunkel geworden. Unten lag Trier in strahlendem Lichterglanz, aber oben am Berg sah man kaum mehr die Hand vor den Augen.

Teresa bekämpfte ihre aufsteigende Panik.

Angespannt lauschte sie in die Dunkelheit. *War da jemand?*

Aber es blieb alles still.

Erst nach zehn Minuten wagte sich Teresa selbst auf den dunklen Pfad, der den Felsen hinabführte. Wie von Furien gehetzt, stieg sie, so schnell es die schwierigen Wegverhältnisse erlaubten, hinab. Auf dem ganzen Weg verfolgte sie die Panik wie ein dunkles Gespenst, aber schließlich langte sie wohlbehalten auf dem verlassenen Parkplatz an.

Kein anderes Auto war zu sehen. *War Irina zu Fuß gekommen?* Schwach glaubte sie vor einigen Minuten ein Motorengeräusch wahrgenommen zu haben, aber es konnte auch von der weiter entfernt liegenden Uferstraße gekommen sein.

Sorgfältig inspizierte Teresa den Wagen im schwachen Schein einer Straßenlampe, die fünfzig Meter entfernt leuchtete. Die Türen waren verschlossen, die Reifen intakt und hatten genügend Luft. Vorsichtig schloss Teresa auf und startete den Motor. Scharf trat sie auf die Bremse, als sie den Wagen anfuhr. Sie schlug sofort an und Teresa zerrte sich schmerzhaft die noch immer empfindlichen Halsmuskeln. Mit dem Auto schien alles in Ordnung zu sein.

Einen Augenblick lang überlegte sie, ob sie Patrick auf seinem Handy anrufen sollte, entschloss sich aber dann, stattdessen schnell nach Hause zu fahren. Sie wusste jetzt zwar, dass Irina und Eva sich kannten, aber sie hatte ja nichts wirklich Brauchbares erfahren. Nur dass die Situation tatsächlich gefährlich war. Aber das hatte auch Patrick nie bestritten.

Wie hätte sie ihm also ihre Aktionen in Trier erklären sollen, zumal jetzt, wo sie wusste, dass sie durch ihren nuttigen Aufzug erst recht aufgefallen war, anstatt unerkannt zu bleiben. Sie beschloss, Patrick gar nichts von der ganzen Sache zu sagen. Morgen würde sie ihn anrufen und versuchen, sich wieder mit ihm zu versöhnen. Danach würde sie die Polizei ihre Arbeit tun lassen und sich selbst heraus halten.

Auf dem ganzen Heimweg verfolgte Teresa die Frage, warum Irina überhaupt zu dem Treffen gekommen war. Immer wieder hatte sie während ihrer Begegnungen Angst gehabt, da war sich Teresa sicher. Aber was konnte es Irina schaden, wenn Teresa als Nutte auftauchte? Es konnte ihr doch völlig egal sein.

Gut, sie kannte Eva, trotzdem half nichts, was sie erzählt hatte, Teresa wirklich weiter. Und etwas war komisch gewesen. Irgendetwas hatte nicht gestimmt an Irinas Aussagen über Eva. Teresa grübelte die ganze Zeit darüber nach, während sie durch den düsteren Hunsrück fuhr, aber sie kam einfach nicht darauf.

Schließlich schloss sie aufseufzend vor Erleichterung ihre Haustür auf. Es schienen nicht 16 Stunden, sondern Tage vergangen zu sein, seit sie am Morgen aufgebrochen war. Der Anrufbeantworter blinkte und zeigte zwei Nachrichten an. Eine war von Teresas Mutter, die sich endlich wieder einen persönlichen Kontakt zu ihrer Tochter wünschte, wie sie dem Band anvertraut hatte.

Die zweite Nachricht war von Patrick. Tränen der Rührung und Erleichterung schossen Teresa in die Augen, als sie hörte, dass er den Streit vom Vortag bedauern würde und hoffe, sie hätte einen schönen Tag verbracht. Er würde sich gerne mit ihr versöhnen, ob er am Sonntagabend hereinschauen dürfe. So gegen sechs, wenn es ihr recht sei. Wenn er nichts mehr von ihr hören würde, ginge er davon aus, sie sei noch sauer und würde es dann in ein paar Tagen noch einmal versuchen. Sonst würde er sich über eine Nachricht auf seinem Handy freuen, zu jeder Tageszeit.

Teresa stürzte ins Badezimmer. Sofort blinkte ihr das Goldkettchen aus dem Waschbecken entgegen, das sich tatsächlich am Stopfen des Beckens verfangen hatte. Auch der Diamant war noch dran, wie Teresa aufatmend feststellte, als sie das Schmuckstück vorsichtig aus seiner Verankerung im Abfluss löste, wo es sich so verwickelt hatte, dass der Anhänger zum Glück nicht über die Kettenenden hatte herausrutschen können.

Sie sah auf ihre Uhr. Es war fast Mitternacht. Zu spät, um jetzt noch anzurufen, trotz Patricks freundlichem Angebot.

Schlagartig fühlte sich Teresa unendlich müde. Die Anstrengungen des Tages, vor allem das ständige Wechselbad der Gefühle, hatten eine starke Erschöpfung in ihr hinterlassen. Sie schaffte es gerade noch, sich die Kleider abzustreifen und die Zähne zu putzen. Dann fiel sie auch schon in tiefen Schlaf, durch den sie wirre Träume begleiteten, an die sie sich morgens nicht mehr erinnern konnte.

Kapitel 38

Georg Wolf war irritiert. Stirnrunzelnd blickte er abwechselnd von der Fotografie, die über einen Beamer an die Wand geworfen wurde, zu Lena Meyers hinüber und wieder zurück, wenn ihre Blicke sich trafen.

Sie wurde ihm zu selbstbewusst, seit sie die so genannte »Personalleitung« bei Meyers Logistik übernommen hatte. Heute war sie zum ersten Mal unaufgefordert bei der Lagebesprechung erschienen, die die Firma, wie Wolf seinen Pornoring intern nannte, seit Werner Meyers Tod fast täglich abhielt.

Selbst zu Meyers Lebzeiten war sie nie dort aufgetaucht, wie sich Wolf zu erinnern glaubte. Auch ihr Stil, sich zu kleiden, hatte sich mittlerweile verändert. Weniger grell und weniger offenherzig, das war ihm trotz seines herzlichen Desinteresses an Lena Meyers Angelegenheiten aufgefallen. Heute trug sie einen elfenbeinfarbenen Hosenanzug mit schwarzer Bluse, der ihr recht gut stand.

Vor der Belegschaft hatte Wolf Lena nicht auf ihre Unbotmäßigkeit ansprechen wollen. Sie sollte vor ihr als Gattin des verstorbenen Chefs nicht den Respekt verlieren, das war ihm wichtig. Aber er nahm sich vor, ihr unter vier Augen gründlich die Meinung zu geigen.

»Also, was hältst du davon?« Carlos Stimme riss ihn aus seinen Gedanken. Er musterte den vierschrötigen Kerl, den er persönlich mit der Überwachung Irina Karas beauftragt hatte, seit sie im Verdacht stand, für die Polizei zu spionieren.

»Wovon?« Er ärgerte sich darüber, dass Carlos merken würde, dass er nicht zugehört hatte. Aber Carlos ließ sich nichts anmerken. Er kannte Wolfs Empfindlichkeiten.

»Also, wie ich schon sagte«, wiederholte er diplomatisch, »niemand von uns weiß, wer diese Schlampe da ist, auch Klaus nicht, der Straßendienst hatte. Nur Olga, diese neue polnische Nutte, schwört, dass Irina sie kennt. Es war die Rede davon, dass sie sich schon einmal begegnet sind.«

»Und es hat sie wirklich nie jemand zuvor gesehen? Habt ihr auch bei Eric nachgefragt?« Eric war der Chefzuhälter der zweiten Truppe, die in Trier die Prostitution kontrollierte.

»Ja, niemand weiß, wer das sein soll. Sie ist auch bis jetzt nicht mehr aufgekreuzt.«

»Vergrößern«. Sofort erschien das Bild in doppelter Größe auf der Wand.

Die drei Männer und Lena Meyers betrachteten schweigend die Szene. Eine unglaublich aufgetakelte Nutte mit langen blonden Haaren stand vor Irina Kara und der polnischen Frau, die von der Fremden fast verdeckt wurde. Im Profil sah man nur, dass sie sehr stark geschminkt war.

»Weiter«.

Das nächste Foto zeigte die Frau von vorne, aber sie hatte gerade die Hand vor den Mund genommen, so dass ihr Gesicht nur halb zu sehen war.

Das dritte und letzte Foto war das Beste. Es zeigte die Frau ebenfalls von vorne. Diesmal war ihr Gesicht recht gut zu erkennen, obwohl das Bild etwas unscharf war. Mehr als diese drei Fotos gab es nicht.

Pjotr, der an diesem Tag mit Irinas Überwachung beauftragt gewesen war, hatte dies wohl für ausreichend erachtet. Als ob das Auftauchen einer fremden Nutte im Revier ein alltägliches Ereignis wäre.

Aber später am Abend war es noch schlimmer gekommen. Irina war zwischen halb neun und zehn Uhr spurlos verschwunden, ohne dass ihr Bewacher wusste, wo sie in dieser Zeit gewesen war. Er hatte sie plötzlich einfach aus den Augen verloren.

Dass Carlos sich Pjotr später persönlich vorgeknöpft hatte, war für Wolf nur ein schwacher Trost gewesen.

»Könnte es ein weiblicher Polizeispitzel sein, der sich so tarnen wollte, um mit Irina in Kontakt zu treten?« Dies war Lenas Stimme. Wolf bemerkte, dass sie ein wenig zitterte. Bisher hatte sie nichts gesagt, sondern nur schweigend mit am Tisch gesessen.

Wolf fixierte Lena. Er war erneut beunruhigt. Nicht nur ihr Erscheinen bei dieser Sitzung hatte das bewirkt. Lena war auch überzeugt davon, dass er selbst hinter dem Mord an Meyers steckte.

Das hatte sie ihm erst gestern Abend verraten, als er sich trotz seines immer größeren Widerwillens dazu überwunden hatte, seinen wöchentlichen sexuellen Pflichten als Liebhaber nachzukommen. Zum Glück hatte Werner ihr anständig zu blasen beigebracht, sonst wäre er sich ganz und gar wie eine männliche Hure vorgekommen. Aber er brauchte Lena noch eine Weile. Sex war das beste Stillhaltemittel für Frauen, davon war er wie so viele Männer felsenfest überzeugt.

Nach dem kurzen und hastigen abschließenden Akt, bei dem sie kaum auf ihre Kosten gekommen sein dürfte, hatte sie den entgangenen Höhepunkt durch Kuscheln zu kompensieren versucht. Wolf hasste das besonders, hatte sich aber darauf eingelassen, weil er ihr für diesen Abend nichts Besseres mehr zu bieten hatte. Natürlich hatte sie schnell mit ihrem Lieblingsthema angefangen.

»Wann gehen wir endlich nach Paraguay?« hatte sie ihn sicherlich zum hundertsten Mal gefragt. Er war es so leid. Dennoch hatte er sich um eine freundliche Antwort bemüht.

»Sobald klar ist, wo das Video ist und wir nicht mehr befürchten müssen, dass wir durch Werners Leichtsinn alle hochgehen«, hatte er geantwortet.

Ihre nächste Frage hatte ihn dann vollständig verblüfft. »Wieso hat Carlos oder wer immer es war, es denn eigentlich nicht mitgenommen, wenn es doch im Camcorder steckte?«.

Abrupt hatte er sich aufgesetzt. »Was meinst du damit?«

»Du musst nicht so barsch werden. Ich nehme euch Werners Tod nicht übel. Im Gegenteil, er hatte es mehr als verdient. Denk doch nur an Alicia.«

Flüchtig war Wolf durch den Kopf geschossen, dass die Firma mit Werners Pornoaufnahmen der fünfjährigen Alicia immer noch ganz gut Kasse machte. Aber davon wusste Lena natürlich nichts.

»Denkst du etwa, dass wir ihn um die Ecke gebracht haben?« hatte er sie gefragt, vollkommen schockiert über ihre Gefühlskälte. »Und trotzdem liegst du hier mit mir im Bett?«

Lena hatte gelacht. »Warum denn nicht? Glaubst du, Werner hätte mir eine einzige Träne nachgeweint?«

Er fasste es immer noch nicht. »Und dann noch auf diese brutale Art?«

Lena hatte die Achseln gezuckt. »Er starb, wie er gelebt hatte.«

Unwillkürlich war Wolf im Bett von ihr abgerückt. Nur gut, dass er Lena immer nur benutzt hatte. Bei der Frau konnte einem Mann ja das Fürchten kommen.

Dann hatte er sich zusammengerissen. »Du irrst dich, wenn du das glaubst. Wir haben alle nichts mit dem Mord zu tun. Was denkst du denn, warum wir so nervös wegen dem Video sind?«

»Und wer soll es sonst gewesen sein?« Jetzt war Lena sichtlich schockiert.

Schlagartig war er wütend geworden. »Ja, was weiß denn ich«, hatte er sie angeraunzt. »Irgendwer, der eine Rechnung mit ihm offen hatte. Die Konkurrenz kann es nicht gewesen sein, die hätte die Katze schon lange aus dem Sack gelassen, wenn sie das Video hätte. Das ist ja die Scheiße. Niemand kann sich einen Reim darauf machen. Was weiß ich, wen Werner mit seinen privaten Macken im Lauf der Zeit so wütend gemacht hat, dass der sein Mütchen kühlen musste. Ich weiß ja nicht mal, ob der Mörder dieses verdammte Video hat oder diese Schlampe von Freudenberger. Wir hängen alle mit dran, wenn das Ding auffliegt. Ich hatte Werner zur Bedingung gemacht, dass das Video den Drehort nicht verlassen darf, und er hatte es versprochen. Der Film war noch nicht geschnitten und gecheckt. Wer weiß, was die Bullen alles darauf entdecken könnten, wenn er ihnen in die Hände fiele. Aber dein Scheißmann konnte ja nicht hören in seiner Geilheit.«

Sie hatte ihm schließlich sanft die Hand auf den Mund gelegt. Die Hand hatte nach seinem Sperma gerochen und er hatte mit Macht den Impuls unterdrücken müssen, sie wegzuschlagen. Dann war sie zum Glück zu einer sanften Massage übergegangen und trotz seiner Wut auf seinen ermordeten Geschäftspartner war Wolf ein weiteres Mal froh gewesen, dass Werner sie so gut erzogen hatte.

Daher hatte er auch überhaupt nicht mit ihrem heutigen Erscheinen gerechnet. Was hatte sie gerade gesagt, diese Nutte solle ein Polizeispitzel sein?

»Dann müssten die Bullen noch dümmer sein, als wir bisher geglaubt haben«, antwortete Carlos.

Lena fixierte das Gesicht der Frau. »Sie kommt mir irgendwie bekannt vor, ich weiß nur nicht, woher«, murmelte sie kaum hörbar. »Kann man das Bild noch mal vergrößern?«

Schweigend gab Wolf ein Handzeichen. Der Mann, der Laptop und Beamer bediente, drückte einige Knöpfe. Das Gesicht der Frau füllte jetzt fast die gesamte Leinwand aus. Wie elektrisiert lehnte Lena sich vor.

»Ihr habt doch sicher so ein Bildbearbeitungsprogramm«, sagte sie halb fragend zu Wolf. Der nickte schweigend.

»Ich bin sicher, dass das eine Perücke ist. Kann man die wegredigieren?«

Wolf gab dem Mann am Beamer erneut ein Zeichen. Diesmal dauerte es etwas länger und das Bild verschwand vorübergehend von der Leinwand. Als es wieder erschien, hatte die Frau einen Kahlkopf.

»Ich weiß, wer das ist«, jetzt klang Lenas Stimme triumphierend.

»Wer?« Wolf beugte sich gierig vor.

Lena winkte ab. »Ich will erst ganz sicher sein. Machen Sie ihr eine braune schulterlange Frisur, Haare glatt herunterhängend«, wies sie den Mann am Beamer an.

Es dauerte einige Minuten, dann erschien das Foto erneut. Jetzt erkannte auch Wolf, wen Lena Meyers meinte.

»Das ist Teresa Freudenberger«, sagte er ungläubig. In seiner Verblüffung vergaß er sogar die üblichen Schimpfworte, mit denen er Teresa sonst zu bedenken pflegte.

»Die angeblich mit dem Polizisten liiert ist, der an der Kinderleichensache arbeitet«, ergänzte Lena. Diese Information erhielt vor dem Hintergrund dieses Fotos ein ganz neues Gewicht.

Bis jetzt hatten sie das Gerücht nicht ernst genommen, das im wöchentlichen Bericht des Maulwurfs aus dem Polizeipräsidium enthalten gewesen war. Sie hatten aus dem Bericht jedoch ebenfalls erfahren, dass dieser Bulle sich sehr intensiv um die Parkhausaufnahmen aus Mainz gekümmert hatte, auf denen Carlos und sein Kumpan zu sehen waren, als sie Teresas Wagen manipulierten. Zum Glück hatte man ihre Gesichter nicht genau genug erkennen können, um eine Identifizierung vorzunehmen.

»Vielleicht hat sie das Video ja wirklich nicht«, sagte Wolf nachdenklich. »Sonst hätte sie es dem Bullen spätestens gegeben, seit sie weiß, dass sie jemand um die Ecke bringen wollte. Aber sie spioniert für die Bullen, vielleicht sogar schon von Anfang an. Glasklar, denn sonst macht diese Maskerade ja keinen Sinn. Man glaubt, so würde sie niemand erkennen.«

»Und Irina war gestern Abend für mehr als eine Stunde verschwunden«, ergänzte Lena. Ihre Stimme klang jetzt kräftig und selbstbewusst. »Was weiß Irina über…?«

»Lena, es reicht jetzt«, Wolf unterbrach sie mit einer unwirschen Handbewegung. Sie wurde wirklich zu frech.

Aber Lena hörte nicht auf. »Was willst du jetzt tun?« fragte sie.

»Ich weiß es noch nicht. Ich werde es überschlafen«. Wolfs Ton verriet, dass er das Thema nicht vertiefen würde.

Hinter Lenas Rücken suchte er Carlos Blick. Die kleine Geste hätte Lena wahrscheinlich nicht einmal bemerkt, wenn sie gerade hingesehen hätte. Aber Carlos kannte ihre Bedeutung. Sie war seit jeher das Zeichen, dass er in Aktion treten sollte, in der Regel zum letzten Mal bei der dazu bestimmten Person.

Carlos grinste und nickte leicht. Er war ein Profi. Außerdem brannte er darauf, die Scharte auszuwetzen, die seinem Ansehen durch den missglückten Mordanschlag auf Teresa Freudenberger bei Wolf und dem ganzen Ring entstanden war. Ein weiteres Mal würde er nicht versagen.

Kapitel 39

Zur gleichen Zeit, zu der Wolfs Lagebesprechung stattfand, massierte sich Patrick Wiegandt müde den Nacken. Es war Sonntagnachmittag kurz vor 16 Uhr und eigentlich hatte er um diese Zeit schon auf dem Weg zu Teresa sein wollen. Sie hatte ihn heute Morgen angerufen, um sein Versöhnungsangebot anzunehmen.

Den Montag wollte er dann in Mainz verbringen, zum einen, um endlich ein paar längst überfällige Hausarbeiten in Angriff zu nehmen. Seit Tanja bei ihrer Schwester war, musste er seine Wäsche selbst besorgen, und obwohl er schon zweimal neue Hemden nachgekauft und frisch von der Stange angezogen hatte, besaß er im Augenblick kein einziges mehr, das noch sauber war.

Zum anderen hatte er schon seit Tagen mit seiner Mainzer Assistentin vereinbart, die Recherchen auszuwerten, die sie über die Firma *Erotic Tales* angestellt hatte, von der das Porno mit Eva Schneider und Irina Kara stammte. Mittlerweile waren etliche weitere Machwerke dieser Firma aufgetaucht und Patrick wollte insbesondere herausfinden, ob es noch andere Filme mit Eva und Irina gab und ob auf den Videohüllen Angaben über die Identität der Darsteller zu finden waren. Es war zwar nur ein relativ unwichtiges Nebengleis der Ermittlungen, aber Patrick wusste noch aus seinen eigenen Anfangszeiten bei der Kripo, wie frustrierend es war, tagelang recherchiert zu haben, wenn sich die Vorgesetzten dann nicht einmal für die Ergebnisse interessierten.

Heute hatte er sich bereits seit Stunden in den Akten festgebissen, die bei der letzten Durchsuchung von Meyers Logistik beschlagnahmt worden waren. Es handelte sich um Tourenpläne, Buchhaltungsunterlagen und ähnliches Zeug. Verzweifelt hatte Wiegandt nach einer auch nur irgend verwertbaren Spur gesucht, aber bisher hatten alle Bemühungen nichts gefruchtet.

Wie immer schaffte Wiegandt es kaum, einen Arbeitstag mit einem Misserfolg zu beenden. Aber diesmal würde es sich wohl nicht vermeiden lassen. Er musste für heute aufhören, wenn er seine gerade erreichte Versöhnung mit Teresa nicht sofort wieder aufs Spiel setzen wollte.

Seufzend klappte Wiegandt den letzten Ordner zu, in dem er gestöbert hatte und verfasste noch eine kurze Notiz für Roland, der sich heute einen freien Sonntag gegönnt hatte. Als er die drei Ordner vom Schreibtisch hochhob, um sie im Schrank einzuschließen, fiel ihm ein roter Aktendeckel auf, der sich in einem der Ordner verfangen hatte. Er war wohl versehentlich hinein geraten.

Neugierig zog er das Dokument heraus. Sofort erkannte er, dass es sich um den Untersuchungsbericht handeln musste, den Roland seit Tagen vermisste und wegen dem er sich gestern heftig mit dem Leiter des forensischen Labors angelegt hatte. Dieser hatte behauptet, den Bericht bereits am Dienstag übersandt zu haben, Roland hatte ihn aber noch nicht erhalten. Es handelte sich um die Ergebnisse der DNA-Analyse der Spermaspuren, die im Mund des ermordeten David Gorges gefunden worden waren.

Der Laborleiter hatte sich rundweg geweigert, den Schlampereien im Präsidium, wie er sich ausdrückte, Vorschub zu leisten und am Samstag ins Labor zu fahren, um eine Kopie des Berichts ins Präsidium zu mailen. Roland hatte sich ausführlich bei Wiegandt über diese »Beamtenmentalität« beklagt.

Fasziniert starrte Wiegandt auf das komplizierte Strichmuster, das den unverwechselbaren Code des Täters darstellte und diesen unweigerlich überführen würde, wenn man ihn jemals verhaften sollte. Falls es seine Spur nicht bereits in der immer größer werdenden Täterdatei gab, in der alle DNA-Analysen archiviert wurden. Gleich am Montag würden die Computer mit dem Vergleich starten.

Wiegandt legte die Akte mit den Unterlagen zuoberst in den Schrank, schloss sorgfältig ab und schrieb Roland eine weitere Notiz. Dann verließ er das Gebäude und lenkte seinen Wagen Richtung Autobahn. An der Ampel in der Ostallee musste er anhalten. Zerstreut betrachtete er ein Werbeplakat für eine heimische Biersorte. »Warum in die Ferne schweifen, wenn das Gute liegt so nah«, stand da in großen Lettern.

Eine verrückte Idee schoss Wiegandt durch den Kopf und ließ ihn nicht mehr los. Es war absolut unwahrscheinlich, schalt er sich, dass die Ergebnisse übereinstimmten, wenn es denn überhaupt schon eine zweite Analyse gab. Werner Meyers stand überhaupt nicht auf Jungen, soviel man wusste.

Aber das Gefühl wurde stärker und stärker. Anspannung breitete sich in seinem ganzen Körper aus, dieselbe Anspannung, die er aus früheren Situationen kannte, wenn eine Ermittlung an einen entscheidenden Punkt gelangt war und kurz vor dem Durchbruch stand.

Vergeblich versuchte er sich mit Gedanken an Teresa abzulenken. Bei der letzten Tankstelle vor der Autobahn bog er schließlich ab und fuhr an den Tanksäulen vorbei zu einem Parkplatz neben der Waschstraße. Ungeduldig wählte er Rolands Nummer. Eigentlich hatte er ihn heute an seinem ersten freien Tag seit zwei Wochen um keinen Preis stören wollen, aber es war verrückt, ganz umsonst ins Präsidium zurückzufahren. Es war bereits nach 17 Uhr, schon jetzt würde er vor sieben Uhr auf keinen Fall in Kiedrich ankommen.

Nach dem fünften Klingelton schaltete sich Rolands Anrufbeantworter mit einem Knacken ein. Wiegandt bat ihn, ans

Telefon zu kommen, aber die Leitung blieb still. Entweder war Roland wirklich nicht zu Hause oder er wollte nicht abheben. Auch sein Handy war abgeschaltet.

Frustriert starrte Wiegandt durch die Windschutzscheibe in den trüben kühlen Spätnachmittag. Obwohl der Mai schon begonnen hatte, wollte der Frühling in diesem Jahr noch immer nicht kommen. Auf die wenigen wärmeren Tage folgte schnell wieder stürmisches und nasskaltes Wetter.

Einen Augenblick zögerte er noch. Aber Wiegandt kannte sich zu gut. Bevor er sich nicht Gewissheit verschafft hätte, würde er mit seinen Gedanken nur bei der Ermittlung, nicht bei Teresa sein. Besser war es also, noch einmal umzukehren, sich persönlich vom Unsinn seiner Hypothese und den noch fehlenden Daten zu überzeugen und dann zwar eine Stunde später, aber entspannt zu Teresa aufzubrechen.

Mit quietschenden Reifen wendete er den Wagen und überquerte vorschriftswidrig die gerade leere vierspurige Straße zurück Richtung Präsidium. »Ich hab' was vergessen«, nuschelte er dem überraschten Beamten an der Pforte zu und hastete die Treppe hoch, immer zwei Stufen auf einmal nehmend. Er hatte nicht die Ruhe, auf den gemächlichen Aufzug zu warten.

Im dritten Stock schloss er außer Atem die Tür zu Rolands Büro auf. Mit fliegenden Fingern öffnete er das Schloss des Aktenschranks und brauchte einige Zeit, bis er das Gesuchte fand. Es war der Autopsiebericht von Werner Meyers.

Schaudernd schloss Wiegandt kurz die Augen vor den entsetzlichen Bildern der verstümmelten Leiche, die gleich vorne in der Akte klebten. Obwohl er schon so lange Polizist war, hatte er sich nie an solche Anblicke gewöhnen können. Hastig blätterte er die Akte durch und verfluchte einmal mehr Rolands Gewohnheit, die Dokumente so abzulegen, dass sie in chronologischer Reihenfolge von vorne nach hinten geordnet waren. Die neuesten Berichte fanden sich also am Ende des Ordners.

Blatt für Blatt wendete Wiegandt die Seiten um und war schon fast am Ende des Ordners angelangt, als er fand, was er suchte. Tatsächlich, Roland hatte auch für Meyers eine DNA-Analyse in Auftrag gegeben. Die Ergebnisse kamen aus demselben Labor wie die Analyse des Spermafundes aus David Gorges Mund und lagen schon einige Zeit vor. Allerdings hatte ein anderer Laborant sie erstellt.

Mit zitternden Fingern löste Wiegandt den Bericht aus der Akte und legte die Seite mit dem Strichcode auf den Schreibtisch. Normalerweise verglichen Experten die Ergebnisse solcher Analysen. Machte eine optische Überprüfung durch ihn überhaupt Sinn?

Dann öffnete er erneut den Aktendeckel mit den Befunden von David Gorges Leiche. Auch hier löste er das Blatt mit dem Strichcode heraus. Dann legte er die beiden Befunde nebeneinander. Sicherheitshalber schob er die Blätter danach auch noch übereinander und hielt sie gegen das Licht. Zum Glück waren die gleichen Formate für beide Analysen verwendet worden.

Das Herz schlug Wiegandt bis zum Hals. Er legte die Blätter zurück auf den Schreibtisch und wählte erneut Rolands Nummer. Diesmal nahm Roland beim zweiten Klingeln den Hörer ab.

»Dieter, bist du dran?« fragte Wiegandt und fuhr fort, ohne die Reaktion des anderen abzuwarten. »Ich habe gerade die DNA-Analysen von Werner Meyers und dem Spermafund aus David Gorges Mund verglichen. Soweit ich es beurteilen kann, bin ich absolut sicher. Sie sind identisch.«

Eine halbe Stunde später beugten sich Roland und der Leiter der Soko Gorges, Günther Enders, gemeinsam über die beiden Akten. Christian Berger, der stellvertretende Ermittlungsleiter im Fall Gorges, war weder zu Hause noch über sein Handy erreichbar gewesen. Man hatte ihm nur eine Nachricht hinterlassen können.

Wiegandt ärgerte sich darüber. Es war nicht das erste Mal, dass Berger der Verantwortung einer Ermittlung nicht gerecht wurde. Ständige Erreichbarkeit war für Wiegandt und viele seiner Kollegen in den kritischen Phasen einer Ermittlung eine Selbstverständlichkeit.

Enders hatte sich erst vor kurzem speziell in der Auswertung von DNA-Analysen fortgebildet, wie Wiegandt von Roland erfahren hatte. So war es nicht nötig gewesen, auch den darüber am Sonntag sicher höchst ärgerlichen Leiter des forensischen Labors ins Präsidium zu bitten. Enders hatte nach kurzer Inspektion Wiegandts Hypothese bestätigt.

»Was tun wir jetzt?« Roland sah Wiegandt an.

Der antwortete spontan. »Wir warten nicht bis morgen. Noch heute Abend verhören wir noch einmal Lena Meyers und Georg Wolf. Ohne Vorankündigung. Und wir beschaffen uns noch mal Durchsuchungsbefehle für beide Privathäuser.«

»Das dürfte etwas dauern, bis der Ermittlungsrichter soweit ist.« Enders sah auf seine Uhr. »Jetzt ist es knapp sechs. Vor acht Uhr können wir nicht loslegen.«

Wiegandt trommelte ungeduldig mit den Fingerspitzen auf den Tisch. Aber Enders hatte Recht. Wenn jetzt die Ermittlung nicht sauber fortgesetzt wurde, drehte ihnen irgendein gewiefter Verteidiger bei der Verhandlung am Ende noch einen Strick daraus. Das durfte man nicht riskieren.

Seufzend stimmte er zu. Enders begann sofort zu telefonieren und den Einsatz vorzubereiten. Roland sprach mit dem diensthabenden Richter. Er würde in einer Viertelstunde eintreffen.

Derweil wählte Wiegandt draußen auf dem Gang von seinem Handy aus Teresas Nummer. Sie nahm schon nach dem zweiten Läuten ab. Mit kurzen Worten erklärte er ihr die neue Situation und kündigte an, dass es an diesem Abend wohl nicht mehr zu einem Treffen kommen würde.

»Schade«, Teresas Bedauern am anderen Ende der Leitung klang echt. »Dann werden wir uns wohl einige Tage nicht sehen können?«

»Ich könnte morgen Abend kommen«, bot Patrick an.

»Morgen Abend muss ich leider zu einem Seminar fahren und komme erst am Donnerstagabend zurück. Es geht also erst wieder dann.«

Niemand konnte zum jetzigen Zeitpunkt vorhersehen, wie der Stand der Ermittlungen in vier Tagen sein würde. Seufzend erklärte Patrick Teresa, dass er wahrscheinlich frühestens am Mittwoch wüsste, wo er am Donnerstag dieser Woche sein würde. Sie verabschiedeten sich mit einer Mischung aus Bedauern und Hoffnung. Vielleicht hätte der ganze Albtraum ja bereits bis Donnerstag ein Ende gefunden.

Die nächsten eineinhalb Stunden vertrieben sich die Beamten die Zeit mit der erneuten Sichtung und Diskussion des bereits gesammelten Materials. Gegen halb acht Uhr stieß auch Berger zu ihnen. Er wirkte zerstreut und nervös und erklärte, dass er mit der Familie einen Ausflug nach Luxemburg gemacht hätte und dort wohl im Handyfunkloch gewesen sei. Wiegandt hatte das unbestimmte Gefühl, dass Berger log, ohne sich den Grund dafür erklären zu können.

»Also, ich fasse zusammen«, Roland sah in die Runde. »Aus den beschlagnahmten Videos und der bisherigen Aussage seiner Ehefrau wissen wir, dass Meyers sadomasochistisch veranlagt war. Wir haben außerdem Hinweise darauf, dass Werner Meyers schon seit mehreren Jahren in der Internet-Porno-Szene aktiv war. Dort haben wir alte Fotografien gefunden, auf denen er auch mit Kindern zu sehen ist.

Die Ermittlungen des LKA in Mainz ergaben weiterhin, dass es einen Pornoring gibt, der mit an Sicherheit grenzender Wahrscheinlichkeit vom Grenzgebiet in Rheinland-Pfalz aus operiert und auch vor Snuff-Videos mit Kindern nicht zurückschreckt. Dabei können sich auch echte Freier beteiligen, die zwar enorme Summen dafür bezahlen müssen, aber trotzdem zustimmen müssen, dass diese Videos auch im Internet vermarktet werden dürfen.

Seit Monaten gibt es aus Informantenkreisen außerdem immer wieder Hinweise darauf, dass Meyers Logistik eine Deckfirma ist, hinter der sich als wahres Geschäft Kontrolle von Prostitution, Mädchenhandel und Verbreitung von Kinderpornografie verbirgt. Da die Spedition tatsächlich als solche existiert und international tätig ist, so dass insbesondere über das benachbarte Luxemburg viele Geschäfte abgewickelt werden, ist es uns bisher nicht gelungen, die genauen Machenschaften aufzudecken.

Aber mit den Ergebnissen der DNA-Analysen haben wir jetzt das erste echte Verbindungsglied zwischen dem Mord an David Gorges und der Verwicklung von Werner Meyers in dieses Metier. Er war zumindest an der Vergewaltigung, mit an Sicherheit grenzender Wahrscheinlichkeit aber auch am Tod des Kindes aktiv beteiligt. Da David Gorges schon früher für Pornovideos missbraucht wurde, liegt der Verdacht nahe, dass es über den Tod des Kindes ein Snuff-Video mit Meyers als Täter gibt.

Der Fundort der Leiche wenige Kilometer von Trier entfernt sowie der Platz, wo der Körper wahrscheinlich ins Wasser geworfen wurde, deutet wiederum darauf hin, dass der Mord hier in der Nähe geschehen sein könnte. Auch das wäre mit Meyers Logistik als möglicher Produktionsfirma vereinbar. Wir müssen also noch einmal und diesmal viel genauer suchen. Irgendwo muss es ein beweiskräftiges Verbindungsglied zwischen dem ganzen Pornoring und Meyers Logistik geben.«

»Warum wurde Meyers denn selbst ermordet?« warf Berger ein.

»Vielleicht wurde auch er Opfer eines Snuff«, gab Wiegandt zur Antwort. Der Gedanke war ihm gerade gekommen. Er passte zu der dubiosen Angelegenheit mit der laufenden Videokamera am Tatort. Außerdem gab es, wenn auch selten, sehr wohl Snuffs, in denen sexuelle Handlungen keine Rolle spielten. »Die Art seines Todes mit den Folterungen und Verstümmelungen vor und nach seinem Ende könnte darauf hinweisen. Vielleicht wurde er irgendjemandem zu gefährlich. Er war ja auch sehr unvorsichtig mit seinen Neigungen.«

»Und für kein Geschäft ist es gut, private mit beruflichen Aspekten zu verquicken«, ergänzte Roland.

Wiegandt fixierte ihn scharf. Galt diese Bemerkung auch ihm?

Aber Roland blickte unschuldig auf seine Notizen. »Vielleicht wurde es auch anderen Mittätern zu heiß. Ich halte ohnehin Wolf für den eigentlichen Drahtzieher. Der ist mir zu aalglatt. Und sein Alibi für den Mordabend ist mir zu perfekt.«

»Glaubt ihr, dass auch die Ehefrau darin verwickelt ist?« fragte Enders.

Wiegandt sah ihn nachdenklich an. »Sie hasste ihren Mann, das ist klar. Und sie bedauerte seinen schrecklichen Tod nicht eine Sekunde lang. Es wäre also durchaus möglich.«

Es klopfte an der Tür und ein Beamter trat ein. Er brachte die Durchsuchungsbefehle für Meyers und Wolfs Privathäuser.

Wiegandt sprang ungeduldig auf. »Dann lasst uns jetzt loslegen«, drängte er.

Roland machte eine beschwichtigende Handbewegung. »Wie wollen wir es machen, nacheinander oder parallel?«, fragte er in die Runde.

»Wenn wir es nacheinander machen, wird der erste den zweiten warnen«, warf Enders ein. »Das können wir gar nicht vermeiden.«

»Aber anders müssten wir uns aufteilen und das wäre auch nicht gut«, sagte Roland. »Patrick und ich haben nach dem Mord an Meyers sowohl mit Wolf als auch mit Lena Meyers gesprochen. Wir sollten auch jetzt beide Verhöre gemeinsam machen.«

»Dann lasst es uns doch so machen«, schlug Berger vor. »Ihr beide fahrt zuerst zu Lena Meyers und achtet darauf, dass sie in eurem Beisein auf keinen Fall telefoniert. Enders und ich warten derweil mit der zweiten Durchsuchungsmannschaft vor Wolfs Haus. Sobald ihr mit dem Verhör fertig seid, gebt ihr uns Bescheid. Wir gehen dann sofort hinein und beginnen mit der Durchsuchung. Ihr kommt dazu und nehmt ihn in die Mangel. Sollte Lena Meyers so dumm sein und ihn anrufen, wenn ihr weg seid, erwischen wir sie dabei sogar in flagranti.«

»Der Plan ist gut«, stimmte Roland zu. »Was meint ihr?«

Er wandte sich an Enders und Wiegandt.

Wieder beschlich Wiegandt ein merkwürdiges Gefühl, was Berger anging. Aber er konnte es nicht einmal in Worte fassen. Nur weil Berger nicht bereit war, seine gesamte Freizeit jederzeit unter das Diktat seines Jobs zu stellen, musste er kein schlechter Polizist sein, rief er sich innerlich selbst zur Ordnung.

»Also gut«, meinte er nach einer kurzen Pause.

»Wir machen es so.«

Auch Enders nickte.

Berger stand auf. »Ich muss nur schnell meine Frau anrufen, dass es heute spät wird«, entschuldigte er sich, bevor er mit seinem Handy auf den Gang hinaustrat.

Kapitel 40

Eine halbe Stunde später bog Wiegandts grauer Volvo in den schmalen Weg ein, der zu der auf halber Höhe des Markusbergs gelegenen Villa der Familie Meyers führte. Mittlerweile war es halb neun Uhr an diesem trüben Frühlingstag geworden. In der Abenddämmerung wirkte der Weg viel düsterer und unheimlicher, als er Wiegandt bei seinem ersten Besuch vor einigen Wochen erschienen war.

»Mist«, fluchte Roland, als er die Überwachungskameras erblickte, die bereits an der Auffahrt zum Tor an den alten Eichen angebracht waren, die den Weg säumten. »Wenn sie Wolf jetzt Bescheid sagt, kommen Enders und Berger doch zu spät. Wir müssen sie anrufen, dass sie jetzt schon reingehen.«

»Warum auch nicht«, versetzte Wiegandt. »Sie können genauso gut parallel mit uns mit der Haussuchung beginnen. Das Verhör können wir dann ja gemeinsam führen.« Im Nachhinein kam ihm Bergers Vorschlag in dieser Hinsicht idiotisch vor und er wunderte sich, dass er ihm nicht schon im Präsidium widersprochen hatte.

Er wählte Enders Handy an und sprach kurz einige Worte in die Muschel. Währenddessen war der Streifenwagen mit den vier Beamten, die die Durchsuchung durchführen sollten, zum Volvo aufgeschlossen. Die beiden Fahrzeuge standen hintereinander vor dem verschlossenen Tor.

»Jetzt aber flott«, meinte Roland. »Sonst lässt die hier noch irgendwas auf Nimmerwiedersehen in der Toilettenspülung verschwinden.«

Wiegandt war schon ausgestiegen und klingelte an der Sprechanlage. »Polizei«, hörte Roland ihn mit ungewohnt barscher Stimme sagen. »Öffnen Sie, wir haben einen Durchsuchungsbefehl.«

Als sie die kiesbestreute Auffahrt hinauffuhren, stand Lena Meyers bereits in der offenen Tür. Im Licht der Außenbeleuchtung sahen sie, dass sie einen roten Frotteebademantel trug. Darunter war sie augenscheinlich nahezu nackt.

Mit einem verschreckten und trotzigen Ausdruck zugleich sah Lena Meyers den Beamten entgegen, die aus den Fahrzeugen stiegen.

»Was wollen Sie denn um Himmels Willen am Sonntagabend von mir?« Auch ihre Stimme verriet die Mischung aus Trotz und Angst. »Ich war gerade in der Sauna. Hätten Sie nicht wenigstens vorher anrufen können?«

Wiegandt ignorierte die Frage. »Wir müssen mit Ihnen sprechen. Es gibt neue Erkenntnisse im Mordfall David Gorges. Augenscheinlich ist Ihr verstorbener Ehemann in den Tod des Kindes verwickelt.«

Auf Lena Meyers verständnislosen Ausdruck hin ergänzte er: »Der ermordete Junge, den wir am Tag vor dem Tod Ihres Mannes aus der Mosel gefischt haben. Dürfen wir eintreten?«

Unsanft schob er Lena Meyers zur Seite, die noch immer mitten in der Tür stand.

Allerdings hatte er sie unterschätzt. »Einen Moment mal«, erwiderte sie. Ihre Stimme hatte jetzt einen schneidenden Unterton. »Soweit ich weiß, sind Sie im Fall meines Mannes, der ebenfalls *ermordet* wurde (sie betonte dieses Wort) noch keinen Millimeter weitergekommen. Und jetzt wollen Sie mir weismachen, dass mein Mann, der selbst *umgebracht* wurde, etwas mit dem Tod dieses Kindes zu tun hatte?«

Erstaunlicherweise wirkte ihre Empörung echt.

»Zeigen Sie mir erst Ihren Durchsuchungsbefehl. Und dann möchte ich meinen Anwalt kontaktieren, bevor ich mit Ihnen spreche.« Hier zeigte sich keine Spur der Kooperationsbereitschaft mehr, die Lena Meyers bei den ersten beiden Hausdurchsuchungen gezeigt hatte.

Wortlos zog Roland das Dokument aus der Tasche. Während sie es scheinbar aufmerksam durchlas, sah Wiegandt sich in der Vorhalle um, in die sie mittlerweile eingetreten waren. Draußen hatte es leicht zu nieseln begonnen, es wehte ein unangenehm kühler Wind. Alle fröstelten im Luftzug, der durch die offene Haustür hineinwehte. Nur Lena Meyers in ihrem Bademantel schien die Temperatur nichts auszumachen.

Unangenehm berührt musterte Wiegandt die offensichtlichen Zeichen großen Wohlstandes, die ihm in ihrer Protzigkeit bei seinem ersten Besuch vor einigen Wochen nicht so stark ins Auge gefallen waren. Der hellgraue Boden war mit Terazzoplatten ausgelegt und hatte wahrscheinlich mehr gekostet, als Wiegandt in sechs Monaten verdiente.

An den mit weißem Rauputz kunstvoll gekalkten Wänden hingen futuristisch anmutende große Ölgemälde, wahrscheinlich echt und wahrscheinlich ebenfalls für Wiegandts Verhältnisse unbezahlbar. In merkwürdigem Kontrast dazu standen zwei bauchige blau gemusterte chinesische Vasen auf einem offensichtlich antiken Tischchen. Der Stil passte absolut nicht zu den Gemälden und den teuren Designerlampen aus Edelstahl. Aber wahrscheinlich waren die Vasen ebenfalls echt und mussten zur Schau gestellt werden.

»Blutgeld«, schoss es Wiegandt durch den Kopf. Unwillkürlich schauderte er erneut, diesmal nicht vor Kälte.

Währenddessen war Lena Meyers an eine Glaskonsole getreten, auf der ein rotes Festnetztelefon stand, ebenfalls in futuristisch anmutendem Design. Sie wählte eine Nummer und sprach kurz hinein. Wiegandt konnte ihre Worte nicht deutlich verstehen, aber Ilka Werners, die an der Durchsuchung teilnehmen sollte, stand dicht neben ihr und ließ sich kein Wort entgehen.

Mit einer unwirschen Handbewegung legte Lena Meyers den Hörer grußlos auf die Gabel. »Mein Anwalt hat eine wichtige Einladung und will nicht kommen«, erklärte sie, wobei sie demonstrativ an den Beamten vorbei sah. »Aber er sagt, wenn ich nicht verdächtigt werde, kann ich ohne Bedenken mit Ihnen sprechen. Wenn ich jedoch verdächtigt werde, etwas mit dem Mord an dem Kind zu tun zu haben, werde ich Ihnen kein Wort sagen, bevor er dabei ist. Er kommt dann später am Abend ins Präsidium, ich hinterlasse ihm eine Nachricht auf der Mailbox. Also?« Jetzt starrte sie Wiegandt herausfordernd an.

»Wir kommen nicht, um Sie zu verhaften oder zu beschuldigen«, erklärte Roland an seiner Statt. »Wir möchten mit Ihnen als potenziell wichtiger Zeugin sprechen. Es geht dabei vor allen Dingen um Ihren Mann.«

»Also dann«, Lena Meyers ging den Beamten voraus ins Wohnzimmer, zog den Gürtels ihres Bademantels fester und setzte sich mit übergeschlagenen Beinen, die vom Stoff des Mantels nur sparsam verhüllt wurden, in einen der großen Fauteuils vor der gläsernen Wand. Hinter ihr sah man die Lichter von Trier. Sie bot keinen Platz an.

Roland setzte sich auf das Sofa ihr gegenüber und bemerkte, dass ihn die Lichter blendeten, während ihr Gesicht im Halbdunkel lag. Er stand auf, drehte die Deckenbeleuchtung an und setzte sich erneut.

Wiegandt blieb hinter dem Sofa stehen. Er war zu aufgebracht durch Lena Meyers unfreundliches Verhalten, um stillsitzen zu können. Mit einer Handbewegung bedeutete er den vier Streifenpolizisten, bis auf weiteres in der Halle zu warten.

»Wo sind Ihre Kinder?« fragte er kurz angebunden.

»In ihren Zimmern. Ich hoffe, Sie lassen sie unbehelligt«,

antwortete Lena in gleicher Tonart.

Derweil zückte Roland sein Notizbuch und legte einen kleinen Rekorder auf den Glastisch zwischen Sofa und Sessel. Er sprach die üblichen Daten zur Vernehmungssituation auf und installierte das Mikrofon danach auf einem kleinen Stativ so, dass es in Richtung von Lena Meyers zeigte.

»Also«, begann er mit demonstrativ ruhiger Stimme. »Sie haben von dem Mord an David Gorges sicherlich in der hiesigen Presse gelesen.«

Lena zuckte die Achseln.

»David Gorges war acht Jahre alt, als er starb. Er wurde zwei Jahre vorher entführt, fort von seiner Familie und seinen Freunden. Wahrscheinlich von Mitgliedern eines kommerziellen Kinderpornoringes. Bis zu seinem Tod wurde er fortwährend sexuell missbraucht. Davon wurden Videoaufnahmen gedreht, die im Internet auftauchten. Deshalb wissen wir, was nach der Entführung mit ihm geschah.«

Wiegandt fixierte während Rolands Ausführungen Lena Meyers. Ihr Gesicht zeigte keine Regung.

»David war blond und hatte blaue Augen. Er war in der ersten Klasse und hatte gute Noten. Er liebte Tiere, besonders seinen kleinen Hund Jack«, fuhr Roland fort.

»Nach seiner Entführung wurde er unzählige Male anal und oral missbraucht«, sagte Wiegandt brutal. »Im selben Alter wie Ihre Tochter Alicia und wahrscheinlich unter anderem auch von demselben Täter, nämlich Ihrem Mann.« Mit Genugtuung bemerkte er, dass sie jetzt zusammenzuckte.

»Woher wollen Sie das wissen?« fragte sie tonlos.

Wiegandt kam um das Sofa herum und setzte sich Lena Meyers genau gegenüber. Er holte tief Luft.

»Wir haben sein Sperma im Mund des toten Kindes gefunden. David hat leider nicht soviel Glück gehabt wie Ihre

Tochter. Es gab keine Mutter und keine Oma, die den Täter erpressten und das Kind dadurch schützten«, Wiegandt übersah demonstrativ Rolands warnende Geste. »Vor seinem Tod wurde David ein letztes Mal missbraucht. Für die Aufnahme eines Snuff-Videos. Wissen Sie, was das ist?«

Zu seiner Verblüffung schüttelte Lena Meyers den Kopf. »Nein, das weiß ich nicht.« Ihre Stimme klang gehetzt.

Roland und Wiegandt wechselten einen Blick. Heutzutage wussten leider schon Teenager, was sich hinter dem Ausdruck Snuff-Video verbarg. Ausgerechnet Lena Meyers mit ihrer sadomasochistischen Leidensgeschichte sollte das nicht wissen? Warum log sie an einer so unbedeutenden Stelle?

In der gleichen Tonart fuhr Wiegandt fort: »Ein Snuff-Video ist ein Porno, der mit dem Tod des Opfers endet. Oft wird das Opfer zuvor bestialisch gefoltert. David Gorges wurden Finger und Zehen mit einem Messer abgetrennt, bevor er starb. Penis und Hoden wurden abgebissen.«

Sie gab einen erstickten Laut von sich. Es klang wie ein unterdrücktes Würgen. »Warum hätte Werner so etwas tun sollen?«

»Aus Spaß. Und außerdem kann man damit viel Geld verdienen, viel mehr noch als mit einer Spedition.«

»Patrick, lass gut sein«, dies war Rolands warnende Stimme.

»Ich mache weiter.«

»Frau Meyers«, Roland wartete Wiegandts Zustimmung nicht ab. »War Ihnen bekannt, dass Ihr Mann sexuelle Beziehungen zu Kindern unterhielt?«

Lena Meyers wandte sich ihm zu. »Ich habe Ihnen doch schon von Alicia erzählt.« Ihre Stimme klang schrill.

»Außerhalb der Beziehung zu Alicia.«

»Nein, davon weiß ich nichts. Es wäre mir auch egal gewesen, Hauptsache, er ließ Alicia in Ruhe.«

»Es wäre Ihnen egal gewesen, ob Ihr Mann sich an anderen Kindern sexuell vergriff? Mädchen wie Jungen? Und dazu mit sadistischen Zügen?«

»Ich musste mich um mein eigenes Überleben kümmern. Und um das meiner eigenen Kinder«, jetzt wirkte sie wieder trotzig. »Werner war ohnehin nicht zu beeinflussen. Wäre es nicht Ihre Aufgabe gewesen, Aufgabe der Polizei, andere Kinder vor so etwas zu schützen?« drehte sie den Spieß auf einmal um.

Roland ließ sich nicht beirren.

»Hat Ihr Mann jemals Videos von Alicia gedreht, während er sie missbrauchte?«

»Nein, hat er nicht«, jetzt wirkte sie wieder panisch und Wiegandt war sicher, dass sie log.

»Woher wissen Sie das so genau?«, warf er ein. »Ihr Mann hat doch auch Videos mit Ihnen gedreht«, ergänzte er brutal.

Lena Meyers fuhr zurück.

»Ich...ich weiß es eben. Alicia hätte es mir erzählt, wenn es so gewesen wäre. Aber sie hat nie etwas gesagt.«

»Haben Sie sie denn danach gefragt?«

»Natürlich nicht«, fauchte sie. »Was glauben Sie denn, was das Kind durchgemacht hat?«

»Gut«, Wiegandt stand auf. »Dann werden wir sie jetzt fragen. Wo ist sie?«

Mit einer Handbewegung brachte er Roland zum Schweigen. Der sah ein, dass Wiegandt jetzt nicht zu stoppen war und ließ ihn gewähren.

»Das können Sie nicht tun«, sagte Lena Meyers tonlos.

»Alicia ist jetzt 14 Jahre alt und vielleicht wichtige Zeugin in einem Mordprozess. Natürlich können wir das tun. Es sei denn, Sie sagen uns jetzt selbst, was Sie wissen.«

Hilflos sah Lena Meyers zu Roland. Aber der wich ihrem

Blick demonstrativ aus.

»Gut«, sagte sie schließlich mit leiser Stimme. »Fragen Sie mich!«

»Also, gab es auch Videos von Alicia und Ihrem Mann?«

»Ja«.

»Wer hat sie gedreht?«

Lena Meyers antwortete nicht.

»Wer hat sie gedreht?«

Sie knetete schweigend den Gürtel ihres Bademantels. Auf ihrem Gesicht tobte ein Kampf.

»Ilka, such' bitte Alicia Meyers und bringe sie hierher«, Wiegandt war zur Tür gegangen und hatte in die Halle gesprochen.

»Nein«, Lena Meyers schluchzte auf, »ich sage Ihnen, was ich weiß.«

Wiegandt setzte sich schweigend neben Roland auf das Sofa. Der hielt den Kugelschreiber gezückt.

»Werner hat auch andere Männer dabei gehabt«, Lenas erstickte Stimme war kaum zu verstehen. »Andere Männer und manchmal auch Frauen. Es waren richtige Sex-Partys.«

»Auch andere Kinder?«

»Ich weiß es nicht. Ja, auch andere Kinder«, ergänzte Lena Meyers hektisch, als Wiegandt erneut Anstalten machte aufzustehen.

»Woher kamen die Kinder?«

»Das weiß ich wirklich nicht. Irgendwer aus der Rotlichtszene hat sie beschafft.«

»Woher wissen Sie das alles?«

»Alicia hat es mir erzählt.«

»Haben Sie ein solches Video jemals gesehen?«

»Nein.« Die Antwort kam zu rasch. Wieder glaubte Wiegandt, dass sie log.

»Hat Meyers die Videos vermarktet?«

»Das weiß ich nicht.« Ausweichender Tonfall.

»Dient die Spedition vielleicht als Deckfirma für die Verbreitung von Kinderpornografie? In großem Stil?«

Mit großen Augen sah Lena auf. »Wie bitte?« Jetzt spielte sie eindeutig Theater.

»Weiß jemand sonst von diesen Videoaufnahmen? Georg Wolf vielleicht?« Dies war ein Schuss ins Blaue. Aber er traf.

»Georg?« Jetzt klang ihre Stimme wieder schrill. »Georg weiß von alledem gar nichts. Er hat immer nur das Beste von Werner gehalten. Nach seinem Tod führt er jetzt die Geschäfte. Einwandfrei, besser als Werner es je getan hat. Er führt eine Spedition, keinen Pornoring. Lassen Sie Georg Wolf aus dem Spiel.«

»Warum ist Ihnen daran so gelegen?« Jetzt schaltete sich Roland erstmals wieder ein.

»Ich möchte nicht, dass er in diesen Schmutz hineingezogen wird. Es würde ihm das Herz brechen«, argumentierte sie wenig überzeugend.

Einen Moment lang schoss Wiegandt das absurde Bild des schmierigen kleinen Kompagnons von Meyers durch den Kopf, mit blutrotem Herzen wie auf diesen kitschigen Darstellungen vom Herz Jesu. Mühsam unterdrückte er ein hysterisches Kichern. Seine Nerven lagen allmählich blank.

»Weiß auch Ihre Mutter von den Videos?«

»Meine Mutter?«, Lena Meyers war verwirrt.

»Ihre Mutter hat doch mit Ihnen gemeinsam Alicia vor Ihrem Mann geschützt«, half Roland nach.

»Ach, meine Mutter, ja natürlich.« Sie sah auf. »Nein, sie wusste nichts davon. Das hat Alicia mir alleine erzählt.«

»Wir werden Ihre Mutter danach fragen.«

»Meine Mutter ist seit zwei Jahren tot.« Es klang erleichtert und triumphierend zugleich.

»Was geschah, nachdem Sie die Sache mit Alicia aufgedeckt haben? Wussten Sie, dass Ihr Mann weiterhin sexuelle Kontakte zu Kindern unterhielt?«

Sie wich Wiegandts Blick aus. »Nein, ich habe nie etwas bemerkt.«

Wiegandt schwieg abwartend.

»Aber ich habe mich auch nicht darum gekümmert.« Ihre Stimme klang schnippisch. »Es waren die Kinder anderer Leute, nicht meine. Ich war froh, dass wir unsere Ruhe hatten.«

Rote Wut schoss in Wiegandt hoch und löste das nahezu unbezähmbare Verlangen in ihm aus, sie zu schlagen. Mühsam ballte er seine Hand zur Faust. Beruhigend legte Roland ihm die Hand auf den Arm.

»Es ist gut, Patrick. Möchten Sie Ihrer Aussage noch etwas hinzufügen?« Er beugte sich zu dem kleinen Rekorder auf dem Glastisch.

»Nein«.

Roland schaltete den Rekorder ab.

»Dann möchten wir jetzt mit der Haussuchung beginnen. Ich fürchte, dass es diesmal auch Schäden geben könnte. Wir müssen vielleicht in den ehemaligen Räumen Ihres Mannes das Parkett aufstemmen und die Möbel vorziehen. Möchten Sie besonders wertvolle Gegenstände in unserem Beisein in Sicherheit bringen?«

Lena Meyers zuckte die Achseln. »Ich werde Sie für jeden Schaden haftbar machen«, sagte sie. Augenscheinlich gewann sie jetzt nach dem Ende des Verhörs ihre Kaltschnäuzigkeit zurück. »Wonach suchen Sie denn überhaupt? Sie waren doch schon zweimal da und haben nichts gefunden.«

»Nach allem, was beweisen kann, dass Ihr Mann ein Schwein war. Pornos gedreht und damit gehandelt hat. Und nach allem, was beweisen könnte, dass Sie davon wussten.«

Energisch zog Roland an Wiegandts Arm. »Komm jetzt, Patrick. Komm jetzt und lass gut sein. Das macht den Jungen nicht wieder lebendig«, sagte er, als er seinen widerstrebenden Kollegen vor sich her aus dem Raum schob.

Kapitel 41

Während die vier Beamten in Meyers Villa zurückblieben, um diesmal jedes Stäubchen unter die Lupe zu nehmen, fuhren Wiegandt und Roland zu Wolfs Privathaus. Es lag in einem eleganten Villenviertel aus den Siebziger Jahren, das sich ironischerweise »Am Wolfsberg« nannte. Beide waren noch nicht dort gewesen, da sich die bisherigen Durchsuchungen nicht auf Wolfs Privaträume erstreckt hatten.

Auf dem Weg zogen sie ein vorläufiges Resümee ihrer erneuten Unterhaltung mit Lena Meyers.

»Was hältst Du von ihr?« fragte Roland.

»Sie scheint zu den Menschen zu gehören, die nach dem St. Florians-Prinzip leben. Trifft ein Unglück andere, geht es sie selbst nichts an. Unglaublich angesichts ihrer eigenen Leidensgeschichte.« Wiegandt hatte sich immer noch nicht beruhigt.

Nachdenklich sah Roland durch die Windschutzscheibe auf den grauen Asphalt der Straße. »Vielleicht wurde sie ja erst durch ihr eigenes Leid so eiskalt. Sie stand anscheinend Zeit ihres Lebens auf der Verliererseite, so was kann hart machen.«

Wiegandt schnaubte verächtlich durch die Nase und schielte begehrlich nach der halbvollen Zigarettenschachtel, mit der Roland gedankenverloren spielte. Was hätte er jetzt nicht um eine Zigarette gegeben. Aber die Blöße wollte er sich nicht geben, nachdem er vor dem Kollegen und Freund schon so oft mit seiner Nikotinabstinenz geprahlt hatte.

»Ich wette, sie weiß auch von den Machenschaften in Sachen Kinderpornografie. Ihre eigene Tochter wurde aufs Schändlichste missbraucht und misshandelt, darunter leidet sie. Aber für die armen Wesen, die ansonsten in die Hände dieser Killer gefallen sind, hatte sie nicht einmal ein Wort des Mitgefühls.«

»Beruhige dich endlich, Patrick. Du brauchst deinen klaren Kopf«, Roland legte ihm begütigend die Hand auf die Schulter. »Du arbeitest zuviel und bräuchtest mal wieder ein freies Wochenende. Ich glaube auch, dass Lena Meyers viel mehr weiß, als sie eingestanden hat. Aber mir ist auch aufgefallen, dass sie streckenweise sehr viel selbstbewusster wirkte als früher. Was meinst du?«

Wiegandt blieb die Antwort schuldig, weil sie soeben in die Straße eingebogen waren, in der sich Wolfs Haus befand. Vor dem Haus stand ein BMW aus der 7er Reihe, in dem er sofort Bergers Fahrzeug erkannte. Nicht zum ersten Mal fragte sich Wiegandt, wie Berger sich einen solch aufwändigen Lebensstil leisten konnte. Angeblich hatte er reich geheiratet. Hinter dem BMW parkten zwei Streifenwagen.

Im Haus, einem zweistöckigen Bungalow mit rotem Dach, wurden sie bereits an der Tür von Enders empfangen. Als sie den hellen Flur betraten, in dem ähnliche Gemälde wie bei Meyers die Wände zierten, bemerkten sie sofort einen beißenden Gestank.

»Was ist denn das?« fragte Roland.

Enders verstand die Frage sofort. »Verbrannte Videobänder«, sagte er mit grimmigem Gesichtsausdruck. »Hier sind wir augenscheinlich zu spät gekommen.«

Auf die Fragen seiner Kollegen erklärte er, dass man im Kaminofen des Wohnzimmers Spuren verbrannter Papiere und aus den Kassetten gezogener Videobänder entdeckte hatte. Die Reste wurden gerade für eine Laboranalyse zusammengekratzt, waren aber wahrscheinlich zu zerstört, um noch etwas damit anfangen zu können.

»Glaubst du, er ist gewarnt worden?« fragte Roland.

»Glaubst du an solche Zufälle?« fragte Enders zurück.

Roland sah Wiegandt an. »Lena Meyers kann ihn nur gewarnt haben, wenn sie uns schon vor dem Klingeln bemerkt hat, als wir den Weg zum Haus hinauffuhren. Aber sie war angeblich in der Sauna, bevor wir ankamen. Ihr Haar war wirklich ganz nass.«

Wiegandt zuckte grimmig die Achseln. »Vielleicht war es dieser Anwalt«, entgegnete er. »Wann wart ihr hier?«

Es stellte sich heraus, dass sogar beide Möglichkeiten ausschieden. Enders, der in solchen Dingen sehr korrekt war, erinnerte sich an die genaue Uhrzeit, zu der Berger und er bei Wolf eingetroffen waren. Es war zehn Minuten vor der Ankunft der Streifenwagen in Meyers Villa gewesen. Da hatten die Dinge bereits lichterloh im Kamin gelodert.

»Wo ist Berger überhaupt?«, fragte Roland.

»Bei den Streifenbeamten dahinten«, Enders wies mit dem Kopf in den rückwärtigen Teil des Hauses. »Er überwacht die Durchsuchung.«

»Aha«, meinte Roland sarkastisch. Erstaunt stellte Wiegandt fest, dass der Kollege Berger auch bei seinem Freund Dieter anscheinend nicht besonders beliebt war. Er wunderte sich, dass er das bisher nicht bemerkt hatte.

»Wo ist Wolf?«

»Er wartet im Salon. Wir sollten sofort mit dem Verhör beginnen. Berger kommt dann vielleicht später hinzu.«

Die Männer folgten Enders durch den Flur in den hell erleuchteten Salon. Der beißende Gestank verstärkte sich, obwohl die Fenster weit offen standen. In einer Ecke stand ein überdimensional großer Kachelofen mit geöffneter Feuertür.

Die Einrichtung war teuer, aber geschmacklos und passte zu ihrem Besitzer, wie Wiegandt sofort konstatierte. Sie erinnerte ihn an die barocken Salons in einigen Königsschlössern, die er besucht hatte, mit bestickten Sesselbezügen und vergoldeten Armlehnen. Der niedrige Beistelltisch, der neben dem unbequemen Sofa stand, hatte Löwenfüße. Der rot gemusterte Perserteppich darunter war augenscheinlich echt und sah sehr teuer aus. Wiegandt schloss daraus, dass auch die scheußlichen Möbel eine hübsche Stange Geld gekostet haben mussten.

»Meine Frau liebt es, im Stil vergangener Zeiten zu leben.«

Wolf, der die prüfenden Blicke der Beamten augenscheinlich bemerkt hatte, saß in der Mitte des Sofas und sah ihnen mit einer Miene entgegen, in der sich Trotz und Triumph mischten. Er trug einen dunkelgrünen Trainingsanzug und übersah die Hand, die Roland zu seiner Begrüßung ausstreckte. Da er auch keine Anstalten machte, auf dem Sofa beiseite zu rücken, mussten Enders und Roland auf den unbequemen Stühlen Platz nehmen, die zur Garnitur gehörten und das gleiche Petit-Point-Muster mit kitschigen Schäferszenen aufwiesen. Wiegandt blieb erneut erst einmal stehen.

Enders stellte sein Aufnahmegerät auf den kleinen Tisch mit den Löwenfüßen und gab Datum, Uhrzeit und anwesende Personen ein. Anders als es im Verhör von Lena Meyers gewesen war, belehrte er Wolf dann zunächst über seine Rechte.

Dieser reagierte mit gespielter Entrüstung. »Was soll das, wollen Sie mich verhaften?«

»Sie stehen im Verdacht, Beweismaterial vernichtet zu haben«, entgegnete Enders ruhig. »Sollte sich dieser Verdacht bestätigen, könnte auch eine Verhaftung möglich sein. Vorläufig haben wir keinen Haftbefehl bei uns.«

»Beweismaterial vernichtet«, schnaubte Wolf verächtlich. Er fuhr sich mit der Hand durch sein schütteres mausbraunes Haar. »Was für Beweismaterial denn?«

»Das fragen wir Sie. Was haben Sie vor unserer Ankunft im Kachelofen verbrannt?«

»Alte Papiere. Steuererklärungen aus den Achtziger Jahren. Außerdem alte Urlaubsfilme. Die sieht sich heute sowieso keiner mehr an. Ich brauchte Platz im Schrank.«

Herausfordernd sah er die Beamten an, während ein schadenfrohes Grinsen sein Gesicht verzerrte. »Ist das verboten?«

»Warum haben Sie die Dinge verbrannt, anstatt sie in den Müll zu werfen?«

»Ich hatte keine Lust, bei diesem ekligen Wetter zu den Mülltonnen zu gehen. So war es bequemer.«

»Bequemer trotz dieses Gestanks?«, warf Wiegandt ein.

»Dass das so stinken würde, konnte ich ja nicht wissen. Der Ofen ist antik, anscheinend ist der Abzug defekt. Hätte ich natürlich gewusst, dass ich noch so hehren Besuch erhalten würde«, er deutete eine spöttische Verbeugung in Richtung der Beamten an, »hätte ich natürlich mit dieser Aktion gewartet. Aber leider haben Sie sich ja nicht angemeldet.«

Enders wechselte das Thema.

»Wir sind hier, weil es neue Spuren im Mordfall David Gorges gibt«, sagte er. Wolf verzog keine Miene.

»Ihr ebenfalls ermordeter Partner Werner Meyers steht im Verdacht, an dem Mord beteiligt gewesen zu sein oder ihn sogar ausgeführt zu haben.«

»Was habe ich damit zu tun?«

»Meyers steht im Verdacht, Darsteller bei kinderpornografischen Videoproduktionen gewesen zu sein, sie vielleicht sogar mit der Spedition als Deckfirma in großem Stil vertrieben zu haben.«

»Lächerlich«. Täuschte sich Wiegandt oder war für den Bruchteil einer Sekunde ein Flackern in Wolfs Augen erkennbar gewesen?

»Was wussten Sie über die sexuellen Neigungen Ihres Partners?«

Wieder erschien das schmierige Grinsen auf Wolfs Gesicht, das Wiegandt schon aus dem ersten Verhör kannte.

»Wie ich Ihnen schon einmal angedeutet habe, waren die sexuellen Neigungen meines Partners etwas, sagen wir einmal, äh, außergewöhnlich. Aber ich habe das immer als seine Privatsache betrachtet.«

»Wussten Sie, dass Meyers auch sexuelle Kontakte zu Kindern unterhielt?«

Wolf richtete sich in seinem Sitz auf und fixierte die Beamten. Betont langsam antwortete er:

»Nein, das wusste ich nicht.«

»Wie hätten Sie reagiert, wenn Sie es gewusst hätten?«

»Die Frage ist hypothetisch, da ich es eben nicht gewusst habe. Ich kann sie daher leider nicht beantworten.«

Wiegandt starrte zurück.

»Ähm, wahrscheinlich hätte ich protestiert«, fügte Wolf lahm hinzu. »Natürlich hätte ich protestiert. So was ist ja auch strafbar. Und zerstört darüber hinaus den guten Ruf als Geschäftsmann.«

Wenn Wiegandt ihm überhaupt Glauben schenkte, dann war es dahingehend, dass Wolf nicht Einspruch wegen der missbrauchten Kinder erhoben hätte, sondern ausschließlich wegen befürchteter geschäftlicher Nachteile. Aber er biss sich auf die Zunge. Sarkasmus führte zu nichts und schwächte nur die Position der Polizeibeamten.

»Sie wussten also nichts?« fragte Enders ein letztes Mal.

»Nein.«

»Auch nichts über eine mögliche Beteiligung von Meyers an der Verbreitung von Kinderpornografie?«

»Nein.«

»Wo waren Sie am Abend des 28. März?«

»Das ist Werners Todestag, nicht wahr? Wie ich schon sagte, meine Frau feierte ihren 45. Geburtstag mit einem Essen im Ehranger Hof. Ich war dort von 19 Uhr bis 23.30 Uhr.«

Roland nickte Enders unmerklich zu. Das Alibi war leider wasserdicht. Sie hatten es unmittelbar nach dem Mord an Meyers sorgfältig überprüft.

»Wie geht es weiter mit Meyers Anteil an der Firma?« fragte Enders.

»Ich weiß gar nicht, ob ich Ihnen diese Frage beantworten muss,« sagte Wolf geziert. »Aber als ein Zeichen des guten Willens will ich es tun. Lena Meyers als Alleinerbin ihres Gatten verzichtet darauf, ihre Gesellschafteranteile zu Geld zu machen und aus der Firma herauszuziehen. Sie hat stattdessen eine Leitungsfunktion übernommen und führt jetzt das Ressort Personal.«

Enders und Roland schauten ungläubig drein. Wiegandt, der das ja schon von Teresa wusste, war dagegen nicht überrascht.

»Sie hat sich schon seit Jahren eine berufliche Aufgabe gewünscht, die sie ausfüllt«, fügte Wolf hinzu, wie um die skeptischen Blicke der Beamten zu zerstreuen. »Aber Werner hatte da recht konservative Ansichten und ließ sie nicht arbeiten. Ich dagegen habe ihr eine Chance gegeben und muss sagen, sie macht ihre Sache bislang recht gut.«

»Wer ist jetzt Geschäftsführer?« fragte Roland überflüssigerweise.

»Das bin selbstverständlich ich«, Wolf warf sich in seine magere Brust. »Obwohl Lena die Mehrheit an den Gesellschafteranteilen besitzt, hat sie meine diesbezügliche Kompetenz nie in Frage gestellt.«

»Wie ist Ihre Beziehung zu Lena Meyers?« fragte Wiegandt.

Wolf sah überrascht auf. »Rein freundschaftlich-geschäftlich, natürlich«, betonte er würdevoll. »Ich bin seit 17 Jahren verheiratet.«

»Wo ist Ihre Frau?«

»Sie befindet sich zur Kur in Bad Mergentheim. Ich bin zurzeit Strohwitwer, sozusagen«, Wolf kicherte dümmlich.

Wiegandt hielt es nicht mehr aus.

»Kommt, lasst uns das Verhör beenden«, schlug er vor. »Wir werden sehen, welche Ergebnisse die Durchsuchung erbringt.«

Widerwillig standen die Kollegen auf. Es entsprach nicht den Gepflogenheiten, vor dem Befragten einzugestehen, dass ein Verhör nicht weitergeführt hatte. Enders wahrte die Form.

»Falls wir weitere Fragen an Sie haben, wo sind Sie erreichbar?«

»Ich bin hier vor Ort. Aber vielleicht melden Sie sich beim nächsten Mal vorher an?«

Niemand ging auf diese Anspielung ein. Enders schaltete den Rekorder ab und packte ihn in die Jackentasche. Dazu stopfte er sein Notizbuch, das aus diesem Gespräch kaum Eintragungen enthielt.

Im Gang stießen sie auf Berger, der gerade den Abtransport diverser Kartons beaufsichtigte. »Was ist da drin?« fragte Enders.

»Fotos, nicht entwickelte Filme, Videofilme mit Urlaubsaufnahmen und jede Menge Papierkram. Es wird Tage dauern, bis wir das alles gesichtet haben.«

Gerade schleppten zwei Beamte auch einen Computer heraus. »Wir haben auch alle CD-ROMs und Disketten beschlagnahmt, die wir finden konnten.«

Wolf stand in der Salontür. Wieder lag der triumphierende Ausdruck auf seinem Gesicht. »Ich hoffe, Sie gehen pfleglich mit diesen Dingen um«, sagte er mit seiner dünnen näselnden Stimme. »Das sind meine Erinnerungen aus vielen glücklichen Jahren.«

Niemand gab ihm eine Antwort. Roland und Wiegandt verabschiedeten sich, um noch einmal zur Villa Meyers zu fahren. Sie wollten sehen, was die Durchsuchung dort erbracht hatte. Enders würde das Material zum Präsidium bringen, Berger nach Hause fahren. Seine Frau sei unpässlich, erklärte er den Kollegen.

Da selbst eine grobe Sichtung des Materials mindestens den folgenden Tag in Anspruch nehmen würde, verabredete man sich am Dienstag früh um 9 Uhr zur nächsten Lagebesprechung. Dann gingen die Beamten auseinander.

Das Handy klingelte. Wolf zog es unter dem Sofakissen hervor, wo Berger es deponiert hatte, nachdem die Durchsuchung dieses Raums abgeschlossen war. Es war Bergers eigenes Handy. Um in Kontakt zu treten, konnten die bisherigen Telefone ja nicht mehr benutzt werden, seit die Leitungen überwacht wurden.

»Hallo«, sagte er vorsichtig in den Hörer. Schließlich konnte ja auch jemand anderes Berger zu erreichen versuchen. Aber es war die verabredete Zeit.

»Ich bin es.«

»Was willst du?«

»Als erstes, dass Sie mich siezen. Ich habe es Ihnen schon einmal gesagt!«

Wolf ärgerte sich. Aber er riss sich zusammen.

»Einverstanden. Also, was wollen Sie?«

»Das ist doch wohl sonnenklar. Die restlichen 40.000 Euro, die Sie mir für die Preisgabe des Informanten versprochen haben. Und noch mal 10.000 extra, weil ich Sie heute Abend gewarnt habe. Was glauben Sie, was ich riskiere im Moment? Die Kollegen standen quasi nebenan.«

»Von wo aus rufen Sie an?« Wolf war vorsichtig.

»Aus einer öffentlichen Telefonzelle. So was gibt es kaum

noch. Ich habe eine Ewigkeit gebraucht, um eine zu finden.«

»Woher wissen die Bullen, dass Werner das Snuff gemacht hat? Haben sie das Video jetzt gefunden?«

»Nein, sie haben Meyers Sperma im Mund des Kindes gefunden, ihr Schweine. Also, was ist mit dem Geld?«

»Das geht in Ordnung, auch wenn ich mir wünsche, dass Sie in Zukunft etwas früher auf Zack sind. Das hier war haarscharf.«

»Ich habe selbst erst zehn Minuten, bevor ich Sie gewarnt habe, von der bevorstehenden Durchsuchung erfahren. Wann ist das Geld da?«

»Die 10.000 gehen morgen auf Ihr Luxemburger Konto. Für den Tipp mit dem Informanten erhalten Sie nichts mehr. Wir wissen, dass es Irina Kara ist. Das haben wir selbst herausbekommen.«

Berger schnappte empört nach Luft. »Aber ohne meinen Hinweis hätten Sie nicht einmal gewusst, dass Sie suchen müssen. Sie haben mir das Geld versprochen und ich habe auch für diese Information allerhand riskiert.«

Wolf schwieg.

»Ist das Ihr letztes Wort?« fragte Berger.

»Ja. Es sei denn, Sie beschaffen das Video. Sie wissen ja angeblich, wer es hat.«

Einen Moment war Berger verblüfft über diese Wendung. Dann griff er nach dem Strohhalm.

»Gut«, sagte er mit dem Mut der Verzweiflung. Er hatte erst heute schon wieder 25.000 Euro verloren, die er sich bei einem Kredithai geliehen hatte. Wenn er jetzt nicht schnell an Geld kam, war das Unglück nicht mehr aufzuhalten. »Ich beschaffe das Video. Aber das kostet euch 100.000. Wenn ich das ganze Geld nicht bis nächsten Freitag auf meinem Konto habe, lasse ich Sie hochgehen. Ihr seid Schweine, die es nicht anders verdienen. Es gibt keine widerlichere Art, Geld zu verdienen, als ihr es tut!«

»Was Sie aber nicht daran hindert, es zu nehmen und auf Ihren Spielbanken zu verjubeln.«

Erneut schnappte Berger nach Luft.

»Woher wissen Sie das?«

»Das wussten wir schon, bevor wir Sie das erste Mal geschmiert haben«, erwiderte Wolf kühl.

»Gut«, fuhr er dann fort. »Sie kriegen das Geld, wenn das Video da ist.«

»So lange kann ich nicht warten« drängte Berger verzweifelt. »Mindestens 25.000 brauche ich sofort.«

»Das Geld, was Sie von Nero geliehen haben?«

Jetzt verschlug es Berger endgültig die Sprache.

»Ich rede mit Nero, er ist mir noch einen Gefallen schuldig«, sagte Wolf. »Die 10.000 kommen sofort, der Rest bei Lieferung.«

Berger gab auf: »Wie komme ich wieder an mein Handy?«

»Ich werfe es in den Papierkorb am Ende der Straße vor meinem Haus. Dort kannst du – äh – können Sie es abholen.« Er legte auf.

Auf den wenigen Schritten zum Papierkorb stellte er sich mit einem süffisanten Grinsen vor, dass Berger, der sicher schon fast zu Hause war, jetzt noch einmal den langen Weg zurückfahren musste, um das Handy zu holen. Nur gut, dass diese Sache jetzt bald ein Ende haben würde. Der Plan war fertig und schon mit Carlos besprochen. Aber zuerst mussten sie sich um Irina kümmern.

Kapitel 42

Es war kurz vor Mitternacht, als Patrick Wiegandt die Decke seines Hotelbettes zurückschlug und sich mit einem Ächzen auf die durchgelegene Matratze sinken ließ. Wie gern hätte er jetzt neben Teresa gelegen.

Sein ganzer Körper schmerzte von den Anspannungen und Frustrationen der letzten Stunden. Unter dem Strich hatten die Ermittlungen nach der Entdeckung der übereinstimmenden DNA-Analysen kein weiteres greifbares Ergebnis erbracht.

Erschöpft knipste Wiegandt das Licht aus und schloss die Augen. Sofort nahmen seine Gedanken die Arbeit wieder auf, an Ausruhen war immer noch nicht zu denken. So überließ sich Patrick seinen inneren Bildern, in der Hoffnung, irgendwann einschlafen zu können, wenn er sich nicht dagegen wehrte.

Wolf war augenscheinlich gewarnt worden und hatte Zeit genug gehabt, Beweismittel zu vernichten. Davon war Wiegandt überzeugt. Wenn auch vorläufig nur der Teufel wusste, wie das vonstatten gegangen war. Da Lena Meyers als Informantin ausschied, hatte niemand eine Idee gehabt. Aber an einen bloßen Zufall wollte Wiegandt nicht glauben.

Von der bemerkenswerten Änderung ihres Verhaltens gegenüber der Polizei abgesehen, hatte auch der Besuch bei Lena Meyers keine wirklich neuen Erkenntnisse gebracht. Sie hatte zwar zugegeben, weit mehr über die Gräueltaten ihres Mannes gewusst zu haben, als sie bisher eingestanden hatte, aber inwieweit sie selbst in die Pornogeschäfte verwickelt war, lag noch vollkommen im Dunkeln.

Auch Hinweise auf einen möglichen Zusammenhang zwischen dem Mord an David Gorges und dem an Meyers hatten sich nicht ergeben. Die Identität des Mörders, der Werner Meyers nur einen Tag nach dem Fund von David Gorges

Leiche getötet hatte, lag immer noch völlig im Dunkeln. Die Art seines Todes und das Blut an den Türen wiesen auf einen Mord aus Rache hin, aber es war absurd zu glauben, dass es Davids Tod war, der gerächt werden sollte. Oder doch nicht?

Wiegandt setzte sich auf und klopfte im Dunkeln das Kopfkissen zurecht. Dann legte er sich auf den Rücken und schloss erneut die Augen.

Im Verhör hatte Lena Meyers einerseits deutlich Angst gehabt, andererseits war sie jedoch frecher und selbstbewusster aufgetreten, als er sie je erlebt hatte. Ein Gedanke schoss ihm durch den Kopf.

Konnte sie Meyers Mörderin sein, die sich vier Wochen nach der Tat allmählich in Sicherheit zu wiegen begann? Hatte sie am Ende den Schneid gehabt, den Tod eines Kindes zu sühnen, das Meyers noch schlimmer gequält hatte als ihre Tochter? Fasziniert ließ sich Wiegandt diese Idee durch den Kopf gehen.

Bis ihm ihr Alibi einfiel. *Verdammt, sie hatte ja das gleiche wie Wolf.*

Bisher hatte es niemand in Frage gestellt, aber war es wirklich so wasserdicht? Die Trierer Stadtteile Ehrang und Euren lagen zwar circa 15 Kilometer voneinander entfernt, waren aber durch Schnellstraßen verbunden.

Waren Wolf und Lena Meyers wirklich die ganze Zeit bei der Feier gewesen? Oder hatte sie oder Wolf einen Mörder gedungen? Warum war Werner Meyers eigentlich nicht auch unter den Gästen gewesen?

Unruhig wälzte sich Wiegandt auf die Seite. Im Zimmer war es eiskalt, trotzdem schwitzte er. So würde er niemals zur Ruhe kommen.

Auch die erneute Durchsuchung von Meyers Villa hatte keine auf den ersten Blick verwertbaren Beweise erbracht. Videos waren gar keine gefunden worden und die mitgenommenen Papiere schienen bei einer oberflächlichen Inspektion eher unverdächtig. Selbst die Computer der Kinder hatte die Polizei diesmal beschlagnahmt. Auf den Festplatten waren aber anscheinend in erster Linie Videospiele gespeichert.

In Meyers Schlafzimmer hatte man unter den Dielen ein leeres Fach gefunden, das wohl einmal als Versteck gedient haben mochte. Aber es hatte nichts als Staub enthalten. Was einmal darin gewesen war, stand in den Sternen. Lena Meyers hatte ausnahmsweise glaubhaft gewirkt, als sie behauptete, nichts von diesem Versteck gewusst zu haben.

Roland und er hatten sich nach dem Verhör von Wolf noch kurz im Auto beraten, bevor sie sich getrennt hatten. Beide waren sich einig gewesen, dass jetzt der Druck auf Irina Kara erhöht werden musste. Sie wusste über die Machenschaften der Firma Bescheid und konnte als Kronzeugin fungieren. Danach würde sie in ein Zeugenschutzprogramm aufgenommen werden. Die Formalitäten waren längst geklärt und Wolf und Konsorten jetzt gewarnt.

Daher musste Irina ihnen schnell zu einer Verhaftung verhelfen, bevor noch mehr Beweise vernichtet werden konnten. Roland hatte versprochen, gleich am Montag über den geheimen V-Mann im Milieu Kontakt zu ihr aufzunehmen.

Auf dem Weg ins Hotel hatte Patrick dann in der Hoffnung, Teresa hätte noch eine Nachricht hinterlassen, die Mailbox seines Handys abgehört. Tatsächlich war am späten Abend noch eine Nachricht eingegangen. Allerdings kam sie von Tanja, wie Patrick schnell feststellte. In seiner Enttäuschung hatte er anfangs nur mit halbem Ohr zugehört.

In ihrer umständlichen Art hatte Tanja ihm mitgeteilt, dass sie zwar noch circa 14 Tage bei ihrer Schwester gebraucht würde, ihn am nächsten Sonntag aber um ein Treffen in Mainz bäte. Sie habe sich lange mit ihrer Schwester beraten und beschlossen, ihm etwas zu sagen, was sie beide beträfe und was sie besser nicht so lange für sich behalten hätte. Allerdings ginge das nicht am Telefon.

Patrick hatte mit einer Mischung aus Resignation und Erleichterung reagiert. Sicher wollte ihn Tanja auf die zunehmende Entfremdung in ihrer Ehe ansprechen. Trotzdem graute ihm vor dem Gespräch. In seinem momentanen Zustand waren ihm alle zusätzlichen Probleme zu viel.

Hellwach trotz seiner Erschöpfung schaute er auf die Leuchtziffern der Uhr neben seinem Bett. 20 Minuten nach Mitternacht. Ein absurder Gedanke schoss ihm durch den Kopf. Aber - vielleicht war sie ja noch wach.

Ihn packte plötzlich ein unbändiges Verlangen nach Teresa, nach ihrer Wärme und Zärtlichkeit, ihrer Verletzlichkeit und Stärke, einer Kombination, die er so noch nie bei einer Frau erlebt hatte. Sie hatten sich nach ihrem Streit ja noch nicht einmal richtig versöhnt. Eigentlich hätte dieser Abend ihnen gehören sollen.

Noch fünf Minuten wälzte sich Patrick in seinem Bett, bis er akzeptierte, dass er nicht würde einschlafen können, ohne es wenigstens versucht zu haben. Er beschloss eine Art Gottesurteil. Wenn sich der Anrufbeantworter meldete oder sie bis zum fünften Klingeln nicht abgenommen hätte, würde er auflegen und sie in Ruhe lassen. Sonst, ja sonst würde er tun, was sie wünschte.

Im trüben Licht der Nachttischlampe schaltete er sein Handy an und suchte die eingespeicherte Nummer ihrer Privatwohnung.

Er lauschte dem Knacken in der Leitung, als die Verbindung hergestellt wurde.

Schon nach dem zweiten Läuten nahm sie ab.

Zehn Minuten später saß Patrick Wiegandt im Auto auf dem Weg an den Rhein.

Sie stand in der offenen Wohnungstür, als er zwei Stufen auf einmal nehmend die Treppe empor rannte. Mittlerweile war es viertel nach zwei.

Patrick hatte auf dem Weg durch den Hunsrück fast alle Geschwindigkeitsbegrenzungen missachtet und war nachträglich froh, nicht in eine Radarkontrolle geraten zu sein. Es würde bereits peinlich genug sein, Roland am nächsten Tag zu erklären, dass er Trier noch nachts verlassen hatte und daher ihre Verabredung am nächsten Vormittag nicht würde einhalten können. Aber er bereute die Entscheidung keine Sekunde.

Selbst seine Müdigkeit war wie weggeblasen, als er sie ansah. Sie trug einen roten Seidenkimono mit zartem Muster, den er noch nie an ihr gesehen hatte. Ihr volles Haar fiel ihr offen über die Schultern, und im weichen Licht der Kerzen, die sie angezündet hatte, sah sie zehn Jahre jünger aus.

Um den Hals trug sie den Diamantanhänger, den er ihr in der letzten Woche geschenkt hatte. Unter dem Kimono trug sie offenbar nichts.

Hungrig nahm er sie in die Arme, kaum dass sie die Wohnungstür hinter ihm geschlossen hatte. Begehren schoss wie eine Flamme in ihm auf und er drängte sie sanft in Richtung ihres Schlafzimmers. Aber zu seinem Erstaunen sträubte sie sich.

»Ich möchte dich erst etwas verwöhnen«, flüsterte sie ihm ins Ohr und zog ihn zärtlich ins Badezimmer.

Dort hatte sie ein duftendes Schaumbad vorbereitet und weitere Kerzen angezündet. Auf dem Wannenrand standen eine Flasche Sekt und zwei Gläser.

»Wage es, dich zu weigern«, sagte sie leise mit einem verschmitzten Lächeln, als sie ihm langsam Jacke und Hemd auszog. »Was glaubst du, was ich morgen von den Nachbarn zu hören bekomme, weil ich um zwei Uhr nachts ein Bad eingelassen habe. Von rechts und von unten haben sie an die Wände geklopft.«

Widerstandslos ließ er sich von ihr Hose, Socken und Unterwäsche ausziehen. Mit einem wohligen Stöhnen glitt er dann in das warme Wasser. Teresa hatte Recht, das tat nach dem langen Tag unendlich gut, zumal er auch nicht geduscht hatte, bevor er sich zu ihr aufgemacht hatte.

Vorsichtig öffnete sie die Flasche und füllte die Gläser. Im Kerzenlicht schimmerten ihre grünen Augen wie Smaragde. Als sie ihm das Glas reichte, fiel der Kimono im Dekollete etwas auseinander und enthüllte den Ansatz ihres Busens. Mit seinem Finger fuhr er langsam über den Spalt zwischen ihren Brüsten und hinterließ eine leichte Schaumspur.

»Wie gut dir das steht«, sagte er bewundernd. »Woher hast du den Kimono?«

Ein Schatten flog einen Moment lang über ihr Gesicht. »Ich habe ihn in Paris gekauft, vor vielen Jahren.« Sie stockte, als ob sie noch etwas hätte sagen wollen.

Ein Stich von Eifersucht durchfuhr ihn. Er wusste, dass es nicht richtig war, aber er war zu erschöpft, um sich zusammen zu nehmen. Deshalb fragte er: »Mit Marcel?«

»Mit Marcel«, antwortete sie.

»Hat er ihn dir geschenkt?«

»Nein«, sie lachte. »Dafür war er zu teuer«. Ihr Blick richtete sich in die Ferne. »Aber ich habe ihn früher oft getragen. Er ist einfach zu schön, um ihn wegzugeben, deshalb habe ich ihn auch nach der Trennung behalten. Aber heute trage ich ihn zum ersten Mal seit langer Zeit. Für dich.« Sie sah ihm tief in die Augen.

Wieder regte sich Begehren in ihm, aber gegen alle Vernunft fragte er weiter: »Liebst du ihn noch?«

Zu seiner Irritation schwieg sie eine Weile, so als wollte sie prüfen, ob ihre Antwort auch ihren Gefühlen entsprach. »Nein, ich glaube nicht, dass ich ihn noch liebe. Aber ich habe ihn auch noch nicht ganz verabschiedet. Er war so lange ein Teil meines Lebens.«

»Aber er hat dich doch nur unglücklich gemacht. Ihr hattet nichts gemeinsam.«

Sie sah Patrick mit ihren grünen Augen an. Ihre Haut wirkte honigfarben im sanften Licht.

»Ich war oft sehr unglücklich in diesen Jahren«, bestätigte sie. »Aber wir haben auch Schönes zusammen erlebt.«

Patrick schwieg. Sein Begehren verflog.

Sie schien es nicht zu merken. Sanft begann sie seinen Nacken zu massieren, ihr Blick war in die Ferne gerichtet.

»Marcel ist oder war ganz anders als du, Patrick«, sagte sie. »Du versuchst achtsam zu sein und niemandem weh zu tun. Selbst wenn dir wehgetan wird. Marcel spürte gar nicht, wenn er anderen Menschen wehtat. Er war gefangen in seinen eigenen Gefühlen, auch in seinen eigenen Schmerzen. Ich habe das selbst erst vor kurzer Zeit verstanden, aber es passt zu seinem Verhalten.«

»Wir waren beide missachtete und emotional vernachlässigte Kinder«, fuhr sie fort. »Das hatten wir gemeinsam und daher dachte ich lange Zeit auch, wir hätten uns in die gleiche Richtung entwickelt. Wir waren und sind beide sehr empfänglich für Zärtlichkeiten, vielleicht weil wir in unserer Kindheit so wenig davon hatten. Marcel konnte sehr zärtlich und liebevoll sein, wenn es ihm selbst gut ging. Aber auch dabei ging es nicht wirklich um mich«, sie stupste Patrick spielerisch an die Nase und hinterließ dort einen Schaumklecks. »Also schau nicht so eifersüchtig.«

Beschämt ließ Patrick sich tiefer ins Wasser sinken. Es war ihm unangenehm, dass sie seine Gefühle so deutlich erkennen konnte.

»Worum ging es denn?« fragte er, eher aus Verlegenheit als aus echtem Interesse.

Sie überlegte erneut eine Weile, bevor sie antwortete.

»Wenn Marcel sich geliebt fühlte, empfand er den Menschen, der ihm diese Liebe zeigte, in dem Moment als ganz großartig. Er konnte dann dasselbe geben, was er empfangen hatte. Es verlieh ihm ein gutes Gefühl, zärtlich zu sein, weil er Zärtlichkeit zurück erhielt. Aber es musste ihm und mir gut gehen. Marcel hat in all den Jahren so gut wie nie Zärtlichkeit gezeigt, wenn es mir schlecht ging. Er versuchte nie, mich dadurch zu trösten, oder sprang über seinen Schatten, wenn wir uns gestritten hatten. Wenn wir danach miteinander schliefen, war es wild und leidenschaftlich, aber eher ein Kampf als ein Spiel. Und war es vorbei, drehte er sich zur Wand und schnarchte. Es war dann keine Verbindung mehr zwischen uns.«

Sie seufzte.

»Ich habe das früher nie verstanden. Ich durfte nie schwach bei Marcel sein, nie klein oder sogar unfair, wie letzte Woche bei dir. Es konnte sich nur auf mich einlassen, wenn es mir gut ging. War ich traurig oder gekränkt, blieb er auf Distanz, selbst wenn es gar nichts mit ihm zu tun hatte.«

»Also war er nie zärtlich, wenn du es am nötigsten gebraucht hättest?«

»So kann man es sehen. Im Gegenteil, selbst wenn Marcel mich verletzt hatte, was oft genug vorkam, hielt er so lange Distanz von mir, bis ich mich von selbst gefangen hatte. Er bat nie um Verzeihung.«

»Warum hast du ihn nicht viel früher verlassen?«

»Ich habe die Schuld bei mir gesucht, auch ein Kindheitsmuster. Ich habe nicht verstanden, dass Marcels Gefühlslage immer viel mehr mit ihm selbst zu tun hatte als mit mir. Wenn ein Mann, der so liebevoll sein konnte, es auf einmal nicht mehr war, konnte das doch nur an mir liegen. So habe ich es lange empfunden. Und irgendwann wurde daraus ein Teufelskreis, die Psychologen nennen es eine »sich selbst erfüllende Prophezeiung«.

Patrick nickte. Er hatte den Ausdruck schon einmal gehört.

»Ich habe mich sehr bemüht, ihm zu gefallen. Aber weil das alles letztlich nichts nützte und er im Gegenzug nie etwas für mich tat, wenn ich es brauchte, wurde ich mit den Jahren immer gereizter und verbitterter. Ich habe ihn dann meinerseits wirklich verletzt, und dann spürte er natürlich in erster Linie den eigenen Schmerz und nicht mehr die Liebe zu mir. Und genau wie ich selbst war er mehr und mehr davon überzeugt, dass es eben nur an mir lag«.

Sie lachte, und es klang bitter.

Das Wasser wurde kälter. Mit einem Rauschen setzte Patrick sich auf und fasste Teresa sanft unters Kinn. Er hob ihren Blick, bis er ihr direkt in die Augen sah.

»Teresa«, sagte er eindringlich. »Du bist eine wunderbare Frau. Eine der wunderbarsten Frauen, denen ich je begegnet bin. Du bist sicherlich nicht vollkommen, aber dann« – er lachte leise – »wärst du ja auch langweilig.«

Sie sah ihn mit diesen unwahrscheinlich grünen Augen an. Schimmerten sie etwas feucht oder war es das Kerzenlicht? Eine Welle von Zärtlichkeit erfasste Patrick.

»Teresa, ich liebe dich. Aus ganzem Herzen und aufrichtig. Ich möchte mit dir sein. Möchtest du es mit mir versuchen? Auch ich bin nur ein unvollkommener Mann, aber ich meine es sehr ernst.«

Sie sah ihn zweifelnd an. »Wie sicher bist du dir?«

Er ließ sich Zeit mit der Antwort und nahm ihr Bild in sich auf. Das Haar fiel ihr sanft ins Gesicht, ihre Hände hielten das Glas umklammert, ihre Züge wirkten weich und entschlossen zugleich. Sie war wunderschön in diesem Licht und Patrick spürte, wie sehr er sie begehrte.

»So sicher ich sein kann, Teresa«, sagte er mit heiserer Stimme. »Willst du mich haben?«

Sie stellte das Glas vorsichtig auf den Badewannenrand und umfasste mit beiden Händen sein Gesicht. Ihr Blick versenkte sich in den seinen, sein Herz schlug wie rasend.

Endlich löste sie sich aus ihrer Erstarrung. Sanft strich sie über die pochende Ader an seinem Hals.

»Ja«, sagte sie einfach.

6. Teil

Kapitel 43

Pfeifend betrat Patrick Wiegandt am nächsten Morgen kurz nach neun Uhr sein Mainzer Büro und warf schwungvoll eine Aktenmappe auf seinen wie immer gut aufgeräumten Schreibtisch. Mit einer Mischung aus Amüsement und Erstaunen sah Gabriele Wagner, seine Assistentin, von einem dicken Ordner hoch, den sie gerade durchgeblättert hatte.

»Guten Morgen, Patrick«, sagte sie lächelnd, »wie man sieht, geht es dir anscheinend gut. Kommt ihr in Trier voran oder ist es nur der Mai?« Draußen strahlte eine herrliche Frühlingssonne vom azurblauen Himmel und ließ jede Erinnerung an das trübe nasskalte Wetter vom Vortag vergessen.

Ein Schatten flog über Wiegandts Gesicht und wischte die Fröhlichkeit weg. »In Trier geht es weiter, aber ziemlich scheußlich.« Mit kurzen Worten berichtete er ihr von den Ereignissen des Vorabends.

»Also der Mai«, konstatierte Gabriele trocken und sah ihm stirnrunzelnd ins Gesicht.

Einen Moment lang war Wiegandt verwirrt. »Was? Ja, sonst geht es mir ganz gut im Moment«, sagte er so beiläufig wie möglich. »Was hast du mittlerweile herausgekriegt?«

Gabriele stand auf und ging zu einem grauen Aktenschrank, der an der linken Wand des Zimmers stand. Während sie ihn aufschloss, fragte sie, wie es nun in Trier weitergehen würde.

Wiegandt seufzte. »Dieter Roland will heute versuchen, über unsere Verbindungsperson im Milieu Kontakt zu Irina Kara aufzunehmen, um sie zu drängen, sich endlich als offizielle Zeugin zur Verfügung zu stellen. Langsam wird es nämlich auch für sie gefährlich, zumal wir immer noch nicht wissen, wer der Maulwurf im Trierer Präsidium ist.«

Gabriele sah ihn besorgt an. Wiegandt hatte ihr von den verschwundenen Kassetten erzählt. »Wissen denn viele Leute über Irina Bescheid?«

Wiegandt schüttelte den Kopf. »Über Irina wissen nur Roland und ich Bescheid. Und du hier in Mainz. Sonst habe ich es niemandem erzählt. Aber die Identität unseres V-Manns kennen wesentlich mehr Personen und allein deshalb wird es immer brenzliger für Irina, denn sie hält den Kontakt zu uns hauptsächlich über ihn.«

»Hast du einen Verdacht?« Forschend sah Gabriele ihrem Chef ins Gesicht.

Der schüttelte den Kopf. »Eher ein Gefühl. Aber es wäre unfair, einen Namen zu nennen. Mit höchster Wahrscheinlichkeit irre ich mich.«

Gabriele kannte ihn gut genug, um zu wissen, dass er nichts weiter dazu sagen würde. Mit einem Ruck zog sie einen Karton aus dem Schrank, in dem sich ein dicker Aktendeckel und mehrere Videokassetten befanden.

»Donnerwetter, das ist ja eine Menge Zeugs. Da warst du aber fleißig.«

Gabriele zuckte die Achseln. »Ich habe ja sonst auch nicht viel zu tun gehabt«, sagte sie. In ihrer Stimme schwang ein leicht vorwurfsvoller Unterton.

Wiegandt ging nicht darauf ein. Er wusste, dass Gabriele Wagner liebend gerne mit nach Trier gekommen wäre. Aber er wusste auch, dass er selbst nur aufgrund seiner alten Freundschaft zu Roland und seiner allgemeinen Beliebtheit unter den Kollegen dort so frei agieren konnte. Normalerweise waren Angehörige übergeordneter Behörden an der Basis nicht gerne gesehen. Hätte er auch noch Gabriele als seine Assistentin mitgebracht, hätten dies manche Kollegen wahrscheinlich als

Provokation aufgefasst. Zumal ihre größte Stärke, nämlich ihr unermüdlicher Fleiß, die Sache wohl noch verschlimmert hätte.

»Also, was hast du?« fragte er stattdessen erwartungsvoll.

»*Erotic Tales* war eine Produktionsfirma für billige Pornovideos und wurde Ende der Siebziger Jahre in München von einem Typ namens Martin Baumann gegründet. Sie existierte als eingetragene GmbH bis 1990 und wurde dann aufgelöst. Baumann war in dubiose Drogengeschäfte verwickelt und musste vorübergehend das Land verlassen, um nach Italien zu fliehen.

Die Firma arbeitete überwiegend mit Darstellerinnen aus dem Milieu, deren Gage größtenteils von den Zuhältern einbehalten wurde. Die Frauen wurden oft nicht gefragt, ob sie in den Machwerken mitspielen wollten, sondern quasi dazu vermietet. So konnte die Firma auch Schund übelster Sorte herstellen, für den sich kaum freiwillige Darsteller gefunden hätten.«

»Woher weißt du das alles?« Wiegandt war fasziniert.

Gabriele zuckte erneut die Achseln. »Ich hatte Glück«, gestand sie freimütig. Sie suchte im Karton und fischte eine Videokassette heraus. Auf dem Cover reckte ein lüstern grinsender Muskelmann seinen überdimensionalen erigierten Penis der Kamera entgegen. Zu seinen Füßen knieten zwei Frauen, in denen Wiegandt sofort dieselben Darstellerinnen erkannte wie auf der von Teresa gefundenen Kassette.

Er sah auch sofort, was Gabriele mit »Glück gehabt« meinte. In knallroten Lettern war der Name des Muskelmannes als Stargast des Videos quer über das ganze Cover geschrieben: Daniel Gross.

»Symbolträchtig«, grinste Wiegandt in Anspielung auf das obszöne Foto.

»Aber das war doch wohl nicht sein richtiger Name?«

»Du wirst lachen, es war und ist sein richtiger Name. Er war Laiendarsteller und wurde auf irgend so einer Erotikmesse aufgerissen und für solche Projekte verpflichtet. Er machte es hauptsächlich aus Spaß, obwohl er auch das Geld gerne einsackte.«

»Woher weißt du denn das?« fragte Wiegandt entgeistert.

»Ich habe mit ihm gesprochen.«

»Du hast was?«

»Ich habe dir doch eine Nachricht hinterlassen, dass ich zur Vernehmung eines Zeugen nach Nürnberg fahren wollte. Als du nicht geantwortet hast, bin ich davon ausgegangen, dass es in Ordnung war.«

Mit schlechtem Gewissen erinnerte sich Wiegandt an einige Nachrichten auf seiner Mailbox, die Gabriele in der Tat hinterlassen hatte, ohne dass er so richtig hingehört oder gar darauf reagiert hatte. Er hatte in Trier einfach zu viel um die Ohren gehabt.

»Ja, ja, ich weiß jetzt, was du meinst«, sagte er lahm.

Gabriele knuffte ihn leicht in die Seite. »Wahrscheinlich weißt du gar nichts«, sagte sie grinsend. »Es wäre nicht das erste Mal. Aber hör zu, was ich erfahren habe.

Gross kannte sowohl Irina Kara, die sich damals noch Elisabeth Gregor nannte, was wahrscheinlich ihr richtiger Name ist, als auch Eva Schneider. Ihr damaliger Name war Eva Koslowski. Sie war irgendwo in den Zwanzigern und ging seit dem Ende ihrer Schulzeit auf den Strich. Anfangs hatte sie sich als Luxus-Callgirl ihr Studium verdienen wollen, weil sie nach irgendeinem Ärger mit ihrem Vater zu Hause rausgeflogen war. Aber dann geriet sie in die Fänge eines professionellen Zuhälterringes und wurde, wie auch Elisabeth alias Irina, gezwungen, für die Bande zu arbeiten und den größten Teil ihres verdienten Geldes abzugeben. Natürlich war dann auch nicht mehr von Studium die Rede.«

»Was hatte sie denn studiert?« fragte Wiegandt neugierig.

»Sprachen, vor allem Romanistik und Spanisch. Sie sprach fließend Spanisch und Französisch, daran kann sich Gross noch gut erinnern.«

»Erzähl weiter«, drängte Wiegandt.

»Gross lernte Irina und Eva ca. 1986 kennen, als er zum ersten Mal als Pornodarsteller auftrat. Das war ungefähr um die gleiche Zeit, als auch die beiden die ersten Filme machen mussten. Man kam dadurch ins Gespräch. Gross empfand die Zusammenarbeit mit den beiden Frauen als sehr angenehm«, sie knuffte Wiegandt, der unwillkürlich grinsen musste, erneut in die Seite.

»Nicht so, wie du denkst«, sagte sie ernst. »Natürlich wurde auch echter Sex gedreht, mit allem Drum und Dran, aber das scheint für die Frauen eher eine Erholung gewesen zu sein. Sie mussten nämlich in anderen Filmen auch all das machen, wozu Gross sich selbst nie hergegeben hätte. Sodomie, Sadomaso und all so einen Scheiß.«

»Wurden auch Filme mit Kindern gedreht?« Wiegandt stockte. »Oder noch Schlimmeres als Sadomaso?«

»Du meinst Snuffs?«

Wiegandt nickte.

»Soweit Gross es weiß, nicht«, sagte Gabriele. »Aber sehr interessant ist, dass Gross weiß, wie es mit Eva weiterging. Ungefähr zwei Jahre, nachdem er sie kennen gelernt hatte, wurde sie schwanger. Von irgendeinem unbekannten Freier. Ihr Lude tobte und wollte, dass sie das Kind abtrieb. Aber Eva weigerte sich. Nichts konnte sie dazu bewegen, keine Drohungen, keine Schläge, nichts. Sie verließ das Milieu, suchte sich Jobs als Bedienung und Putzfrau und weigerte sich, weiter anschaffen zu gehen. Zweimal wurde sie zusammen geschlagen, beim zweiten Mal erstattete sie Anzeige gegen ihren Luden. Der wurde darauf hin tatsächlich verhaftet. Kurz darauf verschwand Eva aus München und Gross hat seither nie wieder von ihr gehört.«

»Wann war das genau?«

»So ca. 1988. Gross erinnert sich daran, dass das Video, was ich gefunden habe, das letzte war, das Eva gedreht hat. Da war sie schon schwanger. Es verschaffte ihr quasi das Reisegeld. Sie bot sich Baumann für die Hälfte der Gage an, die ihr Lude für sie kassiert hatte, und da der zu dieser Zeit im Knast saß, kam der Deal zustande. Unmittelbar nach Abschluss des Drehs war Eva weg. Gross erinnert sich noch so genau daran, weil ein Teil der Aufnahme fehlerhaft war, das Band war irgendwie defekt, so dass ein Stück einer Szene fehlte. Aber als man Eva zu erreichen versuchte, um nachzudrehen, war sie schon weg. Die Szene musste darauf hin ganz neu gedreht werden, nur mit Gross und Irina.«

Wiegandt nahm einige der Videokassetten aus dem Karton in die Hand. Bis auf den Namen von Daniel Gross, der auf den meisten angepriesen war, enthielten sie keine Angaben zur Identität der übrigen Protagonisten.

»Wie bist du denn überhaupt an die gekommen?« fragte er neugierig.

Gabriele grinste. »Die meisten hat Gross mir zur Verfügung gestellt, leihweise natürlich. Aber die, auf der ich zum ersten Mal seinen Namen gefunden habe, habe ich ersteigert. Bei eBay.«

Wiegandt musste unwillkürlich lachen. »Du bist genial, Gaby«, sagte er bewundernd.

Eine leichte Röte zog ihr ins Gesicht. Wiegandt erinnerte sich etwas beklommen daran, dass er schon früher das Gefühl gehabt hatte, Gabriele Wagner hege eine Schwäche für ihn, die über rein dienstliches Interesse hinausging.

Bisher hatte er sich immer erfolgreich hinter seinem Status als Ehemann verschanzen können. Aber nun musste er aufpassen. An sich hasste er die Verquickung von Privatem mit dem Beruf und hatte das im Kollegenkreis auch oft genug durchblicken lassen. Kein Wunder, dass Roland so schadenfroh war, dass es ihn jetzt mit Teresa selbst erwischt hatte.

Aber Gabriele fing sich rasch. »Warum soll man das Internet nicht dafür nutzen. Es ist eine Chimäre, genauso Ursache für all diese Schweinereien, mit denen wir uns tagtäglich befassen, als auch Quelle für Mittel zu ihrer Beseitigung. Komm', lass uns einen Kaffee trinken gehen. Die Kantine fürs Frühstück schließt in zehn Minuten.«

Wiegandt sah auf die Uhr. Zehn Minuten vor zehn. Warum eigentlich nicht? Gabriele Wagner hatte nach der Vernachlässigung in den letzten Wochen wirklich etwas mehr Aufmerksamkeit verdient, auch wenn er sie selbstverständlich rein dienstlich halten würde. Und er musste nicht Tag und Nacht durcharbeiten.

Sie waren schon auf dem Flur, als ihn ein Wachtmeister zurückrief. »Herr Wiegandt, Sie werden am Telefon verlangt«, rief der Mann aufgeregt. »Ein wichtiger Anruf aus Trier. Am Apparat ist Dieter Roland. Er sagt, es dulde keine Sekunde Aufschub.«

Wiegandt wandte sich um und hastete mit schnellen Schritten ins Büro zurück. Sein Magen zog sich schmerzhaft zu einem Klumpen zusammen. Roland war ein eher lethargischer Mensch, jegliche Art von Hysterie war ihm verhasst. Es musste etwas Schlimmes passiert sein, wenn er sich selbst gegenüber einem Wachtmeister so drastisch ausdrückte.

Mit feuchten Händen ergriff Wiegandt den Hörer.

»Dieter?«

»Patrick, bist du das? Du musst sofort nach Trier kommen. Irina Kara ist tot. Wir haben sie gerade gefunden, sie wurde heute Nacht ermordet.«

Ein Stich fuhr Wiegandt durch die Brust und klemmte ihm die Luft ab. »Wie?« Seine Stimme klang mehr wie ein Krächzen.

»Sie wurde erdrosselt.« Roland machte eine Pause.

»Und? Das ist doch nicht alles. Was sonst?«

Roland holte tief Luft. »Wie es aussieht, wurde sie vor ihrem Tod gefoltert.«

Zur gleichen Zeit, als Patrick erneut unter Missachtung aller Geschwindigkeitsgebote nach Trier raste, holte Teresa ihre Post aus dem Briefkasten. Sie war auf dem Weg ins Büro, wo sie vor der Abreise zu ihrem nächsten Auftrag noch eine Menge zu erledigen hatte.

Ihr gepackter Koffer stand bereits an der Haustür. Sie hatte nicht die Absicht, noch einmal zurück zu kommen, sondern wollte gleich vom Büro aus zum Seminar aufbrechen. Obwohl sie unter anderen Umständen die lange Strecke mit dem Zug gefahren wäre, hatte sie diesmal beschlossen, das Auto zu nehmen, obwohl die Fahrt nach Lübeck mit dem kleinen Leihwagen sicherlich außerordentlich unbequem werden würde. Aber sie wagte es nicht, ihren Wagen erneut unbewacht im Parkhaus zurück zu lassen.

Stirnrunzelnd sah sie einige Rechnungen durch, deren Fälligkeit sie vorübergehend vollkommen vergessen hatte. Die Jahresrate für zwei Versicherungen musste bezahlt werden, außerdem die Kfz-Steuer für den BMW. Zusammen fast 700 Euro, die sie überhaupt nicht eingeplant hatte. Sie würde erneut einen Kassensturz machen und sich nach ihrer Rückkehr sofort eine Übersicht über alle laufenden Zahlungen machen müssen, um nicht weiterhin solch unangenehmen Überraschungen ausgesetzt zu sein.

Der letzte Umschlag war braun und wattiert und enthielt irgendetwas Hartes. Unschlüssig drehte Teresa ihn hin und her. Eine Werbesendung konnte es kaum sein, denn er hatte keinen Absender. Einen panischen Moment lang fielen ihr die Berichte von Briefbomben ein, die einige amerikanische Politiker in der letzten Zeit mit der Post erhalten hatten. Aber sie rief sich energisch zur Ordnung und riss den Umschlag auf.

Er enthielt eine V-8-Kassette im selben Format, wie Teresa sie in ihren Seminaren für Aufnahmen benutzte. Die Hülle war nicht beschriftet, auch innen enthielt die Kassette keine Notiz, aus der man auf den Inhalt hätte schließen können.

Seltsam, dachte sie, als sie die Kassette zurück in den Umschlag stopfte. Sie konnte nur von einem Teilnehmer sein, dem sie die Kassette geliehen hatte, weil er sich die Videoaufnahme seines Rollenspiels überspielen wollte, und der sie nun zurücksandte. Allerdings gab Teresa normalerweise nur unbespielte Kassetten heraus, auf denen sich dann nichts als die Aufnahme des Probanden befand. Sie verlangte sie auch nicht zurück, sondern überließ sie dem Teilnehmer zum Selbstkostenpreis.

Sie seufzte. Vielleicht hatte da jemand etwas missverstanden. Aber heute hatte sie wahrlich keine Zeit, sich darum zu kümmern. Achtlos warf sie den Umschlag auf die Kommode neben das Telefon.

Im Auto fiel ihr ein, dass sie die Kassette zum Seminar hätte mitnehmen können, da sie dort sowieso ihre Videokamera aufbauen würde. Aber nun war es zu spät, um zurück zu fahren.

Erst als sie schließlich nach einigen anstrengenden Bürostunden ihre Kameraausrüstung ins Auto stopfte (sie kam in dem kleinen Fiat kaum mit dem Platz aus), fiel ihr auf, dass die Kassette an ihre Privatadresse geschickt worden war. Einen Moment lang war Teresa darüber sehr irritiert.

Sie war erst vor drei Monaten dort eingezogen und es war noch nie ihre Art gewesen, ihre Privatadresse auf Visitenkarten oder Teilnehmerunterlagen zu schreiben. Wieso war die Kassette also nicht in ihr Büro gesandt worden?

Dann fiel ihr ein, wie schlampig Teilnehmer oft mit ihren Unterlagen umgingen. Vielleicht hatte der Absender die Unterlage mit ihrer Büroanschrift einfach verloren. Und die Telecom gab ja neuerdings auch Auskunft über Adressen. Wahrscheinlich hatte der Teilnehmer einfach ihre Privatadresse bekommen, als er sich nach ihr erkundigt hatte.

Seufzend schlug Teresa den Kofferraumdeckel zu. Mindestens sechs Stunden anstrengende Fahrt lagen vor ihr. So schön die Nacht mit Patrick auch gewesen war, der Schlafmangel machte sich schon jetzt deutlich bemerkbar. Sie war todmüde, ohne auch nur einen einzigen Kilometer gefahren zu sein. Da war jetzt kein Raum für Grübeleien über Belangloses.

Mit einem erneuten Seufzer kurbelte sie die Fensterscheibe des Kleinwagens bis zum Anschlag herunter und ließ die weiche, süß duftende Frühlingsluft ein. Dann fuhr sie in den sonnigen Spätnachmittag Richtung Norden.

Kapitel 44

Am nächsten Vormittag saßen Wiegandt, Roland, Enders und Berger zusammen mit einigen ausgewählten Beamten der beiden Mordkommissionen Gorges und Meyers mit finsteren Gesichtern im großen Konferenzzimmer des Trierer Polizeipräsidiums und lauschten dem Bericht des leitenden Gerichtsmediziners. Wie zum Hohn ihrer düsteren Stimmung schien draußen eine strahlende Frühlingssonne von einem tiefblauen Himmel, was in dem nicht klimatisierten Raum trotz der frühen Uhrzeit (es war gerade halb zehn) schon eine unangenehme Hitze zur Folge hatte.

Angewidert starrten sie auf die Bilder der furchtbar zugerichteten Leiche Irinas, die Dr. Markus Lutz mit dem Beamer auf eine Leinwand projizierte.

»Wie lange hat es gedauert?« Bergers Stimme klang heiser, als er den Doc mitten in der Beschreibung einer der vielen Verletzungen unterbrach.

»Ich schätze, so etwa zwei Stunden«, antwortete Lutz.

»Bitte fassen Sie den Befund doch zusammen«, bat Wiegandt. »Wir lesen die Details dann später im Bericht nach.«

Er sprach allen aus der Seele, dies merkte selbst der Doc, der sich ansonsten durch einen auffallenden Mangel an Sensibilität gegenüber den Reaktionen anderer auf seine pathologischen Schilderungen auszeichnete. Teresa würde diese Haltung wahrscheinlich zu den Abwehrmechanismen zählen, schoss es Patrick flüchtig durch den Kopf.

»Also gut, meine Herren«, Lutz wischte sich den Schweiß mit einem großen karierten Taschentuch von der Stirn. »Irina Kara starb in der Nacht zum Montag, wahrscheinlich zwischen ein und zwei Uhr. Der Tod trat durch Erdrosseln mit einem Stahlseil ein, welches ihr von hinten um den Hals gelegt wurde, so eine Art Garotte. Im Moment ihres Todes war sie wahrscheinlich nicht mehr bei Bewusstsein. Als Folge von schweren Schlägen im Gesicht- und Kopfbereich war eine Gehirnblutung aufgetreten, die ebenfalls zum Tode geführt hätte.

Wasser in ihrem Magen sowie den Atemwegen weist zudem darauf hin, dass sie vor ihrem Tod immer wieder mit dem Kopf unter Wasser gedrückt worden ist, wahrscheinlich in der Badewanne der Wohnung, in der die Leiche gefunden wurde. Am Wannenrand wurden ihre Fingerabdrücke und Blutspuren von ihr gefunden.

Der Zustand der Hämatome im Gesicht und am Körper weist darauf hin, dass die ersten Schläge ca. zwei Stunden vor dem Eintritt des Todes verabreicht wurden. Allein diese Schläge hätten, wie gesagt, ohne ärztliche Behandlung später zum Tod durch die Gehirnblutung geführt. Es kann aber sein, dass Irina Kara dadurch schon vorher ohnmächtig wurde, oder auch später durch die Tauchattacken. Die vielen Brandwunden, die eindeutig von Zigaretten stammen, könnten daher auch als Methode verwendet worden sein, die Leblose wieder zu Bewusstsein zu bringen.«

»Vielen Dank, Doc«, unterbrach diesmal Roland und sah sich in der Runde um. »Was haben die Ermittlungen darüber ergeben, wann Irina Kara zuletzt lebend gesehen wurde?«

Ein schmächtiger Beamter aus Rolands Ermittlungsgruppe mit Namen Stephan meldete sich zu Wort. Trotz seines unscheinbaren Äußeren zählte er zu den tüchtigsten Mitarbeitern von Roland, wie Wiegandt wusste.

»Ihren letzten Freier bediente Irina am Sonntagabend gegen 21 Uhr. Es war ein alter Kunde, der der Stundenhotelwirtin bekannt war, als Irina mit ihm eincheckte. Er ist Inhaber einer kleinen Elektrofirma in Trier-Euren und seit Jahren geschieden. Es war ein Stammkunde von Irina. Sein Name ist Peter

Manz. Er verließ Irina gegen 21.45 Uhr und versichert glaubhaft, dass keine einzige der Verletzungen mit seinem Besuch bei ihr zu tun hat. Es kam zu Oral- und Analverkehr, aber ohne Gewalt. Auch die Stundenhotelwirtin und weitere Prostituierte, die Manz gelegentlich aufsuchte, bestätigen, dass er nicht zur Gewalttätigkeit neigt.

Manz hielt sich danach noch zwei weitere Stunden in dem Puff auf, wo er sich diverse Stripshows ansah, und fuhr dann gegen 24 Uhr mit einem Taxi nach Hause. Dies wird von weiteren Zeugen einschließlich des Taxifahrers bestätigt. Manz dürfte somit als Täter mit an Sicherheit grenzender Wahrscheinlichkeit ausscheiden.«

»Hat Manz Irina als Letzter lebend gesehen?« fragte Enders.

Stephan schüttelte den Kopf. »Unmittelbar nachdem Manz wegging, sah die Stundenhotelwirtin, dass Irina das Gebäude verließ. Sie sah sie zwar nur von hinten und sprach nicht mit ihr, da sie gerade von der Toilette kam, aber sie ist sich sicher, dass es Irina war. Sie erkannte sie an ihren roten Haaren und dem für sie typischen Outfit.«

»Hat denn eins der Mädchen Irina noch mal auf der Straße gesehen?«

Stephan schüttelte den Kopf. »Angeblich nicht. Aber die waren alle gestern völlig verängstigt, so dass auf ihre Aussagen kaum Verlass sein dürfte.«

»Wem gehört die Wohnung, in der der Mord geschah?«

Ein anderer Beamter namens Stern, diesmal aus Enders Truppe, ergriff das Wort. »Die Wohnung gehört zu einer bezugsfertigen, aber noch nicht bewohnten Anlage in Trier-West, die von einer Wohnungsbaugesellschaft errichtet wurde. Die ersten Mieter sollen im Juli einziehen. Sowohl die Haustür zur Anlage als auch die Wohnungstür wurden mit Dietrichen geöffnet. Niemand hat etwas gehört oder gesehen, was auch unwahrscheinlich ist, da die Anlage versetzt am Ende einer Sackgasse liegt und durch eine Grünfläche von der Strasse getrennt ist. Der Hausmeister, der den Heizungsbauern heute Morgen die Wohnungstüren öffnete, fand die Leiche. Er wohnt selbst auch noch nicht in der Anlage.

Die Ermittlungen in der Straße laufen noch. Unsere Beamten gehen von Tür zu Tür und suchen Zeugen, aber bisher hat sich noch nichts Brauchbares ergeben.«

Die Gruppe am Tisch nahm Sterns Bericht mit grimmigem Schweigen zur Kenntnis.

»Patrick, berichte uns bitte von den Ergebnissen der Durchsuchung von Irinas Wohnung.«

Wiegandt, der den ganzen gestrigen Tag damit verbracht hatte, das kleine Apartment in einem Hochhaus am Moselufer zu durchsuchen, in dem Irina gelebt hatte, wenn sie nicht im Dienst war, holte tief Luft.

»Die Durchsuchung hat nichts ergeben, was in einem unmittelbaren Zusammenhang zu ihrem Tod oder den anderen Morden stehen dürfte. Das einzige von Bedeutung, was wir gefunden haben, ist dieses Foto.«

Wiegandt verteilte Abzüge an die anderen Teilnehmer der Konferenz. Bis auf Roland, der die Ergebnisse bereits kannte, starrten alle verständnislos auf die Aufnahme. Sie zeigte eine blonde Frau von etwa 40 Jahren, die lässig an einem Geländer lehnte, welches wohl einen Abhang auf den Moselhöhen begrenzte. Im Hintergrund sah man schwach den Fluss und einige Gebäude von Trier.

»Dies ist Eva Schneider«, kam Wiegandt den Fragen der Kollegen zuvor. »Sie ist eine alte Freundin und Leidensgenossin von Irina, von der wir bisher nur wussten, dass sie vor vielen Jahren in München zusammen auf den Strich gingen und

Pornovideos gedreht haben. Zwar lebte Eva bis vor kurzem auch einige Jahre in Trier, aber in bürgerlicher Existenz. Bisher war es unklar, ob der Kontakt sich über all die Jahre erhalten hatte oder erneuert wurde. Jetzt wissen wir, dass die beiden zumindest seit Evas Umzug nach Trier wieder Kontakt gehabt haben dürften.«

»Und wo liegt des Pudels Kern?« fragte Enders verständnislos. »Von dieser Eva Schneider habe ich bisher noch nie etwas gehört.«

»Eva Schneider war fünf Jahre lang bei Meyers Logistik beschäftigt. Davon circa drei Jahre als Privatsekretärin von Meyers. Zumindest solange sie Sekretärin war, war sie gleichzeitig Meyers Maso-Gespielin, wovon auch einige der Videoaufnahmen zeugen, die wir nach Meyers Ermordung in seinem Büro konfisziert haben.« Roland, der das Wort übernommen hatte, machte eine kleine Pause und sah in die Runde.

»Vor ca. sechs Monaten verließ Eva Schneider Trier und nahm im Dezember eine Stellung als Sekretärin bei Teresa Freudenberger an, die wiederum Werner Meyers Leiche entdeckte. Eva Schneider hatte einen Termin zwischen Teresa Freudenberger und Werner Meyers vereinbart, für denselben Tag, an dem der Mord geschah.«

»Was hat das denn alles miteinander zu tun? Worauf wollt ihr hinaus?« fragte Berger.

»Wir wissen nicht, worauf es hinauslaufen könnte. Aber wir glauben nicht an so viele Zufälle. Zum jetzigen Zeitpunkt nehmen wir an, dass Eva Schneider wahrscheinlich bis vor kurzem Kontakt zu Irina Kara hatte. Eventuell weiß sie etwas, was uns von Nutzen sein könnte.«

»Und warum fragt ihr sie nicht?«

»Sie ist seit fast sieben Wochen auf einer Reise durch Südamerika und kommt jetzt am Freitag zurück. Wir werden sie bereits in Frankfurt erwarten und zur Sache vernehmen«, kündigte Wiegandt an.

»Sicher ist, dass Irina Kara etwas über den Mord an David Gorges wusste«, fügte Roland hinzu. »Wir waren kurz davor, sie als Zeugin zu gewinnen. Wir glauben daher auch, dass ihr schrecklicher Tod damit zu tun haben könnte. Was wir nicht wissen«, Roland machte erneut eine bedeutungsvolle Pause, »ist, wie jemand Kenntnis von Irinas Rolle bekommen konnte. Außer Patrick und mir wusste niemand Bescheid.«

Die Kollegen starrten einander betroffen an. »Du glaubst?«, Enders stockte und führte den Satz nicht zu Ende.

»Ja«, nickte Wiegandt grimmig. »Schon seit die Videokassetten aus der Asservatenkammer verschwunden sind, müssen wir davon ausgehen, dass es hier im Präsidium eine undichte Stelle gibt. Dennoch ist uns schleierhaft, wie jemand von unseren Kontakten zu Irina erfahren konnte«, ergänzte er begütigend auf das erregte Gemurmel am Tisch. »Wir vermuten nur, aber wir wissen nicht genau, ob ihr Tod etwas mit dem Mord an David Gorges zu tun hat. Das werden erst weitere Ermittlungen zeigen können.«

Er sah Berger direkt in die Augen. Dieser hielt dem Blick jedoch stand.

Erschöpft ließ er sich auf eine Bank am Moselufer sinken. Seit zwei Stunden war er immer wieder ziellos auf und ab gelaufen, ohne zu einem Ergebnis oder zu einer Entscheidung zu gelangen.

Er war ein erfahrener Spieler. Er wusste, wann er verloren hatte und die Karten nicht gut für ihn aussahen.

Am gestrigen Abend hatte ihn sein Schwiegervater überraschend zu Hause aufgesucht und in einem schonungslos offenen Gespräch mit seiner ihm mittlerweile in voller Tragweite bekannten Schuldenmisere konfrontiert. Währenddessen hatte die fassungslos weinende Katrin ein paar Sachen für sich und die Kinder in einen Koffer gepackt. Ihr Vater hatte sie vor die Wahl gestellt, Berger sofort zu verlassen und die Scheidung einzureichen oder in den nächsten Tagen gepfändet zu werden.

Nur unter der Bedingung der sofortigen Trennung hatte sich Katrins Vater ein letztes Mal bereit erklärt, den auf Katrin als Ehefrau entfallenden Anteil der Schulden zu übernehmen und die Bank damit zunächst von der drohenden Zwangsversteigerung des Neubaus abzubringen. Berger jedoch würde, daran hatte er keinen Zweifel gelassen, auf jeden Fall auf seinem Teil der Schulden sitzen bleiben.

Nur noch darum ging es jetzt. Katrin würde nicht zu ihm zurückkehren, darin war sich Berger sicher. In ihren Augen hatte er jeglichen Kredit verloren und sie würde den endgültigen Bruch mit den Eltern niemals wagen auf die unbestimmte Option hin, dass er den Karren doch noch aus dem Dreck ziehen könnte.

Und Wiegandt, dieser schleimige Mistkäfer aus Mainz, hatte Verdacht geschöpft. Auch darin war sich Berger sicher. Verdacht geschöpft und den schon herausposaunt. Zumindest Roland war informiert, vielleicht auch schon ein Teil seiner Ermittlungsgruppe. Lange würde es nicht mehr dauern, bis sie ihn öffentlich damit konfrontieren würden. Es fehlten ihnen nur noch die endgültigen Beweise.

Berger stand vor den Trümmern seiner Existenz. Und vor denen seiner Selbstachtung. Vergeblich versuchte er sich einzureden, dass er sich niemals als Spitzel für Wolf hergegeben hätte, wenn er auch nur geahnt hätte, welche widerlichen Verbrechen die Bande begehen würde. Wolf hatte ihn gezielt ausgesucht, von Anfang an von seiner Misere gewusst und daraus

Kapital für sich geschlagen.

Die Spielsucht hatte ihn fest im Griff, auch jetzt noch. Seine letzten Münzen hatte er in einer Uferkneipe an einem Spielautomaten verjubelt, das war weniger als eine halbe Stunde her. Er hatte nicht einmal mehr genug Kleingeld gehabt, um das Bier bezahlen zu können, das er bestellt hatte. Der gutmütige Wirt, der ihn die halbe Stunde über verstohlen beobachtet hatte, in der er immer wieder neue Eurostücke in die Geräte gesteckt hatte, hatte ihm die 20 Cent erlassen, die ihm am Ende fehlten. »Ich hole sie mir aus dem Automaten«, hatte er mit einer Mischung aus Gutmütigkeit und Verachtung gesagt, die Berger fast ebenso hart getroffen hatte wie das Entsetzen seiner Ehefrau und die kalte Missbilligung von Wiegandt.

Und dennoch - er fühlte das vertraute Prickeln auf der Haut - wenn er noch eine Chance hätte, und sei es nur mit 1.000 Euro, dann würde es bestimmt klappen. Neulich in Wiesbaden hatte er in einer Glückssträhne sechsmal hintereinander auf Rot gesetzt, jedes Mal die ganze Summe, und gewonnen. Es waren nahezu 100.000 Euro gewesen, die er dann beim siebten Mal verloren hatte. Daraus war er schlau geworden. Diesmal würde er aufhören, wenn der Trip sich gelohnt hatte.

Mittlerweile war es fast sechs Uhr geworden. Unwillkürlich hatte Berger den Weg zurück zum Präsidium eingeschlagen. Er würde den Wagen verkaufen, hatte er beschlossen. Da müsste es doch schnelle Möglichkeiten geben und der war sicher noch seine 30.000 Euro wert. Zwar hatte er seinem Schwiegervater am Vorabend versprochen, nichts mehr zu verkaufen, mit dem Schulden beglichen werden könnten, aber was sollte es. Noch hatte er den Kfz-Brief nicht herausgegeben, daran hatte der Alte in all der Aufregung gestern gar nicht gedacht.

Und wenn er nur zweimal gewänne, hätte er 120.000 Euro, genug, um sich aus dem Staub zu machen und woanders ganz von vorne anzufangen. Ja, so würde er es machen.

Mit etwas mehr Mut betrat Berger das Präsidium und grüßte flüchtig den Beamten, der an der Pforte saß. Er war schon fast an dem Glaskasten vorbei, als der Mann ihn anrief.

»Herr Berger? Da ist eben etwas für Sie abgegeben worden.« Er reichte ihm einen braunen wattierten Umschlag. »Sie leiten doch die Ermittlungen im Fall des kleinen David Gorges?«

»Ja, das ist richtig«, bog Berger die Wahrheit etwas gerade. An sich war Enders der Leiter der Gruppe. Aber er war immerhin sein Stellvertreter.

Nachdenklich betrachtete er den Umschlag. »An den Leiter der Ermittlung Gorges«, stand da in ungelenken Großbuchstaben. Kein Absender.

Auf dem Weg ins Büro, wo er auch den Kfz-Brief seines BMWs verwahrte, riss Berger den Umschlag auf. Eine Kassette fiel scheppernd auf die grauen Fliesen des Fußbodens. Die Hülle sprang auf.

Erschrocken klaubte Berger die kaputte Hülle nebst der heraus gefallenen Kassette auf und sah sich unauffällig um. Zum Glück war niemand zu sehen. Schnell betrat er sein Büro und schloss von innen ab. Dann besah er sich seinen Fund.

Es war eine V-8-Kassette ohne Beschriftung. Der kleine rote Hebel war umgeklappt, so dass die Kassette nicht versehentlich überspielt werden konnte. Somit trug sie dasselbe Erkennungszeichen, das ihm vor einigen Wochen dazu gedient hatte, bestimmte Videokassetten aus der Sammlung von Meyers in der Asservatenkammer zu identifizieren und zu stehlen.

In seinem verschlossenen Büroschrank verwahrte Berger auch eine kleine Videokamera, die er vor einem Jahr zu privaten Zwecken erworben hatte. Wie der Kfz-Brief war auch sie als Gegenstand von Wert schon länger ins Büro gewandert, um als eiserne Reserve fürs Pfandhaus zu dienen, falls er dringend und überraschend Bargeld benötigte. Der Akku war noch geladen, wie Berger sah, als er die Kamera anknipste. Er hatte zuletzt seine Kinder auf dem Spielplatz gefilmt.

Mit zitternden Händen betätigte Berger den Eject-Hebel und warf die andere Kassette aus. Dann schob er die neue hinein, drückte auf Play und schaute gespannt durch den Sucher.

Was er dann sah, ließ ihn zunächst zu Eis erstarren.

Im ersten Schock kontrollierte er noch einmal, ob seine Tür wirklich verschlossen war, ließ dann die Jalousien herunter und zwang sich trotz seiner aufsteigenden Übelkeit tief atmend zur Ruhe. Es dauerte über zehn Minuten, bis er sich imstande fühlte, das ganze Band anzusehen.

Würgend erbrach er sich danach ins Waschbecken, bis sein Magen nur noch grüne Galle von sich gab. Aber noch während er das Erbrochene mit Tüchern aufwischte und die Reste durch den Abfluss zu entfernen versuchte, dämmerte ihm, was dies für ein Glücksfall war. Schemenhaft reifte ein letzter Plan.

Die Kassette spielte ihm Wolf völlig in die Hände, wenn er es geschickt genug anstellte. Diese Chance musste er nutzen.

Nun wusste er endlich, wonach sie die ganze Zeit so verzweifelt gesucht hatten. Und mit 100.000 Euro würden sie ihm dafür nicht davon kommen.

Kapitel 45

Drei Tage später stieg Teresa wie zerschlagen aus ihrem Auto. Das Seminar war anstrengend gewesen, aber nichts gegen die über sechsstündige Rückfahrt in dem kleinen unbequemen Leihwagen. Am Montag der nächsten Woche würde sie endlich ihren mittlerweile reparierten BMW zurückbekommen. Teresa konnte es kaum erwarten.

Trotz der späten Stunde hatte sich Patrick noch für einen Besuch angekündigt. Teresa sah ihm mit gemischten Gefühlen entgegen. Irgendetwas Furchtbares schien in Trier in der Zwischenzeit passiert zu sein, so viel hatte sie den nur kurzen Telefonaten entnommen, zu denen sie beide zwischen Ermittlungen in Trier und Seminareinheiten in Lübeck gekommen waren.

Einzelheiten hatte Patrick am Telefon nicht mitteilen wollen, da er über irgendetwas nur unter vier Augen mit ihr reden könne, wie er geheimnisvoll bedeutet hatte. In keinem der Gespräche war auch nur eine Spur von Erotik zwischen ihnen aufgekommen, so dass Teresa, die nach der stürmischen Sonntagnacht voller Hochstimmung gewesen war, schon wieder Zweifel gekommen waren, ob sie nicht viel zu früh dabei war, sich erneut zu binden.

Da sie keine Lust mehr hatte, heute noch ins Büro zu fahren, nahm sie neben dem Koffer auch die Videoausrüstung aus dem Auto. Als sie mit dem Fuß die Haustür aufstieß, in beiden Händen ihr Gepäck, bemerkte sie überrascht, dass Patrick schon auf sie wartete. Er saß im Dunkeln im Wohnzimmer auf der beigen Velourledercouch und knipste das Licht auf dem Beistelltisch an, als er sie kommen hörte.

»Teresa, bist du das?«

»Wen erwartest du denn sonst in meiner Wohnung«, antwortete sie mit einem matten Versuch, ihn zu necken.

Er ging nicht darauf ein.

»Komm' bitte herein, ich muss mit dir reden.«

Teresa stutzte. »So habe ich dich ja noch nie erlebt. Was ist denn um Himmels Willen passiert?«

Die Antwort kam brüsk und unvermittelt. »Irina Kara ist in der Nacht zum Montag ermordet worden.« Seine Stimme klang hart. »Vor ihrem Tod wurde sie zusammengeschlagen und zwei Stunden gefoltert.«

»Mein Gott«, Teresa spürte, wie ihr die Knie nachgaben. Sie sank auf einen Sessel. »Weiß man schon, wer es war?«

»Nein. Aber wir vermuten, dass Wolf und seine Bande dahinter stecken.«

»Aber warum?«

Patrick knipste jetzt auch das Deckenlicht an. Im grellen Schein sah er zehn Jahre älter aus als am Sonntag. Erst jetzt bemerkte Teresa, dass er sich seit Tagen nicht mehr rasiert hatte. Dunkle Bartstoppeln bedeckten sein Kinn.

»Irina hatte Verbindung zu unserem V-Mann in der Szene. Sie war kurz davor, als Zeugin gegen Wolf auszusagen. Sie wusste von den Snuff-Videos, wahrscheinlich auch vom Mord an David Gorges.«

»Aber woher weißt du das?«

»Ich habe selbst mit ihr darüber gesprochen.« Seine Stimme schwankte.

Eine Welle von Mitgefühl erfasste Teresa. »Ach, Patrick«, sagte sie hilflos und wollte im Versuch, ihn zu trösten, sanft über seine Wange streichen. Aber er packte ihre erhobene Hand und hielt sie wie in einem Schraubstock fest. Dabei sah er ihr gerade in die Augen.

»Teresa«, sagte er hart. »Hör mir zu. Vorgestern ist es uns gelungen, eines der völlig verängstigten Mädchen, die mit Irina auf der Straße waren, zum Reden zu bringen. Anfangs dachten wir, sie rede wirres Zeug oder hätte Sprachprobleme. Aber sie wiederholte immer wieder, dass eine fremde Nutte am Samstag im Revier aufgetaucht sei und mit Irina gesprochen hätte. Vorher sei diese Nutte schon einmal da gewesen. Da habe sie ein großes grünes Auto gefahren und hätte wie eine elegante Dame ausgesehen. Später am Samstagabend sei Irina dann auf einmal verschwunden gewesen und ein Lude namens Pjotr hätte nach ihr gesucht und ein Mädchen vor Wut geschlagen, als er Irina nicht finden konnte. Man munkele, Irina habe sich mit der Nutte getroffen, die ein verkleideter Polizeispitzel gewesen sei.«

Teresa war leichenblass geworden. Patrick stöhnte vor Entsetzen laut auf. »Oh, nein, Teresa, sag' mir, dass das nicht wahr ist. Sag' mir, dass du nichts mit dieser Sache zu tun hast. Oh mein Gott, warum hast du das nur getan?«

Er ließ sie los und vergrub sein Gesicht in den Händen.

Teresa wurde es schwarz vor Augen. Alles begann sich um sie zu drehen. Mit knapper Not schaffte sie es gerade noch zur Toilette und erbrach sich würgend in die weiße Porzellanschüssel. Dann begann sie hemmungslos zu schluchzen. Patrick, der ihr nachgekommen war, sah stumm auf sie hinunter.

»Das wollte ich nicht, glaub' mir doch, Patrick, das wollte ich nicht. Ich hätte mir nie vorgestellt, dass so was passieren könnte.« Ihre Worte waren kaum zu verstehen. Der Weinkrampf warf sie auf den bunten Badezimmerteppich, auf dem sie sich wenige Tage zuvor noch geliebt hatten. Hilflos setzte sich Patrick auf den Rand der Wanne.

Schließlich riss er sich mit Gewalt zusammen. Sanft rüttelte er Teresa an den Schultern und zog sie schließlich hoch. Er legte ihr die Hand unters Kinn und zwang sie, ihn anzusehen.

»Teresa«, jetzt klang wieder eine Spur der alten Zärtlichkeit in seiner Stimme mit. »Du kannst jetzt nichts mehr daran ändern. Irina ist tot. Aber du kannst uns helfen zu verstehen, was zu ihrem Tod geführt haben könnte. Warum hast du Kontakt zu ihr aufgenommen und noch dazu in so einer Aufmachung?«

Schluchzend erzählte Teresa ihre Geschichte. Von ihrer Angst vor weiteren Anschlägen auf sie oder ihr Eigentum, ihrer Vermutung, dass Patrick sie nicht ernst nähme und ihrer Absicht, die Dinge schließlich selbst in die Hand zu nehmen. Dass sie das erste Mal von Irina so schnöde abgewiesen worden sei und daher die Idee, sich als Nutte zu verkleiden, für gut gehalten hätte, um unauffällig an Irina heranzukommen.

Sie erzählte auch von ihrem heimlichen Treffen an der Mariensäule und ihrem Eindruck, dass Irina große Angst gehabt hätte. Die Informationen über Evas Vorleben und ihre Beziehung zu Irina waren Patrick größtenteils schon durch Gabrieles Recherchen bekannt. Neu war ihm nur, dass Evas Kind mit sieben Jahren ums Leben gekommen war.

Allerdings hatte Irina auch Teresa nichts erzählt, was ein neues Licht auf die Morde an David Gorges oder Werner Meyers geworfen hätte.

Schließlich schwieg Teresa erschöpft. Sie fühlte sich vollkommen ausgelaugt und zermarterte sich vergeblich das Hirn nach weiteren Einzelheiten, die von Bedeutung sein könnten. Irgendetwas war da noch, was sie übersehen hatte und was ihr beim Gespräch mit Irina gleich seltsam vorgekommen war. Aber ihr fiel nicht ein, was es war.

»Patrick«, unterbrach sie schließlich zaghaft das Schweigen zwischen ihnen. »Glaubst du wirklich, dass mein Treffen mit Irina ihren Mord zur Folge hatte?«

»Teresa, ich weiß es nicht«, sagte Patrick müde. Traurig sah er sie an. »Warum hast du mir nur so wenig vertraut?«

»Warum hast du mir nicht vertraut?« gab Teresa zurück.

»Warum hast du mir nicht gesagt, welche Bedeutung Irina für euch hatte und dass du selbst in Kontakt mit ihr standest? Warum hast du mich stattdessen in dem Glauben gelassen, dass du sie nur für eine nebensächliche Person des Geschehens hältst?«

»Teresa, ich hatte es Dieter Roland versprochen, dass ich niemandem, insbesondere dir nicht, Irinas Rolle verrate. Dieter missbilligt unsere Beziehung bereits die ganze Zeit und hat mich zum Schweigen verpflichtet. Er hatte Angst, dass ich dir geheime Ermittlungsergebnisse preisgebe und du nicht vertraulich damit umgehst.«

Teresa lachte kurz und trocken auf. Auch dieses Geräusch klang eher wie ein Schluchzen. »Und du, Patrick Wiegandt, hattest du auch diese Angst? Hast du auch geglaubt, dass ich mich an die nächste Straßenecke stelle und mit einem Megaphon jeden davon unterrichte, dass Irina, eine Nutte aus Trier, eure V-Frau in einer Snuff-Video-Ermittlung ist. Mein Gott«, jetzt weinte sie wieder. »Und du willst wegen mir deine Frau verlassen!«

»Teresa, das eine hat doch mit dem anderen nichts zu tun.« Jetzt war er in der Defensive.

»Nein?« Teresa blitzte ihn an. »Weißt du, wie leid ich es bin, von allen Männern in meinem Leben wie ein dummes Huhn behandelt zu werden? Ich habe mir alles im Leben erkämpft und erarbeitet und dennoch glaubt jeder Mann, der mir nahe kommt, ich hätte nicht mehr Hirn als eine Maus. Und bestimmt hernach über mich, als sei ich eine Puppe.«

Sie wusste, dass sie Patrick mit diesen Vorwürfen zum Teil Unrecht tat. Aber das, was mit Irina passiert war, tat zu weh. Ihre Verzweiflung brauchte ein Ventil.

»Nie hätte ich mich selbst eingemischt, wenn du mir am Freitag versprochen hättest, dass du mit Irina reden würdest.

Sie könnte heute noch leben, wenn du mir nur das gesagt hättest. Mehr wollte ich doch gar nicht.«

Abrupt stand sie auf. »Vertrauen ist die Basis jeder Beziehung. Und ich kann mich nicht schon wieder auf einen Mann einlassen, der mir nicht vertraut, sondern über meinen Kopf hinweg für mich entscheidet. Ich glaube, es ist am Besten, wenn du jetzt gehst.«

»Teresa«, Patricks Stimme klang jetzt eindringlich und zärtlich zugleich. »Es tut mir Leid, wenn ich dich verletzt habe. Aber wir haben alle beide eigenmächtig entschieden, was das Richtige ist, anstatt gemeinsam zu beschließen, was gut ist. In letzter Instanz werden wir nie wissen, ob und was dies zu Irinas Tod beigetragen hat. Wir werden mit der Schuld leben müssen. Uns jetzt auch noch den Trost zu nehmen, einander beizustehen, würde nichts besser machen. Deshalb lass' dem einen Unglück nicht das andere folgen. Ich liebe dich von ganzem Herzen. Am Sonntag treffe ich Tanja und werde ihr sagen, dass ich sie verlassen werde. Bitte gib' uns beiden diese Chance.«

Mit tränennassen Wangen sah Teresa zu ihm auf. Er sah sie mit einer Mischung aus Angst und Zärtlichkeit an. Das war der Blick, den sie sich in ähnlichen Situationen von Marcel immer gewünscht und nie bekommen hatte. Aufschluchzend ließ sie zu, dass er in die Arme nahm und wiegte wie ein Kind.

Mitten in der Nacht schreckte sie hoch. Patrick schnaufte unwillig im Schlaf und drehte sich geräuschvoll auf die andere Seite.

»Patrick, Patrick«, aufgeregt rüttelte Teresa ihn an der Schulter. Patrick fuhr auf. »Was ist denn«, seufzte er gequält. »Ich war gerade ein bisschen eingeschlafen.«

»Patrick, ich weiß jetzt, was mir so komisch vorkam bei meinem Gespräch mit Irina an der Mariensäule. Sie hat kein einziges Mal erwähnt, dass Eva gerade in Südamerika ist, so als ob sie es nicht wüsste. Aber sie hat mich auch kein einziges Mal gefragt, warum ich Eva all diese Dinge nicht selbst frage, sondern mich stattdessen mit ihr getroffen habe. Das ist doch komisch, meinst du nicht?«

Patrick dachte kurz nach. »Ja, das ist wirklich merkwürdig. Aber vielleicht hat sie dich eben deshalb nicht gefragt, warum du nicht selbst mit Eva redest, weil sie wusste, dass sie gar nicht da ist. Wie dem auch immer sei«, er ließ sich zurück in die Kissen sinken. »Morgen Nachmittag wissen wir mehr.«

Ein trüber Morgen dämmerte heran und vertrieb nur zögernd die bleierne Schwere der Nacht. Nebelschwaden hingen über dem Rheintal und erstickten die Farben der Frühlingsblumen. Nichts deutete darauf hin, dass noch gestern ein so herrlicher Tag gewesen war.

Teresa saß schon seit vier Uhr früh in der Küche und trank kalt gewordenen Kaffee aus einer henkellosen Tasse. Sie gehörte zu einem Frühstücksset, das sie einst Marcel geschenkt hatte, als sie noch nicht zusammen wohnten. Bei ihrem Auszug aus der Wohnung hatte er ihr Teller, Tassen und Untertassen in den Hausflur nachgeworfen, wo das meiste auf den Fliesen zerschellt war. Nur diese Tasse war bis auf den abgesprungenen Henkel heil geblieben.

Flüchtig erinnerte sich Teresa an die groteske Szene. Sie hatte die Tasse spöttisch aufgehoben und in einen der Kartons gestopft, die sie gepackt hatte. Mit beißendem Sarkasmus hatte sie ihm vorher damit zugewinkt. »Ist dir klar, dass du hier Werte vernichtet hast«, hatte sie ihm in Anspielung auf seinen ewigen Geiz zugerufen. »Aber danke für diese Symbolik. Sie trifft ins Schwarze. Was ich von dir bekommen habe, war nie auch nur ein Bruchteil dessen, was ich gegeben habe. Und nicht einmal das bekomme ich unbeschadet zurück.«

Dann war sie aus der Villa, die sie einst so geliebt hatte, heraus stolziert, ohne sich noch einmal umzudrehen. Im Auto hatte sie einen minutenlangen Weinkrampf erlitten.

Heute, im trüben Licht des grauen Morgens, kam ihr dies alles unwirklich vor. Wie konnte es sein, dass sie jetzt hier an einem Küchentisch in einer kleinen Wohnung saß und ein Mann, den sie kaum kannte, an Marcels Stelle in ihrem Bett schlief? Dass sie nie wieder in die Villa am Rhein zurückkehren würde. Dass dort niemals ihre Kinder spielen würden, wie sie es sich all die Jahre vorgestellt hatte. Dass sie niemals mit Marcel glücklich sein würde, wie sie es sich so sehnlichst gewünscht hatte.

Kraftlos und deprimiert fragte sie sich, wie sie überhaupt die Kraft gefunden hatte, Marcel zu verlassen. Allein auf sich gestellt, mit 39 Jahren, ohne große Ersparnisse, mit nichts im Gepäck als ihrem Können und ihrer Fähigkeit, sich auch unter widrigsten Umständen zu Höchstleistungen zu zwingen.

Und anstatt wenigstens frei und unabhängig zu werden, war seither alles schief gegangen. Sie hatte eine Mitarbeiterin eingestellt, die eine ehemalige Nutte war und noch heute abstoßende masochistische Gelüste auslebte. Die die Geliebte eines potenziellen Kinderschänders oder sogar Kindermörders gewesen war. »Du kennst die Menschen nicht wirklich«, hörte sie Marcel sagen, so wie er oft reagiert hatte, wenn sie von jemandem, dem sie vertraut hatte, enttäuscht worden war. »Du bist zu naiv und blauäugig.«

Und wie Recht hatte er letztlich behalten. Sie war beim Vorstellungstermin für ihren ersten wirklich großen Auftrag in einen abscheulichen Mord verwickelt worden. Die Firma, für die sie als Beraterin hatte arbeiten wollen, war vielleicht eine Deckfirma zum Vertrieb von Kinderpornografie übelster

Sorte. Und sie hielt den Kontakt nur, damit niemand Verdacht schöpfte, ohne zu wissen, wovon sie im Herbst dieses Jahres überhaupt leben sollte.

Ihre Wohnung und ihr Büro waren durchwühlt worden, sie selbst war mit knapper Not einem Mordanschlag entkommen. Und hatte im eigenmächtigen Versuch, sich zu schützen, eine wichtige Zeugin der Polizei in den Tod gerissen.

Und in ihrem Bett lag ein Mann, den sie erst seit knapp sechs Wochen kannte und der wegen ihr seine Frau verlassen wollte. Konnte das überhaupt gut gehen oder wiederholte sie auch hier die gleichen Fehler erneut?

Die Gedanken rasten genauso durch ihren Kopf, wie es dieses russische Mädchenduo in seinem Lied beschrieben hatte. »*All the things, she said, running through my head, running through my head ...*"

Kraftlos setzte sie die kaputte Tasse ab. Sie musste irgendetwas tun, um diesen Teufelskreis zu durchbrechen. Sonst würde sie den Rest des Tages depressiv in ihrem Bett liegen, diesen Zustand kannte sie schon aus früheren Krisenzeiten in ihrem Leben. Aber was sollte sie tun?

Suchend sah sich Teresa in der Küche um. Zum Joggen fühlte sie sich zu schwach, außerdem hatte es draußen zu nieseln begonnen. Ein heißes Bad würde sie nur noch müder machen und außerdem am frühen Morgen, es war erst sechs Uhr, die Nachbarn in diesem hellhörigen Haus erneut aus dem Schlaf reißen. Schon nach ihrem nächtlichen Bad mit Marcel hatte sie am nächsten Morgen zwei böse Beschwerdebriefe in ihrer Post gefunden. Sie wollte sich nicht drei Monate nach ihrem Einzug die Nachbarn zu Feinden machen.

Arbeiten konnte sie auch nicht, dazu fehlte ihr die Konzentration. Und außerdem hatte sie ihre Unterlagen ja alle im Büro, wie sie resigniert feststellte, als sie diese Möglichkeit trotzdem in Betracht zog.

Plötzlich fiel ihr Blick aus der offenen Küchentür neben die Kommode im Flur. Dort stand noch die Kiste mit ihrer Videoausrüstung, die sie gestern Abend dort abgestellt hatte. Die Kassette fiel ihr ein, die ihr ein Teilnehmer neulich zugeschickt hatte. Irgendwann würde sie sie ohnehin ansehen müssen, und jetzt hatte sie erst einmal einige Tage lang kein Seminar. Also müsste sie die Anlage sowieso aufbauen, um nachzusehen. Warum also nicht jetzt die ansonsten vergeudete Zeit dazu nutzen?

Leise, um Patrick nicht zu stören, trug sie die Kiste ins Wohnzimmer und stellte sie neben den kleinen Fernseher, der dort auf einer Glaskonsole stand. Die tausendfach wiederholten Handgriffe beim Aufbau von Stativ und Kamera übten tatsächlich eine beruhigende Wirkung auf Teresa aus. Ihr Herzschlag normalisierte sich und sie verlor das Gefühl, sich wie ein Hamster im Kreis zu drehen, das sie bis dahin beherrscht hatte.

Schließlich schloss sie die Kamera an den Fernseher an und steckte das Kabel in die nächste freie Steckdose. Dann holte sie den braunen Umschlag von der Kommode im Flur, wo er noch immer lag.

Sie schüttelte die Kassette heraus und öffnete die Plastikhülle. Das Band war ganz zurückgespult, wie sie etwas erstaunt feststellte. Dieser Teilnehmer hatte sich aber wirklich Mühe gegeben oder, sie musste unwillkürlich lächeln, das Band doch nicht mehr angesehen, nachdem er es zuerst unbedingt hatte mitnehmen wollen. Es war nämlich Teresas Angewohnheit, die bespielten Videobänder nach dem Ende einer Veranstaltung zurückzuspulen, um sicherzugehen, dass die Aufnahmen beim nächsten Einsatz wieder überspielt und damit gelöscht wurden.

Vergeblich zerbrach sie sich erneut den Kopf darüber, wem sie in der letzten Zeit ein Videoband mitgegeben haben könnte. Wenn es ein bespieltes Band gewesen war, dann konnte es sich eigentlich nur um eine Veranstaltung aus dem Themenkreis Teamarbeit handeln. Nur dort waren die Rollenspiele so lang, dass die Aufnahmen manchmal auch die noch unbespielten Teile der Kassette erreichten. Vielleicht war es ja ursprünglich eine relativ neue Kassette gewesen, die sie verwendet hatte, so dass sie dem Teilnehmer ausnahmsweise auch die bereits benutzte Kassette gegeben hatte.

Das würde auch erklären, wieso sie sich nicht erinnern konnte. Ihr letztes Seminar zum Thema »Team« lag mindestens ein halbes Jahr zurück. Leider waren diese Maßnahmen als erstes der Wirtschaftskrise zum Opfer gefallen.

Seufzend steckte Teresa die Kassette in die Kamera und schaltete den Fernseher ein. Obwohl sie ihn noch nie als Wiedergabegerät benutzt hatte, fand sie den Videokanal auf Anhieb.

Sie stellte den Ton leise und startete das Video mit der Fernbedienung der Kamera. Der gewohnte graue Schnee erschien kurz auf dem Monitor.

Dann sprang das Bild plötzlich an. Zu ihrem Erstaunen schien es sich nicht um eine Aufnahme aus einem ihrer Seminare, sondern um einen Film zu handeln. In blutroten Lettern erschien der Schriftzug »Schloss des Grauens« auf dem Monitor. Teresa schwankte zwischen Belustigung und Beunruhigung. Dies konnte nur ein dummer Scherz sein. Einen Moment überlegte sie sich, Patrick erneut zu wecken, unterließ es dann aber. Auch er hatte die halbe Nacht nicht geschlafen und einen harten Arbeitstag vor sich.

Mittlerweile hatte der eigentliche Film begonnen und Teresa starrte neugierig auf den Monitor. Begleitet von einer schaurigen Hintergrundmusik erschien ein düsterer Zug von vier vermummten Gestalten. Sie waren gekleidet wie der schwarze Abt in einem Edgar-Wallace-Film und trugen neben den schwarzen Kutten Ku-Klux-Klan-Mützen über den Köpfen, die ihre Identität vollständig verbargen.

Zwischen sich trugen die vier Vermummten einen dunklen sargähnlichen Kasten, den sie schließlich vor einer Art Matratze abstellten. Dann begannen drei der vier Gestalten, die vierte Person zu entkleiden. Bis auf die Kapuze, die er nicht abnahm, war der Mann schließlich vollständig nackt. Mit einer Mischung aus Ekel und Faszination starrte Teresa auf seinen erigierten Penis, den einer der drei in den Mund nahm.

Untermalt von einem Paukenschlag beendete der nackte Vermummte schließlich den Liebesdienst und zeigte mit herrischer Gebärde auf den Kasten. Die drei Diener öffneten ihn und legten eine kleine, ebenfalls nackte Gestalt auf die Matratze.

Wie gelähmt vor Schock registrierte Teresa, dass es sich um ein kleines Mädchen handelte, mit blonden Zöpfen und kaum älter als sechs Jahre. Augen und Mund waren mit schwarzem Band verklebt.

Nun zeigten die Diener ihrem Meister das Opfer. Sie spreizten die kleinen Beine, so dass das nackte Geschlecht zu sehen war und drehten das Kind danach auf den Bauch, um auch den Anus zu zeigen.

Entsetzt wollte Teresa nach Patrick schreien, brachte aber nur einen gutturalen Laut über die Lippen. Nur allzu klar wurde ihr bewusst, dass es sich auf jeden Fall um ein Verbrechen handelte, was sie da sah. Das Kind war viel zu klein, um freiwillig in diesem Film mitzuspielen, und selbst wenn es das gewollt hätte, wäre es ein Verbrechen geblieben. Kindesmissbrauch der übelsten Sorte.

Aber die angstverzerrten Augen sprachen eine deutliche Sprache, als der Vermummte mit einer brutalen Geste die Binde abriss und gleichzeitig mit zwei Fingern der anderen Hand die Scheide des Kindes penetrierte. Dann machte er erneut eine herrische Geste.

Die Kamera schwenkte langsam auf die Hand eines Dieners. Darin hielt er einen Gegenstand, der so ähnlich aussah wie ein Stichel. Er überreichte ihn kniend dem vermummten Herrscher.

In blinder Panik griff Teresa nach der Fernbedienung der Kamera, um den Film abzustellen. Aber in ihrer Erregung hielt sie sie verkehrt herum, so dass er weiterlief. So sah sie noch, wie der Mann den Stichel den entsetzten Augen des Mädchens näherte.

Bevor sie endlich den richtigen Knopf fand, senkte sich der Stichel tief in das rechte Auge des Kindes. Blut spritzte in einer Fontäne heraus.

Endlich erlosch das Bild auf dem Monitor. Irgendwo schrie eine Frau.

Erst als Patrick verstört aus dem Schlafzimmer taumelte und sie heftig schüttelte, begriff Teresa, dass die Schreie von ihr stammten.

Eine Stunde später saßen Patrick und Teresa bleich und verstört um den Frühstückstisch in der kleinen Küche. Mittlerweile war es kurz vor halb acht Uhr.

Während Teresa frischen Kaffee aufbrühte, hatte sich Patrick das Video in Auszügen angeschaut. Dann hatte er Dieter Roland in Trier aus dem letzten Schlaf gerissen und lange mit ihm gesprochen. Nun saß er schweigend da und umklammerte seine Kaffeetasse. Teresa hatte noch nicht gewagt, ihn anzusprechen.

Schließlich hob er den Kopf und sah ihr in die Augen. Dort erkannte sie die furchtbare Wahrheit. »Meinst du, das ist echt?« flüsterte sie.

Patrick nickte. »Daran besteht kaum irgendein Zweifel«, sagte er mit gepresster Stimme. »Auch wenn die Experten natürlich noch draufschauen müssen.«

»Du meinst, sie bringen das kleine Mädchen da wirklich um.«

Patrick nickte. Teresa öffnete den Mund zu ihrer nächsten Frage, als er abwehrend die Hand hob.

»Lass' gut sein«, sagte er müde. »Was ich da noch gesehen habe, das willst du nicht wirklich wissen.«

Teresa schwieg geschockt. Die Gedanken rasten erneut durch ihren Kopf. Erst nach einer ganzen Weile fragte sie leise: »Wie geht es jetzt weiter?«

»Dieter ist bereits auf dem Weg nach Mainz«, sagte Patrick. »Wir treffen uns dort um zehn mit den Videoexperten und dem Gerichtsmediziner, um uns den ganzen Film anzuschauen. Aber es ist zweifelsohne ein Snuff.«

»Was ist mit Eva Schneider?«, fragte Teresa bedrückt. »Wir wollten sie doch in Frankfurt abholen. Sie landet um zwei.«

»Ich gebe dir Gabriele Wagner mit. Ich selbst kann jetzt unmöglich weg. Ihr bringt Eva am besten gleich zum LKA. Ich möchte auf jeden Fall heute noch mit ihr sprechen.«

»Warum?« fragte Teresa alarmiert. »Was glaubst du, was sie dir sagen kann?«

»Was sie mir sagen kann, weiß ich noch nicht. Aber ich hoffe, einiges.« Er machte eine Pause. »Einiges über dieses miese Stück Scheiße, mit dem sie in Trier gevögelt hat.«

Verblüfft sah Teresa ihn an. Diese Sprache kannte sie bei ihm noch nicht.

»Wen meinst du denn?« fragte sie stirnrunzelnd.

Patrick starrte auf den Tisch. »Werner Meyers«, sagte er schließlich. »Den Kerl, den du abgeknallt in seinem Büro gefunden hast. Er ist der Kerl mit der Maske.«

»Aber«, Teresa war völlig verwirrt. »Man konnte das Gesicht doch gar nicht erkennen.«

»Das braucht es auch nicht. Der Film ist etliche Jahre alt. Der Mörder des Mädchens hat ein herzförmiges Muttermal auf dem rechten Unterschenkel. Genau an derselben Stelle hatte Meyers so eins. Vor sieben Jahren ließ er es wegoperieren.«

Kapitel 46

Der Film war zu Ende. Das Bild auf dem Monitor erlosch. Der Schnee des unbespielten Kassettenteils füllte die Leinwand, bis der Techniker das Wiedergabegerät ausschaltete. Im Raum herrschte bedrücktes Schweigen.

»Scheiße«, sagte schließlich jemand in die Dunkelheit. »Mach' doch mal einer Licht und ein Fenster auf. Die Luft hier drin ist ja zum Ersticken.«

Wiegandt ging zum Fenster und riss die schweren Vorhänge zur Seite. Draußen war es immer noch diesig und grau. Trotzdem öffnete er ein Fenster.

Der Techniker schnäuzte sich verstohlen in sein Taschentuch. Er wirkte grün im Gesicht.

Roland griff nach seinen Zigaretten und riss ein Streichholz an seiner Schuhsohle an. Eigentlich herrschte Rauchverbot im Raum, aber das scherte im Augenblick niemand.

»Gib' mir auch eine«, sagte Doc. Roland hatte den Gerichtsmediziner, der Meyers in Trier obduziert hatte, mitgebracht.

Wiegandt war verblüfft. Er hatte Lutz noch nie rauchen sehen, überhaupt hatte er im Zusammenhang mit einem Mord kaum je eine menschliche Regung an ihm wahrgenommen. Aber dieser Film schien auch den abgebrühten Pathologen nicht kalt gelassen zu haben.

Auch er selbst nahm eine von Rolands Luckys, drückte die Zigarette aber nach dem ersten Zug gleich wieder aus. »He, « knuffte ihn Roland im offensichtlichen Versuch, die Fassung wiederzugewinnen, »weißt du, was die mittlerweile kosten?«

Wiegandt zuckte die Schultern. »Leider macht es nichts besser, wenn ich mich auch noch freiwillig ersticke. Aber raucht ruhig weiter, mir schmeckt es einfach nicht mehr.«

Sie pafften eine Weile schweigend vor sich hin, während

Wiegandt Strichmännchen auf seinen leeren Notizblock malte.

»Also«, er gab sich schließlich einen Ruck. »Was haben wir?«

»Der Film ist schon älter«, meldete sich zuerst der Videoexperte zu Wort, der auch die Wiedergabe gemacht hatte. »Mindestens zehn Jahre alt, vielleicht sogar älter. Er ist noch analog aufgenommen, das würde man heute schon lange nicht mehr machen. Heute ginge das alles digital.«

»Ja«, Roland nickte nachdenklich. »Das passt auch zu den Fummeln, die dieses Model anhatte, das im letzten Teil auftauchte. Sie wirken irgendwie altmodisch.«

»Wenn es wirklich Meyers ist, muss der Film ja mindestens sieben Jahre alt sein«, erinnerte Patrick. »Meyers hat sich das Muttermal ja wegoperieren lassen. Oder Doc?« Er sah fragend hinüber zu Lutz.

Lutz nickte. »Meyers Narbe sitzt exakt an derselben Stelle, wie das Muttermal bei dem Haupttäter. Auch die Größe der Narbe passt zur Größe der Operationswunde. Außerdem passen Größe und Statur ebenfalls zu Meyers.«

»Das ist ein Amateurfilm«, meldete sich der Techniker erneut zu Wort. »Das sieht man an der Kameraführung und der teilweise zu grellen oder zu schlechten Beleuchtung. Das waren auf jeden Fall keine Profis.«

»Kann man auch solche Filme vermarkten?« fragte Roland. Der Techniker zuckte die Schultern. »Möglich ist es«, sagte er. »Aber je öfter man vom Ursprungsband vervielfältigt, desto schlechter wird die Bild- und Tonqualität.« Er hielt einen Moment inne und schüttelte sich. »Und da die Dinger eine Stange Geld kosten dürften, erwartet der Kunde auch eine gute Qualität des Materials. Meiner Ansicht nach könnte man heute mit diesem Film kein dickes Geschäft mehr machen. Zumindest nicht«, er schüttelte sich erneut, »wenn eine bessere Auswahl im Angebot ist.«

»Patrick, was meinst du?« Roland wandte sich ihm zu. »Du bist so still.«

»Ich rechne gerade die Zeiten zusammen«, sagte Wiegandt. »Der Film ist mindestens sieben Jahre alt, vielleicht sogar wesentlich älter. Vor ungefähr sieben Jahren entdeckte Lena Meyers gerade den Missbrauch ihrer Tochter. Man kann davon ausgehen, dass Meyers Tochter nicht sein erstes Opfer war. Außerdem machte Meyers schon damals Sadomaso-Fotos und stellte sie ins Netz. Gabriele hat ja neulich schon solche Fotos gefunden.«

»Aber Snuffs waren zu dieser Zeit doch noch extrem selten«, warf der Doc ein.

Wiegandt schüttelte den Kopf. »Ich glaube, dass es Snuffs schon zu allen Zeiten gab. Nur ihre Vermarktung wurde erst mit dem Internet ein Boom. Dieses Exemplar gehört zweifellos in eine frühe Periode. Ich gehe außerdem davon aus, dass Meyers die Sache zuerst nicht professionell betrieb. Wahrscheinlich hat er irgendwem eine Menge Geld für diese Rolle und die Beschaffung des Opfers bezahlt.«

»Ich glaube ohnehin immer mehr, dass hinter der ganzen Vermarktungsgeschichte eher Wolf als Meyers steckt«, überlegte Roland. »Zu Meyers passt es nicht, mit diesen Dingen Geld zu machen. Dazu hatte er zu wenig Abstand davon. Wolf ist wahrscheinlich sexuell vollkommen normal, so weit man von Normalität in diesen Zusammenhängen überhaupt reden kann. Er erkannte vielleicht, welches Marktpotenzial in den Perversitäten seines Partners steckte.«

Lutz sah auf seine Uhr. Mittlerweile war es Mittag geworden. »Wie geht es jetzt weiter?« fragte er.

»Wir werden die Ermittlungen in Trier verstärken«, sagte

Roland entschlossen. »Noch heute bitte ich den Polizeipräsidenten um noch mehr Personal für die Sonderkommission. Wir werden noch einmal die Räume von Meyers Firma und Haus durchsuchen, diesmal auch die ganzen Grundstücke. Notfalls drehen wir jeden Grashalm um, bis wir etwas finden. Auch bei Wolf werden wir suchen.

»Die Bücherwürmer«, er meinte die Beamten, die Finanzfahndungen durchführen, »sollen sich noch mal jede Kontobewegung, jede Überweisung, jede Auszahlung in den Jahren seit Bestehen der Spedition ansehen. Irgendein Hinweis muss zu finden sein.

Beamte der Soko werden mit jedem Mitarbeiter sprechen, auch den ausgeschiedenen. Mit jeder Putzfrau, die dort irgendwann mal sauber gemacht hat. Mit Wolfs Frau, und wenn ich selbst nach Bad Mergentheim fahre. Und natürlich mit Lena Meyers.«

Erwartungsvoll sah er Wiegandt an. »Was meinst du?«

»Tu das«, sagte Wiegandt. »Aber ich bleibe erst mal hier. Eva Schneider, die dubiose Dame, die in verschiedenen Rollen immer wieder in dieser ganzen Sache auftaucht, kommt heute aus Südamerika zurück. Ich kann es kaum erwarten, endlich mit ihr zu sprechen.«

Gegen 12.30 Uhr klingelte es an Teresas Tür. Der schrille Ton drang ihr durch Mark und Bein und ließ sie verstört von dem Sofa aufschrecken, wo sie seit einer Stunde mit geschlossenen Augen gelegen hatte, um ein wenig Entspannung zu finden. Anscheinend war sie kurz eingenickt.

Gegen ihre rasenden Kopfschmerzen hatte sie zuvor vier Aspirin geschluckt, ohne den Schmerz vollständig betäuben zu können. Wie ein heimtückisches Tier lauerte er noch immer in ihrem Hinterkopf, als sie sich stöhnend aufrichtete und zur

Tür wankte. Durch den Spion sah sie eine kurzhaarige blonde Frau in ihrem Alter, die salopp in einen Jeansanzug gekleidet war. Das musste Gabriele Wagner sein, Patricks Kollegin, die sie zum Flughafen begleiten sollte.

Teresa öffnete die Tür. Kühle graue Augen musterten sie prüfend.

»Hallo«, sagte die Unbekannte mit kräftiger Stimme. »Ich bin Patrick Wiegandts Assistentin, Kriminalkommissarin Wagner. Ich soll Sie zum Flughafen begleiten.«

Teresa nickte. »Kommen Sie herein«, sagte sie. Die Zunge lag ihr wie ein Pelz im Mund. Das Ganze war ein einziger Albtraum, aus dem es kein Erwachen zu geben schien.

»Ich muss mich nur kurz etwas frisch machen«, ihre Stimme hörte sich fremd in ihren Ohren an. »Möchten Sie derweil etwas trinken?«

»Nein, danke«, Gabriele Wagner klang kurz angebunden, wenn auch nicht unfreundlich.

Während Teresa im Bad verschwand, sah sie sich prüfend in der Wohnung um. »Spartanischer Designer-Stil«, konstatierte sie bei sich. Tatsächlich bestand Teresas Möblierung aus nur wenigen, dafür aber in der Regel recht exklusiven Stücken.

Neben dem hellen Velourledersofa mit seiner geschwungenen Lehne und den zweifarbigen Rückenkissen bestand die Einrichtung des Wohnzimmers aus zwei wie zufällig im Raum verteilten Fauteuils, die in Farbe und Stil dazu passten und von demselben Künstler entworfen zu sein schienen.

Teresa hätte berichten können, dass sie die Stücke vor einigen Jahren preiswert bei einer Wohnungsauflösung erstanden hatte. Der ehemalige Besitzer hatte sich entschlossen, nach Neuseeland auszuwandern und sein wertvolles Mobiliar weit unter Wert verschleudert. Natürlich hatte Marcel ihr den Tipp gegeben. Und bei ihrem Auszug um die Herausgabe der Stücke mit ihr gefeilscht, als hätte er sie selbst bezahlt.

Der kleine Glastisch im Wohnzimmer stand auf gedrechselt wirkenden Glasbeinen und sah ebenfalls teuer aus. Nachdenklich strich Gabriele Wagner über die grünlich schimmernde Platte. »MaM Limited; das ist ein Designer Outlet«, ließ sich Teresas Stimme hinter ihr vernehmen. Fast wäre Gabriele herum gefahren, so hatte sie sich erschrocken. Sie hatte Teresa nicht kommen hören.

»Ah ja«, antwortete sie betont desinteressiert und wechselte sofort das Thema. »Sind Sie so weit?« Flüchtig glitten ihre Augen über Teresas blauen Hosenanzug, der sicher einmal bessere Tage gesehen hatte, ihr aber immer noch sehr gut stand. Er betonte die Farbe ihrer Augen.

»Ja, danke«, Teresa war zu elend, um sich an der offensichtlichen Kühle von Patricks Mitarbeiterin zu stören. »Hat Patrick Ihnen erzählt, worum es geht?«

Ein heißer Stich flammte durch Gabrieles Magengrube, ihre Wangen färbten sich unwillkürlich rot. Also hatte sie Recht gehabt. Mit Patricks Ehe stand es nicht zum Besten, das war im LKA ein offenes Geheimnis, was nur Patrick selbst bisher entgangen war, aber dass er sich so schnell mit dieser da getröstet hatte...

Gabriele atmete tief durch. Für Eifersucht war jetzt kein Platz, es ging um Wesentlicheres. Patrick Wiegandt hatte sie in dürren Worten ins Bild gesetzt und obwohl sie das Snuff bisher nicht gesehen hatte, weil sie derweil versucht hatte, dem Computer Informationen über Eva Schneider zu entlocken, so war sie doch erschüttert gewesen von der Reaktion der an sich hart gesottenen Kollegen. Rasch winkte sie ab, als sie Teresas fragenden Blick sah.

»Es ist nichts«, sagte sie schnell, bevor Teresa etwas sagen konnte.

»Wir sind alle heute ziemlich mitgenommen, aber das wissen Sie ja.«

Teresa nickte bedrückt und griff nach einem leichten silbergrauen Trenchcoat. Draußen war es nach den vergangenen warmen Frühlingstagen wieder empfindlich kalt geworden.

»Dann lassen Sie uns gehen«, erwiderte sie leise. »Das Flugzeug landet in etwa einer Stunde.«

Im Auto schwiegen sie und hingen jede ihren trüben Gedanken nach. Teresa, die sich ursprünglich so auf die Rückkehr von Eva gefreut hatte, wusste nun gar nicht mehr, wie sie ihr gegenübertreten sollte.

So viel war geschehen in den vergangenen Wochen, so viel hatte sie über Eva erfahren, was diese bisher vor ihr verborgen hatte, dass sie sich kaum vorstellen konnte, jemals wieder zu der entspannten und gelösten Atmosphäre zurück zu finden, in der ihre Zusammenarbeit vor nur wenigen Monaten so viel versprechend begonnen hatte.

Gabriele Wagner wiederum versuchte sich mit dem Gedanken vertraut zu machen, dass ihr Chef, in den sie seit Monaten verliebt war, für sie nun unerreichbarer war denn je. Immer wieder hatte sie sich in den letzten Wochen darüber hinweg zu täuschen versucht, dass Patrick Wiegandt ihr immer nur mit professioneller Herzlichkeit begegnete und allen Versuchen, ihm auch als Mensch näher zu kommen, geschickt auswich. Nicht zuletzt deshalb hatte er sie wohl auch nicht mit nach Trier genommen, wo Übernachtungen im gemeinsamen Hotel vielleicht Hoffnungen bei Gabriele geschürt hätten, die nicht berechtigt waren. Allzu klar erkannte sie nun diese Zusammenhänge.

Trotz der gedämpften Stimmung verlief die Fahrt in Gabrieles Dienst-Golf ohne Verzögerungen. Kurz nach halb zwei bogen sie in die Einfahrt zum ersten Flughafen-Parkhaus ab und fanden gleich einen Stellplatz in einer der vorderen Reihen.

Erst als sie die Ankunftshalle für Überseeflüge betraten, stellten sie fest, dass ihre Geduld auf eine harte Probe gestellt werden würde. Der Flug aus Lima, mit dem Eva Schneider ankommen sollte, hatte mehr als zwei Stunden Verspätung und wurde erst gegen 16.15 Uhr erwartet.

Missmutig ließen sich die beiden Frauen in einem der Flughafenbistros nieder und bestellten sich Capuccino. Da auch jetzt kein rechtes Gespräch zwischen ihnen aufkommen wollte, durchstöberten sie schließlich einen Buchladen und erstanden jede für sich etwas Lesestoff. Missbilligend stellte Teresa, als sie mit ihrem Spiegel zurück an den Cafetisch kam, fest, dass Gabriele Wagner sich ausgerechnet einen Kriminalroman gekauft hatte. Es war zwar ein alter Schinken von Agatha Christie, aber selbst dies erschien Teresa im Angesicht der brutalen Wirklichkeit von Verbrechen, wie sie ihnen heute begegnet war, geschmacklos.

Natürlich hielt sie den Mund. Patricks mürrische Assistentin war ihr weiß Gott nicht sympathisch, aber sie war dennoch heilfroh, Eva in dieser vertrackten Situation nicht allein gegenüber treten zu müssen.

Schließlich vergingen auch diese Stunden und die Anzeigetafel meldete den Flug aus Lima endlich als »gelandet«. Gespannt verfolgte Teresa die Prozession der Flugpassagiere, die sich mit ihrem teilweise überdimensionalen Gepäck langsam durch die Tür der Abfertigungshalle schob. Jeden Moment rechnete sie damit, eine braun gebrannte quirlige Eva mit Gretelzöpfen und Birkenstocklatschen in der Menge auftauchen und sie freudig begrüßen zu sehen.

Aber die Zeit verging, der Strom der Passagiere wurde dünner und von Eva war nichts zu sehen. Auch Gabriele Wagner war zunehmend unruhiger geworden. »Ob etwas mit ihrem Gepäck schief gegangen ist und sie noch bei der Nachforschungsstelle ist?« fragte Teresa schließlich, als sich die Tür schon seit einigen Minuten überhaupt nicht mehr geöffnet hatte.

Gabriele gab sich sichtlich einen Ruck. »Ich werde mal sehen, was los ist«, sagte sie über die Schulter und schwang sich mit einem einzigen Satz über die Brüstung des Ausgangs der Abfertigungshalle. Dem Beamten, der ihr sofort entgegen trat, zeigte sie ihren schon bereit gehaltenen Dienstausweis und wechselte einige Worte mit ihm. Dann winkte sie Teresa, der der Beamte die Tür aufschloss, so dass sie gemeinsam in die Gepäckabfertigungshalle eintreten konnten.

»Kommen Sie, Sie erkennen sie ja eher als ich«, sagte Gabriele und zog Teresa am Arm.

Das Gepäckband, das die Ladung aus Lima befördert hatte, lief bereits wieder, als Gabriele und Teresa sich der Menge näherten, die um das Band herumstand und Koffer und Taschen herabwuchtete. Diesmal war es ein Flug aus Mexico City, der abgefertigt wurde. Der Hinweis auf die Maschine aus Lima war bereits von der Anzeigetafel gelöscht worden. Der Flug schien vollständig abgewickelt zu sein.

Auch im Büro der Gepäcknachforschung, bei der Sperrgepäckausgabe, dem Zoll und auf den drei Toiletten fand sich keine Spur von Eva. Nach fast halbstündiger Suche konnte schließlich kein Zweifel mehr bestehen: Eva Schneider war gar nicht an Bord gewesen.

Zwei Stunden später saßen sie schließlich erneut in einem der Flughafenbistros und erstatteten dem mittlerweile aus Mainz angekommenen Patrick Wiegandt Bericht.

Da Eva mit einem Lufthansaflug hätte landen sollen, waren

die ersten Nachforschungen, die Gabriele Wagner angestellt hatte, rasch und unkompliziert verlaufen.

Der Verdacht hatte sich sofort bestätigt, dass Eva gar nicht an Bord der Maschine aus Lima gewesen war. Allerdings hatte ihr Name noch bis zum Start auf der Passagierliste gestanden. Ihrer Verpflichtung, den Flug noch einmal drei Tage vor dem Abflug zu bestätigen, war sie allerdings nicht nachgekommen.

Des Weiteren hatte Gabriele Wagner in Erfahrung gebracht, dass Eva Schneider auch auf keiner Passagierliste der Lufthansa-Südamerikaflüge stand, die in den nächsten vier Tagen landen sollten. Auf Teresas Anregung hin hatte man sich nicht nur auf Flüge aus Lima beschränkt, sondern auch sämtliche Passagierlisten von Flügen aus Bolivien, Brasilien und Argentinien, später dann auch aus ganz Lateinamerika prüfen lassen.

»Vielleicht ist sie schon früher gelandet und hat sich nur noch nicht bei dir gemeldet«, schlug Patrick Wiegandt vor und sah Teresa fragend an. Diese schüttelte entmutigt den Kopf.

»An diese Möglichkeit habe ich auch schon gedacht und bei ihr angerufen. Ihr Anrufbeantworter ist noch genauso besprochen, wie sie es vor ihrer Abreise getan hat.«

»Vielleicht hat sie ihn noch nicht geändert?«

»Ich habe auch ihre Vermieterin und sogar eine Nachbarin angerufen. Niemand hat etwas von Eva gesehen.«

Gabriele ergänzte diese Auskunft durch die Information, dass auch die Lufthansa-Passagierlisten der vergangenen drei Tage Eva Schneider nicht als Fluggast einer Südamerikamaschine ausgewiesen hätten.

»Vielleicht ist ihr in Südamerika etwas passiert«, meinte Teresa bedrückt.

»Wir müssen die örtlichen Botschaften kontaktieren«, sagte Patrick. »In welchen Ländern genau wollte sich Eva Schneider aufhalten?«

Teresa zuckte entmutigt die Achseln. »Sie plante Peru und Bolivien. Aber Eva war sprunghaft. Sie hat mir selbst erzählt, dass sie ihre Route auch jederzeit ändern würde, wenn es die Umstände mit sich bringen würden. Sie könnte praktisch überall sein.«

»Allerdings wollte sie zumindest von Lima aus wieder zurückfliegen«, überlegte Gabriele Wagner. »Dort müssen wir auf jeden Fall anfangen. Wir sollten noch heute eine Vermisstenmeldung durchgeben und die Botschaft bitten, bei den örtlichen Polizeibehörden nachzuforschen.«

Patrick nickte. »Kümmere dich bitte darum. Außerdem müssen wir alle weiteren Flüge aus Südamerika überprüfen, die von anderen Fluggesellschaften heute oder in den nächsten Tagen landen. Ich brauche vollständige Passagierlisten.«

Gabriele nickte resigniert. »Das war's dann ja wohl mit dem freien Wochenende.«

»Wir treffen uns morgen um zwölf, um die Ergebnisse zu sichten. Du natürlich nicht, Liebes.« In der Aufregung vergaß Wiegandt alle Rücksicht und wandte sich Teresa zärtlich zu. Gabriele Wagner durchfuhr ein weiterer Stich. Es stimmte also wirklich.

Liebevoll strich Patrick über Teresas Wange. »Ich fahre dich noch heim, dann versuch' dich ein wenig auszuruhen.«

Teresa nickte. »Wenn ich euch nicht helfen kann«, bot sie zögernd an.

»Leider nicht«, antwortete Patrick zu Gabrieles Erleichterung. »Dies ist echte Polizeiarbeit.«

»Darf ich wenigstens noch eine Frage stellen?« fragte Teresa.

Patrick nickte überrascht. »Natürlich.«

»Könnte Eva ihren anderen Namen benutzt haben, ich meine den Namen, den sie trug, als sie ein junges Mädchen war?«

Patrick sah sie anerkennend an. »Das ist eine prima Idee.« Er wandte sich zu seiner Assistentin um. »Gabriele, ich fürchte, du musst noch einmal ganz von vorne anfangen. Bitte überprüfe alle Passagierlisten noch einmal darauf, ob eine Eva Koslowski darauf verzeichnet steht.«

Kapitel 47

Er war ein Spieler. Seit mehr als 15 Jahren hatte er sein Glück immer wieder versucht. Oft mit Erfolg, aber noch viel öfter ohne.

Daher wusste er auch, dass sein letzter Versuch, das Ruder noch einmal herumzureißen, fehlgeschlagen war. Noch einmal hatte er alles auf eine Karte gesetzt und hoch gepokert. Aber es war schon zu spät gewesen. Die Asse waren vergeben.

Dabei hatte alles zunächst so viel versprechend angefangen. Noch in der Nacht zum Mittwoch hatte Berger einen Teil des Snuffs von der Kamera auf seinen PC kopiert. Dann hatte er Wolf diesen Filmausschnitt als Anhang einer Email geschickt, an eine jener geheimen Adressen, die die Ermittler bisher nicht in Erfahrung gebracht hatten.

Es war natürlich der Teil dabei gewesen, auf dem Wolf selbst zu sehen war. Das Snuff-Video war noch in Rohform gewesen, also ungeschnitten und nicht aufbereitet für den flächendeckenden Vertrieb. Es hatte Meyers, diesem Schweinehund, ähnlich gesehen, das Band heimlich zu kopieren, um sich an seiner eigenen Schandtat auch schon vorzeitig ergötzen zu können.

Die Aufnahme war augenscheinlich in einer Art eigens dazu hergerichtetem Studio gemacht worden. Berger wurde übel bei dem Gedanken daran, dass es anders als früher keine Amateuraufnahmen mehr waren, die von diesen scheußlichen Taten entstanden, sondern dass sich eine ganze perverse Filmindustrie darum gebildet hatte.

Den Mord an David Gorges hatte ein Kameramann unter Anleitung eines Regisseurs verfolgt, der immer wieder Anweisungen zu den einzelnen Kameraeinstellungen gegeben hatte und sogar den widerstrebenden Meyers in seiner Henkerskluft zweimal sehr zu dessen Ärger unterbrochen hatte, als Szenen augenscheinlich nicht deutlich genug zu sehen gewesen waren.

Zum Schluss hatte die Crew wie bei einer dieser modernen Komödien auch die Protagonisten hinter den Kulissen aufgenommen, unter anderem den Produzenten. Dies war natürlich Georg Wolf gewesen, der sich sogleich lautstark über die Aufnahme beschwert und sie schließlich durch seine Hand vor der Kamera sogar aktiv beendet hatte.

Aber er war deutlich zu erkennen gewesen, knapp fünf Minuten, nachdem das arme Kind seinen Geist ausgehaucht hatte. Natürlich war er halb wahnsinnig vor Panik geworden, als er erfahren hatte, dass Meyers sich das noch unbearbeitete Original auf eine eigene Videokassette hatte kopieren lassen, um die Aufnahme schon vor der Fertigstellung seiner Sammlung einverleiben zu können.

So war Berger auch nicht überrascht gewesen, als Wolf diesmal sehr schnell reagiert hatte. Schon eine halbe Stunde nach der Übersendung der Email hatte er angerufen, um sich nach Bergers Forderungen zu erkundigen. Mit der Zahlung von 500.000 Euro war er bereits nach kurzem Feilschen einverstanden gewesen. Zu rasch, wie Berger jetzt im Nachhinein feststellte.

Dabei schien der Plan plausibel zu sein. Das Geld sollte in Bergers Beisein online auf ein Schweizer Konto überwiesen werden. Dieses war allerdings durch ein Passwort geschützt, das Berger erst nach der Übergabe der Kassette erfahren sollte. So lange konnte weder Berger an das Geld noch konnte Wolf es zurück überweisen lassen, da das Konto schon auf Bergers Namen lief. So war es vereinbart worden.

Außerdem hatte Wolf verlangt, dass Berger ein Papier unterschreiben sollte, welches ihn der Mitwisserschaft an dem

Entstehen des Mordvideos bezichtigte. So wollte er verhindern, dass Berger nachträglich eine heimlich gezogene Kopie anonym an die Polizei übergab, die ihn, Wolf, aber nicht Berger selbst ans Messer liefern würde.

Dies war alles teils mündlich, teils aber auch per Email vereinbart worden. Berger hatte schon lange eine Deckadresse, die außer ihm selbst nur Wolf bekannt war. Er hatte zunächst keinen Verdacht geschöpft. Dann jedoch hatten sich die Ereignisse überschlagen.

Per Email hatte er nämlich durch einen dummen Fehler von Wolf auch von dem Komplott erfahren, das dieser mit Hilfe seines Killers Carlos geplant hatte. Auch Carlos hatte seine Instruktionen per Email erhalten. Warum diese Mail auch bei Berger gelandet war, konnte er nur vermuten.

Am wahrscheinlichsten war, dass Wolf eine alte Email von Carlos benutzt hatte, um mittels der Antwortfunktion seine Instruktionen zu versenden und sich so das erneute Laden der Adresse zu ersparen. Darauf wies das »RE« in der Betreffzeile hin. In seiner Hast hatte er dabei anscheinend übersehen, dass zu den Empfängern der Ursprungsmail auch Berger gehört hatte, der die aktuelle Mail so ebenfalls unbemerkt in Kopie erhielt.

Der Plan war so schockierend wie perfide, aber typisch für den skrupellosen Wolf.

Er hatte Carlos die Anweisung erteilt, am Samstagvormittag, bevor die Übergabe der Kassette stattfinden sollte, eine von Bergers kleinen Töchtern zu entführen. Mit dem Kind hatte er Berger dann erwarten wollen, um ihm zu drohen, das Mädchen für ein weiteres Snuff zu benutzen, wenn Berger die Kassette nicht freiwillig herausgeben würde.

Nach erfolgter Übergabe sollten beide »erledigt« werden. Wolf wollte sich unmittelbar danach nach Paraguay absetzen, was er schon seit längerer Zeit zu planen schien. Augenscheinlich erwartete ihn vor Ort bereits eine junge Geliebte, die dort seit einigen Monaten lebte und bereits ein Haus in der Nähe von Asuncion eingerichtet hatte.

Carlos sollte ebenfalls untertauchen und für die Erledigung des Auftrags eben jene Summe von 500.000 Euro erhalten, die Berger gefordert hatte.

Die ersten Minuten nach Erhalt der Mail war Berger wie betäubt gewesen. Dann hatte er panisch Katrin angerufen, die mittlerweile wieder in ihr Haus eingezogen war, während er sich ein Hotelzimmer genommen hatte. Er hatte darauf bestanden, dass sie sofort mit den Kindern nach Rügen aufbrach, wo ihr Vater ein Ferienhaus besaß. Klar zu denken hatte er erst wieder begonnen, als er Katrin persönlich in den Zug gesetzt hatte und seine Töchter so zunächst in Sicherheit wusste.

In der folgenden Nacht war dann der Plan gereift, der jetzt zur Ausführung gelangen sollte.

Gut, er hatte letztendlich doch verloren Aber er würde dafür sorgen, dass auch die, die an seinem Elend Schuld waren, nicht davon kommen würden.

Nun war es Freitagabend. Morgen Mittag, in weniger als einem Tag, würde alles vorbei sein.

Pünktlich um zwölf Uhr am Samstag trafen sich Wiegandt, Roland, der am Morgen eigens wieder aus Trier gekommen war, und Gabriele Wagner zur Lagebesprechung im kleinen Konferenzraum des LKA. Alle wirkten übernächtigt.

»Also, was haben wir?« Roland sah in die Runde.

Wiegandt begann: »Die Videotechniker haben das Mädchen-Snuff Zentimeter für Zentimeter unter die Lupe genommen. Um zwei Uhr erwarten sie uns im Filmsaal, um uns die Schnipsel und Ausschnitte zu zeigen, die eventuell Informationen über die Identität des Opfers, die Tatzeit, den Tatort etc. enthalten könnten.«

»Und gibt es Hinweise?« fragte Gabriele Wagner.

Wiegandt holte tief Luft. »Die haben heute Morgen noch nicht viel gesagt«, meinte er mit gepresster Stimme. »Das ist auch kein Wunder, wenn man sich wieder und wieder diese Scheußlichkeiten ansehen muss. Prinz, der leitende Techniker, hat dazwischen lange Pausen einlegen müssen.«

»Sie haben selbst auf den Psychologen zurückgegriffen, der diese Krisenintervention bei Unfällen mit den Beamten macht. Der war gestern mehrere Stunden lang da und hat Atemübungen und so was mit den Leuten gemacht, « ergänzte Roland.

»Was gibt es Neues aus Trier?« fragte Wiegandt.

»Ich fahre nachher wieder zurück. Bisher haben wir das Grundstück und Haus von Meyers links gemacht, aber nichts wesentlich Neues gefunden. Der Durchsuchungsbefehl für Wolf liegt noch beim Richter, da dem leider nicht klarzumachen ist, dass es da Zusammenhänge mit dem Snuff geben könnte.«

»Lässt du Wolf beschatten?«

»Natürlich, aber da scheint sich nichts zu tun. Er sitzt brav in seinem Haus und ordnet seine Briefmarkensammlung.«

»Was ist mit seiner Frau in Bad Mergentheim?«

»Die Kollegen haben sie gestern vernommen. Stephan aus meiner Truppe war dabei. Aber sie scheint nichts von den Geschäften ihres Mannes zu wissen. Sie hat allerdings noch mal bestätigt, dass Wolf am Abend des Mordes an Meyers die ganze Zeit bei ihrem Geburtstag dabei war.«

»Warum hatte sie Meyers nicht eingeladen?«

Roland studierte seine Notizen.

»Sie hat, aber er hat sich mit Hinweis auf geschäftliche Verpflichtungen entschuldigt.«

Gabriele Wagner scharrte ungeduldig mit den Füßen.

Wiegandt wandte sich ihr zu. Er fühlte sich ihr gegenüber seit gestern befangen, da sie nun mitbekommen hatte, dass er eine Beziehung zu Teresa unterhielt, bevor er es Tanja gesagt hatte. Dies stand ihm nun morgen auch noch bevor. Ein furchtbares Wochenende.

»Du siehst aus, als hättest du etwas herausgefunden.«

Gabriele schaute stolz auf. »Habe ich«, sagte sie. »Ich habe sämtliche Passagierlisten aller Flüge überprüft, die seit Eva Schneiders Abflug aus Südamerika in Frankfurt gelandet sind.«

»Und?« fragte Wiegandt gespannt.

»Nichts dabei. Weder eine Eva Schneider noch eine Eva Koslowski sind gelandet.«

»Na und?« fragte Wiegandt enttäuscht. »Dann wird sie noch drüben sein. Vielleicht ist ihr ja in den Anden wirklich etwas passiert, wie Teresa Freudenberger vermutet hat.«

»Oh nein. Zumindest ist es unwahrscheinlich. Als ich bei den Flügen nach Frankfurt nichts gefunden habe, habe ich die Passagierlisten angefordert von Flügen, die in anderen europäischen Flughäfen aus Südamerika gelandet sind.«

»Wie hast du denn das hingekriegt?« fragte Roland erstaunt. »Noch dazu am Wochenende?«

Gabriele Wagner zwinkerte ihm kokett zu. »Beziehungen«, sagte sie fröhlich. »Beziehungen und ein Quäntchen Glück. Genauer gesagt, habe ich bisher nur die Passagierlisten der niederländischen KLM einsehen können. Dort sitzt im Sicherheitsdienst ein alter Bekannter von mir. Aber«, sie machte eine Kunstpause und schaute in die Runde, »am 26. März ist in Amsterdam mit einer Maschine aus La Paz eine Eva Koslowski gelandet. Die genauen Daten werden gerade angefordert. Das ist doch was, oder?«

Patrick Wiegandt reagierte sofort. »Super gemacht, Gabi«, sagte er herzlich. Wagner errötete vor Stolz.

»Mach' dich sofort mit einem Streifenwagen zu Eva Schneiders Wohnung auf. Diesmal wollen wir wirklich sichergehen, dass sie nicht doch schon lange zu Hause ist. Falls du sie nicht findest, gib' eine Fahndungsmeldung an alle Stellen heraus.«

»Mit welcher Begründung?«

»Schlüsselzeugin in einem wichtigen Mordfall. Und schicke über Europol auch noch eine Anfrage an die Kollegen in Straßburg. Dort hat sie lange gelebt, vielleicht finden sie ja etwas.«

Gabriele nickte kurz und verließ den Raum. Roland streckte sich und gähnte.

»Was machst du jetzt?«, fragte er Wiegandt.

»Ich checke noch einmal kurz meinen Schreibtisch, dann gehe ich heim und lege mich ein paar Stunden aufs Ohr. Ich habe die ganze Nacht alle vorliegenden Informationen über Snuffs gecheckt, die älter als fünf Jahre sind, aber bisher ohne Ergebnis. Ich muss jetzt erst mal etwas abschalten.«

Roland nickte. »Ich habe mich schon gewundert, dass du eben so wenig beigesteuert hast«, sagte er. »Wäre gar nicht deine Art gewesen, auf der faulen Haut zu liegen, während wir schuften.«

Beide standen auf. »Ich begleite dich noch auf einen letzten Kaffee«, schlug Roland vor. Wiegandt nickte. Gemeinsam gingen sie den kahlen Flur zu Wiegandts Büro hinunter.

Auf Wiegandts Schreibtisch lag ein brauner Umschlag, der vor einer Stunde noch nicht dort gewesen war. Wiegandt nahm ihn auf und drehte ihn unschlüssig hin und her. Er war an ihn adressiert, trug aber keinen Absender.

Wiegandt riss an dem gummierten Umschlag. Eine Videokassette und ein Papier fielen heraus. Wiegandt faltete es auseinander und las, während Roland ihm über die Schulter schaute.

Die handschriftliche Nachricht bestand nur aus wenigen Sätzen: »Hier habt ihr den Beweis, den ihr sucht. Ich habe das Schwein selbst zur Strecke gebracht, aber den Rest müsst ihr jetzt besorgen. Heute Nachmittag um 15 Uhr könnt ihr sie alle verhaften. Seid pünktlich! Ich schäme mich. Berger«.

Dahinter stand eine Trierer Adresse.

»Wo ist das?« fragte Wiegandt.

»Irgendwo in Zewen«, antwortete Roland. Er sah auf die Uhr, während Patrick hastig eine Nummer wählte. Kurz darauf erschien ein junger Beamter, dessen aschblondes Haar sich bereits zu lichten begann.

»Wo kommt das her?« fragte Wiegandt den Mann, der offensichtlich der Diensthabende zu sein schien.

»Der Umschlag kam vor etwa einer Stunde per Express-Kurier von den Trierer Kollegen.«

»Warum haben Sie mich nicht sofort benachrichtigt?« bellte Wiegandt den Mann an.

Der zuckte erschrocken zusammen. »Die Lampe war an, ich wollte nicht stören.«

Wiegandt fluchte laut. Er selbst hatte die Lampe, die das Symbol für »nicht stören« war, angeschaltet, bevor sie mit der Konferenz begonnen hatten.

Roland wählte bereits eine Nummer an seinem Handy. Er gab kurz einige Instruktionen. Dann sah er Wiegandt an.

»Zwei Zivilstreifen machen sich schon einmal auf den Weg zur angegebenen Adresse und beziehen dort Posten. Aber wir müssen unbedingt wissen, was auf der Kassette drauf ist. Niemand hat heute etwas von Berger im Präsidium gesehen. Bevor wir dort zuschlagen, müssen wir wenigstens wissen, warum.«

Wiegandt nickte grimmig. »Ich hoffe, die Techniker sind

noch im Haus«, sagte er und war schon aus der Tür, bevor Roland ihm folgen konnte.

Die Uhr auf dem Gang zeigte genau 12.43 Uhr.

Kapitel 48

Zwei Tage später saß Patrick Wiegandt in Teresas Wohnzimmer auf der Velourledercouch und erstattete Bericht. Es war Montagabend.

Teresa lauschte gebannt mit unterschiedlichen Gefühlen. In die Erleichterung über das Ende des Albtraums mischten sich Schuldgefühle über Irinas Tod und Erschütterung über die jüngsten Ereignisse. Außerdem ging von Patrick eine deutliche Distanz zu ihr aus, die sie sich nicht erklären konnte.

Zunächst hatte er sie stürmisch wie immer in die Arme genommen, als er es endlich geschafft hatte, vorbei zu kommen. Am gestrigen Sonntag hatten sie nur kurz miteinander telefonieren können. Patrick war die letzten beiden Tage natürlich von früh bis spät beschäftigt gewesen.

Der Fall hatte mittlerweile großes Aufsehen erregt, und er hatte viel Zeit in Pressekonferenzen, Fernseh- und Radiointerviews sowie Berichterstattungsrunden bei hohen Politikern und Polizeirepräsentanten verbracht.

Von seinem letzten Interview im ZDF-Heute-Studio auf dem Mainzer Lerchenberg war er jetzt geradewegs zu Teresa gekommen. Er trug ein graues Sakko und eine hellblaue Seidenkrawatte, Kleidung, die Teresa noch nie zuvor an ihm gesehen hatte. Sie war sich noch nicht schlüssig darüber, ob sie ihn in diesem Aufzug mochte oder nicht. Die Kleidung erinnerte sie zu sehr an Marcel. Vielleicht kam ja auch daher die Distanz.

»Also«, fragte sie gespannt, als sie Patrick das gewünschte Bier eingeschenkt und sich selbst einen Kir Royal gemixt hatte, »ihr seid dann also sofort nach Trier gefahren?«

»Sobald wir wussten, dass auf der Kassette das Snuff von David Gorges mit Meyers und Wolf als Protagonisten drauf war. Allerdings haben wir wertvolle Zeit verloren, weil wir zunächst keine Kamera auftreiben konnten, mit der wir das Video abspielen konnten. Dann brauchten wir noch eine weitere halbe Stunde, bis wir den Film gesehen hatten. Diese Zeit hat uns dann später gefehlt, obwohl wir sofort alles in Trier alarmiert haben und wie die Wilden über die Autobahn gerast sind, fast die ganze Strecke über mit Blaulicht.«

»Konnten denn die Trierer Kollegen Wolf nicht sofort festnehmen?«

»Leider nicht. Der Vogel war bereits ausgeflogen. Wolf hatte in letzter Minute doch noch bemerkt, dass er Berger eine Kopie seiner Mail an Carlos geschickt hatte. Anlässlich der fehlgeschlagenen Entführung von Bergers Tochter. Danach hat er sich sofort aus dem Staub gemacht.«

»Wurde er denn nicht beschattet?«

Patrick zuckte die Achseln. »Natürlich. Ein ziviler Streifenwagen stand die ganze Zeit in der Nähe seines Hauses. Aber die Beamten waren nach einer langen ereignislosen Nachtwache und so kurz vor der Ablösung unaufmerksam. Wolf bestellte sich vom Festnetzanschluss seines Nachbarn aus einfach ein Taxi drei Straßen weiter und schlich sich durch seinen Hintergarten davon. Er kletterte über den Zaun mit nichts dabei als einem kleinen Handtäschchen. Dort drin hatte er allerdings die Schließfachschlüssel und Papiere über sein ganzes Vermögen, das er bis dato ins Ausland geschafft hatte.«

»Wie ist ihm das denn gelungen? Ich dachte, ihr hättet alle Geldströme überprüft?«

»Lena Meyers war ihm behilflich gewesen und hatte den Namen ihrer verstorbenen Mutter benutzt, um Geld auf Luxemburger und Schweizer Konten zu transferieren. Sie dachte ja, dass Wolf sie mit nach Paraguay nehmen würde. Von diesen Konten aus hatte Wolf aber das Geld längst auf eigene Konten überstellt, von denen Lena Meyers zwar wusste, auf die sie aber keinen Zugriff mehr hatte.«

»Und er informierte den Killer nicht über seine Flucht?«

»Wolf hat Menschen immer nur benutzt. Als er bemerkte, dass er Berger den ganzen Plan ungewollt verraten hatte, ließ er Carlos ins offene Messer laufen. So wollte er auch Zeit für seine eigene Flucht gewinnen. Er nahm Carlos außerdem übel, dass dieser ihn nicht gleich darauf aufmerksam gemacht hatte, dass eine Kopie der Mordauftragsmail auch an Berger gegangen war. Und dass der Plan mit der Entführung des Mädchens dadurch gescheitert war. Obwohl Carlos Bergers Deckadresse gar nicht kannte und sich stets davor hütete, Aktionen seines Chefs in Frage zu stellen.

So gab er Carlos den Befehl, Berger umzulegen, ohne die Absicht zu haben, ihm je die 500.000 Euro dafür zu bezahlen. Dass eine Kopie des Snuff mittlerweile bei der Polizei gelandet war, konnte er sich ohnehin denken. Er rechnete nur nicht damit, dass Berger auch den Übergabeort verraten und seine Identität als Spitzel preisgegeben hatte, weil er glaubte, dieser wolle trotzdem noch das Geld einsacken.«

»Er wollte sich also durch Carlos an Berger rächen?«

»So sieht es zumindest aus. Was aus Carlos danach geworden wäre, war ihm egal. Er wusste ja, dass er aufgeflogen war. Selbst Aussagen von Carlos gegen ihn konnten ihm nicht mehr schaden als seine Präsenz auf dem Mordvideo. So setzte er alles auf eine Karte und versuchte die schnelle Flucht.«

»Die ihm ja auch fast gelungen wäre.«

»Ja, hier kam uns das Glück zu Hilfe. Wolf wollte nach Luxemburg, weil dies der nächste internationale Flughafen ist. Auf der Strecke von Trier dorthin ist in der Regel nie etwas los. Ausgerechnet am Samstag war dort aber an einer Baustelle ein Wohnmobil liegen geblieben und hatte für einen kilometerlangen Stau gesorgt. So verpasste Wolf die Maschine nach Amsterdam, die er nehmen wollte, um von dort aus weiter nach Paraguay zu fliegen. Die nächste internationale Maschine nach London war schon voll und während er noch darauf hoffte, in letzter Minute einen Platz zu bekommen, traf bereits unsere Fahndungsmeldung ein. Zum Glück geht dies durch die zunehmende Vernetzung der europäischen Polizei jetzt viel schneller als früher.«

»Und den Tipp hattet ihr von Carlos?«

Patrick nickte.

»Pack verrät Pack«, stellte er lakonisch fest. »Als wir Carlos bei Bergers Leiche schnappten und er feststellte, dass Wolf gar nicht erst erschienen war, tippte er auf Luxemburg als Abflugort von Wolf. In einer schwachen Minute scheint Wolf ihm einmal seinen Fluchtplan für unvorhergesehene Fälle verraten zu haben.«

»Und Berger hat sich wirklich selbst erschossen?«

»Daran kann gar kein Zweifel bestehen. Als unsere Leute gegen ein Uhr den Ort umstellten, um Carlos oder wer immer dort auftauchen sollte, zu schnappen, war Berger schon mindestens zwei Stunden tot. Da wollte er wohl auf Nummer sicher gehen. Wahrscheinlich begab er sich sofort dorthin, nachdem er den Kurier mit der Kassette nach Mainz geschickt hatte und schrieb dort noch die Abschiedsbriefe an seine Frau und an uns.«

»Und ihr glaubt wirklich, dass Berger Meyers ermordet hat? Als Rache für den Mord an David Gorges?«

Patrick nickte nachdenklich.

»Berger ist an sich eine tragische Figur in dieser ganzen scheußlichen Geschichte. Er war ehemals ein verdammt guter Polizist. Ehrgeizig und gewissenhaft gleichzeitig. Aber er wollte zu hoch hinaus mit seiner Heirat und hat sich finanziell übernommen bei dem Versuch, seiner Frau den gewohnten und anscheinend auch erwarteten Lebensstil zu bieten. Dann versuchte er, den Teufel mit dem Beelzebub auszutreiben. Berger hat immer schon gern und viel Glücksspiel betrieben, aber krankhaft wurde es erst nach seiner Heirat. Im Versuch, seine immer höheren Schulden in den Griff zu bekommen, spielte er immer mehr, immer riskanter und geriet so immer tiefer in den Teufelskreis.

Wolf scheint er erstmals im Luxemburger Casino aufgefallen zu sein. Er beobachtete, dass Berger dort an einem Abend über 10.000 Euro verlor, erkundigte sich nach ihm und brachte so in Erfahrung, dass er Kommissar bei der Trierer Polizei war. Scheinheilig bot er ihm daraufhin bei nächster Gelegenheit ein Darlehen an, das Berger natürlich ebenfalls binnen weniger Stunden verspielt hatte. Seit dieser Zeit hatte Wolf ihn in der Hand.«

Patrick nahm noch einen Schluck Bier.

»Mit jeder Information, die er von Berger erpresste und für die er Berger natürlich bezahlte, ritt Berger sich tiefer hinein. Anscheinend verlor er auch zunehmend den Blick für die Realitäten, wie es für Spielsüchtige typisch sein soll. Aber dafür bist du ja die Expertin.«

Teresa nickte zustimmend. »Wenn sich das Syndrom erst einmal in seiner ganzen Stärke entwickelt hat, neigen Spielsüchtige dazu, die gesamte Situation extrem zu verharmlosen. Es ist, als würden sie sich selbst hypnotisieren. Jede weitere Spielattacke wird nicht mehr als das gesehen, was sie ist, nämlich der nächste Schritt hinein in den Sumpf, sondern als Chance, doch noch den großen Wurf zu machen.«

»So scheint es auch bei Berger gewesen zu sein. Trotzdem glaube ich, dass er erst im Laufe der Zeit erkannt hat, was für widerliche Geschäfte Wolf wirklich unter dem Deckmantel der Spedition tätigte. Ich erinnere mich noch gut daran, wie er gekotzt hat, als wir die erste Lagebesprechung zum Mord an David Gorges hatten.«

»Meinst du, er wusste wirklich bis dahin nichts von den Kinderpornos?«

Patrick zuckte die Achseln.

»Ich weiß es nicht. Vielleicht wusste er mit der Zeit, dass mit Kindern Missbrauch getrieben wurde und war immer verzweifelter, weil er sich nicht von Wolf befreien konnte. Aber wahrscheinlich hat er bis zum Schluss verdrängt, wie schlimm es wirklich war. Nach dem Mord an David Gorges konnte er sich dann nichts mehr vormachen. Meyers denunzieren konnte er nicht, ohne sich selbst zu verraten. So nahm er das Recht eben in die eigene Hand.«

»Auf diese scheußliche Weise?«, Teresa schüttelte sich noch immer vor Entsetzen bei der Erinnerung an den Tatort.

»Warum nicht? Er hatte ja schließlich selbst Kinder«, sagte Patrick hart. Er kannte die Gefühle nur zu gut, die ihn selbst bewegten, wenn er sich Mordvideos von Kindern angesehen hatte. »Berger kannte den Obduktionsbericht von David Gorges in allen Einzelheiten. Erinnere dich bitte, er war stellvertretender Leiter der dafür zuständigen Mordkommission. Er wiederholte bei Meyers einfach die Scheußlichkeiten, die der den Kindern angetan hatte. Wie anders sollen wir seine Aussage verstehen, dass er das Schwein zur Strecke gebracht hat?«

Teresa schwieg. Soweit ihr bekannt war, hatte der Mord an Meyers mit dem Tod von David Gorges nicht viel gemeinsam. Aber vielleicht wusste sie ja auch nicht alles, was David angetan worden war. Patrick schien überzeugt von seiner These zu sein und er war der Experte.

Sie wechselte das Thema.

»Und was war jetzt mit dieser Kassette, die da am Tatort lief?«

Patrick sah Teresa zärtlich an. »Ja, da hattest du wirklich von Anfang an Recht. Wahrscheinlich zwang Berger Meyers, die Kassette einzulegen und sich den Mord an David vor seinem eigenen Tod noch einmal anzusehen. Auf jeden Fall nahm er die Kassette nicht vom Tatort mit. Ob er durch deine Ankunft gestört wurde und überraschend verschwinden musste oder ob er schon damals wollte, dass die Polizei das Video fand, wissen wir nicht. Auf jeden Fall blieb das Band am Tatort zurück.«

»Und wer hatte es dann die ganze Zeit?«

Patrick grinste unfroh. »Das haben wir erst gestern herausgefunden. Berger schrieb, ihm sei das Band anonym zugestellt worden. Das passt dazu, dass es sich nachweislich nicht bei den Videos befand, die er aus der Asservatenkammer entwendet hatte, um sie Wolf zu übergeben. Das waren zwar auch alles Kinderpornos mit sadistischen Elementen, aber wie Carlos sagt, waren keine Snuffs dabei.

Danach fingen wir an, noch einmal systematisch alle Möglichkeiten durchzugehen. Roland kam schließlich auf die Lösung. Außer dir und Berger war bis zum Eintreffen der Polizei nur noch eine Person am Tatort.«

»Der Wachmann«, entfuhr es Teresa spontan. »Der, den ich zu Hilfe geholt hatte.«

Patrick nickte grimmig.

»So ist es. Der Wachmann nutzte die paar Minuten, die er allein war, um das Band an sich zu nehmen. Er hoffte zu Recht, Wolf damit erpressen zu können.«

»Aber woher wusste er von diesen ganzen Vorfällen?«

Patrick seufzte.

»Die Welt ist eben ein Dorf. Der Kerl hatte beobachtet, dass Meyers häufig am Abend Nutten in seinem Büro empfing. So lernte er Irina Kara kennen. Anfangs suchte er sie selbst als Freier auf, später wurde er dann so etwas wie ihr heimlicher Freund. Jeder Topf findet schließlich seinen Deckel. Von Irina hatte er gehört, dass Meyers Sexspielchen auch kriminelle Dimensionen annehmen konnten.

Anfangs versuchte er Wolf mit dem Video zu erpressen. Nach dem Mord an Irina wurde ihm das Pflaster dann zu heiß und er schickte das Band anonym an die Polizei. Dass es dann Berger in die Hände bekam, war ein reiner Zufall. Genauso gut hätte es bei Roland oder Enders landen können.«

Teresa schwieg erschüttert. Auch die arme Irina hatte also ein bescheidenes Privatleben gehabt und vielleicht wieder Träume gehegt, die sie schon längst aufgegeben glaubte. Beim Gedanken daran stiegen ihr Tränen in die Augen.

Patrick sah sie mitfühlend an.

»Carlos hat außerdem gestanden, dass Berger Irina verraten wollte. So wie er schon vorher unseren V-Mann im Milieu verraten hatte. Leider haben wir unser System für sicherer gehalten, als es wirklich war. Natürlich wurde der V-Mann beobachtet und alle seine Kontakte registriert. Irina war von Anfang an bei den Verdächtigen. Sie war trotz aller Anpassung zu selbstbewusst und aufmüpfig im Vergleich zu den Mädchen aus Osteuropa. Außerdem wusste sie viel über Meyers.

Schließlich kamen einige Dinge einfach zusammen. Zwar machte dein Auftritt erneut auf Irina aufmerksam und Lena Meyers erkannte dich trotz deiner Verkleidung, aber wäre Irina nicht auf diese Weise aufgeflogen, hätte Berger sie verraten. Er wusste mittlerweile, wer der Maulwurf war. Carlos erinnert sich noch, wie sich Wolf darüber amüsierte, dass er Berger nur einen Bruchteil der geforderten Summe für diese Information bezahlen musste.«

»Und woher hatte Berger die Information?«

Patrick seufzte.

»Er hat mich und Roland beim Pinkeln belauscht. Wir waren unvorsichtig genug, auf dem Klo über Irina zu sprechen. Du siehst also«, er strich Teresa tröstend über die Wange, »du brauchst dir keine Vorwürfe mehr zu machen. Oder zumindest nicht mehr als ich selbst.«

»Stand das alles in Bergers Abschiedsbrief?« fragte Teresa.

Patrick nickte.

»Auch das Geständnis des Mords an Meyers?«

»Nicht direkt«, räumte Patrick ein. »Aber er betont immer wieder, dass es ihm ein Anliegen war, die Täter bestraft zu sehen. Was er nicht habe selbst erledigen können, müssten wir jetzt eben tun.«

Beide schwiegen eine Zeitlang und hingen ihren Gedanken nach. Erneut befiel Teresa das merkwürdige Gefühl, dass Patrick ihr etwas verschwieg.

»Und wie komme ich in die ganze Geschichte?« fragte sie nach einer Weile.

Patrick sah sie an.

»Darüber kann ich bis jetzt nur spekulieren«, sagte er. »Auch ohne Eva Schneider befragen zu können, die wir noch immer nicht gefunden haben, gehe ich jetzt davon aus, dass das Auffinden von Meyers Leiche eine Kette von einfachen Zufällen war. Ob Meyers den von Eva vereinbarten Termin mit dir vergessen hat und am Abend wirklich ein Callgirl bestellt hat, werden wir wohl nie in Erfahrung bringen. Auf jeden Fall scheint er sich mit Berger verabredet zu haben. Freiwillig, wie anzunehmen ist.

Auch dass Meyers das unfertige Snuff von David Gorges bereits in seiner unersättlichen Gier nach Grausamkeiten kopieren ließ, war nie vorgesehen. Wolf war natürlich verrückt vor Angst, er könne dadurch mit seiner ganzen Bande auffliegen. Er wusste von Meyers selbst, dass dieser die Kopie besaß und hatte einen Riesenkrach mit ihm darüber. Meyers hatte ihm hoch und heilig versprochen, ihm das Band am nächsten Morgen auszuhändigen. Carlos sollte es bei ihm abholen.

Als es dann weder am Tatort noch bei den beschlagnahmten Videos auffindbar war, kam Wolf einfach auf die nahe liegendste Lösung. Er verdächtigte dich aufgrund deiner Bekanntschaft mit Eva Schneider, die er ja aus weit dubioseren Zusammenhängen kannte als du. Außerdem schien sonst niemand am Tatort gewesen zu sein. Dass der Wachmann die Kassette mitgehen ließ, konnte auch er nicht ahnen.«

»Tja, so wird es wahrscheinlich gewesen sein«, sagte Teresa zweifelnd. Sie war keineswegs überzeugt.

Aber sie schob den Gedanken beiseite und fragte: »Was ist mit Lena Meyers?«

Patrick lachte verächtlich.

»Stimmt, die gibt es ja auch noch. Diesmal können wir uns vor Kronzeugen wahrlich nicht retten. Nicht nur Carlos singt wie ein Vögelchen, seit er weiß, dass ihn sein Boss ans Messer liefern wollte, auch Lena Meyers kann uns gar nicht genug über ihren Ex-Geliebten erzählen.«

»Was?« Teresa schüttelte sich vor Ekel. »Sie hatte ein Verhältnis mit diesem schmierigen Giftzwerg?«

Patrick sah sie mitleidig an.

»Ja, mein Liebes, deine ehemalige Studienkommilitonin ist ein ganz schön verworfenes Luder. Sie hat den Kontakt zu dir die ganze Zeit nur benutzt, um dich auszuhorchen. In Wolfs Auftrag. Mit ihm hatte sie schon lange ein heimliches Verhältnis. Wolf plante, sich nach Paraguay abzusetzen, wenn er genug Geld mit seinen Machenschaften gescheffelt und der Boden ihm in Deutschland zu heiß geworden wäre. Lena Meyers hat er weisgemacht, dass er sie und ihre Kinder mitnehmen würde. So hat sie ihm immer wieder nützliche Informationen über Meyers geliefert, den sie aus ganzem Herzen hasste, sein schmutziges Geld gewaschen und sich auf jede erdenklich andere Weise zu seiner Sklavin gemacht. Besonders nett behandelt hat er sie anscheinend trotzdem nie, aber vielleicht war es im Vergleich zu Werner Meyers schon eine Wohltat, stattdessen mit jemandem wie Wolf zu vögeln.«

Trotz Patricks ätzendem Sarkasmus war Teresa erschüttert über Lenas Schicksal. Wie konnte ein Mensch sein Leben nur so verkorksen.

»Was wird jetzt aus ihr?« fragte sie mit leiser Stimme.

Patrick zuckte die Schultern. »Ich weiß es nicht. Ob der Staatsanwalt in diesem Fall zwei Kronzeugen akzeptieren wird, wird man sehen. Sie wird auf jeden Fall mit einigen Jahren Gefängnis zu rechnen haben, so oder so.«

»Warum sagt sie denn jetzt gegen Wolf aus?«

»Dafür scheint es zwei Gründe zu geben. Zum einen hat sie erfahren, dass Wolf nie daran dachte, sie mit nach Paraguay zu nehmen. Weil er dort unten schon längst eine zwanzig Jahre jüngere Geliebte hatte. Ein Mädchen aus Polen, das ursprünglich wie die anderen für den Straßenstrich vorgesehen war und in das Wolf sich dann verguckt hat. Sie lebt schon seit sechs Monaten in einer Villa in der Nähe von Asuncion und wartet auf ihn. Demnächst wird Stephan aus Rolands Truppe hinunter reisen, um sie vor Ort zu vernehmen.«

»Und der zweite Grund?«

»Bei den Kinderpornos, die Wolf vertrieben hat, ist immer noch ein Film von Lenas Tochter Alicia dabei. Werner Meyers hat die damals Fünfjährige tatsächlich vor laufenden Kameras vergewaltigt, und der Film zählte wegen seiner besonderen Brutalität wohl bis zuletzt zu den Verkaufsschlagern der Truppe. Lena Meyers erlitt einen Weinkrampf, als man sie mit dem

Machwerk konfrontierte. Es befand sich unter den Pornos, die Carlos uns übergeben hat.«

Teresa erinnerte sich an das Gespräch mit Lena Meyers in der Steipe in Trier. Ihre beiden Kinder liebte Lena Meyers abgöttisch, das hatte Teresa ihr immer abgenommen. So sehr sie ihr übriges Leben auch verpfuscht hatte. Eigentlich hätte sie wütend auf Lena sein müssen, aber sie spürte nur Mitleid.

Patrick sah auf seine Armbanduhr. Mittlerweile war es fast zehn Uhr geworden. Seit zwei Stunden sprachen sie ununterbrochen miteinander. Er rutschte nervös auf dem Sofa hin und her.

Teresas Magen zog sich schmerzhaft zusammen. Mittlerweile war sie sicher, dass Patrick ihr noch etwas sehr Unangenehmes zu sagen hatte.

Sie machte einen letzten Versuch, diesem Thema auszuweichen. »Wie geht es jetzt weiter?« fragte sie.

»Wir werden mit Lena Meyers und Carlos Hilfe den ganzen Ring auffliegen lassen, vermute ich«, antwortete Patrick. »Wir rekonstruieren den Aufbau des internationalen Netzwerkes, mit dessen Hilfe der Schund vertrieben wurde. Wir enttarnen die Deckaktivitäten der Spedition und hoffen, auf weitere Geschäfts- und Handelspartner des Ringes zu stoßen. Mit Lena Meyers Hilfe werden wir die Geldströme und Geldwaschaktivitäten identifizieren und so viel wie möglich beschlagnahmen. Carlos wird uns zu den diversen Drehorten führen, an denen die Videos entstanden sind, wobei einer tatsächlich ganz in der Nähe von Trier zu liegen scheint. Das Snuff von David Gorges soll in einem abgelegenen Bauernhaus in der Nähe von Oberemmel entstanden sein, nur ein paar Kilometer entfernt von der Stelle, wo man seine Leiche in die Mosel geworfen hat.

Was übrigens so nie vorgesehen war. Der Kerl, der das Kind eigentlich verscharren sollte, war anscheinend zu faul dazu und entledigte sich der Leiche im Fluss. Wenn wir Carlos richtig verstanden haben, leistet er dem Kind dafür mittlerweile Gesellschaft. Die Bande machte da wohl kurzen Prozess.«

»Und wir werden wohl weitere Morde und Kindesentführungen aufzuklären haben«, fügte Patrick schaudernd hinzu. »Hoffentlich retten wir wenigstens noch ein paar der entführten Würmchen, bevor sie für immer Schaden genommen haben.«

»Wo sind die Kinder?«

»Damit hat Carlos noch nicht heraus gerückt. Er will erst eine Garantie, dass er mit einer Strafmilderung davon kommt.«

Patrick sah erneut auf die Uhr. Teresa spürte, dass das, was zwischen ihnen stand, jetzt nicht mehr länger aufzuschieben war.

Sie holte tief Luft und wagte den Schuss ins Blaue.

»In all der Aufregung hast du sicherlich noch nicht mit Tanja sprechen können?« fragte sie mit zitternder Stimme.

Patrick schwieg und wich ihrem Blick aus.

Teresa hielt es nun keinen Moment länger aus. Sie wollte endlich Gewissheit.

»Du hast mit ihr gesprochen und hast dich entschlossen, bei ihr zu bleiben«, stellte sie fest. Ihre Stimme klang brüchig.

Jetzt sah Patrick ihr gerade in die Augen. Teresa las eine Mischung aus Liebe und großer Traurigkeit in seinem Blick. Sie erwartete das Schlimmste. Trotzdem war sie nicht im Geringsten für die Antwort gewappnet, die er ihr gab.

»Nein, Teresa, das habe ich nicht. Im Gegenteil, ich liebe dich mehr denn je. Ich möchte nach wie vor mit dir zusammen sein.«

»Aber da ist etwas passiert, mit dem ich nicht gerechnet habe«, fügte er nach einer Pause hinzu.

Teresa sah ihn verständnislos an.

»Was soll das sein?« fragte sie.

Erneut wich Patrick ihrem Blick aus. Dann sah Teresa, wie er tief Luft holte, so als müsse er all seinen Mut zusammen nehmen.

»Tanja ist schwanger«, sagte er.

Kapitel 49

Sprachlos starrte Teresa ihn an.

Patrick fühlte sich entsetzlich. Der idiotische Satz: »Es ist nicht so, wie du denkst« lag ihm auf der Zunge. Er musste sich mit Macht beherrschen, ihn nicht auszusprechen. Er hatte nicht mehr mit Tanja geschlafen, seit es das erste Mal mit Teresa passiert war. Jetzt suchte er nach den richtigen Worten, um ihr die Ereignisse so zu schildern, wie sie sich wirklich zugetragen hatten.

Nach einer Weile, die ihm wie eine Ewigkeit vorkam, stand Teresa auf und mixte sich wortlos noch einen Kir Royal. Ihre Hände zitterten, als sie das Getränk in das schmale Sektglas zu schütten versuchte, und sie goss einen Teil der Flüssigkeit daneben. Achtlos ließ sie sie auf den teuren Designer-Teppich tropfen, der unter dem Glastisch lag.

Rote Flecken auf den Wangen ihres ansonsten leichenblassen Gesichtes gaben ihr ein fiebriges Aussehen. Trotzdem fand Patrick sie mit ihren smaragdgrünen Augen und der dichten dunkelbraunen Haarmähne, die ihr jetzt wirr über die Schultern hing, schöner denn je.

Schließlich setzte sie sich ihm gegenüber in einen der Fauteuils, so weit weg, wie es die Sitzgelegenheiten in ihrem Wohnzimmer erlaubten. Bis dahin hatte sie dicht neben ihm auf der Couch gesessen und während seines Berichts über die jüngsten Ereignisse in Trier immer wieder zärtlich nach seiner Hand gegriffen.

Ihr Gesicht hatte einen harten Zug angenommen, der tiefe Furchen um ihre Mundwinkel zog, als sie ihm schließlich gerade in die Augen blickte. Ihre eigenen Augen wirkten starr wie grünes Glas.

Mit einer Handbewegung forderte sie ihn zum Sprechen

auf. Patrick wagte es nicht, ihren Blick zu erwidern, während er zu erzählen begann, sondern richtete seine Augen auf den Glastisch, wo das verschüttete Getränk eine rosa schimmernde Lache bildete.

Dann begann er zu berichten, anfangs stockend, später immer flüssiger, als mit Teresas offensichtlicher Anteilnahme seine Hoffnung stieg, dass sie alle doch noch einen Ausweg aus dieser verfahrenen Situation finden würden.

Er war am Sonntagabend erst gegen Mitternacht aus Trier zurückgekommen und das auch nur, weil ihn der Präsident des LKA am nächsten Morgen persönlich zur Berichterstattung beordert hatte. Bereits am Nachmittag hatte er Tanja bei ihrer Schwester in Gießen angerufen, um ihr mitzuteilen, dass sie ihre Aussprache, die für den frühen Sonntagabend geplant gewesen war, erneut verschieben müssten.

Zu seiner Überraschung war Tanja bereits nach Mainz aufgebrochen und kam gerade in ihrer Wohnung an, als er ihr eine Nachricht auf dem Anrufbeantworter hinterlassen wollte. Erst im Nachhinein war ihm aufgefallen, wie merkwürdig ihre Reaktion am Telefon gewesen war.

Statt des gewohnten Maulens über seine beruflich bedingte Unzuverlässigkeit hatte Tanja nur bedauert, dass es jetzt mit dem schönen Essen nichts werden würde, das sie eigens zur Feier ihres Wiedersehens hatte zubereiten wollen. Außerdem hatte sie versprochen, bis zu seiner Ankunft wach zu bleiben, obwohl er ihr weder eine Uhrzeit genannt noch in Aussicht gestellt hatte, etwas anderes als schlafen zu wollen, wenn er nach diesem anstrengenden Tag endlich nach Hause käme.

Nach dem Telefonat hatten die Ereignisse in Trier weiter ihren Lauf genommen. Wolf war in Luxemburg verhaftet worden und Patrick hatte Tanja vorübergehend vollständig vergessen.

Als er schließlich am späten Abend vorsichtig mit seinem Wohnungsschlüssel die Tür öffnete, da er nicht ernstlich damit rechnete, dass Tanja noch wach sein würde, hatte er zunächst geglaubt, dass sie eine furiose Versöhnung mit ihm feiern wollte. Die ganze Wohnung war wie bei einem Kindergeburtstag mit Girlanden und Luftballons geschmückt und auf dem Wohnzimmertisch standen eine Flasche Champagner und zwei Gläser.

Tanja, in ein dunkelblaues weites Kleid gewandet, das er noch nie an ihr gesehen hatte und das ihr mindestens zwei Nummern zu groß zu sein schien, war strahlend aus dem Badezimmer aufgetaucht. Trotz des merkwürdigen Kleides und der späten Stunde hatte sie lebendig und hübsch ausgesehen mit ihren kornblumenblau blitzenden Augen und den vor Aufregung geröteten Wangen. Ihr frisch gewaschenes blondes Haar hatte sie in lose Wellen gelegt, die ihr schimmernd über die Schultern flossen.

All das hatte Patrick auch deshalb so genau bemerkt, weil es ihn völlig kalt gelassen hatte. Teresas herbe Schönheit fesselte ihn mittlerweile viel mehr als Tanjas Barbie-Stil. Nie hatte er dies klarer gespürt als in diesen Momenten.

So hatte er sich für die harten, aber klaren Worte gewappnet, mit denen er Tanja unmissverständlich hatte mitteilen wollen, dass er Konsequenzen aus ihrer jahrelangen Ehekrise zu ziehen gedächte. Aber er war zunächst gar nicht zu Wort gekommen.

Tanja hatte ihn stürmisch umarmt und ihn dann an den Händen zum Wohnzimmertisch gezerrt. Dort hatte sie ihm den Finger auf den Mund gelegt und ihn gebeten, ihr die Überraschung nicht zu verderben, auf die sie sich so sehr gefreut hätte. Dabei hatte sie ihm Champagner, sich aber merkwürdigerweise nur Mineralwasser in ein Sektglas gegossen und dann mit geheimnisvollem Lächeln ein aufwändig verpacktes Geschenk aus einer Tasche ihres Kleides gezogen.

»Was ist das?« hatte er misstrauisch gefragt.

»Mach' es auf«, hatte sie geantwortet und dann erwartungsvoll auf der Couch Platz genommen.

Unwillig und ärgerlich ob dieses Getues, aber immer noch vollständig ahnungslos, hatte Patrick das Päckchen aufgemacht, wobei er die liebevolle Umhüllung demonstrativ zerrissen hatte, um seine Ungeduld zu zeigen. Verständnislos hatte er dann auf einen langen weißen Plastikstab gestarrt, der in der Mitte ein rosa verfärbtes Sichtfenster hatte. Er war in ein Blatt Papier gehüllt, das wie ein Ultraschallbild aussah, auf dem er aber absolut nichts hatte erkennen können.

Der Schock hatte ihn noch mehrere Minuten daran gehindert, das so Offensichtliche endlich zu begreifen.

»Du bist schwanger«, hatte er schließlich völlig entgeistert gestammelt.

Tanja hatte voll Freude genickt und wollte ihn erneut stürmisch umarmen, was er aber entschieden abgewehrt hatte. Seine erste Reaktion war Wut gewesen, da er spontan geglaubt hatte, Tanja wolle ihm ein Kind aus einer kurzen Affäre unterschieben, die sie während ihrer Trennung gehabt hatte.

Aber als sie dann zu erzählen begonnen hatte, waren ihm die Zusammenhänge nur allzu deutlich geworden.

Es musste während dieser Zeremonie passiert sein, die Tanja veranstaltet hatte, als sie das letzte Mal vor sechs Wochen miteinander geschlafen hatten und die Patrick den Rest gegeben hatte, was ihre Ehe anging.

Tanja hatte die Schwangerschaft zunächst nicht bemerkt, da sie zuerst zur gewohnten Zeit eine leichte Blutung gehabt hatte, deren Relikte Patrick ja auch im Mülleimer des Badezimmers entdeckt hatte. Diese Blutung hatte dann aber so schnell wieder aufgehört und auch später nicht mehr eingesetzt, dass Tanja erneut Hoffnung geschöpft hatte.

Aus Aberglauben, um das Schicksal nicht zu versuchen, wie sie ihm erklärte, hatte sie dann volle zwei Wochen gewartet, bis sie endlich gewagt hatte, eben den Schwangerschaftstest zu machen, den sie ihm gerade als Geschenk überreicht hatte. In dieser Zeit hatten auch die ersten körperlichen Anzeichen der Schwangerschaft eingesetzt. Sie war außergewöhnlich müde gewesen und mehrfach war ihr morgens beim Aufstehen übel und schwindlig geworden.

Schließlich war sie dann auch bei ihrem Frauenarzt gewesen, der die freudige Nachricht bestätigt hatte. Bei diesem Besuch war das Ultraschallbild gemacht worden, in das der Schwangerschaftstest eingewickelt gewesen war.

Um sich ein wenig an Patrick für die Vernachlässigung zu rächen, aber auch keine falschen Erwartungen zu wecken, hatte sie ihm gegenüber nichts vom Verdacht der Schwangerschaft erwähnt. Allerdings hatte sie Andeutungen gemacht, an die sich Patrick nur zu gut erinnern konnte, die er in seiner Verblendung aber so interpretiert hatte, als ob auch Tanja sich von ihm trennen wolle.

Ermutigt durch ihre Schwester, die ihr auch ernsthaft ins Gewissen geredet hatte, was Patricks Qualitäten als Ehemann anging, hatte sie sich dann vor einer Woche entschlossen, ihn endlich einzuweihen und mit dem freudigen Ereignis zu überraschen.

Der Rest war schnell erzählt. Tanja würde das Kind im Januar des nächsten Jahres bekommen. Patrick hatte in seinem Schock etwas Freude geheuchelt, dann schwere Müdigkeit vorgeschützt und im Anschluss daran die halbe Nacht wach gelegen, um zu überlegen, was er jetzt tun solle.

»Und was willst du jetzt tun?« In Teresas Augen sah er keinen Vorwurf mehr, sondern nur eine Mischung aus Mitgefühl, Distanz und etwas anderem, das er nicht deuten konnte, das ihm aber Angst machte.

Er hob den Kopf und sah sie an.

»Teresa«, sagte er dann mit mühsam zur Ruhe gezwungener Stimme. »Zwischen uns hat sich dadurch gar nichts verändert. Ich möchte Tanja immer noch verlassen. Unsere Ehe ist für mich definitiv zu Ende und wird nicht durch ein hilfloses Baby wieder zum Leben erweckt. Zumal ich noch gar nicht weiß, ob das Baby für Tanja mehr sein wird als eine lebendige Puppe. Natürlich werde ich immer für das Kind sorgen, auch weit über das hinaus, was ich finanziell leisten müsste. Und…«

Jetzt mischte sich Trotz in seinen Blick:

»jede Frau, die mich liebt, wird akzeptieren müssen, dass ich diesem Kind ein guter und liebevoller Vater sein werde. Aber …«

Seine Stimme wurde wieder weicher, als er sah, dass Teresa zustimmend nickte,

…«ich liebe nur dich, Teresa. Und ich möchte mit dir sein und auch mit dir ein Kind haben, wenn du es willst und die Zeit dafür gekommen ist.«

»Hast du das Tanja schon gesagt?«

»Gestern Abend war ich noch zu durcheinander dazu. Und ich wollte außerdem erst mit dir darüber sprechen.«

Teresa schwieg und sah aus dem Fenster.

»Teresa, was möchtest du jetzt?«, fragte er schließlich leise. Seine Stimme hatte einen flehenden Unterton, der Teresa ins Herz schnitt.

Sie stand auf und trat zum Fenster. Eine lange Zeit betrachtete sie im Schein der Straßenlaterne die bunten Petunien, die der Gärtner erst gestern in die Rabatten rund ums Haus gepflanzt hatte. Sie leuchteten intensiv rosa-, rot- und fliederfarben vor dem dunklen Blau der Nacht. Ihr Kopf war vollständig leer, aber ihr Magen fühlte sich an wie ein Klumpen Blei.

Sie hatte sofort gewusst, was sie tun würde. Und wusste es noch. Es war zwecklos, sich dagegen zu wehren. Trotzdem kostete sie es unendlich viel Kraft, den Blick wieder Patrick zuzuwenden. Ihr Entschluss stand fest, aber heute war sie zu müde und zu erschöpft, um ihn in Worte zu fassen.

»Patrick«, sagte sie stattdessen. »Ich muss darüber nachdenken. Lass' mir einige Tage Zeit dafür. Und versprich' mir, dass du Tanja vorläufig nichts von uns sagst.«

»Bitte, versprich mir das«, fügte sie drängend hinzu, als sie Patricks zweifelnden Blick sah, »ich möchte mich wirklich frei entscheiden können.«

Eine Ewigkeit sahen sie einander in die Augen, bis Patrick schließlich nickte. Er konnte Teresa die Entscheidung nicht verdenken. Schließlich wusste er ja, was sie selbst erst vor kurzem durchgemacht hatte.

Trotzdem saß die Enttäuschung bitter wie Galle in seiner Kehle, als er in seine Wohnung zu Tanja fuhr.

Kapitel 50

Der nächste Tag verstrich quälend langsam, aber ohne besondere Ereignisse.

Wider jede Wahrscheinlichkeit hatte Teresa bis zuletzt gehofft, Eva Schneider würde am Dienstag, ihrem ersten regulären Arbeitstag nach dem fast achtwöchigen Urlaub, wie gewohnt an ihrem Schreibtisch sitzen, übersprudelnd von den vielen Erlebnissen ihrer Reise. Aber natürlich war das Büro leer gewesen, als Teresa am Morgen gegen neun Uhr die Tür aufschloss.

Enttäuschung verdrängte trotz der geringen Wahrscheinlichkeit einer solch einfachen Lösung eine Weile das Gefühlschaos, in dem sie seit den gestrigen Eröffnungen von Patrick Wiegandt steckte.

Fern im Hintergrund spürte sie vage und undeutlich die Erleichterung darüber, dass der Fall in Trier jetzt abgeschlossen war und weder ihr Leben noch ihr Eigentum weiter bedroht waren. Auch wenn dies noch nicht explizit Gegenstand der bisherigen Verhöre gewesen war, so war sich Patrick doch sicher gewesen, dass auch der Mordversuch an Teresa und die Einbrüche in ihre Wohnung und ihr Büro auf Wolfs Konto gingen. Carlos und Lena Meyers würden auf jeden Fall noch dazu befragt werden.

Im Vordergrund ihrer Gefühle stand eindeutig der Schock darüber, dass ihre Beziehung zu Patrick diese unerwartete Wende erfahren hatte. Sie hatte ihre Entscheidung in der schlaflos verbrachten Nacht immer wieder überprüft. Aber allein die Vorstellung, mit Patrick zusammen zu sein, während Tanjas Bauch immer mehr und mehr wuchs, stieß sie zutiefst ab. Sie wusste darüber hinaus, dass sie ihm nie im Weg stehen würde, wenn Tanja seine Hilfe einfordern würde. Und dass Tanja dies tun würde und zwar weit über das erforderliche Maß hinaus, darin war sich Teresa sicher.

Probleme über Probleme waren ihr immer deutlicher geworden: Würde Patrick bei der Geburt seines ersten Kindes dabei sein wollen und somit diesen absolut intimen Akt mit der Frau teilen, die er gar nicht mehr liebte? In welchem Zustand würde er dann hinterher zu ihr zurückkehren? Reuig, verzweifelt, vielleicht sogar vorwurfsvoll, weil Teresa so plötzlich in sein Leben eingebrochen war?

Und was wäre mit ihr selbst? Würde sie sich im vergeblichen Bemühen, den Ausgleich zu Tanjas Stellung als Mutter seines Kindes zu schaffen, erneut verzweifelt bemühen, schwanger zu werden? Und würden diese Versuche dann in einer ähnlich verfahrenen Situation enden wie ihre jahrelangen vergeblichen Bemühungen mit Marcel? Und bei Patrick den gleichen Druck zur Folge haben, den auch Tanja auf ihn ausgeübt hatte?

An sich waren diese offenen Fragen schon für sich allein gesehen abschreckend genug. Aber im tiefsten Innern wusste Teresa, dass es noch einen weiteren Grund dafür gab, dass sie sich ein Leben mit Patrick unter den jetzigen Umständen überhaupt nicht vorstellen konnte. Trotz ihrer ausgesprochenen Antipathie gegen Tanja und den Frauentypus, den sie verkörperte, hatte Teresa heftiges Mitleid empfunden, als Patrick ihr von seiner Reaktion auf die Schwangerschaft erzählt hatte.

Zwar war er nicht annähernd so gefühlskalt gewesen wie Marcel, aber auch er hatte sich nicht wirklich gefreut. Und hatte eine schwangere Frau nicht das Recht darauf, dass sich der Mann darüber freute, dass sie sein Kind austragen würde? Und bereit war, im Laufe der neunmonatigen mühsamen Schwangerschaft zunehmend auf ihre Bewegungsfreiheit und andere für Männer so selbstverständliche Möglichkeiten zu verzichten? Um danach die überaus schmerzhafte und in manchen

Fällen sogar immer noch lebensgefährliche Prozedur der Geburt auf sich zu nehmen.

Selbst danach waren die vielfältigen Beschwerden der Frau ja noch lange nicht vorbei, wie Teresa von Freundinnen und Bekannten wusste: Wundschmerz von Dammrissen oder Kaiserschnitten, Brustentzündungen beim Einschießen der Milch oder wochenlanger blutiger Ausfluss waren nur einige der unvermeidbaren Folgen, mit denen sich gebärende Frauen noch Wochen später neben der mühevollen Betreuung der Winzlinge plagten.

Hatte da eine Frau nicht zumindest das Recht auf Unterstützung durch den Erzeuger dieses neuen Menschenwesens? Unabhängig davon, ob er ihr selbst noch emotional zugeneigt war?

War es nicht gerade die Brutalität gewesen, mit der Marcel seine eigenen narzisstischen Interessen in den Vordergrund gestellt hatte, die Teresa vor einigen Monaten am meisten verletzt hatte? Und die hauptverantwortlich war für ihre Kurzschlussreaktion der Abtreibung? Vorübergehend war es ihr damals leichter erschienen, die Trauer über den Verlust des Kindes zu ertragen als die anhaltende Gefühlskälte des Mannes, den sie bis dahin zu lieben geglaubt hatte.

Und jetzt sollte ein anderer Mann einer anderen Frau das Gleiche antun, nur um mit ihr zusammen zu sein? Es war undenkbar.

Auch tagsüber quälten diese Gedanken Teresa immer wieder, während sie mühsam versuchte, all die Arbeiten zu erledigen, die eigentlich Evas Job gewesen wären.

In dieser Woche hatte Teresa nur ein eintägiges Kurzseminar zu halten, für das noch die Handouts und einige Arbeitsmaterialien erstellt werden mussten. Es war zum Glück eher stumpfsinnige Arbeit, die keine Kreativität von ihr verlangte.

Dennoch tat sie sich überaus schwer und musste mehrfach von vorne anfangen, wenn sie sich bei Flipcharts verschrieben hatte oder erst im Nachhinein feststellte, dass die bereits ausgedruckten Seiten der Handouts auffällige Fehler enthielten.

Auch eine Email, in der sie von einem Kunden, der schon länger nichts mehr von sich hören gelassen hatte, dazu aufgefordert wurde, ein Angebot für einen Teamentwicklungsworkshop abzugeben, freute sie nicht wirklich. Mühsam stoppelte sie einen Konzeptentwurf unter Rückgriff auf mehrere bereits abgewickelte Maßnahmen zusammen und sandte das Angebot per Mail zurück. Dabei missachtete sie ihren Grundsatz, sich bei einer Anfrage immer zuerst persönlich mit dem Kunden in Verbindung zu setzen. Aber sie fühlte sich nicht in der Lage, ein motivierendes Kundengespräch zu führen.

Bleischwer vor Depression verließ sie ihr Büro erst gegen 20 Uhr, obwohl sie nicht einmal die Hälfte dessen erledigt hatte, was sie an guten Tagen zu schaffen pflegte.

Irrationale Hoffnung flammte in ihr auf, als ihr der Anrufbeantworter zu Hause zwei Nachrichten meldete. Vielleicht war es ja Eva, die sich einfach doch nur mit ihrem Flug verspätet hatte.

Aber sie wurde enttäuscht. Der erste Anruf kam von Patrick, der sich nach ihrem Befinden erkundigen wollte und ihr mitteilte, dass bei den Botschaften von Peru und Bolivien jeweils eine Vermisstenmeldung über Eva Schneider eingereicht worden war.

Der zweite Anruf war von Teresas Mutter, mit der sie seit jenem unerfreulichen Telefonat vor einigen Wochen keinen Kontakt mehr gehabt hatte.

Entmutigt löschte Teresa beide Nachrichten auf der Stelle, schaltete den Klingelton ihres Telefons ab und ließ den Anrufbeantworter abgeschaltet. Heute würde sie mit niemandem mehr sprechen.

Nach einer Tasse Hühnerbrühe, die sie mühsam hinabwürgte, nahm sie zwei Valium ein, die sie noch aus der Zeit nach der Entdeckung des Mordes im Medikamentenschrank hatte. Dann fiel sie in einen bleiernen traumlosen Schlaf der Erschöpfung.

Auch Patrick Wiegandt war am Morgen nach der Aussprache mit Teresa angesichts des grandiosen Ermittlungserfolgs so schlechter Laune im Büro erschienen, dass ihm Gabriele Wagner und seine übrigen Mitarbeiter und Kollegen schon nach kurzer Zeit tunlichst aus dem Weg gingen.

Nachdem er liegen gebliebene Post aufgearbeitet und weitere der nicht enden wollenden Anfragen von Journalisten und Polizeidienststellen beantwortet hatte, fand er sich widerwillig vor Abscheu gegen elf Uhr im großen Konferenzsaal des LKA ein. Heute wollten die Videotechniker endlich die Ergebnisse der Auswertung des Mädchen-Snuffs vorstellen, das Teresa zugeschickt worden war. Zu diesem Zweck waren auch Roland und der Gerichtspathologe Lutz wieder aus Trier angereist.

Leider war über die Herkunft dieses Snuffs zumindest von Carlos keine Information zu erwarten. Er hatte erst 1999 für Wolf zu arbeiten begonnen und der Film schien deutlich älter zu sein.

Auch Lena Meyers bestritt, je von den Snuffs wirklich gewusst zu haben. Sie hatte die Existenz dieser Machenschaften zwar geahnt, aber lieber nicht allzu genau nachgefragt.

Insofern waren die Ermittlungen in diesem Fall maßgeblich auf die Ergebnisse der Auswertung des Films angewiesen. Es hatten sich allerdings nur einige wenige Hinweise ergeben, die aber das Bild, das sich die Beamten mittlerweile vom Geschehen gemacht hatten, nachhaltig bestätigten. So gab es gleich mehrere Beweise dafür, dass der als Henker maskierte Mörder tatsächlich Werner Meyers gewesen war.

Die Henkersmaske, die er trug, wies eine Besonderheit auf, die einen Vergleich mit dem Snuff von David Gorges und den Pornobildern, die Gabriele Wagner im Rahmen der Ermittlungen gegen den Koblenzer Internet-Ring gefunden hatte, ermöglichte. Es schien sich jedes Mal um die gleiche Maske zu handeln.

Selbstverständlich stimmte auch die Stelle des Muttermals bzw. der späteren Operationsnarbe auf allen Dokumenten mit den Daten von Meyers überein.

Hinweise auf den Entstehungszeitpunkt des Mädchen-Snuffs lieferte das Negligé der weiblichen Protagonistin, die im Film einige unappetitliche Einlagen als Sex-Gespielin der drei Diener absolvierte. Es war Gabrieles mühsamer Kleinarbeit am gestrigen Tag zu verdanken, dass sich dieses Modell als Angebot aus einem Beate-Uhse-Katalog von 1995 erwiesen hatte. Das Modell war eigens für die Uhse-Kollektion entworfen und nur in diesem Jahr verkauft worden.

Somit konnte der Tatzeitpunkt nach vorne begrenzt werden. Da die Operation von Meyers Muttermal einen weiteren objektivierbaren Markstein setzte, musste das Video also zwischen 1995 und 1996 entstanden sein. Dieser Zeitraum war erfreulich exakt.

Der einzige Hinweis auf die Identität des Mädchens erwies sich jedoch als Enttäuschung. Um eins der Handgelenke trug das Kind eine auffällige Kette, die die Techniker überdimensional vergrößert hatten. Sie bestand aus einzelnen Gliedern, die die Form von Blütenblättern aus Gold hatten mit einem kleinen roten Stein in der Mitte. Patrick erkannte den Schmuck sofort. Er war von derselben Machart wie das Schmuckstück, welches nach dem Mord in Meyers Büro gefunden worden war.

Wahrscheinlich hatte der Schmuck also ebenso wie das Babydoll des Models zu Meyers Requisiten für seine Scheußlichkeiten gehört. Er hatte es dem Kind aus unerfindlichen Gründen angezogen, bevor er es ermordet hatte.

»Gibt es die Möglichkeit, ein vollständiges Bild vom Gesicht des Mädchens zu machen?« fragte Wiegandt in die Runde. »Dann können wir es zumindest mit den Vermisstenkarteien des fraglichen Zeitraums vergleichen.«

»Und mit denen von früheren Jahren«, warf Gabriele Wagner ein. »Bedenke, dass auch David Gorges schon mehrere Jahre vor seinem Tod entführt worden ist.«

Wiegandt nickte. Der Leiter des Videolabors bestätigte, dass eine Rekonstruktion des Gesichts des Kindes möglich sein würde. Aufgrund der frühen Verletzung des rechten Auges, bei der das Kind noch den Knebel getragen hatte, müsste man zwar mehrere Bilder zusammen schneiden, aber das ließe sich bewerkstelligen.

»Gibt es Neues von Eva Schneider?« fragte Roland.

Wiegandt schüttelte den Kopf. »Bisher blieben alle Nachforschungen negativ. Die Spur der Eva Koslowski verliert sich in Amsterdam sofort nach dem Auschecken des Fluges. Und durch das Schengener Abkommen, das allen EU-Bürgern die unkontrollierte Einreise innerhalb der Europäischen Gemeinschaft ermöglicht, kann auch nicht ermittelt werden, ob diese Frau von den Niederlanden nach Deutschland gekommen ist. Geschweige denn, ob es sich überhaupt um Eva Schneider gehandelt hat.«

»Hat denn ihre Familie etwas von ihr gehört?«

»Wir haben auch die Münchner Kollegen um Hilfe gebeten. Aber Eva Koslowski oder Schneider hat nach dem Rausschmiss durch ihren Vater vor mehr als 20 Jahren nie wieder

Kontakt zu ihrer Familie aufgenommen. Der Vater ist mittlerweile verstorben, die Mutter lebt geistig umnachtet in einem Pflegeheim. Die einzige ältere Schwester hat, wie gesagt, keinerlei Kontakt mehr zu Eva gehabt.«

»Haben die Kollegen aus Straßburg sich schon gemeldet?« Wiegandt sah Gabriele Wagner an.

Diese errötete und schlug sich auf den Mund. »Mein Gott, Patrick, das habe ich in der Eile ganz vergessen«, gab sie zu. »Die Anfrage ist noch nicht durch. Aber ich werde das sofort in die Wege leiten.«

»Am Sonntagmorgen habe ich den zuständigen Beamten nicht erreichen können«, fuhr sie unaufgefordert mit ihrer Rechtfertigung fort, als Wiegandt sie finster fixierte. »Und in der Hektik von gestern habe ich das Ganze einfach vergessen.«

»Was erhoffst du dir denn noch von der Vernehmung von Eva Schneider?« warf Roland ein, bevor Wiegandt den Mund zu einer Erwiderung öffnen konnte.

»Sie ist und bleibt eine wichtige Zeugin«, entgegnete Wiegandt scharf.

»Zweifellos«, meinte Roland begütigend. »Aber so viele Informationen, wie Carlos und Lena Meyers uns gerade freiwillig und unabgesprochen geben, so dass wir sie auch vergleichen können, kann sie doch gar nicht haben. Also, was soll der Druck?«

Wiegandt schwieg verdrossen. Die einzige Antwort, die er hätte geben können, wäre der Runde nicht nachvollziehbar gewesen. Er brauchte Informationen über Eva Schneider, um Teresas Sorgen um sie zu beschwichtigen.

Und um einen Grund zu haben, weiterhin mit ihr in Kontakt zu bleiben.

Kapitel 51

Sie spürte es sofort, als sie die Wohnungstür aufschloss. Es war Donnerstagabend gegen 19 Uhr.

Äußerlich schien alles unverändert zu sein, genau so, wie sie es am frühen Morgen verlassen hatte, um in Wiesbaden ihre eintägige Schulung bei einem bekannten Anlagenbauer zu halten. Trotzdem war eindeutig etwas anders.

Ein schwacher Duft lag in der Luft, den Teresa von irgendwoher kannte, ohne sich auf Anhieb daran erinnern zu können, wo sie ihn zuletzt gerochen hatte. Es war ein exotisch schwerer Duft wie von einem Parfum mit Rosen- und Citrusbeimischungen, ein Duft, wie ihn Eva geliebt hatte.

Eva – die Erkenntnis durchfuhr Teresa wie ein Blitz. Im gleichen Moment sah sie die Vermisste leibhaftig.

Eva Schneider saß bewegungslos im Dämmerlicht auf Teresas Velourledercouch im Wohnzimmer und sah sie unverwandt an, wie sie da festgewurzelt vor Überraschung in der Tür zum Flur stand.

Sekunden, die sich wie eine Ewigkeit ausnahmen, sahen sich beide Frauen in die Augen, ohne ein Wort zu sagen. Wie in Zeitlupe nahm Teresa wahr, dass Eva in den letzten Wochen schmaler geworden war. Das ehemals pausbäckige fröhliche Gesicht war hager geworden und dunkle Ringe lagen um ihre Augen. Die blonden Haare waren wie bei ihrer Abreise zu Zöpfen geflochten, die ihr jetzt aber wie dünne ausgefranste Rattenschwänze über die Schultern hingen.

Sie war schäbig gekleidet in eine alte verwaschene Jeanshose und ein augenscheinlich aus Peru stammendes Hemd mit ehemals bunten Inka-Mustern, die so ausgebleicht waren, dass man die Farben kaum noch erkennen konnte. Ihre Füße steckten in ausgelatschten Mokassins.

»Hallo Teresa«, sagte Eva schließlich mit einer fremdartig klingenden hölzernen Stimme und brach damit den Bann, der beide Frauen in seinen Fängen hielt.

»Eva!« Erleichterung durchströmte Teresa wie eine warme Welle. »Was bin ich froh, dass dir nichts geschehen ist. Wir haben uns alle schon furchtbare Sorgen um dich gemacht, als du am Freitag nicht gelandet bist. Warum hast du dich denn nicht gemeldet? Die Polizei sucht dich dringend, du ahnst ja nicht, was hier alles passiert ist, während du weg warst...«. Sie trat auf Eva zu.

Ihr Redefluss wurde ebenso abrupt unterbrochen wie ihr Versuch, Eva in die Arme zu nehmen. Diese hob abwehrend beide Hände.

»Ich weiß, was passiert ist«, sagte sie mit der gleichen hölzernen Stimme. »Ich bin gekommen, um mich zu verabschieden.«

»Verabschieden? Jetzt verstehe ich gar nichts mehr. Wohin willst du denn schon wieder gehen? Du bist doch gerade erst angekommen.« Plötzlich kraftlos sank Teresa auf einen der Sessel. »Und woher willst du wissen, was hier alles geschehen ist, du warst doch gar nicht da.«

Das Offensichtliche fiel Teresa in ihrer Verwirrung erst jetzt auf.

»Und wie bist du überhaupt hier herein gekommen?«

»Ich habe mir den Schlüssel aus dem Büro geholt. Ich wollte nicht, dass mich jemand sieht.«

Die Gedanken rasten wild durch Teresas Kopf. Natürlich hatte Eva einen Schlüssel zum Büro und natürlich wusste sie auch, wo Teresa dort ihren Ersatzwohnungsschlüssel aufbewahrte, aber das machte doch alles gar keinen Sinn.

»Ich gehe zurück nach Bolivien«, fuhr Eva ungerührt fort. »Ich werde dort arbeiten, als Lehrerin in einem Selbsthilfeprojekt, das die Einheimischen da unten aufbauen.«

Schock und Kränkung durchfuhren Teresa gleichermaßen.

»Und deine Stelle hier?« fragte sie ungläubig. »Unsere Zusammenarbeit, die doch gerade erst angefangen hat. Was ist damit? Woher jetzt der Sinneswandel, wo du dich doch erst vor ein paar Monaten hier beworben hast? Und wo du weißt, dass ich dich brauche und mich darauf verlassen habe.«

Im Halbdunkel sah Teresa jetzt zum ersten Mal eine Gefühlsregung auf Evas Gesicht. Liebevolle Sympathie war darin zu lesen und sehr viel Traurigkeit.

»Oh, Teresa«, Eva seufzte. »Du brauchst niemanden, am wenigsten jemanden wie mich. Es tut mir Leid, dass ich dich in all das hineingezogen habe, aber glaube mir, ich hätte es nicht getan, wenn ich nicht gewusst hätte, dass du stark genug bist, auch damit fertig zu werden.«

Teresas Verwirrung wuchs ins Unermessliche. Wut verdrängte die Kränkung. Spontan griff sie zum Schalter der Deckenlampe, der sich neben dem Sessel befand, und knipste das Licht an. Grell und unbarmherzig bestrahlte es die kleine, jetzt unglücklich wirkende Gestalt auf dem Sofa.

»Was heißt hier hinein gezogen?« brach es aus Teresa heraus. »Soll ich wirklich glauben, was die Polizei mir weismachen wollte, nämlich dass du mich absichtlich mit einem deiner ehemaligen Lover zusammengebracht hast, einem Sadisten, wie er im Buche steht, dazu, den du mir als Kunden andienen wolltest? Und der mich für so eine Art Callgirl hielt, bevor er abgeknallt wurde. Hast du wirklich mit Prostitution und Kinderschändern zu tun oder was soll das alles bedeuten? Antworte mir«, drängte sie, als Eva sie weiterhin bewegungslos anstarrte.

Und dann sah sie es. Spontan presste sie die Hand auf den Mund, um einen Schrei zu unterdrücken. Eva trug ein Halsband oder vielmehr ein Fragment davon. Drei goldene Blüten, in der Mitte mit kleinen roten Steinen, aufgefädelt an einer offensichtlich nicht dazu passenden Kette aus billigem goldfarbenem Metall. Aber das fremdartig aussehende Schmuckstück war echt, daran konnte kein Zweifel bestehen.

Teresa hatte einen Teil davon bereits früher gesehen, hier in diesem Raum, im Wohnzimmer ihrer Wohnung. Sie hatte eine solche goldene Blüte aus einer Plastiktüte der Polizei gezogen, wie sie für Beweise verwendet wurde. Der Schmuck war am Tatort des Mordes an Werner Meyers gefunden und zuerst fälschlicherweise für Teresas Eigentum gehalten worden.

Die Erkenntnis überwältigte sie. »Du...?« Vor Entsetzen brachte sie den Satz nicht zu Ende.

Eva nickte. »Ich habe ihn umgebracht«, sagte sie einfach. Es klang banal wie die Feststellung einer längst bekannten Tatsache.

»Um Gottes Willen, warum?«

»Er war ein Schurke, wie es schlimmer nicht sein kann. Er hatte den Tod tausendfach verdient. Und hätte anderen weiterhin den Tod gebracht.«

Einen Moment lang drehte sich alles um Teresa. Dann hörte sie wie durch einen Nebel Evas Stimme. »Möchtest du meine Geschichte hören oder soll ich lieber gehen?«

Teresa riss sich zusammen.

»Natürlich will ich sie hören. Ich will wissen, was das alles zu bedeuten hat.«

»Nun gut«, sagte Eva. »Hast du dir den Film angesehen, den ich dir geschickt habe?«

»Welchen Film?« Einen Moment lang war Teresa erneut verständnislos. Dann wurde sie hysterisch, als ihr dämmerte, was Eva meinte. »Du meinst, dieses entsetzliche Mordvideo? Das kam von dir?«

»Ja, dieses entsetzliche Mordvideo«, ahmte Eva sie nach. Ihr Ton klang jetzt metallisch hart, scharf wie die Stimme des Richters, der ein Todesurteil verkündet.
»Das Mädchen auf dem Film war mein Kind.«

Niemals in ihrem Leben sollte Teresa die nächsten drei Stunden vergessen. Stumm und gebannt lauschte sie Evas Erzählung und unterbrach sie nur selten, um eine Frage zu stellen oder Mineralwasser und Kaffee zu holen. Je mehr sie erfuhr, desto mehr erinnerte sie das Szenario, das Eva vor ihr ausbreitete, an eine der griechischen Tragödien, die sie in ihrer Schulzeit ob ihrer Unausweichlichkeit des Schicksals unabhängig von allem menschlichen Streben schon so beeindruckt hatten.

Den Beginn der Geschichte kannte Teresa zum Teil schon von Irina Kara, die, wie sie jetzt erfuhr, bis zu ihrem Tod Evas beste Freundin geblieben war. Aber so eindringlich wie Eva selbst hatte Irina es natürlich nicht erzählen können.

Vor Teresas Augen entstand die bedrückende Atmosphäre eines kleinbürgerlichen Elternhauses, in dem sich Evas freudlose Kindheit abgespielt hatte.

Der Vater, von Beruf Buchhalter eines kleinen Unternehmens, hatte die Familie, Evas schüchterne depressive Mutter und die beiden Töchter, mit seinen zwanghaften Launen beherrscht und tyrannisiert. Alles musste seinen geregelten Gang gehen, es gab bereits Streit, wenn das Essen einmal fünf Minuten nach der festgesetzten Zeit auf dem Tisch stand. Ein vom Vater festgelegtes Ritual bestimmte jeden Tagesablauf, von dem niemand abweichen durfte, ohne gravierende Folgen befürchten zu müssen.

Die Mutter, selbst ohne Ausbildung und Familie und zehn Jahre jünger als ihr Mann, hatte schon zu Evas Kinderzeiten vor diesem Leben kapituliert und sich gefügt. Sie war ihren

Töchtern weder Ansprechpartnerin noch Trost oder Hilfe vor den Launen des Vaters gewesen.

Je älter die Töchter wurden, desto mehr steigerten sich diese Launen zu Schikanen. Beide Töchter besuchten das Gymnasium in der Stadt Rosenheim, vor deren Toren auch der kleine Ort lag, in dem Eva aufgewachsen war. Nach der Schule hatten die Mädchen sofort nach Hause zu kommen, alle Freiheiten, wie sie Jugendliche dieses Alters lieben, wurden ihnen untersagt. Der sonntägliche Kirchgang, immer zu derselben Zeit, blieb der soziale Höhepunkt ihrer Woche.

Doris, Evas ältere Schwester, hatte sich ebenso wie die Mutter diesem Leben gefügt. Allerdings war sie in der Schule nicht mitgekommen und musste vorzeitig vom Gymnasium abgehen. Zu der Zeit, als Eva ihr Elternhaus verließ, machte sie ihren zweiten Ausbildungsversuch als Friseuse, nachdem auch der Besuch einer Handelsschule gescheitert war. Doris ähnelte vom Charakter her Evas Mutter und war Eva daher weder Freundin noch Verbündete bei deren Ausbruchsversuchen gewesen.

Eva dagegen hatte sich im Alter von sechzehn Jahren zu wehren begonnen. Sie war anders als ihre Schwester eine gute Schülerin und fand Unterstützung gegen die Schikanen ihres Vaters bei einigen engagierten Lehrern, die sie förderten und unter anderem auch durchsetzten, dass Eva an einer Klassenfahrt zu Beginn des zwölften Schuljahres teilnehmen durfte, was ihr Vater zuerst verboten hatte.

So als ob das Schicksal ihrem Vater auf höhnische Weise Recht geben wollte, wurde die einwöchige Reise in die Bretagne die erste Station des weiteren Leidensweges von Eva. In der Jugendherberge, in der die reine Mädchenklasse nächtigte (ihr Vater hätte den Töchtern natürlich nie den Besuch einer gemischt geschlechtlichen Schule erlaubt), war auch eine gleichaltrige Jungen-Klasse aus Bremen untergebracht. In Alex, einen Teenager-Adonis mit schwarzen Locken, hatte sich die 17-jährige Eva sofort verliebt.

Unerfahren, wie sie damals in sexuellen Dingen war und überglücklich darüber, das Rennen um diesen Schülerstar unter den neidischen Augen ihrer Klassenkameradinnen gemacht zu haben, hatte sie schließlich auch mit Alex geschlafen. Es war zweimal am Strand passiert, wohin sich die beiden in der Nacht und unbemerkt von den Lehrern geschlichen hatten.

Natürlich hatten Alex und Eva vereinbart, in Verbindung zu bleiben und natürlich hatte er den Kontakt zu Eva schon abgebrochen, bevor sie erkannt hatte, dass die beiden kurzen Liebesakte im Sand nicht ohne Folgen geblieben waren. Da sie auf ihre Briefe keine Antwort erhielt, hatte sie schließlich klopfenden Herzens die Telefonnummer gewählt, die er ihr zum Abschied gegeben hatte. Es war eine Nummer ohne Anschluss gewesen.

In ihrer Unerfahrenheit hatte Eva erst bemerkt, dass sie schwanger geworden war, als ihre Regel schon das zweite Mal ausgeblieben war. Danach war erwartungsgemäß die Hölle losgebrochen.

Evas Vater hatte sie bereits während der Schwangerschaft aus dem Haus werfen wollen und konzentrierte seine Anstrengungen ausschließlich darauf, die Lehrer, die die Klassenfahrt betreut hatten, wegen unterlassener Aufsichtspflicht zu belangen. Mutter und Schwester waren ihr auch keine Hilfe gewesen.

So war es der engagierten Direktorin des Gymnasiums zu verdanken, dass schließlich doch eine »Lösung« gefunden wurde, die zum Besten aller zu sein schien. Anstatt den ebenfalls erst im Teenageralter stehenden Vater des Kindes zu suchen, hatte die Direktorin Eva eine »Schwangerschaftsunterbrechung« nahe gelegt, wie sie dies vornehm ausgedrückt hatte. In einem strengen Vieraugengespräch hatte sie außerdem Evas Vater dazu gebracht, seine Tochter noch das Abitur am Gymnasium machen zu lassen. Eva erfuhr nie, mit welchen Mitteln sie dies schließlich durchgesetzt hatte.

Um Evas Gefühle hatte sich in der Aufregung niemand gekümmert. Keiner der Beteiligten hatte auch nur daran gedacht, sie zu fragen, wie sie selbst zu dem wachsenden Leben stand, welches sich da in ihrem Bauch entwickelte. Wie selbstverständlich hatten vor allem die ihr Wohlgesinnten angenommen, dass sie nur zu froh sein würde, das Baby loszuwerden, um dann ihr Leben ungehindert nach ihren eigenen Plänen fortsetzen zu können.

Und Eva selbst hatte keinen Sinn darin gesehen, sich gegen ihr Schicksal zu wehren. An wen hätte sie sich auch um Hilfe wenden können mit ihrem Wunsch, das Kind zur Welt zu bringen? Sie war nicht volljährig, verfügte weder über Ausbildung noch über Geld und weder ihre konservativen Eltern noch die modern eingestellte Direktorin hätten diesem Wunsch das geringste Verständnis entgegen gebracht, wenn auch aus völlig unterschiedlichen Motiven.

So hatten die Dinge ihren Lauf genommen. Eva hatte in einer Klinik in Holland eine ambulante Abtreibung in der elften Schwangerschaftswoche vornehmen lassen. Angeblich hatten die Lehrer dafür gezahlt, die nicht genügend auf sie aufgepasst hatten.

Danach hatte sie noch etwa eineinhalb Jahre in ihrem Elternhaus gelebt. In der ganzen Zeit hatte ihr Vater kein Wort mehr mit ihr gewechselt. Ihre Mahlzeiten hatte sie allein in der Küche einnehmen müssen, da sie von allen Familienaktivitäten, selbst dem gemeinsamen Kirchgang am Sonntag, fortan ausgeschlossen war.

Auch die Aufmerksamkeit von Direktorin und Lehrern, die nur zu gern glauben wollten, die beste Lösung gefunden zu haben, wandte sich anderen Problemen zu. So machte Eva schließlich ihr Abitur mit einem passablen Durchschnitt von 1,6, zwei Monate nach ihrem 19. Geburtstag. Am Tag, an dem sie ihr Abiturzeugnis in Händen hielt, fand Eva zwei gepackte Koffer und eine Bahnfahrkarte nach München vor, als sie nach Hause kam. Durch ihre Mutter ließ ihr der Vater ausrichten, dass sie nun ihr Elternhaus auf immer zu verlassen habe.

Ausgerüstet mit einer Einmalzahlung von 1.000 DM, die ihr der Vater auf ein Konto bei einer Münchner Bank überwiesen hatte, und den Ersparnissen ihrer Jugendjahre, knapp weiteren 1.000 DM, war Eva in München angekommen.

Über kirchliche Studentenorganisationen war es ihr zunächst gelungen, ein billiges Zimmer in einem Studentenwohnheim zu finden, das sie allerdings mit einer Zimmergenossin teilen musste, die ebenfalls aus ärmlichen Verhältnissen kam. Schon vor ihrem mündlichen Abitur hatte sie sich für ein Sprachenstudium eingeschrieben, Spanisch und Französisch. Ihr ursprünglicher Plan war gewesen, mit dieser Ausbildung später ins Ausland zu gehen.

Obwohl ihr aufgrund des geringen Einkommens ihrer Eltern Bafög zugestanden hätte, stellte sich schnell heraus, dass die Drohung ihres Vaters, nichts mehr von ihr wissen zu wollen, ernst gemeint war. Er verweigerte die zur Antragstellung notwendigen Auskünfte, so dass das Verfahren schließlich zum Erliegen kam.

Auf die Idee, ihre Eltern zu verklagen, war Eva damals nie gekommen und hätte es wohl aus Stolz auch dann nicht getan, wenn jemand anders es ihr vorgeschlagen hätte. Stattdessen nahm sie in den ersten beiden Studienjahren jeden Job an, den sie bekommen konnte. Trotzdem lebte sie von der Hand in den Mund und wusste oft vor Geldsorgen nicht ein noch aus.

Als eine Kommilitonin, die von ihrer Finanzmisere wusste, sie daher auf den Hostessendienst aufmerksam machte, für den sie auch selbst arbeitete, schien dies für Eva zunächst die ideale Lösung ihrer Probleme. Anstatt früh morgens ekelhafte Toiletten in Verwaltungsgebäuden zu putzen oder bis spät in die Nacht hinein in verrauchten Kaschemmen zu bedienen, begleitete sie kultivierte, meist ausländische Geschäftsleute gegen ein Honorar am Abend durch München. So kam sie kostenlos in den Genuss eines exklusiven Abendessens und häufig darüber hinaus in hochwertige kulturelle Veranstaltungen der Landeshauptstadt, die sie sich selbst von ihrem mageren Budget nie hätte leisten können. Der Job nahm zudem nur wenige Stunden am Tag in Anspruch und ließ ihr genügend Zeit für den Besuch ihrer Vorlesungen und ihre Hausarbeiten, Klausuren und Referate.

Sex gehörte explizit nicht zu den Dienstleistungen, für die sie von der Agentur bezahlt wurde. Offiziell distanzierte sich das Unternehmen sogar ausdrücklich von solchen Aktivitäten.

Aber natürlich wusste und tolerierte man, dass einige Hostessen diese Grenze überschritten und ihren Gastgebern diesbezüglich auf eigene Rechnung zu Diensten waren. Es dauerte über ein Jahr, bis auch Eva dieser Versuchung zum ersten Mal nachgab. Ihr Partner an diesem Abend war ein junger, gut aussehender südamerikanischer Geschäftsmann, in den sich Eva auch ohne finanzielle Zuwendungen hätte verlieben können. Die 100 Dollar, die er ihr anbot, wenn sie ihn nach dem Besuch der Oper und einem anschließenden späten Abendessen noch auf sein Zimmer begleiten würde, nahm sie daher mit sehr gemischten Gefühlen entgegen. Den Ausschlag gab schließlich, dass sie das Geld gut gebrauchen konnte. München war teuer, auch wenn man so sparsam lebte wie Eva.

Zu ihrer großen Überraschung wurde sie mit einer einfühlsamen zärtlichen Liebesnacht belohnt, die sie so in ihren kurzen Affären mit Kommilitonen noch nie erlebt hatte. Es war diese Ausnahme von der Regel, die zu Evas verhängnisvollem Entschluss führte, fortan weiterhin Sex gegen Geld anzubieten.

Als sich dann sehr schnell herausstellte, dass die nächsten Liebhaber im besten Fall kurze und lieblose Akte vollzogen, im schlimmsten Fall ekelhafte Dinge von ihr erwarteten, war es für einen Rückzug schon zu spät. Eva hatte das Doppelzimmer im Studentenwohnheim gekündigt, das sie seit Monaten mit einer ihr unangenehmen Mitbewohnerin teilte, und hatte sich ein schickes, aber teures Apartment in der Innenstadt gemietet, welches bezahlt werden wollte.

Eine Weile kam sie trotzdem leidlich mit der Situation zurecht. Dann jedoch beklagte sich einer ihrer Kunden, ein chinesischer Geschäftsmann, dem ihre Liebesdienste nicht zugesagt hatten, am nächsten Tag lautstark bei seinen Geschäftspartnern über Eva. Diese gaben die Beschwerde mit dem gebührenden Ausdruck von Irritation an die Inhaberin des Hostessendienstes weiter, nicht ohne dabei scheinheilig zu versichern, sich darauf verlassen zu haben, dass ihren ausländischen Geschäftspartnern nette Begleitungen, aber keine Prostituierte vermittelt würden. Es kam, wie es kommen musste. Um ihren Ruf zu wahren und diesen wichtigen Kunden nicht zu vergrätzen, kündigte der Hostessendienst Eva.

Vor die Wahl gestellt, erneut Toiletten zu putzen und im Studentenwohnheim ein Doppelzimmer mit einer Unbekannten zu teilen oder ihren gerade erworbenen Lebensstandard zu halten, war Eva die Wahl zunächst nicht schwer gefallen. Sie wusste inzwischen, dass etliche Studentinnen, die auch einmal beim Hostessendienst gearbeitet hatten, auf eigene Faust in den einschlägigen Medien inserierten und ihre Dienste als Edel-Callgirls anboten. So tat sie es ihnen nach und lebte einige Monate in der Illusion, sich mit dieser zwar häufig unangenehmen, aber finanziell lukrativen Tätigkeit den Rest ihres Studiums finanzieren zu können.

Bis zu dem Tag, an dem zwei gut gekleidete Männer ihr Apartment betraten und von Anfang an keinen Zweifel daran ließen, zu welchem Zweck sie wirklich gekommen waren. Erst nach vielen Stunden gab Eva, mittlerweile mehrfach vaginal, oral und anal vergewaltigt und am ganzen Körper grün und blau geschlagen, schließlich nach. Pete und Bert, wie sich die beiden nannten, zählten sich fortan zu ihren »Beschützern« und übernahmen das Kommando.

Kurze Zeit durfte Eva noch in ihrem Apartment bleiben, lieferte den Großteil ihres nächtlichen Verdienstes ab und setzte tagsüber ihr Studium fort. Dann reichte ihren Beschützern das unregelmäßige Einkommen nicht mehr aus, das Eva über die Anzeigen erwirtschaftete. Sie zwangen sie zur Prostitution auf dem Münchner Straßenstrich und in diversen Strip-Bars und Bordellen.

Eine Kette von Gewalttätigkeiten begleitete diese Unterwerfung von Eva. Mehrfach begehrte sie auf und wurde jedes Mal fürchterlich verprügelt und sexuell auf jede erdenkliche Art misshandelt und gedemütigt. Ihre Bücher musste sie eines Tages eigenhändig verbrennen, als sie ein letztes Mal gewagt hatte, eine Vorlesung an der Uni zu besuchen.

Aber ihr Wille wurde erst gebrochen, als man eine andere Nutte bis zur Bewusstlosigkeit vor ihren Augen zusammenschlug, weil diese eine Unbotmäßigkeit von Eva nicht gemeldet hatte. Nur die Drohung, dass in Zukunft nicht allein sie selbst, sondern auch andere darunter zu leiden hätten, wenn sie ihnen nicht zu Willen sei, führte dazu, dass sich Eva schließlich für die nächsten Jahre in ihr Schicksal ergab. Was hätte sie auch tun können, um sich zu wehren, wohin hätte sie gehen sollen, ohne Unterstützung, Ausbildung und Geld?

In dieser Zeit lernte sie Irina kennen, die ein ähnliches Schicksal wie sie selbst erlitten hatte. Auch sie hatte ihr konservatives Elternhaus in Schweich an der Mosel im Streit verlassen und war beim Versuch, ihren Lebensunterhalt eigenständig zu verdienen, in die Prostitution abgerutscht. Anders als Eva war Irina, die mit wirklichem Namen Elisabeth hieß, aber süchtig. Sie schnupfte Kokain und hing an der Nadel und hatte dadurch noch weniger Chancen, diesem Milieu wieder zu entfliehen.

»Warum wurdest du nie süchtig?« unterbrach Teresa Evas Redefluss an dieser Stelle mit einer ihrer seltenen Fragen.

Eva zuckte die Schultern. »Das einzige Mal, wo ich es versucht habe, wurde mir nur furchtbar übel. Es war ein Joint, aber ich hasste schon den Geruch und musste mich danach stundenlang übergeben. Drogen haben mich nie gereizt und als die Zuhälter sahen, dass ich auch ohne sie spurte, ließen sie mich irgendwann damit in Ruhe. Schließlich ist das Zeug teuer und warum sollten sie es an jemand verschwenden, der auch so tat, was sie wollten.«

»Und wie kam es zu den Porno-Videos?«

Einen Moment lang war Eva irritiert, bis ihr Teresa von ihrem Zufallsfund in dem Wiesbadener Sex-Shop erzählte.

»Ach, die meinst du. Tja, das konnte nach fünf Jahren Sex auf dem Straßenstrich eine richtige Erholung sein. Die Männer, mit denen du da ficken musstest, waren wenigstens frisch geduscht und stanken nicht, und sie forderten auch nichts anderes von dir, als im Drehbuch stand. Ich musste noch nicht mal ihr Sperma schlucken, weil das auf dem Film ja zu sehen sein sollte«, sagte sie mit brutaler Offenheit.

Teresa zuckte zurück. Eva sah sie traurig an.

»Mein Leben war so in dieser Zeit«, sagte sie leise. »Und ich wünsche dir, dass du nie auch nur etwas von dem erlebst, was damals zu meinem Alltag gehörte.«

Beschämt dachte Teresa an ihren Auftritt als Nutte auf dem Trierer Straßenstrich. Ob Irina Eva davon noch vor ihrem Tod erzählt hatte?

»Aber ich wusste ja damals nicht, dass es noch schlimmer werden würde«, unterbrach Eva ihre Gedanken. »Lass' mich mal kurz zum Klo, dann erzähle ich dir, wie es weiterging.«

Kapitel 52

Teresa stand am Fenster und sah hinaus, ohne etwas wahrzunehmen. Sie überlegte fieberhaft. Was sollte sie nur tun, wenn Eva gegangen war? Die Polizei suchte nach ihr und nun wusste sie, dass Eva nicht nur eine Zeugin, sondern sogar eine Mörderin war.

Sie bemerkte Evas Rückkehr erst, als diese sie sanft auf die Schulter tippte. Als hätte sie ihre Gedanken gelesen, fragte sie: »Soll ich lieber gehen? Ich will dich nicht noch mehr mit meiner Geschichte belasten.«

Teresa schüttelte heftig den Kopf. Trotz ihrer Zweifel wollte sie um keinen Preis der Welt jetzt aufhören. So fuhr Eva in ihrer Erzählung fort.

In der Tat hatten die Pornovideos eine Erleichterung in Evas erbärmlichem Leben dargestellt. So schwer sich Teresa dies vorstellen konnte, für Eva war es meistens eine echte Erholung gewesen, einmal weg von der Strasse zu sein.

Zudem kamen viele der männlichen Darsteller gar nicht aus dem Milieu, sondern bewarben sich aus einer sonderbaren Laune heraus für diese Filmaufnahmen. Mit einem, den Eva Dani nannte und in dem Patrick Wiegandt Gabrieles Zeugen Daniel Gross erkannt hätte, freundete sie sich sogar richtig an.

Über die Videos kam Eva allerdings auch zum ersten Mal mit einer Rolle in Berührung, die sie bis dahin hatte vermeiden können: die einer Maso-Gespielin für sadistisch veranlagte Männer. Natürlich hatte sie auch schon vorher immer wieder Freier gehabt, die die Domina-Rolle von ihr verlangt hatten und auf alle möglichen Arten von Quälereien und Demütigungen versessen gewesen waren. Eva hatte solche Freier zutiefst verachtet. Obwohl sie sich vor den Praktiken selbst immer geekelt hatte, hatte sie diese Spielart des Straßenstrichs schließlich dazu genutzt, sich gegen Bezahlung ein Stück für die selbst erlittenen Erniedrigungen schadlos zu halten. Schließlich bezahlten die Freier ja gut dafür und flehten sie geradezu an, ihnen weh zu tun.

Für sadistisch veranlagte Kunden war Eva als Maso-Gespielin auf dem Straßenstrich allerdings nie interessant gewesen. Selbst als Nutte wirkte sie für diese Rolle zu dominant und zu selbstbewusst.

Aber bei Erotic Tales spielten solche Erwägungen eine untergeordnete Rolle. Die Firma produzierte natürlich auch Machwerke für ihre sadistisch veranlagte Klientel, und Eva und Irina hatten die Rollen zu spielen, die ihre Zuhälter für sie abgesprochen hatten. Zwar ging es beim Dreh in den meisten Fällen nicht wirklich schmerzhaft zu, aber schon die gespielte Rolle der Unterwerfung unter die perversen Gelüste dieser Freier und die simulierte Anwendung der Folterinstrumente widerte Eva an. Sie war jedes Mal froh, wenn die Dreharbeiten für solche Machwerke zu Ende waren.

Drei Jahre, nachdem Eva mit den Pornos begonnen hatte, trat ein Ereignis ein, das ihr Leben ein weiteres Mal grundlegend verändern sollte. Dani machte sie mit einem jungen Peruaner bekannt, der sich ebenfalls als Pornodarsteller ein Zubrot verdiente, um sein Studium in Deutschland finanzieren zu können. Interessanterweise studierte er Medizin.

Obwohl oder vielleicht auch gerade weil sie nie miteinander drehten, freundeten Eva und Paolo sich an. Und ein Wunder geschah: Jenseits der käuflichen Ware, zu der Sex für Eva im Laufe der Zeit geworden war, entstand eine zarte Liebesbeziehung, wie sie Eva aufgrund ihrer bis dahin gemachten Erfahrungen nicht mehr für möglich gehalten hatte.

Da sie wegen ihrer langjährigen Zugehörigkeit zum Milieu

und ihrer Tätigkeit als Pornodarstellerin, die sich selten in einen engmaschigen Zeitplan spannen ließ, nicht mehr unter allzu hoher Kontrolle durch ihre Zuhälter stand, fand Eva immer wieder Gelegenheiten, sich mit Paolo zu treffen. Obwohl er ihr nie die geringsten Hoffnungen auf eine dauerhafte Beziehung machte und ehrlich erklärte, dass er sofort nach dem Abschluss seines Studiums zurück nach Peru gehen wolle, genoss sie jede Minute mit ihm.

Paolo war es, der in ihr erst die Neugier und schließlich die Leidenschaft für Südamerika weckte, die Eva bis heute in ihrem Bann hielt. Als er nach den knapp vier Monaten, die ihre heimliche Beziehung gedauert hatte, München verließ, um ein Praktikum in einer norddeutschen Stadt anzutreten, schenkte er Eva zum Abschied die Blütenkette, deren Bruchstücke sie noch heute um den Hals trug. Wie Teresa vermutet hatte, stammte der Schmuck aus Peru. Es war eine kostbare indianische Handarbeit.

Was Eva Paolo verschwieg, als er sich verabschiedete, war, dass sie schwanger war. Sie hatte es zwar nicht direkt darauf angelegt, wie sie Teresa erklärte, es aber auch nicht so sorgfältig und aktiv verhindert, wie sie es all die Jahre getan hatte, um nicht von einem Freier schwanger zu werden.

Von Anfang an war Eva entschlossen, ihr Kind diesmal zu bekommen. Sie wollte es selbst aufziehen, was natürlich bedeutete, dass sie das Milieu verlassen musste.

Mehrere Monate lang hielt Eva die Schwangerschaft geheim und bereitete ihren Ausstieg vor. Nur Irina wusste Bescheid. Als sich ihr Zustand nicht mehr länger verbergen ließ, schäumte Pete, ihr verbliebener Zuhälter (Bert war schon lange irgendwohin verschwunden) vor Wut.

Die erste Tracht Prügel erteilte er ihr für die simple Tatsache, dass es für einen Schwangerschaftsabbruch viel zu spät war. Obwohl es sie einen Eckzahn kostete, blieb Eva konsequent. Sie weigerte sich, weiterhin auf den Straßenstrich zu gehen und suchte sich schließlich auf eigene Faust einen Job als Bedienung in einem Biergarten und ein kleines Zimmer in einem Privathaus. Es gehörte einer alten Dame, die statt einer Miete die Dienstleistungen von Eva erwartete, die ihr angesichts ihrer zunehmenden Gebrechlichkeit den Weg ins Altersheim ersparten.

Der Courage dieser alten Frau war es zu verdanken, dass Eva schließlich ganz aus dem Milieu entkam. Nach mehreren vergeblichen Versuchen, sie gütlich zu einer Rückkehr zu bewegen, lauerte ihr Pete eines späten Abends, als Eva aus dem Biergarten kam, vor der Haustür ihrer Wohnung auf und schlug sie erneut zusammen. Ihre Vermieterin, die den leichten Schlaf der Alten hatte, wurde wegen des Lärms auf der Straße wach und zögerte keine Minute, die Polizei zu Hilfe zu rufen. Da sie klug genug war, sich selbst nicht bemerkbar zu machen, ertappte die Besatzung des Streifenwagens, der zum Glück ganz in der Nähe Patrouille fuhr, Pete auf frischer Tat.

Während Eva mit einem gebrochenen Kiefer und mehreren Rippenbrüchen ins Krankenhaus kam, landete Pete zum ersten Mal in seinem Zuhälterleben im Knast. Die Zeugenaussage der alten Frau trug dazu ebenso maßgeblich bei wie Petes Widerstand gegen seine Festnahme und Evas schwere Verletzungen, die sie davongetragen hatte. Nach zwei Monaten Untersuchungshaft wurde Pete schließlich wegen Zuhälterei und schwerer Körperverletzung zu einem Jahr Haft ohne Bewährung verurteilt. Zusätzlich musste er eine zunächst zur Bewährung ausgesetzte frühere Haftstrafe von weiteren zwölf Monaten verbüßen.

Eva nutzte die Zeit, die ihr dadurch vergönnt war, um nach der Geburt ihrer Tochter aus München zu verschwinden. Als

Reisegeld diente ihr das Honorar eines letzten Pornovideos, das sie mit Daniel und Irina drehte und dessen Gage sie sich diesmal selbst auszahlen ließ.

Sie beschloss, nach Straßburg zu gehen in der Hoffnung, bei den dort ansässigen EU-Behörden eine Beschäftigung als Dolmetscherin oder Fremdsprachenkorrespondentin zu finden. All die Jahre hatte sie sorgsam darauf geachtet, ihre Sprachkenntnisse in Spanisch und Französisch nicht zu verlieren und jede Gelegenheit zum Üben und zum Vertiefen genutzt.

Aus München verschwand sie jedoch über Nacht und verriet nicht einmal Irina, wohin sie gehen wollte. Ihre Spur sollte sich möglichst nicht wieder finden lassen.

»Und wie fandest du dort Arbeit, ohne Zeugnisse und Ausbildung, dazu mit einem Säugling?« fragte Teresa ungläubig.

Eva zuckte die Achseln. »Ich hatte Glück. Es war mir immer gelungen, meine Scheine von der Uni und mein Zwischenzeugnis zu verstecken. Das kam mir jetzt zugute. Ich fand zunächst eine Tätigkeit bei einem Übersetzungsbüro, welches freie Mitarbeiter suchte. Die stellten nicht viele Fragen und zum Glück war die Qualität meiner Arbeit einwandfrei. Es gab damals noch nicht so viele Leute, die fließend Spanisch beherrschten.«

»Und was hast du mit deinem Kind gemacht?«

»Solange ich freiberuflich arbeitete, hatte ich es zu Hause neben mir. Ihre Wiege stand direkt neben dem alten Küchentisch, an dem ich meine Übersetzungen tippte. Ich wohnte in einem schäbigen Zimmer in der Altstadt, aber es kam mir vor wie das Paradies. Paola, so hatte ich sie nach ihrem Vater genannt, war ein schwieriges Kind, als sie klein war. Sie hatte oft schlimme Bauchschmerzen und schrie ganze Nächte hindurch. Oft kam ich achtzehn Stunden oder mehr nicht zur Ruhe. Trotzdem war es die glücklichste Zeit meines Lebens.«

Teresa schwieg ergriffen. Eine Weile sagte keine der beiden Frauen ein Wort.

Eva Blick verlor sich in Erinnerungen, zu denen sie Teresa keinen Zutritt gab. Ein leises Lächeln umspielte ihren Mund und verlieh dem harten Ausdruck ihres Gesichts eine plötzliche Weichheit. In ihren Augen schimmerten Tränen.

Derweil verglich Teresa Evas Entscheidung, ihr Kind aufzuziehen, mit ihrer eigenen Situation vor einigen Monaten. Dabei stieg ihr ein Kloß in die Kehle, der immer mehr anschwoll. Zeit ihres Lebens hatte Teresa als mutig gegolten, aber alles, was sie je gewagt und geleistet hatte, zerschmolz wie Neuschnee in der Sonne vor der Tapferkeit dieser kleinen Frau, die ihr dort gegenüber auf der weißen Designer-Couch saß.

Die Frage, warum Eva sich so sehr ein Kind gewünscht hatte, brannte ihr auf der Zunge, aber Teresa hielt sie zurück. Was gab ihr das Recht, so taktlos zu sein.

Stattdessen fiel ihr etwas anderes ein: »Wann hast du denn deinen Abschluss an der Handelsschule gemacht?«

Wieder wirkte Eva einen Moment lang irritiert. Dann begriff sie.

»Ach, du meinst die Zeugnisse, die ich dir bei meiner Bewerbung vorgelegt habe. Man lernt im Milieu, wie man sich so etwas besorgt.«

Teresa war erneut verblüfft. »Das heißt, du hast nie einen Abschluss gemacht?«

»Teresa, warum sollte ich das tun? Ich hatte schon auf dem Gymnasium in Französisch und Spanisch eine eins und habe die beiden Fächer mit demselben Erfolg fast drei Jahre lang studiert. Ich spreche beide Sprachen fließend, mit Paolo habe ich fast nur spanisch gesprochen. Und ich brauchte doch dringend Geld. Ein paar Zeugnisse zu fälschen, erschien mir nicht allzu verwerflich.«

»Oder«, fuhr sie nach einer kurzen Pause fort. »Habe ich jemals schlecht gearbeitet, solange ich bei dir war?«

»Nein, aber«, Teresa überlegte weiter. »Warum hast du dann nicht Zeugnisse für die ganzen Jahre gefälscht?«

Eva zuckte die Achseln. »Mein neues Leben begann mit der Zeit in Straßburg. Vielleicht wollte ich die Jahre davor ganz einfach streichen, so als hätten sie nie existiert. Vielleicht wollte ich nicht mal in einem gefälschten Zeugnis lesen, dass ich in diesen Jahren überhaupt gelebt habe. Und außerdem, je mehr Arbeitsstellen ich dokumentiert hätte, desto mehr Fragen hätte man auch gestellt. Die Gefahr, dass ich mich irgendwann einmal in Widersprüche verwickelt hätte, wäre viel größer gewesen.«

»Aha«, sagte Teresa, in diesem Moment unfähig, sich von dem nebensächlichen Aspekt zu lösen, dass Evas Bewerbung zum Teil auf gefälschten Zeugnissen beruht hatte. Eine irrationale Kränkung befiel sie, dass Eva ihr so wenig vertraut hatte.

Wieder erfüllte ein drückendes Schweigen den Raum. Teresa begann sich vor dem zu fürchten, was sie noch hören würde. Aber schließlich gab sie sich einen Ruck. Eva brauchte jetzt ihre Hilfe und Solidarität.

»Erzähl' mir von deiner Tochter«, bat sie schließlich leise.

Evas Blick richtete sich erneut in die Ferne, als sie antwortete.

»Sie war ein süßes Mädchen, aufgeweckt, fröhlich und intelligent. Nach dem ersten schwierigen Jahr entwickelte sie sich zu einem richtigen Sonnenschein. Obwohl ihr Vater Peruaner ist, war sie blond wie ich. Vielleicht wurde ihr das ja mit zum Verhängnis«, Eva schluchzte auf, riss sich dann aber zusammen.

Sie sah auf die Uhr. »Mein Flugzeug geht bald«, sagte sie dann. »Ich muss mich beeilen.«

Teresa ließ diese Neuigkeit vorläufig unkommentiert. Sie spürte, dass Eva noch mehr von Paola erzählen wollte und behielt Recht.

»Paola sprach drei Sprachen«, fuhr Eva schließlich fort. »Spanisch, französisch und deutsch. Sie ging in eine zweisprachige Krippe und spanisch sprachen wir immer abends zu Hause, bis sie es so gut konnte wie ich. Ich hoffte immer, dass sie eines Tages ihren Vater kennen lernen würde und sich dann in Spanisch mit ihm unterhalten könnte.«

»Wie habt ihr in Straßburg gelebt?«

»Das erste Jahr war schwierig. Aber danach hatte ich es geschafft. Ich bewarb mich bei mehreren Stellen und mit Hilfe der echten und der gefälschten Zeugnisse fand ich schließlich eine Anstellung als Fremdsprachenkorrespondentin in einer Firma, die Güter in Nicht-EU-Länder exportierte, hauptsächlich nach Südamerika. Für Paola fand ich zuerst einen Krippenplatz, später einen guten Kindergarten.

Mit der Zeit fiel ich dem Geschäftsführer auf und konnte verantwortungsvollere Aufgaben übernehmen. Mehrmals nahm er mich als Dolmetscherin mit nach Argentinien und Bolivien. Einmal war ich sogar in Peru.«

»Wo war Paola in dieser Zeit?«

»Ich bestand einfach darauf, dass ich sie mitnehmen durfte. Sie war ja noch nicht in der Schule. Vor Ort engagierten wir über unser Hotel eine Betreuung und das ging gut. Die Südamerikaner sind sehr kinderlieb und Paola sprach ja spanisch.«

»Hast du einmal versucht, ihren Vater zu finden?«

Eva seufzte. »Ja, als ich in Peru war, habe ich es über die Telefongesellschaft dort versucht. Aber es war aussichtslos. Paolo hieß mit Nachnamen Martinez, das ist dort ungefähr so häufig wie Schmidt in Deutschland. Es gab Tausende Paolo Martinez.«

»Aber«, fügte sie mit einem Anflug von Trotz hinzu, »wir brauchten ihn auch nicht. Es ging uns gut in Straßburg. Wir bewohnten eine kleine Maisonette-Wohnung am Stadtrand und nach ein paar Jahren hatte ich keine finanziellen Sorgen mehr. Paola entwickelte sich prächtig. Sie war sehr musikalisch und lernte schon mit vier Jahren, Klavier zu spielen. Wir verbrachten jede freie Minute miteinander und ich freute mich den ganzen Tag bei der Arbeit schon darauf, abends nach Hause zu kommen und mit ihr zusammen zu sein.«

Evas Stimme war wieder leiser geworden. Teresa sah auf. Tränen liefen über Evas Gesicht, aber sie wischte sie nicht fort. Wahrscheinlich bemerkte sie sie nicht einmal.

Auch Teresa traten erneut Tränen in die Augen. Sie verspürte das übermächtige Bedürfnis, Eva in den Arm zu nehmen. Aber etwas in Evas Haltung hielt sie erneut zurück. Der Schmerz über ihr ermordetes Kind war jenseits allen Trostes.

»Sie war der einzige Mensch, mit dem ich jemals in vollständiger Harmonie gelebt habe. Der nie etwas von mir verlangte, was ich nicht geben wollte. Der mich gleichzeitig forderte und für jede Mühe tausendfach belohnte. Der mich einfach nur glücklich machte.«

Teresa verstand. Ihr ganzes Leben lang hatte Eva niemals die Wärme und Zuwendung erfahren, die ihr schon als Kind in ihrer eigenen Familie zugestanden hätte. Sie war in einer emotionalen Diaspora aufgewachsen, mit Gefühlskälte und seelischer Grausamkeit. In den Jahren in München war physische Brutalität hinzugekommen in einem Ausmaß, das Teresa sich weder vorstellen konnte noch wollte. Erniedrigung und Gewalt hatten über lange Jahre hinweg Evas Alltag bestimmt.

Wie viel Kraft steckte in dieser kleinen Frau, dass sie dies alles ertragen und sich schließlich sogar selbst wieder aus dem Sumpf befreit hatte. Wie viel Kraft gehörte dazu, sich allein in einer fremden Stadt mit einem Säugling zurechtzufinden, eine Existenz zu gründen und ein Kind erfolgreich und glücklich aufzuziehen. Und wie viel Kraft, Teresa schauderte bei der Erinnerung an Meyers Leiche, es auf diese furchtbare Weise zu rächen, als es ihr wieder entrissen wurde.

»Sie war die Entschädigung für alles, was ich vorher erlitten hatte«, fuhr Eva fort, als hätte sie Teresas Gedanken gelesen. »Bei ihr fand ich Zuwendung und Liebe ohne falsche Erwartungen, ohne Vorbehalte, ohne Kritik. Manchmal war ich sogar so weit, alles, was mir zuvor im Leben widerfahren war, nur als Weg zu Paola zu deuten und war dafür dankbar. Kannst du dir das vorstellen? In den Jahren, in denen sie bei mir war, hatte ich nur vor einem Angst, dass sie groß werden und mich verlassen würde. Ich weiß bis heute nicht, ob ich sie hätte loslassen können.«

Teresa nickte. So glücklich Eva mit Paola als Kind auch gewesen war, so schwierig wäre es für beide geworden, wenn Paola erwachsen geworden wäre.

Ein Gefühlschaos tobte in ihr. War es wirklich gesund, soviel Energie nur in die Mutterrolle zu investieren? Ab wann wurde Liebe zu viel und genau so schädlich wie zu wenig Liebe? Oder waren diese Gedanken nur eine billige Entschuldigung für ihr eigenes Versagen? Hatte sie selbst nicht viel zu früh aufgegeben aus Angst, Mutterrolle und Beruf nicht vereinbaren zu können? Gewaltsam riss sie sich von ihren eigenen Gedanken los. Zum Grübeln war später noch Zeit genug. Eva wollte bald gehen und so viele Punkte waren noch unklar.

»Wie ging es dann weiter?« wagte sie schließlich zu fragen.

Auch Eva riss sich los. Teresa merkte es, weil ihre Stimme die Klangfarbe wechselte. Sie wurde hart und metallisch, als sie zu den Ereignissen überging, die ihr Glück mit Paola so brutal zerstört hatten.

Kapitel 53

Die Wende zum Schlimmen war völlig aus heiterem Himmel gekommen und hatte sich anfangs nur schleichend vollzogen.

Eva war nach sechs Jahren zur persönlichen Assistentin des Geschäftsführers aufgestiegen und auch bei schwierigen und delikaten Geschäften seine Vertraute geworden.

Deshalb scheute ihr Chef sich auch nicht, Eva eines Abends per Handy zu einem eher ungewöhnlichen Ort für eine geschäftliche Transaktion zu bestellen. Einen Geschäftsmann aus Polen hatte er in ein Etablissement von zweifelhaftem Ruf ausgeführt, eine stadtbekannte Strip-Bar mit daran angeschlossenem Bordellbetrieb. In Anlehnung an das bekannte Pariser Lokal nannte sie sich »*Moulin Rouge de Strasbourg*«.

Angeregt durch zu viel Champagner und die Darstellungen der Künstlerinnen war der Pole überraschend bereit gewesen, eine am frühen Abend unterbrochene geschäftliche Verhandlung wieder aufzunehmen. Ein Abschluss zu beiderseitigem Vorteil war in Sicht.

In dieser Situation entschloss sich Evas Chef, das Eisen zu schmieden, so lange es heiß war. Er bestellte Eva zum Diktat an den besagten Ort und nutzte geschickt die zunehmende Ungeduld seines Geschäftspartners, der sich den privateren Genüssen des Hauses widmen wollte, um die Eckdaten des Vertrages aufzusetzen.

Für Eva war ein solches Vorgehen nicht ganz so bizarr, wie es Teresa erschien. Sie wusste, dass viele Geschäfte nicht in nüchternen Konferenzzimmern, sondern in weinseliger Laune in Nachtlokalen zustande kamen, und hatte ihrem Chef schon öfters an solchen Orten assistiert. Zwar konnte sie sich nie eines Gefühls der Beklemmung erwehren, wenn sie auf diese Weise mit ihrer Vergangenheit konfrontiert wurde, aber dies musste sie vor ihrem Chef natürlich verbergen. Zimperlichkeit jeglicher Art war ihm, wie so manchem erfolgreichen Geschäftsmann, ohnehin ein Gräuel.

Merkwürdigerweise voll dunkler Vorahnungen, dass dieser Abend anders verlaufen würde als ähnliche Abende zuvor, verließ Eva die schlafende Paola an diesem Tag mit einem besonders unguten Gefühl. Das besagte Etablissement in Straßburg hatte erst vor wenigen Monaten eröffnet, so dass Eva bisher dort nicht gewesen war.

Wie üblich verwehrte ihr der Türsteher, ein brutal aussehender Kerl, der Eva irgendwie bekannt vorkam, zunächst den Eintritt. Damen ohne Begleitung war der Zutritt in solche Etablissements gewöhnlich nicht gestattet.

Bereits vertraut mit diesem Vorgehen, zückte Eva eine Visitenkarte und rief ihren Chef, wie verabredet, über ihr Handy an den Ausgang. Während sie wartete, hatte sie die ganze Zeit über den unangenehmen Eindruck, dass der Türsteher sie beobachtete. Vergeblich durchforstete sie ihr Gedächtnis, kam aber nicht darauf, wo sie das brutale Gesicht schon einmal gesehen haben könnte.

Der weitere Abend verlief jedoch ereignislos und Eva hatte den Vorfall bereits wieder völlig vergessen, als ihr der Kerl aus der Bar eines Abends den Weg vertrat, als sie gerade vom Büro zum Parkplatz gehen wollte. Dort hatte sie ihr Auto, einen kleinen Renault, abgestellt, den sie seit zwei Jahren besaß.

»Hallo Eva«, begrüßte er sie mit einem widerwärtigen Grinsen auf dem vernarbten Gesicht. »Bist ja mächtig fein geworden«, ließ er des Weiteren keinen Zweifel daran, aus welchen Zeiten ihm Eva bekannt war.

In dem Straßencafé, in das sie der Kerl nötigte, erfuhr Eva, dass er sich an sie aus einem Besuch in München erinnerte, den er dort bei Pete, ihrem damaligen Zuhälter, gemacht hatte, der durch Evas Schuld ins Gefängnis gekommen war. Mittlerweile war er längst wieder auf freiem Fuß, aber brannte noch immer darauf, sich an Eva zu rächen, bedeutete ihr Joe, wie sich der Fremde nannte, mit unmissverständlicher Drohung.

Allerdings sei dies zu beiderseitigem Vorteil zu verhindern, fuhr der schmierige Kerl weiter fort. Eva erfuhr, dass auch er Pete aus dem Weg ging, weil er Spielschulden in erheblicher Höhe bei ihm hatte. Daher würde er sich auch nicht scheuen, Evas Aufenthaltsort gegen Erlass der Schulden zu verraten, es sei denn, man einige sich auf andere Weise.

Das Angebot, das er Eva dann machte, verschlug ihr vor Entsetzen und Ekel die Sprache. Wie sich herausstellte, hatte er Eva in den vergangenen Wochen gründlich beobachtet und ausgeforscht und kannte sowohl ihre private Adresse als auch ihre Lebensumstände. Sogar Paolas Schule, wo das Kind mittlerweile die zweite Klasse besuchte, war ihm bekannt.

Seine Schulden bei Pete wollte er mit zwei Videos bezahlen, die er selbst produzieren wollte. Das Stichwort hieß »Kinderpornografie«, mit der sich seit der Ausbreitung des Internets immer mehr Geld machen ließ. Nicht Eva selbst, die sich verzweifelt anbot, aber abfällig als »nicht mehr ganz taufrisch« abgelehnt wurde, wollte er als Darstellerin haben. Ihre süße blonde Tochter Paola sollte die Hauptrolle in den zwei ekelhaften Streifen spielen, die er plante.

Anderenfalls beabsichtigte er, Pete ihren Aufenthaltsort zu verraten. »Dann ist deine Tochter sowieso mit dran«, beendete er süffisant seine Argumentation. Für Eva, die Pete ja gut genug kannte, war sie leider absolut glaubwürdig.

Sie war noch geistesgegenwärtig genug, sich eine kurze Bedenkzeit zu erbitten, bevor sie starr vor Entsetzen nach Hause fuhr. Wie ein böser Albtraum schien sich ihr Leben in immer gleichen Spiralen zu wiederholen. Erneut hatte sie niemanden, dem sie sich in ihrer neuen Heimatstadt Straßburg hätte anvertrauen können.

Ihr Chef, da war sich Eva sicher, hätte sie sofort gefeuert, wenn er von ihrer wahren Vergangenheit und den gefälschten Zeugnissen erfahren hätte. Freunde hatte sie keine in Straßburg und die oberflächlichen Kindergarten- und Schulbekanntschaften mit den Müttern von Paolas Klassenkameraden wären der Belastung durch solche Eröffnungen, wie sie Eva zu machen hatte, wohl kaum gewachsen gewesen.

Nicht einmal der Weg zur Polizei stand ihr offen. Eva hatte bereits in Straßburg mit falschen Papieren unter dem Namen »Schneider« gelebt und musste eher mit einer Strafverfolgung durch die Behörden rechnen als mit Schutz aufgrund der recht dubios klingenden Geschichte, die sie vorzubringen hatte.

So blieb ihr erneut nur die Flucht als einziger Ausweg, der Eva in der schlaflos verbrachten Nacht einfiel, die der Begegnung mit dem schmierigen Schurken folgte.

»Heute weiß ich, dass ich mit Paola noch in derselben Nacht hätte verschwinden müssen, aber damals dachte ich, ich hätte noch einige Tage Zeit.«

Teresa verstand gut, warum Eva, die so hart für ihr neues Leben in Straßburg gekämpft hatte, nicht alles stehen und liegen lassen wollte, um Hals über Kopf davon zu laufen. Wahrscheinlich hätte auch sie selbst versucht, ihre Bankguthaben vorher an einen sicheren Ort zu transferieren und einige Wertsachen zu Geld zu machen, bevor erneut eine ungewisse Zukunft begann, wie Eva das getan hatte.

Aber sie hatte den Kerl, der sich Joe nannte, unterschätzt, wie sich schnell herausstellte.

»Wahrscheinlich hatte er es von Anfang an auf Paola abgesehen«, erklärte Eva mit der unpersönlich hart klingenden Stimme, mit der sie schon die ganze Zeit über gesprochen hatte. »Sie war genau der Typ, auf den solche perversen Schweine stehen. Wahrscheinlich wollte er zunächst nur den Schwierigkeiten aus dem Weg gehen, die zu erwarten waren, wenn er Paola oder ein anderes Kind einfach entführt hätte. Aber haben musste er sie. Er stand tief bei Pete in der Kreide, wie ich später erfahren habe, und hätte sein eigenes Leben riskiert, wenn er kein geeignetes Opfer beigebracht hätte.«

»Woher weißt du das?« fragte Teresa, die Stimme kaum hörbar vor Entsetzen.

Eva sah ihr erneut gerade in die Augen. Im schwachen Licht der Stehlampe blitzten ihre grauen Augen wie Stahl.

Sie zuckte die Achseln. »Ich weiß es eben«, sagte sie mit einem Ton, der Teresa nahe legte, lieber nicht weiter zu fragen. Sie begann zu ahnen, dass Werner Meyers nicht das erste, sondern das letzte Sühneopfer gewesen war, das Eva für den Tod ihrer Tochter gefordert hatte.

Pete war inzwischen in das lukrative Geschäft mit Kinderpornos eingestiegen, setzte Eva ihren Bericht fort, und bediente sich im Stil von Dutroux in Belgien dabei auch unfreiwilliger Opfer. Meistens waren es Kinder von drogenabhängigen Nutten, die dafür herhalten mussten, weil er über diese Frauen gleich die doppelte Macht hatte. Aber in diesem speziellen Fall sollte es ein Kind sein, das mit dem Milieu noch nie in Berührung gekommen war. Von der Unschuld des Opfers versprach man sich die gewünschten »special effects«, erläuterte Eva, ohne diese Angaben Teresa gegenüber zu präzisieren, die sich zunehmend elend fühlte.

Der Rest der Geschichte war schnell erzählt. Joe hielt Eva unter ständiger Beobachtung, wie sie im Nachhinein rekonstruiert hatte, und bemerkte daher sofort, dass sie bereits am Tag nach ihrer Begegnung nicht zur Arbeit erschien. Es entging ihm auch nicht, dass sie Vorbereitungen zur Flucht traf.

Angesichts seiner eigenen verzweifelten Lage beschloss er daher, Paola zu entführen.

»Er hatte zuvor unser ganzes Leben so gut ausgekundschaftet, dass es ihm ein Leichtes war«, erzählte Eva. »Meine Arbeit endete oft unregelmäßig, seit ich die Assistenz der Geschäftsführung machte. Deshalb hatte ich eine Tagesmutter engagiert, die Paola von der Schule abholte und mit ihr Hausaufgaben machte und spielte, bis ich selbst heimkam.«

Natürlich hatte Eva Paola nichts von der drohenden Gefahr erzählt. Das war ein weiterer Fehler, wie sie hinterher feststellte. Vielleicht hätte sich das Kind sonst mehr gewehrt, als es vor seiner Schule in das Auto gezerrt wurde, mit dem man es entführte.

Zuvor hatte die Tagesmutter, der Eva zwar eingeschärft hatte, Paola keine Sekunde aus den Augen zu lassen, die sie aber ebenfalls nicht in die Hintergründe eingeweiht hatte, einen fingierten Anruf von Paolas Schule erhalten. Paola sei im Turnunterricht schwer gestürzt und mit einer Gehirnerschütterung ins Krankenhaus eingeliefert worden, wurde ihr in Evas Namen mitgeteilt. Eva selbst sei natürlich sofort zu ihrer Tochter gerufen worden, hieß es weiter, und würde sich melden, sobald die Ärzte eine erste Diagnose gestellt hätten.

Selbstverständlich war die Tagesmutter auf diese Nachricht hin zu Hause geblieben. Sie hatte auch nicht bei Eva anzurufen versucht. So hatte Paola vor der Schule vergeblich auf die Frau gewartet, während Eva in Straßburg unterwegs gewesen war, um ihre Flucht vorzubereiten. Eine Lehrerin hatte das Kind noch durch ein Klassenfenster warten gesehen und sich gewundert, wollte aber die Klassenarbeit, die gerade geschrieben wurde, nicht unterbrechen, um sich näher zu informieren.

Als sie zehn Minuten später wieder aus dem Fenster gesehen hatte, war Paola verschwunden. Doch noch abgeholt, wie die

Lehrerin gedacht hatte, entführt, wie sich später herausstellte.

Obwohl alle Indizien sofort auf eine Entführung hingewiesen hatten, reagierten die Behörden in Straßburg mit der üblichen Gemächlichkeit auf Evas Vermisstenanzeige. So vergingen wertvolle Stunden, bevor der Gang der Ereignisse rekonstruiert und sichergestellt war, dass Paola wirklich nicht bei einer Schulfreundin mitgefahren war.

Die Maschinerie, die daraufhin in Gang kam, ähnelte dem Vorgehen in anderen Fällen vermisster Kinder. Einige Tage lang erregte Paolas Verschwinden die höchst mögliche Aufmerksamkeit in den Medien. Polizei, Feuerwehr und freiwillige Suchtrupps durchforsteten umliegende Wälder und untersuchten stehende Gewässer. Von Paola fand sich jedoch keine Spur.

Evas Geschichte von der angedrohten Entführung ließ sich allerdings nicht verifizieren. Im Moulin Rouge de Strasbourg behauptete man, nie einen Türsteher namens Joe beschäftigt zu haben. In Wahrheit hatte er dort illegal gearbeitet, wie Eva später in Erfahrung brachte, aber schon einige Wochen vor Paolas Entführung damit aufgehört.

Auch in München fand sich keine Spur des Kindes. Im Gegenteil war Pete einige Tage zuvor sogar erneut verhaftet worden und saß zum Zeitpunkt der Entführung in Stadelheim in U-Haft. So verliefen alle Spuren zunächst im Sande.

Am Tag, an dem man Eva mitteilte, dass die anfangs gebildete Sonderkommission der Kripo aufgelöst worden war und sie zudem mit der absurden Vermutung konfrontierte, Paolas peruanischer Vater, der von dem Kind überhaupt nichts wusste, könne seine Tochter entführt haben, versuchte sie, sich das Leben zu nehmen.

Der Mix aus Schlaftabletten und Whiskey, mit dem sich Eva umzubringen versucht hatte, war jedoch zu schwach. Inmitten ihres eigenen Erbrochenen war sie nach zwei Tagen im Koma wieder aufgewacht und hatte sich ihrer Feigheit geschämt.

Noch war Paola vielleicht am Leben, hatte sie sich klargemacht, und es bestand die Chance, ihre Tochter zu retten. Sie hatte ihr Kind durch ihre eigene Vergangenheit mit ins Verderben gezogen. Das Mindeste, was sie ihr schuldig war, war alles daran zu setzen, sie wieder aus diesem Milieu herauszuholen. Koste es, was es wolle, beschloss sie, als sie die stinkenden Laken in den Müll warf.

Dabei kam ihr zugute, dass sie der Polizei die ganze Zeit über verschwiegen hatte, dass sie in Wahrheit nicht Schneider, sondern Koslowski hieß. Zuerst hatte sie befürchtet, das Engagement der Beamten bei der Suche nach Paola würde nachlassen, wenn sie erführen, dass Eva unter falschem Namen in Straßburg gelebt hatte. Dann hatte sich einfach keine Gelegenheit mehr für ein Geständnis ergeben.

Und schließlich schien es überhaupt keine Rolle mehr zu spielen. Eva war auf sich allein gestellt, und die Tatsache, dass sie ihren falschen Namen ungehindert weiter nutzen konnte, erwies sich jetzt nur mehr als Vorteil.

Kapitel 54

Zum zweiten Mal innerhalb weniger Minuten schrillte das Telefon und unterbrach Evas Bericht. Genervt stand Teresa auf, während Eva erneut auf die Uhr sah. Während Teresa Telefon und Anrufbeantworter auf »stumm« stellte, befürchtete sie, dass Eva gehen würde, bevor das Snuff-Video, der Mord an Werner Meyers und ihre eigene Verwicklung in die ganze Geschichte aufgeklärt wäre.

»Wie lange kannst du noch bleiben?« fragte sie Eva nach ihrer Rückkehr ins Wohnzimmer.

»Eine knappe Dreiviertelstunde. Mein Flieger geht ins Ausland, da muss man früh einchecken.«

Mittlerweile war es kurz nach neun Uhr. Spät in der Nacht gingen zumindest von Frankfurt keine Flüge mehr ab. Teresa schloss daraus, dass Eva nicht von Deutschland aus fliegen wollte. Aber sie hütete sich nachzufragen. Sie vermutete, dass Eva ihr weder den Abflug- noch den Zielflughafen mitteilen wollte, um die Möglichkeit zu verringern, vor oder nach ihrer Landung verhaftet zu werden. Wahrscheinlich hatte sie sich auch erneut falsche Papiere besorgt und flog nicht unter ihrem richtigen Namen.

»Aber du willst jetzt endlich wissen, wie du selbst in die ganze Sache hinein geraten bist«, stellte Eva fest. »Und hast Angst, ich verschwinde, ohne es dir zu sagen.«

Teresa nickte mit einer Mischung aus Beklommenheit und Scham, so durchschaut zu werden. Aber sie glaubte ein Recht auf den Rest der Geschichte zu haben. Schließlich hätte die Verwicklung in die Sache sie sogar das Leben kosten können.

»Dass ich meine bürgerliche Existenz noch hatte, half mir, Straßburg geordnet zu verlassen«, erzählte Eva weiter. »Ich konnte meine Wohnung verkaufen, mein Auto, meinen

Schmuck, einfach alles zu Geld machen, was ich bis dahin erarbeitet hatte. Ich konnte sogar regulär kündigen. Mein Chef akzeptierte meine Entscheidung als Reaktion auf Paolas Verschwinden und war sehr großzügig. Er stellte mich sofort frei, zahlte mir aber noch drei Monate lang mein Gehalt. Das war ein Start.«

Teresa sah auf. Schlich sich da eine Spur Sarkasmus in Evas Stimme? Aber sie wirkte weiterhin ungerührt. Ihre Gesichtszüge waren unbeweglich und starr, die Augen blickten hart. Mit monotoner Stimme fuhr sie fort.

Sechs Monate nach Paolas Entführung hatte Eva auf eigene Faust mit der Suche nach ihrer Tochter begonnen. Dabei halfen ihr ihre Kenntnisse und Kontakte aus dem Milieu.

Zuerst fuhr sie heimlich nach München und erfuhr, dass Irina Kara mittlerweile in Trier anschaffte. Nicht aus Liebe zu ihrer Heimat, sondern weil im dortigen Dreiländereck schmutzige Geschäfte neuerdings Hochkonjunktur hatten.

Bei ihrem stürmischen Wiedersehen bestätigte ihr Irina sofort, dass Pete mittlerweile tief in sehr dunkle Geschäfte verwickelt sei, die auch die Entführung kindlicher Opfer umfassten. Im Moment saß er allerdings erneut ein, nachdem ihm Drogenhandel nachgewiesen worden war.

Durch Irina erfuhr Eva auch von geheimen Kinderpornoringen, die über verschiedene Deck-Adressen im Internet agierten. Wo immer sie eine Gelegenheit hatte, klinkte sich Eva als angebliche Konsumentin ein und sah sich so Hunderte von schmutzigen Photos und Filmen an. Von Paola fand sich jedoch nie eine Spur.

Ein Jahr nach Paolas Entführung machte sie Joe in einer Spelunke in Aachen ausfindig, wo er wieder als Türsteher arbeitete. Kaltblütig verabredete sie sich mit ihm an einem einsamen Ort in der nahen Eifel. Joe, der sie vollkommen unterschätzt hatte, erschien dort tatsächlich ohne Begleitung.

Vor seinem Tod (Eva ließ sich nicht näher darüber aus) gestand er ihr, Paola in München an einen Kumpel von Pete übergeben zu haben, der allerdings nicht aus der Gegend gestammt hätte und dessen richtigen Namen er nie erfahren hatte. Pete hätte zu dieser Zeit schon im Knast gesessen.

Eva wartete ein weiteres Jahr, bis Pete aus Stadelheim entlassen wurde. Auch er wusste über Paolas Schicksal nicht sehr viel mehr zu berichten, als dass ihre Tochter an einen Ring verkauft worden war, der Sado-Pornos mit Kindern drehte. »Nicht echt, nicht echt, nur fingiert, halt gefilmt«, habe er noch gestammelt, bevor Eva ihn erst in die Hoden, dann in den Kopf schoss.

Während dieser Zeit hatte Eva ganz bürgerlich als Fremdsprachenkorrespondentin für eine Zeitarbeitsfirma gearbeitet. Außer Irina wusste niemand von ihrem Doppelleben.

So war es der Zufall, der Eva schließlich zu Werner Meyers führte. Irina hatte ihn als Nutte bei diversen Sado-Sessions bedienen müssen. Dabei war er unvorsichtig genug gewesen zu erwähnen, dass er auch auf Kinder stand. Man munkelte in der Trierer Szene zudem seit langem, dass Meyers Spedition Deckfirma für die Herstellung und Verbreitung von Kinderpornos war und Georg Wolf, Meyers Partner, diese Geschäfte leitete und koordinierte.

Ohne eine konkrete Spur von Paola zu haben, hatte Eva sich auf Verdacht bei dieser Firma beworben und war spontan eingestellt worden.

Mit dem Gespür der erfahrenen Prostituierten war ihr schnell klar geworden, wie sie Werner Meyers auch sexuell auf sich aufmerksam machen konnte.

Ihre Erfahrungen aus den einschlägigen Pornovideos waren ihr dabei beim erfolgreichen Versuch zugute gekommen, sich als masochistisch veranlagte Gespielin anzubieten, die Meyers in seiner unersättlichen Gier nach Sex dieser Art nur allzu willkommen gewesen war.

So hoffte sie, an Informationen zu kommen, die auch für ihre Nachforschungen über Paolas Schicksal von Bedeutung sein konnten. Ursprünglich hatte sie selbst im besten Fall nur mit Hinweisen gerechnet, die ihr helfen würden, Paolas Schicksal aufzuklären. Dass sie bis dahin keine Spur des Kindes gefunden hatte, konnte sie sich nur so erklären, dass Paola an eine Stelle verschleppt worden war, die nur Insidern bekannt war und vielleicht im Ausland lag.

Meyers, aufgrund seiner sexuellen Neigungen zunehmend Wachs in Evas Händen, hatte ihr nach einiger Zeit tatsächlich gestanden, Kinderpornos zu besitzen und sogar an etlichen mitgewirkt zu haben. Nur allzu glücklich, auch darin eine gleich gesinnte Partnerin gefunden zu haben, hatte er ihr seine widerlichen Machwerke nach und nach vorgeführt, ohne dass Eva jedoch einen Hinweis auf Paola bekommen hätte.

Schließlich hatte sie gewagt, aufs Ganze zu gehen. Irina hatte sie darin eingeweiht, dass über die Spedition auch schmutziges Geld aus dem Trierer Rotlichtmilieu gewaschen wurde, da Wolf über seinen Mittelsmann, den Killer Carlos, auch direkt an den Profiten des Straßen- und Bordellstrichs beteiligt war. So hatte sie Meyers eines Tages gefragt, ob er Kinderpornos auch zu Verkaufszwecken herstellen würde. Meyers hatte dies schließlich zugegeben, da er ihr immer rückhaltloser vertraute.

Diesen Moment hatte Eva genutzt und sich als »Expertin« für Pornovideos zu erkennen gegeben. Sie hatte darum gebeten, aktiv als Darstellerin an solchen Machwerken mitwirken zu dürfen. Sie hoffte, auf diese Weise endlich ins Innerste des Rings einzudringen und auch mit Kindern zusammenzutreffen. Meyers hatte anfangs allerdings gezögert.

Einige Wochen vergingen, in denen Eva Meyers immer wieder bedrängte, sie als Pornodarstellerin einzusetzen. In dieser Zeit entstanden auch die Filme, die Patrick Wiegandt gesehen hatte und die aus Meyers privater Videosammlung stammten. Eva hat ihre schauspielerischen Qualitäten überzeugend unter Beweis stellen wollen.

Mittlerweile waren fast sechs Jahre seit Paolas Verschwinden ins Land gegangen. Eva war klar, dass Paola, sollte sie überhaupt noch am Leben sein, unzählige Male aufs Übelste missbraucht worden war. Sie würde wahrscheinlich nur noch ein seelisches Wrack sein. Dennoch hielt die Hoffnung, Paola lebend wieder zu sehen, Eva als einziges aufrecht.

Daher war sie trotz des Schrecklichen, dem sie sich in den vielen Monaten ihres Verhältnisses mit Werner Meyers ausgesetzt hatte, nicht auf das vorbereitet, was schließlich geschah. Eines Tages, nachdem Eva wieder darauf gedrängt hatte, als Darstellerin in einem Kinderporno eingesetzt zu werden, tat Meyers sehr geheimnisvoll. Er wolle sie einer letzten Probe unterziehen, erklärte er ihr. Wenn sie auch diese bestünde, würde er ihr die Erlaubnis erteilen. Denn nur dann sei ihr wirklich zu trauen.

Dieter Roland, der seine Tage nahezu ununterbrochen mit Verhören von Carlos verbrachte, hätte Teresa erzählen können, dass Wolf zu diesem Zeitpunkt auf die Idee gekommen war, Kinder-Snuffs herzustellen und aktiv zu vermarkten. Natürlich hätte Eva unweigerlich davon erfahren, wenn Meyers sie zu den Aufnahmen zugelassen hätte. Daher wollte er sichergehen, dass Eva dies akzeptieren würde.

So entschloss er sich, ihr als Test das erste Snuff vorzuführen, an dem er vor Jahren selbst beteiligt gewesen war.

»Auf diese Weise erfuhr ich endlich, was mit Paola geschehen war.« Evas Stimme klang blechern wie die eines Roboters.

»Natürlich rastete ich vollkommen aus«, erklärte sie der vor Entsetzen gelähmten Teresa. »Ich schrie, weinte und brüllte. Durch das Theater, was ich machte, wurde Lena Meyers, die sich zufällig im Gebäude aufhielt, auf uns aufmerksam und kam ins Büro. Sie hatte ihre Tochter dabei. Dadurch geriet Meyers natürlich in eine sehr prekäre Situation. Während er seine indignierte Frau beruhigte und versuchte, vor seiner Tochter alles zu verbergen, war ich einige Minuten allein im Raum. Mehr aus einem Reflex als aus Überlegung heraus stahl ich das Video und verschwand damit aus der Firma. Meyers hatte mich natürlich im Verdacht und stellte mich zur Rede, aber ich stritt alles ab. Natürlich war mit dieser Eskapade auch unser Verhältnis zu Ende und Meyers versetzte mich auf meinen eigenen Wunsch hin zunächst in die Versandabteilung.«

»Kam er denn nie auf die Idee, du könntest ihn verraten?«

»Wolf wäre auf die Idee gekommen, wenn Meyers ihm den Diebstahl gestanden hätte«, sagte Eva. »Aber Meyers war dazu einfach zu (sie suchte nach dem richtigen Wort), ja einfach zu pervers, um das auch nur in Betracht zu ziehen. Er hielt mich ja noch immer für eine Gleichgesinnte und verließ sich darauf, dass ich viel zu viel zu verlieren hätte, um mich an die Polizei zu wenden. Er wusste auch nichts von meiner Vorgeschichte, sondern hielt mich für ein bürgerliches Mäuschen mit perversen Neigungen, das sich hüten würde, so etwas vor der Polizei einzuräumen.«

Erneut blinkte der Anrufbeantworter. Teresa ignorierte das Signal.

Eva führte ihre grauenvolle Beichte ungerührt fort: »In dieser Nacht wollte ich mir zum zweiten Mal das Leben nehmen. Vorher wollte ich noch dafür sorgen, dass diese Schweine zur Rechenschaft gezogen würden. Deshalb wartete ich vor Irinas Tür, bis sie zu ihrem Apartment nach Hause kam. Ich wollte ihr das Video übergeben, damit sie es zur Polizei brächte. Aber Irina überzeugte mich, dass die deutsche Justiz keine Strafe vorsieht, die der Grausamkeit dessen, was Paola und anderen Kindern angetan worden war, wirklich gerecht würde.«

So entstand die Idee, sich auf andere Weise an Meyers zu rächen. Die ganze Nacht hätten die beiden Frauen diskutiert und beratschlagt und noch viele Tage und Nächte danach, erklärte Eva der gebannt lauschenden Teresa. Es sollte die perfekte Lösung werden mit Genugtuung für alle Beteiligten.

Es war klar, dass Eva persönlich Rache an Meyers nehmen wollte. Aber auch der gesamte Ring sollte auffliegen und Eva und Irina unbeschadet davon kommen.

Dazu musste erst einmal alles wieder seinen normalen Gang gehen. Eva hielt es noch einige weitere Monate in der Spedition aus, bis sie kündigte und sich die Stelle bei Freudenberger Consulting suchte. Irina sammelte derweil Informationen und suchte vorsichtig den Kontakt zu einer Person, die als V-Mann der Polizei in der Szene galt, ohne bisher enttarnt worden zu sein.

»Der Plan stand in groben Zügen fest, aber die Art der Ausführung war lange Zeit unklar«, sagte Eva. Ihr Blick war wieder in weite Fernen gerichtet. »Es war vor allen Dingen wichtig, dass Meyers Leiche von jemandem gefunden wurde, der über jeden Verdacht der Beteiligung an dem Mord erhaben war und sofort die Polizei rufen würde. Sie sollte ja das Video finden«, erklärte Eva und machte eine abwehrende Handbewegung, als Teresa ihr ins Wort fallen wollte. »Lass' mich erst zu Ende erzählen, es bleibt noch genug Zeit für Fragen.«

»Die Idee, wie es laufen könnte, kam mir eines Tages, als du dich mit mir darüber unterhieltest, dass Ausfahrer von Waren oft einen so schlechten Service bieten, dass dies auf die ganze Firma zurückfällt. Du hattest gerade eine Schulungsanfrage zu diesem Thema erhalten. Anfangs musste ich innerlich darüber lachen, weil solche Gedanken auch bei den legalen Geschäften von Meyers Logistik nie eine Rolle gespielt hatten, bis mir dann die Idee kam, so etwas als Vorwand für einen Kontakt zu Meyers zu benutzen.

Darum rief ich ihn an, um ihm zu erzählen, wo ich jetzt arbeitete und ihn zu fragen, ob er an Informationen über andere Speditionen interessiert sei, wenn ich durch deine Projekte daran käme. In Wirklichkeit wollte ich sehen, ob er noch zu Kontakten mit mir bereit war. Als ich merkte, dass ihn seine unersättliche Gier nach Sado-Sex wieder empfänglich für einen Neubeginn unserer Beziehung gemacht hatte, kam ich zur Sache und fragte ihn, ob er mich wieder treffen wollte. Dabei erzählte ich auch von dir und behauptete, in dir eine gleich gesinnte Gespielin gefunden zu haben, die ich ihm bei dieser Gelegenheit gerne vorstellen würde.«

Teresa schnappte hörbar nach Luft, was Eva ignorierte.

»Ich verabredete den Termin am 28. März um 18:30 Uhr.«

»18:30 Uhr?«

»Das war eine gute Zeit. Freitags waren da in der Regel schon alle weg und ich musste ja sichergehen, dass Meyers allein in seinem Büro sein würde, wenn ich käme. Ich hatte ihm außerdem erzählt, dass du um 20 Uhr dazu stoßen würdest. Dir habe ich das alles natürlich ein wenig anders darstellen müssen.« Eva vermied es jetzt, Teresa anzusehen.

»Ich wollte natürlich längst weg sein, wenn du den Mord entdecken würdest«, fuhr sie fort. »Am Tatort sollte eigentlich das Video mit dem Mord an Paola zurückbleiben als Hinweis für die Polizei.«

»Eigentlich?«

»Zwei Tage vorher, ich war schon längst wieder aus Südamerika zurückgeflogen, rief mich Irina an. Sie erzählte, dass erneut ein Snuff gedreht worden sei und dass sie zufällig mitbekommen habe, dass Meyers die Rohform des Videos heimlich für seine Sammlung kopiert hätte. Sie hatte ein Gespräch mit angehört, was Wolf darüber mit Carlos geführt hatte. Sie erzählte mir, dass auf dem noch ungeschnittenen Film auch Wolf zu sehen sei. Das war die einmalige Gelegenheit, sie alle zugleich hochgehen zu lassen. Also rief ich Meyers erneut an. Ich deutete an, dass du auf Snuffs stehen würdest.«

Teresa stockte der Atem.

»Und dass ich deshalb das Video mitbringen wolle, das ich damals mitgehen gelassen hatte», fuhr Eva unbeirrt fort. »Unter der Bedingung, dass Meyers seinerseits ein Video von einem Jungen beisteuern würde.« Erneut mied sie Teresas Blick.

Teresa war entsetzt: »Und das hat er geglaubt?«

»Er hat sich regelrecht daran aufgegeilt«, erwiderte Eva brutal. »Was glaubst du, wie scharf ihn das gemacht hat, sich vorzustellen, dass wir drei uns mit diesen Filmen in Stimmung bringen. Insbesondere wir beide als unbescholtene Frauen, die so was wirklich geil finden und es nicht nur vorspielen wie Nutten. Außerdem wollte er natürlich das Snuff von Paola wiederhaben.«

Teresa schüttelte sich vor Ekel.

»Zuerst hat er sich natürlich ein wenig geziert. Aber ich hatte ihm gesagt, dass du vorher noch mal anrufen würdest, um die Sache zu bestätigen.«

Einen Moment lang war Teresa völlig verblüfft. Dann fiel ihr siedendheiß das Gespräch ein, das sie mit Meyers einen Tag vor ihrer Verabredung geführt hatte, um den Termin zu bestätigen. Eva kannte natürlich Teresas Gewohnheit, sich auf diese Weise rückzuversichern, dass der Kunde den Termin nicht vergessen hatte.

Empörung wallte in ihr auf, so benutzt worden zu sein, bis

sie die zusammengesunkene kleine Gestalt auf ihrer weißen Couch ansah, deren Blick wieder in die Ferne gerichtet war.

»So heiligt der Zweck die Mittel«, sagte sie daher nur leise. »Aber was wäre gewesen, wenn ich ihn etwas zum Thema »Kundenorientierung« gefragt hätte? Dann hätte er doch gemerkt, dass da was nicht stimmen kann.«

Eva zuckte die Schultern. »Er wusste ja, dass du meine Chefin warst und in dieser Branche arbeitest. Vorsichtshalber hatte ich ihm trotzdem gesagt, dass du dich vielleicht etwas verschlüsselt ausdrücken würdest, weil das Thema des Treffens ja brisant war und du ihn ja noch nicht kennen würdest. Ich hatte ihm außerdem eingeschärft, dieser Bauer, seinem Vorzimmerdrachen, zu sagen, dass er am Abend einen Termin um 20 Uhr hätte. So wollte ich sichergehen, dass du am Abend auch wirklich wieder kommen würdest.«

»Und wenn ich nicht gekommen und stattdessen wieder nach Hause gefahren wäre?«

Eva sah Teresa mit einem merkwürdigen Blick an. Dann seufzte sie.

»Oh Teresa, du warst so wild und verzweifelt entschlossen, es trotz der Wirtschaftskrise deinem Marcel und allen zu zeigen, dass ich das für sehr unwahrscheinlich hielt. Ich hatte das Projekt ja attraktiv genug dargestellt. Aber«, sie zuckte erneut die Schultern, »jedes Risiko konnte ich im Vorfeld auch nicht ausschalten.«

Jetzt war Teresa wirklich getroffen. Skrupellos hatte Eva ihre eigene Lebenskrise und ihren Ehrgeiz, es zu schaffen, ausgenutzt, um sie für ihre Zwecke zu missbrauchen. Sie stand auf und trat ans Fenster. Eva sollte die Tränen der Wut und der Demütigung nicht sehen, die ihr in die Augen stiegen.

Aber natürlich merkte Eva sofort, was los war. »Es tut mir Leid«, sagte sie mit leiser Stimme. »Wenn du willst, dass ich gehe, dann sag' es nur.«

»Nein«, Teresa erschrak. Sie musste auch noch den Rest der Geschichte erfahren. Für ihre Gefühle blieb ihr später noch Zeit genug. »Erzähl' mir, wie es weiterging.«

»Ich kam pünktlich um 18:30 Uhr an«, sagte Eva. »Tatsächlich hatten alle Mitarbeiter das Büro längst verlassen, sie wussten ja, wie sauer Meyers werden konnte, wenn sich jemand nach 18 Uhr noch dort aufhielt. Auch Wolf war weg, der Tag war so gewählt, dass er auf dem Geburtstag seiner Frau lag.«

Wider Willen empfand Teresa Bewunderung. Eva hatte wirklich nichts dem Zufall überlassen.

»Meyers war gerade dabei, sich in seine Henkerskluft zu werfen«, fuhr Eva fort. »Ich überredete ihn, sich noch einmal anzuziehen, bis ihr euch kennen gelernt hättet. Zum Zeitvertreib für ihn bot ich im Gegenzug an, mich schon einmal auszuziehen. Er war natürlich einverstanden.

So verschwand ich ins Herrenklo, was seinem Büro ja am nächsten liegt, um ihn mit meinem Aufzug zu überraschen. Dort ließ ich die Kleider, die ich später wieder anziehen wollte, in einer Tüte zurück. Ich war fast nackt, als ich wieder in sein Büro kam, um so wenig Blut wie möglich an die Kleidung zu bekommen. Außerdem zog ich dünne schwarze Handschuhe an, die zu meinem restlichen Aufzug passten. Zur Sadomaso-Kluft ist das ja nicht Ungewöhnliches.

Natürlich wurde er jetzt schnell ungeduldig, zumal es ja noch über eine Stunde dauern würde, bevor du dazukommen solltest. Daher schlug ich ihm vor, schon einmal anzufangen.

Mittlerweile war es kurz vor sieben. Mein Plan war eigentlich, ihm einen Teil des Snuffs über Paola zu zeigen und ihn dann zu erledigen. Aber er bestand darauf, zuerst mir seinen neuen Film zu zeigen.« Eva schüttelte sich. Ihre Stimme klang wieder metallisch scharf.

»Allerdings brachte es mich noch konsequenter dazu, das zu tun, was ich mir vorgenommen hatte. Er sollte am eigenen Leib erfahren, was er meinem und anderen Kindern angetan hatte. Ich hatte in meiner Handtasche die Pistole mit Schalldämpfer mitgebracht, die ich auch vorher schon zweimal benutzt hatte.

Damit zielte ich auf ihn. Zuerst hielt er es nur für einen Scherz. Daher schoss ich ihn ins rechte Knie. Danach nahm er mich ernst.«

Teresa lauschte atemlos und wieder wie gelähmt.

»Dann zeigte ich ihm das Snuff von Paola«, jetzt schwankte ihre Stimme, doch sie fing sich wieder. »Darauf trägt sie das Armband, das ich ihr aus der Kette ihres Vaters machen ließ. Erinnerst du dich?«

Teresa nickte schweigend.

»Die ganze Zeit wimmerte er wie ein angestochenes Schwein. Er dachte wohl anfangs, ich würde die Sadomaso-Rollen zwischen uns einfach umdrehen und wäre zu weit gegangen. Worum es mir wirklich ging, begriff er erst, als ich ihm meinen Teil des Schmucks zeigte, den ich lose als Kette trug. Leider verlor ich dabei eine der Blüten.«

Sie schwieg kurz.

»Dann zwang ich ihn, dasselbe zu tun, was er Paola angetan hatte.«

»Was?« Teresas Stimme klang hysterisch.

»Ich zwang ihn, sich das rechte Auge auszustechen. Mit der Lanze, die eine kleine römische Statue auf seinem Schreibtisch in der Hand hatte.«

Teresa hustete. Sie fühlte sich wie kurz vor dem Ersticken. Eva öffnete das Fenster einen Spalt und wartete, bis sich Teresa wieder etwas beruhigt hatte.

»Und das hat er wirklich getan?«, japste sie. Patrick hatte ihr nie vom Ergebnis der Autopsie erzählt.

»Ich musste ihm vorher das andere Knie zerschießen«, erklärte Eva. Noch immer klang ihre Stimme hart wie Stahl. »Und glaub' mir, Teresa, wenn du das ganze Video gesehen hättest, dann wüsstest du, dass das nur ein Bruchteil der Qualen war, die er meiner Kleinen zugefügt hat. Aber du hast es nicht zu Ende angesehen, nicht wahr?«

Sie fixierte Teresa. Diese schüttelte stumm den Kopf.

»Den Rest der Schmerzen habe ich ihm erlassen. Bevor ich weitermachte, knallte ich ihn ab. Auge um Auge…«

»… Zahn um Zahn«, ergänzte Teresa flüsternd.

Schaudernd hob sie die Hand. Nur zu gut erinnerte sie sich an den furchtbaren Anblick der Leiche.

»Dann hörte ich dein Auto auf dem Parkplatz. Du kamst zu früh und außerdem hatte ich ja Zeit dadurch verloren, dass ich mir zuerst das andere Snuff ansehen musste. So konnte ich nur noch schnell den Film mit dem Jungen wieder in die Kamera einlegen und die Türen mit Blut beschmieren. Jeder sollte sofort an einen Mord aus Rache denken, aber in Zusammenhang mit dem kleinen Jungen. Dann raffte ich meine Sachen zusammen und versteckte mich im Herrenklo. Dabei übersah ich in der Eile das Kettenglied, das ich verloren hatte.

Während du die Treppe hinauf kamst und ins Sekretariat gingst, zog ich mir rasch das Nötigste an und verschwand durch einen Seiteneingang, zu dem ich noch einen Schlüssel hatte. Ich schaffte es gerade noch vom Parkplatz, bis du rausgestürmt bist.«

Teresa nickte. Sie erinnerte sich an das Fahrzeug, das ihr mit aufgeblendeten Scheinwerfern entgegen gekommen war.

»Ich wollte natürlich auf keinen Fall, dass du mich siehst.«

Teresa nickte erneut.

Ein Kloß saß ihr im Hals und sie konnte nicht verhindern, dass ihr erneut Tränen des Zorns und der Demütigung in die

Augen schossen. Wie hatte Eva sie nur so benutzen können.

Mit zitternden Knien stand sie auf und ging zum Kühlschrank in der Küche. Dort fand sie noch einen Rest Weißwein, den sie in ein Wasserglas goss. Dabei verschüttete sie die Hälfte auf den Fußboden. Mit dem Glas in der Hand trat sie ans Küchenfenster und sah hinaus, ohne irgendetwas zu erkennen.

Sie spürte, dass Eva ihr nachgekommen war und in der offenen Küchentür stand. Aber sie hatte nicht die Kraft, sich umzudrehen.

»Es tut mir sehr Leid, dass ich dich so mit hineinziehen musste.« Zum ersten Mal klang Evas Stimme wieder menschlich. Sie wirkte bekümmert und traurig.

»Musste? Warum musstest du es tun?« Teresa konnte die Erbitterung nicht länger verbergen, die von ihr Besitz ergriffen hatte.

»Vielleicht hätte es auch eine andere Möglichkeit gegeben. Vielleicht viele andere Möglichkeiten. Aber mir ist kein besserer Plan eingefallen. Wir mussten unbedingt sicherstellen, dass ein Fremder die Leiche finden würde. In der Regel war Wolf am frühen Morgen als erster in der Firma. Wenn er den Mord entdeckt hätte oder auch Bauer, die Sekretärin, hätte er das Video verschwinden lassen. Dann wäre Wolf davon gekommen und alles wäre so weiter gegangen wie bisher.« Evas Stimme hatte jetzt etwas Flehendes.

»Gehörte Bauer auch zu der Gang?« fragte Teresa.

»Ich weiß nicht, was sie wusste. Auf jeden Fall, dass Meyers merkwürdige Sex-Spielchen in seinem Büro trieb. Sicher hätte sie Wolf benachrichtigt, bevor sie die Polizei gerufen hätte.«

Teresa war noch immer erbittert: »Leider verschwand das Video aber trotzdem und ich bin bis zum Hals in die Geschichte hinein geraten.«

»Das bedauere ich sehr«, sagte Eva mit leiser Stimme. »Deshalb bin ich ja heute gekommen. Ich konnte nicht wissen, dass das Video verschwinden und man dich verdächtigen würde, es genommen zu haben. Stattdessen glaubte ich, du würdest nach der Entdeckung der Leiche gar nicht weiter in die Sache verwickelt werden. Dein Ruf war unbescholten, niemand würde dich verdächtigen, mit dem Mord etwas zu tun zu haben«, fuhr Eva fort, als Teresa schwieg. »Ich konnte auch nicht wissen, dass du dich in den ermittelnden Beamten verlieben würdest und daher erfahren könntest, dass ich einmal in der Pornoszene aktiv gewesen war. Im Gegenteil, ich hoffte, man würde zunächst gar keine Verbindung zwischen der Eva Schneider aus deinem Büro und dem Mord ziehen, sondern frühestens merken, dass da irgendwas nicht stimmte, wenn ich nicht zum verabredeten Termin aus dem Urlaub gekommen wäre. Allerdings wollte ich da schon längst auf immer fort sein.«

»Und warum bist du nicht fort?«

»Das Video des Jungen ist verschwunden. Irina und ich haben uns tagelang den Kopf zerbrochen, was geschehen sein könnte, als Wolf nicht verhaftet wurde. Schließlich mussten wir einsehen, dass dieser Teil unseres Plans fehlgeschlagen war. Und dann kam es noch schlimmer. Irina erfuhr, dass Wolf hinter dir her war und dich sogar umbringen lassen wollte. Wir wussten eine Weile nicht, was wir tun sollten.«

In Evas Stimme klang etwas von der Verzweiflung dieser Tage durch. Wider Willen berührte dies Teresa jetzt doch.

»Weißt du gar nicht, dass der Wachmann das Video hatte?« fragte sie erstaunt.

»Alfred?« Evas Stimme klang ungläubig. »Wie konnte der denn daran gekommen sein?«

Teresa erklärte kurz, wie sie den Wachmann zu Hilfe gerufen und ihn einige Minuten allein am Tatort gelassen hatte.

»Alfred war Irinas Gelegenheitsfreund«, sagte Eva noch immer ungläubig.

»Ja«, nickte Teresa. »Er wollte Wolf damit erpressen. Patrick, das ist der Polizist, der den Fall bearbeitet«, erklärte sie überflüssigerweise, während Eva ungeduldig nickte, »hat mir erzählt, dass der Mann das Video anonym an die Polizei schickte, nachdem Irina ermordet worden war. Da bekam er es wohl mit der Angst zu tun.«

Eva wirkte erschüttert. »So war das also«, sagte sie leise. »Hätten wir das früher gewusst, könnte Irina heute noch leben.« Ihre Stimme zitterte.

Erneut wurde Teresa von ihren Schuldgefühlen überwältigt. »Das mit Irina tut mir sehr Leid«, sagte sie hilflos.

»Sie riskierte viel und verlor ihr Leben, um deines zu schützen«, sagte Eva. Ihre Stimme bekam wieder den metallischen Unterton. »Als du da mitten am Tag auf dem Strich aufgetaucht bist, um mit ihr zu sprechen, musste sie etwas unternehmen. Du hättest sonst sie und dich selbst noch mehr gefährdet. Also traf sie sich mit dir, um rauszukriegen, was du wolltest. Danach rief sie mich an, um zu besprechen, was wir tun sollten. Schließlich beschlossen wir, dir das andere Snuff zu schicken. Wir wussten nicht, ob es wirklich helfen würde, aber wir hofften, es würde die Polizei vielleicht doch noch auf die Spur von Wolf und seinem Ring bringen.«

Zum wiederholten Male an diesem Abend drohte Teresa die Fassung zu verlieren.

»Irina wurde von einem Spitzel bei der Polizei verraten«, sagte sie im schwachen Versuch, sich gegen die Anklage in Evas Rede zu verteidigen. »Es war nicht nur die Begegnung mit mir, die sie verriet.«

»Nein«, sagte Eva hart. »Sicher nicht nur. Aber sie war der Anlass, dass Wolf Carlos den Mord befahl.«

»Irina war meine beste und einzige Freundin«, fügte sie mit leiser Stimme hinzu. Sie sah Teresa an. »Von dieser Warte aus betrachtet, könnte man auch sagen, wir sind quitt.«

Auf einmal fühlte Teresa sich unendlich erschöpft und müde. Aus dem Augenwinkel bemerkte sie das heftige Blinken ihres auf stumm gestellten Anrufbeantworters. Soeben war eine weitere Nachricht hinterlassen worden.

»Warum bist du heute gekommen?« fragte sie leise.

Auch Eva wirkte im schwachen Licht der Stehlampe jetzt völlig erschöpft und um Jahre gealtert.

»Ich wollte nicht einfach ohne Erklärung verschwinden, nachdem du so tief in das Ganze hineingeraten bist. Vielleicht war es mir auch wichtig, dass du mich nicht nur in schlechter Erinnerung behältst. Ursprünglich wollte ich dir aus Südamerika schreiben und so tun, als hätte ich mich dort unten spontan entschlossen, nicht mehr nach Deutschland zurückzukommen. Aber das ging dann ja alles nicht mehr.«

»Wäre alles nach Plan verlaufen, wäre ich schon zwei Tage nach dem Mord wieder abgeflogen«, fügte sie noch hinzu. »Aber als Wolf nicht verhaftet wurde, wussten wir nicht, was wir tun sollten. Ich wollte auch Irina nicht im Stich lassen.«

»Warum hat sie sich denn Patrick Wiegandt nicht früher anvertraut?«

»Irina hatte Angst. Sie wollte erst sichergehen, dass Wolf und seine Killer verhaftet sind, ehe sie offen als Zeugin auftreten wollte. Ich konnte das verstehen.«

Draußen schlug schwach eine Kirchturmuhr. Eva stand auf.

»Ich muss jetzt gehen, Teresa«, sagte sie. »Ich danke dir für alles und wünsche dir alles Gute.«

Sie trat auf Teresa zu und schloss sie in die Arme. Einen Moment lang spürte Teresa den schwachen Abglanz der alten

Herzlichkeit, mit der Eva sie ehemals so für sich eingenommen hatte. Sie drückte die Freundin heftig.

»Auch dir alles Gute«, sagte sie mit Tränen in den Augen. »Wohin wirst du gehen?«

»Wenn ich sicher bin, dass es niemanden mehr gibt, der mich finden will, werde ich dir vielleicht einmal schreiben«, sagte Eva. »Ich habe dir ja schon gesagt, dass ich in Bolivien als Lehrerin arbeiten möchte. Die Quote der Analphabeten auf dem Land beträgt immer noch mehr als 90 Prozent.«

Und als ob sie Teresas unausgesprochene Frage beantworten wollte, fuhr sie fort:

»Rache ist ein zerstörerisches Gefühl. Sie verleiht ungeheure Energie, aber sie heilt keine einzige Wunde. Im Gegenteil, sie reißt immer neue auf. Schon vor dem Mord an Meyers wusste ich, dass ich danach nur auf zwei Arten weitermachen könnte. Entweder mir diesmal erfolgreich das Leben zu nehmen oder wegzugehen von allem und mit dem Rest meines Lebens etwas zu tun, mit dem ich gleichzeitig sühnen und das Andenken an mein Kind ehren kann. Zum Beispiel, indem ich mein Leben anderen Kindern widme, die ihre Eltern verloren haben.«

Die Idee war ihr auf den Reisen nach Südamerika gekommen, die sie anfangs in der vergeblichen Hoffnung unternommen hatte, doch noch Paolas Vater zu finden, um ihn um Hilfe bei der Suche nach ihrem gemeinsamen Kind zu bitten. So hatte sie die Länder lieben gelernt und war immer wieder dorthin zurückgekommen. Das Elend der Menschen dort hatte sie zutiefst erschüttert und zeitweise sogar von ihrem eigenen Kummer abgelenkt.

»Ich habe drei Menschen umgebracht«, schloss sie ihre kurze Erklärung. »Drei Menschen, die mir mein Kind genommen und auf grausame Weise getötet haben. Aber das einzige, was ich jetzt fühle, ist völlige Leere. Paola ist tot, und nichts wird sie jemals ersetzen können.«

Es gab nichts mehr weiter zu sagen. Ein letztes Mal hob Eva grüßend die Hand, dann ging sie wortlos hinaus in den Flur. Teresa hörte erst die Wohnungstür und wenig später die Haustür ins Schloss fallen.

Als zehn Minuten später drei Streifenwagen mit Blaulicht und Martinshorn in die stille Wohnstraße einbogen, saß sie noch immer wie gelähmt auf ihrem Platz.

Kapitel 55

Er sah sie schon von weitem kommen. Sie trug ein königsblaues Sommerkleid mit einer cremefarbenen Strickjacke darüber. Ihre Haare flatterten im leichten Frühlingswind.

Patrick Wiegandt saß in einem Wiesbadener Straßencafé und wartete auf Teresa. Eine herrliche Maisonne strahlte vom Himmel, es war der erste richtige Sommertag des Jahres. Ein Tag für Verliebte...

Er spürte, wie sich sein Magen schmerzhaft zusammenzog, als er Teresa näher kommen sah. Ihre letzte Begegnung am Tag von Eva Schneiders kurzem Auftauchen und Verschwinden lag bereits über eine Woche zurück.

Nachdem Patrick Teresa unbeschadet in ihrer Wohnung vorgefunden hatte und sie ihm bestätigt hatte, dass Eva bei ihr gewesen war, hatte er sofort eine Fahndungsmeldung an alle Flughäfen in Deutschland und den Benelux-Ländern herausgegeben. Er selbst hatte in Frankfurt bis zum nächsten Abend alle Maschinen abgepasst, die nach Südamerika gingen.

Aber Eva war schlauer gewesen. Wahrscheinlich hatte sie ihre Flucht sorgfältig geplant, bevor sie Teresa ein letztes Mal besucht hatte. Indizien wiesen darauf hin, dass sie vom Wiener Flughafen Schwechat abgeflogen sein könnte, aber auch das war nicht sicher.

Auch in La Paz war sie bisher nicht gelandet, soweit die dortige Botschaft korrekt informiert war. Wahrscheinlich war sie ganz woanders hin geflogen und würde auf dem Landweg nach Bolivien einreisen, zudem mit Sicherheit mit gefälschten Papieren und unter einem neuen Namen. Die Suche nach ihr glich der nach einer Stecknadel im Heuhaufen und würde wohl bald aufgegeben werden, wenn Wiegandt die Lage richtig einschätzte.

Teresa wird darüber erleichtert sein, dachte er, als sie auf dem Weg zu ihm kurz stehen blieb, um etwas am Riemchen ihrer Sandale zu richten. Ohnehin war sie entsetzt gewesen, als die Polizei am Donnerstag vor einer Woche so plötzlich bei ihr aufgetaucht war. Sie hätte kaum verwunden, wenn Eva doch noch verhaftet worden wäre.

Angeblich war sie auch nie in Gefahr gewesen, wie Patrick zunächst geglaubt hatte, als ihn eine besorgte Frau Faber darüber informiert hatte, dass Eva Schneider am frühen Abend in Teresas Büro aufgetaucht war. Sie hatte sie durch die zugezogene Gardine beobachtet, so dass Eva nichts gemerkt hatte, als sie das Büro wieder verließ. Nachdem sich Teresa über mehrere Stunden hinweg auf die Anrufe Frau Fabers nicht gemeldet hatte, hatte sie sich schließlich an die Polizei gewandt. Sie wusste ja, dass Eva gesucht wurde, wenn ihr auch nicht klar war, warum.

Teresa, mit der Patrick in den vergangenen Tagen nur kurz telefoniert hatte, da sie geschäftlich unterwegs gewesen und er selbst bis über beide Ohren mit der Enttarnung der Kunden des Kinderpornorings beschäftigt gewesen war, hatte sich sehr zufrieden über Evas Entkommen geäußert. Wiegandts Einstellung dazu war ambivalenter.

Auch er war erschüttert über Evas Schicksal gewesen, aber sein Gewissen als Polizist verbot ihm Toleranz gegenüber jeglicher Lynchjustiz, zumal wenn sie auf eine so brutale Weise ausgeübt wurde wie die Hinrichtung von Werner Meyers.

Jetzt hatte auch Teresa ihn entdeckt und winkte. Rasch kam sie auf den Tisch zu, an dem Patrick saß. Mit klopfendem Herzen sah er ihr entgegen.

Dann trafen sich ihre Blicke.

Und er wusste, wie sie entschieden hatte.

»Hallo Patrick«, sagte sie. Ihr Lächeln wirkte warm, aber sie vermied es, ihn zu küssen oder zu berühren. Demonstrativ setzte sie sich auf den Stuhl ihm gegenüber und hielt dabei so viel Abstand, wie es der kleine Caféhaustisch zuließ.

Die Kellnerin trat an den Tisch und Teresa bestellte sich Wasser und einen Capuccino. Die Sonne malte warme Flecken auf ihr kastanienbraunes Haar, das sie mit einem ständig verrutschenden Kämmchen hinter das rechte Ohr zu klemmen versuchte. Schließlich zog sie es mit einem frustrierten Lächeln heraus und stopfte es in ihre Handtasche.

Sie schwiegen beide, bis die Kellnerin die Getränke brachte. Wie begann man auch ein Gespräch, das einem die letzte Hoffnung rauben würde, dachte Patrick. Ein Kloß stieg ihm in den Hals.

»Nun«, rang er sich schließlich zu einer Frage durch. »Wie geht es dir denn?«

»Den Umständen entsprechend ganz gut«, antwortete sie und hob den Blick. »Meine Seminare liefen gut und ich habe mich zwischendurch endlich einmal ausschlafen können. Es sieht so aus, als hätte ich sogar eine neue Bürohilfe gefunden. Frau Fabers Nichte sucht einen 400-Euro-Job. Wahrscheinlich werden wir es miteinander versuchen.«

»Das kommt dich dann sicherlich billiger als Evas Stelle?«

»Das will ich meinen. An sich konnte ich mir Eva gar nicht leisten, so gut sie auch gearbeitet hat. Vielleicht hätte ich sie sogar wieder entlassen müssen, wer weiß. Zumindest darum bin ich herum gekommen. So hat selbst die größte Katastrophe ihre positiven Seiten, wie meine Mutter immer zu sagen pflegt.« Mit einem kleinen Lächeln hob sie die Schultern.

Wieder schwiegen sie eine Weile.

»Wie bist du eigentlich Eva auf die Spur gekommen?«, fragte Teresa schließlich.

»Du hast es mir noch gar nicht richtig erzählt.«

Dankbar für die Ablenkung griff Patrick das Thema sofort auf. »An sich gebührt der Verdienst gar nicht mir, sondern Gabriele Wagner. Ihre erste Anfrage in Straßburg blieb ohne Ergebnis. Eine Eva Koslowski war den Behörden dort nicht bekannt.

Erst dann kam Gaby auf die Idee, dass Eva den Namen Schneider vielleicht schon in Straßburg angenommen haben könnte. Und diesmal war es ein Volltreffer. Die Straßburger Kollegen übersandten uns die ganze Akte von Evas Vermisstenmeldung ihrer Tochter Paola aus dem Jahr 1996. Wir erkannten das Kind sofort als das Mädchen aus dem Snuff.«

»Aber das hätte doch noch nicht heißen müssen, dass Eva Meyers getötet hat«, warf Teresa ein.

»Nein, das allein noch nicht. Aber den Akten lag natürlich eine genaue Beschreibung der Kleidung bei, die Paola am Tag ihres Verschwindens angehabt hatte. Darunter war als auffallendstes Merkmal das peruanische Armband beschrieben. Eva Schneider hatte sogar eine farbige Skizze davon angefertigt. Da wussten wir, dass der am Tatort gefundene Schmuck nicht Meyers gehört haben konnte, sondern von Eva stammen musste. Und dass es ein Mord aus Rache war, vermuteten wir ja von Anfang an. Ein stärkeres Motiv, als Eva es hatte, ist auch kaum denkbar.«

»Eben«, sagte Teresa energisch. »Das sehe ich auch so. Daher verstehe ich gar nicht, warum ihr sie nicht einfach gehen lasst, sondern diesen ganzen Fahndungszirkus veranstaltet. Lasst sie doch den Rest ihres armen Lebens wenigstens in dem Frieden verbringen, den sie überhaupt noch finden kann.«

Patrick seufzte. »Teresa«, sagte er mit einem resignierten Lächeln. »Ich bin Polizist. Ich vertrete den Standpunkt, dass nur der Staat berechtigt ist, die Justiz auszuüben und Mörder zu bestrafen. Wo kämen wir hin, wenn jeder sich selbst zum Richter und Henker aufschwingen würde.«

»Das sind nun einmal meine Werte«, sagte er, als er Teresas vorwurfsvollen Blick sah. »Du hast doch auch Werte, die dir heilig sind.«

Teresa senkte den Blick. »Wie Recht du hast, Patrick«, sagte sie leise.

Dann hob sie den Kopf und sah ihm gerade in die Augen. Obwohl er wusste, was jetzt kommen würde, krampfte sein Magen sich schmerzhaft zusammen.

»Du hast dich entschieden«, kam er ihr zuvor im vergeblichen Versuch, den Schlag zu mildern, den sie ihm gleich versetzen würde.

»Ja, ich habe mich entschieden«, bestätigte sie. »Nicht für dich, aber auch nicht gegen dich.«

Irrwitzige Hoffnung schoss in ihm auf wie eine Stichflamme.

»Was heißt das?« fragte er atemlos.

»Das heißt, dass ich dich vorerst nicht wieder sehen möchte«, dämpfte sie seine Stimmung sofort. »Ich möchte zuerst einmal mit mir selbst ins Reine kommen. Durch all die Ereignisse in den vergangenen Wochen ist mir klar geworden, dass ich meine eigene Geschichte nicht einmal im Ansatz verarbeitet habe. Bisher habe ich vorwiegend verdrängt und getrotzt. Ich habe mich weder wirklich von Marcel gelöst noch von meinem Kind.«

Unwillkürlich traten ihr Tränen in die Augen. Mit einer unwirschen Handbewegung wischte sie sie weg.

»Ich möchte mir die Zeit dafür nehmen, mich selbst zu finden, bevor ich mich in die nächste Beziehung stürze«, fuhr sie fort. »Diese Entscheidung hätte ich wahrscheinlich auch so getroffen, wenn Tanja nicht schwanger geworden wäre.«

»Lass mich erst ausreden«, bat sie, als Patrick schon den Mund öffnete, um etwas zu erwidern. »Ich habe auch über Tanja und dich nachgedacht. Ich glaube nicht mehr, dass ein Mann unbedingt bei einer Frau bleiben sollte, die er nicht mehr liebt, nur weil sie aufgrund eines unglücklichen Zufalls ein Kind von ihm erwartet, obwohl die Beziehung an sich zu Ende ist. Aber ich fühle mich nicht stark genug, um mit dir zusammen zu sein, wenn du demnächst Vater wirst. Wie ihr euch auch immer entscheidet, auch ihr müsst euer Leben erst neu einrichten, wenn das Kind da ist. Ob ihr nun zusammenbleiben wollt oder nicht.

Dazu brauchst du Zeit und den Rücken frei. Keine Beziehung mit einer Frau, die noch gar nicht weiß, wie es mit ihr weitergehen wird.«

»Und wie willst du das herausfinden?«

»Erst einmal, indem ich etwas für mich tue, was mir Kraft gibt. Die letzten Wochen waren teilweise ein einziger Albtraum gewesen.

Es ist Mai und ich hätte ohnehin in den nächsten Wochen aufgrund der Feiertage nur wenig zu tun. Ich habe einen alten Kollegen angerufen und ihn gebeten, für die beiden Workshops, die ich gehabt hätte, einzuspringen. Finanziell habe ich ja jetzt den Rücken freier, nachdem ich Evas Gehalt nicht mehr bezahlen muss. Und stell dir vor, gestern hat Körner angerufen, das ist der Kunde, den Marcel mir vergrault hat.«

Patrick nickte. Er erinnerte sich.

»Die Frau, die er seinerzeit auf dem Kongress statt mir angeheuert hat, war wohl ein Vollflop. Sie ist mit Pauken und Trompeten durch ihr erstes Seminar durchgefallen. Nun sucht er dringend einen Ersatz. Sobald ich zurückkomme, steige ich in das Projekt ein. Damit ist das restliche Jahr erst einmal gesichert.«

»Gratuliere«, sagte Patrick herzlich. »Woher kommst du denn zurück?«

»Ich werde für drei Wochen an den Gardasee fahren. Dort ist es zu jeder Jahreszeit schön, aber besonders jetzt im Frühling. Marcel und ich waren häufig dort, das war fast ein Grund für mich, diesen wunderschönen Fleck Erde zu meiden. Aber ich war dort immer glücklich«, fuhr sie fort. »Wenn es eine Stelle auf dieser Erde gibt, wo ich zur Ruhe komme, dann ist es der Gardasee.«

Wieder schwiegen sie eine Weile. Patrick bekämpfte die aufsteigende Eifersucht, die er immer empfand, wenn Teresa von ihrer vergangenen großen Liebe sprach.

»Und danach?« fragte er schließlich leise.

Teresa sah ihn liebevoll an.

»Ich möchte dir nicht wehtun«, sagte sie zärtlich und griff nach seiner Hand, die auf dem Tisch lag. »Ich möchte uns beiden nur Zeit geben, unser Leben neu zu ordnen und das Alte abzuschließen, bevor wir etwas Neues beginnen. Lass' uns ein Jahr dafür nehmen, ein Jahr ist nicht lang«, fügte sie hinzu, als Patrick zurück zuckte.

»Ein Jahr, in dem du dich mit Tanja so arrangierst, wie es für euch und das Kind am besten ist. Ein Jahr, das ich mir gebe, um herauszufinden, wer ich eigentlich nach dieser langen Zeit der Anpassung an Marcel noch selber bin. Und wenn wir dann immer noch merken, dass wir zueinander gehören, dann soll es so sein. Wir entscheiden es nächstes Jahr im Mai«.

Tausend Fragen und Einwände schossen Patrick durch den Kopf. Aber er spürte, dass sie nutzlos waren. Teresa hatte ihre Entscheidung getroffen, vergebliches Bedrängen würde sie nur zurückstoßen.

»Meldest du dich manchmal?« fragte er stattdessen.

»Vielleicht« antwortete sie. »Ich weiß es noch nicht.«

Epilog

Es war die schönste Zeit am Nachmittag, als Teresa, von Rovereto kommend, die steile kurvige Straße zum Gardasee hinab fuhr. Die Sonne lag auf dem Wasser wie flüssiges Gold. Die ersten Oleander- und Bougainvillea-Blüten zauberten leuchtende Farbtupfer in die liebliche Landschaft.

Wie immer am Nachmittag wehte ein kräftiger Wind, als Teresa auf den kleinen Parkplatz einbog, der den ersten vollständigen Blick auf den See erlaubte. Hier war sie auch mit Marcel immer ausgestiegen, wenn sie angekommen waren, und hatte die Vorfreude auf die Tage genossen, die vor ihnen lagen.

Unten am Torbole-Ufer flitzten die Surfer mit ihren bunten Segeln über das Wasser. Fasziniert sah Teresa ihnen eine Weile zu. Wie gerne hätte sie das auch gekonnt, aber Marcel hatte sie immer ausgelacht, wenn sie davon gesprochen hatte. Surfen sei schwierig, hatte er behauptet, das würde sie nie erlernen. Vielleicht hatte er es auch nur gesagt, weil er selbst es nicht konnte.

Spontan fasste sie einen Entschluss. Warum sollte sie es nicht einmal versuchen, schließlich hatte sie vor, drei Wochen zu bleiben. Mehr als dass Marcel schließlich Recht behielt, konnte doch auch nicht passieren. Und selbst das konnte ihr dann egal sein.

Tief atmete sie den süßen Duft ein, den ihr der Wind entgegen blies. Er roch nach Frühling und dem harzigen Duft der Pinien. Sie spürte, wie ihre Brust weit wurde.

Hier würde sie über alles nachdenken, was noch nicht verarbeitet und zu Ende gedacht war. Hier würde sie sich von Marcel verabschieden, von den schönen Seiten, die ihre Beziehung auch einmal gehabt hatte. Hier war ihr Kind gezeugt worden, hier würde sie um es trauern und es schließlich freigeben, in

ein Paradies aus Blüten und Träumen.
Hier würde ihre Seele zu heilen beginnen.

Der kleine Lieferwagen rollte langsam auf dem Wirtschaftsweg an der Mosel entlang. Die beiden Männer, die vorne im Wagen saßen, starrten stumm auf den kleinen Jungen, der einige Meter vor ihnen mit seinem Fahrrad angehalten hatte, um seine Tasche auf dem Gepäckträger erneut zu befestigen. Der Fahrer des Lieferwagens stieg langsam aus und ging auf den Jungen zu:

»Kann ich dir helfen, Kleiner?«, fragte er freundlich mit einem leicht fremdländischen Akzent.

Sorglos drehte sich der Junge um und lächelte den Mann an, der an seiner Jackentasche nestelte.

Blond und blauäugig. Sehr gut.

Danksagung

Von der Idee zu einem Buch bis zu seiner Fertigstellung ist es ein langer Weg. All denen, die mich ein Stück dabei begleitet haben, möchte ich an dieser Stelle meinen herzlichen Dank aussprechen:

Den Damen meines Büros für Internet-Recherchen und Gestaltung des Manuskripts, all meinen Freundinnen und Freunden, die als Testleser wertvolles Feedback gegeben haben ebenso wie den netten Menschen, die mir alles erklärt haben, was ich selbst nicht wusste, von der Funktionsweise von Bremsen bis zur Möglichkeit der Überwachung von Handys.

Ganz besonders danke ich Herrn Peter Zender für das geduldige und einfühlsame Lektorat und seine kreativen Anregungen.

Das Buch als solches ist allerdings in erster Linie das Verdienst meines Mannes Jonas und meiner Tochter Verena, die (anders als ich) nie eine Minute daran gezweifelt haben, dass es wert ist, gelesen zu werden.

März 2008

Mara Blum